于慈江 著

杨绛，走在小说边上

元昶敬题

世界图书出版公司

北京·广州·上海·西安

图书在版编目（CIP）数据

杨绛，走在小说边上 / 于慈江著 . —北京 : 世界图书出版公司北京公司，
2014.10（2016.6 重印）

ISBN 978-7-5100-8402-7

Ⅰ.①杨… Ⅱ.①于… Ⅲ.①杨绛—小说研究 Ⅳ.① I207.42

中国版本图书馆 CIP 数据核字 (2014) 第 183303 号

杨绛，走在小说边上

著　　者： 于慈江
责任编辑： 陈俞蒨　齐　昱　杨林蔚

出　　版： 世界图书出版公司北京公司
发　　行： 世界图书出版公司北京公司
　　　　　（地址：北京朝内大街 137 号　邮编：100010　电话：010–64038355）
销　　售： 各地新华书店
印　　刷： 北京京华虎彩印刷有限公司

开　　本： 710 mm × 1010 mm　1/16
印　　张： 23
字　　数： 400 千
版　　次： 2014 年 10 月第 1 版　　2016 年 6 月第 4 次印刷

ISBN 978-7-5100-8402-7　　　　　　　　　　　　　　　定价：50.00 元

谨以此书

恭贺杨绛先生

与小说结缘八十周年

目　录

对杨绛小说经验的细读、感悟与阐释

杨绛是一位独特的作家。

她写剧本，写小说，写散文，也做翻译。她是社科院外文所研究员，撰写研究论文又是她的"专职"。她是小说家？散文家？还是学者？翻译家？她自己否认是学者，又说写小说还停留在"试笔学写阶段"。如果你要确定她的身份，还真有点拿不准主意。杨绛另一个独特的地方是，从事写作已经几十年，作品数量却不多。就拿她最看重的小说创作来说，加在一起也不过八种：七个短篇和一个不长的长篇。论文、译作和散文集数目也有限。然而，这并不妨碍许多读者对她的喜爱和敬重。据我了解，不少人有这样的看法：无论是翻译，还是小说、散文创作，杨绛都有令人印象深刻的成就和贡献。比起有的多产作家来，可以说是以少许胜多多了。

不过，杨绛的魅力不是色调斑斓，一眼可以看出的那种。作品透露的人生体验，看似无意其实用心的谋篇布局、遣词造句，委实需要用心琢磨才能深味。20世纪80年代，我在课堂上讲她的小说、散文，曾为学生读过《干校六记》写"学部"（现在的中国社会科学院）学者"下放"五七干校出发情景的一个段落。当读到"下放人员整队而出；红旗开处，俞平老和俞师母领队当先"的时候，学生都笑了。但似乎有某种苦涩袭来，大家顷刻又寂静下来。情绪的这一转换，应该是学生体味到了杨绛接着写的感触：眼见俞平伯先生已是"年逾七旬的老人了，还像学龄儿童那样排着队伍，远赴干校上学""看着心中不忍"。这样节制、朴素平实、略带揶揄的文字究竟"有什么好"？这是当时留给学生，也留给我的问题。

因此便想到，要讨论杨绛这样的作家，最好是寻找到和她的风格相适应的方法。读了《杨绛，走在小说边上》这本书，猜测作者也可能有这样的考虑。于慈江对杨绛的文论和创作风格有这样的判断：虽不乏"十足的实验性"，但基本上是沿着"经典的清晰脚踪规行矩步"，有着某种"保守"的、非时兴的性质。相应地，他的《杨绛，走在小说边上》一书也在努力拉开与时兴的、八股式论说的距离。虽然开头部分仍留有当前学位论文的套子的嫌疑，但这本书既然本来就是在博士学位论文的基础上修订，也就不足为怪了——我们知道，面对时下如此强势的学术体制，有时你要不"就范"也不大可能。

于慈江这本书的展开方式，也许可以称为就事论事的方式。"就事论事"在这里没有贬抑的意思，指的是不预设理论框架，不生硬挂钩时髦话题，也没有频繁地对时尚理论引经据典。它以对象的性质为依据，平实地选择合适的论说态度和方法。这种态度、方法，一是表现了足够的耐心来倾听、理解对象的言说，而后决定是否接受、呼应或质疑、辩驳；二是在相应的知识、理论准备之外，也开放心情、境遇、悟性等感性经验的加入。还有一点是因为杨绛的写作涉及多个领域，故而将文论、翻译、小说创作等各个方面加以勾连、比照，让它们互证互释，也是这部书论述方法的一个基点。这样做，有助于杨绛艺术创造奥秘的深入揭示，也补足以往研究大多侧重她的小说、散文创作，对小说翻译和小说理论关注不够的缺憾。

这种耐心的细读和感悟为我们显现了杨绛理论、创作中值得珍视的点滴。比如，小说既可娱目快心更堪阅世启智的主张，艺术虚构的重要性的强调，"艺术是克服困难"命题的提出……说杨绛的翻译是采取选字、造句、成章的"工序"，她的译文"将书卷气的文雅、精致和口语化的随和、自然这两个貌似对立的因素相当理想地交融于一体"；说杨绛笔下的知识分子"不乏良知却又终是肉眼凡胎"，"每思振作却又免不了和常人一样食五谷杂粮、得过且过"，"一旦有临危受命、挺身而出的机会，往往会畏葸不前、妥协退缩"；说她的小说描摹和透析人性与世态，但结尾仓促并不见佳，值得称道的似乎不在念兹在兹的人物塑造（"虽然尚称丰满，但前承后继个性雷同明显有类型化痕迹"），而是场面的安排和烘托……凡此种种，都给我们很多启发。

在《杨绛，走在小说边上》这部书中，比较突出而又论述充分的当是讨论小说翻译的部分。在这里，作者打开他的细读和感悟，将杨绛的小说翻译放置在近现代翻译理念争执的背景上，并在与其他翻译家、与其他版本的比照中，有说服力地彰显杨绛的翻译理念和译作的优长——也不为贤者讳地指出存在的缺失。这样深入的讨论，全书中还有许多。比如，在论及杨绛的菲尔丁研究（1957）和《事实—故事—真实——读小说漫论之一》（1980）这篇论文时，该书就用不少的篇幅，重点讨论了"虚构"的问题。于慈江注意到，杨绛有关"虚构"的强调，既是立足于小说的艺术方法、规律，也可能是在表明与人的存在相关的叙事伦理。因此，才会引入批评家克默德、诗人斯蒂文斯关于虚构的论述："终极信仰一定是在一种虚构之中"；"如果没有一种至高无上的虚构，或者如果连它的存在的可能性也都没有的话，那么命运就会变得非常残酷"。

当然，这个问题（包括杨绛有关典型、世界观与创作方法等的讨论）也还可以放在当代中国文学的语境中来观察。在20世纪50—70年代，对1859年马克思、恩格斯与拉萨尔的那场争论，文论家——也包括这个时期大学文学系出身的人——大都耳熟能详。我们明白，马、恩针对拉萨尔悲剧《弗兰茨·冯·济金根》的批评涉及的是作品中人物真实性的判断，以及对济金根这一16世纪初农民战争中的"叛乱骑士"的政治评价。但是，如佛克马所说，"从文学观点看"，当拉萨尔"声称他的济金根不能用历史学家的标准来评价，只能作为诗歌创作来衡量时"，他"提出了文学修辞的问题"，"强调文学的虚构性"的合法地位（佛克马、易布思《二十世纪文学理论》，林书武、陈圣生等译，三联书店，1988）。在一个径直将艺术等同于现实，将画像等同于画中人物，将"生活难道是这样的吗"作为艺术评判最高标准的年代，"虚构"、独立解释世界是写作者需要争取的，但也难以获取的"权利"。在20世纪50年代初对电影《武训传》的批判中，这种"难以获取"得到了证明——在理据、逻辑上，这一批判也就是马、恩与拉萨尔冲突的当代中国版本。

谈到杨绛的时候，不少人都会触及"隐身衣"、边缘人的话题；《杨绛,走在小说边上》的作者于慈江也不例外。20 世纪 80 年代末,我在《作家姿态与自我意识》这本小册子里,也把杨绛和巴金放在一起,讨论当代作家的生活位置,他们在处理社会、历史问题以及艺术方法上的不同选择。我也讲到杨绛为"我不是堂·吉诃德",甘愿"身处卑微","潜心一志完成自己能做的事"的生活态度辩护的情况。之所以要做这样的辩护,这个辩护之所以得到普遍关注,是由于社会情势和思想传统,近现代中国存在着文人、作家必须介入政治,承担预言和拯救的社会责任的强大压力。在这样的情境下,才产生了杨绛式的对潮流边上、之外的生活方式合法性,以及他们精神上也可能高贵的申述或辩白。《杨绛,走在小说边上》一书在最后一章里谈到这个问题的时候,做了拓展和转移。它借助萨义德的知识分子论述,将杨绛式"适情任性"生活态度的个体选择,替换成一种具有普遍性含义的"业余性",而后以"业余立场与专业精神"的描述,将它看作在专业化潮流中"抵抗知识分子的堕落"的、可供借鉴的生活与精神取向。在对杨绛经验的阐释中,这一替换、转移确实进一步发掘、提升了她理论和实践中最具价值的那些部分。

不过,需要补充的是,如果涉及个体的人生选择,在重视如上所述的这一经验的同时,也必须警惕它的同质化——作为一种精神态度,它不应成为个体多样选择的阻碍。其实,所谓"英雄"和"普通人"、"边缘"和"中心"、"业余"和"专业",之间的边界并不一定那么分明和稳固。时势的变更,被重视之物不可避免的"本质化"进程,都可能让位置互换的事情发生。这正如诗人柏桦所言:"而冬天也可能正是春天 / 而鲁迅也可能正是林语堂。"(《现实》)

洪子诚

2012 年 10 月于北京蓝旗营

他摸到了学院学者文学家的脉搏

（一）

于慈江在我的博士研究生中是最特殊的一个，也是最令我感动的一个。他是在中国社会科学院财贸经济研究所获得了经济学博士学位之后，紧接着就报考了北京师范大学文学院中国现当代文学研究专业的博士研究生并在我的"门下"继续自己的学业的。这在当代的中国，恐怕也是一件绝无仅有的事情，同时也是令我这个中文系的教师感动不已的。

在中国现代史上，中国文学研究曾是一门显学，但那是中国古代文学研究，而不是中国现当代文学研究；到了 1949 年之后，马克思主义则理所当然地成了中国大陆的一门显学，毛泽东思想最初也是在马克思主义的旗帜之下逐渐走到中国大陆文化的前台的。到了"文化大革命"，就发展到了极致，同时也使之深受伤害；"文化大革命"结束之后，就活跃不起来了，代之而起的就是经济学。"五四"之后，"文化"改变了中国，"新文化"改变了中国；1949 年之后，"政治"改变了中国，马克思主义政治改变了中国；"文化大革命"结束之后，"经济"改变了中国，市场经济改变了中国，经济学也理所当然地成了一门显学。所以，于慈江在取得了经济学的博士学位之后又来转学中国现当代文学，着实是一件令人惊异的事情，也是令我这个文学呆子十分感动的事情。

我最初建议于慈江做的题目，是中国现代文学对经济生活的描写，但于慈江没有接受这个题目，而是自行决定以杨绛为研究对象。说实话，这也是我始料所未及的。但到后来，在于慈江的研究活动的带动下，我也渐渐咂摸出了他这个选题的味道。所以，我应当感谢于慈江，因为是他的研究，引导我重新思考了杨绛和她的文学活动，并对这样一个学者型的文学家的价值和意义，有了一个更加切近和具体的了解。

（二）

从 20 世纪 90 年代开始，因了余秋雨散文的走红，就有了"学者散文"这样一个名目。余秋雨的散文我读得不多，但在我的印象里，却不把他的散文归入"学者散文"之列，因为虽然他曾经是个学者，是研究戏剧理论的，但他的散文却与他的学者生涯没有本质上的联系；因为我们在他的散文创作中，感觉到的并不是他作为一个学院学者的气质，而更是一个扬才露己、带点浪漫气息的文学作家的气质。我认为，在上世纪末，堪称学者文学家的，主要有下列几个人：其一就是杨绛，她的《洗澡》应该是名副其实的"学者小说"；其二是季羡林，其三是傅雷，季羡林的《牛棚杂忆》和傅雷的《傅雷家书》应该是标准的学者散文；其四是郑敏，她在这个时期的诗歌创作大概也带上了更多学者诗歌的特征。

所谓"学者小说""学者散文""学者诗歌"，我认为，不应当只是它们的作者曾经是一个学者或现在仍然是一个学者，而应该是其作品本身就流露着浓郁的学者的气息。它们的作者是长期在学院文化的氛围中生活的，是在与身边大量学院精英知识分子的交往中，形成了自己的世界观念和人生观念以及与此相联系的一系列人性的和人格的特征的，是长期从事学术研究和教学工作的。这都使他们更习惯于理性的思考，更习惯于理智地面对现实的世界和与自己有关的一切，性格偏于内向。这就过滤了情感中大量直感直觉的成分，使其性格更趋于稳健平和，既不属于热情洋溢的那一类，也不属于感伤悲观的那一类，即使表现的是自己人生中的坎坷经历和悲剧感受，也有他们更多的人生的思考。而作为作者的他们，却不会因为"情"不可遏而在自己的作品中有什么"失态"的描写。

这种学者文学，在中国现代文学史上，实际上一直是有很大势力的。在"新文学"初期，像胡适、鲁迅、周作人、郭沫若、闻一多、朱自清等人，都既是著名的学者，也是著名的作家。只不过在那时，学者和作家的界限还没有后来那么清楚，所以我们也无法截然地分出一类学者的文学来。到了 1949 年之后，从事学术研究的学者和从事创作的文学作家的界限就愈加明显起来。虽然那时中国大陆的学院学者也已经感到了做人和作文的困难，但作为一个阶层，到底还像是漂在中国社会表面的一层油，面子上还是能够维持下去的，因而早已养成的那种温柔敦厚的个人的气质，还是保留了下来。到了"文化大革命"，这些学者的地位才一落千丈，也领略了在学院学者的地位上所不可能领略的人生百态，有了文学创作的素材。但是，所谓"江山易改，禀性难移"，无奈这时作为一个学院学者的性格已经养成，虽然这份人生的坎坷是过去所未曾有的，但到"文化大革命"结束之后、当重新回到学院学者的地位上反思这段经历时，那份学者的矜持和尊严仍然没有丢失。而在这时进入文学创作界的文学作家，又大都是"文革"中上山下乡的知识青年。这些学者是站在高处俯视人生的苦难的；而那些新进的青年作家，则是在人生苦难的深渊中挣扎着向上爬的。所以，前者的作品在总体上趋向于稳健和平，而后者的作品在总体上则透露着躁厉不安，学者文学与非学者文学的界限就是异常明显的了。

（三）

"文化大革命"之后，靠着研究生招生制度的恢复和发展，我也勉强跻身于学院学者的行列。但我们这代学院知识分子大多出身贫寒，很少是书香门第出身的世家子弟，"文化大革命"之前、之中又不断接受工农兵的"再教育"，所以对我们这些爷爷、奶奶辈的学术前辈的那份矜持和孤傲，反而感到生疏和隔膜了。我当时主要是从事鲁迅研究的。鲁迅虽然也是一个著名的学者和教授，但在文学创作上却不属于稳健和平的一派。我喜欢的也是他那种嬉笑怒骂皆成文章的热辣的风格。所以，虽然一向对季羡林、傅雷、杨绛、郑敏这些学术前辈心怀钦敬，但对他们的文学作品却甚少注意。一直到于慈江将杨绛研究作为自己博士学位论文的选题，特别是读了他的论文初稿之后，杨绛作为一个学者文学家的形象才在我的心目中重新活了起来。

我爱上文学，是在初中的时候。由于父亲是个"国家干部"，他自己也喜欢买书，所以我向他要钱买几本自己愿意看的书，还是不被禁止的。在开始，一个高中的爱好文学的"大朋友"自愿担当了给我选书的任务。他给我买的第一本书是《安徒生童话选集》，我当时有点不高兴，认为既已经成了"中学生"，还让我读安徒生的"童话"，是有点看不起我；到了第二次，他给我买的是奥斯特洛夫斯基的《钢铁是怎样炼成的》，我就更不高兴了，因为我在小学已经读过一遍，并不想重读一本已经读过的书；所以到了第三次，我就不让他给我选了。而这一次，我自己选购的就是菲尔丁的《约瑟·安特路传》。

它虽然与杨绛在自己的论文里翻译的同一本书的书名不尽相同，但在我的头脑中，菲尔丁这个英国小说家的名字却是与杨绛联系在一起的。在那时，我还长期订阅着一份学术刊物——《文学研究》（《文学评论》的前身）。由于读了菲尔丁的《约瑟·安特路传》，并且颇感兴味，杨绛发表在《文学研究》上的《斐尔丁在小说方面的理论和实践》自然就格外地引起了我的注意。她这篇文章对我的影响还是蛮大的，它不仅使我对作为"英国小说之父"的菲尔丁有了一个整体的了解，同时也是我最早接触到的小说理论。

在初中，我还买过一本西班牙的流浪汉小说《小癞子》。大概不是全译本，薄薄的一册，32开本，是不是杨绛翻译的，我也不知道，但对于《小癞子》这部书在西班牙文学史上的地位的了解，也是通过杨绛的文章才得到的。西班牙文艺复兴时期的另一部文学巨著《堂吉诃德》大概是我到了大学才读的。而杨绛发表在《文学评论》上的《堂吉诃德和〈堂吉诃德〉》，则是我迄今为止读过的唯一一篇研究和介绍这部西班牙文学巨著的文章。

杨绛在《文学评论》上发表的《萨克雷〈名利场〉序》也给我留下了极其深刻的印象。在20世纪50年代的中国，萨克雷与狄更斯被认为是英国19世纪两个齐名的批判现实主义作家。我读过狄更斯的《大卫·科波菲尔》，初中时读了一个缩写本，大学时读了全译的上下两卷本，高中时读过他的《老古玩店》，还买过他的一本《艰难时世》，但至今没有来得及读完全书。萨克雷的《名利场》一直想读，但终没有读。所以，我对于萨克雷《名利场》的了解，完全是从杨绛那篇序言中获得的。

杨绛还介绍并翻译过法国作家勒萨日的《吉尔·布拉斯》。这部小说同菲尔丁的《大伟人江奈生·魏尔德传》、萨克雷的《名利场》、拉伯雷的《巨人传》一样，都是我很早就想读而至今未读的小说名著。但我读过勒萨日的另外一部小说《瘸腿魔鬼》，它给我留下了极其深刻的印象。20世纪80年代，一家报纸让我向读者推荐几本书。我认为西方作家的那些代表作，读者大都熟悉，不用我推荐。我就推荐了几本人们不太注意但我却感到颇有意味的书，其一就是勒萨日的《瘸腿魔鬼》，其二是马克·吐温的《傻瓜威尔逊》，其三是陀思妥耶夫斯基的《二重人格》。

我之所以重视外国文学，在更大程度上是受了鲁迅的影响。他的《青年必读书》更是使我将课外阅读的热情主要倾注在西方（包括俄罗斯和东欧、北欧各国）文学上的直接原因。所以，我关注的主要是西方18、19世纪的浪漫主义、现实主义文学作品。19世纪俄罗斯文学更是我所崇慕的对象。但尽管如此，现在想来，我头脑中的文学天空还是有一小片是属于杨绛的，是杨绛用自己的手给我拨开的。

（四）

这使我想到学院文学学者在一个民族文学以及文学观念发展中的作用和意义。

任何一个民族的任何一个时代的青少年都要通过阅读来获得自身的成长和发展，其中的文学阅读则在其全部的阅读中占有绝对大的比重。这种阅读，在开始阶段，往往是盲目的，是受到当时社会环境阅读趣味的裹挟的，与阅读对象也像隔着一层布满烟雾的玻璃一样，是模糊不清的，是朦朦胧胧的，是似乎明白又似乎什么也没有明白的。这种阅读看来是自由的，实际又是最不自由的，是被当时社会环境的阅读倾向所绑架了的。待到清醒过来，才感到自己已经在一些毫无意义的阅读中浪费了太多的生命，而那些应该阅读却没有阅读的好书则再也没有机会阅读了。正是因为如此，学院文学学者的作用和意义，文学研究和文学教育的作用和意义才表现了出来。学院文学学者的阅读不是仅凭个人当时的兴趣，不是随大溜的，不是别人读什么自己也去读什么，而是在对文学的历史有了一个大致的了解之后，才选择那些更有思想价值和文学价值的作品来阅读的，并且阅读的时候不是仅仅看重其表面的兴趣，而更加重视体味其内在的意味，是带着欣赏的态度、研究的态度和理性的眼光去审视对象的。这同时也像擦亮了隔在我们和作品之间的那层布满烟雾的玻璃一样，使我们能够更清楚地看到作品本身的价值和意义。

实际上，历史上的很多文学名著，像曹雪芹的《红楼梦》、但丁的《神曲》、塞万提斯的《堂吉诃德》、莎士比亚的《哈姆雷特》、歌德的《浮士德》、列夫·托尔斯泰的《复活》、陀思妥耶夫斯基的《卡拉马卓夫兄弟》、卡夫卡的《审判》、马尔克斯的《百年孤独》以及鲁迅的小说、散文诗和杂文，等等，没有前辈学者的研究和介绍，我们是不可能仅凭自己的阅读便能直接感受到它们深层的价值和意义的。这就使我们的审美能力和审美趣味无法进入到一个更高的境界。所以，在任何一个民族的任何一个历史时代，文学创作家的创作是不可或缺的，学院文学学者的文学研究活动也是不可或缺的。

文学创作家依靠的首先是自己对现实生活的直接感受和体验，学院文学学者首先依靠的是自己广博的文学知识和在对文学作品直感感受和体验基础上建立起来的理智的和理性的思考能力。所以，学院文学学者不论对于什么，都是要想一想的。一个文学创作家写了一部文学作品，常常是自己感到满意了，也就到此为止，未必再去思考它的更深层的价值和意义，未必重视读者将怎样阅读、感受、理解和接受它。这也就是《奥勃洛莫夫》的作者冈察洛夫说他自己也没有想到杜勃罗留波夫在其《奥勃洛莫夫性格》一文中所揭示出来的他的作品《奥勃洛莫夫》的思想价值和意义的原因。而一个学院学者，即使自己创作了一部文学作品，也常常是要站在一个学者的立场上想一想的，也常常是希望读者要以他认为正确的方式感受和理解他的作品的。

我认为，当我们注意到这一点，我们就会感受到于慈江这本《杨绛，走在小说边上》作为一部研究著作，实际是有点匠心的。他不像我们那样主要用杨绛自己的文学思想分析和解剖她的文学作品，也不像我们那样主要用杨绛的文学作品论证她的文学思想，而是分别考察她的小说创作、小说研究和小说翻译，并从她对自己小说创作、小说研究和小说翻译的看法中考察她对小说的理解和认识。这就找到了能够将杨绛全部文学活动串联起来的一条红线。而这条红线恰恰是一个成功的学院文学学者与一般的文学作家不同的地方，是学院文学学者较之一般文学作家更少盲目性、有更多理智的思考和理性的判断的原因。他们的思想建构与其文学实践是同步进行的，他们的感性经验与其理性的思考也是共生同进的。

"文化大革命"及其以前的社会变动赋予了20世纪80年代的新进青年作家以崭新的生活经验，使他们的作品呈现出更加鲜活的特征，但历史也剥夺了他们接受更多学院文化教育和熏陶的机会，因而他们的文学创作又有着极不稳定、无端变化的弱点。他们似乎总是随着时代的变迁而升降沉浮的，开始大红大紫的作家后来却变得默默无闻，开始默默无闻的作家后来又大红大紫。即使同样一个作家，也常常是前后不一、没有一个内在的统一的思想脉络的，一会儿陷在政治斗争的漩涡里，一会儿又掉在经济竞争的深渊中，似乎始终无法找到驾驭自己的那个舵。

当然，学院学者的文学也有自己的弱点，但他们的文学作品当时并不多热，现在也并不多冷，学院学者的那点矜持和孤傲到底还是给他们的思想和艺术留下了自己的统一性。在这个意义上，于慈江的这部学术著作是值得重视的，也是有它的出彩的地方的——他摸到了学院学者文学家的脉搏。

祝贺于慈江《杨绛，走在小说边上》的出版！

王富仁

2014年4月26日于汕头大学文学院

序 三

于慈江的归去来

给慈江兄的著作写读后本是我乐意的事，但我却一直在推辞。慈江兄则一直在催讨，且催讨得理直气壮。

我知道自己欠了债，欠了一笔感情债，理想债，是关于20世纪80年代中国，80年代北大，以及80年代为理想、为文学志业、为精神志趣而焦灼、痛苦，而耗费生命来上下内外求索的一代人的。

这是80年代的时代精神和北大校园文化合力塑造的一代人。

在"文革"的浩劫之后，他们迎接晨曦，朝日一般喷薄而出，铺洒着阳光，浸润着知识的雨露；他们仰望夜空，敬仰满天星斗和心中的道德律；他们暗夜思索，追寻宇宙、社会、人生的疑踪，不断问难自我和自然；他们神往于创造，在思想解放的意识形态战场策马跃兵，躲闪拼杀，于万千军中取真理的首级；他们汇集了批判的能源，聚光一束，照亮因改革深入而日渐昏沉黯淡的夜空。他们后来陆续毕业星散了，有的光芒消散，有的与世浮沉，有的将理想化为信念和意志，凝结为人性，遇社会冷热，依然有所感觉，给人温暖。

我说的是80年代毕业的几乎所有北大学生，中国所有的大学生。

而慈江兄就是其中的一个。

我的80年代北大记忆中，慈江兄是占有重要位置的一个人。

当年他似专为体现青春的意志而来，高大、阳光、帅气，热爱诗歌和演戏，有浓烈的理想主义和纯粹的文艺气质。未名湖畔、办公楼礼堂，经常回荡着诗歌的吟哦；教室听课、宿舍卧谈，往往都是精神的飨宴；楼道梦游、食堂舌战，宛然伴留爱情的风味；球场游戏，水房高歌，无论内外心神俱可一醉；林下信步、雪地留踪，恍如浪漫主义的骑士作风。

我们一起参与过校园诗歌朗诵会、校园文学奖的评选以及一些学术论坛的组织。我至今记得他主持北大校园诗歌朗诵会的神采。

我们一起在宿舍交流、辩论、探讨。我至今对他借用音乐剧理论探讨诗歌叙事节奏的论文（《新诗的一种宣叙调》）记忆尤深。

我还记得当年腹诽过的他戏剧化的传记写作，感怀于他对文学自我的专注和提升。

但印象最深的，是他研究生毕业后，选择到中国社会科学院外国文学研究所工作，以及之后的出走去国。

那是80年代末，90年代初，慈江兄似是怀着国事和"家事"的双重失落而出走美国的。我记得中国社会科学院政治学研究所薛涌夫妇、北京大学比较文学研究所伍晓明先生的去国也在几乎同时。他们都是我尊敬和钦佩的朋友，道义与情义之交。

那是夹杂着感时、感伤、感奋情绪的一种出走，是一代优秀人才的出走，是一个时代、一种价值观的出走。

然而出走又如何呢？中国依然在曲折前行，出走远方的朋友却断绝了消息。

有一次看电影，发现里面有个演员很像慈江兄。张欣说，好多出国的同学沉一段后总会浮上来，可于慈江呢，好像一沉十几年都没人知道他的去处了。

有时和当年出走的同学在国内外学术会议上相遇，我往往会感慨他们和当今中国的隔膜。他们对中国的认识和理解，好像永远停留在80年代了。

虽不知道慈江兄是否怀沙自沉，但在我的记忆里，他也永远停留在80年代的北大校园了。

就像慈江兄的突然消失一样，他的出现似也令人措手不及。

那是在纪念北京大学中文系建系100周年的会上，散会时我突然看到慈江兄和老大哥李雪勤向我走来。后来，才知慈江兄在美国拿到国际管理方向的 MBA 并从事国际贸易实务多年后，又在中国社会科学院财政与贸易经济研究所拿下了国际贸易与投资方向的经济学博士学位；之后，正在北京师范大学王富仁先生那里攻读文学博士。

20 多年以后，慈江兄终于又浮出了水面，浮出了历史的地表。

慈江兄的回来具有重要意义。说是一代人的回归，一个时代的回归，一种价值观的回归，也许并不为过。

最重要的，是把当年的理想主义，对文学志业的献身，对精神志趣的关切——一句话，是把 80 年代的"魂"，把时代精神带回来了。

这体现在他的文学博士学位的攻读，论文对象的选定，以及对选题的深入研究和雅致写作上。

本来，慈江兄已有国际贸易的博士学位加身，按常理已无须再另读一个博士学位。但他去国改行 20 多年，诗歌梦依然，文学梦依然，精神提升的追求依然——"停在了 80 年代"，以这样一种积极的形态出现在当下，80 年代文化以这样一种充实的内容回归，北大校园精神以这样一种进取的形式显现，对于当今社会和文化极度功利化的风气，或许已具针砭之用？

我突然发现，对照 90 年代去国的朋友们，对中国的认识"停留在 80 年代"或许别具意义，或许另有一个时代、另具一种价值等待我们去接续。

杨绛先生，作为慈江兄在中国社会科学院外国文学研究所的前辈，作为才华不输、学识超越张爱玲的学养深厚、文字典雅、精神高贵的一流文学家，其翻译、研究、创作的相互关系如何促进和作用于她的写作，确实颇有发掘的意义。

杨绛先生，作为现代中国知识人高贵品质的代表者之一，依自不依他，凭智慧、才华和专业知识，献身于中外文学之义理、辞章的翻译和研究，致力于中国以语言文字为媒介的小说、戏剧、批评、翻译、历史、哲学等方面的发明创造，和钱锺书先生一起，实乃现代中国人文之"魂"。

而慈江兄深合对象文脉肌理的会心、理解和发掘，不仅映带着 20 世纪 80 年代的"中国梦"，而且可以回溯到 50 年代、40 年代、30 年代的"中国梦"，映照着杨绛先生一直持之以恒、行胜于言、或许植根于清华校园文化精神的中国"文艺复兴"之梦。这是需要特别强调的。

慈江兄之归去来的人生轨迹如此，他的著作或许可当别一形式的"归去来辞"？

是为并非为读书，而是为阅人的"序"。

高远东

2014 年 8 月 19 日

第一章　走在小说边上的杨绛
——文坛多面手与小说情意结

第一节　学者型或学院派作家兼译作家
——人们怎样看待杨绛

一　作为文坛多面手的杨绛

1911 年出生的女作家兼学者杨绛早自 1933 年发表散文处女作《收脚印》①、1935 年发表小说处女作《路路》② 时起，即已开始了自己长达 80 年的写作生涯——不但细针密缕地渐次尝试散文、小说和戏剧的创作，也一步一个脚印地相继涉猎文学翻译、文学批评以及小说写译的理论研究。

作为对文学一辈子不离不弃的一位老作家，杨绛的写译活动细水长流、不绝如缕：总量虽然始终说不上很大——所谓"如缕"，但气脉悠长——所谓"不绝"。截至目前，她陆续发表过剧作《称心如意》③《弄真成假》④ 和《风絮》⑤，文艺述评译作《一九三九年以来英国散文作品》（*Prose Literature since 1939*）⑥，"流浪汉小说"译作《小癞子》（*Lazarillo de Tormes*）⑦、《吉

---

① 杨季康：《收脚印》，《大公报·文艺副刊》第 29 期，1933 年 12 月 30 日。

② 季康：《路路》，《大公报·文艺副刊》第 166 期，1935 年 8 月 25 日。由于小说《路路》末尾注明的写作日期"9 月 19 日"已经超过了发表日期，揆情度理，当是小说发表前一年（1934 年）的 9 月 19 日。

③ 杨绛：《称心如意》，上海：世界书局，1944 年初版。

④ 杨绛：《弄真成假》，上海：世界书局，1945 年初版。

⑤ 杨绛：《风絮》，上海：上海出版公司，1947 年初版。

⑥ ［英］约翰·黑瓦德：《一九三九年以来英国散文作品》，杨绛译，北京：商务印书馆，1948 年初版。

⑦ ［西班牙］佚名：《小癞子》，杨绛译，上海：平明出版社，1951 年初版。

尔·布拉斯》（*Gil Blas*）① 和《堂吉诃德》（*Don Quijote*）②，文论集《春泥集》③ 和《关于小说》④，散文集《干校六记》⑤《将饮茶》⑥ 和《杂忆与杂写》⑦，短篇小说集《倒影集》⑧，长篇小说《洗澡》⑨，哲学经典译作《斐多》（*Phaedo*）⑩，以及主题散文畅销书《我们仨》⑪ 和《走到人生边上——自问自答》⑫ 等。

一如有的论者所曾总结的，杨绛锱铢累积起来的这些作品既有着别具一格的文学阅读价值，也有着自成一脉的文学史书写价值："在文学史上，杨绛无疑是一个边缘性的作家……但也许正是这种边缘性，使杨绛具有特殊意义。她的自由主义作家的姿态和努力，使她与同志者一起，在重功利的现代中国文学主流的一统天地外，创下一片文化气较浓的，更接近文学本真的空间，使文学可能繁荣多样……她的文学语言，更堪称一派典范……正是这种特殊价值使她在文学史上占有一席之地。"⑬

从贯通 1949 年前后的现代汉语文学史的角度来看，杨绛这类作家由于刚好横跨现当代两个时段，可说是实践这一尝试的不可多得的平台和颇具典型性的个案。或至低限度，他们的存在展示了可供这一努力从容发挥的一定可能性。换言之，以在现当代两个时段都一度活跃过、都曾留下过清晰脚踪的杨绛这类作家为个案聚焦和开掘，有助于准确把握整个 20 世纪现代汉语文学在文学语言与体式、文学理念与理论等多个方面演变的历史脉络，有助于增加对这个足够复杂和漫长的文学阶段的感性理解与认知，有助于对百年以来中国知识分子

---

① ［法］阿阑·瑞内·勒萨日：《吉尔·布拉斯》，杨绛译，北京：人民文学出版社，1956 年初版。

② ［西班牙］塞万提斯：《堂吉诃德》，杨绛译，北京：人民文学出版社，1978 年初版。

③ 杨绛：《春泥集》，上海：上海文艺出版社，1979 年初版。

④ 杨绛：《关于小说》，北京：生活·读书·新知三联书店，1986 年初版。

⑤ 杨绛：《干校六记》，北京：生活·读书·新知三联书店，1981 年初版。

⑥ 杨绛：《将饮茶》，北京：生活·读书·新知三联书店，1987 年初版。

⑦ 杨绛：《杂忆与杂写》，广州：花城出版社，1992 年初版。

⑧ 杨绛：《倒影集》，北京：人民文学出版社，1982 年初版。

⑨ 杨绛：《洗澡》，北京：生活·读书·新知三联书店，1988 年初版。

⑩ ［古希腊］柏拉图：《斐多》，杨绛译，沈阳：辽宁人民出版社，2000 年初版。

⑪ 杨绛：《我们仨》，北京：生活·读书·新知三联书店，2003 年初版。

⑫ 杨绛：《走到人生边上——自问自答》，北京：商务印书馆，2007 年初版。

⑬ 林筱芳：《人在边缘——杨绛创作论》，《文学评论》1995 年第 5 期，第 102—103 页。

迂曲跌宕的心路历程的切实体悟与感受。

　　特别是，杨绛早年有过留洋游学经历，通晓英、法和西班牙等数国语言，能写作，善移译，集作家（戏剧家、散文家和小说家）、译作家和文学（小说）研究者于一身，可谓"五四"以降，现代汉语文学史上依然健在的学者型或学院派作家的一个颇具典型性的代表——既实地接触过西方文化，又始终能坚守故国文化情怀；既怀有学院知识分子的真诚、尊严和人文关怀视野，又不乏严谨的理性思考与踏实的敬业操守；既能甘于寂寞，不受名缰利锁所困，又能皓首穷经地字斟句酌，一以贯之地勤力笔耕。这类堪称小众的作家因其特殊的学院色彩或学人气象，较之其他的一般作家往往更具理性自觉，更恬淡自律和冷静自持，更敏于自我反思。其笔下的文学世界乍看之下，虽通常并不如何色彩斑斓、炫人眼目，但却每每因长虑慎思而气脉悠长、耐人寻味，因匠心独运而别辟蹊径、另有洞天。

　　2005 年时，正在法国攻读博士学位的青年学者刘梅竹曾与杨绛有过通信联系。她们两人之间的如下一段通信对话为本书这里所描述的杨绛自身的一些特征，提供一个不可多得的感性印证：

　　　　刘（梅竹）：我最近一直在思考一个问题，中国近现代著名学者、文人大都是学贯中西。而且他们中不少人自认为在国外学习、生活过几年后，反而对中国的传统思想、文化更有认同感了。不知您是否有此同感？[1]

　　　　杨（绛）：我在国外读书，只是国内上学的继续。我们带出国的书箱里，主要是中国经典。我们夫妇每日读书，不荒疏本国经典。我中学时期，学校偏重数理英语，国文老师数[2]受学生欺负[3]。我的国文根基薄弱，至今还在补习。我发现不懂外文的人，思想往往偏激，或偏左、或迂腐泥古。[4]

---

[1] 刘梅竹：《杨绛先生与刘梅竹的通信两封》，《中国文学研究》2006 年第 1 期，第 92 页。

[2] 据杨绛原稿的影印件推测（原稿字迹模糊），"数"字似应是"颇"字。详见 2005 年 7 月 28 日杨绛致刘梅竹信，载于刘梅竹的法文博士论文（Meizhu Liu, *La Figure de l'intellectuel chez Yang Jiang*, Paris: Inalco, 2005），第 376 页。

[3] 据杨绛原稿的影印件判断，"负"字应是"侮"字。详见 2005 年 7 月 28 日杨绛致刘梅竹信，载于刘梅竹的法文博士论文，第 376 页。

[4] 刘梅竹：《杨绛先生与刘梅竹的通信两封》，《中国文学研究》2006 年第 1 期，第 92 页。

作为现代汉语文学史上一位有着别开生面之风的作家，杨绛的一个突出特点是，她的写作生命与她的生理生命一样健旺柔韧、宁弯不折：只要条件许可，她便会埋首写作；而条件不许可的时候，她也会采用变通的方式——如通过文学翻译（译作）——练笔、潜忍和修养。

这里所谓"宁弯不折"，是说杨绛无论是生活还是写作，都能做到从容笃定、厚积薄发、细水长流、愈战愈韧、老而弥坚。一句话，杨绛活的不是生命的宽度（或密度）和爆发力，而是生命的长度和柔韧力。她在为追念自己壮年辞世的八妹杨必（1922—1968）而于1990年写成的《记杨必》一文中，就表达过类似的生活与写译态度："杨必翻译的《名利场》如期交卷，出版社评给她最高的稿酬。她向来体弱失眠，工作紧张了失眠更厉害。等她赶完《名利场》，身体就垮了……阿必成了长病号。阿七和我有时到上海看望，心上只是惦念。我常后悔没及早切实劝她'细水长流'，不过阿必也不会听我的。工作拖着不完，她决不会定下心来休息。而且失眠是她从小就有的老毛病，假如她不翻译，就能不失眠吗？不过我想她也许不至于这么早就把身体拖垮。"①

单就文学创作而言，杨绛的动静虽一直都不是很大，作品也一直都不是很多，但她怀揣着的那颗写作的心却始终是灵醒着的，她手里紧握着的那支笔却始终是行动着的，她的写作状态却始终是处于"现在进行时"的。她不像绝大多数横跨现当代的知名作家——包括沈从文（1902—1988）、冯至（1905—1993）、施蛰存（1905—2003）、李健吾（1906—1982）、吴组缃（1908—1994）、钱锺书（1910—1998）以及卞之琳（1910—2000）等在内——那样，因客观情势所迫，基本上向与文学创作不甚相干的学术领域靠拢，以学术研究和教书等为业，让自己的写作永远地休眠了下去。

譬如，受郭沫若（1892—1978）文章《斥反动文艺》② 等的影响和政治压力，出版过逾七十余种作品集的多产作家沈从文从20世纪40年代末起，即曾两度自杀未遂并高调封笔（1948年12月31日题有所谓"封笔试纸"），专事历史文物研究；50—60年代虽几经周折和尝试，终未能振作到可以完成一部新

---

① 杨绛：《记杨必》，《杂忆与杂写（增订本）》，北京：生活·读书·新知三联书店，2010年版，第55页。

② 见郭沫若：《斥反动文艺》，香港《大众文艺丛刊》第1辑（《文艺的新方向》），1948年3月1日，第19—22页。

小说作品的地步。①

　　杨绛的特点也在于，她自成格局的文学写译实践虽然有别常规，走的是浅斟慢酌、厚积薄发的路数，但她却不惮于文学体裁或体式的尝试，是少数允文允武、各类文学样式（除了新诗）都能均匀上手且写作的水平也都达到了被普遍认可——**都产生了一定影响的代表性作品**——的高度的现代汉语文学作家之一。具体而言，杨绛涉猎过小说、非小说、文学评论、传略、戏剧、散文等多种体裁并均有可观斩获。

　　杨绛的特点还在于，她是继鼎鼎大名的文学翻译家傅雷（1908—1966）之后，凤毛麟角的几个真正的"文学的翻译"或"翻译的文学"的实践者和坚守者之一。广义或终极而言，文学翻译本身即是一种货真价实的写作（文学创作）形态，可简称"译作"——法国文学研究者兼译作家罗新璋曾专门写有《释"译作"》一文："译作，通常指翻译作品，意即翻译而成的作品。按译法，似有'译即作'与'译而作'之区别。"②；相应地，文学翻译家也可简称为"译作家"——相比于"文学翻译者"或"文学翻译家"的流行说法，"译作者"或"译作家"这样的称谓能够更充分地揭示出文学翻译活动的文学性、写作性或二度创作价值。

　　而无论是傅雷还是杨绛，都是货真价实、真正意义上的译作家。拿傅雷来说，他曾翻译过法国作家罗曼·罗兰（Romain Rolland，1866—1944）的长篇小说经典《约翰·克利斯朵夫》（*Jean-Christophe*）。在所谓语法或逻辑不通的诸般讦难面前，③ 傅雷的《约翰·克利斯朵夫》译本中的一句开篇语"江声浩荡，自屋后上升"迄今依旧沛然无俦地"浩荡"不已，岿然不可更易或推翻，主要就在于它很大程度上已经是音乐素养和文字功底两皆高绝一时的傅雷自己

---

① 参见汪曾祺：《代序：沈从文转业之谜》，载于沈从文：《花花朵朵 坛坛罐罐——沈从文谈艺术与文物》，南京：江苏美术出版社，2002 年版，第 1—4 页（此文亦见于汪曾祺：《晚翠文谈新编》，范用编，北京：生活·读书·新知三联书店，2002 年版）；于继增：《艰难的抉择——沈从文退出文坛的前前后后》，《书屋》2005 年第 8 期，第 66—71 页；包silicon敏：《沈从文：作家"死"了》，《文化博览》2006 年第 3 期，第 36—37 页。

② 罗新璋：《释"译作"》，金圣华、黄国彬主编《因难见巧：名家翻译经验谈》，北京：中国对外翻译出版公司，1998 年版，第 138 页。

③ 质疑主要在于：江水固然可以浩荡（水大貌），江声却如何浩荡得起来？但若不从诗意或创意上来理解文学创作，而只一味地纠缠于语法或逻辑，文学便可以休矣；而所谓"通感"、所谓"虚拟"，也便都成了镜花水月。

的独特的文学创作，已经因其不朽的创意，将"浩荡"一词内在的铿锵质地与乐感凸显和变通了出来，进而超越语法、逻辑乃至原作者罗曼·罗兰的文本规限，成为文学译作的经典，更成为文学创作的经典。

也正是在这个意义上，杨绛的译作代表作、西班牙小说经典《堂吉诃德》过去30年间累积起来的扎扎实实的读者认知地位，才是迄今为止的其他二十余种《堂吉诃德》中文译本所无法轻易撼动的。说到底，杨绛之外的其他译者虽然大都具备正规的西班牙语专业的教育背景乃至教学经验，但却基本上缺乏与文学写作相关的足够的严格训练、文字修养和写作实践。他们和他们的拥趸固然可以强调其各自的译本相对于杨绛译本的准确与全面（如所谓"全译本"），但尚无法底气十足地充分证明这些译本的文学性的充分与杰出，尚需历经类似杨绛的《堂吉诃德》译本所迎受过的漫长的读者品鉴与阅读考验。

的确，无论是作为二度创作的文学译作还是原创性的文学写作，一个以向读者大众源源不断地提供自己的作品为基本营生的文学家，说到底，总是要以作品所体现出来的深厚扎实的艺术功底和素养、对生活独具只眼的提炼和发现、独特的文学趣味和价值，以及恒久的可阅读性和耐咀嚼性来证明自己存在的终极价值和意义的。也就难怪，学者王富仁在评价一代文学大家鲁迅（1881—1936）时，会特意从文学的建设性意义着眼，为其正名和辩诬：

> 有人说鲁迅只是一个破坏者而不是一个建设者。
>
> 我感到很纳罕。
>
> 鲁迅的小说、鲁迅的散文、鲁迅的散文诗、鲁迅的杂文是谁创作出来的呢？ [①]

王富仁的意思无非是说，堪称硕果累累的鲁迅的非凡、可感和可敬恰恰在于，他不仅长于破旧，尤其专于立新。换言之，披荆斩棘的鲁迅的确是一个不折不扣的旧世界（旧文学）的"破坏者"，但更是一个满怀建树感与使命感的新世界（新文学）的建设者。正是在这个意义上，一路"破坏"下来的鲁迅虽然不幸地因病早逝，但又在他那些经受过漫长的阅读考验的不朽作品里获得了

[①] 王富仁：《呓语集》，北京：中国文联出版社，2000年版，第337页。

永生。或者说，鲁迅主要不是活在了他当初的"破坏者"的声名里，而主要是活在了他极富建设性和经典意义的成果（那些扎扎实实、历久弥新、生命力盎然的作品）里。

倘若以同样的或相类似的视角来观照本书的论说对象杨绛，她在文学的实绩和丰厚度上虽然一时可能无法与鲁迅这样数一数二的大作家相提并论，但最终可堪自证的也仍然只能是她那些数量虽然不是很多，但却有着稳定而持久的读者群的各具特色的小说、戏剧和散文作品——当然，也包括她那些反响不俗的小说译作，以及小说写译的理念与理论方面的、言之有物的论说文字。

二　作为当代作家的杨绛

目前，可以从"维普""万方"和"知网"等数据库中搜索到的与杨绛有关的研究和评说文字计约五百余篇，来源包括各类报刊和期刊等。除去因各种原因所导致的一稿多投或多刊 ① 及一些词条性、说明性、介绍性和报道性的过于简略的文字，共得文章不到四百五十篇。而在这其中，真正学术性的论文所占的比例尚不及三分之二。

这些文章的论题涉及杨绛 80 年创作生涯里的各式文学体裁尝试，把杨绛当成所谓"当代作家"来研究的占了较大比重。这倒也符合杨绛的写作重心是放在了自己的中晚年，特别是"改革开放"后几十年之上的基本情况。

这些评论文字大多以肯首和欣赏为基调或底色。相形之下，反倒使得少数提出问题的置疑性文字变得比较耐人寻味和引人注目。

以杨绛迄今为止发表的唯一一部不算很长的长篇小说《洗澡》为例，孟飞的《从〈洗澡〉说开去——略论建国后的知识分子思想改造》一文便明确地表示了不以为然："杨绛先生以漫画式手法勾勒的 1950 年代思想改造运动，让很多读者以为那不过是一场闹剧，几乎尘封了真实的历史。然而千百年以来，却并无人真能够遮蔽历史的真相，不管是权力话语还是文人之笔，不管是戈

---

① 这种现象其实挺严重，有的一稿多至四五投或四五刊：如舒展的《古驿道上悟道者——读杨绛新作〈我们仨〉》一文，便分别载于《检察日报》（2003 年 7 月 25 日）、《社会科学报》（2003 年 8 月 14 日）、《民主与科学》（2003 年第 4 期）和《科技文萃》（2003 年第 11 期）；再如，杜胜韩的《杨绛小说中的贤妻良母形象》分别载于《南京广播电视大学学报》（2000 年第 4 期）、《湛江师范学院学报》（2000 年第 4 期）和《中华女子学院山东分院学报》（2001 第 2 期）。造成这一学术不严谨现象的原因大概既来自作者方面，也来自报刊杂志方面。

培尔还是杨绛。"① ——在这里，始终自觉地同政治与权力保持适度距离的作家杨绛竟然被人拿来同纳粹德国的强势文人戈培尔（Paul Joseph Goebbels，1897—1945）相提并论，不可谓不触目惊心！

还值得一提的，是作家兼教授施蛰存 1989 年 10 月 7 日写的短评《读杨绛〈洗澡〉》。该文虽然慷慨地将杨绛的《洗澡》这部小说称为"半部《红楼梦》加半部《儒林外史》"，虽然客气地将杨绛称为当下不可多得的"语文高手"，但它除了颇为细致地指出小说《洗澡》存在着一些可以商榷的细节问题（如指出，过去上海的教会大学其实没有外文系，"胃癌"一词 1952 年尚不存在等）②之外，主要还是认为该小说的第三部收束得过于匆忙——所谓"写得太简了"，令小说前两部的积累与铺垫没了着落。③

对此，彦强的评论文章《不因同根而护短》也有同感："我以为最后一部写'运动中'，好像有点草草收来，不太过瘾。"④ 当然，这篇文章同时又补充道："把这想法商之于一个年轻人，她却不以为然。她觉得最后确已达到全书的高潮，各个人物的性格在运动中都得到了合乎逻辑的发展和表现；她说她第一次看到中国知识分子第一次接受改造的如实描写。回过头来想我们两类读者的这一歧异，不出在作品本身，作品确已如实地写了当时的人物情事，没有添油加醋，没有把后来才可能有的提前贴到改造者们或被改造者的人物身上。而我在读这一部分内容的时候，实际所想的早已超出书上的描写，而是这些书中人物在尔后近四十年中所会有和必有的表现了。"⑤

然而，与如上两篇文章的看法不尽相同的是，在《学者机智 女性心情——谈〈洗澡〉对情节高潮的淡化》⑥ 一文中，周文萍通过对小说《洗澡》的两条主要线索——许（彦成）姚（宓）恋情和知识分子被"洗澡"——的细读和分析，

---

① 孟飞：《从〈洗澡〉说开去——略论建国后的知识分子思想改造》，《孟飞文集》，载于"乌有之乡"网站：http://www.wyzxsx.com/Article/Class14/200902/69424.html。

② 杨绛对施蛰存的这些细节性质疑一直未见回应，也未做相应的文本订正。可能是并未看到施蛰存的评论，也可能是认为虚构作品容许这类历史性细节不真实的情形存在。

③ 详见施蛰存：《读杨绛〈洗澡〉》，陈子善、徐如麒编选《施蛰存七十年文选》，上海：上海文艺出版社，1996 年版，第 721—723 页。

④ 彦强：《不因同根而护短》，《读书》1989 年第 11 期，第 179 页。

⑤ 彦强：《不因同根而护短》，《读书》1989 年第 11 期，第 179—180 页。

⑥ 周文萍：《学者机智 女性心情——谈〈洗澡〉对情节高潮的淡化》，《名作欣赏》1996 年第 1 期，第 72—75 页。

表达了对情节高潮的这一典型杨绛式"虚写淡化"处理的理解态度，一如陈宇对该文所作的评述："通过分析小说的两个主要情节即许姚恋情和知识分子改造，研究者发现，作者将高潮部分都作了淡化处理，虚写带过。这样层层铺垫却又暗转笔锋的情节安排，使全书呈现出温柔恬淡的风格。至于作者杨绛此中的匠心，研究者理解为出于对作品人物的爱护，因而绕过了人们心灵冲突最激烈的时刻。"①

此外还值得在此提请注意的，是张立新的《流落民间的"贵族"——论杨绛新时期创作的民间立场》②和王燕的《论杨绛的自由写作立场》③两篇文章。它们提供了解析杨绛其人其作的一个有价值的角度：**所谓民间的或自由的写作立场，就是"在野"，就是立身边缘，就是旁观视角，就是与民一体的姿态，就是"慈航普渡"和人文关怀，就是以良知为准绳的独立判断，就是广义的公共知识分子的本色，就是对适度的距离或疏离感的一种强调和坚守。**本书第六章第一节便是专门从这一视角切入，试图有所发挥的。

至于与杨绛研究相关的学位论文，目前能够查找到的计有48篇——包括四篇来自中国台湾的硕士论文（姚金维，1989，辅仁大学；叶含氚，2005，东吴大学；陈家盈，2008，静宜大学；张嘉文，2009，淡江大学）和一篇来自法国汉学界"巴黎国立东方语言与文明研究所（Inalco）"的博士论文（刘梅竹，2005）。其中，博士论文两篇——刘梅竹的法文博士论文《杨绛笔下的知识分子人物》④之外，是于慈江的博士论文《小说杨绛——从小说写译的理念与理论到小说写译》（2012），硕士论文46篇（与杨绛研究直接相关的有31篇，间接相关的有15篇）。

这些学位论文分别针对杨绛作品的题材（对女性、对知识分子的关注和书

① 陈宇：《近十年杨绛研究综述》，《山西师大学报（社会科学版）》2005年第6期，第66页。

② 张立新：《流落民间的"贵族"——论杨绛新时期创作的民间立场》，《当代作家评论》2007年第6期，第102—110页。

③ 王燕：《论杨绛的自由写作立场》，《常熟理工学院学报（哲学社会科学版）》2007年第11期，第67—70、90页。

④ 刘梅竹的《杨绛笔下的知识分子人物》以法文写作，完成于2005年。该博士论文的中文题目为笔者根据刘梅竹（Meizhu Liu）自己提供的法文、英文题目——La Figure de l'intellectuel chez Yang Jiang（The Intellectual in the Work of Yang Jiang）——综合译出。该论文的指导教授系法国巴黎国立东方语言与文明研究所（另译：国立东方语言与文化学院）（Inalco）的伊莎贝尔·拉比（Isabelle Rabut）。可参见Liu Meizhu，《Interviews with Yang Jiang》，China Perspectives [Online]，65 | May – June 2006, Online since 21 December 2006, connection on 25 May 2014. URL：http://chinaperspectives.revues.org/636。

写）、体裁（戏剧或喜剧、散文、小说尤其是长篇小说《洗澡》）、叙事风格（包括总体风格、艺术风格）和写作姿态（包括人生姿态）等多个方面展开论证。值得注意的是，杨绛虽然是一名引人注目的女性作家，但采用女性或女权主义叙事视角对其予以观照的却仅有两篇（韩雪，2006；吴嘉慧，2007）。这在一定程度上，验证了笔者所感受到的杨绛写作与叙事的中性立场。或者说，**女性作家杨绛作为叙事主体，在其创作中对传统的男性视角并不敏感，或并无任何不适之感。**

当然，这里所谓的中性叙事立场，不是以一般意义上的性别为区别指标，而是相对于女权主义者的认知立场和行文定位而言。换言之，杨绛的中性叙事立场并不意味着笔法上的不男不女或男腔男调，并不取消她作为一位女性作家所特有的细腻柔韧笔触和行文敏感度。

整体而言，这些论者分别对杨绛的作品所反映出来的诗性（余艳，2006）、智（知）性（杨靖，2003；宋成艳，2009）、边缘性（李彤，2004）和隐身性（化）（徐静娴，2008；宋成艳，2009）等倾向，表现了较为明显的关注。纳入他们视野的，还有杨绛作品的喜剧（幽默）精神（张鞞，2006；余萌，2008）、人文精神（尹莹，2008）、美学精神（张希敏，2008）以及宗教情怀（张惠，2010）。此外，有的论者还特意探讨了杨绛写作过程中的选择与得失（夏一雪，2007）、矛盾与统一（周虹，2008）。

从研究方法上看，比较研究相对突出一些。譬如，既有袁昌英（1894—1973）和杨绛的喜剧作品的比较（李克燕，2004），也有杨绛与钱锺书小说中的知识分子书写的比较（郭峻，2007），还有丁西林（1893—1974）、王文显（1886—1968）和杨绛的幽默喜剧的比较（徐念一，2007）。当然，在那些关注杨绛的非学位论文当中，也不乏这类比较研究。如2010年时，范培松、张颖二人就曾在《文学评论》上，发表过《钱锺书、杨绛散文比较论》一文。[①]

三　作为现代作家的杨绛

对现代文学阶段的杨绛（如其早期的戏剧创作）的关注，主要源于如下三个方面的因素：一是"孤岛"或沦陷区文学的日益受重视；二是近年来

[①] 详见范培松、张颖：《钱锺书、杨绛散文比较论》，《文学评论》2010年第5期，第189—194页。

海外汉学研究的直接和间接推动；三是"钱锺书热"的余热或"爱钱及杨"效应。

这其中特别值得一提的，是所谓"夏门四大弟子"之一、美国康奈尔大学（Cornell University）东亚中心主任耿德华（Edward M. Gunn, Jr.）所从事的"中国沦陷区文学史"研究。[①] 作为这方面最早的研究成果之一，耿德华1980年出版的英文专著《被冷落的缪斯：中国沦陷区文学史（1937—1945）》（*Unwelcome Muse*）[②] 体现了上述三方面因素的聚合：这部书本身来自海外汉学界，研究的是过去少人问津的中国沦陷区文学，又明显受到其师夏志清（1921—2013）《中国现代小说史》（*A History of Modern Chinese Fiction*）[③] 一书的影响——譬如，耿德华对杨绛的"发现"令人没法不想起夏志清对钱锺书的"发现"。纵令不是直接启发，也当是间接提示。

耿德华在自己这本书的第五章（"反浪漫主义"）里，为杨绛专辟了一节，且置于专论钱锺书的一节之前。[④] 在这一章的"英国现代文学和中国反浪漫主义概念"一节里，耿德华将杨绛的戏剧作品同张爱玲（1920—1995）和钱锺书的散文与小说作品相提并论："张爱玲的散文和小说，杨绛的戏剧，钱锺书的散文和小说，他[⑤]们以各自不同的方式为排斥浪漫主义作家的装腔作势和价值观念做出了贡献。"[⑥]

杨绛早年以戏剧（主要是喜剧）惊鸿一现、中年以译作（主要是小说）驰

① "夏门"系指已故美国哥伦比亚大学荣誉教授夏志清（Chih-tsing Hsia 或 C.T. Hsia）门下。夏志清称门生 Edward Gunn 为管德华。详见夏志清：《重会钱锺书纪实》，《新文学的传统》，北京：新星出版社，2005年版，第265页。

② 耿德华《被冷落的缪斯：中国沦陷区文学史（1937—1945）》一书的英文全名是 *Unwelcome Muse: Chinese Literature in Shanghai and Peking*, 1937-1945，美国哥伦比亚大学出版社（Columbia University Press），1980年版。其中文译本由北京的新星出版社于2006年出版，译者是北京市社会科学院文学研究所的学者张泉。

③ 夏志清的《中国现代小说史》一书的英文版初版于1961年（美国耶鲁大学出版社），1971年二版；1999年的第三版改由美国印第安纳大学出版社（IU Press）出版。繁体字译本有刘绍铭等翻译的中国香港版（2008年中文大学出版社版）和中国台湾（1979年友联版）。该译本的简体中文版目前有复旦大学出版社，2005年版。

④ 详见［美］耿德华：《被冷落的缪斯：中国沦陷区文学史（1937—1945）》，张泉译，北京：新星出版社，2006年版，第265—277页。除钱、杨夫妇外，该章另外讨论的两位作家是吴兴华（1921—1966）和张爱玲。

⑤ 此处的"他"字似应为"它"字——因为所引此句的主语明显不是张爱玲、杨绛和钱锺书三位作者，而是他们的作品。

⑥ ［美］耿德华：《被冷落的缪斯：中国沦陷区文学史（1937—1945）》，张泉译，北京：新星出版社，2006年版，第228页。

名一时、晚年以散文（包括小说）允称一绝。耿德华这本书不仅叫响了杨绛现代戏剧家的名头，扩大了她在海外汉学界的影响，还帮助推动了中外现代汉语文学研究界对这位女作家的全面认知——其点醒作用不容轻忽。一个佐证是，在中国外文出版社组织的一次座谈会上，华裔美国学者李欧梵曾这样描述道："关于抗战时期的文学，在美国几乎没有人知道……我们以前从未听说（过）杨绛，看了这本书 ① 才知道。杨绛在上海写了许多喜剧，有些喜剧写得非常成功。" ② 当然，由于杨绛迄今仅有四部戏剧作品问世，说她当年"在上海写了许多喜剧"，即便算不上信口开河，也不免有些过甚其词了。

尤为值得注意的是，除了对杨绛赖以成名的喜剧《称心如意》和《弄真成假》做了颇为细致精到的剖析之外，耿德华还用不小的篇幅，重点讨论了杨绛自己后来都似乎不愿再提起的悲剧《风絮》。③ 当然，他之所以只是约略地提及了一下杨绛的另外一部喜剧《游戏人间》，主要是因为这部戏"似乎没有发表过，今天显然也无法找到了"④ 。

说起《游戏人间》，不仅其剧本下落成谜——既未发表，亦不知所终，各方所记忆的演出时间似乎也存在着出入。一般人大多认为，该剧是 1944 年上演。如有人说："杨绛的第三出戏剧《游戏人间》于 1944 年夏季由苦干剧团上演，导演是姚克。"⑤ 又有人说："不仅有此一剧，而且确也搬上舞台，时间大概是 1944 年 8 月间，由姚克导演，若 ⑥ 干剧团公演于沪上。"⑦ 然而，杨绛自己则说："（1945 年）4 月 1 日回上海。《游戏人间》上演，姚克导演，'苦

---

① 指耿德华《被冷落的缪斯：中国沦陷区文学史（1937—1945）》一书。

② 李欧梵：《美国对中国现代文学的研究》，《编译参考》1980 年第 8 期，第 63—64 页。

③ 杨绛后来只把《称心如意》和《弄真成假》合在一起称《喜剧两种》（福州：福建人民出版社，1982年版）。收入《杨绛作品集》（北京：中国社会科学出版社，1993 年版）、《杨绛散文戏剧集》（海口：南海出版公司，2001 年版）和《杨绛文集》（北京：人民文学出版社，2004 年版）的也只是这两种。

④ ［美］耿德华：《被冷落的缪斯：中国沦陷区文学史（1937—1945）》，张泉译，北京：新星出版社，2006 年版，第 272 页。另据刘梅竹《杨绛先生与刘梅竹的通信两封》（《中国文学研究》2006 年第 1 期，第 91 页）记载，杨绛自己曾表示："此剧是名导演姚克导演，但剧本无足取。所以我自己毁了，不要了，没有了。"

⑤ ［美］耿德华：《被冷落的缪斯：中国沦陷区文学史（1937—1945）》，张泉译，北京：新星出版社，2006 年版，第 272 页。

⑥ 显系笔讹或印刷错误，"若"应是"苦"字。

⑦ 陈学勇：《杨绛的第三部喜剧与麦耶的评论》，《博览群书》1997 年第 7 期，第 42 页。

干剧团’演出。”① 证诸麦耶（董乐山，1924—1999）② 1944 年发表的剧评《七夕谈剧·〈游戏人间〉——人生的小讽刺》③，应是杨绛自己记忆有误。

尚值得一提的是，除了夏志清在其《中国现代小说史》中因“发现”了张爱玲、钱锺书和沈从文等作家，进而帮助改变或扩大了后来的现代汉语文学研究格局外，有关中国内地现代汉语文学研究界一定程度上受海外（包括港台地区）汉学研究的影响和推动这一现象，还可以从如下两件看似不起眼的小事来略见一斑。

其一，黄裳（1919—2012）曾写过散文《卞之琳的事》。据文章中披露的卞之琳写于 1981 年 12 月 11 日的一封信，卞之琳 20 世纪 80 年代曾应邀专程赶赴荷兰，参加某荷兰人的文学博士学位授予典礼。有意思的是，该博士论文的讨论对象正是卞之琳其人其诗：

> 我最近去荷兰住了十天（十一月二十二日至十二月二日），是应邀去参加莱顿（Leyden）大学授予一位荷兰学者（Lloyd Haft）博士学位的隆重典礼。这位博士用英文（他出生美国）写了一本相当厚的专著（现印了一些试行本，修订后将正式出版），题目是我。④

当然，卞之琳如上这段文字除了可用来一窥海外汉学界研究现代汉语文学的动向外，还至少可以作为一窥作家心理或心态的一个绝佳样本——**在这段乍看毫不起眼的文字中，卞之琳直到末尾，才如封似闭、犹抱琵琶地把关键字“我”作为包袱给抖搂出来，看似轻描淡写、闲闲一笔（无非无巧不巧地以“我”始，亦以“我”终），却寓巧于拙，极耐寻味，远非一个“谦抑”或“淡定”可以了得。**

其二，在湖南师范大学文学院主办的《中国文学研究》2006 年第 1 期里，有一篇题为《杨绛先生与刘梅竹的通信两封》⑤ 的文章，系当时正在法国攻读

---

① 杨绛：《杨绛生平与创作大事记》，《杨绛文集》第 8 卷，北京：人民文学出版社，2004 年版，第 387 页。

② 据查考并证诸李辉编《董乐山文集》（石家庄：河北教育出版社，2001 年版），麦耶即后来致力于中外文化交流的学者董乐山（1924—1999）。详见陈学勇：《杨绛的第三部喜剧与麦耶的评论》，《博览群书》1997 年第 7 期，第 43 页。

③ 麦耶：《七夕谈剧·〈游戏人间〉——人生的小讽刺》，《杂志》，（1944 年 9 月）第 13 卷第 6 期。

④ 黄裳：《珠还记幸》（修订本），北京：生活·读书·新知三联书店，2006 年版，第 289 页。

⑤ 详见刘梅竹：《杨绛先生与刘梅竹的通信两封》，《中国文学研究》2006 年第 1 期，第 91—92 页。

博士学位的学者刘梅竹2004年12月15日和2005年6月26日通过信件往还采访杨绛的内容摘录——杨绛分别回复于2005年"元月13日"和2005年7月28日,都是约一个月之后。[①]

这些访谈透露了与杨绛相关的一些不为人知的信息,极有价值:如杨绛坦然自承,"我不是教徒,也不是无神论者,我信奉上帝"[②];如与钱锺书古文造诣的高绝一时恰成鲜明反差的是,杨绛一再强调,她自己古文功底着实不高——"都是自习,所以功底不深。很差,很差";[③] 如杨绛明确说明,她自己作于20世纪40年代的喜剧《游戏人间》的底本是自毁自弃,不是意外丢失;[④] 如杨绛首次透露,她人生中最大的遗憾是"未能在清华大学本科读外语系,却在东吴大学读政治系"[⑤]——足见清华大学(外语系)作为母校之一,在杨绛心目中的至尊地位,但这一"清华情(意)结"或"清华外语系本科情(意)结"对杨绛究竟意味着什么,对她一生的为人为文到底有什么影响,实在颇堪后来者或有心人寻味;如杨绛特意提示,就人民文学出版社出版的《杨绛文集》而言,研究者使用其第三次印刷本十分必要——"最好买第三次印刷,因有修改"[⑥],等等。

然而,笔者之所以特意在此提到这篇通信访谈文章,除了是在按部就班地综述杨绛研究的文献,也是想强调一下访谈者刘梅竹的海外学人身份。虽然访谈者在将访谈记录发表时为了凸显杨绛对答的文献和史料价值,有意略去了自己的身份特征和访谈目的,但从这篇采访录的字里行间,特别是杨绛的回复里

---

① 杨绛的回复日期系根据杨绛的亲笔信的影印件判断——其中2005年元月的"元"字相当模糊,但肯定不是阿拉伯数字的1—5。详见刘梅竹的法文博士论文,第374—376页。

② 刘梅竹:《杨绛先生与刘梅竹的通信两封》,《中国文学研究》2006年第1期,第91页。

③ 刘梅竹:《杨绛先生与刘梅竹的通信两封》,《中国文学研究》2006年第1期,第92页。

④ 详见刘梅竹:《杨绛先生与刘梅竹的通信两封》,《中国文学研究》2006年第1期,第91页。

⑤ 刘梅竹:《杨绛先生与刘梅竹的通信两封》,《中国文学研究》2006年第1期,第91页。

⑥ 刘梅竹:《杨绛先生与刘梅竹的通信两封》,《中国文学研究》2006年第1期,第91页。据刘梅竹法文博士论文附录的杨绛的亲笔回复,杨绛2005年"元月13日"提到的其实是《杨绛文集》的二刷本:"得买第二次印刷,第一版错太多。"(引自刘梅竹的法文博士论文,第374页)刘梅竹之所以会在发表时将其改成"最好买第三次印刷,因有修改",是因为杨绛于2005年9月30日写信说:"第二页( )内的两句,可改为(最好买第三次印刷,因有修改)。"(引自刘梅竹:《杨绛先生与刘梅竹的通信两封》,《中国文学研究》2006年第1期,第92页)杨绛这一嘱咐不外出于两个目的:一是最新的印刷本当然改进得最为彻底;二是为了语气的委婉,给出版社留面子。但实际上,《杨绛文集》的三刷本要到2009年6月才印行。合理的解释只可能是:要么是杨绛在如上提到的最后一封信里,把"第二次印刷"误写成了"第三次印刷"(当然,也可能是刘梅竹抄错了杨绛的原信);要么是同2005年1月时的情形相比,杨绛2005年9月份时已把将用于第三次印刷的改动完成,虽然要到将近四年之后才能付梓面世。

仍可以看出，刘梅竹当年从法国越洋访谈杨绛，主要是为了积累第一手资料，以撰写以杨绛其人其作为论题的法文博士学位论文——详见后文。而这一事例至少部分地证明了作家杨绛当前或至今仍为海外汉学界某些人所关注乃至热衷的现状，一如上举卞之琳研究的情形。

总之，美国学者耿德华的杨绛研究无疑不仅填补了空白，一定程度上也起到了引领研究方向——包括引领研究资料的搜求——的作用。譬如，在《被冷落的缪斯》一书中译本第 272 页当中的三个脚注里，耿德华引用了 20 世纪 40 年代的两位剧评家孟度（钱英郁，1918—）和麦耶发表在《杂志》月刊上的杨绛戏评。[1][2] 这些资料直到 20 世纪 90 年代开始，才陆续被中国内地的学者所引用：1991 年出版的《钱锺书杨绛研究资料集》一书编入了孟度的《关于杨绛的话》；1995 年的《人在边缘——杨绛创作论》[3] 一文引证了麦耶的《〈游戏人间〉——人生的小讽刺》——其实，也就是耿德华所引证过的麦耶《七夕谈剧》一文的其中一节。[4] 而到了 1997 年，还有人郑重其事地质问：当今的杨绛研究者为什么会忽略 20 世纪 40 年代的剧评家麦耶？[5] 不仅如此，该论者还特意提到了《杂志》月刊上麦耶另一篇杨绛评论文章《〈弄真成假〉与喜剧的前途》——其实，也就是耿德华所引证过的麦耶《十月影剧综评》一文的其中一节——并声称，类似的文章他看到过不下四五篇。

2005 年的一篇《杨绛研究述评》虽然同时引证了孟度和麦耶发表在《杂志》月刊上的两篇文章，但却在行文时把孟度误写为"杨度"，在注释时把麦耶的《十月影剧综评》误写为"《十月影剧总评》"。[6] 类似的笔误也发生在别的论者身上，如台湾东吴大学研究生叶含氤在其硕士论文《杨绛文学创作研究》中，除了也把麦耶的《十月影剧综评》以讹传讹地误写为《十月影剧总评》之外，

---

① 详见孟度：《关于杨绛的话》，载于《杂志》第 15 卷第 2 期（1945 年 5 月），第 110—112 页。

② 详见麦耶：《十月影剧综评·〈弄真成假〉与喜剧的前途》，《杂志》第 12 卷第 2 期（1943 年 11 月），第 172—173 页（亦可参见李辉编《董乐山文集》第 1 卷，石家庄：河北教育出版社，2001 年版，第 104—105 页）；《七夕谈剧·〈游戏人间〉——人生的小讽刺》，《杂志》第 13 卷第 6 期（1944 年 9 月），第 164—165 页（亦可参见李辉编《董乐山文集》第 1 卷，石家庄：河北教育出版社，2001 年版，第 189—191 页）。

③ 详见林筱芳：《人在边缘——杨绛创作论》，《文学评论》，1995 年第 5 期，第 97—103 页。

④ 详见麦耶：《七夕谈剧·〈游戏人间〉——人生的小讽刺》，《杂志》第 13 卷第 6 期（1944 年 9 月），第 164—165 页（亦可参见李辉编《董乐山文集》第 1 卷，石家庄：河北教育出版社，2001 年版，第 189—191 页）。

⑤ 详见陈学勇：《杨绛的第三部喜剧与麦耶的评论》，《博览群书》1997 年第 7 期，第 42—43 页。

⑥ 详见刘心力：《杨绛研究述评》，《辽宁师专学报（社会科学版）》2005 年第 4 期，第 44—45 页。

还把麦耶的《七夕谈剧》误写成《七夕剧谈》。①

单就针对杨绛创作于 20 世纪 40 年代的戏剧作品所展开的研究而言，下面几篇文献值得提请注意：柯灵（1909—2000）的《上海沦陷期间戏剧文学管窥》②、庄浩然的《论杨绛喜剧的外来影响和民族风格》③、张静河的《并峙于黑暗王国中的喜剧双峰——论抗战时期李健吾、杨绛的喜剧创作》④、黄万华的《杨绛喜剧：学者的"粗俗"创作》⑤、万莲子的《乱世情怀的文化发现——论张爱玲与杨绛在沦陷区上海的创作》⑥、胡德才的《"替沉闷的人生透一口气"——论杨绛和她的喜剧创作》⑦、张健的《论杨绛的喜剧——兼谈中国现代幽默喜剧的世态化》⑧、黄树红和翟大炳的《杨绛世态人情喜剧与意义的重新发现——谈〈称心如意〉〈弄真成假〉的文学史价值》⑨、马俊山的《重返市民社会建设市民戏剧——论 40 年代的话剧创作》⑩、敖慧仙的《谈杨绛的喜剧〈称心如意〉的高潮设计》⑪，以及杨扬的《杨绛喜剧艺术论》⑫。庄浩然和张静河两人的论文后来还被收入田蕙兰等选编的《钱锺书杨绛研究资料集》⑬。

---

① 详见叶含氤：《杨绛文学创作研究》（指导教授：何寄澎、沈谦），（台湾）东吴大学硕士论文，2005 年，第 202 页。

② 柯灵：《上海沦陷期间戏剧文学管窥》，《上海师范学院学报》1982 年第 2 期。

③ 庄浩然：《论杨绛喜剧的外来影响和民族风格》，《福建师范大学学报（哲学社会科学版）》1986 年第 1 期。

④ 张静河：《并峙于黑暗王国中的喜剧双峰——论抗战时期李健吾、杨绛的喜剧创作》，《戏剧》1988 年秋季号（总第 49 期）。

⑤ 黄万华：《杨绛喜剧：学者的"粗俗"创作》，《新文学研究》1994 年第 3 期。

⑥ 万莲子：《乱世情怀的文化发现——论张爱玲与杨绛在沦陷区上海的创作》，《云梦学刊》1996 年第 3 期。

⑦ 胡德才：《"替沉闷的人生透一口气"——论杨绛和她的喜剧创作》，《湖北三峡学院学报（社会科学版）》1996 年第 4 期。

⑧ 张健：《论杨绛的喜剧——兼谈中国现代幽默喜剧的世态化》，《华中师范大学学报（人文社会科学版）》1999 年第 3 期。

⑨ 黄树红、翟大炳：《杨绛世态人情喜剧与意义的重新发现——谈〈称心如意〉〈弄真成假〉的文学史价值》，《广东教育学院学报》2001 年第 1 期。

⑩ 马俊山：《重返市民社会建设市民戏剧——论 40 年代的话剧创作》，《中国现代文学研究丛刊》2003 年第 2 期。

⑪ 敖慧仙：《谈杨绛的喜剧〈称心如意〉的高潮设计》，《戏剧文学》2006 年第 12 期。

⑫ 杨扬：《杨绛喜剧艺术论》（导师：王文彬、王宗法、张器友、王达敏），安徽大学硕士论文，2004 年。

⑬ 参见田蕙兰、马光裕、陈珂玉选编《钱锺书杨绛研究资料集》，武汉：华中师范大学出版社，1990 年版。

四　综合视角观照下的杨绛

其实，前述两小节所提到的那些杨绛研究学位论文还有一个比较明显的特征，那就是整体观和综合视角。光是以"杨绛创作论"作为标题或副标题的就有三篇（李晓丽，1999；王燕，2005；徐静娴，2008），其他的还有"论杨绛的文学精神世界"（郭耀庭，1994）、"杨绛文学创作研究"（叶含氤，2005）、"浅论杨绛作品"（余艳，2006）、"杨绛简论"（夏一雪，2007），以及"小说杨绛"（于慈江，2012）等。

特别值得一提的是台湾东吴大学叶含氤的《杨绛文学创作研究》这篇硕士论文。该论文虽然尚存在相当明显的就事论事、平铺直叙的简单罗列倾向和被动描摹痕迹，尚存在文化和哲思层面深度抽象和知性提炼的很大空间，但若单论对作家杨绛文学道路的回顾和梳理，却是截至目前最为全面周详的一篇。该论文另外一个较为明显的长处是，对杨绛具体作品的分析和评价不仅大多命意新颖别致、立论确当有据，笔法也不失从容、明晰和细腻。

具体而言，叶含氤的论文《杨绛文学创作研究》以杨绛的文学创作为论题，共计九章，凡203页。全文依照文类呈现杨绛的创作历程，并探讨其文学风格的延续与转变。该论文认为，杨绛的作品有两个显著的特色，即喜剧性笔法与客观再现真实；到了20世纪80年代以后，杨绛逐渐找到了"喜剧夸张"与"客观纪实"两者之间的平衡点，从而实现了其创作生涯的一再突破。值得注意的是，通过讨论杨绛对"家"的描写的重点呈现，该论文作者得出了如下结论："《我们仨》是杨绛积蓄了70年来对于生命的感悟以及创作的力道而酿造的作品，可说是其文学成就的高峰。"①

贸然地将《我们仨》一书作为杨绛"文学成就的高峰"② 固然难免有轻率鲁莽之嫌，固然大有商榷余地——至少，更看重《记钱锺书与〈围城〉》等散文和《"大笑话"》等小说的笔者便不敢苟同，但杨绛的散文写作成就之高和水平之齐整的确有目共睹，也的确至少在总体上是明显凌驾于她本人其他体裁的创作之上的。

---

① 详见叶含氤：《杨绛文学创作研究》，（台湾）东吴大学硕士论文，2005 年。引文引自该硕士论文的中文"摘要"。

② 有论者持类似看法，将杨绛的《我们仨》看作"中国式的'追忆逝水年华'"，"用'我们仨'的生命之火烤出的散文极品"。详见牛运清：《杨绛的散文艺术》，《文史哲》2004 年第 4 期，第 127—128 页。

当然，这里也不能不提及截至目前（2013 年）论及作家杨绛的仅有的两篇博士论文之一——刘梅竹的《杨绛笔下的知识分子人物》。

从该论文的题目、正文、文献与附录（仅最后这一部分，就达 90 页之多）以及本书前面曾提及的《杨绛先生与刘梅竹的通信两封》一文的相关内容来看，这篇长达 405 页（正文 315 页）的法文博士论文显然下了很大功夫（其实，由作者数年间一再地坚持对杨绛进行专门的书面和电话采访一事，即可略见一斑），考察的是杨绛对知识分子的关注与刻画——这无疑是打量杨绛其人其作时无法避开的一个重要视角或主题。当然，这篇博士论文虽然内容宏富，篇幅可观，但行文与命意仍稍嫌粗糙。特别是在细节方面，仍有待作者再花力气细加磋磨：譬如，把学者董衡巽名字里的"巽"（xùn）字，不无遗憾地误读、误译为"撰"（zhuàn）字；① 把学者童庆炳名字里的"童"（tóng）字，误看、误写为"董"（dǒng）字；② 把杨绛电话里所说的英文词 the muse（缪斯；诗才，灵感），误听、误记录为 the news（新闻）并生拉硬扯、莫名其妙地把后者理解成所谓"小说"。③

学位论文之外，综合性的杨绛研究的比重也并不稍轻。例如，林筱芳的《人在边缘——杨绛创作论》和胡河清（1960—1994）的《杨绛论》④ 二文虽均发表于小 20 年前，却都非常值得留意和一读。前者不仅命意精准深切，感受细腻独到，所选取的"边缘"这个切入角度——指向的无论是由钱锺书发轫、杨绛承传的所谓"人生边上"⑤ 的那一个"边缘"，还是作为杨绛写作姿态的真实写照的这一个"边缘"——也比较恰切和别致。

后者则在杨绛生平和作品的相互印证当中，以颇为老练精到的笔触，诠释

---

① 详见刘梅竹的法文博士论文，第 5 页注释 1。

② 详见刘梅竹的法文博士论文，第 360 页。

③ 如据刘梅竹记录的 2002 年 7 月 18 日与杨绛的电话对话稿，杨绛曾说："钱锺书总说 the news（笔者注：小说。此处，杨先生用的是英语）喜欢年轻人，不喜欢老人。但是我不服，我总想试，哪怕只试一次，就写一个故事。"（引文引自刘梅竹的法文博士论文，第 391 页）。刘梅竹将其译为 "Qian Zhongshu disait toujours que le *news* (roman) [prononcè en anglais] prèfèrait les jeunes et non les vieux..."（引文引自刘梅竹的法文博士论文，第 383 页）。

④ 参见胡河清：《杨绛论》，《当代作家评论》1993 年第 2 期，第 40—48 页；收入胡河清：《灵地的缅想》，上海：学林出版社，1994 年版。

⑤ 据《钱锺书集》，钱锺书不仅有文《写在人生边上》，还有《人生边上的边上》；而杨绛则有《走到人生边上——自问自答》一书（北京：商务印书馆，2007 年版）。

作家杨绛的格调——人格和文格。譬如，该文对钱、杨夫妇如下的比喻精妙之至，真正搔到了痒处，让人由不得击节称道："钱锺书、杨绛伉俪，可说是中国当代文学中的一双名剑。钱锺书如英气流动之雄剑，常常出匣自鸣，语惊天下；杨绛则如青光含藏之雌剑，大智若愚，不显锋刃。"① 当然，胡河清这篇文章的引人注目之处还在于，它与两年后发表的余杰的《知、行、游的智性显示——重读杨绛》② 一文，据说有着某种不同寻常的瓜葛或称"勾连"。③

在《知、行、游的智性显示——重读杨绛》一文中，号称历来"口无遮拦"的余杰对杨绛式的"隐身"或"避来避去"（胡河清语）颇不以为然："在20世纪的中国，……整个知识分子群体对社会责任的逃避将使我们这个多灾多难的民族更为多灾多难。即使是最纯粹的个人主义者，他也应当在完成救出自己后再实施对他人的拯救。在一个危难的世纪里，操作纯粹的知识可以是少数知识分子的选择，却不能成为知识分子群体逃避义务的借口。仅有'知'而不'行'是远远不够的。"④ 余杰所论自有其道理，但难逃严于律他、求全责备之嫌或"站着说话不嫌腰痛"之讥：在特定的政治气候和社会历史情境之下，挺身而出的锋芒毕露和大义凛然自是令人激赏，但不动声色的"隐身衣"⑤ 式坚忍也绝对值得肯定——如杨绛在其《喜剧二种·后记》中曾经委婉地提示过的那样：

> 上海虽然沦陷，文艺界的抗日斗争始终没有压没……我试写了几个剧本，虽然都由进步剧团上演，剧本却缺乏斗争意义。如果说，沦陷在日寇铁蹄下的老百姓，不妥协、不屈服就算反抗，不愁苦、不丧气就算顽强，那么，这两个喜剧里的几声笑，也算表示我们在漫漫长夜的黑暗里始终没丧失信心，在艰苦的生活里始终保持着乐观的精神。⑥

① 胡河清：《杨绛论》，《当代作家评论》1993 年第 2 期，第 42 页。

② 详见余杰：《知、行、游的智性显示——重读杨绛》，《当代文坛》1995 年第 5 期，第 40—43 页。

③ 详见李江峰：《余杰的疏误》，《书屋》2000 年第 9 期，第 34—35 页。

④ 余杰：《知、行、游的智性显示——重读杨绛》，《当代文坛》1995 年第 5 期，第 41 页。

⑤ 有关"隐身衣"的说法和辨析，详见杨绛：《隐身衣》，《将饮茶（校定本）》，北京：中国社会科学出版社，1992 年版，第 203—211 页。

⑥ 杨绛：《〈喜剧两种〉一九八二年版后记》，《杨绛文集》第 4 卷，北京：人民文学出版社，2004 年版（2009 年第 3 次印刷），第 192 页。

更何况，余杰此文"对杨绛写作姿态的复杂性缺乏足够的体认。从《干校六记》，到《将饮茶》，再到《洗澡》，杨绛始终如一地据守知识分子本位的写作立场，尤其是其中'我们'与'他们'意识的尖锐对立，更深刻地凸现了文革与前文革时代知识分子的艰难文化处境与精神锋芒"①。当然，也必须指出，与本话题不无关联的是，余杰这些颇为激进、张扬的言论亦曾被有人指责为，以钱锺书所曾论及的"反仿"方式，严重地袭用了上举胡河清一文的相关内容。②

最后尚值得一提的是，与综合性的杨绛研究视角不无相关，截至 2012 年，对研究和评价杨绛及其作品的学术文献的全面追踪和整体梳理——所谓杨绛研究的研究——亦允称赅备，计有两篇研究综述——陈宇的《近十年杨绛研究综述》③ 和路筠的《近十年（1997—2006）杨绛散文研究综述》④，两篇研究述评——刘心力的《杨绛研究述评》⑤ 和范宇娟的《回黄转绿十年间——杨绛新时期研究述评》⑥，以及一篇研究述略——于慈江的《杨绛研究述略》⑦。

范宇娟的《回黄转绿十年间——杨绛新时期研究述评》一文发表于 1999 年。该文指出，真正的杨绛研究始于"文革"结束后的所谓"新时期"，而新时期的杨绛研究可以以 1988 年杨绛长篇小说《洗澡》的出版为分水岭，分为前后两个大有区别的阶段："第一阶段（1980—1988）主要针对其散文、短篇小说创作进行，未及达到深入展开，大多只是对其作内容、思想意义及艺术形式上的粗略概括。进入第二阶段后，研究者们的眼光大开，研究角度多有更新，不仅结合创作分析具体作品，而且在微观分析时努力注意了宏观整体把握，解读了作家本人。在此两个阶段不能截然分开更不能以片面进化论的眼光判定后必胜于前。由于杨绛的创作量少质高，研究者似乎一时还未能确定一个整体的研究格局，因此，多依其小说、散文、戏剧等进行了个别文体分析。"⑧

该文对它所界定的新时期第二个阶段的杨绛研究的首肯和揄扬，可以从其

① 李江峰：《余杰的疏误》，《书屋》2000 年第 9 期，第 35 页。

② 详见李江峰：《余杰的疏误》，《书屋》2000 年第 9 期，第 34—35 页。

③ 参见陈宇：《近十年杨绛研究综述》，《山西师大学报（社会科学版）》2005 年第 6 期，第 66—70 页。

④ 参见路筠：《近十年（1997—2006）杨绛散文研究综述》，《柳州师专学报》2007 年第 4 期，第 33—36 页。

⑤ 参见刘心力：《杨绛研究述评》，《辽宁师专学报（社会科学版）》2005 年第 4 期，第 44—45 页。

⑥ 参见范宇娟：《回黄转绿十年间——杨绛新时期研究述评》，《学术论丛》1999 年第 2 期，第 51—55 页。

⑦ 参见于慈江：《杨绛研究述略》，《东岳论丛》2011 年第 5 期，第 118—123 页。

⑧ 范宇娟：《回黄转绿十年间——杨绛新时期研究述评》，《学术论丛》1999 年第 2 期，第 51 页。

对文学史家杨义的所谓突破性进展的描述当中窥知一二：

> 在1991年出版的《中国现代小说史》第三卷中，杨绛首次进入了文学专题史的研究轨道。杨义仍以单篇品评的方法，运用崭新的文学方法论，从叙述学的角度结合心理学、纵向比较法出发，对《倒影集》有了新的更高的认识。他推崇《玉人》① 和《鬼》，认为这两篇"于细致的心理体验中，增浓了风俗习尚的氛围渲染"；尤其他经过本文的解读，指出"这是以高明的现代意识和女性意识写成的'反《聊斋》'"，尽管受篇幅限制未及全面论述，却令人耳目一新。并且，他还探讨了一下杨绛缘何被文坛冷淡的原因：未免略嫌清淡。这一评价是相当客观而公允的。可以说，杨义的研究成果在某种程度上至今还尚未被《倒影集》的研究者所突破……②

其实，不仅仅是小说，杨绛的戏剧创作更是早已进入了现代汉语文学史的"研究轨道"——姑不论是否"专题史"。除了此前列举的耿德华的《被冷落的缪斯：中国沦陷区文学史（1937—1945）》之外，在由钱理群、温儒敏和吴福辉撰写的《中国现代文学三十年（修订本）》一书的第28章里，在论述中国现代文学第三个十年（1937年7月—1949年9月）期间的戏剧文学状况时，便有两处提到了杨绛和她的剧本。

其中一处的表述是这样的："这一时期的剧作中，有相当部分是所谓'通俗话剧'，其中也有'雅俗共赏'的作品。杨绛的被称为'喜剧双璧'的《称心如意》与《弄真成假》即是同时为市民观众与知识界欢迎的代表作。如同她所喜爱的女作家奥斯汀那样，杨绛的这两个剧本都是'从恋爱结婚的角度，写世态人情，写表现为世态人情的人物内心'……尤其是《弄真成假》一剧，深入展示了中国都市的'里弄文化'，剧中的周母是杨绛为现代话剧史贡献的非常有特色的小市民典型……小市民第一次这样立体地、带着全部生动丰富的审美特性出现在文人笔下与舞台上。"③

---

① 《玉人》应是《"玉人"》。

② 范宇娟：《回黄转绿十年间——杨绛新时期研究述评》，《学术论丛》1999年第2期，第53页。

③ 钱理群、温儒敏、吴福辉：《中国现代文学三十年（修订本）》，北京：北京大学出版社，1998年版（2004年第17刷），第643—644页。

陈宇的《近十年杨绛研究综述》发表于 2005 年。主要以小说研究、散文研究、喜剧研究和综合研究等为切入点，对 20 世纪 90 年代中期开始、跨度将近十年的杨绛研究的各类文献条分缕析。该文除认为未来应将杨绛置于多种关系的对比中进行研究之外，也认为今后应加强文论、译作以及悲剧方面的杨绛研究力度：

> 杨绛的文学活动涉及文学创作、文艺理论及翻译三个领域，然而纵观已有的研究成果可以发现，研究结构明显失衡：创作领域研究者云集，文论及译作部分问津者寥寥。戏剧研究方面也存在上述问题，悲剧《风絮》几乎不被提及。①

笔者深以陈宇如上的观察与判断为然，也愿意通过本书的研究与写作，尽最大努力聚焦杨绛与小说相关的文学活动的"文论及译作部分"，从而对当下的杨绛研究在学术增量上有所贡献和推进。

刘心力的《杨绛研究述评》也发表于 2005 年。按其摘要所说，此文"试图对几十年来杨绛研究的历史和现状作一点探寻"②；按其文末的注释所说，此文又"主要探寻有关杨绛文学创作的研究情况，不包括翻译作品和文学评论的研究"③。换言之，这篇述评聚焦的是有关杨绛文学作品的研究，应该是一个全景式扫描或介绍。

然而，实际的情况却是，这篇述评挂一漏万，不免有些名不副实。它首先极其简略地介绍了 20 世纪 40 年代杨绛研究的状况，接着按照"杨绛研究在建国后的研究应是从二十世纪八十年代开始"④ 的理解，依照戏剧、散文、小说以及综合研究这四个类别，浮光掠影地介绍了 20 世纪 80 年代开始陆续发表的杨绛研究的一些文献。

路筠的《近十年（1997—2006）杨绛散文研究综述》发表于 2007 年。该文具有专题性，专门从有关杨绛散文的研究这一视角切入，并按"题材""独

---

① 陈宇：《近十年杨绛研究综述》，《山西师大学报（社会科学版）》2005 年第 6 期，第 69 页。
② 刘心力：《杨绛研究述评》，《辽宁师专学报（社会科学版）》2005 年第 4 期，第 44 页。
③ 刘心力：《杨绛研究述评》，《辽宁师专学报（社会科学版）》2005 年第 4 期，第 45 页。
④ 刘心力：《杨绛研究述评》，《辽宁师专学报（社会科学版）》2005 年第 4 期，第 44 页。

特价值和意义""写人手法、反讽修辞和喜剧精神""作家心态"以及"系列散文《我们仨》研究"等五个指标，对研究杨绛散文的众多文献予以综述和概论。

值得注意的是，该文认为 1997 年至 2006 年这十年间最有创意和理论深度的研究成果，是黄科安的《喜剧精神与杨绛的散文》和刘思谦的《反命名和戏谑式命名——杨绛散文的反讽修辞》。该文对今后有待填补的研究空白的认定是："杨绛传统的文学思想对其散文创作的影响与束缚；杨绛散文与现代散文、古典散文的承继关系；杨绛与新时期'老生代'作家群（如巴金、冰心、孙犁、季羡林、张中行、汪曾祺、黄永玉、宗璞等）之比较；杨绛散文的女性视角；钱锺书散文与杨绛散文的比较等。"①

于慈江的《杨绛研究述略》发表得最为晚近，是 2011 年。其主要目的是，对如上四篇文献梳理文字拾遗补阙。鉴于该文的基本内容已在本章中有所体现，在此不再赘述。

第二节　最难割舍是小说——审视杨绛的绝佳聚光灯

一　杨绛文心深处无所不在的小说影像

从对既有文献的初步考察中大略可以看出，对杨绛其人其作的研究至少在以下两个不无联系的方面——都与小说这一体式相关——尚有开拓余地。

一是对杨绛的小说写作和小说译作的历史、格局或层次的整体把握和纵深透视，以及基于这种富于纵深感的把握的抽象、概括与提炼。饶有兴味的是，虽然杨绛涉猎过多种体裁并分别卓有斩获，但她对小说的关注度明显最高。这不仅表现在她尝试过长、中、短篇小说的写作，也不仅表现在她的小说处女作和散文处女作几乎同时面世，还特别表现在她对小说的研读用力最勤——当年在清华任教时，便主教英国小说，② 表现在她的译作主要是小说译作，表现在她的文论的绝大多数都与小说有关，余下的也均能从中窥见小说的影像。

尽管如此，杨绛研究的弱项截至目前也恰与小说相关：一方面，从体裁对

---

① 路筠：《近十年（1997—2006）杨绛散文研究综述》，《柳州师专学报》2007 年第 4 期，第 36 页。

② "1949 年 8 月 24 日，杨绛和锺书带着女儿登上火车，两天后到达母校清华，开始在新中国工作……按照清华旧规，夫妇不能同时同校任正教授，杨绛就做兼职教授，授《英国小说选读》……"引自吴学昭：《听杨绛谈往事》，北京：生活·读书·新知三联书店，2008 年版，第 237、241 页。

比的角度来看，学界对杨绛早期的戏剧（主要是喜剧）创作和中晚期的散文（主要是忆旧怀人散文）创作比对其中晚期的小说创作投入的力道明显要大，论述得也远为充分和彻底；另一方面，单就小说这一体裁而论，不仅有关杨绛小说的文本研究主要是以《洗澡》为主，对其他的中短篇小说相对触及较少，尤其缺少以其全部小说为对象的、以文本细读为基础的宏微观相结合的整体性观照。至于针对杨绛的小说译作所进行的学术研究，更是微乎其微、几近于无了。

二是对杨绛的文论（绝大多数是与小说特别是欧美小说相关的研究和批评）和译论（主要针对的是小说的翻译）文字的系统归纳和整体解析，以及以这种全面、具体的爬梳为基础展开的对杨绛的文学（小说）写译理念和文学（小说）写译理论的深度探究。既往的杨绛研究更多地着眼于杨绛的具体作品，着眼于就事论事的文本分析，着眼于她的文学姿态、立场或心态的描摹，相对缺乏对杨绛的文学理念、美学追求以及所依奉的文艺理论的系统整理和提炼。

纯就小说这一体裁具体而言，不仅研究杨绛的小说翻译理念与理论的人寥寥可数，对她的小说写作理念与理论的关注也基本暂付阙如，更谈不上将她的小说写译的理念与理论同她的小说写译实践乃至她的整体写作状态与观念格局联系在一起系统地加以考察了。

一个例证是，学者白草曾写过一篇《杨绛的小说理论》，[①] 可说是截至目前唯一的一篇全面探讨杨绛铢积寸累的小说研究成果的文章。然而，这篇堪称填补空白的文字在行文上却远不够严谨，缺乏必要的提炼——譬如，它大量地使用了杨绛文章中的原始表述和用语，却又并未严格地、公允地将其处理成直接引语。此外，这篇文章不但基本上没有联系杨绛本人的小说创作和小说译作实践来讨论杨绛的小说理论问题，尤其非常可惜地也并没有触及杨绛的文论删节稿《斐尔丁的小说理论》[②] 的母稿——原刊发于《文学研究》季刊1957年第2期的《斐尔丁在小说方面的理论和实践》[③]。不消说，这篇文章更没有涉及杨绛的小说翻译理论。

除了如上所指出的相对缺乏从作家的文学写译心理、文学写译理念与理论

① 详见白草：《杨绛的小说理论》，《朔方》2001年第Z1期，第145—152页。

② 详见杨绛：《斐尔丁的小说理论》，《春泥集》，上海：上海文艺出版社，1979年版，第66—96页。杨绛这里使用的译名"斐尔丁"，现在一般译为"菲尔丁"。

③ 详见杨绛：《斐尔丁在小说方面的理论和实践》，《文学研究》1957年第2期，第107—147页。

着眼的探索这一点之外，截至目前的杨绛研究也相对缺乏更为宏观的视角的观照。因之，比较缺乏统领性，缺乏深度感，也缺乏足够的新意和启悟。对此，有的论者颇有同感："但总体上看，对杨绛创作的综合研究始终没有充分展开，缺少整体观照和全面梳理，大多是局部评论和研究。目前，只有孔庆茂的《杨绛评传》(华夏出版社，一九九八)和罗银胜的《杨绛传》(文化艺术出版社，二〇〇五)，相对兼顾全面。"[①] 当然，在此必须厘清的是，单就综合性或整体观而言，面向普通读者的传记作品同规范的文学批评与研究并不处于同一个层面，原不可同日而语。

之所以要把这部杨绛研究论著的论说重心定位为从"小说"这个关键词或出发点切入，全面探究杨绛的小说写译理念与小说写译实践，主要就是为了拾遗补阙，以便对当前的杨绛研究有所推动和贡献。一如前文所简述过的，除了一两种传记（包括评传）和数量并不是很多的评论文章（包括若干篇博硕士论文）外，迄今尚没有一本全面论述杨绛的文学写译实践的学术著作，更没有专门针对她的文学写译心理、文学写译理念与理论所展开的深度研究。本书虽不敢以开风气之先妄称，但的确有将杨绛研究向前推进一步的一点企图。

这里所说的"拾遗补阙"至少有三层意思：一是对以前的杨绛研究的一些补充性推进；二是对以前暂付阙如的方面进行研究和探讨，如杨绛的译作和文论同其文学理念与写作实践的内在联系，等等；三是要力戒无原则地拔高所论作家历史地位的思维定势，努力探求杨绛在揭示"艺术与克服困难"[②] 的秘奥的创作过程中的真实心态、状况和局限性，并进行有一定深度的、言之有物的评析和生发。

譬如，对于杨绛的小说文论篇什的探究，要有针对性地考察它们对杨绛的小说写作态度和行文习惯的影响；更进一步地说，要探讨它们与杨绛的小说写译心理、小说写译理念以及小说写译理论的内在联系和互动关系。

再譬如，与专业的翻译家傅雷、草婴乃至许渊冲把翻译作为唯一的或主要的工作方式与立言手段大为不同的是，杨绛的译作很大程度上只是她所倾心的

---

① 王燕：《杨绛的寂寞与高贵》，《当代作家评论》2010 年第 6 期，第 172 页。

② 参见杨绛：《艺术与克服困难——读〈红楼梦〉偶记》，《春泥集》，上海：上海文艺出版社，1979 年版，第 97—105 页。

文学写作的一种变通形式或过渡手段。一俟气候适宜，她便会转向专门的写作。换句话说，无论外部情势有多恶劣，也无论一向讲究缄默图存的自己在做人的姿态上多么谨小慎微、如封似闭，杨绛都能做到一本初衷，坚持写作的"贼"心不改。说到"贼"字，俗话说得好：不怕贼偷，就怕贼惦记着。杨绛对于写作的贯彻始终的"惦记"或死心塌地让人由不得不印象深刻。这种对艺术、对写作的始终不渝当然堪称坚贞，也值得敬重，可这一切的背后，究竟是怎样的为文态度和文学理念在支撑着杨绛呢？这正是本书的关注重心之所在。

本书书名中的"走在小说边上"一语自然是化自杨绛亲自编定的钱锺书早年第一本作品（散文）集《写在人生边上》的题目，[①] 也与杨绛晚年的幽思冥想录《走到人生边上——自问自答》的标题不无渊源。刚到而立之年的钱锺书在"写在人生边上"这一语境中，把人生比作一本神奇的大书，自谦自己的文字结晶不过是这部大书边角空白处的小小眉批或零星点缀，故以之为名。而人生在杨绛的眼底，无需额外的转喻或引申，就是实打实的生活或生存本身：以接近百龄之身感慨自己的人生之旅行将走到边缘或尽头，进而究诘生、死、灵魂乃至上帝并反思人生价值。由于对小说的全情关注与投入在很大程度上，堪称杨绛精神层面上最重要也最具使命感的人生内容或追求，本书书名以"小说"置换"人生"可说顺理成章，并不突兀。总之，**虽然"走在小说边上"这一片语得自钱、杨二人文字的启发，不无修辞意味或人为痕迹，以之作为书名亦可能不免有讨巧之嫌，但它毕竟把本书的论说对象杨绛同小说之间那种既一见倾心又不免履薄临深、既念兹在兹又似乎若即若离、既有宏大愿心朝圣又好像老是苦于不得其门而入的毕生的复杂纠结，做了最精准也最形象化的表达或提示。**

若暂时撇开这一提示不论，那么，以"杨绛，走在小说边上"这一表述作为书名，无非是要突出"杨绛"与"小说"这两个主体性关键词及其动态关系，无非既是点明本书是要借小说这一视角来观照杨绛，包括她的艺术追求和人生追求，也是用以明确本书的研究旨趣和重心是小说，特别是杨绛的小说世界——包括她的小说写作、小说译作乃至她所信奉的小说写译理念与理论，包括她与小说这一文体形式的种种瓜葛或渊源。

说到底，小说这一文学体式既是进入杨绛的人格世界和作品世界的一个重

---

① 钱锺书：《写在人生边上》，北京：中国社会科学出版社，1990 年版（繁体字版）。此书系钱锺书第一本集子，上海开明书店，1941 年初版。

要基点，也是体察她整体的文学写译理念与理论的最为关键的介入角度之一。

二 以小说打量杨绛的具体方式与路径

本书的基本写作态度是，以杨绛这样一位虽不无争议但又绝对值得深入考察和研究的作家作为观照对象，以对该作家写作心理、为文态度和文学理念的细致剖析带动作品——主要是杨绛的小说作品和小说译作——的讨论来展开具体论证。或换言之，作品和作家本人两不偏废、相互印证，用杨绛的小说写译作品来验证她自己写译的姿态和方式、心理和理念，进而检讨她小说写译的成败得失和她作为一名小说家的甘苦与矛盾。

具体而言，本书将以文献钩稽、版本对比、历史研究、比较研究、理论研究、问卷调查研究等方法为基本手段，紧扣杨绛的学院派或学者型小说家兼小说译作家这一双重身份，在文本（小说写译文本与文论文本）细读的基础上，对杨绛的小说写作、小说译作以及小说写译的理念与理论展开细致探究，力避简单描摹作家生平或平铺直叙作品情节与故事内容。

譬如，要荡开来立体地观照作家兼译作家杨绛，要将她置于与国内外其他作家〔如英国小说家奥斯丁（Jane Austen，1775—1817）〕和译作家（如翻译家傅雷和董燕生）的对比之中来把握；要谈杨荫杭（1878—1945）、钱锺书等家人对杨绛的评价、影响和衬托（家族与家庭环境因素）——以钱锺书为例，他作为不世出的才子型学者兼作家，自是高才硕学、惊才绝艳、睥睨物表、妙绝时人，而作为他的另一半的杨绛在风格上则恰恰相反，是深耕细作、浅斟慢酌，是不以才炫、不以学耀；要深入剖析杨绛对萨克雷（William M. Thackeray，1811—1863）、菲尔丁（Henry Fielding，1707—1754）等欧美小说家和文论家的小说作品及文学理论与理念的解读（杨绛原本就是一名从事欧美文学特别是欧美小说研究的知名专家），等等。

再譬如，在本着杨绛自己的"艺术是克服困难"[①] 这一理念对杨绛纠结和挣扎于"写作"与"写作的困难"这一两难境地的矛盾与复杂心态进行剖析与探究的过程中，**既要依托杨绛的知识修养与人文素养，联系她的学术与语文造诣，也要考虑她的高级知识分子身份与学者心态。**

---

① 参见杨绛：《艺术是克服困难——读〈红楼梦〉管窥》，《文学评论》1962 年第 6 期，第 110—115 页。

在本书有限的篇幅内，以上粗粗罗列的几个方面或视角当然不可能面面俱到地得以充分体现，但作为讨论杨绛其人其作的参照系或坐标轴，它们会时不时对笔者予以提醒，有助于整个论证的精简、集中和深化。

作为引论，本书第一章的主体内容是，以杨绛研究文献的梳理和解析为基石与脉络，以世人如何看待和评析杨绛其人其作为出发点与切入点，全面回顾杨绛其人其作的整体状况、个性特点与存在价值，进而自然而然地引入"小说"这一研究视点，并概略总结以作家杨绛的小说写作、小说译作以及小说写译的理念与理论作为讨论重心的意义与必要性。

根据杨绛自己的一些零散叙述和追忆，小说写作一直是她的写作情（意）结或文学梦想的重心之所在："我当初读文科，是有志遍读中外好小说，悟得创作小说的艺术，并助我写出好小说。"[1] 而杨绛的第一篇小说《路路》（现名《璐璐，不用愁！》）早在 1934 年即已写成，发表于 1935 年，与其首篇散文《收脚印》的发表（1933 年）仅隔两年。"文革"以后，杨绛又以"老骥伏枥，志在千里"的韧力和精神，写作并发表了其他一些中短篇小说（包括修改写于 20 世纪 40 年代的两个短篇《小阳春》和《ROMANESQUE》）以及引起了较大反响的长篇小说《洗澡》。与此同时，杨绛在自己的文学研究主业上，也是以小说特别是欧美小说为主要考察对象，并陆续发表了不少有针对性的小说理论批评与研究文字。

因此，要探讨杨绛的文学写作历程和心路历程，总结她的文学写作经验和教训，首先和终极就必须落实到对其与小说相关的理念与理论的考察上来。而要考察杨绛的小说写作理念与理论，就不能不首先爬梳、整理和提炼杨绛长年累月积攒下来的小说研究文字。顺理成章，这便构成了本书第二章与第三章的主体内容。

同理，由于杨绛迄今为止的全部作品的"一半是翻译"[2]，而她又曾结合自己的译作实践，陆续发表过一些颇具实用性或操作性的译论——其中的某些观点还曾引起过较大的争论，本书接下来将用第四章的全部篇幅，研讨杨绛以

---

[1] 杨绛：《作者自序》，《杨绛文集》第 1 卷，北京：人民文学出版社，2004 年版（2009 年第 3 次印刷），第 2 页。

[2] 杨绛：《作者自序》，《杨绛文集》第 1 卷，北京：人民文学出版社，2004 年版（2009 年第 3 次印刷），第 2 页。

小说翻译为重心的文学翻译理论。

本书后续的第五章则将以前四章的铺垫为基础和骨架，理论联系实际地集中讨论杨绛的小说写作和小说译作。

所有这些方面的探讨，自然不会忽略杨绛自己的《关于小说》等文论结集。

虽然如前所述，杨绛毕生都有着强烈而旺盛的写作冲动、意愿乃至意志，但她从未把写作这件事看得很功利。一方面，她总是刻意强调自己并非学者——**实际上是个如假包换的学者却又从不以学者自居，在在凸显了杨绛对自己的写作生涯和作者身份的更加看重**："我不是学者，这一点我与钱先生和女儿钱瑗不同。钱先生是学者，女儿钱瑗再活下去也是学者，我不是学者。"①

另一方面，她又总是不忘随时随地提醒大家（自然也包括她自己）："我不是专业作家；文集里的全部作品都是随遇而作。我只是一个业余作者。"②

在这一点上，杨绛其实很像比她年长七岁的另一位百岁作家巴金（1904—2005）——作为"2003 年度中华文学人物"，他和杨绛曾分别被冠以"文学先生"和"文学女士"称号。③ 的确，与杨绛的情形相仿佛，毕生勤奋笔耕的巴金也曾明确地一再否认自己是文学家或艺术家。譬如，1980 年，巴金曾在日本举办的一次演讲会上强调说："我不是文学家，但是我写作了五十多年。每个人从不同的道路接近文学。我从小就喜欢读小说，有时甚至废寝忘食，但不是为了学习，而是拿它们消遣。我做梦也想不到自己会成为小说家。我开始写小说，只是为了找寻出路。"④

巴金和杨绛对文学家或作家身份的警惕或"排斥"无疑相当郑重其事。这一态度当然不能简单地归结为谦虚、故弄玄虚或乃至不自信。那么，"作家"或"文学家"称号到底意味着什么？为什么无论是巴金还是杨绛都避之唯恐不及？更进一步地，为什么杨绛会特意强调"艺术是克服困难"，会明确认同"欣赏艺术，就是欣赏困难的克服"的观点？⑤ 对于一位作家而言，究竟何谓写作

---

① 张者：《杨绛：万人如海一身藏》，《红岩》2001 年第 4 期，第 111 页。

② 杨绛：《作者自序》，《杨绛文集》第 1 卷，北京：人民文学出版社，2004 年版，第 1 页。

③ 详见冰文：《二○○三中华文学人物评选揭晓》，《人民日报海外版》2004 年 1 月 9 日，第 5 版。《南方文坛》2004 年第 2 期亦有相关报道。

④ 巴金：《文学生活五十年——一九八○年四月四日在日本东京朝日讲堂讲演会上的讲话》，王毅钢选编《写作生活的回顾》，长沙：湖南人民出版社，1984 年版，第 211 页。

⑤ 详见杨绛：《艺术是克服困难——读〈红楼梦〉管窥》，《文学评论》1962 年第 6 期，第 115 页。

的"困难"，何谓"困难的克服"？这些话题将开启本书的最后一章——第六章。

　　本书的第六章作为尾论和综论，将从前几章分别以杨绛的小说写作、小说译作以及小说写译的理念与理论为主体内容所展开的个案性讨论，过渡到有关百龄作家杨绛其人其作的整体性省思与论说。从本书的初衷出发，本章无意对有着整整 80 年漫长写作经历的作家杨绛以浮泛评说和笼统锁定的方式盖棺论定；相反，将力图在开放的文学与历史视野下，还原作家杨绛文心的丰富与纠结，还原她在应对写作特别是小说写作的困难或限度的过程中，所体验的艰辛、困扰以及为之付出的努力。

第二章 "有什么好?"①
——杨绛谈小说的特性、路数与理论积淀

在《杨绛文集·作者自序》里,杨绛把自己一辈子致力于小说写作的艺术——也即她自己界定的所谓"创作小说的艺术"②——的衷曲,毫不隐讳地予以坦白和倾诉:一辈子读小说,写小说,却又始终只停留在"试笔学写阶段",所谓"有志无成"。③ 可作为杨绛这一自我评价的一个有力佐证的或许是杨绛虽然从事文学写作垂八十年,但除了散文,一路积攒下来的文学作品却着实有限。

与这种情形相仿佛,杨绛自己专门的文论、文评结集也其实并不多,只有薄薄的两小本——除了以小说为主要探讨对象的《春泥集》之外,便是专论小说问题的《关于小说》了。当然,在杨绛稍后出版的散文集《杂忆与杂写》里,也有她有关小说翻译的两篇文论性文字,分别是《〈堂吉诃德〉译余琐掇》和《失败的经验(试谈翻译)》。④

---

① 截取自杨绛的"读小说漫论"之一《有什么好? ——读奥斯丁的〈傲慢与偏见〉》的主标题。详见《文学评论》1982 年第 3 期。杨绛在这篇文章一开始,便开宗明义:"议论一部作品'有什么好',可以有不同的解释:或是认真探索这部作品有什么好,或相当干脆的否定,就是说,没什么好。两个说法都是要追问好在哪里……本文就是要借一部国内读者比较熟悉的西洋小说,探索些方法,试图品尝或鉴定一部小说有什么好。"

② "创作小说的艺术"系杨绛念兹在兹地探索了一辈子的秘奥,堪称她从事写作事业的鹄的与目标。据杨绛自己透露:"我当初选读文科,是有志遍读中外好小说,悟得创作小说的艺术,并助我写出好小说……至于创作小说的艺术,虽然我读过的小说不算少,却未敢写出正式文章,只在学术论文里,谈到些零星的心得。"(杨绛:《作者自序》,《杨绛文集》第 1 卷,北京:人民文学出版社,2004 年版,第 2 页)

③ 详见杨绛:《作者自序》,《杨绛文集》第 1 卷,北京:人民文学出版社,2004 年版,第 2 页。

④ 详见杨绛:《杂忆与杂写》,广州:花城出版社,1992 年初版。

第一节 "偶然欲作最能工" ①
——杨绛专论小说的文集《关于小说》

杨绛的小册子《关于小说》共收入她具有文论性质的文章六篇，计有《事实——故事——真实》《旧书新解——读〈薛蕾丝蒂娜〉》《有什么好？——读奥斯丁的〈傲慢与偏见〉》《介绍〈小癞子〉》《补"五点文"》和《砍余的"五点文"》。这本集子乍看之下，前四篇文章固然基本上可以顾名思义，后两篇的意思却不免有些费解。究其实，这两篇文章都与法国小说经典《吉尔·布拉斯》的杨绛译本有关；而所谓"五点文"或"五点论"，乃是杨绛戏称20世纪50年代在中国流行开来的论文八股定式。

在《补"五点文"》一文的第一自然段里，杨绛曾对此有过扼要的解释："一九五六年我为《吉尔·布拉斯》译本作序，学写了一篇'八股'，我称为'五点文'，因为只有五个点而不是八个股。破题说这部小说是'伟大的现实主义小说'（我从苏联文学史上抄来的），接着摆了五点：时代和社会背景，思想性，艺术性，局限性和影响。两年前这个译本又一次重印，我把原序砍掉三分之二，可是自己的见解按不上点儿，没有添入，所以另写一文。" ② 从杨绛的这段简短说明来看，很显然，《关于小说》这本集子的最后两篇文章都是杨绛撰写的《吉尔·布拉斯》译本序的衍生物——为了表达自己真实的见解而"另写"的一文即是所谓《补"五点文"》，"把原序砍掉三分之二"后剩下的三分之一则构成了《砍余的"五点文"》的主体内容。

概而言之，虽然《关于小说》的后三篇文章涉及的是杨绛自己的小说译作，前三篇文章属于杨绛所从事的专业的小说研究和小说评点，但都实际上绕不开小说这个话题，都与其直接相关：《事实——故事——真实》一文在《文学评论》1980年第3期上发表时，本有副标题《读小说漫论之一》；《旧书新解——读〈薛蕾丝蒂娜〉》一文在《文学评论》1981年第4期上发表时的副标题，本是《读小说漫论之二》；《有什么好？——读奥斯丁的〈傲慢与偏见〉》一文最

---

① 钱锺书《寻诗》一诗末句。摘自钱锺书：《槐聚诗存》，北京：生活·读书·新知三联书店，2007年版，第97页。亦见于叶元章、徐通翰编《中国当代诗词选》，南京：江苏文艺出版社，1986年版，第649页。

② 杨绛：《补"五点文"》，《关于小说》，北京：生活·读书·新知三联书店，1986年版，第105页。

初发表于 1982 年第 3 期的《文学评论》,副标题本是《读小说漫论之三》。

杨绛的《关于小说·序》一文写于 1985 年 5 月,篇幅极短。有人曾经特意点数过,"仅占十一行"。^① 在这篇超短序里,杨绛写道:"关于小说,有许多深微的问题值得探索,更有无数具体的作品可供分析。可是我苦于对超越具体作品的理论了解不深,兴趣不浓,而分析西洋小说,最好挑选大家熟悉的作品作为事例……我尽量挑选有翻译本的小说作为题材……"^②

虽然只是短短的几行字,但却至少透露出了如下几条较为明晰的信息:杨绛认为值得探讨的小说问题不仅很多,而且精深微妙;杨绛不愿纠结于与具体的小说作品脱节的抽象理论;杨绛的小说研究主要以西洋或欧美小说为分析对象;杨绛对所要解析的西洋小说作品的具体要求一是要广为读者熟悉,二是一般要有中文翻译本可供参照——例如,在《有什么好?——读奥斯丁的〈傲慢与偏见〉》这篇文章中,杨绛就曾这样说过:"《傲慢与偏见》在我国知道的人比较多;没读过原文的读过译本,没读过译本的看过由小说改编的电影,至少知道个故事。本文就是要借一部国内读者比较熟悉的西洋小说,探索些方法,试图品尝或鉴定一部小说有什么好。"^③

这几点无疑可以视为杨绛探讨小说艺术问题时,所依循的基本路数或大致底线。

一 "事实——故事——真实":小说的构成因子与写作模式

在《关于小说》这本集子里,恰巧被放在了首位的《事实——故事——真实》一文极尽旁征博引之能——所引证的例子古今中外、种类繁多不说,且并不局限于小说,也并不拘泥于某一部具体的作品,但却都是为了说明小说的特性和写作模式。因而,**这篇文章具有提纲挈领的总论性质,堪称杨绛小说方面理念的集大成者,论理的色彩和思辨的味道最为鲜明和显在。**

以这篇文章为开端,杨绛首先把小说写作的过程看成情不自禁、自然而然的"有感而孕"。而小说作品就是这一孕育过程的水到渠成、瓜熟蒂落。例如,

---

① 详见谷林:《〈关于小说〉的闲话》,《读书》1988 年第 2 期,第 101 页。

② 杨绛:《序》,《关于小说》,北京:生活·读书·新知三联书店,1986 年版,第 1 页。

③ 杨绛:《有什么好?——读奥斯丁的〈傲慢与偏见〉》,《关于小说》,北京:生活·读书·新知三联书店,1986 年版,第 52 页。

她曾经乐此不疲地一再强调说："……小说家创作小说，也和诗人作诗一样情不自禁。作者在生活中有所感受，就好比我国历史上后稷之母姜嫄，践踏了巨人的足迹，有感而孕。西文'思想的形成'和'怀孕'是同一个字。作者头脑里结成的胎儿，一旦长成，就不得不诞生。"① "小说终究是创作，是作者头脑里孕育的产物。"② "奥斯丁创造的人物在头脑里孕育已久，生出来就是成熟的活人。"③ 而这在杨绛看来，也就大致解释了小说非得被写成小说而不是传记、回忆录和报道之类纪实性文体的缘故。

事实上，杨绛在其他的场合里，也把小说这种自然而然的"有感而孕"引申到了散文的创作——也就是一般意义上的"为文""作文"或"著文"——之上："写文章其实是偶尔心有所感，渐渐酝酿，渐渐成熟，然后就写出来了。就像旧书上说的履巨人足迹而有感，便怀孕而生了某伟人。"④ "你⑤ 可能不体会，写文章也会上瘾，有话要说就想写，手痒。"⑥ "上瘾"了即是所谓受孕，"有话要说"即是所谓足月；"手痒"即意味着口痒、脑痒或心痒，所谓心痒难熬，不吐不快。而钱锺书在写给他们两人的女儿钱瑗（1937—1997）的一封信里的调侃，等于无形中为杨绛此说做了背书："得信，知又大作论文，盖与汝母之大作小说，皆肚里有货之证……"⑦

若荡开一步来看杨绛的这一说法，它与钱锺书1949年写成的、以"偶然欲作最能工"一句点题的《寻诗》一诗的旨趣堪称异曲而同工——虽然一为谈为文（小说与散文），一为谈做诗：

寻诗争似诗寻我

仁兴追逋事不同

巫峡猿声山吐月

---

① 杨绛：《事实——故事——真实》，《关于小说》，北京：生活·读书·新知三联书店，1986年版，第5页。
② 杨绛：《事实——故事——真实》，《关于小说》，北京：生活·读书·新知三联书店，1986年版，第5页。
③ 杨绛：《有什么好？——读奥斯丁的〈傲慢与偏见〉》，《关于小说》，北京：生活·读书·新知三联书店，1986年版，第75页。
④ 转引自吴学昭：《听杨绛谈往事》，北京：生活·读书·新知三联书店，2008年版，第345页。
⑤ 此处的"你"字指吴学昭。
⑥ 转引自吴学昭：《听杨绛谈往事》，北京：生活·读书·新知三联书店，2008年版，第286页。
⑦ 转引自吴学昭：《听杨绛谈往事》，北京：生活·读书·新知三联书店，2008年版，第322页。

> 灞桥驴背雪因风
>
> 药通得处宜三上
>
> 酒熟钩来复一中
>
> 五合可参虔礼谱
>
> 偶然欲作最能工 ①

"为赋新诗强说愁"自然是强以为诗的"寻诗"(所谓"追逼"),而"偶然欲作"(所谓"仁兴"或诗思自然而然的积蓄、酝酿与孕育)作为艺术创作的一种发自内心的冲动,则是得自天成——常人所谓灵感,也才是"(待)诗寻我"的成诗为文佳境或理想状态(所谓"最能工")。小说或诗歌的写作之所以被杨绛说成"情不自禁",就在于它们是灵感的胎儿结成之后,"一旦长成,就不得不诞生"的结果。

其次,杨绛认为,"我们所处的真实世界"——也即一个作家的"经验"或所经历的"真人真事"——对小说的写作既很重要,又作用有限:"作者要处在实际生活中,才会有所感受",但"真人真事不一定触发感受,有了感受也不一定就有创作";"真人真事是创造人物故事所必不可少的材料",但"经验所供给的材料如不能活用,只是废料";"真人真事是衡量人事的尺度",但仅仅是真人真事本身,又不足以构成尺度,因为一方面,"尽管有些真人真事比虚拟的人物故事还古怪离奇,虚构的人物故事却不能不合人事常情",另一方面,"要见到世事的全貌,才能捉摸世情事势的常态"。② 杨绛这里所说的"真人真事"是"能近取之自身,远取之他人"③ 的那些经历——前者是小说家个人的经验,后者是其他人的经验。

第三,杨绛紧接着强调指出:"小说有它自身的规律和内在的要求。真人

<hr />

① 钱锺书:《槐聚诗存》,北京:生活·读书·新知三联书店,2007 年版,第 98 页。另见叶元章、徐通翰编《中国当代诗词选》,南京:江苏文艺出版社,1986 年版,第 649 页。后者所录《寻诗》有三处排印错误:一是"药通得处宜三上"的首字误为"兰"字,二是"酒熟钩来复一中"的第三字误为"钓"字,三是"五合可参虔礼谱"第三字误为"好"字。第一处之外的其他两处还好说,意思起码不至于太悖谬,第一处则错得太离谱。

② 详见杨绛:《事实——故事——真实》,《关于小说》,北京:生活·读书·新知三联书店,1986 年版,第 7—8 页。

③ 杨绛:《事实——故事——真实》,《关于小说》,北京:生活·读书·新知三联书店,1986 年版,第 10 页。

真事进入小说的领域，就得顺从小说的规律，适应这部小说的要求。"① "尽管小说依据真人实事，经过作者头脑的孕育，就改变了原样。……小说是创造，是虚构。但小说和其它艺术创造一样，总不脱离西方文艺理论所谓'模仿真实'。'真实'不指事实，而是所谓'贴合人生的真相'。"② 与杨绛对小说的"规律"或"要求"的这样一种把握遥相呼应的，是英国文学批评家弗兰克·克默德（Frank Kermode，1919—2010）对小说的如下一种界说："任何一部小说，无论它多么'真实'，总是包含某种偏离'现实'的成分。"③

总之，按照杨绛的理解或界定，小说是小说作者依托各种"事实"，通过想象和脑力酝酿而最终孕育完成的虚构的"故事"，"能体现普遍的真实"。④ 至此，杨绛相当于已把小说写作的一般性模式，演示或简化成了"事实——故事——真实"这一简单明了的公式。而这一杨氏"公式"其实具有普泛性意义，昭示的是为所有的"艺术创造"活动所伸延的大致脉络或所依循的大致路径。

与此相关的是，杨绛特意进一步补充道，小说作为"虚构的故事是要表达普遍的真理，真人真事不宜崭露头角，否则会破坏故事的完整，有损故事的真实性。例如《红楼梦》里人物的年龄是经不起考订的……我们只算宝玉、黛玉异常乖觉早熟就行，他们的年龄，不考也罢"⑤。

二 从小说的虚构、想象本质看不能"以假为真"⑥

在推演小说写作中"事实""故事"和"真实"三者间关系的过程中，杨

---

① 杨绛：《事实——故事——真实》，《关于小说》，北京：生活·读书·新知三联书店，1986年版，第12页。

② 杨绛：《事实——故事——真实》，《关于小说》，北京：生活·读书·新知三联书店，1986年版，第6页。

③ ［英］弗兰克·克默德（Frank Kermode）：《结尾的意义：虚构理论研究》（*The sense of an ending: studies in the theory of fiction*），刘建华译，沈阳：辽宁教育出版社，2000年版，第48页。

④ 详见杨绛：《事实——故事——真实》，《关于小说》，北京：生活·读书·新知三联书店，1986年版，第22页。杨绛在《事实——故事——真实》（《关于小说》，第1—23页）一文中所谈的，主要就是小说写作中"事实""故事"和"真实"三者间的关系。

⑤ 杨绛：《事实——故事——真实》，《关于小说》，北京：生活·读书·新知三联书店，1986年版，第18—19页。

⑥ 对小说读者把小说中人物和真人尤其是作者混同的倾向，杨绛非常不以为然："若是从虚构中推究事实，那就是以假为真了。堂·吉诃德看木偶戏，到紧要关头拔剑相助。这类以假为真的事，中外文学史上都有。"引文引自杨绛：《事实——故事——真实》，《关于小说》，北京：生活·读书·新知三联书店，1986年版，第22页。

绛还通过形象生动的浅显比喻——将"火"（经验）与"光"（想象）相对照，说明了作者依托真人真事得来的"经验"同作者的"想象"之间的关系，强调了"想象"对于小说写作的重要性：

> 真人真事的价值，全凭作者怎样取用。小说家没有经验，无从创造。但经验好比点上个火；想象是这个火所发的光。没有火就没有光，但光照所及，远远超过火点儿的大小。[1]
>
> 想象的光不仅四面放射，还有反照，还有折光。作者头脑里的经验，有如万花筒里的几片玻璃屑，能幻出无限图案。[2]

在杨绛《关于小说》这部文论集里，"万花筒里的玻璃屑"这一比喻除了出现在第 9 页上的这一次之外，还曾出现在第 69 页上，措辞大同小异："可是如果把真人真事充当素材，用某甲的头皮、某乙的脚跟皮来拼凑人物，就取之无尽、用之不竭，好比万花筒里的几颗玻璃屑，可以幻出无穷的新图案。"前者见于《事实——故事——真实》一文，后者见于《有什么好？——读奥斯丁的〈傲慢与偏见〉》一文。

然而，不无悖谬的是，杨绛在理论上虽然有这样的强调或自觉，但若揆诸她自己的小说写作成果如长篇小说《洗澡》等，与其说是想象力在其间发挥了较大作用，毋宁说是虚构的本事所扮演的角色比较到位。反倒是她的散文作品，在"很少走咏叹抒情、千回百转、或浓墨重彩或清丽浏亮的美文路数，大都以开门见山、步步为营、平铺直叙、繁简适度的记人叙事为主"[3] 的总的基调下，能时不时地展现其如梦似幻的非凡的艺术想象力——如杨绛的《孟婆茶》《我们仨》等散文中的梦境所一再体现的。对此，传记作者吴学昭在评价《孟婆茶》一文时说得比较到位："杨绛极富艺术想象，擅写这类亦真亦幻、似梦非梦的作品，引人入胜而寓有深意焉。"[4] 看来，虽然没有想象（力）垫底便根本谈

---

① 杨绛:《事实——故事——真实》,《关于小说》,北京: 生活·读书·新知三联书店, 1986 年版, 第 9 页。

② 杨绛:《事实——故事——真实》,《关于小说》,北京: 生活·读书·新知三联书店, 1986 年版, 第 9 页。

③ 这一句话系笔者后文评价杨绛散文的特色时所下断语。详见本书第 3 章第 1 节的第二部分:《借言记事、写人和达意: 杨绛作品的小说意味与小说笔法》。

④ 吴学昭:《听杨绛谈往事》,北京: 生活·读书·新知三联书店, 2008 年版, 第 345 页。

不上什么虚构（的本事），二者之间还是有一定分别的：**前者往往是超凡的、梦幻的、极端的，以不同寻常的幻想或冥视为指向；后者则是模拟或同构生活与自然的，虚以应实，以打造贴合世相的虚幻现实为旨归。**

当然，杨绛亦同时认为，"要使人物、故事贴合我们所处的真实世界"，小说家的想象不能放任无节制，还需辅之以判断力，并接受其约束："但小说家的想象，并非漫无控制。小说家的构思，一方面靠想象力的繁衍变幻，以求丰富多彩；一方面还靠判断力的修改剪裁，以求贴合人生真相。"① 杨绛的这一论调其实是有所本的——如在评述英国小说家菲尔丁所讲究的小说家必须具备的天才、学问、经验与爱心四大条件时，杨绛自己就曾经这样介绍说："十七世纪的批评家如拉班（Rapin）② 以为天才是想象力和判断力的结合，二者互相钳制。"③

归总而言，正如上面几个段落所展示的，杨绛在《事实——故事——真实》这篇文章中所反复论证和强调的小说家的想象与虚构能力，其实也就是钱锺书赞誉杨绛本人时所说的"无中生有"能力：

> 锺书曾推许我写小说能无中生有。的确，我写的小说，各色人物都由我头脑里孕育出来，故事由人物自然构成。④

无独有偶，壮年辞世、对小说着迷的程度与杨绛不相上下的作家王小波（1952—1997）也曾有过类似的言论：**"写小说则需要深得虚构之美，也需要些无中生有的才能；我更希望能把这件事做好。"**⑤

倘若按照前面刚刚提及的英国文学批评家弗兰克·克默德的理解，"无中生有"的想象或虚构作为人们应对或感知混沌的世界或世界的混沌的一种基本能力或方式，绝不仅仅是小说这一种虚构性文体形式专有的本质或手法："我

---

① 杨绛：《事实——故事——真实》，《关于小说》，北京：生活·读书·新知三联书店，1986 年版，第 11 页。

② 杨绛这里所说的"拉班"即法国诗人兼批评家勒内·拉潘（René Rapin, 1621—1687）。拉潘著有《对亚里士多德诗学的反思》（*Réflexions sur la Poétique d'Aristote*, 1674）等。

③ 杨绛：《斐尔丁在小说方面的理论和实践》，《文学研究》1957 年第 2 期，第 121 页。

④ 杨绛：《作者自序》，《杨绛文集》第 1 卷，北京：人民文学出版社，2004 年版，第 2 页。

⑤ 王小波：《小说的艺术》，《文明与反讽》，呼和浩特：内蒙古人民出版社，1998 年版，第 362 页。

们并不是鉴赏混沌的专家，但我们被它包围着，而且我们只是因为具有虚构的能力，才能与它相处。然而，如果没有一种至高无上的虚构，或者如果连它的存在的可能性也都没有的话，那么命运就会变得非常残酷。"①

值得指出的是，克默德所引用过的德国哲学家尼采（Friedrich Nietzsche，1844—1900）的如下一句话，无疑强化了他自己对虚构或虚构的能力的如上一种理解：

能被思考的东西必定是虚构的东西。②

而"在尼采之后，人们可以像斯蒂文斯那样宣称，'终极信仰一定是在一种虚构之中'。这位对这整个的问题一直怀有兴趣的诗人认识到，用这种方式进行思考就是要将世界末日——也可以说是虚构与现实发生吻合的时刻——永远推迟，就是要将它变成一种虚构的东西，一种想象中的时刻。在那一时刻，事实的世界与虚构的世界'终于'合而为一。这样一种虚构 [斯蒂文斯曾在《关于终极虚构的笔记》（*Notes towards a Supreme Fiction*）的最后一章的那个恰当的场合对它做过极为详尽的讨论]，这样一种关于世界末日的虚构，就像数学里的无穷大加一和虚数之类的东西那样，我们知道是不会存在的，但它能帮助我们理解世界，能帮助我们在世界中活动。**世界本身就是这样一种虚构**"。③

第四，杨绛通过引述和分析古今中外大量例证，不仅详细地说明了小说里的人物不是对真人的简单临摹，更不厌其烦地解释了小说里的人物也绝非作者本人，读者不该一厢情愿地把作者代入进来对号入座了事，作者也不该为其精心虚构的故事蒙受不白之冤："奥斯丁不是临摹真人，而是创造典型性的平常人物。"④ "故事如写得栩栩如真，唤起了读者的兴趣和共鸣，他们就不理会

---

① [英]弗兰克·克默德：《结尾的意义：虚构理论研究》，刘建华译，沈阳：辽宁教育出版社，2006年版，第60页。

② [英]弗兰克·克默德：《结尾的意义：虚构理论研究》，刘建华译，沈阳：辽宁教育出版社，2006年版，第32页。

③ [英]弗兰克·克默德：《结尾的意义：虚构理论研究》，刘建华译，沈阳：辽宁教育出版社，2006年版，第34—35页。

④ 杨绛：《有什么好？——读奥斯丁的〈傲慢与偏见〉》，《关于小说》，北京：生活·读书·新知三联书店，1986年版，第73页。

作者的遮遮掩掩，竭力从虚构的故事里去寻求作者真身，还要掏出他的心来看看……读者对作者本人的兴趣，往往侵夺了对他作品的兴趣；以至研究作品，只成了研究作者生平的一部分或一小部分。"[1] "若是从虚构中推究事实，那就是以假为真了。"[2] "小说读者喜欢把书中人物和作者混同。作者创造人物，当然会把自己的精神面貌赋予精神儿女。可是任何一个儿女都不能代表父母。"[3]

杨绛对这一点的郑重其事和重视程度还可以从如下三处略窥一二。

一是她 1987 年 11 月 9 日写的《〈洗澡〉前言》："小说里的机构和地名纯属虚构，人物和情节却据实捏塑。我掇拾了惯见的嘴脸、皮毛、爪牙、须发，以至尾巴，但决不擅用'只此一家，严防顶替'的产物。特此郑重声明。"[4] 这一声明的目的之一自是提醒读者，绝不要将她本人、钱锺书或现实世界中的其他什么人同小说《洗澡》中人物杜丽琳、姚宓以及许彦成等混为一谈。

二是她 2001 年 2 月 23 日的信，写给传记《一代才子钱锺书》的作者、旅美学人汤晏："创作是由想象构成，按照 poetic truth 传记是纪实，当按照史实。知悉作者生平，有助于赏析作品。但如果从作品中考订史实，就不免走入迷宫。"[5] 杨绛信里这段话的意思无非仍然是再次强调，与传记等纪实性作品不同，"诗和小说同是虚构，不能用作考究事实的根据"[6]。

三是她 2003 年 7 月 23 日写的《杨绛文集·作者自序》："我写的小说，除了第一篇清华作业，有两个人物是现成的，末一篇短篇小说里，也有一个人物是现成的，可对号入座，其余各篇的人物和故事纯属虚构，不抄袭任何真人实事。"[7] 这一声明的用意显在得不言自明。

---

① 杨绛：《事实——故事——真实》，《关于小说》，北京：生活·读书·新知三联书店，1986 年版，第 3 页。

② 杨绛：《事实——故事——真实》，《关于小说》，北京：生活·读书·新知三联书店，1986 年版，第 22 页。

③ 杨绛：《有什么好？——读奥斯丁的〈傲慢与偏见〉》，《关于小说》，北京：生活·读书·新知三联书店，1986 年版，第 69—70 页。

④ 杨绛：《〈洗澡〉前言》，《读书》1988 年第 11 期，第 138 页。

⑤ 汤晏：《一代才子钱锺书》，上海：上海人民出版社，2005 年版，第 360 页，注释 6。

⑥ 杨绛：《事实——故事——真实》，《关于小说》，北京：生活·读书·新知三联书店，1986 年版，第 12 页。

⑦ 杨绛：《作者自序》，《杨绛文集》第 1 卷，北京：人民文学出版社，2004 年版，第 2 页。

然而，与杨绛本人的良好愿望或初衷可能不免遗憾地背道而驰的是，正如《红楼梦》里"太虚幻境"前的那副对联所谓"假作真时真亦假，无为有处有还无"①，也正如钱锺书所谓"……隐身适成引目之具，自障偏有自彰之效，相反相成……"②，愈是饰词设障遮来掩去，所隐之相、所遮之身便愈是彰显，亦即俗语"此地无银三百两"之谓是也——**若套用成语"欲盖弥彰"，钱锺书所谓"自障偏有自彰之效"，则不妨说成"欲障弥彰"。**

何况，杨绛自己就曾明确地说过："……小说作者的声明，像小说里的故事一样，未可全信。"③ 而在这一点上，王富仁等学者显然也有同感："文学评论家要面对文学作品，不要面对作家的声明。/ 作家的声明是他希望评论家接受的东西，不是评论家必须接受的东西。"④ 文学阅读说到底，表现为千变万化、无法规约的个体体验。文学作品能博得读者同情心或共鸣之处，很大程度上正在于它可以令读者感同身受地代入自己的境况或心境；相仿佛地，如果无法阻止或无任欢迎读者把自己或周遭的人随便代入小说作品中的角色，那么又有什么理由能阻止或冷却读者越俎代庖地将作者自由地代入小说作品中角色的热心乃至痴心呢？

实际上，作为一名作家，杨绛很有可能和很多别的作家一样，通过对"小说读者喜欢把书中人物和作者混同"这种现象表示质疑或不满的姿态，有意无意地反而把某种半推半就、欲拒还休的心态泄露了出来——有夏志清所描画过的钱锺书的心态为证："1947 年《围城》出版，大为轰动，畅销不衰……当年有好多《围城》的女读者来信，对钱锺书的婚姻生活大表同情。**钱谈及此事，至今仍感得意。**事实上，杨绛同《围城》女主角孙柔嘉一点也不像；钱氏夫妇志同道合，婚姻极为美满。"⑤

---

① 详见（清）曹雪芹、高鹗：《红楼梦》，"第一回 甄士隐梦幻识通灵 贾雨村风尘怀闺秀"，北京：北京图书馆出版社，2000 年版，第 5 页；亦见于该书第 41 页，"第五回 贾宝玉神游太虚境 警幻仙曲演红楼梦"。

② 语出钱锺书训"衣"字文字，转引自夏志清：《重会钱锺书纪实》，《新文学的传统》，北京：新星出版社，2005 年版，第 270 页。

③ 杨绛：《堂吉诃德和〈堂吉诃德〉》，《杨绛作品集》第 3 卷，北京：中国社会科学出版社，1993 年版，第 11 页。

④ 王富仁：《呓语集》，北京：中国文联出版社，2000 年版，第 291—292 页。

⑤ 夏志清：《重会钱锺书纪实》，《新文学的传统》，北京：新星出版社，2005 年版，第 265 页。

因此，不完全是题外话的是，不排除有某些好事者会在"以子之矛，攻子之盾"的逻辑前提下，以前文引述的钱锺书"隐身适成引目之具，自障偏有自彰之效"这两句话，来诠释钱氏夫妇自己"万人如海一身藏"[①]的所谓"默存"[②]风格。若果真是那样的话，由此可能引发的感想或得出的结论就不免会有些意味深长。

当然，从另外一个角度来看，杨绛之所以会在这里极力反对小说读者把书中人物和作者或其他真人混同，也是因为，"小说家笔下的人物，有作者赋予的光彩。假如真身出现，也许会使读者大失所望"。[③] 一般而言，任何真实世界中的人物或物事都会因为自身客观存在的各种现实缺陷，而无法与经过艺术处理或美饰过的他们或它们的艺术化面目或样貌相媲美。

杨绛在文论集《关于小说》中所发的以上这番议论主要出自《事实——故事——真实》和《有什么好？——读奥斯丁的〈傲慢与偏见〉》两篇文章。某种程度上可说是有感而发。杨绛在《文学评论》上发表《事实——故事——真实——读小说漫论之一》（也即《事实——故事——真实》这节文字的初发表稿）一文的时间是1980年年中（5月份），而钱锺书的长篇小说《围城》要到这一年的11月份，才由人民文学出版社重印出版。这时，对读者将钱锺书与小说中人物方鸿渐画等号的诸般尴尬，杨绛应该还没有开始和钱锺书一起重新体验。但《有什么好？——读小说漫论之三》（也即《有什么好？——读奥斯丁的〈傲慢与偏见〉》这节文字的初发表稿）一文却是发表于《文学评论》1982年第3期，刚好是杨绛的怀人忆旧散文《记钱锺书与〈围城〉》脱稿前后。[④]这时的杨绛对读者将小说中人物与作者随便混为一谈的感受不敢说一定"切

---

① 语出（北宋）苏轼《病中闻子由得告不赴商州三首（其一）》："病中闻汝免来商，旅雁何时更著行。远别不知官爵好，思归苦觉岁年长。着书多暇真良计，从宦无功谩去乡。惟有王城最堪隐，万人如海一身藏。"杨绛尝自谓："我爱读东坡'万人如海一身藏'之句，也企慕庄子所谓'陆沉'。"（杨绛：《隐身衣》，《杨绛作品集》第2卷，北京：中国社会科学出版社，1993年版，第186—187页）

② 钱锺书表字"默存"，其字面意思可以理解为"缄默图存"。

③ 杨绛：《事实——故事——真实》，《关于小说》，北京：生活·读书·新知三联书店，1986年版，第20页。

④ 杨绛的《记钱锺书与〈围城〉》一文虽发表（出版）于1986年，但1982年6—7月之交应已成文。钱锺书1982年7月4日专门为该文写《附识》（"这篇文章的内容，不但是实情，而且是'秘闻'。要不是作者一点一滴地向我询问，而且勤奋地写下来，有好些事迹我自己也快忘记了。文笔之佳，不待言也！"）背书。杨绛此文的成文时间当比这一时间略早。详见《杨绛文集》第2卷，北京：人民文学出版社，2004年版（2009年第3次印刷），第161—162页。

肤"，但肯定部分地得自于彼时正分外红火的"围城热"。而《记钱锺书与〈围城〉》这篇传记性文章着重解释的恰如吴学昭所说："杨绛用她'事实——故事——真实'的小说创作程序，解析一切小说和真人实事的关系；说明《围城》是小说，钱锺书不是方鸿渐。这番剖析也许使有考据癖的人们扫兴，然而这是事实。"①

三 小说的弹性、客观性、自为性、结构局限性与功用

第五，杨绛还借用英国诗人兼批评家伯纳德·伯冈齐（Bernard Bergonzi，1929—）②等人的说法，认为"小说这个文艺类型（genre）最富有弹性，能容纳别的类型（如戏剧、诗歌），体裁也多种多样（如书信体、日记体）；它在发展过程中，不断开拓新领域，打破旧传统"。③的确，唯因小说这种体式"最富有弹性"，它才具备"不断开拓新领域，打破旧传统"的活力；而也唯因它能具备这种破旧立新的活力、魄力或魅力，它也才能在不断的演化发展过程中，长葆自己兼容并包的韧性和弹性。在这个意义上，过往或未来的所有"小说已死或将亡"的认定或预言都不过只是一句一厢情愿的笑谈而已。

当然，若是换一种观照角度，那么种种言之凿凿的有关小说之死的判词或预言所说的，无非也还是小说的弹性或自我更新性——所谓浴火重生："伦敦《观察家报》指出，或许正如英国文学批评家弗兰克·克莫德（Frank Kermode）所言，小说是一种周期性自我更新的文学形式。'作为一种类型，小说的特殊命运便是它总要面临死亡，其主要原因在于，那些最有才华的小说家和读者始终会感到一种巨大的隔阂，其间充满了荒谬，映衬着现实世界与小说中所描写世界的不同。'克莫德写道。于是，从简·奥斯汀、劳伦斯·斯特恩到 J.D. 塞林格，作家们往往尝试写作反小说，结果产生出了一种新的小说和新的手法。"④

---

① 吴学昭：《听杨绛谈往事》，北京：生活·读书·新知三联书店，2008 年版，第 341 页。

② 英国当代文学批评家。杨绛称之为贝公济。作为 T.S. 艾略特（T.S. Eliot, 1888—1965）研究专家且本身是诗人，伯冈齐的主业是诗歌，但他 1970 年发表的《小说的状况》（*The Situation of the Novel*）一书则专论小说理论，影响颇大。从名字上来看，伯冈齐虽是伦敦土著，但显系意大利血统（其名若按意大利语发音来译，当为"贝尔纳德·贝尔贡齐"）。

③ 杨绛：《旧书新解——读〈薛蕾丝蒂娜〉》，《关于小说》，北京：生活·读书·新知三联书店，1986 年版，第 24 页。

④ 康慨：《小说死掉了？还是小说在革命？——美国新锐评论家"小说死亡论"引发英美文坛震荡》，《东方早报》2010 年 7 月 7 日，第 B01 版。

第六，通过讨论西班牙 15 世纪末期的经典对话体小说《塞莱斯蒂娜》（即杨绛所译《薛蕾丝蒂娜》）（*La Celestina*）[①]，杨绛指出，近代的西洋小说强调使用意识流等手法来表现人物的心理活动，破除了 18、19 世纪小说里"作者介入故事且叙且议"的传统。[②] 杨绛对这一趋势虽然不无认同之感，但同时也抱持一定的怀疑态度："作者出头露面就一定损坏小说的真实性吗？小说写得逼真，读者便忘了有个作者吗？小说写得像'客观存在的事物'，'客观存在的事物'未经作者心裁，怎样摄入小说？"[③] 而在接下来的《有什么好？——读奥斯丁的〈傲慢与偏见〉》这篇文章里，杨绛更是通过撮述布斯（W.C. Booth，1921—2005，即杨绛所称步斯）《小说的修辞学》（*The Rhetoric of Fiction*）[④] 里的观点，十分肯定地说道："但作者不可能纯客观地反映现实，也不可能在作品里完全隐蔽自己。他的心思会像弦外之音，随处在作品里透露出来。"[⑤]

第七，杨绛认为，"一部小说如有价值，自会有读者欣赏，不依靠评论家的考语"[⑥]，也不依靠作者自己的解释："奥斯丁无论写对话或叙述事情都不加解释。她让读者直接由人物的言谈行为来了解他们；听他们怎么说，看他们怎么为人行事，而认识他们的人品性格。她又让读者观察到事情的一点苗头，从而推测事情的底里。读者由关注而好奇，而侦察推测，而更关心、更有兴味。因为作者不加解释，读者仿佛亲自认识了世人，阅历了世事，有所了解，有所领悟，觉得增添了智慧。所以虽然只是普通的人和日常的事，也富有诱力；读

---

① 参见［西班牙］费尔南多·德·罗哈斯（Fernando de Rojas）：《塞莱斯蒂娜》（*La Celestina*），屠孟超译，南京：译林出版社，1997 年版。

② 参看杨绛：《旧书新解——读小说漫论之二》，《文学评论》1981 年第 4 期，第 26—34 页（或杨绛：《旧书新解——读〈薛蕾丝蒂娜〉》，《关于小说》，北京：生活·读书·新知三联书店，1986 年版，第 24—50 页）。

③ 杨绛：《旧书新解——读〈薛蕾丝蒂娜〉》，《关于小说》，北京：生活·读书·新知三联书店，1986 年版，第 50 页。

④ 此书中文译本可参见：［美］W.C. 布斯：《小说修辞学》，华明、胡苏晓、周宪译，北京：北京大学出版社，1987 年版；［美］韦恩·布斯：《小说修辞学》，付礼军译，南宁：广西人民出版社，1987 年版。

⑤ 杨绛：《有什么好？——读奥斯丁的〈傲慢与偏见〉》，《关于小说》，北京：生活·读书·新知三联书店，1986 年版，第 54 页。

⑥ 杨绛：《有什么好？——读奥斯丁的〈傲慢与偏见〉》，《关于小说》，北京：生活·读书·新知三联书店，1986 年版，第 77—78 页。

罢回味，还富有意义。"①

其实，早在 20 世纪 40 年代即已成文的《听话的艺术》一文里，杨绛便曾以典型钱锺书式的旁征博引和用喻据典，表达过对评论家（批评家）的不以为然："不会说话的人往往会听说话，正好比古今多少诗人文人所鄙薄的批评家——自己不能创作，或者创作失败，便摇身一变而为批评大师，恰像倒运的窃贼，改行做了捕快。英国十八世纪小诗人显斯顿（Shenstone）说：'失败的诗人往往成为愠怒的批评家，正如劣酒能变好醋。'"②

而众多别的论者如夏志清的意见则与之正相反，认为评论家（书评人）对小说、小说作者乃至读者的品评、督促、激励和提升作用至为重要："台湾的作家是相当寂寞的。倒不是他们没有读者，而是没有书评人关心他们作品的好坏，不断督策他们，鼓励他们……在没有书评人不断提高读者水准的情形之下，一本书的畅销往往可能是对作者艺术成就的正面讽刺。"③

第八，杨绛借分析西班牙文学经典、"流浪汉小说"鼻祖《小癞子》指出，"小说家从传说故事取材是常有的事"；"小说家还需从材料中精选提炼，重加充实，重新抟造，才能给人物生成骨肉，赋与（予）生命"。④ 这其实等于补充了前面所说的小说的构成元素——除了真人实事、小说家的个人阅历或经验之外，小说家也会从流传已久的现成的传说或故事里取材。然而无论素材取自哪里，小说家都必须运用想象和虚构的能力，对之予以提炼和重铸，给予所塑造的人物以新的活力。

第九，在分析完法国"流浪汉小说"《吉尔·布拉斯》之后，杨绛总结说："读书如阅世。读了《吉尔·布拉斯》可加添阅历，增广识见，变得更聪明更成熟些，即使做不到宠辱不惊，也可学得失意勿灰心，得意勿忘形，因为失意未必可耻，得意未必可骄。"⑤ 这其实涉及的是小说的教化和启智作用，也就

---

① 杨绛：《有什么好？——读奥斯丁的〈傲慢与偏见〉》，《关于小说》，北京：生活·读书·新知三联书店，1986 年版，第 76 页。

② 杨绛：《听话的艺术》，《杂忆与杂写（增订本）》，北京：生活·读书·新知三联书店，2010 年版，第 274 页。

③ 夏志清：《〈又见棕榈，又见棕榈〉序》，《文学的前途》，北京：生活·读书·新知三联书店，2002 年版，第 114 页。此文成文时间是 1966 年 8 月。

④ 杨绛：《介绍〈小癞子〉》，《关于小说》，北京：生活·读书·新知三联书店，1986 年版，第 97—98 页。

⑤ 杨绛：《补"五点文"》，《关于小说》，北京：生活·读书·新知三联书店，1986 年版，第 112 页。

是小说的功能观或功用论——小说家写小说的宗旨或目的。

唯艺术是从的小说家王小波不认同小说应负社会道义责任（"负道义责任可不是艺术标准，尤其不是小说艺术的标准"[①]），而是更认同捷克裔法国小说家昆德拉（Milan Kundera，1929—）的"小说开心论"（"昆德拉说：不懂开心的人不会懂得任何小说艺术"[②]）——其实也就是小说的娱乐作用："昆德拉的书也主要是说这个问题。写小说的人要让人开心，他要有虚构的才能，并要有施展这种才能的动力——我认为这是主要之点。昆德拉则说，看小说的人要想开心，（就得）能够欣赏虚构，并且能宽容虚构的东西——他说这是主要之点。"[③] 实际上，从杨绛自己的研究文字里即可以大略看出，昆德拉或王小波的"开心论"源自亚里士多德（Aristotélēs，前384—前322）的"艺术快感论"："亚理斯多德[④] 以为艺术是由感觉来动人的情感，目的是快感。"[⑤] 而"斐尔丁写小说的宗旨，就是要兼娱乐和教诲，在引笑取乐之中警恶劝善"。[⑥]

第十，同样是分析"流浪汉小说"《吉尔·布拉斯》，杨绛指出："暴露社会的小说，牵涉到的方面愈广，结构愈不易严密。作者不能用一个故事来包罗万象，往往就用一个主角来贯穿许多不连贯的故事。"[⑦] 其实，何尝只是暴露社会的小说，对于任何小说来说，"牵涉到的方面愈广，结构愈不易严密"这一观察都能成立。

而如何结构和贯穿故事便是首先需要考虑的事。《红楼梦》固然是通过场景的遥相呼应和巧妙转换，通过对几大家族分别予以实写和虚写的不同处理和安排来结构故事，但也是通过以贾宝玉的成长史为主，以宝玉、宝钗和黛玉的爱情纠葛为辅来贯穿全部故事的；而《小癞子》和《堂吉诃德》等"流浪汉小说"，则主要是以一两个主角的经历作为主线，来贯穿整个故事的脉络。

---

① 王小波：《小说的艺术》，《文明与反讽》，呼和浩特：内蒙古人民出版社，1998 年版，第 362 页。
② 王小波：《小说的艺术》，《文明与反讽》，呼和浩特：内蒙古人民出版社，1998 年版，第 361 页。
③ 王小波：《小说的艺术》，《文明与反讽》，呼和浩特：内蒙古人民出版社，1998 年版，第 362 页。
④ 杨绛在其《斐尔丁在小说方面的理论和实践》一文里，将通译的"亚里士多德"译为"亚理斯多德"。
⑤ 杨绛归纳自布茄《亚理斯多德论诗与艺术》第 5 章。引文引自杨绛：《斐尔丁在小说方面的理论和实践》，《文学研究》1957 年第 2 期，第 119 页。
⑥ 杨绛：《斐尔丁在小说方面的理论和实践》，《文学研究》1957 年第 2 期，第 119 页。
⑦ 杨绛：《砍余的"五点文"》，《关于小说》，北京：生活·读书·新知三联书店，1986 年版，第 119 页。

第二节 "落红不是无情物"①
——杨绛的第一本文论汇编《春泥集》

无独有偶，与文论集《关于小说》完全一样，杨绛稍早几年发表的《春泥集》一书恰好也包括六篇文章，分别是《堂吉诃德和〈堂吉诃德〉》《重读〈堂吉诃德〉》《论萨克雷〈名利场〉》《斐尔丁的小说理论》《艺术与克服困难——读〈红楼梦〉偶记》和《李渔论戏剧结构》。特别值得一提的是，除最后一篇外，其余的各篇也都是专门讨论小说的。在杨绛讨论小说的这五篇论文中，又以讨论西方小说的为主，占五分之四。这倒是颇为符合自称"业余"作家的杨绛以外国文学研究和文学翻译为主业的特定身份的。

最后这一篇《李渔论戏剧结构》顾名思义，专论戏剧的结构。看似与小说完全无关，但讨论到最后，也实际上与小说大有干系，也无非是要证明：李渔（1611—1680）所讨论的中国传统戏剧结构虽貌似与亚里士多德所主张的戏剧结构相类同，但实则大相径庭，其底里乃是小说一脉的史诗结构——一如杨绛在另一篇论文中所说，"斐尔丁的小说理论，如果简单化的说来，无非把小说比作史诗（epic）"；②而相应地，"我国的传统戏剧可称为'小说式的戏剧'"。③

要是仅考虑专论小说的五篇文字，或者从中国古代的戏剧结构与近代以来的小说结构暗通款曲这一点着眼，把《李渔论戏剧结构》这篇文字也算上，这个集子作为杨绛的第一本文论集，本来倒是可以命名为比《春泥集》远为切题的《关于小说》《话说小说》《小说丛谈》乃至《小说小说》之类——"春泥集"其实更像一部一般意义上的散文集的名字，不仅很不幸地和市面上已经存在的多部文集重名，用在这里也多少有些不搭、多少有些无关宏旨或痛痒。而本书前文业已讨论过的稍后出版的《关于小说》，则可以顺势更名为《还是关于小说》或《再谈小说》《二论小说》《续论小说》之类，从而前后相沿，自成一个彼

---

① 杨绛在《春泥集·序》里曾有这样的说法："龚自珍有两句诗：'落红不是无情物，化作春泥更护花。'但愿这些零落的残瓣，还可充繁荣百花的一点儿肥料。"

② 杨绛：《斐尔丁在小说方面的理论和实践》，《文学研究》1957年第2期，第110页。

③ 杨绛：《李渔论戏剧结构》，《杨绛作品集》第3卷，北京：中国社会科学出版社，1993年版，第140页。

此联系、相互呼应的文论系列——也就是说，如果作者自己愿意或客观条件允许，还可以三论、四谈下去的。

当然，杨绛之所以最终选择以"春泥集"这三个字来命名这本集子，其实是有着她自己特殊的考虑的。在《春泥集·序》——如果说前面刚刚讨论过的《关于小说》一书的序篇幅不长，那么这篇写于 1979 年 1 月的序则更为简短，只有区区五行字，字数刚好只占前者的一半———文中，杨绛这样解释道："这里是几篇旧文，除了《重读〈堂吉诃德〉》一篇外，都是十多年前 ① 在《文学评论》、《文学研究集刊》上发表过的。这次编集时，我都作了删改。龚自珍有两句诗：'落红不是无情物，化作春泥更护花。'但愿这些零落的残瓣，还可充繁荣百花的一点儿肥料。" ② 杨绛的意思无非是说，虽然这本《春泥集》和后出的集子《关于小说》所收入的文章基本上都是曾经发表过的所谓"旧文"，但这个集子里已发表过的文章都出自更早期的 20 世纪 50—60 年代 ③ 而非 80年代——早就是"落红"或"零落的残瓣"了，算是另外一种意义上的"朝花夕拾"，故名之为"春泥"，希望它们能起到"化作春泥更护花"的积极作用。有的论者进而认为，这"表达了作者的自谦之意" ④。这当然绝不仅仅是泛泛的自谦，它符合杨绛行文时一贯的低调风格或态度，更符合她一向的务实精神。

正因为《春泥集》里的论文成文和发表得相对较早，杨绛在后来将它们收入这本集子时所做的改动也相对较大（如前所述，杨绛自己对此曾特意加以强调，"这次编集时，我都作了删改"），有的甚至仅只收入原文的三分之一。因此，与前文处理《关于小说》这本集子的方式略有不同的是，为了还历史以本来面目，本书将尽量以杨绛这些文章的原始版本（也即最初发表在杂志上的文本）为考察对象。

---

① 所谓"十多年前"，指的是 1979 年前。

② 引文系《春泥集·序》全文。引自杨绛：《春泥集》，上海：上海文艺出版社，1979 年版，"目次"页前一页。

③ 杨绛的《春泥集·序》写于 1979 年 1 月。该序中有关此文论集中的文章除一篇外，均曾于"十多年前"发表过的表述不够精确：《论萨克雷〈名利场〉》（原名《萨克雷〈名利场〉序》）发表于 1959 年，若不细究月份的话，便应是"20 年前"；《斐尔丁的小说理论》（原名《斐尔丁在小说方面的理论和实践》）发表于 1957 年，更应是"22 年前"了。

④ 黄宝生：《知难而进——读杨绛的〈春泥集〉》，《春风译丛》1980 年第 1 期；转引自《新华文摘》1981 年第 2 期，第 251 页。

一　从小说中的典型形象说到小说家的主观意图

据杨绛当年的小同事、后来的知名英美文学学者朱虹对《春泥集》的概括和评述，杨绛在这本集子中，主要针对典型形象问题（"一个历来人们很少碰的难题"）、艺术形式的继承性问题（"一个被人们忽视的重要问题"），以及如何以具体的作家作品为个案，深入剖析19世纪现实主义小说的独特性，而不是流于一般化（"一个被认为可以轻易对付的课题"）等课题，做出了有一定深度的阐发和独树一帜的贡献。[①]

说到典型形象，杨绛的确是极其重视的。她不仅在自己的小说创作实践中特别重视人物形象的典型性开掘与塑造，也在参与《堂吉诃德》这部西班牙文学经典如何成为世界小说之最的论争中，以塞万提斯（Miguel de Cervantes Saavedra，1547—1616）对堂吉诃德和桑丘·潘沙等典型形象的成功塑造为其成功的主要因由——如下的报道当可为佐证："2002年5月，在诺贝尔文学院等机构举办的一次评选活动中，《堂吉诃德》被来自世界54个国家和地区的100名作家推选为人类历史上最优秀的虚构作品。《堂吉诃德》何以成为世界最佳，具有如此巨大的魅力？有人说，是因为它提出了一个人生中永远解决不了的难题：理想和现实之间的矛盾；有人说，是因为它永远给人以不同的感受，给人以新的启迪。但杨绛先生对此有自己独到的见解。"[②]"……杨绛先生认为，不论《堂吉诃德》的题材（理想与现实的冲突）多么永恒，堂吉诃德的性格如何复杂，这部作品之所以成为世界最佳，其根本原因在于作者塑造了堂吉诃德和桑丘这样两个典型性的人物形象。"[③]"杨绛先生是专门研究西洋小说的。她说，古今中外小说创作的第一要务就是塑造人物形象，即由人物带出故事，以故事成就人物。她一生读过大量小说，许多小说的故事情节都淡忘了，但是鲜明的人物形象却能铭记终生。她说，文学作品中的人物形象一般都是主角搭配角，两个形象互相对照或陪衬。如《红楼梦》中黛玉和宝钗是对照，而那些

[①] 详见朱虹：《读〈春泥集〉有感》，《读书》1980年第3期，第25—28页。各括号内的引文均出自该文，均引自第28页。

[②] 胡真才：《杨绛先生谈〈堂吉诃德〉》，《环球时报》2004年4月16日，第807期，第28版；另见：《科技文萃》2004年第6期，第98页。

[③] 胡真才：《杨绛先生谈〈堂吉诃德〉》，《环球时报》2004年4月16日，第807期，第28版。

女孩子们对于宝玉则是陪衬。"①

　　而实际上，杨绛在自己谈论《堂吉诃德》的文章《重读〈堂吉诃德〉》②里，也早就发过类似的疑问或感慨："这样一部小说，凭什么会翻译成多种语文，风行欧洲，渐及全世界，出版三四百年后读来还新鲜有趣？"③ 更早就给出过类似的解答："《堂吉诃德》的故事并非主要；主要的是人物，是堂吉诃德和他的侍从桑丘。"④ "美国当代小说家司各特·费茨杰瑞尔德（Scott Fitzgerald）在他的《富家子》（*The Rich Boy*）开头说：'你动笔写一个具有个性的人（an individual），会发现自己创出了一个典型（created a type）；你从典型入手，会发现自己什么也没有创出来（created nothing）。'若依·巴斯加尔（Roy Pascal）在他的《德国小说》里说：'咱们说某人是一个典型的祖母，就是说，祖母的特点在她身上特别强，不同于一般祖母；一般的只略具某些特点。不同一般的才是典型（only the exception is the type）。'这两段议论，也许可以帮助我们说明堂吉诃德和桑丘这两个人物特殊而又普遍、不同一般而是典型。"⑤

　　甚至稍早几年，在发表于1957年的长篇论文《斐尔丁在小说方面的理论和实践》中，杨绛也曾对堂吉诃德这一世界性的典型形象特别予以强调过："……小说里具有人类共性的人物比历史上的真人来得普遍；不仅个别的某人如此，许多人都如此。最有普遍性的人物，在各地方各时代都是真实的。塞万提斯笔下的堂吉诃德就是例子。"⑥

　　当然，对理想与现实之间的矛盾这一并非不重要的主题或题材，杨绛也并未稍加轻忽，也曾有过充分的强调和展开："堂吉诃德之所以为堂吉诃德，无非因他是无视现实而为理想奋勇献身的战士。"⑦ "《堂吉诃德》全书所讲的，都是堂吉诃德为了他心目中的崇高理想，和无情的现实发生冲突。这是理想和

---

① 胡真才：《杨绛先生谈〈堂吉诃德〉》，《环球时报》2004年4月16日，第807期，第28版。

② 《重读〈堂吉诃德〉》一文载于杨绛：《春泥集》，上海：上海文艺出版社，1979年版，第21—41页。该文后收入《杨绛作品集》第3卷，更名为《再谈〈堂吉诃德〉》。

③ 杨绛：《重读〈堂吉诃德〉》，《春泥集》，上海：上海文艺出版社，1979年版，第21页。

④ 杨绛：《重读〈堂吉诃德〉》，《春泥集》，上海：上海文艺出版社，1979年版，第22页。

⑤ 杨绛：《重读〈堂吉诃德〉》，《春泥集》，上海：上海文艺出版社，1979年版，第35—36页。

⑥ 杨绛：《斐尔丁在小说方面的理论和实践》，《文学研究》1957年第2期，第115页。

⑦ 杨绛：《重读〈堂吉诃德〉》，《春泥集》，上海：上海文艺出版社，1979年版，第33页。

现实的矛盾,是理想家改造现实的斗争,也永远是有志之士深切关怀的大事业。《堂吉诃德》的故事里,就蕴藏着这么一个经久常新的重大题材。"① "这个发疯胡闹的故事,体现了理想和现实的矛盾,也可说,结合了互相矛盾的理想和现实。"②

正如朱虹所准确概括的,在翻译《堂吉诃德》一书的过程中,对于堂吉诃德这一兼具世界性和经典性的典型形象,杨绛所下的研究功夫实在蔚为可观:"在《堂吉诃德与③〈堂吉诃德〉》和《重读〈堂吉诃德〉》等文中,杨绛先生首先在分析原著基础上具体而生动地论述了堂吉诃德所代表的骑士精神的新的人文主义的思想内容。其次,作者④又在原材料基础上有说服力地证明了人物形象中所蕴含的作者本人的思想感情……她又旁征博引,带着我们涉猎了古往今来《堂吉诃德》评论中反映出来的堂吉诃德性格的各个侧面,把形象的全部复杂性呈现在读者面前。这里没有武断的线条分明的鉴定,而是充分看到此类形象中那种使人永远琢磨不尽的多重性。"⑤

在《堂吉诃德和〈堂吉诃德〉》这篇文章里,杨绛还曾经这样客观地讨论过一个小说作者的主观意图:"塞万提斯写《堂吉诃德》的客观效果远远超出了他的主观意图,这一点已经成为文学史上的常谈。我们不能单凭作者主观意图来衡量一件作品,或解释一件作品,但是作者的主观意图至少可以用来说明作者本人的态度。"⑥ 当然,后来在这篇文章的删改修订本中,杨绛又特意从另外一个角度补充说明道:"……小说作者的声明,像小说里的故事一样,未可全信。"⑦ 而实际上,在早两年发表的《艺术是克服困难——读〈红楼梦〉管窥》一文中,杨绛就曾经表达过对小说作者的主观意图或个人喜好的理解和

---

① 杨绛:《重读〈堂吉诃德〉》,《春泥集》,上海:上海文艺出版社,1979 年版,第 36 页。

② 杨绛:《重读〈堂吉诃德〉》,《春泥集》,上海:上海文艺出版社,1979 年版,第 41 页。

③ 此处的"与"字似应是"和"字。

④ 此处的"作者"两个字显然是指杨绛本人,似应删去,既可避免重复——前面的"杨绛先生"作为主语或施动者,已把下面由"首先"和"其次"所涵盖的内容统括进去了,更可避免与同一句话里紧接着的另外一个泛指的"作者"相混淆;退一步说,即便不删"作者"二字,也应将其置于"其次"二字前,才符合语序与逻辑。

⑤ 朱虹:《读〈春泥集〉有感》,《读书》1980 年第 3 期,第 26 页。

⑥ 杨绛:《堂吉诃德和〈堂吉诃德〉》,《文学评论》1964 年第 3 期,第 73 页。

⑦ 杨绛:《堂吉诃德和〈堂吉诃德〉》,《杨绛作品集》第 3 卷,北京:中国社会科学出版社,1993 年版,第 11 页。

尊重："作者所鄙弃不屑的，当然也就是他旨在避免的。"①

　　杨绛的如上几段话至少表明，虽然她本人很少谈及自己的小说写作理念与主观意图，虽然她对来自小说作者的这类声明抱持着审慎的不轻易置信的态度，但这并不意味着她认为这类声明没有什么值得重视的实质性内容。

二　由具体作品看中外有别的戏剧结构与小说路数

　　在杨绛迄今为止（2013 年）发表的全部文论中，《春泥集》中的《李渔论戏剧结构》和《艺术与克服困难——读〈红楼梦〉偶记》（即原《艺术是克服困难——读〈红楼梦〉管窥》）两篇文章堪称有些"另类"。它们谈的其实不是外国文学——杨绛的专业所在，而是中国文学。

　　按照杨绛自己的说法，这两篇东西发表后的遭际也比较特别——可说一冷一热，对比鲜明："《李渔论戏剧结构》和《艺术与克服困难——读〈红楼梦〉偶记》两文皆作于 1959 年。庐山会议以前有段时间气氛比较宽松，基于多年读书积累，对小说和戏剧艺术的心得体会，感觉有话想说就写了。此前我根据《勒布经典丛书》（The Loeb Classical Library）英译版，并参照其它版本，翻译了亚里士多德的《诗学》；《李渔论戏剧结构》中所引亚里士多德的话，都是我自己的译文。我甚看重此文，因是我的新见。但此文未被重视。第一篇论《红楼梦》发表后，何其芳、周扬皆公然欣赏。茅盾看了也认可。何其芳嘱我再充实些。周扬则于讲话中引用我的标题做演讲的结尾句：'艺术就是克服困难嘛！'……香港亦转载此文。"② 在发表于 1980 年的《读〈春泥集〉有感》一文中，朱虹亦曾特意点出："关于《红楼梦》一文在香港学术界已引起重视，被收入专集。"③

　　然而，此二文既系专事外国文学特别是欧美小说研究的杨绛所为，那么，就仍然不可避免地会多多少少与欧美文学搭上瓜葛———如朱虹所曾表述的："另外两篇关于李渔戏剧结构论和《红楼梦》的艺术分析，从中外文学的对比中探索艺术处理的一些规律性问题，属于比较文学范畴。"④

---

① 杨绛：《艺术是克服困难——读〈红楼梦〉管窥》，《文学评论》1962 年第 6 期，第 111 页。
② 转引自吴学昭：《听杨绛谈往事》，北京：生活·读书·新知三联书店，2008 年版，第 286 页。
③ 朱虹：《读〈春泥集〉有感》，《读书》1980 年第 3 期，第 28 页。
④ 朱虹：《读〈春泥集〉有感》，《读书》1980 年第 3 期，第 28 页。

杨绛的《艺术是克服困难——读〈红楼梦〉管窥》一文的最后一段话语气酣畅、笔墨淋漓,立意既新颖独到,描画亦复精准深刻,称得上高屋建瓴,显系全文的画龙点睛之笔,值得特别注意与反复体味。它不仅把艺术(小说)成于磨难、好的艺术(小说)是克服重重困难的结果这一道理非常有说服力地摆了出来,而且也对艺术(小说)的形式与内容在熔铸与锤炼的过程中彼此纠结与适应、相互冲突与激发的辩证关系,做了极其形象化的醒豁解说和有力论证:

> 俗语"好事多磨",在艺术的创作里,往往"多磨"才能"好"。因为深刻而真挚的思想情感,原来不易表达。现成的方式,不能把作者独自经验到的生活感受表达得尽致,表达得妥帖。创作过程中遇到阻碍和拘束,正可以逼使作者去搜索、去建造一个适合于自己的方式;而在搜索、建造的同时,他也锤炼了所要表达的内容,使合乎他自建的形式。这样他就把自己最深刻、最真挚的思想情感很完美地表达出来,成为伟大的艺术品。好比一股流水,遇到石头拦阻,又有堤岸约束住,得另觅途径,却又不能逃避阻碍,只好从石缝中迸出,于是就激荡出波澜,冲溅出浪花来。《红楼梦》作者描写恋爱时笔下的重重障碍,逼得他只好去开拓新的境地,同时又把他羁绊在范围以内,不容逃避困难。于是一部《红楼梦》一方面突破了时代的限制,一方面仍然带着浓郁的时代色彩。这就造成作品独特的风格,异样的情味。在这个意义上,可以应用十六世纪意大利批评家卡斯特维特罗(Castelvetro)的名言:"欣赏艺术,就是欣赏困难的克服。"①

而在《李渔论戏剧结构》一文中,杨绛结合中外戏剧与小说的具体创作实践,通过细细比对李渔所代表的中国传统戏剧结构理论和亚里士多德所代表的西洋传统戏剧结构理论,得出了二者形似而实异的、新颖而扎实的结论;并进而提示人们,要避免误入歧途,就不能脱离具体作品的实际而空谈什么理论:"……我国传统戏剧的结构,不符合亚理斯多德所谓戏剧的结构,而接近于他所谓史诗的结构。李渔关于戏剧结构的理论,表面上、或脱离了他自己的戏剧实践看来,尽管和《诗学》所说相似相同,实质上他所讲的戏剧结构,不同于

---

① 杨绛:《艺术是克服困难——读〈红楼梦〉管窥》,《文学评论》1962年第6期,第115页。

西洋传统的戏剧结构，而是史诗的结构……如果脱离了具体作品而孤立地单看理论，就容易迷误混淆。"①

若论如何结合具体作品来对作家的心态、创作手法及其所秉持的创作理论进行深入的透视与解析，杨绛本人的身体力行或现身说法便弥足效法。有的论者对此概括得很好：

> 同是对十九世纪资本主义社会的"暴露"，同是对资产阶级典型人物的"描绘"，在同一批作家笔下有哪些不同，这是评论家应该回答的问题。在这方面，杨绛先生的萨克雷研究正是深入作家作品的实际中去找答案的典范。杨先生的研究从掌握大量资料入手而又不陷入资料。正如萨克雷自比木偶牵线人在那里数点他的人物，杨绛先生作为评论家站在又一个高度，引导我们观察作家的操作。诸如萨克雷像磨钻石那样从不同侧面刻画人物这类创作上的奥妙，都被评论家的杨先生一一道破，加以评点。在杨绛先生的分析之下，我们看到了萨克雷的《名利场》在当时的英国现实主义小说中的独到之处，它不仅题材不同，更重要的是处理上渗透着作者本人的特殊气质：它既不是狄更斯式的夸张，也不是勃朗特式的激愤，而是十足的萨克雷式的玩世不恭的讽刺解剖加上看破一切的哀叹与感伤。正因如此，它取得的艺术和心理效果也完全不同。②

杨绛的《论萨克雷〈名利场〉》一文 1959 年刊发于《文学评论》，本名《萨克雷〈名利场〉序》。作为英国 19 世纪作家萨克雷的代表作，长篇小说《名利场》（*Vanity Fair*）堪称经典中的经典。而杨绛为之作序的该小说中文译本，乃是出自她的胞妹杨必之手。

提起杨必，据夏志清写于 1979 年的《重会钱锺书纪实·六 悼杨璧》③ 一文介绍，她本名杨璧："在《追念》文里我提到一位'杨绛本家'的才女……她名杨璧，其实即是杨绛的亲妹妹，毕业于震旦女子学院英文系，钱锺书自己

---

① 杨绛：《李渔论戏剧结构》，《杨绛作品集》第 3 卷，北京：中国社会科学出版社，1993 年版，第 139 页。
② 朱虹：《读〈春泥集〉有感》，《读书》1980 年第 3 期，第 28 页。
③ 详见夏志清：《重会钱锺书纪实》，《新文学的传统》，北京：新星出版社，2005 年版，第 274—275 页。

也教过她。去年（按：指 1978 年）十一前后，大陆在香港预告了好多种学术性的著译，表示邓小平上台后，出版界业已复苏。这一系列书中，我注意到了杨必译的萨克雷名著《名利场》（*Vanity Fair*），想来杨必即是杨璧。她一向默默无名，现在出了一本译著，我倒为之欣喜。那天上午同钱（按：指钱锺书）谈话，我即问起她，不料钱谓她已病故十年了，终身未婚。"然而，据杨绛1990 年成文的追忆文章，她的胞妹杨必其实本就一直名必："杨必是我的小妹妹，小我十一岁。她行八。我父亲像一般研究古音韵学的人，爱用古字。杨必命名'必'，因为必是'八'的古音；家里就称阿必。"①

杨绛此文特意一上来便详述杨必名字的来历，显然捎带着有回应或纠正夏志清的讹误的意思。不过，夏志清本人对"璧"字之所以会那么肯定，想来不仅仅是当年与杨必彼此相交毕竟太浅、后来又记忆失误那么简单：一方面，对这位早年虽心向往之而终未能更进一步接近的意中人，他一直自觉不自觉地在心目中拿她当"璧"、当玉来稀罕、来珍视，很正常也很自然——而当年彼此仅匆匆谋过几面，可能也根本没有机会去仔细确证对方的名字，只是想当然尔地把顺耳听闻的 bì 这个音里意思最好的字一厢情愿地赋予了对方；另一方面，也很有可能夏志清"明知故犯"地下意识里就十分排斥"必"这个字眼，因为它看上去未免过于干枯、乏味、别扭，不仅远不如"璧"这个字眼端严、贵气、顺眼，而且弄不好还远不够吉利——因为若容许依照江湖术士的小把戏，按字面意思随便望文生义一下的话，"必"字看上去就仿若心上插了一把刀。而无巧不巧的是，据杨绛在如上同一篇文章中的追忆，导致杨必 1968 年英年（46 岁）早逝的直接原因，正是心病——急性心衰。杨绛之所以刻意强调这一死因，可能也还是有回应夏氏质疑的意思——因为在刚才提到的那篇文章里，夏氏尝谓："钱锺书只说杨璧病故，但以她西洋文学研究者的身份而死于'文革'期间，可能死因并不简单，只是我不便多问。""文革"中因受政治因素牵连而冤死的非正常死亡者不知凡几，远在海外的夏志清对杨必之死有此狐疑，自也在情在理。

在《萨克雷〈名利场〉序》一文当中，杨绛一扫代人作序者往往难以规避的惯常客套、烦琐路数乃至八股腔调，紧紧围绕着这部小说本身，对萨克雷所作所为的不同凡响之处做了深入、细致而又独到的分剖和解说。杨绛首先高度

---

① 杨绛：《记杨必》，《读书》1991 年第 2 期，第 108 页。

肯定萨克雷《名利场》以求真写实为诉求，大胆破除小说创作的"常规滥调"的勇气和作为："《名利场》描摹真实的方法是一种新的尝试。萨克雷觉得时俗所欣赏的许多小说里面，人物、故事和情感都不够真实……《名利场》的写法不同一般，他刻意求真实，在许多地方打破了写小说的常规滥调。"① "萨克雷以为理想的人物和崇高的情感属于悲剧和诗歌的领域，小说应该实事求是的反映真实，尽力写出真实的情感。"② 当然，杨绛也清醒地意识到了萨克雷写真实诉求的时代规定性或限度："萨克雷刻意描写真实，却难免当时社会的限制。维多利亚社会所不容正视的一切，他不能明写，只好暗示……他在这部小说里写到男女私情，只隐隐约约，让读者会意。"③

杨绛其次点出了萨克雷与众不同的小说写法与具体路数（"萨克雷避免了一般写小说的常规，他写《名利场》另有自己的写法。"④）：

（1）不写英雄，而是以一群小人物为主角（"《名利场》里没有'英雄'……萨克雷在《名利场》里不拿一个出类拔萃的英雄做主角。他在开卷第一章就说，这部小说写的是琐碎庸俗的事……他写的是沉浮在时代浪潮里的一群小人物，像破产的赛特笠，发财的奥斯本，战死的乔治等……他们的悲苦的命运不是悲剧，只是人生的讽刺。"⑤）；

（2）写人物务求客观，优点缺点兼顾（"他描写人物力求客观，无论是他喜爱赞美的，或是憎恶笑骂的，总把他们的好处坏处面面写到，决不因为自己的爱憎而把他们写成单纯的正面或反面人物。"⑥ "《名利场》里不仅没有英雄，连正面人物也很少，而且都有很大的缺点。萨克雷说都宾是傻瓜，爱米丽亚很自私……都宾和爱米丽亚等驯良的人在社会上并不得意，并不成功；丑恶的斯丹恩勋爵到死有钱有势……《名利场》上的名位利禄并不是按着每个人的才能品德来分配的。"⑦）；

---

① 杨绛：《萨克雷〈名利场〉序》，《文学评论》1959 年第 3 期，第 106 页。
② 杨绛：《萨克雷〈名利场〉序》，《文学评论》1959 年第 3 期，第 106 页。
③ 杨绛：《萨克雷〈名利场〉序》，《文学评论》1959 年第 3 期，第 111 页。
④ 杨绛：《萨克雷〈名利场〉序》，《文学评论》1959 年第 3 期，第 107 页。
⑤ 杨绛：《萨克雷〈名利场〉序》，《文学评论》1959 年第 3 期，第 106—107 页。
⑥ 杨绛：《萨克雷〈名利场〉序》，《文学评论》1959 年第 3 期，第 107 页。
⑦ 杨绛：《萨克雷〈名利场〉序》，《文学评论》1959 年第 3 期，第 107 页。

（3）通过描写反映人物内心活动的具体动作，揭示人物的心理（"萨克雷描写人物往往深入他们的心理……萨克雷并不像后来的小说家那样向读者细细分析和解释，他只描叙一些表现内心的具体动作。"①）；

（4）把人物置于特定的社会、历史背景中去，多角度、多阶段地描摹这些人物（"萨克雷的人物总嵌在社会背景和历史背景里。他从社会的许多角度来看他虚构的人物，从这许多角度来描摹；又从人物的许多历史阶段来看他们，从各阶段不同的环境来描摹。"②　"萨克雷从不同的社会环境，不同的历史阶段，用一桩桩细节刻划出她③性格的各方面，好像琢磨一颗金刚钻，琢磨的面愈多，光彩愈灿烂。"④）并"第一个指出环境和性格的相互关系，这是他发展现实主义的很大的贡献"⑤——既"写出了环境如何改换人的性格"，又"着意写出环境能改变一个人的道德"；⑥

（5）善于运用轻快生动和幽默风趣的叙事风格叙事，并经常夹叙夹议，间以恰切、生动的对话来烘托人物（"萨克雷善于叙事，写来生动有趣，富于幽默。他的对话口角宛然，恰配身份。他文笔轻快，好像写来全不费劲，其实却经过细心琢磨。"⑦　"萨克雷和斐尔丁一样，喜欢夹叙夹议，像希腊悲剧里的合唱队，时时现身说法对人物和故事作一番批评。作家露面发议论会打断故事，引起读者嫌厌。不过这也看发议论的艺术如何。《名利场》这部小说是作者以说书先生的姿态向读者叙述的；他以《名利场》里个中人的身份讲他本人熟悉的事，口吻亲切随便，所以叙事里揽入议论也很自然。"⑧）；

（6）当然，杨绛也非常警惕于叙事里作者的议论的突兀和生硬（"但是萨克雷的议论有时流于平凡罗苏……他穿插进去的议论有时和他正文里的描写并不协调。"⑨）。

---

① 杨绛：《萨克雷〈名利场〉序》，《文学评论》1959 年第 3 期，第 108 页。

② 杨绛：《萨克雷〈名利场〉序》，《文学评论》1959 年第 3 期，第 109 页。

③ 此处的"她"字指书中角色利蓓加。

④ 杨绛：《萨克雷〈名利场〉序》，《文学评论》1959 年第 3 期，第 109 页。

⑤ 杨绛：《萨克雷〈名利场〉序》，《文学评论》1959 年第 3 期，第 109 页。

⑥ 详见杨绛：《萨克雷〈名利场〉序》，《文学评论》1959 年第 3 期，第 109 页。

⑦ 杨绛：《萨克雷〈名利场〉序》，《文学评论》1959 年第 3 期，第 112 页。

⑧ 杨绛：《萨克雷〈名利场〉序》，《文学评论》1959 年第 3 期，第 111 页。

⑨ 杨绛：《萨克雷〈名利场〉序》，《文学评论》1959 年第 3 期，第 111 页。

简而言之，杨绛认为，萨克雷在《名利场》里通过"把故事放在三十多年前"所形成的时间距离与历史静观，"用许许多多真实的细节，具体的描摹出一个社会的横切面和一个时代的片断"，[①] "居高临远"地展示了"一幅社会的全景"。[②] 而依照杨绛的考察，这种小说笔法在当时只有法国的司汤达［Stendhal（Marie-Henri Beyle），1783—1842］和巴尔扎克（Honoré de Balzac，1799—1850）曾经使用过，在英国还是首创。[③]

第三节　小说何为——杨绛纵谈"英国小说之父"[④] 菲尔丁及其小说

本章前一节讨论的是杨绛的文论结集之一《春泥集》。截至目前，除了《斐尔丁的小说理论》一文之外，该文论集中《论萨克雷〈名利场〉》（《萨克雷〈名利场〉序》）等其他五篇论文的内容都已经有过或繁或简的介绍。之所以会把《斐尔丁的小说理论》这篇文章专门留置到这里来讨论，是因为它其实远非全璧，只是杨绛发表于《文学研究》[⑤] 季刊 1957 年第 2 期上的长篇论文《斐尔丁在小说方面的理论和实践》的一个节选——也即该文上篇"斐尔丁关于小说创作的理论"的修订删改本，占该文整个篇幅的三分之一略强。

与《洗澡》是杨绛截至目前出版的唯一一部长篇小说的情形相仿佛，《斐尔丁在小说方面的理论和实践》是杨绛迄今为止发表的唯一一篇长篇学术论文。它的中、下两篇的标题分别是"斐尔丁在小说创作方面的实践"和"几点尝试性的探讨"。按照杨绛自己的解说，《斐尔丁在小说方面的理论和实践》一文

---

① 详见杨绛：《萨克雷〈名利场〉序》，《文学评论》1959 年第 3 期，第 109、112 页。

② 详见杨绛：《萨克雷〈名利场〉序》，《文学评论》1959 年第 3 期，第 110 页。

③ 详见杨绛：《萨克雷〈名利场〉序》，《文学评论》1959 年第 3 期，第 112 页。

④ 杨绛曾这样介绍英国小说家菲尔丁："斐尔丁说自己的小说是英国语言中从来未有的体裁，文学史家也公认他是英国小说的鼻祖。马克思对他的爱好，小说家像司各脱、萨克利、高尔基等对他的推重，斯当达（Stendhal）对他的刻意摹仿，这些都使我们想探讨一下，究竟他有什么独到之处，在小说的领域里有什么贡献。"（杨绛：《斐尔丁在小说方面的理论和实践》，《文学研究》1957 年第 2 期，第 108 页）所谓"英国小说的鼻祖"，一般通称"英国小说之父"——如欧美文学学者杨周翰就曾这样说过："而十九世纪英国小说家司各脱则径称菲尔丁为'英国小说之父'。"（杨周翰：《菲尔丁论小说和小说家——介绍〈汤姆·琼斯〉各卷首章》，《国外文学》1981 年第 2 期，第 22 页）

⑤ 《文学研究》季刊 1957 年 3 月创刊，系中国社会科学院文学研究所主办的《文学评论》双月刊的前身。

共"分上中下三节:上、叙述斐尔丁创作小说的理论;中、按照他的理论来分析他的小说;下、结合他的理论和实践,对小说创作里的几个问题,作一些尝试性的探讨"。①

大略而言,**杨绛这篇长文的上("斐尔丁关于小说创作的理论")、中("斐尔丁在小说创作方面的实践")两篇展开得相对比较充分,从容不迫,"针脚"密实,虚实匀称,宏微有度;而下篇("几点尝试性的探讨")的讨论与引申虽然也极有必要,但在行文上则不免夕阳西下、后劲不足,难辞浮光掠影之咎、挂一漏万之嫌**——譬如,有的论者就曾这样抱怨道:"其中关于'技巧'一部分只是讲了一些关于细微末节②的老生常谈。"③ 杨绛自己大概也正是因为意识到了这个结构失调的问题且感觉不好应对,所以后来在将此文编入集子时,才索性将中、下两篇全部删掉,仅保留上篇。

这当然至多也只是个大概其的猜测,谈不上多么靠谱。前文曾提及,杨绛和钱锺书一样,都恪守"文章不惮改"的古训,对自己已发表的文字总是会借收入集子或出不同的版次乃至多次印刷的机会反复整理修润、一改再改。然而,像《斐尔丁在小说方面的理论和实践》这篇文章这样被大砍大削三分之二、只保留三分之一强的情形还是比较罕见。杨绛《关于小说》一书中讨论小说《吉尔·布拉斯》的《砍余的"五点文"》一文之所以号称"砍余的"(亦即"大加删削后剩下的"),也是因为被砍掉了三分之二,但原因却很明确:这篇文章是 1956 年杨绛为小说《吉尔·布拉斯》中文译本写的序文,是应景学写的八股时文,杨绛自称的所谓"五点文"——全文按时代和社会背景、思想性、艺术性、局限性和影响等五个点布局谋篇,展开讨论,故名。由于时过境迁,当初并非出自本心的被迫之举自是自憎人厌,理应捐弃之。④ 然而,杨绛的《斐尔丁在小说方面的理论和实践》一文虽也难免政治的拘束痕迹和时代的局限性——偶见一些过时的俗套文字或观念零星地夹杂其间,但程度至轻,完全可以忽略不计,构不成大事砍削的充分必要理由。

然而,更为妥帖的处理方式似应是:由于下篇三小节所论本就和菲尔丁的

---

① 杨绛:《斐尔丁在小说方面的理论和实践》,《文学研究》1957 年第 2 期,第 108 页。

② "细微末节"现在一般多写为"细枝末节"。

③ 杨耀民:《批判杨绛先生的〈斐尔丁在小说方面的理论和实践〉》,《文学研究》1958 年第 4 期,第 23 页。

④ 详见杨绛:《补"五点文"》,《关于小说》,北京:生活·读书·新知三联书店,1986 年版,第 105 页。

创作实践密切相关，不妨将其全部并入中篇并将合并后的八小节统称为下篇，从而使全文由原来的上中下三部分简化为上下两个部分。在做类似处理的同时，似应同时将合并后的新下篇的最后一个小标题"关于写作的技巧"，换成更为切题的"关于小说的叙事视角"。这样一来，全文十五个小节——上篇七小节专论菲尔丁的小说理念与理论，下篇八小节专论菲尔丁的小说写作与实践——的布局会更加均匀协调不说，也会更为简洁、紧凑和明晰。

关于这篇文章的缘起，在吴学昭的《听杨绛谈往事》一书里，杨绛曾有过较为详尽的解说："不分研究课题给我，我就自己找题目。1954年是菲尔丁（Henry Fielding，1707—1754）① 逝世二百周年，我就研究菲尔丁。菲尔丁是十八世纪英国和欧洲最杰出的小说家之一。而据马克思的女儿艾琳娜回忆，菲尔丁是马克思最喜爱的长篇小说家之一。这正符合所内一条不成文的规定：不是马克思提到过的作家，不研究。我把菲尔丁的全部作品读完，凡能找到的传记、批评等也一一研究，引经据典地写了一篇五万字的研究论文，题名《菲尔丁关于小说的理论和实践》②。1957年适逢菲尔丁诞生二百五十周年，在《文学评论》③ 第二期发表了。"④

正是在这篇长约五万字的论文里，杨绛一扫当时言必上纲上线、呆板僵硬的新八股文风，⑤ 对菲尔丁这位素有"英国小说之父"盛誉的小说家的小说理论与写作实践，做了全面、深入和细致的翔实解析，值得在此辟专节详加解析和讨论。

这篇论文之所以值得深入讨论和解析，还在于**它堪称一篇不可多得的谈文论学的范文**，举凡菲尔丁的小说理论、小说写作实践，乃至当时文坛、学坛所

---

① 既系随意性比较大的口述，菲尔丁的生卒年和英文名字一般不会也没必要在行文中给出。即便有这么做的必要性（为了让读者一目了然地明白为什么1954年是菲尔丁逝世200周年，1957年是其诞生250周年），也该是另用一句话来完成。最简洁的办法或许是，将括号内的内容放进对菲尔丁这一名字的注释里去。

② 杨绛在《听杨绛谈往事》里所记忆的《菲尔丁关于小说的理论和实践》这一文章名有误，应是《斐尔丁在小说方面的理论和实践》。

③ 这句引文里的杂志名《文学评论》应是《文学研究》——后者系前者的前身。

④ 吴学昭：《听杨绛谈往事》，北京：生活·读书·新知三联书店，2008年版，第282页。

⑤ 杨绛曾说："我称当时写论文的八股定式为'五点文'、'五点论'，即不论评什么作家作品，只议论以下'五点'：时代和社会背景、思想性、艺术性、局限性和影响。"见吴学昭：《听杨绛谈往事》，北京：生活·读书·新知三联书店，2008年版，第281页。

关注的典型人物问题、作家的世界观与其创作(方法)的关系问题,等等,均能包罗详尽,侃侃而论;其行文不惟能从大处着眼,亦能由小处着手,而又流畅严谨,立论扎实,论证严密,言之有物,几乎见不着当时盛行的废话、套话影踪,当然更没有眼下已渐惹厌的学术文章俗套——一如吴学昭所说:"杨先生这篇论文没有一点儿八股腔,完全冲破了流行一时的'五点论'框框,视野开阔,思想深邃,观点新颖,材料翔实,文字如行云流水,分析入情入理。"①

这篇论文之所以值得深入讨论和解析,也在于除了钱锺书的准弟子杨耀民(1924—1970)为了迎合或应和当时的政治气候,曾于该文问世的第二年(1958年)写过一篇秉承长官意志的官样文章,将其定性为应断然拔掉的"一面白旗"之外②,过去和现在很少有人对它仔细留意,更遑论围绕着它展开过全面而切实的讨论了。当然,据吴学昭从杨绛本人那里获悉,《斐尔丁在小说方面的理论和实践》一文刚一发表时,其实颇受业内人士称许,也有人向自己的学生大力推荐,但很快即因所谓"拔白旗"运动而被扼杀了:"它像一股清风,吹入被老一套模式化观念紧箍的外国文学教学和研究园地,受到许多业内人士的欢迎。北大西语系李赋宁教授更是赞不绝口,一再向学生推荐,要大家学习仿效。杨先生听说后知道不妙,果然,反右之后又来了个'双反',文研所掀起了'拔白旗'运动……钱锺书的《宋诗选注》和杨绛的《菲尔丁关于小说的理论和实践》③全是白旗……杨绛这面小白旗,被连根拔掉,还撕得粉碎。"④

在前文提及的那篇《春泥集》读后感里,学者朱虹曾从艺术形式的继承问题这一角度,高度肯定了杨绛梳理菲尔丁小说理论的拓荒努力和开创之功:"杨绛先生长期从事的小说研究中贯穿着一种难得的对形式的自觉的意识。她翻译与研究的作品——《小懒子》⑤《堂吉诃德》《吉尔·布拉斯》《汤姆·琼斯》《名利场》等恰恰都多多少少同一个小说体系——'流浪汉'体小说相关。这一体裁在费尔丁手中发展成'散文体的滑稽史诗',后来萨克雷又继承和发展

---

① 吴学昭:《听杨绛谈往事》,北京:生活·读书·新知三联书店,2008年版,第282页。

② 杨耀民:《批判杨绛先生的〈斐尔丁在小说方面的理论和实践〉》,《文学研究》1958年第4期,第16—23页。

③ 《菲尔丁关于小说的理论和实践》应是《斐尔丁在小说方面的理论和实践》。

④ 吴学昭:《听杨绛谈往事》,北京:生活·读书·新知三联书店,2008年版,第282页。

⑤ 这句引文中的《小懒子》应是《小癞子》。

了费尔丁。恰恰是在英国小说发展上起到承上启下作用的费尔丁提出过比较完整的小说理论。固然，费尔丁若没有提出一套小说理论，英国十八世纪也照样会产生反映这段历史社会的文艺，但肯定不会采取费尔丁式的'散文体滑稽史诗'的形式。因此，研究费尔丁的小说而忽视他的小说理论是不可能得到全面的科学的结论的。**杨先生在肯定费尔丁从生活实际出发的同时，在我国的外国文学研究工作中第一个详尽地考察了费尔丁的小说理论，它的具体内容以及它对前人的继承和发展。**这不仅有助于我们获得对费尔丁的更全面的认识，而且也提示着我们要重视艺术形式的继承性问题。要提高我们的研究工作的科学性，它也是不可忽视的一环。"①

朱虹以上的归纳是符合实际情况的。事实上，直到将近四分之一个世纪之后的 1981 年，北京大学的杨周翰教授（1915—1989）才又撰写了具有同样性质和内容的文章，专门介绍菲尔丁的小说理论，不过也只是评析菲尔丁的《汤姆·琼斯》②（*The History of Tom Jones, a Foundling*）一本小说而已，且并没有超出杨绛的菲尔丁研究所业已达到的深广度。③ 在杨绛和杨周翰之后，讨论菲尔丁的小说理论的其他几篇论文陆续出现，分别是：许桂亭 1984 年发表的《菲尔丁的小说创作与理论》④、李赋宁（1917—2004）1989 年发表的《菲尔丁和英国小说》⑤、武月明 1996 年发表的《试论菲尔丁的现实主义小说创作理论》⑥、韩加明 2002 年发表的《菲尔丁叙事艺术理论初探》⑦、秦国林 2006 年发表的《亨利·菲尔丁的文学理论及其对我们的启示》⑧，以及周文妮 2008 年完成的硕士论文《菲尔丁的散文体喜剧史诗理论及在〈弃儿汤姆·琼

---

① 朱虹：《读〈春泥集〉有感》，《读书》1980 年第 3 期，第 27 页。

② ［英］亨利·菲尔丁：《弃儿汤姆·琼斯的历史》，萧乾、李从弼译，北京：人民文学出版社，1984 年版；［英］亨利·菲尔丁：《汤姆·琼斯》，刘苏周译，武汉：长江文艺出版社，2009 年版。

③ 详见杨周翰：《菲尔丁论小说和小说家——介绍〈汤姆·琼斯〉各卷首章》，《国外文学》1981 年第 2 期，第 22—26 页。

④ 详见许桂亭：《菲尔丁的小说创作与理论》，《天津师大学报》1984 年第 2 期，第 66—70 页。

⑤ 详见李赋宁：《菲尔丁和英国小说》，《国外文学》1989 年第 3 期，第 5—10 页。

⑥ 详见武月明：《试论菲尔丁的现实主义小说创作理论》，《南京师大学报（社会科学版）》1996 年第 4 期，第 87—90 页。

⑦ 详见韩加明：《菲尔丁叙事艺术理论初探》，刘意青、罗梵主编《欧美文学论丛》（第一辑），北京：人民文学出版社，2002 年版。

⑧ 详见秦国林：《亨利·菲尔丁的文学理论及其对我们的启示》，《西安外国语学院学报》2006 年第 2 期，第 83—86 页。

斯的历史〉中的实践》^① 等。

杨绛的《斐尔丁在小说方面的理论和实践》这篇长文一开篇，便开宗明义地交代了它的写作目的："这篇文章就是要按照斐尔丁的理论来讨论他的小说，还看他对小说创作里的一些问题——像世界观和创作方法的关系、反映现实、典型人物、技巧等——有什么启示和解答。"^② 那么，作者为什么会刻意研究菲尔丁的小说理论与实践呢？除了前文借吴学昭之笔追忆的适逢菲尔丁逝世 200 周年（1954 年）这一机缘巧合或关节点之外，杨绛在文中给出了更为具体、更为专业也更为全面的解释："斐尔丁说自己的小说是英国语言中从来未有的体裁，文学史家也公认他是英国小说的鼻祖。马克思对他的爱好，小说家像司各脱、萨克利、高尔基等对他的推重，斯当达（Stendhal）对他的刻意摹仿，这些都使我们想探讨一下，究竟他有什么独到之处，在小说的领域里有什么贡献。"^③

而之所以要在讨论菲尔丁的小说理念与理论的同时，兼及他的小说写作实践——"他的三部小说'约瑟·安柱斯'（Joseph Andrews）、'江奈生·魏尔德'（Jonathan Wild）和'汤姆·琼斯'（Tom Jones）是当法官以前写的，末一部小说'阿米丽亚'（Amelia）是他当法官以后写的"^④，或者不妨反过来说，之所以要在剖析菲尔丁的小说作品之前，先全面地探讨他的小说理念与理论，是因为，"我们凭他的理论，对他的作品可以了解得更深切；而看了他的实践，对他的理论可以认识得更明确。好比学画的人学了大师论画的法则，又看他作画，留心怎样布局，怎样下笔，怎样勾勒点染，又听他随时点拨，这就对作画的艺术容易领会，对那艺术成品也更能欣尝^⑤"。^⑥ 杨绛后面这段有关"论画的法则"（比喻创作小说的艺术、法则或理论）与"作画"（比喻小说的写作实践）的关系的比喻恰切自然，生动形象，极富启发性，却不成想会被人莫

---

① 周文妮：《菲尔丁的散文体喜剧史诗理论及在〈弃儿汤姆·琼斯的历史〉中的实践》，华中师范大学（硕士论文），2008 年。

② 杨绛：《斐尔丁在小说方面的理论和实践》，《文学研究》1957 年第 2 期，第 108 页。

③ 杨绛：《斐尔丁在小说方面的理论和实践》，《文学研究》1957 年第 2 期，第 108 页。

④ 杨绛：《斐尔丁在小说方面的理论和实践》，《文学研究》1957 年第 2 期，第 108 页。

⑤ 此句引文中的"欣尝"疑为'欣赏'之误。

⑥ 杨绛：《斐尔丁在小说方面的理论和实践》，《文学研究》1957 年第 2 期，第 108 页。

名其妙地歪曲成"主要当几何画似地探究斐尔丁的小说笔法"[①]——绘画的艺术当然与"几何画"不无干系，但此"画"与彼"画"却又完全是天差地别的两码事。

杨绛还特意不厌其烦地解释了研究菲尔丁的小说理论的诸般便利条件："……斐尔丁不但创了一种小说体裁，还附带在小说里提供一些理论，说明他那种小说的性质、宗旨、题材、作法等等；他不但立下理论，还在叙事中加上些评语按语之类。他在小说里搀入这些理论和按语，无意中给我们以学习和研究的线索。"[②] 具体而言，"斐尔丁关于小说创作的理论，分散在他小说的献词、序文和'汤姆·琼斯'的每卷第一章里。最提纲挈领的是他第一部小说'约瑟·安柱斯'的序，这里他替自己别开生面的小说体裁下了个界说，又加以说明；这书头三卷的第一章里又有些补充。'汤姆·琼斯'的献词和每卷的第一章，'阿米丽亚'和'江奈生·魏尔德'二书的首卷第一章以及各部小说的叙事正文里还有补充或说明"。[③] 在这里，杨绛实际上等于把能体现菲尔丁小说理论的文字的具体出处或所在，做了详尽而明了的爬梳。

在展开具体的讨论之前，有必要将杨绛这篇长文的最后一段话摘录如下——因为它虽然简短扼要，但作为全文一个小结，却代表了杨绛对菲尔丁的总体看法：

> 英国描写现实的小说不自斐尔丁始。和他同时代而比他出世较早的狄福和理查生都描写现实。但斐尔丁却公然声明不写真人真事，只严格按自然描摹。当然，狄福和理查生写的也不是真人真事，虽然狄福的"鲁滨孙漂流记"和理查生的"潘蜜腊"都有真人真事的影子，小说里的人物和情节也全是虚构的。但是斐尔丁如此声明，就仿佛发表了小说的独立宣言。他认为小说的真实不是历史的真实，小说不是记载个别的实事，却是要反映普遍的真理。他不仅人物和情节严格摹仿自然，还靠故事的布局来反映这普遍的真理。这是个极有重大意义的原则。在英国小说史上，作者提出

---

① 杨耀民：《批判杨绛先生的〈斐尔丁在小说方面的理论和实践〉》，《文学研究》1958年第4期，第22页。

② 杨绛：《斐尔丁在小说方面的理论和实践》，《文学研究》1957年第2期，第108页。

③ 杨绛：《斐尔丁在小说方面的理论和实践》，《文学研究》1957年第2期，第108—109页。

这种理论，同时又这样有意识地配合理论去实践的，恐怕斐尔丁是第一人。在这个意义上，他当得起"英国小说的鼻祖"的称号。[①]

简言之，在杨绛看来，菲尔丁之所以会被后世誉为"英国小说的鼻祖"或"英国小说之父"，就在于他在英国文学史上，不仅第一个公然声明小说应放弃记载个别的真人真事，而以"严格摹仿自然"为准则，以反映现实、揭示普遍的真理为旨归，而且也第一个以他的"滑稽史诗"体小说来具体实践和应用自己的这些理论主张。

一 "无非把小说比作史诗"[②]——杨绛谈菲尔丁的小说写作理念与理论

（一）在小说里穿插小说理论的理由及所穿插理论的历史渊源

对菲尔丁在自己的小说里大谈特谈其小说理论的做法，他的《汤姆·琼斯》等四部长篇小说的大多数读者，尤其是晚近的读者，可能都不免在不大适应之余，有大惑不解之感。杨绛特意就菲尔丁此举解释道："斐尔丁觉得自己的小说和一般小说不同，怕人家不识货，所以要在他的创作里安插进那些理论的成分。他在'约瑟·安柱斯'里说，他这种小说在英文里还没人尝试过，只怕一般读者对小说另有要求，看了下文会觉得不满意；又在'汤姆·琼斯'里说，他不受别人裁制，他是这体小说的创始人，由得他自定规律。这几句话才是他的真心实话。"[③]

杨绛紧接着指出，菲尔丁的小说理论并非他自己的闭门造车或自说自话，而是其来有自，确有所本："他虽说自定规律，那套规律却并非他凭空创出来的。他只说他的小说是独创，从不说他的理论也是独创。他的一套理论是有蓝本的。但这并不是说斐尔丁只抄袭古人的理论，而是说明他没有脱离历史，割裂传统，却是从传统的理论推陈出新，在旧瓶子里装进了新酒。他的理论大部分根据十八世纪作家言必称道的亚理斯多德的'诗学'和霍拉斯的'诗的艺

---

① 杨绛：《斐尔丁在小说方面的理论和实践》，《文学研究》1957年第2期，第147页。

② 杨绛曾经说过："斐尔丁的小说理论，如果简单化的说来，无非把小说比作史诗（epic）。"引文引自杨绛：《斐尔丁在小说方面的理论和实践》，《文学研究》1957年第2期，第110页。

③ 杨绛：《斐尔丁在小说方面的理论和实践》，《文学研究》1957年第2期，第109页。

术'。斐尔丁熟读希腊罗马的经典，他引用经典，照例不注出处……但是我们若要充分了解他的理论，就得找出他的蓝本来对照一下……我们参看了他的蓝本，才知道他笼统一提的地方包含着什么意义，并且了解他在创作中应用了什么原则；尤其重要的是，我们在对照中可以看出他推陈出新的地方。"① 这段话不仅点出了菲尔丁的小说理念与理论主要是以亚里士多德的《诗学》（*Περì ποιητικῆς*）和贺拉斯（Quintus Horatius Flaccus，前 65—前 8）的《诗艺》（*Ars Poetica*）为蓝本，也点出了参照、比较这些蓝本的意义之所在——不仅有助于确证菲尔丁小说创作所依托的具体原则，更有助于把握菲尔丁如何"推陈出新"，自创新见。

杨绛又进一步分析说，因为亚里士多德在他的《诗学》中论悲剧详，论史诗略，论喜剧和喜剧性的部分则不仅残缺，也更为简略，而菲尔丁所写的小说不仅是史诗性的，也是喜剧性的，就需要对亚里士多德《诗学》中的理论加以必要的引申和解释，才能恰切地用以理解他所写的小说和有关小说的见解。而"这类的解释和引申，文艺复兴时代多少批评家早已下过功夫。法国十七世纪的批评家承袭了意大利文艺复兴的理论，又从而影响了英国十七世纪末十八世纪初的文坛。斐尔丁的小说理论大多就依据法国十七世纪的批评家，尤其是勒·伯需（René le Bossu）的'论史诗'（Traité du Poëme épique）。这书的英译本在十八世纪初出版，英国风行一时。② 斐尔丁把勒·伯需跟亚理斯多德和霍拉斯并称，可见对他的推重。"③ "勒·伯需以为用散文写的史诗虽然不能称为'史诗'（poëme épique），仍不失为'有诗意的史'（epopée）；换句话说，虽然没有史诗的形式，还保持史诗的精髓。"④ 对菲尔丁的小说理论所依托的主要"蓝本"，杨绛这段话等于做了更为全面具体的解说和补充——除了亚里士多德的《诗学》、贺拉斯的《诗艺》，还有法国批评家勒内·博叙（即杨绛所称的勒·伯需）（René Le Bossu，1631—1680）的《论史诗》（*Traité*

---

① 杨绛：《斐尔丁在小说方面的理论和实践》，《文学研究》1957 年第 2 期，第 109—110 页。

② 在将此文的一部分以《斐尔丁的小说理论》为名收入《春泥集》时，杨绛对此处界定的时间——"这书的英译本在十八世纪初出版，英国风行一时"——有订正。整句话被改为："这本书的英译本在十七世纪末出版，十八世纪初在英国风行一时。"（引文引自杨绛：《斐尔丁的小说理论》，《春泥集》，上海：上海文艺出版社，1979 年版，第 71 页）

③ 杨绛：《斐尔丁在小说方面的理论和实践》，《文学研究》1957 年第 2 期，第 110—111 页。

④ 杨绛：《斐尔丁在小说方面的理论和实践》，《文学研究》1957 年第 2 期，第 113 页。

du poème épique，1675）。而后者由于对前两者的理论解释得更为详尽具体，引申良多，对菲尔丁的影响也明显地更为具体和直接。譬如，勒内·博叙认为以散文来写史诗，即便一时不便以史诗相称，起码可以保持史诗的"诗意"和"史"的神髓，就比亚里士多德大大进了一步。

总括而言，菲尔丁的小说理论的主体是文艺复兴以来的相关理论特别是亚里士多德的《诗学》的继承；在继承之余，也有他自己的创新与发挥。按杨绛的话说，就是："我们细看斐尔丁的理论，可分别为二类。（一）引用《诗学》的理论。这是他理论的主体。在他引用的去取之间，可以看出他自己那套创作理论的趋向和重点。（二）引申和补充。斐尔丁或根据文艺复兴以来古典主义的理论，或依照自己的解释，讲得比较详细。这里更可以看出他本人的新见。"[①] 杨绛这里所说的"引申和补充"，明显既指以勒内·博叙为代表的17世纪法国批评家所为，也指菲尔丁本人所为。

（二）"散文体的滑稽史诗"——师法古代史诗的小说

杨绛一言以蔽之地总结说："斐尔丁的小说理论，如果简单化的说来，无非把小说比作史诗（epic）。大家知道史诗是叙事诗，叙述英雄的丰功伟业，场面广阔，人物繁多，格调崇高；这些史诗的特点，亚理斯多德'诗学'中都论到的。斐尔丁不用韵文而用散文，不写英雄而写普通人，故事不是悲剧性而是喜剧性的。换句话说，他的小说就是场面广阔、人物繁多的滑稽故事。普通文学史或小说史上，总着重说斐尔丁的小说面域可包括整个英国，人物包括上中下各个社会阶层。这不就说明他的小说可称为'史诗'么？"[②] "但是这还不是斐尔丁小说的全貌……他不是泛泛的把小说比一般史诗……斐尔丁是把'诗学'中关于史诗的全套理论搬运过来创作小说。"[③] 杨绛的意思无非是说，菲尔丁虽然用的是散文体式和喜剧手法，写的又是普通人而非英雄，但他却是以史诗的精神、气魄和场面来写小说的；尤其关键的是，他的小说作为"场面广阔、人物繁多的滑稽故事"或史诗，是严格依循亚里士多德《诗学》中有关史诗的整套理论的。

---

① 杨绛：《斐尔丁在小说方面的理论和实践》，《文学研究》1957年第2期，第111页。

② 杨绛：《斐尔丁在小说方面的理论和实践》，《文学研究》1957年第2期，第110页。

③ 杨绛：《斐尔丁在小说方面的理论和实践》，《文学研究》1957年第2期，第110页。

那么，菲尔丁是如何把自己的小说界定为"散文体的滑稽史诗"的呢？它有哪些具体的组成成分呢？杨绛对此做了具体介绍："斐尔丁把他的小说称为'散文体的滑稽史诗'。他在'约瑟·安柱斯'序里一上来就说古代也有'滑稽史诗'，'史诗和戏剧一般，有悲剧性喜剧性的不同……'他紧接着说明史诗也可用散文来写，他说：'史诗既有悲剧性喜剧性的不同，我不妨照样说，还有用韵文写的和用散文写的不同。那位批评家所举组成史诗的几个部分，如故事、布局、人物、思想、措词等，在散文体的史诗里件件都全，所欠不过韵节一项。'……他举了法国费内隆（Fénelon）的小说'代雷马克'（Télémaque）为例，尽管是散文写的，却和荷马的'奥狄赛'一样算得是'史诗'……于是斐尔丁就说明滑稽小说是什么性质：'滑稽小说就是喜剧性的史诗，写成散文体。它和喜剧的不同，就仿佛悲剧性史诗和悲剧的不同。它那故事的时期较长，面域较广，情节较多，人物较繁。它和悲剧性的史诗比较起来，在故事和人物方面都有差别。一边的故事严肃正经，一边的轻松发笑；一边的人物高贵，一边的地位低，品格也较卑微。此外在思想情感和文字方面也有不同：一边格调崇高，一边却是滑稽的。'"①

必须特别指出的是，杨绛在自己后来的文章里，曾把"散文体的滑稽史诗"这一说法进一步修订为"喜剧性的小说"：

> 喜剧虽然据亚里斯多德② 看来只供娱乐，柏拉图却以为可供照鉴，有教育意义。这和西塞罗所谓"喜剧应该是人生的镜子……"见解相同，西班牙的塞万提斯、英国的莎士比亚都曾引用；斐尔丁在他自称"喜剧性的小说"里也用来阐说他这类小说的功用。③

从"散文体的滑稽史诗"到"喜剧性的小说"，不仅因弃直译、就意译而界定得更为简洁、直白，也使菲尔丁其人其作与小说的关系看起来更为直接。

---

① 杨绛：《斐尔丁在小说方面的理论和实践》，《文学研究》1957 年第 2 期，第 111 页。

② 杨绛这里提到的译名"亚里斯多德"，一般通译为"亚里士多德"。此外，尚值得一提的是，杨绛在《斐尔丁在小说方面的理论和实践》一文里使用的译名又略有不同，是"亚理斯多德"。

③ 杨绛：《有什么好？——读奥斯丁的〈傲慢与偏见〉》，《关于小说》，北京：生活·读书·新知三联书店，1986 年版，第 59 页。

当然,要是换一个角度来看,概念界定上的这样一种转换也可以理解为一种摇摆,见出界定本身的难度来。

事实上,单就菲尔丁自创的这样一种小说体式的名称而言,其汉译一直都不是很稳定,更谈不上多么统一。杨周翰称其为"用散文写的喜剧性的史诗":"菲尔丁把他的小说叫作'用散文写的喜剧性的史诗',规定了小说的性质、内容与形式。所谓史诗主要是指生活画面的广阔。所谓诗,一方面为小说争取地位,一方面应像十八世纪诗歌那样含有道德内容。所谓散文应是指用诗歌叙述故事的时代(如中世纪传奇诗)已过去了。"[①] 萧乾(1910—1999)称其为"散文的喜剧史诗"——萧乾写过《一部散文的喜剧史诗——读〈弃儿汤姆·琼斯的历史〉》[②] 一文,他对菲尔丁这一小说体式的名称的翻译已不言自明地体现在此文的题目上了。李赋宁称其为"散文体的、喜剧性的史诗":"菲尔丁意识到他的小说不同于前人的作品,因此他把自己的作品叫做'散文体的、喜剧性的史诗'……"[③] 当然,如上粗略列举的这些称谓虽然看似各个不一,但主体不外是"散文""喜剧"和"史诗"三个词,也不外是把杨绛"散文体的滑稽史诗"一称中的"滑稽"两字,置换为更符合当今的称谓习惯的"喜剧"两字而已。因此,为了讨论的方便计,采用由以上这些叫法简缩而来的"散文体喜剧史诗"一称的人正越来越多。[④]

杨绛接下来不仅具体地指出了菲尔丁对《诗学》的严格依奉,也点出了他在"滑稽史诗"组成成分里的一点创新之处——用文字来描摹出布景来:"斐尔丁上文所说的'滑稽史诗'以及史诗和悲喜剧的同异完全从'诗学'来的,'那位批评家'当然就是亚理斯多德……我们已经看到斐尔丁列举的史诗组成部分……斐尔丁对每一个组成部分都采取了'诗学'里的解释。他还有一点发挥。'诗学'说史诗不用布景,斐尔丁以为史诗里也有布景,不过不是道具的布景,

---

① 杨周翰:《菲尔丁论小说和小说家——介绍〈汤姆·琼斯〉各卷首章》,《国外文学》1981年第2期,第24页。

② 萧乾:《一部散文的喜剧史诗——读〈弃儿汤姆·琼斯的历史〉》,《外国文学研究》1982年第4期,第16—23页。

③ 李赋宁:《菲尔丁和英国小说》,《国外文学》1989年第3期,第5页。

④ 参见武月明:《试论菲尔丁的现实主义小说创作理论》,《南京师大学报(社会科学版)》1996年第4期,第87—88页;韩加明:《菲尔丁在中国》,《四川外语学院学报》2006年第4期,第3页;周文妮:《菲尔丁的散文体喜剧史诗理论及在〈弃儿汤姆·琼斯的历史〉中的实践》,华中师范大学硕士论文,2008年。

而是用文字描摹出来的布景。"①

最后，杨绛对斐尔丁的"散文体的滑稽史诗"也即他的"滑稽小说"做了提纲挈领、言简意赅的总结："我们从斐尔丁以上几段理论以及他根据的蓝本，可以得出下面的结论。他的小说师法古代的史诗，不但叙述情节复杂、人物众多的故事，这故事还有布局、人物的性格和思想、布景、措词等组成部分。小说的布局和悲剧的布局一样，只是小说里的人物和措词跟悲剧里的不同。他写的是卑微的人物和事情，用的是轻松滑稽的词令，体裁是没有韵节的散文。这就是斐尔丁所谓'散文体的滑稽史诗'。"②

（三）"严格摹仿自然"——描写人物和叙述故事的准则

所谓小说，说到底，无非是描写人物和讲说故事。因而，用什么方式来对这两个方面加以处理便成为问题的关键。杨绛明确指出，菲尔丁在处理其"散文体的滑稽史诗"的写法上，以"严格摹仿自然"这一总的原则为旨归："这种小说该怎样写法呢？斐尔丁把一切规律纳入一条总规律：'严格摹仿自然。'无论描写人物或叙述故事，他都着重'严格摹仿自然'。按十八世纪初期的文学批评，合自然就是合理，也就是合乎亚理斯多德和霍拉斯的规则……其实他所谓'摹仿'无非表示他师法经典作家——师法自古以来大家公认为合乎自然的作品，并不是亦步亦趋的依傍学样……他虽然尊重古人的规则，推崇经典著作，然而他只把现实的人生作为衡量的标准，对传统的理论只采取'严格摹仿自然'的部分。"③请注意杨绛这最后一句话，它等于点出了"严格摹仿自然"这一准则的精神内核之所在——即以"现实的人生作为衡量的标准"。

杨绛指出，菲尔丁遵循的"严格摹仿自然"原则体现在描写人物上，就是既不丑化，也不美化，而是向生活中的真人取法，描摹得和他们一样——与亚里士多德《诗学》里有关喜剧人物应夸张得比真人坏的原则相比，菲尔丁的这一艺术坚持明显两样："斐尔丁认为描写人物应该严格摹仿自然，不夸张，不美化……他不写完美的人物，人情中见不到的东西他都不写……斐尔丁还认为人物该直接向自然临摹，若照书本里的人物依样画葫芦，那就是临摹仿本，得

---

① 杨绛：《斐尔丁在小说方面的理论和实践》，《文学研究》1957 年第 2 期，第 11—113 页。

② 杨绛：《斐尔丁在小说方面的理论和实践》，《文学研究》1957 年第 2 期，第 113 页。

③ 杨绛：《斐尔丁在小说方面的理论和实践》，《文学研究》1957 年第 2 期，第 113—114 页。

不到原本的精神；摹仿古人是不行的，必须按照自然临摹。斐尔丁这种严格按自然描摹人物的理论是他自己的见解，和'诗学'的主张有显著不同……'诗学'泛说艺术创造人物……喜剧的人物总描摹得比真人坏……斐尔丁写的是喜剧性的人物，但是他并不赞成把他们描摹得比真人坏；他只取一个方法：如实的描摹得和真人一样。"①

那么，究竟如何才能做到把人物"描摹得和真人一样"呢？按杨绛的总结，首先是必须学会概括人物的共性；而概括了人物的共性，也就等于写出了普遍性或"普遍的真实"："描摹得和真人一样并不是描摹真人，而是从真人身上，看出同类人物共同的性格，把这种共性概括出来，加以描摹。斐尔丁承认他的人物确是从真人中来的，但是他声明：'我不是描写人（men），只是描写他们的性格（manners）；不是写某某个人（an individual），只是写某种类型（a species）。'譬如书里的律师，不但真有其人，而且四千年来一向有这种人，将来还一直会有。这种人尽管职业不同，宗教不同，国家不同，他们还是同类人物……斐尔丁不写个人而写类型，就是'诗学'所说喜剧不该抨击个人的意思。同时他也就写出了'诗学'所谓普遍的真实。所以小说里具有人类共性的人物比历史上的真人来得普遍；不仅个别的某人如此，许多人都如此。最有普遍性的人物，在各地方各时代都是真实的。塞万提斯笔下的堂·吉诃德就是例子。"②

其次，还要懂得把人物的个性或特性合情合理地表现出来——所谓合情合理，一是人物的言行要切合其性格，二是人物的性格得有连续性："……斐尔丁以为小说家不但要写出同类人物的共性，还需写出每个人物的特性。荷马'依里亚德'里一个个英雄的性格都是特殊的……滑稽小说家写的人物既不是历史上的真人，就必须把他们的个性写得合情合理，才和真人相似。要写得合情合理，当注意两点：（一）人物的言谈举动应该跟他们的性格合适……（二）人物的性格当前后一致……作者需洞悉人情，观察入微，才能做到这两点。"③

杨绛接着指出，菲尔丁遵循的"严格摹仿自然"的原则体现在讲说或叙述故事上，就是所谓"据实叙述""据事实叙述"或"按史实叙述"——也同样

---

① 杨绛：《斐尔丁在小说方面的理论和实践》，《文学研究》1957 年第 2 期，第 114 页。

② 杨绛：《斐尔丁在小说方面的理论和实践》，《文学研究》1957 年第 2 期，第 114—115 页。

③ 杨绛：《斐尔丁在小说方面的理论和实践》，《文学研究》1957 年第 2 期，第 115 页。

是指不伪饰或粉饰人生的真相，而不是实写历史实事或家常琐屑："斐尔丁认为小说家的职责是据事实叙述……'事实如何，我得照着叙述，读者如果觉得不自然，我也没办法……'；如果事情不合读者口胃，'我们讲来也很抱憾，但我们说明是严格按照史实，不得不据实叙述'……他的范围只限于事实，他的材料全是从自然中来的。这里斐尔丁所谓严格按史实叙述，并不是叙述历史上的实事。他不过主张正视人生的丑相，不加粉刷；这和他主张严格按自然描摹人物，不美化，不夸张，同一意义。斐尔丁明明白白的说，他的小说不是枯燥乏味的历史，他不是写家常琐屑的人和事，他写的是奇情异事……他要严格遵守霍拉斯的规则，凡写来不是有趣动人的，一概略过……最后摹仿聪明的游历者，要到了值得流连的地方才逗留下来。"①

对人生的真相不加粉饰，也就是要把故事叙述得贴合人生的真相——不写"怪力乱神"，不写人力所不及的不可能、不合理的事："斐尔丁认为小说家既不是叙述实事，就需把故事讲得贴合人生真相，仿佛实事一般。而且喜剧性的故事讲普通人的卑微的事，不比悲剧性的故事从历史取材，有历史根据，有群众的习知惯闻作为基础……尤需严格贴合人生真相。要做到这点，选取题材时，需遵守两条规律：（一）不写不可能（impossible）的事；（二）不写不合情理（improbable）的事……斐尔丁说他写的只是人；他叙的事，决不是人力所不及的事。另一方面，斐尔丁以为事情尽管离奇，尽管不是人人习见的，也可以合情合理……小说家果然只写真实的事，也许写得离奇，决不会不合情理……故事若写得入情入理，那就愈奇愈妙。"② 由这段文字可以见出，在菲尔丁看来，不写"怪力乱神"，只是为了确保故事叙述得在情在理；而如果做到了在情在理，则并不必排斥离奇之事与惊人之举。

这事实上涉及的是情节的选择问题。而不写人力所不及的事也就是不写"怪力乱神"——这一点也其实是同亚里士多德和法国 17 世纪批评家所遵奉的原则相抵触的："'诗学'以为史诗可以叙述不可能、不合理的事……法国十七世纪的批评家大多根据'诗学'，以为史诗必需写神奇怪诞……但斐尔丁把神怪的因素完全摒弃，以为那是不可能的事，小说里不该写。这就和史诗的写作

---

① 杨绛：《斐尔丁在小说方面的理论和实践》，《文学研究》1957 年第 2 期，第 115—116 页。

② 杨绛：《斐尔丁在小说方面的理论和实践》，《文学研究》1957 年第 2 期，第 116 页。

大不相同。历来的史诗，如荷马的'依里亚德'和'奥狄赛'，维吉尔（Virgil）的'阿涅德'（Aeneid），都有神奇怪诞的成分。"①

按菲尔丁的逻辑，要保证叙事的贴合人生真相或合情合理，还须做到整个故事在情节安排上的合情合理——这就需要用心留意起关键作用的"情节间非常微妙的关系"："斐尔丁所说叙事当合情合理，不仅指故事里的个别情节，而是说整个故事都应该合情合理。这就是说：情节的安排也该合情合理。所以他说，假如事情纠结得分解不开，我们宁可按可能的情形，叫主角上绞台，却不能违反真实，请出神道来排难解纷。虽然事情到万不得已时，我们可以借助神力，我却决不应用这份权力……同时，他还是着重观察人生，'留心观察那些造成大事的种种情节和造成这些情节的细微因素'，看出'情节间非常微妙的关系'，按照这微妙的道理来安排故事。"②

当然，杨绛也指出，菲尔丁所坚持的"严格摹仿自然"原则虽然排斥人物塑造和情节的选择或安排上的夸张，却并不排斥措辞的夸张："斐尔丁不赞成夸张——不是说文学上不准有夸张的作品，他承认自己的闹剧就是夸张胡闹的，他只说'滑稽史诗'不该夸张，夸张就不合自然，虽然引人发笑，笑来究竟没有意义……滑稽作家唯一可以夸张的地方就是措词。他小说里常用夸张的笔法，套着经典名作的腔调来绰趣取笑。只要人物故事贴合自然，尽管措词夸张，仍不失为贴合自然的小说。"③

（四）人性的可笑之处——"滑稽史诗"的题材

菲尔丁的小说既以"滑稽"做底，以"喜剧"为氛围，那么，它的讥讽的格调就是自然而然的了。而他所讥讽的，按杨绛的总结，正是可笑的人物和事情所体现出来的人性的可笑之处——而其罪魁祸首，大多是由虚荣和欺诈所导致的虚伪："斐尔丁说，他的题材无非人性（human nature），但是他只写可笑的方面……斐尔丁认为可笑的根源出于虚伪。虚伪又有两个原因：虚荣和欺诈。出于虚荣的作伪不过掩饰一部分真情，出于欺诈的作伪和真情完全不合。揭破虚伪，露出真情，使读者失惊而失笑，这就写出了可笑的情景。揭破欺诈

---

① 杨绛：《斐尔丁在小说方面的理论和实践》，《文学研究》1957 年第 2 期，第 116—117 页。

② 杨绛：《斐尔丁在小说方面的理论和实践》，《文学研究》1957 年第 2 期，第 117 页。

③ 杨绛：《斐尔丁在小说方面的理论和实践》，《文学研究》1957 年第 2 期，第 117 页。

的虚伪更使人惊奇，因此越发可笑。但是罪恶不是可笑的……人生的灾祸，天然的缺陷，如残疾，如丑陋，如穷困，都不是可笑的事。不过穷人装阔绰，残疾充矫健，丑人自谓娇美，那就可笑了。"①

菲尔丁接下来又进一步指出，除了虚伪所导致的可笑之外，人性的可笑往往也种因于人的性格的偏执或偏激——哪怕是偏向于好的一面："他根据康格利芙（Congreve）和班·江生（Ben Jonson），以为偏僻的性格使人物举动可笑。又引霍拉斯的话：一个人的性格如过于偏向一面，便是偏于美德的一面，也可使明白的好人做出傻事或坏事来。"②

总而言之，按照杨绛的总结，无论是虚伪还是偏执，都可导致不相称的对比，而菲尔丁所讥讽的可笑便于焉发生——相应地，可笑的人物和事情便构成了他的小说的题材："从斐尔丁本人的话和他根据的理论，可见斐尔丁所谓可笑只是人类的偏僻，痴愚，虚伪等等；笑是从不相称的对比中发生的。他的'滑稽史诗'里只写这一类的可笑的人物与事情。"③

（五）高举笑丑讽愚的明镜——"滑稽史诗"的目的与功用

杨绛把菲尔丁所鼓吹的"滑稽史诗"的功用与目的，总结为"举起明镜"并引起"有意义有教益的笑"，从而令每个人都能在笑声中一窥自己的丑态，反省自己的愚昧，以达到警恶劝善、自我完善的效果："斐尔丁说，他的闹剧可把郁结于心的沉闷一泻而清，叫人胸怀间充溢着和爱欣喜之感。但是这种夸张胡闹引起的笑比不上贴合自然的作品所引起的笑……他承认贴合自然的作品所引起的笑更有意义，也更有教益。这种有意义有教益的笑不是为讽刺个人，却是要'举起明镜，让千千万万的人在私室中照见自己的丑相，由羞愧而知悔改'。他要'尽滑稽之能事，笑得人类把他们爱干的傻事坏事统统改掉'。又说要'写得小说里满纸滑稽，叫世人读了能学得宽和，对别人的痴愚只觉好笑；同时也学得虚心，对自己的痴愚能够痛恨'。"④

菲尔丁之所以说他的"滑稽史诗"体小说要"举起明镜"，是因为喜剧历来被誉为"人生的镜子"；而喜剧所引起的笑，也被认为能达到善意地从精神

---

① 杨绛：《斐尔丁在小说方面的理论和实践》，《文学研究》1957年第2期，第118页。

② 杨绛：《斐尔丁在小说方面的理论和实践》，《文学研究》1957年第2期，第118页。

③ 杨绛：《斐尔丁在小说方面的理论和实践》，《文学研究》1957年第2期，第118页。

④ 杨绛：《斐尔丁在小说方面的理论和实践》，《文学研究》1957年第2期，第118—119页。

上治病救人的目的:"斐尔丁所谓'举起明镜'一段话,就是西塞罗(Cicero)论喜剧的名言:'喜剧应该是人生的镜子,品性的模范,真理的反映。'……人类见到自己的丑相,由羞愧而知悔改,正是夏夫茨伯利所说'笑能温和地矫正人类的病'……'滑稽史诗'所引起的笑,因此就有意义,有教益。"①

杨绛还指出,唯亚里士多德马首是瞻的菲尔丁并没有严格追随前者的艺术以"快感"为目的的学说,而是坚持认为小说应该寓教于乐:"斐尔丁认为一切小说都该在趣味中渗和教训。他在'江奈生·魏尔德'里说:读了这类记载,不但深有趣味,还大有教益。活现的榜样比空口教训动人得多。又在'阿米丽亚'里说:这类记载可称为人生的模范,读者可学到最实用的艺术——人生的艺术。斐尔丁把小说当作具体示例的教训,这点和亚理斯多德的见解不同。亚理斯多德以为艺术是由感觉来动人的情感,目的是快感……斐尔丁写小说的宗旨,就是要兼娱乐和教诲,在引笑取乐之中警恶劝善。"② 由此可见,菲尔丁之所以认为小说能向读者展示"人生的艺术",是因为小说能把人生的教训体现为具体的示例,而榜样的力量之强大远非空洞的说教堪比。

(六)天才、学问、经验与爱心——"滑稽史诗"小说家必须具备的条件

杨绛总结说,菲尔丁认为小说家要写他所讲的这种"滑稽史诗"体小说,必须具备天才、学问、经验与爱心四大条件,缺一不可。无独有偶,"这四个条件,其实也仿佛中国传统文评所讲的四个条件:才,学,识,德"。③

或许不能不在此一提的是,菲尔丁所提出的小说家必备的这四项条件显然给杨绛留下了非常深刻的印象,以至于多年后她还不忘把它们化用在对更广泛的人生追求的诠释上:"我既不能当医生治病救人,又不配当政治家治国安民,我只能就自己性情所近的途径,尽我的一份力。如今我看到自己幼而无知,老而无成,当年却也曾那么严肃认真地要求自己,不禁愧汗自笑。不过这也足以证明:一个人没有经验,没有学问,没有天才,也会有要好向上的心——尽管有志无成。"④

---

① 杨绛:《斐尔丁在小说方面的理论和实践》,《文学研究》1957年第2期,第119页。

② 杨绛:《斐尔丁在小说方面的理论和实践》,《文学研究》1957年第2期,第119页。

③ 杨绛:《斐尔丁在小说方面的理论和实践》,《文学研究》1957年第2期,第120页。

④ 杨绛:《回忆我的父亲》,《杨绛作品集》第2卷,北京:中国社会科学出版社,1993年版,第92页。

对菲尔丁所界定的小说家的这四项条件，比杨绛略小几岁、同样也是欧美文学学者的杨周翰也极为重视，曾特意著文重点介绍提及这些条件的《汤姆·琼斯》第九卷的首章："在所有这些'首章'中，最系统最重要的要数第九卷第一章(第十三卷第一章又扼要重复一遍)。"① "在菲尔丁之前只有关于作为叙事文学的史诗的理论，还没有关于小说的理论。特别是他对小说家应具备的条件，虽然都是老生常谈，今天读来也还能起到提醒的作用。"②

杨绛首先解释的是，在菲尔丁的概念里，何为"天才"："他引霍拉斯的话：作家如果缺乏天才，怎么学写也写不成。斐尔丁以为天才是鉴别事物的能力，既能发现，又能判断。这种创见和识见都是天赋的……有天才就能看透表面，直看到底里的真相，于是抉扬出可笑之处，供人笑乐和教益。"③ 可见，菲尔丁的天才观并不像一般人对天才的理解那样，往往玄妙得不识人间烟火；相反，他把天才简单地理解为发现和判断的识别力——也即分析和鉴别事物的能力。按照他的理解，只有具备了这种能力，所谓"贴合人生的真相"才成为可能。

杨绛其次阐释了菲尔丁有关"学问"的观念："天赋的才能只好比工具……学问磨快你的工具，教你怎么运用，还能供给一部分材料。所以作家非有文学历史的智识不可，如荷马、弥尔登都是饱学之士。又说：'……作家写到一个题目，对那一门学问，该有些常识。'"④ 按照菲尔丁的界定，学问不但能使小说家的天才或天分崭露头角，得到磨炼，还能为其提供材料并助其发挥应有的作用。而学问固然自然而然地与饱学不无干系，但主要还是体现为对小说中所涉猎的相关学科的常识性了解。

对于"经验"，杨绛替菲尔丁所做的解释和界定是："这是书本里得不到的。**若要知道人，非经验不可**……作家要描摹真实的人，需到实际生活里去体察。而且应该体察得普遍，应该和上下各阶层的人都有交接……社会各阶层各有痴愚处，要对比着写才越显得分明，越见得可笑。作家不仅要熟悉各阶级的人，还该知道好好坏坏各式各样的人……这样方能够知道人类的品性；唯有凭经验，

---

① 杨周翰：《菲尔丁论小说和小说家——介绍〈汤姆·琼斯〉各卷首章》，《国外文学》1981年第2期，第24页。

② 杨周翰：《菲尔丁论小说和小说家——介绍〈汤姆·琼斯〉各卷首章》，《国外文学》1981年第2期，第24页。

③ 杨绛：《斐尔丁在小说方面的理论和实践》，《文学研究》1957年第2期，第120页。

④ 杨绛：《斐尔丁在小说方面的理论和实践》，《文学研究》1957年第2期，第120页。

才能真正了解天下的事。"① 看来,所谓经验,说白了也即是对大千世界里方方面面的生活和人事的亲身体验。显然,这是天分(天才)和学问——无论多么超迈、精妙、高深或渊博——所无法替代的。杨绛这里所说的"若要知道人,非经验不可"一句话尽管浅白之至,却与钱锺书在教导问学的女儿钱瑗时所说的如下一句同样浅白的话异曲同工、如出一辙,讲的都是阅世为文的大道与至理:

> 驾驭文字,非作不可,如打仗非上战场不可。②

而所谓"爱心",即是仁心,即是"爱人类的心(humanity)"。"作家如果麻木不仁,便是具备以上三个条件也是徒然。斐尔丁又引霍拉斯,说作者需自己先哭,才能叫人哭。所以作者自己没有感动,就不能动人。最动人的情景是作者含着泪写的,可笑的情景是作者笑着写的。真正的天才,心肠往往也仁厚。作者要有这种心肠,才写得出有义气的友谊,动人的情爱,慷慨的气量,真诚的感激,温厚的同情,坦白的胸怀;才能使读者下泪,使他激动,使他心上充溢着悲的、喜的、友爱的感情。"③ 可见,心肠仁厚有爱心,也就是有仁者爱人的悲悯之心。这一条件虽然似乎离一名小说家的软硬性指标距离较远,但绝非不必要。

接下来,杨绛也按她这篇文章的惯常路数,介绍了菲尔丁所界定的如上四大条件的理论渊源:"斐尔丁所讲的四个条件基本上根据霍拉斯的话,也参照了法国十七世纪批评家的理论……霍拉斯以为天才和艺术修养一般重要,有智慧还需有经验,要感动人自己需有情感。这和斐尔丁所说的四点略有出入。法国十七世纪的批评家论作家的条件和斐尔丁所论的更接近。他们认为作家有三个条件。第一需有天才……十七世纪的批评家如拉班(Rapin)以为天才是想象力和判断力的结合,二者互相钳制……第二是艺术修养……第三是学问。作者当然不能精通各门学问,但作者需有广博的学问,写到一个题目,总该有点

---

① 杨绛:《斐尔丁在小说方面的理论和实践》,《文学研究》1957年第2期,第120页。

② 钱锺书这句话见于20世纪70年代末给远在英国留学的女儿钱瑗的一封信。转摘自吴学昭:《听杨绛谈往事》,北京:生活·读书·新知三联书店,2008年版,第319页。

③ 杨绛:《斐尔丁在小说方面的理论和实践》,《文学研究》1957年第2期,第120—121页。

内行。"①

不难看出，就贺拉斯而言，他所强调的"艺术修养"类似于菲尔丁所强调的"学问"，他所强调的"情感"也类似于菲尔丁所强调的"爱心"，他的其他两项——"天才"与"经验"——则与菲尔丁所秉持的并无本质区别；而对法国批评家勒内·拉潘（即杨绛所说的拉班）（René Rapin，1621—1687）来说，除了他的"艺术修养"和"学问"两项等同于菲尔丁所说的"学问"一项外，他的天才论与菲尔丁的天才论也略有区别，一如杨绛如下的解析："斐尔丁着重观察实际生活，所以他所谓天才不是想象力和判断力的互相钳制，而是观察力和判断力的结合。他所谓学问，包括艺术修养和学问二项。他所谓经验，就是霍拉斯所谓'实际生活中临摹活的范本'。至于爱人类的心肠，那是斐尔丁根据切身体会和创作经验的极重要的增补，提出了作者对人民的态度和立场的问题。"②

此处所谓"作者对人民的态度和立场的问题"，明显是当年作者写作此文时社会上广为流行和弥漫的套话，所以在后来收入《春泥集》的《斐尔丁的小说理论》一文中被作者删掉，只保留到"……极重要的增补"之前。作者杨绛同时将这句话简化为"至于爱人类的心肠，那是斐尔丁自己的增补"。③ 事实上，所谓"爱人类的心肠"，与杨绛如上提到的贺拉斯所谓感动人的"情感"一项面目相若，显然颇有渊源。

（七）在小说中夹叙夹议——与亚里士多德唱反调

所谓夹叙夹议，顾名思义，就是在讲说故事的时候，不时地直接穿插进作者自己的主张和议论——杨绛指出，亚里士多德反对诗人出面说话，菲尔丁此举无疑是大唱反调："斐尔丁有一点声明是违反亚理斯多德的主张的。他说：'我是要扯到题外去的，有机会我就要扯开去。'又说：'对不起，我要像古希腊戏剧里的合唱队一般上台说几句话'……亚理斯多德分明说：'……诗人露面说话，越少越好，因为这来就不是描摹了……'但斐尔丁本他'作者自定规则'的精神，声明自己有权利搬个椅儿坐在台上，指点着自己戏里的情节和人物作

---

① 杨绛：《斐尔丁在小说方面的理论和实践》，《文学研究》1957年第2期，第121页。
② 杨绛：《斐尔丁在小说方面的理论和实践》，《文学研究》1957年第2期，第121页。
③ 杨绛：《斐尔丁的小说理论》，《春泥集》，上海：上海文艺出版社，1979年版，第92页。

一番解释和批评。"①

其实,杨绛在其他的场合里,也曾对菲尔丁鲜明的夹叙夹议风格多次地表示过审慎的质疑。譬如,她相继这样说过:"萨克雷和斐尔丁一样,喜欢夹叙夹议,像希腊悲剧里的合唱队,时时现身说法对人物和故事作一番批评。作家露面发议论会打断故事,引起读者嫌厌。"② "……作者不时出场,不仅妨碍故事进展,还影响故事的真实感……还有一层,小说里搀入许多议论,扯得篇幅很长。"③ "这种议论往往还借书中人物代说。这不仅阻滞故事的进展,还破坏人物的个性。"④

(八)传记、真史和"滑稽史诗"——与传奇对垒争锋

为了进一步说明究竟什么是"滑稽史诗",杨绛在《斐尔丁在小说方面的理论和实践》一文的上篇的末尾处,还特意对历史、真史、传记、史诗乃至传奇这几种概念之间的区别与瓜葛,做了溯源性的细致鉴定和甄别。她首先指出,菲尔丁的小说《汤姆·琼斯》(全名《弃儿汤姆·琼斯传》)虽被作者自称为"滑稽史诗",但起码从书名来看,却明明是传记,而传记和史诗显然迥非同类:"是传记就不是史诗,是史诗就不是传记,因为史诗有完整紧凑的布局,传记只凭一个人的一生作为贯穿若干事件的线索……史诗既有统一的布局,叙事也极钩连紧密,不像传记那样叙事松懈,可增可省。"⑤

那么,怎样看待这一矛盾的现象呢?实际上,菲尔丁所谓的"传记"并非真正或严格意义上的传记,而是指与传奇这一体式针锋相对的、以描写和反映现实为鹄的和旨归的小说:"十八世纪初期勒萨日的现实主义小说'吉尔·布拉斯'不冒称历史,从此小说才不向历史依草附木,另开门户……斐尔丁把'吉尔·布拉斯'称为'真史',把赛万提斯,勒萨日,马里伏,斯加隆(Scarron),连他自己并称为'我们传记家'。他所举的'传记家',除了赛万提斯和他自己,都是法国现实主义小说作家。勒萨日和马里伏的作品还可算传记,斯加隆的'滑稽故事'(Roman Comique)就绝不能算传记。显然斐尔丁所谓传记只是指那

---

① 杨绛:《斐尔丁在小说方面的理论和实践》,《文学研究》1957年第2期,第121—122页。

② 杨绛:《萨克雷〈名利场〉序》,《文学评论》1959年第3期,第111页。

③ 杨绛:《斐尔丁在小说方面的理论和实践》,《文学研究》1957年第2期,第146页。

④ 杨绛:《斐尔丁在小说方面的理论和实践》,《文学研究》1957年第2期,第145页。

⑤ 杨绛:《斐尔丁在小说方面的理论和实践》,《文学研究》1957年第2期,第122页。

种不是传奇而写现实的小说。"① 本段引文中"十八世纪初期勒萨日的现实主义小说'吉尔·布拉斯'不冒称历史，从此小说才不向历史依草附木，另开门户"一句话提纲挈领、一锤定音，不仅直指要害、不容置疑，读来亦觉要言不烦、**气象俨然，堪称不可多得的评骘名句、史家真言。**

所以，就首创小说这一体式的菲尔丁而言，"一方面他要自别于传奇（romance）的作者，就自称史家（historian），把作品称为真史（true history）；同时他又要自别于历史家，就自称为传记家（biographer）。其实他所谓真史，也就是传记的意思。"② 而事实上，倘若"单就名称而论，在斐尔丁那时候，'历史'（history）就是'传记'（biography）。'历史的'（historic）就和'浪漫的'（romantic）相对，传记或'真史'也就是传奇的对称"。③

大体说来，杨绛认为，菲尔丁把自己这一类小说（"滑稽史诗"）称为历史（真史），是为了和他所憎厌的传奇划清界限；而同时亦称之为传记，又是为了和真正的历史书写区别开来；至于又费尽心机把传奇作家所夤缘攀附的"史诗"桂冠一把抢将过来戴上，自命其小说为"滑稽史诗"，则更不足为怪，无非拉大旗做虎皮，为了同传奇相抗，争世人的宠："法国十七世纪前期和中期的传奇作家都攀附史诗，自高身份。斐尔丁可能也因为一般小说受人轻视，要抬高小说的声价，所以把自己的小说比作史诗。反正传奇或小说都不登大雅之堂，都要借史诗的招牌来装门面……斐尔丁以为传奇小说不合人生真相，没有教育意义，所以算不得史诗。我们从他自称传记家这一点，想见他着重的是反映现实，不写实的小说便不是他所谓史诗。"④

二 "总把实际的人生作为范本"⑤——杨绛谈菲尔丁的小说写作

（一）含有转折的复杂布局——菲尔丁"滑稽史诗"体小说的灵魂

如前所述，杨绛把《斐尔丁在小说方面的理论和实践》这篇长文的第二篇

---

① 杨绛：《斐尔丁在小说方面的理论和实践》，《文学研究》1957 年第 2 期，第 123 页。

② 杨绛：《斐尔丁在小说方面的理论和实践》，《文学研究》1957 年第 2 期，第 122 页。

③ 杨绛：《斐尔丁在小说方面的理论和实践》，《文学研究》1957 年第 2 期，第 122 页。

④ 杨绛：《斐尔丁在小说方面的理论和实践》，《文学研究》1957 年第 2 期，第 123 页。

⑤ 杨绛说过："斐尔丁无论描摹人物或叙述故事，总把实际的人生作为范本。"引文引自杨绛：《斐尔丁在小说方面的理论和实践》，《文学研究》1957 年第 2 期，第 128 页。

（中篇），命名为"斐尔丁在小说创作方面的实践"。顾名思义，这一篇致力于解析斐尔丁自己的小说作品。

之所以一开篇就首先讨论斐尔丁小说的布局，是为了与该文上篇"斐尔丁关于小说创作的理论"的内容相衔接。因为在该文上篇的最后一个部分里，杨绛曾特意强调过，史诗之所以有别于传记，主要在于有缜密周详的布局："……史诗有完整紧凑的布局，传记只凭一个人的一生作为贯穿若干事件的线索……史诗既有统一的布局，叙事也极钩连紧密，不像传记那样叙事松懈，可增可省。"①

杨绛指出，从形式上来看，斐尔丁的几部长篇小说或是历险记，或是传记，或是寓言……各个有别，讲究布局便成为了它们的共性——或者说，布局这一史诗和悲剧的重要构成因子堪称斐尔丁"滑稽史诗"体小说的灵魂："如果我们没有注意斐尔丁在小说方面的理论，也许会忽略了他刻意取法史诗的地方。他的第一部'滑稽史诗''约瑟·安柱斯和他的朋友阿布来罕·亚当斯先生的历险记'（The History of the Adventures of Joseph Andrews, and of His Friend Mr. Abraham Adams）按题目是一部历险小说……斐尔丁的第二部'滑稽史诗'是'弃儿汤姆·琼斯传'（The History of Tom Jones, a Foundling），按题目是传记……斐尔丁没有把他的末一部小说'阿米丽亚'称为'滑稽史诗'……斐尔丁还写过一篇讽刺性的寓言：'大伟人江奈生·魏尔德传'……这几部小说究竟在什么地方取法了史诗呢？我们可在不同的小说里看出一点相同：每部小说的故事都有'诗学'所讲究的布局——所谓'史诗的灵魂'。"②

按杨绛的分析，斐尔丁的小说里所采用的布局，主要是亚里士多德所论述的有转折的复杂型布局——例如，他的小说《约瑟夫·安德鲁斯》③（《约瑟·安柱斯》）（The History of the Adventures of Joseph Andrews, and of His Friend Mr. Abraham Adams）的布局的转折便出现在第四卷，约瑟夫苦尽甘来，终于同芳妮圆满结合："亚理斯多德说到两种布局，故事有起有承有结而没有转折的，那种是简单的布局；复杂的布局多一层转折，主角的命运或由好转坏，或由坏

---

① 杨绛：《斐尔丁在小说方面的理论和实践》，《文学研究》1957年第2期，第122页。

② 杨绛：《斐尔丁在小说方面的理论和实践》，《文学研究》1957年第2期，第124页。

③ ［英］亨利·菲尔丁：《约瑟夫·安德鲁斯的经历》，王仲年译，上海：新文艺出版社，1957年版。

转好，事情的纠结由纷乱渐见头绪，终于真相大白。这种布局分两部分；前一部是纠结，后一部是分解。从开头到转折点，情节的丝缕愈结愈乱，主角或者愈来愈得意，或者愈来愈倒霉；到那转折点，正像我们所谓物极则变，否极泰来，从转折点到结束，主角的运气就转变过来，隐情逐渐揭露，混乱逐渐澄清。揭出真相有种种方法：或由表记，如身上的痣、记、瘢疤、穿带 [①] 的东西等；或由作者任意想个办法；或由追忆旧事，流露感情；或由推理。最好是由前面的情节自然演变；其次是由推理。斐尔丁这个故事 [②] 里有一段转折，隐情的揭露是凭约瑟胸口的一点记。全书分四卷。第一卷人物——一出场，笨伯爵夫人引诱不动约瑟，把他逐出，这是故事的开端。第二第三卷承接上面的情节，叙约瑟和他朋友和情人回乡的事。[③] 故事的转折点在第四卷，隐情逐渐揭露，到此真相大白；一对情人受尽艰苦，快活收场。" [④]

　　当然，杨绛也分析认为，小说《约瑟夫·安德鲁斯》（《约瑟·安柱斯》）的布局出现了一个致命的缺陷或短板，那就是任由亚当斯牧师这个堂吉诃德式人物喧宾夺主——第二卷、第三卷叙述他同约瑟和芳妮一路回乡的故事占了过大的比重，把整个故事的布局搅乱了："但是斐尔丁没有把这个故事安排得匀称。亚当斯牧师一出场就占据了故事的中心……每个情节里亚当斯是主，约瑟和芳妮变成了宾，整个故事也降为陪衬。而且路上的经历占的篇幅也较多。读者兴趣全在亚当斯身上，往往疏忽了故事的其它部分……斐尔丁一开始先摹仿'潘蜜腊'挖苦取笑，后来又让亚当斯成了故事的中心，因此读者往往把那故事的布局忽略了。" [⑤]

　　杨绛接下来分析指出，菲尔丁的小说《汤姆·琼斯》作为一个看似普通的恋爱故事，不仅也包含有转折的复杂布局，而且还特意安排了好人（琼斯）苦尽甘来，坏人［布利菲尔（布力非）］最终受到惩罚这样两条平行展开的线索："这部小说写汤姆·琼斯和素怀小姐的恋爱故事。" [⑥] "这个故事也是复杂的布局，

---

① 此句引文中的"穿带"疑是"穿戴"之误。
② "这个故事"指的是菲尔丁的第一部小说《约瑟夫·安德鲁斯》（《约瑟·安柱斯》）。
③ 这句引文里的朋友指亚当斯牧师，情人指芳妮。
④ 杨绛：《斐尔丁在小说方面的理论和实践》，《文学研究》1957年第2期，第124—125页。
⑤ 杨绛：《斐尔丁在小说方面的理论和实践》，《文学研究》1957年第2期，第125页。
⑥ 杨绛：《斐尔丁在小说方面的理论和实践》，《文学研究》1957年第2期，第125页。

而且有两条线索……一方面琼斯由坏运转入好运,一方面布力非 ① 却由好运转入坏运。故事从开头到结尾,情节安排得妥帖自然,开头极细微的琐事到结尾都讲出缘由,交代出着落;一个个情节都因果相关,没有杂凑,整个故事是'完整统一的有机体'。所以枯立支(Coleridge)以为自古以来布局完密无间的作品有三部,'汤姆·琼斯'居其一。司各特和萨克利也赞叹它的布局。"② 显然,能得到柯勒律治(枯立支)(Samuel Taylor Coleridge,1772—1834)、司各特(Sir Walter Scott,1771—1832)和萨克雷(萨克利)等名家异口同声的赞佩殊非易事。这样的小说布局要想不完美也难。

然而,杨绛同时也承认,即便菲尔丁的"滑稽史诗"体小说在布局上已接近或达到了完美的程度,他终究写的是史诗而非悲剧。因而同后世以简·奥斯丁的作品为代表的仿戏剧体小说相比,在布局上仍不可避免地远要逊色:"史诗和悲剧的布局究竟不同,史诗的布局比起来松懈得多。史诗每个情节的内部自有布局,自成一个小故事;各个情节彼此的组合就不能十分紧密。每个情节内部的布局读者一看就出,而情节与情节间的关系要看完整个故事方才了然。所以后世像奥斯登(Jane Austen)那种仿戏剧布局的小说(dramatic novel)比了斐尔丁的小说,布局就严密得多。"③

最后,杨绛特意强调了讨论菲尔丁小说必须从布局着眼或以布局为重心的因由之所在——虽然布局不是小说的唯一组成成分,甚至不是不可或缺的构成因子,但是菲尔丁的"滑稽史诗"体小说最突出的特点却刚好是,部部都讲究布局:"'诗学'所举组成史诗的部份除了布局,其它如人物的性格、思想以及措词等等原是一切小说所不可缺的。可缺的只有布局;因为小说没有布局不失为小说,例如流浪汉体的小说。但是斐尔丁的每一部小说都有布局。"④

(二) 以"严格摹仿自然"为准绳——菲尔丁"滑稽史诗"体小说的本质特征

杨绛指出,精致复杂的布局虽堪称菲尔丁"滑稽史诗"体小说最为突出的特点——所谓"灵魂"或招牌,却并不是这类小说区别于史诗、传奇等其他书

---

① 引文里所说的这个布力非(布利菲尔)系汤姆·琼斯的同母兄弟、情敌和死对头。

② 杨绛:《斐尔丁在小说方面的理论和实践》,《文学研究》1957年第2期,第126页。

③ 杨绛:《斐尔丁在小说方面的理论和实践》,《文学研究》1957年第2期,第127页。

④ 杨绛:《斐尔丁在小说方面的理论和实践》,《文学研究》1957年第2期,第128页。

写体式的本质特征。那么，什么才称得上这样的本质特征呢？杨绛的回答是，对"严格摹仿自然"这一要则的奉行和遵循："小说有布局未必就是斐尔丁所谓'史诗'，他的'史诗'和那种有史诗布局的传奇大不相同，而且跟他所取法的荷马史诗都不同，不同处就在严格摹仿自然的一点上。斐尔丁无论描摹人物或叙述故事，总把实际的人生作为范本。"①

例如，在描摹人物方面，无论是刻画外貌，还是刻画性格，菲尔丁都能做到不粉饰，不拔高，都能恰如其分地坦白人物的缺陷与缺点："斐尔丁的人物都是日常生活里接触得到的。他从不写传奇式的十全十美的人物；临摹真人也恰如其分，不加美化。譬如'约瑟·安柱斯'里的芳妮是个健美的乡下姑娘，她牙齿虽白，却不很整齐；脸皮儿虽白，却晒得有点粗糙；一双手常做粗活，皮色也变得红了。斐尔丁这样写她虽然有损她的美观，可是这才适合身份，而且贴切实情。素怀小姐是'汤姆·琼斯'里的美人，可是斐尔丁说她额角略嫌塌些……斐尔丁写人物的性格也是如此。汤姆·琼斯慷慨正直，但是坚毅不足；亚当斯道高德劭，可是为人不切实际。"②

杨绛接着指出，菲尔丁是首先通过人物的言语举动，把人物所代表的共性凸显出来，让人物生动起来："我们留心斐尔丁的人物描写，可看到他在写出类型的共性时就把人物点活。他不是从许多真人身上概刮③下一些共性来抟成人物，却是叫他的人物由几句话或些微的动作来表现他们逼真的像哪一种人。我们看出了他们属于何种类型，就知道这种人在什么境地往往会怎样说话行事。譬如'约瑟·安柱斯'里的史利普史洛普大娘和'汤姆·琼斯'里的威尔金斯大娘都是一开口就活现是谄上谩下的女佣，我们可以料想她们对主人怎样唯唯听命，对'下面'怎样擅作威福……人物归入类型，就能跟着他的同类人物一般行动，仿佛是活了。"④

但菲尔丁要想让他笔下的人物真正鲜活起来，就不会仅仅停留在描述这些人物的一般性行为特征上，而是会更为关注他们的个性特征，因为"我们要知道了每人的个性，才知道他会怎样单独行动。这些人物才是高度的活了。斐尔

---

① 杨绛：《斐尔丁在小说方面的理论和实践》，《文学研究》1957年第2期，第128页。

② 杨绛：《斐尔丁在小说方面的理论和实践》，《文学研究》1957年第2期，第128页。

③ "概刮"疑应是"概括"之误。

④ 杨绛：《斐尔丁在小说方面的理论和实践》，《文学研究》1957年第2期，第128页。

丁的多数人物都不止是类型，他能在同中写出不同，再写出个性的各个方面。但是斐尔丁不用描写的方式，只在叙事中让人物表现个性……譬如他不说汤姆·琼斯忠厚真率，不说布力非小爷刁钻自私，只叙述他们十三四岁以来几桩琐事。从这些琐碎的细事里，正反面的两个人物便活跳出来"。①

杨绛还体察到，菲尔丁对人物个性的刻画常常是动态的、立体的，是基于环环相扣的发展的眼光的——这样刻画出来的人物的个性通常既出人意表，又生动可信，充满了生活的实感和丰盈："斐尔丁的人物的个性在连续的许多情节里一层深一层的展开，往往使我们又惊奇，又觉得确是适合身份、前后一致。譬如素怀是温柔中透刚硬的女子，她平时是个柔顺的好女儿，但到她父亲逼她嫁布力非时，就表现出她性格的其它方面。她有智谋，有胆量，逼到末路，她稳住父亲，说动女佣，安排计策，骑马连夜出奔。我们看到她的智谋胆量觉得惊奇，但是再一想，她原是个有性气的女子，这正是她一贯的性格。"②

对菲尔丁透过人物的言行来表现和烘托人物的内心活动的本领，杨绛也非常欣赏："斐尔丁的理论着重在实际生活中观察人情。可是观察不只及外表，他观察到一般人看不到的细微处。这就是由观察到体会；由外表达到内心了。他对描写的人物如见肺肝，了解得非常透彻。所以他描写人物，单写言行，就能表现内心。譬如他写奥华绥③的妹妹，他并不分析心理，只写她的行为。她抱起弃儿亲亲热热一吻，她待婢珍妮认罪后她宽怀一笑，这些行为把她的心思非常细腻的表现出来。"④

当然，杨绛并没有忘记指出，菲尔丁也常常直接出面，侃侃而谈，剖析人物行为的心理基础。这虽然冒着阻碍和打断故事的进展的危险，但大多做到了细腻而深刻，入木三分："斐尔丁也常常在小说里夹叙夹议，分析心理来解释人物的行为……如解释琼斯和素怀的恋爱，素怀如何不知不觉中堕入情网，贝勒司登爵夫人为什么陷害素怀……都写得细微真切。我们看了斐尔丁的分析，那心理之细，人情之透，就了解为什么司各特和乔治艾略特不嫌他的议论阻滞

---

① 杨绛：《斐尔丁在小说方面的理论和实践》，《文学研究》1957 年第 2 期，第 128—129 页。

② 杨绛：《斐尔丁在小说方面的理论和实践》，《文学研究》1957 年第 2 期，第 129 页。

③ 引文里的这个奥华绥是小说《汤姆·琼斯》中抚养弃儿汤姆·琼斯的地主乡绅，汤姆·琼斯是他妹妹的私生子。

④ 杨绛：《斐尔丁在小说方面的理论和实践》，《文学研究》1957 年第 2 期，第 129 页。

了故事的进展而越读越有趣味。"①

杨绛也承认，由于对人物的个性表现得不够全面、细致和深刻，缺乏鲜明的层次感，"斐尔丁也有写得不大成功的人物。'约瑟·安柱斯'里的一对主角约瑟和芳妮始终未有鲜明的个性。'汤姆·琼斯'里的好人奥华绥只是个综合性的模范人物。布力非是个虚伪自私、损人利己的规矩少爷，这种人旧社会里多得很，封建家庭里常常看见。他的言行和他的性格完全合拍。但是他只表现了他的虚伪、阴险和自私，斐尔丁没写出他个性的其它方面，所以尽管分析得很合理，描写得很真实，布力非这人物总没有活起来"。②

与刻画人物时以现实的人生为范本、绝不稍加粉饰的功夫相仿佛，"斐尔丁叙述故事确是能正视人生，不加虚饰。我们看到他一面抱歉一面还老实叙说的地方，譬如琼斯吃醉了酒和茉莉在树林里相会的一段，又如他做贝勒司登爵夫人的面首那一段，最可以看出斐尔丁刻意描摹真实的苦心。所谓真实就是某人在某种境地必然会做的事。琼斯虽然是正面人物，放定他那种性格，那几桩丑事他不免会干，斐尔丁只好不加隐讳据实写出来……不过斐尔丁虽然写丑恶的事，却没有污秽的笔墨……斐尔丁只求写得贴合实情，也不肯落小说家的窠臼。历来西洋小说里写恋爱，总不脱中世纪骑士式的'恋爱法典'，例如想念情人就必定饭也不吃，觉也不睡；例如堂·吉诃德就是一例……但斐尔丁并不说琼斯为了爱情不吃不睡，忧伤憔悴……他说恋爱当不得饭，所以老实不客气的写琼斯一顿吃了三磅牛肉……这都是他严格摹仿自然的地方"。③

杨绛接着具体地分析指出，在讲说和叙述故事方面，菲尔丁对其"严格摹仿自然"准则的遵循首先体现在情节的提炼和选择上："斐尔丁写的情节从人物的性格自然发生，譬如约瑟不受爵夫人引诱，所以被逐；他急要找芳妮，连夜赶路，所以遇盗……又如琼斯不能克制情欲，不能检点行为，在他的境地，势必被逐；他到了伦敦，凭他的相貌、他的性情，再加他那样穷困，做贵夫人的面首是极自然的事。素怀不甘心牺牲自己，自然逃往伦敦。这些情节非但合情合理，读者还往往意想不到……斐尔丁把人物的个性写得圆到，人物愈见生

---

① 杨绛：《斐尔丁在小说方面的理论和实践》，《文学研究》1957 年第 2 期，第 129 页。
② 杨绛：《斐尔丁在小说方面的理论和实践》，《文学研究》1957 年第 2 期，第 129 页。
③ 杨绛：《斐尔丁在小说方面的理论和实践》，《文学研究》1957 年第 2 期，第 130 页。

动，他们的行为就仿佛是他们自己做主的，不觉有作者在后面牵动，因此这些情节愈显得自然合理。"① 可见，按照杨绛的理解和体会，情节的合情合理是建立在所刻画的人物个性的鲜活、自然、周全与深入之上的。

在讲说和叙述故事方面，菲尔丁对其"严格摹仿自然"准则的遵循其次体现在对情节的安排——也就是通常所说的布局——上："他对于书中人物的行程以及发生事情的时间和地点都有精确的布置。熟悉地理的人可以考证出亚当斯或琼斯或素怀走的哪条路，在哪个旅店歇宿。因此什么人在什么地方相逢都预有安排，到时自然碰到一处，并不是任意把他们捉在一起。这般科学的安排情节，斐尔丁是第一人。"②

当然，杨绛虽然如前文所述，极其推崇菲尔丁对布局的重视——如称道"斐尔丁的每一部小说都有布局"，但却并不认为他把自己几部小说的布局都已安排得尽善尽美，毫无瑕疵，毫无可进一步推敲之处："譬如'约瑟·安柱斯'的故事从开头到转折点都很自然……但是故事经过转折，约瑟找到亲生父母那段情节就未免牵强……斐尔丁在前面情节里并没有充分的伏笔，所以这段转折，不从前面的情节自然发生，尽管可能，总觉不合情合理。大凡这种复杂的布局，由起到转，纠纷愈结愈乱的一段容易写得生动自然；由转到结，纠纷理出端绪的一段比较难写。前一段的事，到此都需交代出合情合理的缘由，安排下合情合理的着落……转折点往往在故事末尾，并不在半中间，因此解释安排尤其费力。作者往往觉得故事的局势没法挽回，只好借助外力，'关头紧要，请出神道'。斐尔丁便请出个小贩来，替约瑟换到个地主爸爸。于是封建压力下没有出路的约瑟和芳妮就得圆满收场，不过这故事却显得不真实了。"③

杨绛更进一步指出，虽然与《约瑟夫·安德鲁斯》（《约瑟·安柱斯》）相比，"'阿米丽亚'的布局就比较完善……'汤姆·琼斯'的布局安排得更妥帖。故事前部许多细小的情节如布力非吞没一封信，律师无意流露的一句话，都是金圣叹批水浒所谓'草蛇灰线'，含有深义。故事的转折由前面的情节演变出来，是势所必然的结果……布力非的奸计势必败露，不是偶然的坏运。布

---

① 杨绛：《斐尔丁在小说方面的理论和实践》，《文学研究》1957年第2期，第131页。

② 杨绛：《斐尔丁在小说方面的理论和实践》，《文学研究》1957年第2期，第131页。

③ 杨绛：《斐尔丁在小说方面的理论和实践》，《文学研究》1957年第2期，第131页。

力非的奸计败露，当然会昭雪琼斯的冤枉。琼斯得到了昭雪，承袭大产业、娶到意中人都是自然的事。可是把人世的常情来衡量，这事是否贴合现实呢？假如布力非迟几年败露，琼斯沦为城市蔑片① 之流，素怀或者嫁了别人，或者终身不嫁，是否更自然合理呢？"②

　　总而言之，对菲尔丁四部长篇小说里体现了善有善报、恶有恶报一类因果报应观念的一厢情愿式结局的合理性，同为小说家的杨绛不无怀疑："尽管从艺术上说来这个布局③ 没有毛病，'阿米丽亚'的布局也可算合理，可是这四个故事所讲善人得便宜、恶人失便宜都使人怀疑到故事的真实性。"④

　　最后，杨绛还认为，在号称"严格摹仿自然"、排斥夸张的"滑稽史诗"体小说里，有塞万提斯遗风、擅写闹剧的菲尔丁对夸张这一手法的抗拒，也做得并非像他自己所宣讲的那样彻彻底底、无懈可击："斐尔丁只容许文字上的夸张，可是他的人物和情节有时也未免夸张……如'汤姆·琼斯'里茉莉和村里女人在坟园里打架，琼斯主仆和旅店主夫妇打架……都是闹剧性质。这也是他从赛万提斯和斯加隆那里承受来的遗产的一部分。"⑤

（三）滑稽人物与笑——菲尔丁"滑稽史诗"体小说的幽默格调

　　既称"滑稽史诗"，笑和幽默便自是题中应有之义。杨绛通过书中一些生动的例子，解释了菲尔丁小说里各类不同的笑的所由来处："斐尔丁小说里的笑有各种源头。一种是夸张胡闹，上文已经讲过……一种是用字措词不确当，如史利普史洛普乱用字眼，开口便惹人笑……一种是不相称的对比。譬如茉莉正流着泪对琼斯永矢忠诚，帐幔突然吊下，背后躲着个史奎先生，在那地方站不能站，蹲不能蹲，一付尴尬丑相。这里一方面把茉莉的虚伪和真情对比，一方面把严肃的史奎先生和那不严肃的境地来对比……斐尔丁有时又揭出事实和意图的不相称。譬如奥华绥的食客布力非博士要吃稳这碗闲饭，把弟弟布力非大尉引到奥华绥家，撮合成他和奥华绥妹妹的婚姻；谁知大尉过河拔桥，反把

---

① 这句引文里的"蔑片"疑为"篾片"之误。据《现代汉语词典》（北京：商务印书馆，第5版，第950页），篾片乃是竹子劈成的薄片（故从竹字头而非草字头），借指旧时在豪富人家帮闲凑趣者。

② 杨绛：《斐尔丁在小说方面的理论和实践》，《文学研究》1957年第2期，第132页。

③ 这句引文里所说的布局指小说《汤姆·琼斯》的布局。

④ 杨绛：《斐尔丁在小说方面的理论和实践》，《文学研究》1957年第2期，第132页。

⑤ 杨绛：《斐尔丁在小说方面的理论和实践》，《文学研究》1957年第2期，第132页。

哥哥赶走。布力非大尉早把奥华绥的家产看作己有，作了种种计划，不料自己先中风死了。"①

要论最为杨绛称道的可笑之至的性格角色，当是小说《约瑟夫·安德鲁斯》（《约瑟·安柱斯》）里的灵魂人物亚当斯牧师："写可笑的性格最显著的例子是亚当斯牧师。"② 这个滑稽人物本质上非常堂吉诃德，虽然喧宾夺主地抢了男女主角约瑟夫和芳妮很多戏，却的确不仅令人印象深刻，也让人每每莞尔，每每忍俊不禁："斐尔丁说'约瑟·安柱斯'是仿'堂·吉诃德'作者赛万提斯的笔法写成的。我们留心他怎样取法，也就看出他的善于活用学问……他取得赛万提斯的幽默手法，写了个堂·吉诃德型的滑稽人物。亚当斯和吉诃德有本质上的类似：都是仁爱为怀的忠厚长者；都有路见不平拔刀相助的义勇；都有忘我的精神；而且自己这般心性就以为人人如此，对世道人情全不通晓，因此不合时宜，处处碰壁，处处闹笑话。"③ 当然，杨绛同时也并没有忘记指出两个人物之间的差异："但是表面上亚当斯和吉诃德完全不同……亚当斯虽属吉诃德型，个性并不一样。"④

杨绛注意到，除了以上所列举的之外，菲尔丁的亚当斯同塞万提斯的堂吉诃德的相像之处还在于，亚当斯总沉迷在希腊罗马作家所写的虚幻世界里，一如堂吉诃德总沉迷在中世纪骑士式的理想世界里一样，于是与现实世界里真实的世态人情便扞格不入，于是便自然会闹出令人摇头、让人瞠目、惹人喷饭的诸多笑话来："塞万提斯还有一种绝妙的手法。历来小说家要写新奇的事，从荷马的'奥狄赛'起，总把主角送到外国或异地去冒险或经历到形形色色的奇遇。塞万提斯却叫一个外方人到西班牙本国来阅历，这外方人就是沉醉在中世纪骑士式理想世界里的吉诃德。他跑到日常世界里，事事都陌生，都不是他所了解的意义。斐尔丁也用这般手法，他的亚当斯沉浸在希腊罗马作家所写的世界里，而在日常生活的世界里倒完全是个外来的陌生人，普通的世道人情，都会使他瞠目称奇。这样把陌生人的目光来看日常的现实世界，不仅把日常事物变得新奇有趣，同时就能跳出习惯的看法，另用标准来批判这些事物；而且陌生人少

---

① 杨绛：《斐尔丁在小说方面的理论和实践》，《文学研究》1957 年第 2 期，第 132—133 页。

② 杨绛：《斐尔丁在小说方面的理论和实践》，《文学研究》1957 年第 2 期，第 133 页。

③ 杨绛：《斐尔丁在小说方面的理论和实践》，《文学研究》1957 年第 2 期，第 133 页。

④ 杨绛：《斐尔丁在小说方面的理论和实践》，《文学研究》1957 年第 2 期，第 133 页。

见多怪的东西也就是大家见惯不怪的东西，两种看法对比之下，就显得不相调和，这点不调和，会使人又惊又笑。"[1] 可见，无论是亚当斯牧师还是堂吉诃德"骑士"，他们的作用绝不仅仅在于可乐逗噱，更在于提供了阅世观人的新奇视角和另类尺度。

应当指出的是，杨绛并没有把亚当斯牧师仅仅作为一个堂吉诃德式的滑稽人物来揶揄取譬或权充茶余饭后的谈资。恰恰相反，她对无论是堂吉诃德还是亚当斯的所作所为充满了理解、惋惜和敬重。例如，她曾郑重地指出，亚当斯牧师所引起的"这种笑有深长的意味。堂·吉诃德和亚当斯牧师引起的笑意味是相同的……不但像亚理斯多德所论的笑，笑里带同情；我们对吉诃德、对亚当斯的笑，同情之外还有敬爱和怜惜。因为每一个有几分理想的人，总也很容易主观片面，读到堂·吉诃德的行事，就会觉得有几分自己在里面……敬爱是敬爱他不屈于不合理的现实，怜惜是怜惜他一片好心，可是只凭主观，没办法来征服而改造这个现实。所以他尽管受尽侮辱，一分不减损他的尊严，可耻的倒只是欺负他和讪笑他的人"。[2]

杨绛还独具只眼地注意到，无独有偶，堂吉诃德的陪衬人物桑丘（所谓"山哥"）也能在菲尔丁的小说里找到自己的对应性人物，那就是小说《汤姆·琼斯》里琼斯的佣人帕特里奇（帕屈寄）——他无疑是又一位浑身是戏、性格可笑的滑稽人物："'汤姆·琼斯'里琼斯的佣人帕屈寄是取法堂·吉诃德的侍从山哥写成的滑稽人物，可笑处也在他的性格……帕屈寄的贪吃贪懒、愚驳懦怯，同时又调皮乖觉，会撒谎，会唬人，跟山哥和猪八戒都很相似。他也和山哥一般绝没有高超的理想，只图实际的便宜，也最会替自己打小算盘。这种滑稽的描写大可供世人照鉴，叫他们笑而知愧。"[3]

杨绛还以女性研究者所特有的细腻指出，虽然同样是由幽默、滑稽所引发的笑，"斐尔丁各部小说里的笑声不同。'约瑟·安柱斯'里的是年轻人兴高采烈的笑，夸张胡闹的成分很多，笑得最热闹，便是嘲笑也很温和，一点不觉冷酷。'汤姆·琼斯'的作者显得是经过忧患的中年人了，虽然有时还笑得高兴，

---

① 杨绛：《斐尔丁在小说方面的理论和实践》，《文学研究》1957年第2期，第133—134页。

② 杨绛：《斐尔丁在小说方面的理论和实践》，《文学研究》1957年第2期，第134页。

③ 杨绛：《斐尔丁在小说方面的理论和实践》，《文学研究》1957年第2期，第134页。

有时只是静静的微笑，或带些酸辛的笑。'阿米丽亚'里略有几声笑，此外只有含泪的苦笑……'江奈生·魏尔德'里是抑住愤怒的冷笑……他的冷笑不输司威夫特的尖刻，他的高兴的大笑没有拉伯雷那么吵闹，他的讽刺的微笑比鲁辛的宽厚。他在'滑稽史诗'里的讽刺是席勒（Schiller）所谓'嘻笑的讽刺'，不是'鞭策的讽刺'"。① 看来，菲尔丁虽然相当推崇滑稽、笑、幽默和讥讽，他却未忘克己，不失节制。

（四）反映与批评——菲尔丁"滑稽史诗"体小说里的社会现实

杨绛曾分析指出，"从斐尔丁的小说里可以看见当时的社会"②，从菲尔丁的小说里更可以看见新兴资产阶级成长的脚踪："'约瑟·安柱斯'的故事背景大份在乡下，所以书里面残余的封建势力很浓厚，写到新兴资产阶级的地方不多。笨伯爵夫人的管账彼得·庞斯已经靠剥削东家发了财……新兴阶级在这种地方略为露了脸。又如客店掌柜听亚当斯讲到来世，微笑着说，他只顾现世；另一个客店掌柜因亚当斯瞧不起贸易经商，怒得和他争辩；都可见新旧思想的抵触。"③ 或者可以说，在菲尔丁笔下，当时新兴的资产阶级已初露峥嵘。

而从菲尔丁论"上等人"和"下等人"的话中又可看出，他把旧式的封建贵族和新兴的资产阶级都作为"上等人"，作为穷老百姓这些"下等人"的对立面加以讥讽和鞭笞："人类分两种，上等人和下等人。所谓上等人，并不认真生在别人上面，也不是品质或能力高人一等。上等人无非是上流社会的人；上流社会也不指出身高或成就高，不过是衣服漂亮。看来所谓'上等人'不仅指旧贵族，也包括新兴的资产阶级。贫贱的百姓总是'下等人'，是'上等人'口中的'畜生'。他们全在'上等人'手掌之下。爵夫人可以禁止约瑟和芳妮结婚，因为他们是穷人，生了孩子若无力赡养，便是地方上的负累……制定法律的既是'上等人'，法律本身就成为对付'下等人'的工具。"④

杨绛强调指出，菲尔丁对所谓"上等人"的讥讽和不屑并不仅仅止于《约瑟夫·安德鲁斯》（《约瑟·安柱斯》）一部小说，"他在'汤姆·琼斯'里也挖苦贵族和阔人。他说，社会上有些人是天生享福的，贵人的血是肥腻的沙

---

① 杨绛：《斐尔丁在小说方面的理论和实践》，《文学研究》1957 年第 2 期，第 134—135 页。
② 杨绛：《斐尔丁在小说方面的理论和实践》，《文学研究》1957 年第 2 期，第 135 页。
③ 杨绛：《斐尔丁在小说方面的理论和实践》，《文学研究》1957 年第 2 期，第 135 页。
④ 杨绛：《斐尔丁在小说方面的理论和实践》，《文学研究》1957 年第 2 期，第 135 页。

司和大量的酒造成的……没修养没头脑的人是下流俗物，各阶级都有，贵族阶级里下流俗物多得很……斐尔丁觉得这种贵人最无聊也最无趣……他们只有空架子假场面，毫无个性，而且'贵族阶级的生活是最乏味的生活'，不值得描写"。①

在自己的小说《汤姆·琼斯》里，菲尔丁虽然清楚地知道，"没有资产的婚姻是不会幸福的"②，但"他也批评了当时的婚姻制度，以为只是合法的卖身。那时新兴的资产阶级取得了政权，封建地主要保持自己的势力，全靠集中地产，一方面利用婚姻来扩大田地，或取得金钱。魏司登先生要借女儿的婚姻把他和奥华绥的田地并在一起，就是地主乡绅的典型见解。魏司登的妹妹以为结婚好比投资，第一要看利润的大小。女人靠嫁人可赚得爵位和金钱。这又是城市女人的典型见解……斐尔丁对两种看法都不赞成，可是他也知单凭恋爱结婚当时社会上绝不容许……他叫素怀一方面不违抗父命和情人私奔，一方面也不顺从父命嫁个不相爱的丈夫，不过是个折衷的妥协办法"。③

杨绛进一步指出，菲尔丁的小说《阿米莉亚》(《阿米丽亚》)(*Amelia*)④对当时社会的揭露和批判其实更加彻底，更加直截了当："斐尔丁在'阿米丽亚'的献词里说明这部小说旨在暴露当时社会上的黑暗。他一开头就描写监狱里的陋规，和各种犯人的生活，以及无辜良民怎样在那里受罪。他又描写负债人的走投无路，贵人阔佬的无聊和无耻，法律如何只被坏人利用，法官如何不懂法律，只知贪贿，警察如何无能，政府如何腐败。'约瑟·安柱斯'和'汤姆·琼斯'只附带揭露当时的社会，这部小说却认真把揭露时弊作为首要任务。同时这里也反映了当时妻子在家庭里的地位。阿米丽亚知道丈夫不对，只婉言净谏；知道丈夫有外遇，却假作不知，只要他收心不再胡闹就不计较。"⑤

而菲尔丁的另一部小说《乔纳森·怀尔德》(《江奈生·魏尔德》⑥)(*Jonathan Wild*)更是善用反讽的手法，对所谓"伟大"者嘲弄之至："'江

---

① 杨绛：《斐尔丁在小说方面的理论和实践》，《文学研究》1957年第2期，第135—136页。

② 杨绛：《斐尔丁在小说方面的理论和实践》，《文学研究》1957年第2期，第136页。

③ 杨绛：《斐尔丁在小说方面的理论和实践》，《文学研究》1957年第2期，第136页。

④ ［英］亨利·菲尔丁：《阿米莉亚》，吴辉译，南京：译林出版社，2004年版。

⑤ 杨绛：《斐尔丁在小说方面的理论和实践》，《文学研究》1957年第2期，第136—137页。

⑥ ［英］亨利·菲尔丁：《大伟人江奈生·魏尔德传》，萧乾译，南京：译林出版社，1997年版。

奈生·魏尔德'里把罪恶作为题材,全书用冷峭的反面文章对当时的社会和执政者作无情的鞭策。他所指的伟大,就是牺牲众人来满足个人野心的那种'伟大'(greatness)。斐尔丁以为'伟大'和'好'截然不同:'伟大'是给人民种种痛苦,'好'是解除他们的困苦……'大伟人'都是野心家,譬如我们的主角江奈生就是'大伟人',他志气高傲,'宁可站在粪堆的顶上,不肯掉在仙山的脚下'①。他自信有了这点精神,做贼做首相一般无二。'大伟人'专是剥削人的……'大伟人'在社会上等于羊群里的狼,都该绞杀。"②

杨绛还特意指出,在对腐朽统治者和无良政客的嘲讽上,中外所采用的手法不无相通之处:"这里所讲的'伟大'和庄子'胠箧篇'所说'窃国者侯'的意思相仿。做小偷倒要送命,但坏事干得大,干得澈底,干得成功,就是'伟大'……斐尔丁痛恨这种'伟大'的精神,觉得当时首相就是代表,所以他的'伟人'常影射首相沃尔浦③。可是他后来把影射的地方改得含混些,适用于整个类型,这就符合了亚理斯多德不抨击个人的原则。"④

杨绛最后总结说:"斐尔丁以为作家当有热爱人民的心肠。我们从他对当时社会的反映和批评可以看到他怎样热爱人民。"⑤ 施之于压榨老百姓的所谓"上等人"的讥刺和讽喻当然体现了对他们的对立面——所谓"下等人"——的善意和呵护,但"热爱人民"云云显然画蛇添足得不无当时的政治套话痕迹——只要是有起码的良知的作家,谁又会毫无来由地胆敢"憎厌人民"?

(五)议论与说教——菲尔丁"滑稽史诗"体小说夹叙夹议风格的实质

对菲尔丁一再坚持的夹叙夹议风格,杨绛是这样表述和领会的:"斐尔丁不仅借故事来教训人,他唯恐读者忽略了他的意思,往往自己出面直接向读者说教。"⑥

杨绛分析认为,穿插在菲尔丁"滑稽史诗"体小说中的说教的主旨是"警

---

① "宁可站在粪堆的顶上,不肯掉在仙山的脚下"一句堪比汉语里所谓"宁为鸡首,不为牛后",异曲同工。

② 杨绛:《斐尔丁在小说方面的理论和实践》,《文学研究》1957年第2期,第137页。

③ 当时的英国首相沃尔普的英文名字系 Robert Walpole(1676—1745),在位时间为1721年至1742年。详见杨绛此文第108页第1行。

④ 杨绛:《斐尔丁在小说方面的理论和实践》,《文学研究》1957年第2期,第137—138页。

⑤ 杨绛:《斐尔丁在小说方面的理论和实践》,《文学研究》1957年第2期,第138页。

⑥ 杨绛:《斐尔丁在小说方面的理论和实践》,《文学研究》1957年第2期,第138页。

恶劝善"；依照菲尔丁的看法，若想"去恶向善"，首先必须善念在怀、宅心仁厚并能推己及人；其次是为人行事必须做到谨慎克己："斐尔丁在'汤姆·琼斯'的献词里说他旨在警恶劝善。他以为一个人天生能分别善恶，而且天生有去恶向善的心：行了善会自觉欣喜，作了恶会良心谴责……人和禽兽的不同，就因为他有这点天良……斐尔丁以为人的品性和相貌一样，不会十全十美，最好的人也不免有毛病。但世上罪恶虽多，一般人底子里还是好的……人的好坏看他的居心。好人居心仁厚，常常推己及人，跟人休戚相关，自然而然的愿意助成人家的幸福，解除他们的困苦。奥华绥先生是好人的榜样，他仁厚爱人。人性的伟大和高贵处，只在心肠宽厚。所以心怀妒忌是极大的罪恶，因为这就使人见不得别人比他好，比他快乐……但是单有好心肠还不行，不论居心多好，如果行为不谨慎，保不定要犯过错。奥华绥教训琼斯说：'我知道你生性很好，胸襟也慷慨，也有志气；如果你再能行为谨慎，虔信宗教，你准能够很幸福。你有了前面三点长处，才配有幸福；但是你非靠后面两点决得不到幸福。'又说，不谨慎可毁坏德行，所以谨慎是每个人对自己的责任。"①

杨绛还特意明确指出，菲尔丁的道德观与善念论的核心与关键在于人性本善、好人热心以及重在实践："斐尔丁以为道德不在空谈，全在实践……道德是实行的，不是智识，不是信仰。"② "斐尔丁在这部小说③里重申他的道德观和宗教观：好人总有热肠，人性本善，只因教育、风俗、习惯不好，败坏了本性……基督教理不是空论，是实行的规范；行善就是锻炼内心，能使灵魂强健……斐尔丁在'江奈生·魏尔德'里的说教也是一贯的论调。"④

杨绛认为，菲尔丁的道德观取决于他的宗教观——基督教教人信上帝、信来世、信人善天佑和人恶天谴、信《圣经》启示。这一观念决定了菲尔丁必然相信"善有善根，恶有恶果"⑤，而善有善报虽与来世相关，不会体现在现世，但行善仍然会令人于不免承受困苦之余能喜悦快乐、心安理得："至于善恶之报，斐尔丁以为行善的人不会因此得到人事间的幸福，他不免穷困，不免受人

---

① 杨绛：《斐尔丁在小说方面的理论和实践》，《文学研究》1957年第2期，第138页。

② 杨绛：《斐尔丁在小说方面的理论和实践》，《文学研究》1957年第2期，第138—139页。

③ 指菲尔丁的小说《阿米莉亚》（《阿米丽亚》）（Amelia）。

④ 杨绛：《斐尔丁在小说方面的理论和实践》，《文学研究》1957年第2期，第140页。

⑤ 杨绛：《斐尔丁在小说方面的理论和实践》，《文学研究》1957年第2期，第142页。

鄙夷，招人忌刻。假如今世就有报应，就不必有来世了。但是行了善，心上感到欣喜快乐，尽管遭遇不顺，也压不住内心的喜悦；这是人世间的至乐，远胜于物质享受，如说善有善报，就指此而言……斐尔丁虽然以为现世无所谓善报，却好像相信作恶必有恶果。他说：奇事真有，严正的人因此断定神明常揭发隐恶，叫人勿走邪途；魔鬼常佑恶人，但到恶贯满盈，魔鬼就弃他不顾了。斐尔丁的道德观和他的宗教分不开。'约瑟·安柱斯'里的亚当斯牧师相信上帝，相信来世，相信天佑善人。'汤姆·琼斯'里的山中隐士是个回头的浪子，他后来信上帝，信来世，信圣经的启示……看来斐尔丁也是这般识见。"①

杨绛进一步认为，是菲尔丁的道德观和宗教观，制约了他的小说情节的安排或布局，也决定了几个小说故事的情节虽迥乎其异，但其结局却都是好人的坏运转好，恶人的好运转坏："斐尔丁的思想显然有他时代的局限性，批评家以为那是夏夫茨伯利的思想加以通俗化，他那思想的本身原没有什么研究的价值。但是这种思想支配着斐尔丁四部小说的布局。'约瑟·安柱斯'里喜笑②的成分多，教训的成分少，只写坏人枉费心机，好人似有天佑。其他三部小说都谆谆劝善警恶，写恶人害人只是自害，好人虽受陷害，却内心舒泰，结果恶人自食恶果，好人得了好报。几个不同的故事都反复阐明同一个道理，这是值得着眼而一般批评家或有意或无意的忽略过的。"③

正是基于这样一种观察或体认，杨绛在《斐尔丁在小说方面的理论和实践》这篇长文的第三篇（下篇）"几点尝试性的探讨"的一开始，便从创作方法受制于作家的世界观（道德观和宗教观等）这一见地起笔，展开自己对菲尔丁的小说写作实践与小说理论的宏观省思。

三　杨绛谈典型人物及其他——以菲尔丁的小说写作理论与实践为例

（一）创作方法受制于世界观——"严格描摹自然"这一反映现实准则的局限性

令杨绛多少有些困惑不解的是，虽然菲尔丁颇不以某些喜剧作者不顾人生

---

① 杨绛：《斐尔丁在小说方面的理论和实践》，《文学研究》1957 年第 2 期，第 139 页。

② 这句引文里的"喜笑"一词疑为"嘻笑"或"嬉笑"。

③ 杨绛：《斐尔丁在小说方面的理论和实践》，《文学研究》1957 年第 2 期，第 140 页。

的真相、每以大团圆作为故事结局的做法为然，他自己的四部长篇小说却又偏偏均以恶人自食恶果、好人时来运转为结局："在斐尔丁的理论里，最着重的一点是严格描摹自然。他责备有些喜剧作者，故事写到转折点以后，往往歪曲了人生的真相，来个圆满收场。他说宁可把主角送上绞台，也不能违反自然……但是他的四部小说，每到转折点之后，事情总是异常的凑巧，一向隐蔽的真相全都水落石出，恶人的奸计败露，自食其果，好人似有天佑，快活下场。"① 于是，她不禁要问："这是否符合真实生活里的情事呢？还只是中国旧小说借口所说'无巧不成书'呢？"②

杨绛并不认为这是小说故事的布局惹下的祸端。相反，她极力想阐明的却是，能成就那些"世界大文"的小说家必须依赖布局，才能揭示出鲁迅所界说的"人生之阃机"③——也即人生的要义或真理："……生活的表面现象尽管杂乱无章，我们不能否认事物演变发展的一定规律。鲁迅说，'世界大文'，都能启示'人生之阃机'。'阃机'，就是'人生之诚理'，也就是我们所谓人生的真理。一般人在短促的一生中，狭隘的天地里，看不清这种'阃机'。小说家凭他的智慧和经验，要把所见的人生真理'启示'给大家看，就是要抉出这种'阃机'，使它显而易见。小说家不用议论来解释，却是用具体的事实来显示。这就需挑选一件能表现人生'阃机'的事，删其烦，节其要。无关的琐事，会像枝叶般遮盖了躯干，就该去掉；延宕的时间，会模糊事情的因果关系，就该缩紧。事情经这般剪裁布置，就能显出它演变的规律；或者可说，人生的真理就能在这故事的布局上显现出来。"④

杨绛当然不可能不知道，一个故事的布局的目的就是删繁就简，使故事紧凑集中，主旨突出，便于贴合人生的真相："所以小说家要描摹真实的人生，不是写生活的鳞爪，不是写琐碎的现象，却是要写出一个故事，那布局是贴合人生真相的，使读者从这一个故事看到一般的人生真理……一个有布局的故事当然比日常所见的事情整齐；正好比戏剧里的对话总比日常的谈话精炼。故事

---

① 杨绛：《斐尔丁在小说方面的理论和实践》，《文学研究》1957年第2期，第141页。

② 杨绛：《斐尔丁在小说方面的理论和实践》，《文学研究》1957年第2期，第141页。

③ 鲁迅曾说过："盖世界大文，无不能启人生之阃机，而直语其事实法则，为科学所不能言者。所谓阃机，即人生之诚理是已。此为诚理，微妙幽玄，不能假口于学子。"（鲁迅：《坟·摩罗诗力说》，《鲁迅全集》第1卷，北京：人民文学出版社，2005年版，第74页）

④ 杨绛：《斐尔丁在小说方面的理论和实践》，《文学研究》1957年第2期，第141页。

有布局，非但不违反真实，却更加真实，因为它所表现的真实，更有普遍性或典型性。所以我们的问题不在故事是否要有布局，却在布局是否歪曲了人生的真实。"①

杨绛认为，布局之所以有可能"歪曲了人生的真实"，是因为虽然人物和事件可以严格按照自然或真实来描摹，将人物和事件组织或安排在一起的布局所依照的，却是作者主观所理解的人生道理；换言之，一个小说的布局主要听命于小说家自己的世界观或理念："一部小说写的无非是人物在当时社会上的活动，也可以说，无非是人物和一件件事情。人物和一件件事情都可以严格按真实描摹……但是作者若要把纷乱的生活创成'生活的图画'，就需把人与事加以布局。小说的布局总按照作者所见的人生真理。鲁迅说这真理'微妙幽玄'……但人和事可用客观的事物来衡量，'理'就难脱主观的理解……譬如斐尔丁看到有些人一味损人利己，想贪便宜，反而吃亏，有些人处处顾怜旁人，无意间倒得了便宜；害人者往往自食其果，好人心安理得，也不受害。斐尔丁以为这是天理昭彰……他相信上帝神明，不亏负好人，也不饶过恶人。他以为这是'真理'，就按照这'真理'来安排他故事里的情节。他几部小说的布局显然全受他世界观的支配。"②

问题于是就出来了："但是小说家不是哲学家。小说家的世界观往往不是经过自己有意识的思辩、精密的分析和批判后综合起来的；里面有偏见，有当时的主流思想，有从切身经验得来的体会等等，感情成分很重。譬如斐尔丁主张心平气和，对世界抱乐观态度，赞成理性，反对狂热，相信人性本善，善人心地安泰，恶人心地苦恼；这都是当时风行的夏夫茨伯利的思想。但夏夫茨伯利对灵魂不死之说抱怀疑态度，斐尔丁却接受传统观念，相信圣经上的启示。他相信善恶的报应在来世，行善的人今世往往很困苦；但是他又觉得善有善根，恶有恶果。可见斐尔丁的思想是有矛盾而没有统一起来的。"③ 菲尔丁自己的思想既然矛盾不一，他根据自己矛盾不一的思想布在小说里的局——所谓情节的安排——便不免并不总那么理直气壮地贴合自然，充满说服力。

---

① 杨绛：《斐尔丁在小说方面的理论和实践》，《文学研究》1957 年第 2 期，第 141—142 页。

② 杨绛：《斐尔丁在小说方面的理论和实践》，《文学研究》1957 年第 2 期，第 142 页。

③ 杨绛：《斐尔丁在小说方面的理论和实践》，《文学研究》1957 年第 2 期，第 142 页。

更何况，杨绛又特意指出："他小说里有些一再出现的情节，似是作者从亲身经历中得来。譬如他父亲是个领半薪的上校，总不得升级。'汤姆·琼斯'和'阿米丽亚'里都有这类人物，'阿米丽亚'的主角布斯和斐尔丁的父亲很相似；他写没有资产的人结婚后的穷困，似乎也是他自身的经验……"[①] 可见，"……影响一部小说的不仅是作家抽象的世界观，还有作者具体的经验和情感；或者可说，小说家的世界观不是纯粹理智的产物，却是理智、感情、经验、成见等等的综合。我们研究斐尔丁在小说方面的理论和实践，就明白小说家尽管有主观意图要反映客观真实，事实上总受他立场观点和人生经验的局限，不免歪曲了人生的真相"。[②] 换句话说，杨绛认为，被菲尔丁奉为圭臬的、以"严格摹仿自然"为核心内容的小说写作要则自有其局限性，因为小说家所采取的创作方法总是会不同程度地受制于他或她自己的世界观——所谓"理智、感情、经验、成见等等的综合"。

其实，杨绛自己的小说也不免受其亲身的经历或经验的影响，如长篇小说《洗澡》中所写姚宓丧父后自己独撑大局的种种行为和心理感受，便似乎掺杂得有杨绛儿时对自己的父亲罹患伤寒几至不起境地的那一份恐怖感受："我常想，假如我父亲竟一病不起，我如有亲戚哀怜，照应我读几年书，也许可以做个小学教员。不然，我大概只好去做女工，无锡多的是工厂。"[③] 而同一部小说里对准男主角许彦成的某些描述——譬如，他在英国读书时对博士学位的毫不热衷——也分明有杨绛（包括钱锺书）自己的某些影像："丽琳只为等待彦成得一个响当当的博士，没有强他到美国和自己团聚。谁知彦成把学位看作等闲，一心只顾钻研他喜爱的学科。"[④]

（二）典型人物的创造——菲尔丁"滑稽史诗"体小说的成功经验

虽然前文曾约略提及，在杨绛迄今为止唯一的一篇长篇论文《斐尔丁在小说方面的理论和实践》中，与论证充分、行文扎实的上篇（"斐尔丁关于小说创作的理论"）和中篇（"斐尔丁在小说创作方面的实践"）相比，目前所讨论的下篇（"几点尝试性的探讨"）不仅显得分量最轻，展开得也最为匆促，

---

① 杨绛：《斐尔丁在小说方面的理论和实践》，《文学研究》1957年第2期，第142页。
② 杨绛：《斐尔丁在小说方面的理论和实践》，《文学研究》1957年第2期，第142—143页。
③ 杨绛：《回忆我的父亲》，《杨绛作品集》第2卷，北京：中国社会科学出版社，1993年版，第76页。
④ 杨绛：《洗澡》，《杨绛文集》第1卷，北京：人民文学出版社，2004年版，第241页。

但就事论事，本篇中"关于典型人物"这一小节却是杨绛整篇文章中写得既最得心应手、最深入浅出，也最深厚扎实、最见功力的一个部分——行文醒豁自然、不徐不急，老到得没有一点烟火气，令人印象深刻。

杨绛首先对类型人物、个性人物和典型人物三者做了简明的介绍和界定，认为典型人物不仅须个性鲜明，也要具有概括性："斐尔丁创造了许多人物，除去没写活的几个人，我们可以从艺术的角度上分别出三类：（一）没有个性的，（二）有个性的，（三）个性鲜明而有概括性的。第一类一般称为类型（type），或称平面人物（flat character）；第二类一般称为有个性的人物（individual character）；第三类一般称为典型人物（typical character）。"[①]

杨绛接着指出，即便是最没有个性的类型人物，也可以写得生动，也可以因为潜在的个性而写出区别性来："斐尔丁创造的有些人物是没有个性的，只是类型。正像他自己所说，'我写的不是个人，是一类人（a species）'。但这些类型都写得很生动，如'约瑟·安柱斯'里同乘驿马车的律师和纨绔，赶车的马车夫和驭马夫，并不因为是平面人物就贫血……律师是普通的一般的律师，纨绔是普通的一般的纨绔，都是类型里的任何一个，不是黑格尔所谓'这一个'，因为他们没有鲜明的个性。不过他们有潜在的个性，多少露出些区别性，譬如那律师是个很俏皮很油滑的律师，驭马夫是个忠厚热肠的驭马夫。这类人物稍加发展就可以成为有个性的人物。"[②]

杨绛又特意指出，典型人物虽然是共性和个性的结合体，但共性、个性（特性）一体并不必然成就典型人物："有共性又有特性的人物未必就有鲜明的个性，也未必就是典型人物。斐尔丁写的许多客店男女掌柜确如他所说，彼此不同，但他们并没有机会把个性全部展开，我们只在某些环境里见到几面。他们有类型的共性，又有各别的个性，但个性不鲜明，他们也不是典型人物。"[③] 杨绛显然是在强调，构成典型人物的基本条件是共性之外必须辅之以人物的特性或个性，且须充分展开、足够鲜明才成。

杨绛进而对何为典型人物做了细致而具体的解析，认为具有概括性就是所

---

① 杨绛：《斐尔丁在小说方面的理论和实践》，《文学研究》1957年第2期，第143页。

② 杨绛：《斐尔丁在小说方面的理论和实践》，《文学研究》1957年第2期，第143页。

③ 杨绛：《斐尔丁在小说方面的理论和实践》，《文学研究》1957年第2期，第144页。

谓具有典型共性，而具有鲜明个性就是所谓特殊的——若是光有后者，同样与典型人物无缘："典型人物总有典型共性而又是特殊的。假如我们说，某人是个典型的妈妈，她绝不是个普通的妈妈。普通妈妈所共有的母性在她表现得特别强，才使她成为典型的妈妈。譬如素怀的爸爸魏司登不是普通的封建地主，一般封建地主共有的特征在他个性里表现得特别强，所以他是个典型的封建地主……但仅仅是特殊的人物却未必就是典型人物。譬如'汤姆·琼斯'里的山中隐士只是个怪人，他的怪癖并非典型特征的特强表现，却是他个人的怪脾气，并不代表整个类型，所以他算不得典型人物……也许我们可以总结说，典型人物总有鲜明的个性，但个性鲜明不就成为典型人物。"①

有必要在此一提的是，在刚才这段引文里，杨绛所举的"典型的妈妈"的例子其实并非完全出于自创，而是化自国外一位学者有关"典型的祖母"的类似的话——有杨绛自己在其《重读〈堂吉诃德〉》一文里的相关研究文字为证：

> 若依·巴斯加尔（Roy Pascal）在他的《德国小说》里说："咱们说某人是一个典型的祖母，就是说，祖母的特点在她身上特别强，不同于一般祖母；一般的只略具某些特点。不同一般的才是典型（only the exception is the type）② 。"③

在最基本的界定完成之后，杨绛接下来又分析了典型人物的复杂情形——一种典型人物身兼数种类型特征："人物的个性往往是错综复杂的……譬如魏司登是封建地主的典型，也是蛮横父亲的典型。亚当斯牧师是人道主义的典型，也是书呆子的典型。堂·吉诃德是人道主义的典型，也是有崇高的理想而不切实际的典型，也是主观主义的典型……这些特征往往互相调和，却并不相同。譬如多病的人往往多愁，但多愁的未必多病；有崇高理想的人往往主观，但主观的未必都是理想家，更不必是人道主义者。有的典型人物只有一种特征，如关羽是忠义的典型，曹操是奸雄的典型，但是照上面的例子看来，典型人物好

---

① 杨绛：《斐尔丁在小说方面的理论和实践》，《文学研究》1957 年第 2 期，第 144 页。
② 由前一页的讨论可知，"典型（人物）"的英文原文系 typical character，英文的 type 一词一般翻译为"类型（人物）"。杨绛这段引文里的说法与前一页的讨论明显有些自相矛盾。
③ 杨绛：《重读〈堂吉诃德〉》，《春泥集》，上海：上海文艺出版社，1979 年版，第 35—36 页。

像也可以结合几个类型的特征。"①

而从另外一个极端来看,一本小说里的人物形象在分量上不可能等重,总是有主有次。他们的个性便只能视乎情况,按轻重比例,适度表现。譬如,"偶然一现的人物不可能表现出全面的个性,也没这个必要……但是在故事里比较重要的角色就必需有比较明显的个性,片面人物充主要角色就不能胜任,他在不同的境地老表现他个性的一方面就显得不能灵变,好像呆滞没有生气。布力非这人物不够生动就是个例子。但是我们只要求每个人物的个性都有适当的发展,并不要求都有全面的发展"。② 换句话说,在小说里人物个性的呈现上,适度或恰如其分比充分或全面要更重要和关键。

最后,杨绛还特意点出,菲尔丁小说中的某些人物之所以会写得比较平板,一定程度上的概念化倾向是一个关键性病因:"斐尔丁有些人物只写出个平面或者只是品性的综合,这里面有个病源。有人以为布力非这人物太坏,所以不生动。但江奈生·魏尔德比他坏得多,却是个活生生逼真的人。有人以为作者写这人物从概念出发,所以不活。但奥华绥是向真人临摹的,却和布力非一般的缺乏生气。其实艺术家创造人物脱不了具体。因为他从实际生活中积聚的素材都是具体的人物,不是抽象的概念……他要创造人物,从他丰富的经验里拈出来都是具体的、逼真的人物。但是他若不从综合的经验里去找,而要把综合的品质造成人物,便是向真人临摹也只能得到他的抽象品质。斐尔丁多少是要布力非代表一些自私自利的品质,奥华绥代表一些仁厚爱人的品质,因此这两个人物就写得逊色,虽然不至公式化概念化,也就不及其他人物活泼生动。"③ 前文曾分析过作家的世界观对创作方法的误导或限制,这里所说的人物塑造上背离经验的概念化倾向或弊病与此十分类似。

(三)全知全能的作者——菲尔丁"滑稽史诗"体小说叙事视角两面观

作为杨绛《斐尔丁在小说方面的理论和实践》一文的下篇("几点尝试性的探讨")的最后一个部分,"关于写作的技巧"一节多少有些浮光掠影、行色匆匆,远不如刚刚讨论过的"关于典型人物"这一小节来得充实和丰满。

---

① 杨绛:《斐尔丁在小说方面的理论和实践》,《文学研究》1957 年第 2 期,第 144 页。

② 杨绛:《斐尔丁在小说方面的理论和实践》,《文学研究》1957 年第 2 期,第 145 页。

③ 杨绛:《斐尔丁在小说方面的理论和实践》,《文学研究》1957 年第 2 期,第 145 页。

在给出"斐尔丁写作的技巧有可资取法的地方，也有可作鉴戒的地方"[1]
这样的一般性概括之后，杨绛蜻蜓点水般地举了两个小例子，所谓"略提两点
谈谈"[2]。而这"略提"的两点都与小说的叙事视角有些干系，很大程度上属
于旧话重提或老生常谈。考虑到杨绛所举的这两个小例子的后劲不足或斤两不
够，"写作的技巧"这顶帽子不免显得有些过大。

杨绛在这一小节当中，一上来便大批特批菲尔丁通过夹叙夹议的方式，自
己在小说里频频出头露面、大发议论——而这实际上，正是全知全能作者视角
的极端性使用——之弊："斐尔丁说他自己首创这种小说，当由他自定规则。
尽管亚理斯多德说，作者不该自己出场发表议论，斐尔丁却声明有机会就要露
脸和读者闲扯。其实这倒不是斐尔丁的特点，十八世纪的英国小说家有这风
气……这种议论往往还借书中人物代说。这不仅阻滞故事的进展，还破坏人物
的个性。斐尔丁虽然常常自己出面发议论，偶尔也叫书中人物代他说话，如'约
瑟·安柱斯'里约瑟论行善的一段话，出于一个处世不深的年轻小伙子，未
免不合身份……但作者自己不时出场，不仅妨碍故事进展，还影响故事的真
实感。读者总喜欢投身到故事里面，亲自去认识里面的人物，观察事物的演变；
虽然明知故事是假，也仿佛目击了实事。斐尔丁老挡在读者面前，使读者不
能投到故事里去，读者把故事当作真实的这点幻觉常会被他打消。还有一层，
小说里搀入许多议论，扯得篇幅很长。读者如果不能欣赏文章，对议论部分
就不感兴趣。"[3]

尽管如此，对全知全能的作者叙事视角作为最为便捷的方式，在铺叙菲
尔丁的小说故事时的左右逢源和游刃有余，杨绛还是印象深刻且抱持相当肯定
的态度的："斐尔丁的故事是由一个无所不知的作者叙述的，这是最便利的方
式……斐尔丁用作者来叙述，把读者放在旁观的地位……作者凭创造者的身份，
无所不知。故事里大家莫名其妙的秘密，本人不自觉的心思，全可以写出来。"[4]

当然，杨绛也并没有避讳以作者为全知全能叙事视角必须面面俱到、不能
取巧偷懒的麻烦："但是作者的无所不知也带给他小小不便。他既然无所不知，

① 杨绛：《斐尔丁在小说方面的理论和实践》，《文学研究》1957年第2期，第145页。

② 杨绛：《斐尔丁在小说方面的理论和实践》，《文学研究》1957年第2期，第145页。

③ 杨绛：《斐尔丁在小说方面的理论和实践》，《文学研究》1957年第2期，第145—146页。

④ 杨绛：《斐尔丁在小说方面的理论和实践》，《文学研究》1957年第2期，第146页。

就该深知书中每个人物。如果故事需要表现某人某方面的性格，他无可躲赖，得向读者交代，否则便没写到家，是他写作的缺陷。但如果用'我'来叙述，就可取巧。譬如'阿米丽亚'里的贝蒂小姐和布力非是同类人物，我们也只看到贝蒂虚伪自私的一面。但贝蒂的事是布斯自述过去时讲的，是用'我'叙述的。布斯对内姨的认识只能到此程度，限于'我'的认识，我们不苛求'我'把贝蒂的性格再描摹得充分，因此我们就被作家哄过了。"①

如杨绛这里所述，若代之以第一人称"我"为叙事视角，虽然的确可以机巧地规避以作者为全知全能叙事视角的不便之处，但视角"我"也自有笨拙不便的时候——所谓有一利必有一弊："斐尔丁也曾用'我'叙述的方式，但他立刻就碰到这个方式的不便。'约瑟·安柱斯'里有位太太叙述一个爱情故事。这是用略与故事有关的'我'来叙述的。她要叙述男女主角写的几封情书，只好把极长极不自然的情书通篇背出来。"②

---

① 杨绛：《斐尔丁在小说方面的理论和实践》，《文学研究》1957 年第 2 期，第 146 页。
② 杨绛：《斐尔丁在小说方面的理论和实践》，《文学研究》1957 年第 2 期，第 146 页。

第三章　杨绛的小说写作理念与理论

第一节　关于小说写作的理念与理论
——从"对小说艺术的爱好"[①] 谈起

一　从文学写作的理念与理论到小说写作的理念与理论

单就一位专事写作的作家而言，无论他或她本人明确承认与否，或是否清楚地公开表述过，他或她都一定自觉不自觉地抱持着自己特定的文艺或文学理念，都一定自觉不自觉地依奉着特定的文艺或文学理论。

而从写作角度观照的所谓文学理念与理论，说到底也就是作家对于文学或文学创作的基本态度、立场、识见和看法，也就是他或她在阅读、体验或写作文学作品时或隐或显地感受和浸染、认同和依奉着的美学观念或准则。具体而微或推而广之，所谓小说、散文、诗歌或戏剧写作的理念与理论，其实也就是作家在其小说、散文、诗歌或戏剧写作的体验或实践中，自然而然地形成的对于这些文学体裁或样式的基本态度、立场、识见和看法，也就是他或她在这一过程中逐渐累积、树立或依奉着的美学观念或准则。

必须指出的是，在本书的框架里，鉴于杨绛小说家和小说译作家并重的双重身份，当涉及与小说相关的理念与理论时，在如上所讨论的小说写作理念与理论之外，也必须全面考虑杨绛所推崇或依奉的体现了她对小说译作的基本态度、立场、识见和看法的小说翻译理念、原则和理论。

有的论者曾以一般研究者观照小说的态度——是以其为直接对象来"说理"，还是以其为辅助材料来"说事"——为依据，将小说的理念与理论大略

---

① 截自已故小说家王小波（1952—1997）的话。详见本章接下来的一页上对其文章的摘引。

区分为两种：

> 像美学有社科美学与人文美学分类一样，小说理论也可分为两大类。一大类是按照社科理论和方法研究小说创造基本规律、小说美学特征的小说理论，它们是以小说为对象"说理"的理论，像《小说面面观》①就属于这类小说理论。这类小说理论一旦有前人将体系完善了，后人就可能要"失语"，无话可说……当然，目前，无论中国还是西方，堪称社科体系的小说理论尚未完备，我们努力的空间还很大。但总有一天，理论家会无话可说，要么是陈词滥调，要么是狂言乱语……另一大类则是从属于人文学科的小说理论，如从属于某种哲学、人文美学或心理学等等小说理论，它们是拿小说来"说事"的理论，像弗洛依德学派衍生的小说理论便是。这类小说理论由于是其原生理论的派生物，它的生命与小说创造并没有直接关系，但却可能给小说创作以直接的影响，积极的，或消极的都有。②

简而言之，如上所述的第一大类可称为小说的内部理念与理论，第二大类可称为小说的外部理念与理论。倘若可以以这样一种分类为准绳的话，那么，本书这里所要展开讨论的小说理念与理论——当然，也包括杨绛所曾讨论过的菲尔丁的小说理念与理论，也包括杨绛自己的小说理念与理论——无疑应属于第一大类，也就是"以小说为对象'说理'"者。

美国文学批评家雷内·韦勒克（René Wellek，1903—1995）曾经指出："批评就是识别、判断，因此就要使用并且涉及标准、原则、概念，从而也蕴涵着一种理论和美学，归根结底包含一种哲学、一种世界观。"③ 一如韦勒克所说，作为一种观念层面的追求和意识，小说写作的理念与理论就其高度而言，当然属于哲学（美学）的范畴，但也与技术层面（艺术技巧）的追求和意识——也

---

① 参见［英］E.M. 福斯特（E.M. Forster）：《小说面面观》（*Aspects of the Novel*），冯涛译，北京：人民文学出版社，2009 年版。

② 杨曾宪：《试论小说理论的分类》，《文学报》2000 年 6 月 15 日，第 003 版。

③ ［美］雷内·韦勒克：《批评的概念》（*Concepts of Criticism*），张金言译，杭州：中国美术学院出版社，1999 版，第 298 页。

就是杨绛本人念兹在兹的所谓"创作小说的艺术"①——不无关联。也就难怪，对杨绛所从事的小说理论研究与批评，有的论者曾经这样颇为不屑地一言以蔽之："杨先生所谓的'理论'，实际上主要指形式和技巧问题。"②

对杨绛的这种择小说和小说艺术之善而固执、而一以贯之、而一往情深地从之、追随之的情怀，作家王小波在评述法国小说家昆德拉的《被背叛的遗嘱》（*Les testaments trahis*）一书时所说的如下一段话，堪称某种印证或知音之谈：

> 我自己对读小说有一种真正的爱好，这种爱好不可能由阅读任何其它类型的作品所满足。我自己也写小说，写得好时得到的乐趣，绝非任何其它的快乐可以替代。这就是说，我对小说有种真正的爱好，而这种爱好就是对小说艺术的爱好——在这一点上我可以和昆德拉沟通。我想像一般的读者并非如此，他们只是对文化生活有种泛泛的爱好。③

杨绛正像王小波这里所描述的那样，不仅"对读小说有一种真正的爱好"，也从自己的学生时代起，便对写小说有着旺盛如一的企图心，并能在以后漫长的人生岁月里，从写小说的艰苦过程中体会到无与伦比的快乐："我考大学的时候，清华大学刚收女生。但是不到南方来招生。我就近考入东吴大学。上了一年，大学得分科……我很严肃认真地考虑自己'该'学什么……父亲说，没什么该不该，最喜欢什么，就学什么。我却不放心。只问自己的喜爱，对吗？我喜欢文学，就学文学？爱读小说，就学小说？父亲说，喜欢的就是性之所近，就是自己最相宜的……我上的那个大学没有文学系，较好的是法预科和政治系。我选读法预，打算做我父亲的帮手，借此接触到社会上各式各样的人，积累了经验，可以写小说。"④ "翻译工作勤查字典，伤目力，我为了保养眼睛，就'闭

---

① 杨绛自己曾透露："我当初选读文科，是有志遍读中外好小说，悟得创作小说的艺术，并助我写出好小说……至于创作小说的艺术，虽然我读过的小说不算少，却未敢写出正式文章，只在学术论文里，谈到些零星的心得。"引文引自杨绛：《作者自序》，《杨绛文集》第1卷，北京：人民文学出版社，2004年版，第2页。

② 杨耀民：《批判杨绛先生的〈斐尔丁在小说方面的理论和实践〉》，《文学研究》1958年第4期，第17页。

③ 王小波：《小说的艺术》，《文明与反讽》，呼和浩特：内蒙古人民出版社，1998年版，第361—362页。

④ 杨绛：《回忆我的父亲》，《杨绛作品集》第2卷，北京：中国社会科学出版社，1993年版，第91页。

着眼睛工作'，写短篇小说。"① 写小说成了保养目力的一种积极的休息，要不感到快乐也难。而这样一种爱好、这样一种企图心以及这样一份快乐说到底，也就是王小波所谓"真正的爱好"——"对小说艺术的爱好"。

然而，王小波虽然承认"的确存在一种小说的艺术，这种艺术远不是谁都懂得"，"小说的艺术首先会形成在小说家的意愿之中"，但却并不认为这种"小说的艺术"能够从小说家论述小说的文字里窥知："假如读者想要明白的话，从昆德拉的书里也看不到，应该径直找两本好小说看看。看完了能明白则好，不能明白也就无法可想了，可以去试试别的东西；千万别听任何人讲理，越听越糊涂。任何一门艺术只有从作品里才能看到——套昆德拉的话说，只喜欢看杂文、看评论、看简介的人，是不会懂得任何一种艺术的。"② 王小波这番话自有其见地，却不免过于绝对了点儿，否则就等于消解了包括本书在内的一切论理之作的存在意义或价值——任何理论和理论的归纳都有其僵硬板直、苍白无力之处，但同样不能否认的是，知识、技能或艺术的习得和累积固然主要靠亲身的或直接的体验和感知，也绝对离不开他人的总结、归纳与传授之功。"理"不是不可论，对艺术的吸纳和呼应也并无定规，关键在于不可拘泥不化。

当然，本书的讨论对象杨绛自己也说过："写小说不比按食谱做菜，用上多少主料、多少配料，就能做出一盘美味来。小说不能按创作理论拼凑配搭而成。"③ 虽然杨绛所谈也是在承认存在着小说创作理论的前提下，直指这类理论在指导创作上的作用的僵板和苍白，与王小波如上的论调似乎气味相近，但她并没有像王小波那样，完全否认整理、归纳和总结小说写作理论的意义与价值，否则她自己也就不会一辈子孜孜不倦于小说的写作技巧、规律和理论的钻研了。

杨绛其实自有其应对或避免理论的僵板和苍白的办法，那就是像我们在本书第二章里解析杨绛的欧美小说研究成果时所展示的那样，让自己的小说研究与分析工作始终以对具体的小说作品的细读和体悟为本、为旨归——有杨绛自己在1985年说过的话为证："关于小说，有许多深微的问题值得探索，更有无数具体的作品可供分析。可是我苦于对超越具体作品的理论了解不深，兴趣

① 杨绛：《作者自序》，《杨绛文集》第1卷，北京：人民文学出版社，2004年版，第1页。

② 王小波：《小说的艺术》，《文明与反讽》，呼和浩特：内蒙古人民出版社，1998年版，第361—363页。

③ 杨绛：《事实——故事——真实》，《关于小说》，北京：生活·读书·新知三联书店，1986年版，第8页。

不浓，而分析西洋小说，最好挑选大家熟悉的作品作为事例。"①

而在这方面，前文刚刚提及的美国批评家韦勒克显然也持有与杨绛相类似的逻辑、信念或看法：

> 文学理论、原理和标准是不能在真空中得到的：历史上每个批评家都是通过接触（正如弗莱本人一样）具体艺术作品来发展他的理论的。这些作品是他得去选择、解释、分析并且还要进行评价的。②

或许正是基于与韦勒克相同的或相近的逻辑或认知，有的论者才会斩钉截铁地断言："历史上先有小说，后有小说理论。现实中小说理论的繁荣不一定带来小说创作的繁荣，小说理论的衰败不一定意味着小说创作的衰败。"③ 然而，这个看似一目了然的孰先孰后问题如果不是一个深不可测的陷阱，起码是与"先有鸡，还是先有蛋"之类问题相似的一个悖论。

这是因为，若以韦勒克所说的包括他本人在内的一般性文学理论批评家的视角来观照的话，当然是先有小说，后有与小说相关的理念与理论。这就有如先有美食而后有美食家的道理一样简单明了。但若是从菲尔丁或杨绛一类一身而二任（小说家兼批评家）者的角度来查考，则孰先孰后的情形就似乎并不是那么一目了然和斩截了。本书第二章讨论过杨绛的菲尔丁小说理论与创作实践研究。菲尔丁的小说理念与理论的一个突出特点是，它们主要是杂糅在菲尔丁的小说里，体现为小说的序章或作者的夹叙夹议。在这个意义上，即便不考虑其小说理念与理论的先行性，起码该说与其小说并肩同步。

杨绛自己的情形或许要更为复杂些：一方面，她的阅读活动始终伴随着她自己写作的历程，阅读的范围肯定不仅包括小说作品，也包括小说理论与批评作品；另一方面，她的绝大多数小说完成于她人生的中晚年，是在她累积了相对恒定而系统的小说理念与理论后写成，不可能不受到她的这些理念与理论的潜移默化影响。因此，纯就杨绛个人而言，小说的理念（理论）与创作的这个"孰

---

① 杨绛：《序》，《关于小说》，北京：生活·读书·新知三联书店，1986年版，第1页。
② ［美］雷内·韦勒克：《批评的概念》，张金言译，杭州：中国美术学院出版社，1999年版，第5页。
③ 杨曾宪：《试论小说理论的分类》，《文学报》2000年6月15日，第003版。

先执后"，就只能是纵横交错、无法分拆的一笔"糊涂账"。

不仅如此，要想看清楚杨绛的小说写作以及小说写作的理念与理论从萌芽到相对成熟的历史发展脉络，也远非易事：一方面，作为一位有着一定代表性的学院派或学者型作家，杨绛的小说写作理念与理论的形成既有不易觉察的渐进性与隐蔽性，又有较强的恒定性与持续性；另一方面，由于历史的、政治的以及个人的一些原因，体现了杨绛的小说写作理念与理论的那些论文不是在她整个 80 年的写作历程中陆陆续续地分散推出，而是集中地发表于 20 世纪 50—60 年代与 70—80 年代这两个时段。换句话说，杨绛的小说写作理念与理论的形成既然不像很多别的作家或文艺理论批评家那样，有着成长、起落与变迁的清晰轨迹，对杨绛的文心的动态把握便只能借助一些若隐若显的蛛丝马迹。

譬如，杨绛与钱锺书一样，都有不断地修订自己过去已发表的成文的习惯。这种修订既是"文章不惮改"理念下的精益求精，也自然地会反映出修订者文心的不易察觉的某些反复或变化。本书已讨论过或将会讨论的这方面的例子包括但不限于如下两个：为什么杨绛 1957 年发表的《斐尔丁在小说方面的理论和实践》一文会在编入 1979 年出版的论文集《春泥集》时，更名为《斐尔丁的小说理论》且遭到大幅度删削？为什么杨绛 1962 年发表的《艺术是克服困难——读〈红楼梦〉管窥》一文会在编入同一本集子时，改名《艺术与克服困难——读〈红楼梦〉偶记》？

概而言之，一个小说作者脑子中的小说写作理念与理论既是长期累积、酝酿和习得的结果，也是特定文化生态和历史积淀的衍生物，缩微或同构着特定的文化精神与时代意识。作为西方经典文学特别是经典小说的一名专业研究者，杨绛的小说或小说写作理论的形成既反刍着西方经典的文化和文学理论的深厚影响，也体现着她对这种影响的理性自觉（扬弃与创新）和自我反思，很大程度上左右着或推动着她自己的小说写作实践。

譬如，对菲尔丁和萨克雷等以作者的身份直接出面议论（或借书中人物之口代言）的行为的反思和警惕（"萨克雷和斐尔丁一样，喜欢夹叙夹议……作家露面发议论会打断故事，引起读者嫌厌"[1]；"……作者不时出场，不仅妨碍故事进展，还影响故事的真实感……还有一层，小说里掺入许多议论，扯得

---

① 杨绛：《论萨克雷〈名利场〉》，《杨绛作品集》第 3 卷，北京：中国社会科学出版社，1993 年版，第 79 页。

篇幅很长"①；"这种议论往往还借书中人物代说。这不仅阻滞故事的进展，还破坏人物的个性"②），导致杨绛轻易不在其小说如《洗澡》中大发议论，从而令其小说在与钱锺书的《围城》等的对比中形成鲜明的反差。

当然，**杨绛的小说写作理念与理论归根结底是其深层的个体生命意识的或一体现和外化——以人本主义或人文精神为其思想基础，以静观、克己与节制为其内核，以中和、恬淡与平实为其本色。**

我们知道，作家巴金曾一再否认自己的文学家或艺术家身份。除了本书第一章里摘录过的那段他否认文学家身份的自我剖白之外，可作为佐证的还有他的如下一段话：

> 我说我不是艺术家，并非谦虚，而且关于艺术我知道的实在很少。但有一件事情也是不可否认的：我写了五十年的小说，虽然中间有十年被迫搁笔。无论如何，我总有一点经验吧。此外，我还翻看过几本中外文学史，即使丢开书就完全忘记，总不能说脑子里一点印象也没有。③

其实，巴金的这两段自我剖白也正可视为同样从不把自己当作家、文学家或艺术家看待的杨绛（或乃至任何其他怀有同类心态的作家）的自况。至少，从一个研究者的角度来看，要切入杨绛以其小说写译的理念与理论为主体的文学写译的理念与理论，只能从如下几个方面着眼：杨绛自己的小说写作和译作本身——好比巴金如上所说的"我写了五十年的小说"，杨绛总结自己的小说写译经验与教训的零星话语和零散文字（访谈、序言及创作谈之类）——好比巴金如上所说的"我总有一点经验吧"，以及杨绛自己所从事的文学（小说和小说翻译）研究工作及其成果——好比巴金如上所说的"我还翻看过几本中外文学史"。

之所以说杨绛的文学写作理念与理论是以其小说写作的理念与理论为主体，是因为：

（1）杨绛早期写作戏剧（主要是喜剧）的历史不仅极短，剧作的数量也

---

① 杨绛：《斐尔丁在小说方面的理论和实践》，《文学研究》1957年第2期，第146页。

② 杨绛：《斐尔丁在小说方面的理论和实践》，《文学研究》1957年第2期，第145页。

③ 巴金：《"遵命文学"》，《十年一梦》，北京：人民日报出版社，1988年版，第8页。

很有限。特别是，她在截至目前（2013 年）的写作生涯当中，只发表过一篇与戏剧直接相关的、较为正式的文论——《李渔论戏剧结构》；

（2）杨绛的散文作品虽然在她发表的文字里堪称数量最多（译作当然除外），散文也称得上她写作生涯中晚期里成就最高的、最主要的写作体裁，但不知是有意还是无心，她迄今却基本没有谈论散文写作的文论或心得体会发表——正如止庵所曾指出："十几年来杨绛不断有散文新作问世，它们保持着统一的风格和几乎同样高的水平，这反映了在此方面作者自有明确的美学追求，然而她差不多是没有就散文创作发表过任何理论。她是文学评论家，关于小说、戏剧和翻译均有许多真知灼见，却单单不谈散文，好有一比是'桃李不言，下自成蹊'"[①]——当然，笔者刚刚已经提及，与止庵这里的直觉或判断相反，杨绛直接谈论戏剧及戏剧创作的文字也极其有限；

（3）杨绛谈论自己的文学翻译的文字尽管有一些，其译作也大多影响甚广，但她这方面的文论文字和心得体会——主要以小说特别是中长篇小说为关注重心——正好可以整体地看作她的小说翻译理念与理论，进而与她的小说写作理念与理论遥相呼应，构成她的小说写译理念与理论的一个自然而然的重要组成成分；

（4）尤其重要的是，杨绛实际发表的小说作品尽管不多，可她对小说这一文学样式却绝对称得上念念不忘、青眼有加：她不仅在自己涉猎过的体裁之中对小说谈论得最多（作为其重要文论结集之一的《关于小说》顾名思义，便是单刀直入地直奔这一主题的），而且一辈子为之辗转反侧，欲罢不能、欲舍还休。这方面的一个有力佐证是，2002 年，来自法国的海外学人刘梅竹曾对杨绛这样发问："文学翻译和文学创作，您更喜欢什么？毕竟，您在很长时间里只能搞翻译。"杨绛的回答是："开始，我是想写出好小说的。生活吗，就是这样。"[②]——貌似淡然达观，实有深憾存焉！

二 借言记事、写人和达意：杨绛作品的小说意味与小说笔法

正像前文所曾反复提及，本书之所以会选择首先从杨绛所从事的小说研究

---

① 止庵编《杨绛散文选集·序言》，天津：百花文艺出版社，1995 年版，第 4 页。

② 据 2002 年 7 月 18 日刘梅竹与杨绛的电话访谈记录稿。引文引自刘梅竹的法文博士论文，第 394 页。

起笔并以其小说写译的理念与理论为论说的重心之所在，是因为从文学体裁的角度来看，杨绛对小说这一样式堪称格外地一往情深或绝对地情有独钟。既对其无可救药地一见钟情——甫一开始有能力、有机会大量地研读小说，便目的极其明确地是为了替将来写作自己的小说打基础不说，① 就连当初和钱锺书一起在巴黎大学注册打算修读博士学位时，心中拟定的研究题目也还是小说（法国小说），② 又毕生对其身体力行地念兹在兹——不仅中、短和长篇小说都曾一试过身手（**杨绛创作的小说除长篇《洗澡》外，一般都被视为短篇小说，但像《"大笑话"》等小说，即便不考虑其令人印象深刻的、内在的涵容量和紧密度，仅看篇幅和字数，也堪称货真价实的中篇小说**），翻译的也主要是小说特别是长篇小说，甚至就**连她屡获好评、数量可观的散文作品也大多侧重人物的对话、心理的刻画以及事物的记载与描述，带有浓重的小说叙事意味**："杨绛散文名符其实是记叙散文——她尽量多地运用描写和叙述，而不大议论，尤其很少抒情。"③

当然，对杨绛散文创作的如上归纳可能并不见得会为杨绛本人所完全认可，因为按照她自己的归纳，她的"创作包括戏剧、小说和散文。散文又有抒情、写意、记事、记人、论学、评书等"④。或者说，杨绛自己似乎更愿意认为自己的散文是"长长短短各式各样"的，是"文体各别"的 ⑤。但总体而言和持平而论，在杨绛的散文里，抒情和写意的部分不仅比重很小，也毫不突出。真正比较突出的还是她的怀人忆旧（杨绛自己所谓"记事、记人"）和文论（杨绛自己所谓"论学、评书"）两大类——**人说"知人论世"，杨绛可谓"记人论学"**。这两大类当中又以前者比重最大，也最引世人注目。

杨绛的散文总体上蕴藉洗练，质朴恬淡而有回甘，每每娓娓道来，如对友朋，如叙家常，很少走咏叹抒情、千回百转或浓墨重彩或清丽浏亮的美文路数，

---

① 详见杨绛：《作者自序》，《杨绛文集》第 1 卷，北京：人民文学出版社，2004 年版，第 2 页，第 3 自然段。

② 在刘梅竹的《杨绛先生与刘梅竹的通信两封》（《中国文学研究》2006 年第 1 期，第 91—92 页）一文中，有如下的记录："刘（梅竹）：《我们仨》中，您提及三十年代曾在巴黎大学注册。您能否忆起当时您想做哪方面的论文，对哪门学科感兴趣？ 杨（绛）：法国小说。"

③ 止庵：《序言》，止庵编《杨绛散文选集》，天津：百花文艺出版社，1995 年版，第 7 页。

④ 杨绛：《作者自序》，《杨绛文集》第 1 卷，北京：人民文学出版社，2004 年版，第 2 页。

⑤ 详见杨绛：《作者自序》，《杨绛文集》第 1 卷，北京：人民文学出版社，2004 年版，第 1—2 页。

大都以开门见山、步步为营、平铺直叙、繁简适度的记人叙事为主。无论是怀人忆旧，还是人物白描与讲说故事，莫不如是。特别是《老王》《林奶奶》《顺姐的"自由恋爱"》和《方五妹和她的"我老头子"》[①] 等篇什很大程度上，简直就可以当成不事张扬、以小见大的短篇小说来读。这主要是因为：

> 杨绛的记叙散文着眼点始终在人，她所塑造的"我的父亲"、"我的姑母"等，已经进入二十世纪中国文学史上最丰满的艺术形象之列。杨绛又是成功的剧作家和小说家，而且她在创作理论上对戏剧和小说如何更好地表现人物有很多创见，她的散文可以说是对戏剧和小说有成功的借鉴，同样是通过细节和对话来写人，只是一为真实一为虚构而已。说到底还是对素材挑选得好。[②]

与此相关的一个颇为有趣的观察是，杨绛散文集《杂忆与杂写》中小说化的散文《老王》与鲁迅小说集《呐喊》里散文化的小说《一件小事》不仅都曾入选中学语文课本，而且各擅胜场，有一脉相承之征或异曲同工之妙。或许也正是因为这个缘故，不仅曾有论者专门做过《老王》同《一件小事》的比较分析，[③] 网上甚至也曾出现过一篇名为《假如杨绛笔下的老王活到当下》的文字，干脆直截了当地将《老王》当小说看待——这篇文章明显出自一位中学语文教师之手，因为它起首第一句话便是："教完杨绛先生的小说《老王》之后……"[④]

事实上，散文和小说的界限从来就不是那么泾渭分明的，小说和狭义的散文原本也都属于广义的大散文范畴。本乎此，也就难怪，夏志清等人会把鲁迅小说集《呐喊》里的《故乡》和《一件小事》等篇什当成散文："他的小说喜欢运用散文的笔调。"[⑤] "《故乡》这篇小说的隽永，颇像一篇个人回忆的散

---

① 这几篇散文均可见于杨绛：《杂忆与杂写（增订本）》，北京：生活·读书·新知三联书店，2010 年版，第 201—231 页。

② 止庵编《杨绛散文选集·序言》，天津：百花文艺出版社，1995 年版，第 11 页。

③ 详见何雪梅、王国枫：《"愧怍"与"仰视"——读鲁迅的〈一件小事〉与杨绛的〈老王〉》，《齐齐哈尔师范学院学报（哲学社会科学版）》1997 年第 3 期，第 72—73 页。

④ 冷眼热肠：《假如杨绛笔下的老王活到当下》，http://blog.tianya.cn/blogger/post_read.asp?BlogID=3700373&PostID=33132620。

⑤ 详见王嘉良：《鲁迅小说艺术发展初探》，《中国现代文学研究丛刊》1982 年第 3 期，第 88 页；引文引自第 99 页。

文。事实上，《呐喊》集中有几篇根本不能称为短篇小说。《社戏》便是一篇关于作者儿时的美妙叙述。"① 也就难怪，谢冕和陈素琰等人会感慨，当代女作家张洁的某些作品实在难辨是小说还是散文："她的行文有时让人觉得，既分不清她究竟在描述别人的事还是叙说自己的经历；又分不清这篇作品是属于散文还是属于小说。"② "在张洁，明明是在写小说，但却时不时地从那些情节中跳出来，发表纯粹属于作家自己的抒情式的议论。《我不是个好孩子》就是一篇难以分辨是小说还是散文的作品，《十月》把它当作小说……而《爱，是不能忘记的》的结构依传统的观念来看，则是一篇极不完整的小说。"③

其实，本书的讨论对象杨绛在评述作家柯灵的作品时，亦曾以近乎夫子自道的口吻，特意解释过小说与散文相像的原因："有人说，柯灵的小说似散文。这大概因为他写得亲切自然，好像随笔记下些身经目击的事，产生一种真实感，叫人忘了那是小说。"④

有必要在此带上一笔的是，有的论者曾将杨绛散文里使用的小说手法，总结为所谓"借言记事的小说笔法"："'借言记事'是通过对话语的描绘，呈现出事情的始末。这种写作手法，在《左传》中极多，也受到钱锺书在《管锥篇⑤》中的推崇。后来，'借言记事'的写作特征被传统小说、戏曲所继承，其中最经典之作则是清代的《红楼梦》。"⑥ "杨绛早年受中国文学的润养，后来又接触西方戏剧。'话剧'最大的特色也是用对话勾勒人物性情以及事件发展。基于生平的种种学历，造成杨绛在其散文，也是用大量的对话叙情言意，勾勒出人物特点与事情的真相……"⑦ "杨绛叙述人物，不只是用泛泛的形容摹写，而是借由生动的语言对话，带出记忆中的人物特征与性情……杨绛将日常间的对话融入作品，更增添作品的真实与活泼。"⑧ "这些散文都充满着人物的'对话'，

---

① 夏志清：《中国现代小说史》，刘绍铭等译，香港：中文大学出版社，2001 年版，第 33 页。

② 谢冕、陈素琰：《她给我们带来了什么？——评张洁的创作》，孟繁华等编《新时期文学创作评论选》，北京：中央广播电视大学出版社，1986 年版，第 80—81 页。

③ 谢冕、陈素琰：《她给我们带来了什么？——评张洁的创作》，孟繁华等编《新时期文学创作评论选》，北京：中央广播电视大学出版社，1986 年版，第 81 页。

④ 杨绛：《读〈柯灵选集〉》，《读书》1985 年第 1 期，第 69 页。

⑤ "篇"字明显系"编"字之误。

⑥ 叶含氤：《杨绛文学创作研究》，（台湾）东吴大学硕士论文，2005 年，第 106 页。

⑦ 叶含氤：《杨绛文学创作研究》，（台湾）东吴大学硕士论文，2005 年，第 106 页。

⑧ 叶含氤：《杨绛文学创作研究》，（台湾）东吴大学硕士论文，2005 年，第 107 页。

烘染出一种热闹、通俗的世间情态，叙述人事上颇有通俗小说的意味……"①

如上所引述的这一观察、总结或称溯源自然不无道理，但实际上，若全面证诸杨绛自己的学养背景与相关言论，杨绛所擅长的这种"借言记事的小说笔法"与其说主要是她得自于"中学"或"国学"（中土经典《左传》和《红楼梦》等）的滋养，还不如说主要是她得自于"西学"〔戏剧之外，更主要是西洋小说《塞莱斯蒂娜》（《薛蕾丝蒂娜》）和《傲慢与偏见》（*Pride and Prejudice*）等〕的影响——借用鲁迅的说法，就是：

> 我所取法的，大抵是外国的作家。②

杨绛在如下一段文字里所表达的对英国小说家简·奥斯丁的心仪或可为佐证："奥斯丁创造的人物在头脑里孕育已久，生出来就是成熟的活人。他们一开口就能使读者如闻其声，如见其人，并且看透他们的用心，因为他们的话是'心声'，便是废话也表达出个性来。用对话写出人物，奥斯丁是大师。评论家把她和莎士比亚并称，就因为他能用对话写出丰富而复杂的内心。"③

除此之外，杨绛也曾不厌其烦地分析过西班牙的戏剧体小说经典《塞莱斯蒂娜》（《薛蕾丝蒂娜》）以对话为主体结构的诸般好处："《薛婆》④ 从头到底只有对话。对话有它特擅的长处……人物的对话，口气里可以听出身份，语言里可以揣想性格……人物由同一故事里的人来形容，比作者自己讲更显得真实；烦絮的形容也会不嫌其烦。例如《堂吉诃德》里桑丘罗罗嗦嗦讲故事，听的人简直受罪，而我们读来却觉得愈罗嗦愈有趣……至于人物的思想感情，由本人自己表达，比旁人转达更为亲切……至于故事的情节，用对话叙述灵便而又生动。"⑤

---

① 叶含氚：《杨绛文学创作研究》，（台湾）东吴大学硕士论文，2005 年，第 110 页。

② 鲁迅：《致董永舒》（1933 年 8 月 13 日），《鲁迅全集》第十二卷，北京：人民文学出版社，1981 年版，第 212 页。

③ 杨绛：《有什么好？——读奥斯丁的〈傲慢与偏见〉》，《关于小说》，北京：生活·读书·新知三联书店，1986 年版，第 75 页。

④ 《薛婆》是杨绛替小说《塞莱斯蒂娜》（《薛蕾丝蒂娜》）起的简称。

⑤ 杨绛：《旧书新解——读〈薛蕾丝蒂娜〉》，《关于小说》，北京：生活·读书·新知三联书店，1986 年版，第 31—37 页。

　　至于西班牙小说经典《堂吉诃德》里对话的妙处，杨绛自然更是不会忘记强调："堂吉诃德富有理性的议论固然可笑，他和桑丘的对话更令人绝倒，也更耐人反复寻味。"①　"作者用全书的篇幅，由一次次闹事、一番番谈论，把这两个人物逐渐地充实丰富……每一次闹事、每一番对话，都把这两个人物描画得更生动，更特殊，更地道，更典型。这一点，也许可充小说家描写人物的借鉴。"②

　　可见，杨绛对欧美小说经典的写作艺术特别是对话手法别有会心。自然而然地，这种对"言"、对"对话"的敏感不仅会极大地影响杨绛自己的小说写作，极大地影响她自己的小说写作理念与理论的形成，也会弥漫性地波及她其他体裁（如散文）的创作。

　　在这个意义上，与其说杨绛看重和擅长的仅是"借言记事"笔法，毋宁说她看重和擅长的更是"借言写人""借言达意"路数——借小说、散文乃至戏剧中人物的对话，写出其"丰富而复杂的内心"世界，传达出能令读者看透其用心的"心声"。而也正是在这样的意义或程度上，杨绛的小说写作理念与理论也其实同时就是她的散文写作乃至戏剧写作的理念与理论。这反过来，也等于进一步验证了本书前文论述过的这样一种逻辑：杨绛的小说写作理念与理论是她的文学写作理念与理论的主体内容。

　　有必要在此指出的是，若证诸现代汉语文学的传统与路径，在散文体裁（如传记、报道、回忆录等）中融入小说笔法的做法其来有自，如美国华人学者夏志清就曾注意到，"胡适《四十自述》第一章以小说的体裁写他父母成亲的故事，十分动人，好像抗战以前就编入国语教科书了。许地山试用小说体裁写他的两个祖母，要比胡适早上好几年，故事本身也更令人难忘"③。夏志清最后这一句话所提及的，其实就是现代作家许地山（1893—1941）的《读芝兰与茉莉因而想及我底祖母》这篇散文、小说两难归类的作品。④

----

① 杨绛：《重读〈堂吉诃德〉》，《春泥集》，上海：上海文艺出版社，1979 年版，第 38 页。

② 杨绛：《重读〈堂吉诃德〉》，《春泥集》，上海：上海文艺出版社，1979 年版，第 38—39 页。

③ 夏志清：《亲情与爱情》，《新文学的传统》，北京：新星出版社，2005 年版，第 128 页。

④ 详见落华生（许地山）：《读芝兰与茉莉因而想及我底祖母》，《小说月报》第 15 卷第 5 号（1924年 5 月亦即民国十三年五月十日初版），第 8—17 页。夏志清在其《新文学的传统·亲情与爱情》一文里，将许地山此文分别误写成《读〈芝兰与茉莉〉因而想及我的祖母》和《读〈芝兰与茉莉〉而想及我的祖母》。应是该书编辑而非夏志清的自作聪明。

第二节　取法经典、阅世启智
——杨绛的小说写作理念与理论 ①

从本书前面各个章节已经大致讨论过的内容来看，杨绛在其迄今长达 80 年的写作、研究与翻译生涯中，虽然程度不同地陆续关注过塞万提斯、菲尔丁、萨克雷、奥斯丁和曹雪芹（1715—1763）等多位中外一流的经典小说家，但揆情度理并证诸她本人的一些相关文字，**最合她自己脾胃的应该说还是奥斯丁**。

当然，杨绛本人在回答别人的访谈时，本着她一贯谨慎低调而又强悍硬实的外圆内方或不卑不亢作风，是不会承认自己特别喜欢某一特定的作家的。譬如，2002 年时，海外学人刘梅竹曾对杨绛这样发问："中外作家中，您最喜欢那 ② 位？"杨绛的回答是："很多，没法一一列举。"③ 刘梅竹又曾发问："外国作家中的 Jane Austin ④（英）和中国作家中的凌淑 ⑤ 华二位的作品风格和您的最相近。您能接受这种说法吗？"杨绛仍是斩钉截铁地回应道："不能接受。"⑥

虽然杨绛明显地并不愿意把自己与中外某一位具体的经典作家联系在一起，她还是能够愉快地承认，她信奉向经典取法的"拿来主义"精神，各有所取："我创作不受谁的影响，但同时又受很多人影响，因为我读了很多文学作品。"⑦ 奥斯丁、萨克雷与塞万提斯之外，杨绛虽然对小说家菲尔丁及其小说讨论得最为详尽彻底，但主要还是就事论事的一般性研究、借鉴和记取经验与教训而已。至于曹雪芹及其《红楼梦》，则在不断地给杨绛以人物塑造与情节选择、人物对话与语言锤炼等方面的广泛滋养之外，为她具体地提供了一个艺术上的困难——主要就结构或布局而言——如何最终得到克服的绝佳样板或范例。

一个颇为耐人寻味的有趣现象或许是，杨绛一向所关注、研究和翻译的，

---

① 参见于慈江：《取法经典　阅世启智——杨绛的小说写作观念》，《中国现代文学研究丛刊》2013 年第 1 期。该文脱胎于本节。

② "那"疑是'哪'字之误。

③ 据 2002 年 7 月 4 日刘梅竹与杨绛的电话访谈记录稿。引自刘梅竹的法文博士论文，第 381 页。

④ 应是 Jane Austen，也即简·奥斯丁。

⑤ "淑"应是'叔'字。

⑥ 据杨绛对刘梅竹 2004 年 12 月 15 日来信的回复。引自刘梅竹的法文博士论文，第 401 页。

⑦ 据 2002 年 7 月 4 日刘梅竹与杨绛的电话访谈记录稿。引自刘梅竹的法文博士论文，第 381 页。

不仅仅是名家和名家的小说作品，更基本上是大作家和大作家的经典小说名著。这或许只是毫不经意的偶然之举，但更有可能是有意为之。在《记杨必》一文中，杨绛曾说过如下的话："傅雷以翻译家的经验，劝杨必不要翻名家小家①，该翻译大作家的名著。"② 对译界识途老马傅雷的这一不传之秘或老生常谈，至低限度，杨绛自己也肯定是心领神会、深以为然的，起码是十分愿意为之背书、愿意对其身体力行的。

要研究杨绛的小说写作理念与理论，当然不可能像她自己研究菲尔丁的小说理念与理论那样便利，因为她不仅不喜连篇累牍地玄想务虚、空谈理论——"关于小说，有许多深微的问题值得探索……可是我苦于对超越具体作品的理论了解不深，兴趣不浓……"，③ 她也毕竟没有像菲尔丁那样，把自己的小说理念与理论清楚明白地、一股脑儿地统统塞进自己的小说作品里去，可以任由研究者自由撷取、透视和发挥。

然而，就像我们在本章如上几个小节以及本书第二章的论述里所看到的，**杨绛在小说家、翻译家的身份之外，首先是一名文学（主要是西洋或欧美文学）研究者、小说（主要是西洋或欧美小说）研究者。在长期的文字锤炼和浸润过程中，她的小说理念与理论不可避免地以或质疑或认同、或生发或点睛的方式，渗透或潜隐在她自己的小说研究与批评篇什里。** 而杨绛的这些研究与批评文字"都不是凭空立论，是在列举实例、引证原文、分析了具体作品之后的点睛结穴。读者至此，也不禁'相视莫逆，会心微笑'，感到这里也有一盏智慧的聚光灯，照彻了小说的深层及其作者的心曲"。④

本书第二章不惮其烦，致力于逐字逐句地详细爬梳和缕析杨绛所有小说研究与批评文字，其价值和意义也正主要在于此。这里不过是对前面这类实打实的爬梳和缕析，做一个提纲挈领的扼要整理、提炼和撮述而已。

在杨绛截至目前发表的全部小说研究与批评成果中，最直接、最集中地体现了她自己的小说写作理念与理论的两篇文字分别是：（1）1957 年发表的

---

① 此句引文中的"小家"一词显系"小说"之误。这一排版错误已在该文被收入《杨绛作品集》和《杨绛文集》等集子时得到了纠正。

② 杨绛：《记杨必》，《读书》1991 年第 2 期，第 115 页。

③ 杨绛：《关于小说·序》，北京：生活·读书·新知三联书店，1986 年版，第 1 页。

④ 谷林：《〈关于小说〉的闲话》，《读书》1988 年第 2 期，第 101 页。

《斐尔丁在小说方面的理论和实践》一文的下篇"几点尝试性的探讨"，（2）1980年发表的《事实——故事——真实》。

前者主要探讨了杨绛当时认为重要、也是学界关注热点的几个问题，即小说的典型形象、作家的世界观对小说创作方法的影响以及小说的全知全能叙述视角。值得一提的是，《斐尔丁在小说方面的理论和实践》一文的这个下篇曾被收入学者洪子诚编的《二十世纪中国小说理论资料》（第五卷）[①]。

后者则是杨绛1980年至1982年每年发表一篇的《读小说漫论》系列三部曲的首篇。这个首篇和其后的两篇（一是具体谈一部西班牙小说经典的《旧书新解——读〈薛蕾丝蒂娜〉》，一是具体谈一部英国小说经典的《有什么好？——读奥斯丁的〈傲慢与偏见〉》）有所不同，它是综论小说创作的要素、模式以及写实性虚构本质或问题的。本书前一章在解析杨绛的《关于小说》这本文论集时，曾说过大意如下的话，可以见出该文的重要性：在《关于小说》这本集子里，《事实——故事——真实》一文具有提纲挈领的总论性质，是杨绛小说方面的理念的集大成者，论理的色彩和思辨的味道最为鲜明和显在。

至于杨绛以具体的欧美小说作品为对象所展开的个案性研究，则要首推她1982年发表的《有什么好？——读奥斯丁的〈傲慢与偏见〉》——所谓"读小说漫论之三"——一文，最值得关注。在这篇文字里，杨绛以题材、情节、布局、人物形象、心理描写以及喜剧性因素等为衡量尺度，对19世纪英国小说经典《傲慢与偏见》的"好"或亮点从容不迫地如数家珍，一一道来。

学者黄梅在晚近（2012年）发表的一篇奥斯丁研究综述里，对该文曾有过比较精当的点评：

> 杨文娓娓道来，没有八股格式，也没有后来在学院大行其道的论说腔，却有超出寻常论文的数量可观的引文注释。她从小说的故事编排、写实取向、人物刻画和文字推敲等方面面面讨论作品的"好"处。尤其值得注意的是，她认为奥斯丁小说真正的着重点不是所谓"爱情"，而是作为社会行为的婚姻及由此牵动的矛盾和争夺，"表现的世态人情然是好看"。杨文还分析了奥斯丁笔下"笑"的诸多层次，说她对世界没有幻想，却以笑

[①] 详见洪子诚编《二十世纪中国小说理论资料》（第五卷），北京：北京大学出版社，1997年版，第211—221页。

面对，"笑不是调和；笑是不调和"，甚至是改变现状的努力。^①

对简·奥斯丁、萨克雷等顶级经典小说名家的叙事文本的反复揣摩和研习，自然而然地充实了杨绛小说写作方面的知识素养与艺术储备，使杨绛得以不断地向"创作小说的艺术"与精髓靠近。或者说，对世界性小说经典的这样一种耳濡目染，不仅时不时地触发了她自己的小说写作冲动或灵感，也无疑地有助于形成她自己的小说理念与理论。

当然，正因为杨绛是以中外特别是欧美小说经典为取法的对象，她的小说写作理念与理论就必然具有某种保守的、非时新的性质。沿着欧美小说经典的清晰脚踪规行矩步虽然并不妨碍杨绛的小说写作具有十足的实验性（所谓"习作"）——例如，她在讨论西班牙小说经典《塞莱斯蒂娜》（《薛蕾丝蒂娜》）时，就曾特意讨论过较为新潮的"意识流"写作手法，^② 但却必定会使她的小说写作理念与理论向着人物、情节和故事等传统的小说写作要素倾斜。

若按照英国批评家弗兰克·克默德在描述所谓"新小说的教父"、法国作家阿兰·罗伯-格里耶（Alain Robbe-Grillet，1922—2008）时所做的颇具夸张性的调侃，杨绛应该算是热衷于"谈论人物、情节等因素的必要性""拥有各种理论"的"那些老者"之一：

> 他（按：指阿兰·罗伯-格里耶）闭口不谈他的小说"理论"；只有那些老者才谈论人物、情节等因素的必要性，才拥有各种理论。没有了这些理论，人们就可以获得一种新的现实主义，一种叙事，其中"时间遭到短暂性的拦截。它不再流动"。因此，我们便有了这样一种小说，使读者在其中根本就找不到他们能在虚假的暂存性、虚假的因果性、貌似确凿的描写、脉络清楚的故事中所能找到的那种满足。这种新小说"重复自己，分裂自己，修改自己，反对自己，甚至也不去积累足够数量的事件以构筑一个过去——一个传统意义上的'故事'"。它给予读者的不是舒适和满

---

① 黄梅：《新中国六十年奥斯丁小说研究之考察与分析》，《浙江大学学报（人文社会科学版）》2012年第1期，第159页。

② 详见杨绛：《旧书新解——读〈薛蕾丝蒂娜〉》，《关于小说》，北京：生活·读书·新知三联书店，1986年版，第48—49页。

足，而是一种催人参与创作的挑战。①

单就字面意思而言，杨绛作为一位不仅已岁至期颐，而且到了个人生涯的中晚期才开始发表小说作品的"难产"老作家，当然是最充分意义上的"老者"，但她写小说的目的，显然并不完全像克默德所界定的一般"老者"那样，只是为了给予读者以"舒适和满足"，而更是为了自我宣泄和解惑——阿兰·罗伯－格里耶所谓"文学不是为了娱乐。它是一种探求"（Literature is not for entertainment. It is a quest）②，其作品自然也就起码具有一定程度上催人参与思考和对话的意义与作用——虽然不见得足以构成克默德所说的"催人参与创作的挑战"。

另一方面，**杨绛虽然看似向来喜欢躲在经典背后萧规曹随，但且不说她的小说实验明显地有着足够大的腾挪空间，她在小说写作的理念和理论上的淬火和提炼也非但毫不过时，更显然意义十足得值得进一步梳理和省思**——毕竟，最经得起时间考验和沉淀的，通常都不是昙花一现、不无水分的新见或时尚，而往往是那些具有持久经典价值和意义的物事或思想。

大体而言，杨绛的小说写作理念与理论主要体现为如下两个方面。其一，是杨绛受前人的小说经典启发并依据自己的小说写作实践感悟而逐渐形成的小说写作艺术论，也即她反复申说、念念不忘的"创作小说的艺术"——如据杨绛自己透露："我当初选读文科，是有志遍读中外好小说，悟得创作小说的艺术，并助我写出好小说……至于创作小说的艺术，虽然我读过的小说不算少，却未敢写出正式文章，只在学术论文里，谈到些零星的心得。"③ 其二，是杨绛以自己的人生理念为底色涵养的小说写作功用论，也即她在不同的场合里，一再强调和解譬的小说的娱目快心与阅世启智作用。

一 "创作小说的艺术"——杨绛的小说写作艺术论

对英国小说家萨克雷，杨绛曾这样评论说："萨克雷善于叙事，写来生动

---

① ［英］弗兰克·克默德：《结尾的意义：虚构理论研究》，刘建华译，沈阳：辽宁教育出版社，2000 年版，第 17—18 页。

② G. S. Bourdain, "Robbe-Grillet on Novels and Films," *The New York Times*, April 17, 1989. http://www.nytimes.com/1989/04/17/movies/robbe-grillet-on-novels-and-films.html?scp=2&sq=Alain+ROBBE-GRILLET&st=nyt.

③ 杨绛：《作者自序》，《杨绛文集》第 1 卷，北京：人民文学出版社，2004 年版，第 2 页。

有趣，富于幽默。他的对话口角宛然，恰配身份。他文笔轻快，好像写来全不费劲，其实却经过细心琢磨。"① 这段话是相当典型的杨绛式评论风格，既明快贴切、要言不烦而又从容不迫、不温不火。所涉及的内容则弥足丰富地囊括了小说的叙事、人物的对话、文笔的特点与行文的风格等多个方面。同样的或类似的文字杨绛也曾用在英国小说家奥斯丁等人身上，间接地反映出了她自己有关小说叙事、对话和行文等方面的喜好、习惯或风格。

在对英国经典小说家奥斯丁等人的评论中，杨绛首先一再强调他们对人性（尤其是人性的弱点和缺陷）、人的根性（尤其是人的劣根性）乃至世态人情的兴趣："奥斯丁不是临摹真人，而是创造典型性的平常人物。她取笑的不是个别的真人，而是很多人共有的弱点、缺点。她刻画世态人情，从一般人身上发掘他们共有的根性。"② "斐尔丁说，他的题材无非人性（human nature），但是他只写可笑的方面。"③ 虽然人性的弱点和人的劣根性明显是杨绛关注的重心，但并不表明她对人性的其他方面或另一极端不感兴趣——从她对自己的"怀人忆旧之作"的如下表述中，这一点可以得到某种程度的印证："怀念的人，从极亲到极疏；追忆的事，从感我至深到漠不关心。"④

在很大程度上，这一关注构成了杨绛小说一以贯之的命意指向和精神内涵。至少，杨绛自己对此是明确认同的。例如，有人曾于电话访谈中向杨绛这样提问："我个人认为这四篇小说⑤ 和您三四十年代的作品比变化不大，都是写人和人性。从这点说，您三十年来没有变化，对不对？"对此，杨绛的回答是一个干干脆脆的"对"字。⑥

杨绛其次认为，写小说最重要的特质，是所谓"无中生有"的想象或虚构能力。如前所述，杨绛在《事实——故事——真实》等多篇文章中，对这一点

---

① 杨绛：《论萨克雷〈名利场〉》，《杨绛作品集》第3卷，北京：中国社会科学出版社，1993年版，第80页。

② 杨绛：《有什么好？——读奥斯丁的〈傲慢与偏见〉》，《关于小说》，北京：生活·读书·新知三联书店，1986年版，第73页。

③ 杨绛：《斐尔丁的小说理论》，《春泥集》，上海：上海文艺出版社，1979年版，第85页。

④ 杨绛：《自序》，《杂忆与杂写（增订本）》，北京：生活·读书·新知三联书店，2010年版，第1页。

⑤ 指杨绛《倒影集》中的《"大笑话"》《玉人》《鬼》和《事业》四篇小说。详见杨绛：《倒影集》，北京：人民文学出版社，1982年版。

⑥ 据2002年7月4日刘梅竹与杨绛的电话访谈记录稿。引自刘梅竹的法文博士论文，第381页。

都有充分的表述。而她自己也在多种场合里，对老伴儿钱锺书赞赏她具备"无中生有"的能力感到自豪。譬如，有人在谈论她的《洗澡》这部小说时曾这样问她："您不觉得小说里写政治运动很难吗？"她则回答说："是很难。开始的时候，我犹豫过。可是锺书鼓励我，他说我行，因为他说我能'无中生有'。其实人的一生，从无到有，又从有到无，都是'无中生有'。"①

在强调"无中生有"的想象或虚构能力的前提下，杨绛把小说写作的基本模式，概括为"事实——故事——真实"这一线性程序。换言之，在杨绛看来，小说写作的过程就是小说作者以自己或他人的经历等"事实"性材料为素材，通过"无中生有"的想象或虚构，转化为"能体现普遍的真实"的"虚构的故事"的过程。② 也正是在这个意义上，杨绛才把小说——特别是像钱锺书的《围城》一类小说——简明地定义为所谓"写实的虚构"："许多所谓写实的小说，其实是改头换面地叙写自己的经历，提升或满足自己的感情。这种自传体的小说或小说体的自传，实在是浪漫的纪实，不是写实的虚构。而《围城》却是一部虚构写实的小说，尽管读来好像真有其事，真有其人，其实全是创造。"③

如若考虑到在英文里，虚构和一般意义上的小说其实是一个词（fiction），杨绛所给出的这一小说定义便可以顺理成章地转换为"写实（性）的小说"——而她也正是这么界定奥斯丁的《傲慢与偏见》一类小说的："写什么样的故事，选什么样的题材。《傲慢与偏见》是一部写实性的小说（novel），而不是传奇性的小说（romance）。这两种是不同的类型。写实性的小说继承书信、日记、传记、历史等真实记载，重在写实。传奇性的小说继承史诗和中世纪的传奇故事，写的是令人惊奇的事。"④

日本当代小说家村上春树（むらかみ はるき）对小说的文体创新十分在意，曾将写小说的行为比喻为"用虚假的砖块砌就真实的墙壁"："将现实用另一种形式表现出来，小说是'大大的谎言'。不能忘记这一点。写小说时，我必

---

① 据 2002 年 7 月 4 日刘梅竹与杨绛的电话访谈记录稿。引自刘梅竹的法文博士论文，第 382 页。
② 详见杨绛：《事实——故事——真实》，《关于小说》，北京：生活·读书·新知三联书店，1986 年版，第 22 页。
③ 杨绛：《记钱锺书与〈围城〉》，《杨绛文集》第 2 卷，北京：人民文学出版社，2004 年版，第 136 页。
④ 杨绛：《有什么好？——读奥斯丁的〈傲慢与偏见〉》，《关于小说》，北京：生活·读书·新知三联书店，1986 年版，第 54—55 页。

须尽可能高明地说谎。'用虚假的砖块砌就真实的墙壁'，这就是我的工作。"①
就杨绛所下的"写实的虚构"这一小说定义来说，村上春树的"用虚假的砖块
砌就真实的墙壁"一语——由于他用了引号，应该也是别人的话——可以视为
一个形象化解譬。

很显然，杨绛的这一小说定义也适用于她自己的长篇小说《洗澡》："小
说里的机构和地名纯属虚构，人物和情节却据实捏塑。"② 《洗澡》里的机构
和地名的虚构性自不待言（说到底，这类内容的虚构与否反倒不是那么重要，
杨绛自己就曾经这么描述奥斯丁的小说："据说她小说里的地名无一不真，而
人物却都是虚构的。"③），而人物与情节的"据实捏塑"若换一个说法的话，
正就是"据实虚构"或"写实的虚构"——以大千世界里的所谓"事实"为依
据虚构出来的、"能体现普遍的真实"的"故事"。

第三，杨绛把人物形象的塑造，一直视为小说写作的重中之重："有两种
方法写小说：先有计划，然后写人物；或先有人物，再编故事。我有自己的方法：
在夜里睡觉的时候想人物和故事……人物成熟了，故事也有结局了。"④ "……
我写小说是因为我老了，而且一直对写作感兴趣……我想做个试验：现在有的
小说不成功，因为都是上面布置下来的任务，多少有些程式化。能不能纯粹编
一个故事，塑造一个人物呢？我塑造人物就像怀孩子一样，一直等到人物变成
一个活生生的人。我所有的人物都是我自己造出来的，不抄袭。（刘梅竹插话：
所谓的'无中生有'。）对，人物和故事都是如此。我的小说成功的地方，就
是因为人物一旦生出来，他们按照自己的逻辑办事说话，我的故事跟着他们走。
不是我让他们这样做那样做，是他们自己自然地做这做那。我没有安排哪个人
应该爱上哪个人。"⑤

当然，杨绛在人物形象塑造方面的最高理想是所谓典型人物："人物愈具

---

① 转引自田泳：《林少华谈不译〈1Q84〉：人生总要有遗憾》，《深圳商报》2010 年 5 月 21
日。可参见林少华博客：《答记者问：不译〈1Q84〉是否觉得遗憾》，http://blog.sina.com.cn/s/
blog_48f36ce00100iw27.html。

② 杨绛：《〈洗澡〉前言》，《读书》1988 年第 11 期，第 138 页。

③ 杨绛:《有什么好？——读奥斯丁的〈傲慢与偏见〉》,《关于小说》,北京：生活·读书·新知三联书店,
1986 年版，第 69 页。

④ 据 2002 年 7 月 4 日刘梅竹与杨绛的电话访谈记录稿。引文引自刘梅竹的法文博士论文，第 381 页。

⑤ 据 2002 年 7 月 18 日刘梅竹与杨绛的电话访谈记录稿。引文引自刘梅竹的法文博士论文，第 391 页。

体，愈特殊，愈有典型性，愈可以从他身上概括出他和别人共有的根性。"①
如本书第二章所缕述过的，杨绛在她迄今发表的唯一一篇长篇论文《斐尔丁在
小说方面的理论和实践》的第三部分（也即作为下篇的"几点尝试性的探讨"）
里，曾专辟一节详论典型人物。她不仅从对类型人物和个性人物的明确界定中，
将典型人物的特征——概括性强加上个性鲜明——生动地烘托了出来，她也详
细地分析了人物会写得平面化的原因（如小说作者的概念化驱动），她更指出
了典型人物可以是具备多种类型特征的复杂型典型人物。而也正如笔者曾指出
过的，这一小节是杨绛这一长篇论文中最出彩、最游刃有余、最能见出论者深
入浅出的论证功力的一个部分。

值得特别引起注意的是，杨绛一方面非常重视典型人物的塑造，另一方面
却又主要关注小人物、平常人物。按照她在评述英国小说家奥斯丁的小说时的
界定，"典型人物"和"平常人物"这两个因素相加到一起，就构成了所谓"典
型性的平常人物"："奥斯丁不是临摹真人，而是创造典型性的平常人物。"②
无疑，杨绛对于小说人物塑造的这一认知或追求，是和英国小说家菲尔丁尤其
是萨克雷与奥斯丁等一脉相承的。譬如，她自己写的小说关注的都是可塑造为
典型性人物的小人物或平常人物自不待言，她也将她翻译的法国经典小说《吉
尔·布拉斯》的主人公吉尔·布拉斯定性为"一个典型的平常人"，说他"尽
管在不同的境地，具体表现可有千变万化，他仍然是个典型的平常人"；③ 她
更力挺奥斯丁写"平常人"写得典型而别致："她全部作品（包括未完成的片
段）写的都是平常人，而个个特殊，没一个重复；极不重要的人也别致得独一
无二……"④

杨绛把对话作为塑造人物的重要手段——她在自己的小说里便善用对话，
也擅写对话，一如也曾以小说名世的学者施蛰存在如下一段话里所赞赏的："一
部小说中的对话部分，不是为故事展开服务，就是为塑造人物性格服务。一

---

① 杨绛：《有什么好？——读奥斯丁的〈傲慢与偏见〉》，《关于小说》，北京：生活·读书·新知三联书店，
　　1986 年版，第 72—73 页。

② 杨绛：《有什么好？——读奥斯丁的〈傲慢与偏见〉》，《关于小说》，北京：生活·读书·新知三联书店，
　　1986 年版，第 73 页。

③ 杨绛：《补"五点文"》，《关于小说》，北京：生活·读书·新知三联书店，1986 年版，第 109 页。

④ 杨绛：《有什么好？——读奥斯丁的〈傲慢与偏见〉》，《关于小说》，北京：生活·读书·新知三联书店，
　　1986 年版，第 69 页。

部《红楼梦》中的许多对话，绝大部分都是为塑造人物性格服务的。没有这许多对话，就没有一部《红楼梦》了。《洗澡》的作者，运用对话，与曹雪芹有异曲同工之妙。每一个人物的思想、感情、性格都在对话中表现出来，一段也不能删掉。我看当今青年作家的小说，一大段一大段的对话，既不补助故事的发展，又不表现人物的思想、感情、性格。大多是喋喋不休的日常生活的流水账。整段删去，也不会使故事有所缺损。"① 而对英国小说家奥斯丁等人在人物描写方面的对话功夫，杨绛自己也是推崇有加："奥斯丁虽然自称工笔细描，却从不烦絮惹厌。她不细写背景，不用抽象的形容词描摹外貌或内心……她只用对话和情节来描绘人物。生动的对话、有趣的情节是奥斯丁表达人物性格的一笔笔工致的描绘。"②

　　第四，杨绛在围绕着人物活动所展开的小说叙事上，非常重视情节的处理与结构的布局。她如下的反复表述可为佐证："其实亚理斯多德在'诗学'里早说，诗人或作家所以称为诗人或作家，因为他们创造了有布局的故事，并不是因为他们写作的体裁是有韵节的诗。"③ "小说家要描摹真实的人生，不是写生活的鳞爪，不是写琐碎的现象，却是要写出一个故事，那布局是贴合人生真相的，使读者从这一个故事看到一般的人生真理……一个有布局的故事当然比日常所见的事情整齐；正好比戏剧里的对话总比日常的谈话精炼。故事有布局，非但不违反真实，却更加真实，因为它所表现的真实，更有普遍性或典型性。所以我们的问题不在故事是否要有布局，却在布局是否歪曲了人生的真实。"④

　　上面的这两段话都摘自杨绛的论文《斐尔丁在小说方面的理论和实践》。如前文所曾详述，在这篇文章中，针对菲尔丁的《汤姆·琼斯》等每一部长篇小说的布局，杨绛都做了细致的解析。杨绛的判断是："……斐尔丁的每一部小说都有布局。"⑤ "我们可在不同的小说里看出一点相同：每部小说的故事

① 施蛰存：《读杨绛〈洗澡〉》，陈子善、徐如麒编选《施蛰存七十年文选》，上海：上海文艺出版社，1996年版，第721—722页。

② 杨绛：《有什么好？——读奥斯丁的〈傲慢与偏见〉》，《关于小说》，北京：生活·读书·新知三联书店，1986年版，第74—75页。

③ 杨绛：《斐尔丁在小说方面的理论和实践》，《文学研究》1957年第2期，第113页。

④ 杨绛：《斐尔丁在小说方面的理论和实践》，《文学研究》1957年第2期，第141—142页。

⑤ 杨绛：《斐尔丁在小说方面的理论和实践》，《文学研究》1957年第2期，第128页。

都有'诗学'所讲究的布局——所谓'史诗的灵魂'。"① 按杨绛的分析，菲尔丁的小说里所采用的布局，主要是亚里士多德所论述过的有着一重或多重转折的复杂型布局。有的还包括多条平行发展的线索。

此外，杨绛也认为，另外一位英国小说家奥斯丁所著的包括《傲慢与偏见》在内的全部小说与菲尔丁的颇相类似，也都有布局，且设计得更为高明，更不露人为痕迹。换言之，对奥斯丁小说布局的严密性，杨绛明显更为推崇："《傲慢与偏见》也像戏剧那样，有一个严密的布局。小说里没有不必要的人物（无关紧要的人物是不可少的陪衬，在这个意义上也是必要的），没有不必要的情节。事情一环紧扣一环，都因果相关。读者不仅急要知道后事如何，还不免追想前事，探究原因，从而猜测后事。"② "……《傲慢与偏见》的布局非常自然，读者不觉得那一连串因果相关的情节正在创造一个预定的结局，只看到人物的自然行动。作者当然插手安排了定局，不过安排得轻巧，不着痕迹。"③

本着这样的认知，杨绛在她自己的小说创作中，也刻意从布局上着眼。本书后面的章节在论及她自己的小说写作时，会对此有所涉及。

第五，有过话剧写作经验的杨绛也特别重视戏剧（喜剧）手法的应用，"笑"成为其小说幽默格调的底色。这包括两个维度：一是如前文所述，注重对话；二是注重笑，注重幽默与喜剧性——一如她对奥斯丁的分析："奥斯丁对她所挖苦取笑的人物没有恨，没有怒，也不是鄙夷不屑。她设身处地，对他们充分了解，完全体谅。她的笑不是针砭，不是鞭挞，也不是含泪同情，而是乖觉的领悟，有时竟是和读者相视目逆④，会心微笑。"⑤

当然，杨绛亦同时强调说："笑，包含严肃不笑的另一面。"⑥ "笑不是

---

① 杨绛：《斐尔丁在小说方面的理论和实践》，《文学研究》1957年第2期，第124页。

② 杨绛：《有什么好？——读奥斯丁的〈傲慢与偏见〉》，《关于小说》，北京：生活·读书·新知三联书店，1986年版，第65页。

③ 杨绛：《有什么好？——读奥斯丁的〈傲慢与偏见〉》，《关于小说》，北京：生活·读书·新知三联书店，1986年版，第66页。

④ "相视目逆"疑为"相视莫逆"之误。"莫逆"为无所违逆于心之意。整个成语谓交深默契，有会于心。

⑤ 杨绛：《有什么好？——读奥斯丁的〈傲慢与偏见〉》，《关于小说》，北京：生活·读书·新知三联书店，1986年版，第60页。

⑥ 杨绛：《有什么好？——读奥斯丁的〈傲慢与偏见〉》，《关于小说》，北京：生活·读书·新知三联书店，1986年版，第62页。

调和；笑是不调和。"① 而孟度在其 1944 年发表的《关于杨绛的话》一文中，也持类似的观点："我说杨绛先生是天生的喜剧作家，那是一点也不过分的话。因为她好与她笔下的人物开玩笑，而且善于开玩笑，处处不失温柔、敦厚之致，这也许是作者有幽默的天性吧，由此亦可见她胸襟的冲淡与阔大。然而隐藏在这幽默与嘲讽的后面，我们看到的是作者的严肃与悲哀……"②

换言之，就杨绛其人其作而言，可说喜剧其表，悲剧其核。也难怪当若干年前有人问及杨绛一生中最高兴最得意的事是什么时，她直截了当地答称没有；而当问及什么最痛苦或悲哀时，她说失去了丈夫和女儿：

"在这一生中您最高兴的事是什么？"我问。

"我说不出来，没有什么高兴的事，没有什么让我得意的事情。"

"那么，您一生中最痛苦的事呢？"

"那就太多了，我失去了钱锺书，失去了钱瑗，现在剩下我一个人，这当然很痛苦。可是，我也撑过来了。"

我问："在这个世界上您最留恋的是什么？"

杨绛回答："我最留恋清华大学。在我的一生中和清华大学结下了不解之缘……"③

杨绛所承载的这样一种做人的质地堪称喜而不浮，哀而不伤，一如学者王富仁所说："一个伟大的喜剧作家是严肃的，一个伟大的悲剧作家是在自己的创作中感觉到了真正的乐趣的人。在严肃性与乐趣性上，二者是没有什么不同的。"④

杨绛研究与翻译的外国小说作品都以广义的喜剧为主，她也曾专门研读过有关"笑"的英法文论著（"麟瑞同志熟谙戏剧结构的技巧，对可笑的事物也

① 杨绛：《有什么好？——读奥斯丁的〈傲慢与偏见〉》，《关于小说》，北京：生活·读书·新知三联书店，1986 年版，第 65 页。

② 孟度：《关于杨绛的话》。原载于《杂志》月刊，第 15 卷第 2 期（1944 年 5 月 10 日）；转引自田蕙兰、马光裕、陈珂玉选编《钱锺书杨绛研究资料集》，武汉：华中师范大学出版社，1990 年版，第 661 页。

③ 张者：《一位缄默的老人，可是她并不孤单——万人如海一身藏》，《文化自白书》，北京：北京广播学院出版社，2004 年版，第 29 页。

④ 王富仁：《吃语集》，北京：中国文联出版社，2000 年版，第 101 页。

深有研究。他的藏书里有半架子英法语的'笑的心理学'一类的著作，我还记得而且也借看过"①)，无法不受到它们较深的潜在影响。当然，反过来也可以说，在杨绛自己的艺术细胞里，幽默和诙谐的喜剧性因子活跃而显在——某种程度上可以说，**在杨绛而言，喜剧既是一种生活姿态，也是一种做人态度，更是一种处世精神**。这一切无形中影响了她从事翻译与研究时的选择。

第六，杨绛在小说叙事视角的选择上，倾向于作者作为无所不在、全知全能的叙述者这一视角。且不说她的小说作品基本上都采用了这一叙事视角，她在归纳和评骘菲尔丁的小说理论与实践时，也特意将这一全知全能的作者视角视为对方的艺术技巧。足见其重视程度之一二。而她在评说奥斯丁及其小说创作时，也提到了这一点，并有非常具体细致的解说："奥斯丁的小说，除了《苏珊夫人》用书信体，都由'无所不知的作者'（the omniscient author）叙述。她从不原原本本、平铺直叙，而是按照布局的次序讲。可以不叙的不叙，暂时不必叙述的，留待必要的时候交代——就是说，等读者急要了解的时候再告诉他。这就使读者不仅欲知后事如何，还要了解以前的事，瞻前顾后，思索因果。读者不仅是故事以外的旁听者或旁观者，还不由自主，介入故事里面去。"②很显然，杨绛对全知全能的叙述者视角的青睐，是与她对小说的结构与布局的重视分不开的。这是因为，按照杨绛的理解，这一叙事视角便于结构小说，便于安排布局。

第七，杨绛相当在乎写作的格调，明确表示小说作品不能流于低级与庸俗："我总认为小说应写出活脱脱的人物，而故事必须自然逼真，感情动人，格调勿庸俗。"③2004年，她曾对来访的人民文学出版社编辑胡真才特意强调说："小说中的人物形象必须是高格调、大气势的，像《金瓶梅》中几个小女人那样叽叽喳喳、争风吃醋，虽然写得活灵活现，却不能给人以美感。"④而在评价英国小说家菲尔丁时，杨绛一方面对他秉笔直书人生丑恶的勇气表示认可，另一方面也并没有忘记提及其笔调的干净或高雅——实际上，也就等于正面肯

---

① 杨绛：《怀念石华父》，《杂忆与杂写（增订本）》，北京：生活·读书·新知三联书店，2010 年版，第 114 页。

② 杨绛：《有什么好？——读奥斯丁的〈傲慢与偏见〉》，《关于小说》，北京：生活·读书·新知三联书店，1986 年版，第 75—76 页。

③ 吴学昭：《听杨绛谈往事》，北京：生活·读书·新知三联书店，2008 年版，第 327 页。

④ 胡真才：《杨绛先生谈〈堂吉诃德〉》，《环球时报》2004 年 4 月 16 日，第 807 期，第 28 版。

定了菲尔丁小说的格调："斐尔丁叙述故事确是能正视人生，不加虚饰。我们看到他一面抱歉一面还老实叙说的地方……所谓真实就是某人在某种境地必然会做的事……不过斐尔丁虽然写丑恶的事，却没有污秽的笔墨。"①

这一点体现在杨绛自己的小说作品如《洗澡》里，就是往往把男女之间的恋爱描写成精神恋爱。有的论者如施蛰存对这一点既相当欣赏——认为写得极高雅，又有所保留——认为不免染有理想主义及儒家伦理色彩："不过最好的一段，许彦成、杜丽琳和姚宓的三角故事，都是吴敬梓写不出来的。这个三角关系，写得非常高雅，对现代青年会有良好的教育作用。不过我又怀疑这是不是作者的理想主义？是不是可以说，还有'发乎情，止于礼义'的儒家伦理观念？"②

杨绛小说中处理男女私情的方式乍一看，倒是极像萨克雷在其小说《名利场》里所使用的手法："他在这部小说里写到男女私情，只隐隐约约，让读者会意。譬如利蓓加和乔治的关系只说相约私奔，利蓓加和斯丹恩勋爵的关系只写到斯丹恩吻利蓓加的手。"③ 然而，两位作家的出发点其实差异很大——与杨绛对格调的在意和坚守明显不同的是，萨克雷对笔下的爱情之所以会闪闪烁烁、轻描淡写，主要是因为"难免当时社会的限制。维多利亚社会所不容正视的一切，他不能明写，只好暗示"④。

第八，与在乎小说的"乐而不淫"——所谓格调——不无关联的是，杨绛**也很在意小说的"温柔敦厚"与"哀而不伤"，在乎沉重里的一丝轻松与舒缓，在乎阴暗里的一点温暖与光亮。**⑤ 杨绛在评述萨克雷的小说写作时，就曾特意这样强调："不过，他写的阴暗之中也透露一些阳光，好比乌云边缘上镶的银边。"⑥ 珍视生命的光亮、从不放弃希望、从不大放悲声其实不光是杨绛的小说，也是她所有文字的一大特点，也是她整个人生理念的重心之所在。在描写"文革"经历的《丙午丁未年纪事（乌云与金边）》这篇散文里，她又把西谚"每

① 杨绛：《斐尔丁在小说方面的理论和实践》，《文学研究》1957年第2期，第130页。

② 施蛰存：《读杨绛〈洗澡〉》，陈子善、徐如麒编选《施蛰存七十年文选》，上海：上海文艺出版社，1996年版，第722页。

③ 杨绛：《论萨克雷〈名利场〉》，《春泥集》，上海：上海文艺出版社，1979年版，第63页。

④ 杨绛：《论萨克雷〈名利场〉》，《春泥集》，上海：上海文艺出版社，1979年版，第63页。

⑤ "子曰：《关雎》乐而不淫，哀而不伤。"（《论语·八佾》）"温柔敦厚，《诗》教也。"（《礼记·经解》）

⑥ 杨绛：《论萨克雷〈名利场〉》，《春泥集》，上海：上海文艺出版社，1979年版，第51页。

一朵乌云都有一道银边"（Every cloud has a silver lining）里的"银边"引申成"金边"，坚信乌云不能永远遮蔽天空，而饱含着光和热的金边，则是记忆里不易磨灭的希望和亮点。①

第九，杨绛认为艺术就是跟自己较劲——用她自己的话说，就是"艺术是克服困难"："俗语'好事多磨'，在艺术的创作里，往往'多磨'才能'好'。"②具体到写作这一艺术创作活动上来，就是突破写作的种种繁难和写作者自身的局限性。这既包括在小说写作的过程中，不畏挫折，逆水行舟，以创意或创新为己任，一心一意地慢工出细活，也包括对语言与文体的在意和贡献，对"文章不惮改"这一原则的首肯和遵循，对自己的小说作品勇于一改再改，精益求精。

杨绛对奥斯丁的如下描述其实可视为自况："奥斯丁文笔简练，用字恰当。为了把故事叙述得好，不惜把作品反复修改。《傲慢与偏见》就是曾经大斫大削的。"③杨绛自己撰文，也是一改再改，不惜在琢磨字句、锤炼文意上下大功夫："有几个短篇（小说）我曾再三改写。"④不难看出，杨绛和奥斯丁一样，都堪称难得一见的文体家——有的论者曾专门就此论证过："《小阳春》等类作品表现对象是中年知识分子，这类人物的生活范畴自然是看似文雅的知识分子阶层，这一阶层的人物情感丰富、细腻、含蓄，并且常常隐于行动和话语之后，所以作者安排了带有浓重文化味道的语言体系。《阿福和阿灵》这类作品作者描写下层平常百姓的生活，而百姓生活是简单的，他们的思维也是直接的，他们的情感更是真挚而外露。杨绛智慧地运用了口语化的平民式语言体系。杨绛对语言的安排并非只把语言作为个体看待，而是从文体的全局考虑，由此形成文体的独有魅力。"⑤

就杨绛笔下的"我们仨"而言，女儿钱瑗专研英文文体学，是严格意义上的文体学家；钱、杨二人呢，则是专注于实践的文体家——若按照70后小说家冯唐2005年评点杨绛长篇小说《洗澡》时的看法，在钱、杨二人当中，杨

① 杨绛：《丙午丁未年纪事（乌云与金边）》，《将饮茶》（校定本），北京：中国社会科学出版社，1992年版，201页。

② 杨绛：《艺术是克服困难——读〈红楼梦〉管窥》，《文学评论》1962年第6期，第115页。

③ 杨绛：《有什么好？——读奥斯丁的〈傲慢与偏见〉》，《关于小说》，北京：生活·读书·新知三联书店，1986年版，第77页。

④ 杨绛：《作者自序》，《杨绛文集》第1卷，北京：人民文学出版社，2004年版，第2页。

⑤ 李红霞：《杨绛文学语言风格谈》，《绥化学院学报》2005年第4期，第43页。

绛对小说文体贡献更大："钱锺书比杨绛元气足，是更好的小说家；**杨绛比钱锺书更懂得收敛和控制，是更好的文体家。**"①

学者止庵则出于特别推重杨绛对散文文体的贡献的考虑，一眼掠过中间的大片开阔地带，让杨绛同鲁迅所代表的"白话记叙散文"创作传统直截了当地接了壤："由《干校六记》重新开始的杨绛散文创作有一个共同的特点，就是无拘长短，差不多都可归属于记叙散文这一类。白话散文的这个领域说来是荒芜已久，大概从鲁迅《朝花夕拾》以后就不再有人像杨绛写得那样集中，那样有分量，取得那么大的成果。杨绛是通过她的创作实绩发展、完善了白话记叙散文这一形式。"② "杨绛记叙散文的成就不能仅仅是记叙散文而言，还应该放到整个二十世纪中国散文史上去看，那么就当看作是对此前三四十年间泛滥成灾的那种抒情散文的一个有力的反拨……杨绛发展、完善的并不只是记叙散文而已。"③

而学者施蛰存在 1989 年的《读杨绛〈洗澡〉》一文中，更是毫不含糊地肯定杨绛的小说功底和语文造诣："我已有好几年没有看完一整本创作小说了。常常是，抓起一本小说，看不到二三十页，就碰到了'不辞而别'、'羞羞答答'、'尽力而为'这一类似通非通的成语或滥调，我就把书丢下了。这本《洗澡》，自始至终，没有迫使我丢下，作者毕竟是钱锺书夫人，自是语文高手。说来也可笑，语文纯洁，本来是读者对作者，或作者自己对他的作品的最低要求。但在近十年来，却已成为最高要求，在一群三十岁左右的青年作家的作品中，要找一本像《洗澡》那样语文流利纯洁的作品恐怕很不容易了。"④

二　娱目快心与阅世启智——杨绛的小说写作功用论

本书前文在叙及英国 18 世纪小说家菲尔丁的小说理念与理论时，曾引述过杨绛对亚里士多德的艺术功用观的总结："亚理斯多德以为艺术是由感觉来

---

① 冯唐：《中文小说阅读：体会时间流逝中那些生命感动》，新浪博客 http://blog.sina.com.cn/s/blog_471facb1010000c5.html。亦可参见冯唐：《中文小说：体会时间流逝中那些生命感动》，《如何成为一个怪物》，北京：新星出版社，2011 年版。

② 止庵编《杨绛散文选集·序言》，天津：百花文艺出版社，1995 年版，第 3 页。

③ 止庵编《杨绛散文选集·序言》，天津：百花文艺出版社，1995 年版，第 3 页。

④ 施蛰存：《读杨绛〈洗澡〉》，陈子善、徐如麒编选《施蛰存七十年文选》，上海：上海文艺出版社，1996 年版，第 721 页。

动人的情感，目的是快感。"① 而杨绛同时也曾指出，"斐尔丁写小说的宗旨，就是要兼娱乐和教诲，在引笑取乐之中警恶劝善"；② "……萨克雷替自己规定的任务：描写'真实'，宣扬'仁爱'"。③

相比之下，杨绛自己虽然也信奉她所翻译的西班牙小说经典《小癞子》里引用的"一本书不论多糟，总有些好处"④ 这句话，但却比较看淡文学（小说）写作的功利性。

具体而言，在小说写作的功用或目的上，杨绛虽然并不一味地排斥娱乐或开心——所谓"养心"、"歇力"和"消遣"⑤，但却顶多只把它当成最低的要求，所谓"最卑微的愿望"⑥。另一方面，她对文学（小说）写作的功用的理解，又显然比"警恶劝善"的教诲——亦即自觉承担社会道义责任或乃至戮力宣传所谓"仁爱"——要更为平和、疏离、淡然和委婉。

杨绛与来自法国的学者刘梅竹的如下一段电话对谈很能说明问题：

> 刘：您的风格是随意，既没有什么目的也无功利性。
>
> 杨：是的。
>
> 刘：这和您的人生观有没有关系，您对生活的态度也是很随意，没有功利性吗？
>
> 杨：可以这么说。因为我既不打算宣传什么主义，也不想表达什么意见。我想出几个人物，把他们放在一个故事背景里。在这个特定的背景里，人物自由行动，就会产生出故事、爱情等等。我写作之前，没有主题；写作中，也不介入，我在那儿玩。
>
> 刘：您不认为文学，比如您的小说可以起到"警世告人"的目的吗？
>
> 杨：可以，都可以。可是我不会给读者讲 moral，也不会说教的。⑦

---

① 杨绛：《斐尔丁在小说方面的理论和实践》，《文学研究》1957年第2期，第119页。
② 杨绛：《斐尔丁在小说方面的理论和实践》，《文学研究》1957年第2期，第119页。
③ 杨绛：《萨克雷〈名利场〉序》，《文学评论》1959年第3期，第103页。
④ 详见杨绛：《致读者》，《倒影集》，北京：人民文学出版社，1982年版，版权页后一页，目次页前一页。
⑤ 详见杨绛：《致读者》，《倒影集》，北京：人民文学出版社，1982年版，版权页后一页，目次页前一页。
⑥ 杨绛：《致读者》，《倒影集》，北京：人民文学出版社，1982年版，版权页后一页，目次页前一页。
⑦ 据2002年7月18日刘梅竹与杨绛的电话访谈记录稿。引文引自刘梅竹的法文博士论文，第391—392页。

实际上，杨绛心目里或理想中的小说只不过是，通过塑造能体现人生普遍的情感和经验的人物，通过打造能表达普遍真理的虚构的故事，来为读者"加添阅历，增广识见"①，启悟智慧——所谓"更高的愿望"："假如您看完（我的小说）后，觉得还有点儿意思，时间消耗得不算无谓，那就是我更高的愿望。"②"读者关切的是活的人，真的事。读一部小说，觉得世上确有此等事，确有此等人，就恍如身入其境，仿佛《黄粱梦》里的书生，经历一番轮回，对人世加深了认识。"③"奥斯丁不正面教训人，只用她智慧的聚光灯照出世间可笑的人、可笑的事，让聪明的读者自己去探索怎样才不可笑，怎样才是好的和明智的。梅瑞狄斯认为喜剧的笑该启人深思。奥斯丁激发的就是启人深思的笑。"④"因为作者不加解释，读者仿佛亲自认识了世人，阅历了世事，有所了解，有所领悟，觉得增添了智慧。所以虽然只是普通的人和日常的事，也富有诱力；读罢回味，还富有意义。"⑤

正因为在小说的结构和处理方式上，在对格调、功用等多方面的看法上，杨绛与英国小说家奥斯丁气味相投，她才与后者大有知己之感。在这个意义上，杨绛对奥斯丁如下的八字考语何尝不适用于奥斯丁的小说，何尝不是某种程度的自况：

> 从这类严肃认真的文字里，可以看出奥斯丁那副明辨是非、通达人情的头脑（common sense）。⑥

而这无形中也就使得《有什么好？——读奥斯丁的〈傲慢与偏见〉》一文，成了通向杨绛本人文心的不可多得的一把钥匙或一条路径。对此，有的论者其

---

① 杨绛：《补"五点文"》，《关于小说》，北京：生活·读书·新知三联书店，1986 年版，第 112 页。

② 杨绛：《致读者》，《倒影集》，北京：人民文学出版社，1982 年版，版权页后一页，目次页前一页。

③ 杨绛：《事实——故事——真实》，《关于小说》，北京：生活·读书·新知三联书店，1986 年版，第 11 页。

④ 杨绛：《有什么好？——读奥斯丁的〈傲慢与偏见〉》，《关于小说》，北京：生活·读书·新知三联书店，1986 年版，第 65 页。

⑤ 杨绛：《有什么好？——读奥斯丁的〈傲慢与偏见〉》，《关于小说》，北京：生活·读书·新知三联书店，1986 年版，第 76 页。

⑥ 杨绛：《有什么好？——读奥斯丁的〈傲慢与偏见〉》，《关于小说》，北京：生活·读书·新知三联书店，1986 年版，第 64 页。

实早有同感："以前读过《干校六记》，读过《将饮茶》，深喜它们蕴藉而朴茂，觉得那些文章写得不怨不怒而自有深情，宽厚又极其严正，虽无歌颂批斥但是去取分明，而且也正用得着奥斯丁的那句话：'笔下闪耀着机智与幽默。'我突然发现，古今中外的这两位作者，在风格和气质上竟如此相似，怪不得此文 ① 所作的分析能那样丝丝入扣！" ②

大致说来，**杨绛描画奥斯丁的"明辨是非、通达人情"八字考语可以视为杨绛对一名小说家的良知或素质的一种自觉，而"阅世启智"这四个字则可以作为杨绛的小说写作功用论的一个简明概括**。实际上，从前文所列举的杨绛的种种言说里可以窥知，杨绛虽然不愿意很张扬地在自己的小说里宣说意义和教训，也不愿意对小说的意义和功用做特别明确的申说，但她基本上还是认同西班牙小说家塞万提斯在小说《堂吉诃德》里，对"好戏"（可以泛指好的文艺，包括小说）的功用的如下一番综合或归纳的：

> 在一出精心结构的戏里，诙谐的部分使观客娱乐，严肃的部分给他教益，剧情的发展使他惊奇，穿插的情节添他的智慧，诡计长他识见，鉴戒促他醒悟，罪恶激动他的义愤，美德引起他的爱慕。随他多蠢的人，看了一出好戏心里准有以上种种感受。若说一出戏具备了这些因素，反不如不具备更能娱目快心，那万无此理。 ③

倘若加上塞万提斯这里所界定的为杨绛所心领神会的"娱目快心"四个字，那么，前文对杨绛的小说写作功用论所做的四字概括，则可进一步完善为"娱目快心、阅世启智"八个字——前者相当于杨绛所说的"最卑微的愿望"，后者相当于杨绛所说的"更高的愿望"。

---

① 这句引文里的"此文"指杨绛的《有什么好？——读奥斯丁的〈傲慢与偏见〉》一文。

② 谷林：《〈关于小说〉的闲话》，《读书》1988年第2期，第102页。

③ ［西班牙］塞万提斯：《堂吉诃德（上）》，杨绛译，北京：人民文学出版社，1978年版，第439页。塞万提斯这段文字除了最后一句之外，曾被杨绛在《斐尔丁的小说理论》一文当中引用过（详见杨绛：《斐尔丁的小说理论》，《春泥集》，上海：上海文艺出版社，1979年版，第87页）。这段话最早出现在杨绛的《斐尔丁在小说方面的理论和实践》一文中时，因系当时尚未开始学习西班牙文的杨绛从英译本转译，措辞与杨绛的这段西班牙语译文有很大差别："好的喜剧，幽默使观客好笑，真理增他的智慧，情节使他惊奇，议论使他聪明，表演的种种罗网陷阱使他警惕，所设的榜样使他谨慎；他走出戏院，心上爱的是美德，恨的是罪恶。这是好喜剧对观客的影响。"（杨绛：《斐尔丁在小说方面的理论和实践》，《文学研究》1957年第2期，第119页；该页脚注5的说明是："见第一部第四十八章，浦德能英译本第一册四三〇———页……"）

第四章　杨绛的小说翻译理念与理论

第一节　翻译理念与理论流变：从"信、达、雅"①
到传"神"入"化"

一　从严复的"译事三难"② 说开来

早在 1896 年发表的《天演论·译例言》里，开中国近代翻译理论先河的严复（1854③—1921）便将"信、达、雅"称为"译事三难"。与之对应的英文词则一般被译为 faithfulness、expressiveness 和 elegance。笔者以为，将 elegance 置换为 gracefulness 似更贴切——不仅更优美雅驯，也更合宜得体；同时，也在构词形式乃至词的物理长度上，与其他两个英文词更相匹配。

这"三难"无疑意味着翻译工作者需要努力企及的标杆，因而也就在很大程度上，约定俗成地构成了翻译工作事实上的普泛标准。

对"信、达、雅"这三个字含义的认识一直都比较庞杂多歧、难求统一，但大致可按照其基本的字面意思，得出为各方所认可的一般性理解：信，是"信史""信而有征"里的"信"，是起笔翻译时对原文的诚敬、尊重和严格依循——堪称翻译的诚信与精准度标准；达，是"辞，达而已矣"④"词不达意"乃至"传达沟通"里的"达"，是史家所谓"清通"，包括基本意思、口吻以及言外之意——堪称翻译的文字功力与传达能力标准；雅，是"雅驯""雅正"里的"雅"，

---

① 所谓"信、达、雅"，也即下文所指称的"译事三难"。

② 对所谓"译事三难"，严复的具体表述是："一、译事三难：信、达、雅。求其信已大难矣！顾信矣不达，虽译犹不译也，则达尚焉。"详见严复：《天演论·译例言》，《翻译通讯》编辑部编《翻译研究论文集（1894—1948）》，北京：外语教学与研究出版社，1984 年版，第 6—7 页（本注中引文引自第 6 页）。

③ 一说 1853 年。

④ 孔子语。原文为："子曰：'辞，达而已矣。'"（《论语·卫灵公》）

是文笔的规范、合宜、得体和高妙，是孔子（前551—前479）所谓"辞欲巧"[①]——堪称翻译的艺术风格（语言、语体和行文）与美感标准。

纵观中国近现代纷杂的翻译理念与理论，与严复所概括的"信、达、雅"翻译理念最为接近的，当是林语堂（1895—1976）所提倡的"忠实、通顺、美"三条标准。[②]乍看上去，林语堂的这三条标准恰似严复的三条标准的注释版（林语堂自己也说过："这翻译的三重标准，与严氏的'译事三难'大体上是正相比符的。"[③]）。然而，林语堂的标准其实有着自己特定的指向："忠实"是对原著者的责任，涉及的是对原文的态度；"通顺"是对译文（中文）读者的责任，涉及的是对译文（中文）的态度，"美"则是对艺术的责任，涉及的是对艺术文（所谓诗文戏曲）的态度。[④]

虽然"信""达"和"雅"三者都很重要，但"达"的作用明显最为关键。它起的是承前启后的桥梁作用：**没有"达"，就谈不上"信"；没有"达"，"雅"也无从落到实处。因而，"信"与"达"、"达"与"雅"都应该作为一个整体的或贯穿的过程来看。**孔子一句看似轻描淡写的"辞，达而已矣"的经典论说所反映的，正是"达"的关键和难为。"达"无疑是为文（包括翻译）的最低标准，很大程度上，也被相当一部分人认为是为文的最高标准。

不过，若从所获争议的多与寡来看，则"雅"又首当其冲。对"雅"的理解也一直存在着很大的分歧：有人认为是指译文在语言选择和体式安排上的恰切、巧妙，有人认为是指译文在整体行文风格上的得体、统一，有人认为是指译文文笔的流畅、典雅和优美，有人认为是指译文有相当高的文学或艺术价值（如郭沫若就曾于1955年说过："所谓'雅'，不是高深或讲修饰，而是文学价值或艺术价值比较高。"[⑤]）……不一而足。

譬如，本书的讨论对象杨绛在其《失败的经验（试谈翻译）》一文的末了儿，就也特意谈到了"雅"："末了我要谈谈'信、达、雅'的'雅'字。我曾以为翻译只求亦信亦达，'雅'是外加的文饰。最近我为《堂吉诃德》第四

---

① 《礼记·表记》中载有孔子语"情欲信，辞欲巧"。
② 详见林语堂：《论翻译》，罗新璋编《翻译论集》，北京：商务印书馆，1984年版，第418页。
③ 林语堂：《论翻译》，罗新璋编《翻译论集》，北京：商务印书馆，1984年版，第418页。
④ 详见林语堂：《论翻译》，罗新璋编《翻译论集》，北京：商务印书馆，1984年版，第418页。
⑤ 郭沫若：《关于翻译标准问题》，罗新璋编《翻译论集》，北京：商务印书馆，1984年版，第500页。

版校订译文，发现毛病很多，有的文句欠妥，有的辞意欠醒。我每找到更恰当的文字或更恰当的表达方式，就觉得译文更信更达、也更好些。'好'是否就是所谓'雅'呢？（不用'雅'字也可，但'雅'字却也现成）福楼拜追求'最恰当的字'（le mot juste）。用上最恰当的字，文章就雅。翻译确也追求这么一个标准；不仅能信能达，还要'信'得贴切，'达'得恰当——称为'雅'也可。我远远不能达到这个目标，但是我相信，一切从事文学翻译的人都意识到这么一个目标。"①

在这里，杨绛有如绝大多数也曾试图界定"雅"的过来人一样，花了不少力气说明自己对于"雅"的理解，但谈来谈去还是有如雾里看花、一片模糊，还是只能费劲地在远处绕来绕去，苦于不得其门而入。足见"雅"之难以蠡测或定规。而**杨绛总的意思无非是要强调，"'信'得贴切，'达'得恰当"既是"雅"的前提条件，也是"雅"的终极可能。或者说，"雅"是"信"和"达"做到了极处——由使用最适宜的字或词所达至的恰切得无以复加的行文状态——的结果。既是羚羊挂角、无迹可求，也是福至心灵、水到渠成。**

然而，不管"雅"雅得如何难以界定，有一点至少是可以肯定的：**就文学作品而言，无论你翻译得或自以为翻译得多么"信"，只要行文佶屈聱牙，让人读起来别别扭扭、味同嚼蜡、如咽苦药，那么你就无从谈"达"，更无从谈"雅"。**大多数人都会同意，朱生豪（1912—1944）的莎士比亚（William Shakespeare，1564—1616）戏剧译本和傅雷的巴尔扎克、罗曼·罗兰小说译本均堪称"达"和"雅"的典范——按照翻译家施康强的说法，这两位经典译作家的这些经典译本不仅早"已经是中国文学的一个组成部分，甚至影响了一些作家的写作风格"。② 而作家巴金译笔的流畅有致也曾被学人黄裳等称道不已——"字句好像流水一样从他的笔下倾泻出来……有自己的韵律、风致"③，也算得上是以"达"和"雅"见长。

问题在于，就像杨绛曾一度以为"雅"仅是外加的文饰而不以为意一样，"雅"乃至"达"也并不为以鲁迅为代表的以"信"为鹄的或旨归的译作家所

---

① 杨绛：《失败的经验（试谈翻译）》，《中国翻译》1986年第5期，第29页。

② 刘晋锋：《施康强：请把我当作散文作者》，《新京报》2005年3月31日，第C12版（"个人史"）。

③ 黄裳：《请巴金写字》，《珠还记幸》（修订本），北京：生活·读书·新知三联书店，2006年版，第294页。黄裳此文写于1984年。

重视。鲁迅曾这样说过："至于供给甲类的读者 ① 的译本，无论什么，我是至今主张'宁信而不顺'的。" ② "译得'信而不顺'的至多不过看不懂，想一想也许能懂；译得'顺而不信'的却令人迷误，怎么想也不会懂——如果好像已经懂得，那么你正是入了迷途了。" ③ "我要求中国有许多好的翻译家，倘不能，就支持着'硬译'。" ④ "自然，世间总会有较好的翻译者，能够译成既不曲，也不'硬'或'死'的文章的。那时我的译本当然就被淘汰，我就只要来填这从'无有'到'较好'的空间罢了。" ⑤

在最后这段文字里，鲁迅把自己的译作定位于从"无有"到"较好"之间，起过渡性的或桥梁的作用，显然不是单纯的、一般意义上的谦虚，而是诚心诚意地期待着未来那些"较好"的译本出现。而鲁迅所说的"宁信而不顺"的"硬译"——曾被梁实秋（1903—1987）等人贬为"死译"，其实也就是与所谓"意译"（或乃至颇具贬义色彩的"曲译"、"歪译"）相对的"……按板规逐句，甚而至于逐字译" ⑥ 的所谓"直译"。无独有偶，鲁迅的胞弟、作家周作人（1885—1967）也曾有过类似的主张："最好是逐字译，不得已也应逐句译……" ⑦

当然，世界上的事情历来仁者见仁、智者见智。令前文曾提及的以译文流畅有致或"达"和"雅"为人所称道的巴金最为心仪的，却恰恰是为梁实秋和赵景深（1902—1985）等人所诟病的鲁迅的"硬译"："好多年前我问过他 ⑧，中国最好的文学翻译作品是哪一部。他回答说是鲁迅先生译的《死魂灵》。" ⑨

---

① 这里的"甲类的读者"，乃是鲁迅所谓"很受了教育的"的大众，有别于那些略能识字的和识字无几的。

② 鲁迅：《二心集·关于翻译的通信》，《鲁迅全集》第4卷，北京：人民文学出版社，2005年版，第391页。

③ 鲁迅：《二心集·几条"顺"的翻译》，《鲁迅全集》第4卷，北京：人民文学出版社，2005年版，第352页。笔者对原文的标点做了优化处理。

④ 鲁迅：《南腔北调集·关于翻译》，《鲁迅全集》第4卷，北京：人民文学出版社，2005年版，第569页。

⑤ 鲁迅：《二心集·"硬译"与"文学的阶级性"》，《鲁迅全集》第4卷，北京：人民文学出版社，2005年版，第215页。

⑥ 鲁迅：《二心集·"硬译"与"文学的阶级性"》，《鲁迅全集》第4卷，北京：人民文学出版社，2005年版，第204页。

⑦ 周作人：《文学改良与孔教》。可参见陈子善、张铁荣编《周作人集外文》（上），海口：海南国际新闻出版中心，1995年版，第284页。1918年11月8日，周作人在答某君信中，这样概括他与鲁迅的直译主张："我以为此后译本……当竭力保存原作的风气习惯语言条理，最好是逐字译，不得已也应逐句译，宁可'中不像中，西不像西'，不必改头换面。"（原载于《新青年》5卷6号）

⑧ 这里的"他"指作家巴金。

⑨ 黄裳：《请巴金写字》，《珠还记幸》（修订本），北京：生活·读书·新知三联书店，2006年版，第294页。

就事论事，巴金对鲁迅译笔的这份推崇着实耐人寻味——可能不仅仅是出于对鲁迅的尊重，也不仅仅是基于人我不同的一种互补心理。

倘若从当前中国译坛的现状说起，那么，与整个社会与日俱增的浮躁风气有关的批量翻译（由一人"大包大揽"包工，众人"参差不齐"合作）乃至片面追求速度和经济效益等造成的粗制滥造、偷工减料和质量低下，则一定涉及"信"的问题了——也难怪法国文学学者罗新璋会从"译品"和"人品"的高度这样有感而发："名著复译，改头换面，鼠窃狗偷，不算本领。能译得比'江声浩荡'（Le grondement du fleuve）更加浩荡，后来而确乎居其上，读者自会佩服，潇洒地扔弃傅雷的译品与人品！"[①] 而目前市面上流行的某些所谓"全译本"说到底，不过是用以招徕的耀眼幌子而已。它们从一个侧面，反映了当下中国翻译界与"信"相关的问题的严重性。

二　朱生豪、傅雷的传"神"与钱锺书的入"化"

"信、达、雅"作为所谓"译事三难"，虽然触及了译学或翻译理论的一些本质问题，但严格说来，不可能穷尽翻译特别是文学翻译作为学问的所有烦难和秘奥。**所谓翻译，实际上是把用外语写作的作品"传入"本土语言的文本环境里；而翻译的最高境界，也正在于在力避死板、僵硬、照猫画虎的同时，如何达致"传入"的神化之境——所谓传"神"入"化"。**

另一方面，"信、达、雅"作为各有侧重和相互关联的追求，说到底只是状态，只是水准或程度，而非境界——在整体上比较完美地做到了"信、达、雅"，正也意味着迈入了"传神入化"的理想境界。

中国现代翻译史上"传神入化"理念与理论的代表，是翻译家朱生豪、傅雷和学者兼作家钱锺书。

在1951年写成的《〈高老头〉重译本序》一文中，傅雷曾开门见山地指出："以效果而论，翻译应当象临画一样，所求的不在形似而在神似。"[②] 一如本书第一章曾约略提及过的，在译作《约翰·克利斯朵夫》的一开篇，傅雷便以

---

① 见罗新璋《傅译罗曼·罗兰之我见》一文附言。此文载于傅译《约翰·克利斯朵夫》等多处，亦见于傅敏编《傅雷谈翻译》，北京：当代世界出版社，2006年版。

② 傅雷：《〈高老头〉重译本序》，《翻译通讯》编辑部编《翻译研究论文集（1949—1983）》，北京：外语教学与研究出版社，1984年版，第80页。

一句因所谓逻辑性和准确度备受争议而又堪称不世绝唱的译文"江声浩荡，自屋后上升"① 先声夺人，不仅奠定了整部译作悠远、雄浑的基调和气势，也为自己的"神似"说提供了最完美、最简洁的注脚。

傅雷这句汉译的法文原文是 Le grondement du fleuve monte derrière la maison。这句话直译过来是"河的轰鸣自屋后上升"，或是"大河轰鸣，自屋后上升"。这一翻译好在自然押韵，朗朗上口，文从字顺，紧扣原文，但无论如何，都缺乏傅雷原译的那种铿锵、空灵、悠扬的音乐质感和庄严、肃穆、壮观的庞大气势。翻译家施康强在将这句法文的几个中文译本一一比对之后，显然也还是更为认可傅雷的译笔："读过傅译《约翰·克利斯朵夫》的人，必定记得开头那句话："江声浩荡，自屋后升起。'② 就这句话而言，好比在崔颢之后登黄鹤楼赋诗，要超过前人是很难的。许渊冲先生译作：'江流滚滚，震动了房屋的后墙。'韩沪麟先生的版本为：'屋后江河咆哮，向上涌动。'天津版本的译者大概苦于'眼前有景道不得，崔颢题诗在上头'，索性不译这一句。哪一种译文更具浩荡的气势，不言自明了。"③

《约翰·克里斯托夫》（*Jean-Christophe*）译本的译者是许渊冲。在 2002 年所写的《译序》中，他曾这样夫子自道："《约翰·克里斯托夫》第一句，傅雷译成'江声浩荡，自屋后上升'。有人说是译文胜过了原文，有人却说声音不能浩荡，我看如果说'江流滚滚，声震屋后'，也就可以算是译笔生花了。"④ 还有人通过采访许渊冲，对傅雷译本和许渊冲译本的区别做出了这样的解说："他⑤ 的感受是在前人翻译的基础上再进了一步。如文中有一句，傅雷翻译成'江声浩荡'，而许老则翻译成'江流滚滚'，因为'滚滚'的发音与法语原文的发音相近。"⑥

凡此种种，的确能见出后译者如许渊冲的良苦用心，但从效果上看，这一名句的许渊冲中译文本（也包括施康强所提及的其他译者的汉译版本）还是气

---

① ［法］罗曼·罗兰：《约翰·克利斯朵夫》，傅雷译，海拉尔：内蒙古文化出版社，1996 年版，正文第 2 页。

② "升起"系"上升"之误。

③ 施康强：《文学翻译：后傅雷时代》，《文汇报》2006 年 10 月 16 日，第 11 版。

④ 许渊冲：《译序》，载于［法］罗曼·罗兰：《约翰·克里斯托夫》，许渊冲译，北京：北京燕山出版社，2005 年版，第 6 页。

⑤ 此处的"他"指被采访对象许渊冲。

⑥ 罗淑萍、洪蔚：《有感于"诗译英法唯一人"许渊冲》，《科技英语学习》2004 年第 4 期，第 39 页。

势不足，还是远远无法和傅雷的中译文本相提并论。同时，**若严格从词义本身来说，"浩荡"一词主要形容水势浩大，似乎的确与声音无涉，"江声浩荡"的组词因而也似乎的确有所谓逻辑性问题，但若从诗或通感的角度来看，"江声"当然是可以"浩荡"的——无论是"浩"字还是"荡"字（尤其是后者），都饱含着声音的韵味和质感，完全能烘托或淋漓出江或河波涌浪滚时所发出的铿锵水声。尤为重要的是，"江声浩荡，自屋后上升"所形成的沛然气场和综合美感迄今仍是其他译者的译文无可比拟的。**

与傅雷的"神似"说堪称异曲而同工的，是中国莎士比亚戏剧翻译的"重镇"——英年（32 岁）早逝的朱生豪信奉的"神韵"说。二者强调的其实都是传"神"。在 1944 年写成的《〈莎士比亚戏剧全集〉译者自序》一文中，朱生豪这样写道："余译此书之宗旨，第一在求于最大可能之范围内，保持原作之神韵，必不得已而求其次，亦必以明白晓畅之字句，忠实传达原文之意趣；而于逐字逐句对照式之硬译，则未敢赞同。"[①] "拘泥字句之结果，不仅原作神味，荡焉无存，甚且艰深晦涩，有若天书，令人不能卒读，此则译者之过……"[②] 根据如上两段话的具体语境来判断，再考虑到汉语里本就有"韵味"的说法，朱生豪后一段话里的"神味"一词与前一段话里的"神韵"一词其实是一回事。

追本溯源，作家茅盾（1896—1981）早在 20 世纪 20 年代时，便曾着力推崇过文学翻译的"神韵"说。1921 年 2 月 10 日，向来主张直译的茅盾在《小说月报》上发表了《新文学研究者的责任与努力》一文，强调翻译作品的"艺术的要素"或"艺术色"，并认为："文学作品最重要的艺术色就是该作品的神韵。"[③] 他紧接着以具体作品为例指出，所谓"艺术色"或"神韵"，其实也就是各类作品特定的"色"调、"音"调、"神气"或"句调"："如果能不失这些特别的艺术色，便转译亦是可贵；如果失了，便从原文直接译出也没有什么可贵。不朽的译本一定是具备这些条件的，也惟是这种样的译本有文学

---

① 朱生豪：《〈莎士比亚戏剧全集〉译者自序》，载于吴洁敏、朱宏达：《朱生豪传》，上海：上海外语教育出版社，1990 年版，第 264 页。

② 朱生豪：《〈莎士比亚戏剧全集〉译者自序》，载于吴洁敏、朱宏达：《朱生豪传》，上海：上海外语教育出版社，1990 年版，第 263 页。

③ 郎损（茅盾）：《新文学研究者的责任与努力》，开封师范学院语文系现代文学教研室编《中国现代文学论文选集》，郑州：河南人民出版社，1957 年版，第 42 页。此文原载《小说月报》第 12 卷，第 2 号（1921 年 2 月 10 日）。

的价值。"①

在同年 4 月发表的《译文学书方法的讨论》一文中，茅盾又进一步指出："翻译文学之应直译，在今日已没有讨论之必要；但直译的时候，常常因为中西文字不同的缘故，发生最大的困难，就是原作的'形貌'与'神韵'不能同时保留。"②"就我的私见下个判断，觉得与其失'神韵'而留'形貌'，还不如'形貌'上有些差异而保留了'神韵'。文学的功用在感人……而感人的力量恐怕还是寓于'神韵'的多而寄在'形貌'的少；译本如不能保留原本的'神韵'，难免要失了许多感人的力量。"③

茅盾之后，有关翻译与"神韵"的关系的讨论不绝如缕。譬如，1929 年，陈西滢（1896—1970）在《论翻译》④、曾虚白（1895—1994）在《翻译中的神韵与达》等文中，就都曾对"神似"和"神韵"等概念做过探讨。像曾虚白就认为："所谓'神韵'者，并不是怎样了不得的东西，只不过是作品给予读者的一种感应。"⑤"我以为翻译的标准……只有一端，那就是把原书给我的感应忠实地表现出来。"⑥"他的笔若能把他所认识的'神韵'巧妙地表现出来，他就尽了翻译的能事。"⑦再譬如，当代翻译家王以铸 1951 年也曾发表《论神韵》一文，将"神韵"同法文的 nuance⑧ 一词以及王国维的"境界"说联系在一起。⑨

在"神似""神韵"之外，直接将"传神"与翻译联系在一起的，是作家

---

① 郎损（茅盾）：《新文学研究者的责任与努力》，开封师范学院语文系现代文学教研室编《中国现代文学论文选集》，郑州：河南人民出版社，1957 年版，第 42 页。

② 茅盾：《译文学书方法的讨论》，罗新璋编《翻译论集》，北京：商务印书馆，1984 年版，第 337 页。此文原载于《小说月报》第 12 卷，第 4 号（1921 年 4 月 10 日）。

③ 茅盾：《译文学书方法的讨论》，罗新璋编《翻译论集》，北京：商务印书馆，1984 年版，第 337 页。

④ 陈西滢：《论翻译》，罗新璋编《翻译论集》，北京：商务印书馆，1984 年版，第 400—408 页。原载于《新月》第 2 卷，第 4 期（1929 年 8 月）。

⑤ 曾虚白：《翻译中的神韵与达——西滢先生〈论翻译〉的补充》，罗新璋编《翻译论集》，北京：商务印书馆，1984 年版，第 410 页。原载于《真美善》第 5 卷，第 1 期（1929 年 11 月）。

⑥ 曾虚白：《翻译中的神韵与达——西滢先生〈论翻译〉的补充》，罗新璋编《翻译论集》，北京：商务印书馆，1984 年版，第 412 页。

⑦ 曾虚白：《翻译中的神韵与达——西滢先生〈论翻译〉的补充》，罗新璋编《翻译论集》，北京：商务印书馆，1984 年版，第 413 页。

⑧ nuance 是细微差别的意思，英文里也有这个词。

⑨ 王以铸：《论神韵》，罗新璋编《翻译论集》，北京：商务印书馆，1984 年版，第 567—571 页。原载于《翻译通报》1951 年第 3 卷第 5 期。

兼翻译家林语堂。他1933年写成《论翻译》一文，[①] 明确主张"忠实须求传神"："忠实的第二义，就是译者不但须求达意，并且须以传神为目的。译成须忠实于原文之字神句气与言外之意……'字神'是什么？就是一字之逻辑意义以外所夹带的情感上之色彩，即一字之暗示力。"[②] 不难看出，林语堂所要传的"神"无非是所谓"字神""句气"与"言外之意"。它们和茅盾所要传达的以所谓"色"调、"音"调、"神气"或"句调"等为内容的"艺术色"或"神韵"其实很接近。

要而言之，无论是专事文学翻译的傅雷和朱生豪，还是创作、译作并举的茅盾和林语堂，他们所秉持的翻译理念的共同特点是，轻"形"（茅盾所谓"形貌"，朱生豪所谓"拘泥字句"）重"神"（茅盾所谓"神韵""神气"，朱生豪所谓"神韵""神味"）。而也正因为对"神似"或"传神"的强调，他们一般也比较看低直译的效果，一如前引茅盾所论："……直译的时候，常常因为中西文字不同的缘故，发生最大的困难，就是原作的'形貌'与'神韵'不能同时保留。"

当然，认为"形似"亦不可或缺或"神似"以"形似"为前提的也一直大有人在——譬如，当代翻译家江枫在其1982年成文的《〈雪莱诗选〉译后追记》中，便特别看重"形似"，认为，"译诗，应该力求形神皆似"[③]，"因为无可辩驳的事实是，神以形存，失其形者也势必亡其神"[④]。"卞之琳的译论……似乎可以概括为：'亦步亦趋，刻意求似，以似致信。'求似，处于核心位置。这个似，理想的标准自然是形神兼备，而在方法上，由于诗歌艺术的规律性特点，如果一定要分先后，首先是力求形似。形似，而后神似；得形，方可传神"[⑤]。

值得特别指出的是，在大多数场合里，有关"形""神"包括"神韵"的谈论往往也都与诗歌的翻译相关。

---

① 《论翻译》一文系林语堂为吴曙天编著的《翻译论》（上海：光华书局，1937年版）一书所作的序，后被收入其《语言学论丛》一书。

② 林语堂：《论翻译》，罗新璋编《翻译论集》，北京：商务印书馆，1984年版，第425页。

③ 江枫：《译诗，应该力求形神皆似——〈雪莱诗选〉译后追记》，《外国文学研究》1982年第2期，第13页。此文亦曾被收入《江枫论文学翻译自选集》，武汉：武汉大学出版社，2009年版，第1—12页。

④ 江枫：《译诗，应该力求形神皆似——〈雪莱诗选〉译后追记》，《外国文学研究》1982年第2期，第14页。

⑤ 江枫：《以"似"致"信"的译诗道路——卞之琳译诗艺术浅识》，《江枫论文学翻译及汉语汉字》，北京：华文出版社，2009年版，第43页。

1964 年，通过在《文学研究集刊》上发表《林纾的翻译》一文，钱锺书提出了"文学翻译的最高标准是'化'"[①] 的主张。即"把作品从一国文字转变成为另一国文字，既能不因语文习惯的差歧而露出勉强造作的痕迹，又能完全保存原有的风味，那就算得入于'化境'。十七世纪有人比这种境界为'转世还魂'（transmigration of souls），躯壳换了一个，而精神姿致依然故我"[②]。

钱锺书本人虽然并没有什么完整的、大部头的译作，但他不仅参与过毛泽东（1893—1976）的文章和诗词选集的英译与定稿工作，在其《谈艺录》和《管锥编》等著作里，也到处可见他的汉译或西译文字。钱锺书最为人称道的生花妙"译"之一是，将汉语成语"吃一堑，长一智"译成英文 a fall into the pit, a gain in your wit（这句英文可直译为"跌入陷阱一回，智慧见长一截"），算得上是其"化境"说不可多得的一个最佳诠释和例证："1950 年 8 月，钱锺书奉调进城，到中共中央毛泽东选集英译委员会参加翻译毛选。委员会主任是清华 1924 年毕业的徐永煐……徐永煐很器重老学长、哲学家金岳霖，《实践论》、《矛盾论》翻译中遇到重大疑难，往往请他定夺。金岳霖有次碰到一句成语'吃一堑，长一智'，不知怎么翻译是好，便请教钱锺书。锺书几乎不假思索地脱口而出道：/A fall into pit, /A qain in your wit.[③] 对仗工整，押韵也很巧妙；形音义俱备，令人叫绝。"[④]

无论是以朱生豪和傅雷等为代表的"传神"说（举凡"神韵""神味"或"神似"等概念，无非是传神入神、尽得神髓），还是钱锺书的"化境"论，强调的都是翻译的动态美感和传神入化境界。虽然有人把"化境"论视为"传神"说的推进，笔者更愿意把两者看成是一体的。道理很明显，无论是上举钱锺书引文里所推崇的"风味"，还是"精神姿致"，都与"传神"说里的"神""神韵"或"神味"等气质相类、一脉相承。

譬如，翻译家施康强就认为傅雷不仅提倡和追求翻译的"化境"，其法国小说译作也确实达到了"化境"："我们这一代的法国文学翻译家（年龄约从

---

① 钱锺书：《林纾的翻译》，《文学研究集刊》编辑委员会编《文学研究集刊》第 1 册，北京：人民文学出版社，1964 年版，第 1 页。此文 1985 年被作者收入《七缀集》后，不断被修订和改动。

② 钱锺书：《林纾的翻译》，《文学研究集刊》编辑委员会编《文学研究集刊》第 1 册，北京：人民文学出版社，1964 年版，第 1—2 页。

③ 两个大写的字母 A 宜换成小写的 a（起码第二个 A 必须换）。pit 前落了冠词 a 或 the。qain 字应是 gain 字之误。

④ 吴学昭：《听杨绛谈往事》，北京：生活·读书·新知三联书店，2008 年版，第 252—253 页。

五十岁到七十岁）或多或少都是傅雷的私淑弟子。我们最早接触的法国文学作品是傅译巴尔扎克。后来学了法文，对翻译有兴趣，对照原文精读的往往是一部傅译。我们折服于译者理解的准确和表达的精当，有时我们觉得自己不是在读一部翻译小说，而是一位中国作家在为我们讲述一个法国故事。傅雷不仅提倡，也确实达到了'化境'。他的译文完全可以看作汉语文学遗产的一个组成部分。"①

　　必须特别提请注意的是，钱锺书所说的"化"绝非欧化（西化），亦非汉化（中化），而是指化境，也即商务印书馆《现代汉语词典》第5版所定义的"极其高超的境界"。此外，一如钱锺书所曾指出，"化"与"讹"之间虽仅只一个偏旁的不同，却导致了两种截然相反的效果，但也正说明了"化"作为境界的高难："'译'、'诱'、'媒'、'讹'、'化'：这些一脉通连、彼此呼应的意义组成了研究诗歌语言的人所谓'虚涵数意'（plurisignation），把翻译能起的作用、难于避免的毛病、所向往的最高境界，仿佛一一透示出来了。"② 事实上，"化"与"讹"的纠结既直指"化"的歧途或陷阱，也让人思考误读乃至误译可能隐含的正面意义："而'讹'里最具特色的成分③ 正出于林纾本人的明知故犯。也恰恰是这部分的'讹'能起一些抗腐作用，林译因此而可以免于全被淘汰。"④

　　持平而论，无论是傅雷和钱锺书等为代表的"传神入化"派，还是卞之琳和江枫等为代表的"形似"派，他们双方的翻译理念实际上存在着重合之处，即都以"形""神"兼备为最高境界——按茅盾的理想，就是能同时保留原作的"形貌"与"神韵"；按前引江枫所论，就是"理想的标准自然是形神兼备"。而他们双方翻译理念的差异之处则主要在于，前者更侧重"神似"，后者则以"形似"为坚守的核心。"传神入化"派坚持认为，以拘泥字句的直译或硬译来追求"形似"的结果是，"不仅原作神味，荡焉无存，甚且艰深晦涩，有若天书，令人不能卒读"（前引朱生豪语）。"形似"派则坚持认为，"神以形存"，"形似，而后神似；得形，方可传神"（前引江枫语）。在无法做到形神兼备的情况下，

---

①　施康强：《文学翻译：后傅雷时代》，《文汇报》2006年10月16日，第11版。

②　钱锺书：《林纾的翻译》，《文学研究集刊》编辑委员会编《文学研究集刊》第1册，北京：人民文学出版社，1964年版，第1页。

③　即钱锺书本人所谓"增改的'讹'"。

④　钱锺书：《林纾的翻译》，《七缀集》（修订本），上海：上海古籍出版社，1994年版，第89页。

前者可以容忍"……'形貌'上有些差异而保留了'神韵'"（前引茅盾语），后者则毫不犹豫地认定"首先是力求形似"（前引江枫语）。

以体裁或所关注范围的宽窄而言，"形似"派主要讨论的是诗歌的翻译，在乎的是"诗歌艺术的规律性特点"，讲究的是诗应该首先是诗、像诗——也正是基于同样的原因，作家成仿吾（1897—1984）才会将所谓"理想的译诗"的四项条件的其中两个，特意规定为"应当自己也是诗"和"应取原诗的形式"；① "传神入化"派关注的则主要是一般性的文学翻译，并有向以叙事为重的文类倾斜的倾向。

以对读者和原作者的关系而论，"形似"派似乎更愿意向原作者负责，愿意对其"亦步亦趋，刻意求似，以似致信"（前引江枫所总结的卞之琳的诗歌翻译理念）；"传神入化"派则在力争"完全保存（原作）原有的风味"（前引钱锺书语）的前提下，似乎更在意译本读者的阅读感受或接受度，在乎译本的可读性，在乎译本"不因语文习惯的差歧而露出勉强造作的痕迹"（前引钱锺书语）。

第二节　"照模照样地表达"② 原作
——杨绛的小说翻译理念与理论

无论是从事小说译作还是从事小说写作，杨绛都与钱锺书一样，向来信奉"文章不惮改"的古训，每出一版（乃至每一次印刷）都会一改再改，力求精益求精："……我翻译的一字一句，往往左改右改、七改八改，总觉得难臻完善……"③ 另一方面，她又往往会择善固执，不仅始终如一地坚守着自己朴直、平实的翻译风格——**把书卷气的文雅、精致和口语化的随和、自然这两个貌似对立的因素相当理想地交融于一体**，也身体力行地坚持自己长期体验和积淀下来的谨严平实的翻译准则。

---

① 详见成仿吾：《论译诗》，罗新璋编《翻译论集》，北京：商务印书馆，1984 年版，第 384 页。原载《创造周报》第十八号（1923 年 9 月 9 日出刊）。

② 杨绛曾说过："……一切翻译理论的指导思想，无非把原作换一种文字，照模照样地表达。原文说什么，译文也说什么；原文怎么说，译文也怎么说。"引文引自杨绛：《失败的经验（试谈翻译）》，《中国翻译》1986 年第 5 期，第 23 页。

③ 杨绛：《失败的经验（试谈翻译）》，《中国翻译》1986 年第 5 期，第 23 页。

在译名的翻译问题上，杨绛就曾经这样表述过自己的主张："我最厌恶翻译的名字佶屈聱牙，而且和原文的字音并不相近，曾想大胆创新，把洋名一概中国化，历史地理上的专门名字也加简缩，另作'引得'或加注。"① 这一主张固然曾引起董乐山共鸣，② 但更遭到过傅雷的否决。对于傅雷的异议，杨绛虽一直感到困惑，想找机会好好向傅雷请教缘由而不得，但她在翻译实践中却还是我行我素，不为所动。

譬如，在她最早的小说译作《小癞子》里，她就把化自《圣经·新约全书》（the New Testament）的《路加福音》（Luke 16:19–31）或《约翰福音》（John 11:41–44）的乞丐拉撒路（Lazarus）的拉萨罗（Lázaro）或小拉萨罗（拉萨里略）（Lazarillo）这个人物名，汉化成了道地中国味儿的"癞子"或"小癞子"；在晚年翻译《斐多》时，她依旧不改初衷，再次把原文中那些较长的名字都"大胆尽量简化了"——不过，她也仍然能坚守谨慎周到的原则，每个名字不论简化与否，最初出现时都附上了原译的英文译名。③

以文学翻译的理念与理论为旁观视角，肯定有助于触类旁通、举一反三地感知杨绛的文学写作理念与理论。但也必须承认，要系统全面地切入和了解杨绛的翻译理念与理论，实在远非易事。这是因为，杨绛尽管如前文所述，很早便开始涉足翻译，并陆陆续续翻译了包括《堂吉诃德》在内的几部广为流传的世界名著，但她直接谈翻译的体会、理念与理论的文字却实在并不多。大略而言，她的翻译理念与理论主要体现在其译作的序言（如《孝顺的厨子——〈堂吉诃德〉台湾版译者前言》④）、和友人（如李景端等）的对话（通信和电话），⑤以及《失败的经验（试谈翻译）》⑥一文当中。

严格说来，杨绛集中地直接谈论翻译的文章只有两篇：一是发表于1986

---

① 杨绛：《〈傅译传记五种〉代序》，《读书》1982年第4期，第105页。

② 详见董乐山：《译名改革刍议（译余废墨）》，《读书》1984年第7期，第116—119页。此文后被收入《董乐山文集》第2卷，并被截成两个短篇——《翻译甘苦·译名改革刍议》（第115—117页）和《译余废墨·"总统英语"》（第206—207页）。

③ 详见杨绛：《斐多·译者前言》，《杨绛文集》第8卷，北京：人民文学出版社，2004年版，第289—290页。

④ 参见杨绛：《孝顺的厨子——〈堂吉诃德〉台湾版译者前言》，《杨绛文集》第4卷，北京：人民文学出版社，2004年版，第200页。

⑤ 例如，可参见杨绛：《杨绛致李景端的信（摘录）》，《出版史料》2004年第2期，第27—29页。

⑥ 杨绛：《失败的经验（试谈翻译）》，《中国翻译》1986年第5期，第23—29页。

年的《失败的经验（试谈翻译）》，一是发表于 2002 年的《记我的翻译》。后者只是杨绛翻译生涯的一个简略的自我回顾。

《失败的经验（试谈翻译）》一文作为杨绛唯一的一篇正式地详尽谈论文学（小说）的翻译艺术和技巧的论文，得到了包括金圣华、郭宏安和李景端等在内的译界相当一批行家里手的重视和推崇，[①] 值得深入研读和讨论。大家不仅欣赏这篇文章建立在扎实的翻译实践与经验之上的言之有物，也盛赞作者以"失败的经验"为篇名的低调和谦逊："以翻译西班牙经典名著《小癞子》及《堂吉诃德》而获得西班牙'智慧国王阿方索十世勋章'的名家杨绛，曾发表一篇讨论翻译的力作，却采用了一个最谦虚的题目：《失败的经验——试谈翻译》。她深信理论是从经验中归纳出来的。"[②] "她还说，她把翻译《堂吉诃德》中的体会，曾经写过一篇题为《失败的经验》的长文章发表，建议我找来看看。/ 随后，我真的认真拜读了这篇文章，深感这应该说是成功翻译经验的好文章，杨先生说它'失败'，不过是她的谦虚罢了。"[③]

然而据称，在最初构想此文时，杨绛拟用的名字本是所谓《慢镜头下的剖析》——一个偏于中性的题名，谈不上谦虚与否："还记得 1985 年我以香港翻译学会执委身份，随团访问北京译界人士时，在社科院的接待会议中，正好坐在杨绛身旁。那时候，她就告诉我要写一篇文章，把自己翻译《堂吉诃德》的心得如实记录下来。她说这篇文章的篇名将会是《慢镜头下的剖析》。"[④] 杨绛后来在《失败的经验（试谈翻译）》这篇文章中，也的确好几次都使用了"慢镜头"这样的字眼儿，如全文倒数第二自然段就有这样一句话："从慢镜头下解释，把原文分成短句又重新组合的阶段，加入另一种文字的译文，就打乱了条理，因为西方语言的文字尽管相近，文法究竟各有差异。"[⑤]

---

① 详见郭宏安：《"一句挨一句翻"——读〈杨绛文集·翻译的技巧〉》，《中华读书报》2004 年 11 月 3 日；金圣华：《〈齐向译道行〉二十三：翻译中的"点烦"与"添烦"》，《英语世界》2005 年第 11 期，第 123 页。后者还将杨绛的《失败的经验（试谈翻译）》一文收入与黄国彬共同主编的《因难见巧——名家翻译经验谈》一书。

② 金圣华：《认识翻译真面目——有关翻译本质的一些反思》（香港中文大学翻译学讲座教授金圣华教授二〇〇〇年十二月十二日就职演讲辞），http://www.cuhk.edu.hk/puo/prof/jin/jin.htm；http://www.self-learning-college.org/forum/viewtopic.php?p=638。

③ 李景端：《话说我国首部从西班牙文翻译的〈堂吉诃德〉》，《出版史料》2004 年第 2 期，第 29 页。

④ 金圣华：《〈齐向译道行〉二十三：翻译中的"点烦"与"添烦"》，《英语世界》2005 年第 11 期，第 121 页。

⑤ 杨绛：《失败的经验（试谈翻译）》，《中国翻译》1986 年第 5 期，第 29 页。

依常理揣度，杨绛之所以会想到要用《慢镜头下的剖析》这样一个题目，是因为她认为翻译像翻跟斗一样是快动作，必须用慢镜头将其一一分解，才能解释得清楚。[①]　而后来当这篇文章被收入 2004 年初版的《杨绛文集》时，其题名却多少有些令人意外地被改为《翻译的技巧》，印证了杨绛不善于给自己的文章起名字的"特短"[②]——本书第五章在谈到她的小说创作时，会对这一点详加论证。倒不是因为后来这个名字不像被替换的前一个那么"谦虚"了——谦虚与否本来也真的不在于如何措辞，而是因为它未免太过一般，落了俗套。

其实，细品之下，改过之前的篇名"失败的经验"也并非真的那么经得起推敲——失败的经验说白了是什么？不就是教训吗？那何不径直以《翻译的教训》为题，岂不来得更为平实而直接？而若是把"失败的经验"这个题名拿给一些在文字上爱较真儿的人（如《咬文嚼字》杂志的编辑们）来评判，他们多半会老实不客气地把它究诘为语病——被《现代汉语词典》（商务印书馆第 5 版）定义为"由实践得来的知识或技能"的"经验"一词既然明显是正向的，是褒义词，就不能由"失败"一词来修饰，造成语义上的矛盾。这自然有可能是杨绛后来不得不对题名进行改换的真正因由——来自读者们的质疑和提醒肯定应该是存在的。[③]

当然，动态的语言本身并不是一本无法与语言的流变精确同步的字典能够完全体现、约束或规范的。特别是，在白话文发展的早期阶段，类似"失败的经验"这样看似矛盾的吊诡表述其实并不鲜见：譬如，早在 1933 年，鲁迅就也曾在其《经验》一文中，使用过与杨绛的"失败的经验"提法相类似的"坏经验"这样的说法，来指称"各人自扫门前雪，莫管他家瓦上霜"一类"经过许多人经验之后，倒给了后人坏影响"的教训；[④]　而与鲁迅的提法几乎同时（1932 年），茅盾更是在其《我的回顾》一文中，直接使用了"失败的经验"的提法："每逢翻读自家的旧作，自己看出了毛病来的时候，我一方面万分惭愧，而同时另一方面却长出勇气来，因为居今日而知昨日之非，便是我的自我批评的工夫有了进展；我于是仔细地咀嚼我这失败的经验，我生气虎虎地再来

①　详见杨绛：《失败的经验（试谈翻译）》，《中国翻译》1986 年第 5 期，第 23 页。

②　此处的"特短"为笔者的善意调侃，用为"特长"一词的反义词。

③　当然，杨绛只是将题名由《失败的经验》换成了《翻译的技巧》，却并未把正文里使用过几次的"失败的经验"这一提法换掉。

④　详见鲁迅：《南腔北调集·经验》，《鲁迅全集》第 4 卷，北京：人民文学出版社，2005 年版，第554—555 页。

动手做一篇新的。"①

无论如何，"翻译的教训"作为题名不仅要比"翻译的技巧"更为朴素、醒豁和大气，也不失杨绛一向谦冲、内敛的风格。但因为杨绛此文谈的绝不仅仅是值得记取的教训，也有对翻译的困难的深切感知和体会，更有货真价实的宝贵经验，所以，可能还是《翻译的失误与经验》《翻译的经验与遗憾》《翻译得与失》《我的翻译观》《翻译的困难》或乃至《试谈翻译》（原文的副标题）、《翻译说难》等题名来得更客观、更全面，也更有信息量。当然，无论题名取得是张扬还是谦退，是不无欠缺之处还是堪称允当，都无损于杨绛这篇文章本身的学术价值和可操作性。

《失败的经验（试谈翻译）》作为一篇不可多得的经典之作的意义在于，就像钱锺书对该文所下的断语"文章没有空论，却有实用"② 总结的，**它既源自作者多年的翻译实践和实感，又能上升到具有普适意义的诀要和原则的提炼；既对翻译实践具有提纲挈领的指导意义，又富于实例和可操作性**——在文章中，杨绛以自己在翻译实践中积累下来的许多成功的和不成功的例子来说明翻译的流程、甘苦和注意事项。

值得注意的是，杨绛这样理解翻译所包含的工序："翻译包括三件事：（一）选字；（二）造句；（三）成章。"③ 而这三件事，又恰好是一般人做文章时行文、成文的基本步骤或理路。由此可见，杨绛在自觉不自觉中，的确是把文学翻译当成文学写作——所谓译作——来对待的。有必要在此提醒一下的是，虽然在《失败的经验（试谈翻译）》一文被修改为《翻译的技巧》并收入《杨绛文集》之后，翻译的这三件事已被杨绛复杂化为"以句为单位，译妥每一句""把原文的一句句连缀成章""洗练全文""选择最恰当的字""注释"以及"其他"六件事，但整篇文章在骨子里还是以这三件事为主脑的。

一　何谓翻译？

何谓翻译？或者说，市面上林林总总的翻译理论对翻译这一行为的基本理

---

① 茅盾：《我的回顾》，《茅盾自选集》，上海：天马书店，1933 年版。转引自叶子铭编《茅盾论创作》，上海：上海文艺出版社，1980 年版，第 8 页。

② 杨绛：《翻译的技巧》，《杨绛文集》第 4 卷，北京：人民文学出版社，2004 年版，第 346 页。

③ 杨绛：《失败的经验（试谈翻译）》，《中国翻译》1986 年第 5 期，第 23 页。

解是什么？杨绛以一言以蔽之的方式得出的看法是：

> ……一切翻译理论的指导思想，无非把原作换一种文字，照模照样地表达。原文说什么，译文也说什么；原文怎么说，译文也怎么说。①

杨绛这段话质朴无华，看似闲在随常，却道出了严复"信、达、雅"翻译理念的基本指向和重心所在——将原文所要表达的内容（所谓"说什么"），以原文所采用的方式（所谓"怎么说"）译出来。就是这么简单！却又绝不容易做到。

专事美国文学研究的学者董衡巽 1956 年大学毕业后，被分配到杨绛所在的单位中国社会科学院外国文学研究所。他曾借近水楼台之便，向后者请教过翻译问题："杨先生问我，你是怎么翻译的？我说，头一遍对着原文边查字典边译，译得很慢；第二遍润色中文，速度就快了；最后誊清，誊的时候再改中文。她说这个方法不对，你译第二遍第三遍的时候，应该更加严格对照原文，看译文是不是符合原意，有没有走样。"② 这段对话反映了杨绛对翻译时必须紧扣原文的郑重其事。换句话说，在翻译上理论与实践并重的杨绛最关注的是译文是否走样，或是否"照模照样"。杨绛显然认为，译者只有"照模照样地表达"，才能在译文中确保原著的原汁原味。

说归齐，作为题中应有之义，"说什么"的重要性自不待言，"怎么说"却往往更为关键："译者一方面得彻底了解原著；不仅了解字句的意义，还须领会字句之间的含蕴，字句之外的语气声调。另一方面，译文的读者要求从译文领略原文。译者得用读者的语言，把原作的内容按原样表达；内容不可有所增删，语气声调也不可走样。原文的弦外之音，只从弦上传出；含蕴未吐的意思，也只附着在字句上。译者只能在译文的字句上用功夫表达，不能插入自己的解释或擅用自己的说法。译者须对原著彻底了解，方才能够贴合着原文，照模照样地向读者表达。"③

---

① 杨绛：《失败的经验（试谈翻译）》，《中国翻译》1986 年第 5 期，第 23 页。

② 董衡巽：《记杨绛先生》，《外国文学评论》1991 年第 4 期，第 119 页。

③ 杨绛：《失败的经验（试谈翻译）》，《中国翻译》1986 年第 5 期，第 23 页。

所谓"不可有所增删""不可走样"，也其实就是"照模照样"；而原文在内容之外的"语气声调""弦外之音"和"含蕴未吐的意思"，其实也就是茅盾、朱生豪、傅雷乃至钱锺书等译界先行者所看重的"神气""神味""神韵""风味"或"精神姿致"。看来，在充分重视"照模照样"或"形似"的前提下，杨绛也其实属于朱生豪和傅雷所代表的翻译的"传神入化"一派。或者更准确地说，杨绛所讲究的译文对原文的"贴合"或"照模照样"，其实不仅与内容相关，也与形式和气韵相关。在这个意义上或许可以说，杨绛也是以翻译的"形""神"兼备为追求的至高理想的。

二 翻译三件事：选字、造句与成章

前文曾提及，杨绛如俗语所谓"开门三件事"一般，把翻译所包含的工序理解为"选字""造句"和"成章"三件事。不仅如此，杨绛还进一步指出，"造句"是其中起着决定性作用的一件事："选字需经过不断的改换，得造成了句子，才能确定选用的文字。成章当然得先有句子，才能连缀成章。所以造句是关键，牵涉到选字和成章。"[①] 也正因为本着这样的理解，杨绛在具体的论述上，是依"造句"当先，"成章"居中，"选字"殿后的次第展开的。

（一）"总挨着原文的一句一句翻"[②]——按主从关系断句并合理排列译句

杨绛指出，由于中西两类语言在文字和句法上存在显著差异（汉语单句和短句多，西文复句和长句多），虽然"翻译得把原文的句子作为单位，一句挨一句翻"[③]，但"原文一句，不一定是译文的一句"，[④] 对原文的长句或复句首先进行断句处理，是免不了的手续。"原文不断句，是瘫痪的句子，不对照原文就读不通"[⑤]。可见，作为翻译的一道工序，"造句"不仅至为关键，也极为烦难。

那么，译文究竟应该如何"造句"呢？或者说，译文到底应该怎样断句，

① 杨绛：《失败的经验（试谈翻译）》，《中国翻译》1986 年第 5 期，第 23—24 页。
② 杨绛：《失败的经验（试谈翻译）》，《中国翻译》1986 年第 5 期，第 24 页。
③ 杨绛：《失败的经验（试谈翻译）》，《中国翻译》1986 年第 5 期，第 23 页。
④ 杨绛：《失败的经验（试谈翻译）》，《中国翻译》1986 年第 5 期，第 24 页。
⑤ 杨绛：《失败的经验（试谈翻译）》，《中国翻译》1986 年第 5 期，第 25 页。

又怎样排列或组合断下来的每一句呢？杨绛给出的方法是：首先，分清原文复句的主句、分句、各种词组并厘清这些成分的主从关系；然后，"把原句断成几句，重新组合"①。与此同时，杨绛还给出了断句并重新组合所应依循的基本原则："……突出主句，并衬托出各部分之间的从属关系。"② 这个原则的目的是："使这一组重新组合的断句，读起来和原文的那一句是同一个意思，也是同样的说法。"③ 所谓"同一个意思"，其实也就是"说什么"；所谓"同样的说法"，其实也就是"怎么说"。这说明，杨绛始终在坚持她如下的翻译原则："原文说什么，译文也说什么；原文怎么说，译文也怎么说。"④

"……最大的困难不在断句，而在重新组合这些切断后的短句。"⑤ 杨绛特别强调说。"在组合这些断句的工序里，不能有所遗漏，也不能增添。好比拼七巧板，原是正方形，可改成长方形，但重拼时不能减少一块或增添一块板。"⑥ 杨绛这里以"拼七巧板"作为比喻，说明可以把正方形重拼为长方形，就是形象地指出，翻译要依顺译文读者熟悉的语文习惯，是对"达"做形象化诠释；而强调"重拼时不能减少一块或增添一块板"，则是在突出"信"的重要。无疑，杨绛的翻译目标是既"信"又"达"，"信""达"并重。

在《失败的经验（试谈翻译）》这篇文章中，杨绛列举了《堂吉诃德》第2部第44章中的一句译文。这句译文从初译到定稿，一步步给出，等于具体演示了上举那些原则。

其初译文是：

杜尔西内娅在这个世界上会更幸福更有名因为曾受到您的称赞比了世界上最雄辩者所能给她的一切称赞。

杨绛首先解释说，与这句初译文相对应，"原句有两层意思。一、杜尔西

---

① 杨绛：《失败的经验（试谈翻译）》，《中国翻译》1986年第5期，第24页。
② 杨绛：《失败的经验（试谈翻译）》，《中国翻译》1986年第5期，第24页。
③ 杨绛：《失败的经验（试谈翻译）》，《中国翻译》1986年第5期，第24页。
④ 杨绛：《失败的经验（试谈翻译）》，《中国翻译》1986年第5期，第23页。
⑤ 杨绛：《失败的经验（试谈翻译）》，《中国翻译》1986年第5期，第25页。
⑥ 杨绛：《失败的经验（试谈翻译）》，《中国翻译》1986年第5期，第24页。

内娅受到您的称赞就更幸福、更有名。二、别人的称赞都不如您的称赞"。①
无疑，前一重意思体现在主句里，后一重意思体现在从句里。然而，恰恰是这种沿着原文复句的语序逐字对译、缺乏断句和排序的处理，文理不通得让人如坠迷障，不知所云，反而没能把这两层轻重不一的意思交代清楚——起码第二层内容就极欠清晰。杨绛自己下的判词是，"不达意"。

调整语序、适度断句的结果是：

您对杜尔西内娅的称赞，盖过了旁人对她的称赞，能为她造福扬名。

这个改良了的译句的优点是，精简而不失自然，对原意表达得足够充分，以至于杨绛的学生兼同事董衡巽会对之叹观止矣："在我看来，能译出这样的句子，自我感觉已属良好。"② 然而，杨绛自己却仍不满意，认为"读来好像缺少些什么"③。

杨绛给出的诊断是："缺了一块七巧板。"④

其实，这句译文所缺者有二，非止一端：一是把主语"杜尔西内娅"置换成了称赞她的"您"，不免于原文句子内的主次位势偏离过大；二是惜墨如金到了有所缺漏的地步，影响了对应原文时所应具备的丰满度——片语"世界上最雄辩者所能给她的一切称赞"所包含的内容之丰富和语气之强烈，远不是一句有骨无肉的"旁人对她的称赞"所能体现罄尽的。

精益求精的杨绛于是再接再厉，对这句原文一译再译，将其最终确定为：

杜尔西内娅有您称赞，就增添了幸福和名望；别人怎么样儿极口赞誉，也抵不过您这几句话的分量。⑤

---

① 杨绛：《失败的经验（试谈翻译）》，《中国翻译》1986 年第 5 期，第 26 页。

② 董衡巽：《记杨绛先生》，《外国文学评论》1991 年第 4 期，第 120 页。

③ 杨绛：《失败的经验（试谈翻译）》，《中国翻译》1986 年第 5 期，第 26 页。

④ 杨绛：《失败的经验（试谈翻译）》，《中国翻译》1986 年第 5 期，第 26 页。

⑤ 此例句摘自杨绛译《堂吉诃德》（下）第 44 章某段堂吉诃德对公爵夫人所说的话："您这话正合您高贵的身份；贵夫人嘴里不会提到贱女人。杜尔西内娅有您称赞，就增添了幸福和名望；别人怎么样儿极口赞誉，也抵不过您这几句话的分量。"［西班牙］塞万提斯：《堂吉诃德》（下），杨绛译，《杨绛文集》第 6 卷，北京：人民文学出版社，2004 年版（2009 年第 3 次印刷），第 328 页。

相比于前一个改良了的译句，杨绛最终敲定的这句译文既修正了主语的错位，也提升了译文与原文对称的精准度与丰满度。**尤为重要的是，它在不失杨绛一向文雅、干净的行文格调的同时，不动声色地引入了与原文风格颇相谐和的口语化因素。**

当然，细心的读者或许会发现，在本小节一开始即已给出的未经断句的初译文里，曾两次出现过"世界上"的字样，均未能在杨绛的这一译文定稿中得到体现，仍可说是一个不容忽视的缺憾。本书第五章第三小节在对《堂吉诃德》诸汉译本做抽样分析时，会进一步分析和讨论这一缺憾。

此外，虽然看似不经意却颇具匠心的对句乃至押韵（"望"和"量"同属ang 韵）不动声色地并不给人以突兀之感，但杨绛对"怎么样"一词所做的儿化处理，却还是不免有些生硬——在句内做状语的"怎么样"一词毕竟不比"什么样"，很难儿化得既自然又顺口。

（二）以原文的每一句为基本单位，将译文的一句句语气连贯地连缀成章

所谓"成章"，顾名思义，就是将译妥的一个一个单独的句子，连缀成一个一个段落，并进而绵延成逻辑严密、语气顺畅且相对独立的篇章。

依照杨绛的分析，"成章"之所以会成为一道必须留心的工序，是因为，虽然"原句分断后，这组短句在翻译的过程里，已经力求上下连贯，前后呼应，并传出原句的语气声调"[①]，"可是句内各部分的次序已有颠倒，译者连缀成章的不是原文的一句句，而是原文句子里或前或后或中间的部分。因此连缀成章不仅要注意重新组合的短句是否连贯，还需注意上一段和下一段是否连贯，每一主句的意义是否明显等等"[②]。

译文连缀成章时容易犯的错误之一是，"把译成的句子连起来，即使句句通顺，有时也难免重叠呆滞的毛病"[③]。译文连缀在一起之后，既然会显得虚胖且粗糙，就需要施以消肿和洗练的工序。

杨绛所举"重叠呆滞"的译文的一个例子是：

---

① 杨绛：《失败的经验（试谈翻译）》，《中国翻译》1986 年第 5 期，第 27 页。

② 杨绛：《失败的经验（试谈翻译）》，《中国翻译》1986 年第 5 期，第 27 页。

③ 杨绛：《失败的经验（试谈翻译）》，《中国翻译》1986 年第 5 期，第 27 页。

他们都到伦敦去了；我没有和他们同到那里去，因为我头晕。[①]

上文既已提到了特定的人称（"他们"）和地点（"伦敦"），下文就没有必要简单地重复（除非原文刻意强调这一重复），径直说"我没一起去""我没同去""我没有去"或"我没去"即可。译文于是可以进一步简化为：

他们都到伦敦去了；我没去，因为头晕。

而杨绛自己则化约得更为彻底、干脆，也更其自然、简练：

他们都到伦敦去了；我头晕，没去。[②]

这是因为，杨绛同时还认为："西方语法，常用'因为'、'所以'来表达因果关系。中文只需把句子一倒，因果关系就很分明。"[③]

按照杨绛的强调，译文"成章"的关键在于，必须以原文的每一句为相对独立的基本单位和参照指标，将译文的一句句——那些被截断后，按照中文阅读习惯重新组合在一起的短句——语气连贯地连缀在一起。"尤需注意的是原文第一句里的短句，不能混入原文第二句；原文第二句内的短句，不能混入原文第一句。原文的每一句是一个单位，和上句下句严格圈断。因为邻近的短句如果相混，会走失原文的语气和语意。通读全部译文时，必须对照原文。如果文理不顺，只能在原文每一句的内部做文字上的调正和妥洽"[④]。

不难见出，杨绛始终坚持的核心原则是，不能以原文语意和语气的损失为代价，来换取译文篇章的文气通顺。

（三）以海量的汉语词汇储备为基础，在译文里选用最恰切最达意的字词

在待译的原文文字（如某一种西方语言）上功夫了得，是从事翻译尤其

---

① 杨绛：《翻译的技巧》，《杨绛文集》第 4 卷，北京：人民文学出版社，2004 年版，第 356 页。

② 杨绛：《翻译的技巧》，《杨绛文集》第 4 卷，北京：人民文学出版社，2004 年版，第 356 页。

③ 杨绛：《失败的经验（试谈翻译）》，《中国翻译》1986 年第 5 期，第 27 页。

④ 杨绛：《翻译的技巧》，《杨绛文集》第 4 卷，北京：人民文学出版社，2004 年版，第 355—356 页。

是文学翻译（如西译汉）的必要前提。这是不待言的。然而，从事汉译的译者汉语水平的深湛和可供选用的语汇的丰赡同样至为关键——某种程度上，更为关键。

这是因为，依照杨绛的解释，"译者如果词汇贫乏，即使精通西方语文，也不能把原文的意思，如原作那样表达出来"①。换言之，"译者虽然了解原文的意义，表达原意所需要的文字不能招之即来，就格格不吐，说不成话"②。"所以译者需储有大量词汇：通俗的、典雅的、说理的、叙述的、形容的等等，供他随意运用"③。

很显然，明白了杨绛以上所说的道理，"选字"作为翻译的一道工序的关键与必要便也自不待言。尤其是，也正因为上举的那些道理，译文的"选字"或"炼字"又是极为困难的事。

"选字"的困难自然首先体现为杨绛所指称的那些"特殊困难"。大略包括两大类：一是为原文里的新概念和新事物定名；一是为原文所提及的专有术语、有特解的字词，以及双关语等寻找最恰切的对应语。

例如，杨绛是这样解说专门术语的翻译的："翻专门术语，需了解那门专业所指的意思，不能按字面敷衍，尽管翻译的不是讲那门专业的著作而只在小说里偶尔提到。"④

然而，杨绛紧接着又以一个资深的行内人的语气指出："以上所举的种种特殊困难，各有特殊的解决法；译者最不易调度的，却是普通文字。"⑤ 对此，她不无谦虚地自嘲说："我词汇贫乏，恰当的字往往不能一想就来，需一再更换，才找到比较恰当的。"⑥

她依据自译的西班牙小说经典《堂吉诃德》所举的例子之一，是对与原文对应的"触及"一词的反复斟酌和推敲：

---

① 杨绛：《失败的经验（试谈翻译）》，《中国翻译》1986 年第 5 期，第 28 页。
② 杨绛：《失败的经验（试谈翻译）》，《中国翻译》1986 年第 5 期，第 27 页。
③ 杨绛：《失败的经验（试谈翻译）》，《中国翻译》1986 年第 5 期，第 27—28 页。
④ 杨绛：《失败的经验（试谈翻译）》，《中国翻译》1986 年第 5 期，第 28 页。
⑤ 杨绛：《失败的经验（试谈翻译）》，《中国翻译》1986 年第 5 期，第 28 页。
⑥ 杨绛：《失败的经验（试谈翻译）》，《中国翻译》1986 年第 5 期，第 28 页。

（1）……触及他的本钱就触及他的灵魂……

（2）……动用他的本钱就刺心彻骨似的痛……

（3）……动了他的老本儿，就动了他的命根子……①

由"触及"到"动用"再到"动了"，动词虽一换再换，越来越口语化，却并未偏离其宗：后两个词中间都有一个"动"字；第一个词"触及"里的"触"字暗含一个"动"字——所谓"触动"。然而，从第一句到第三句，三个译句所传达的意思和语气却越来越精微，也越来越生动。杨绛自己的判断是，与"动用"或"动了"相比，"触及"一词虽也与"动"字相关，却并不意味着实际地花用了钱，因而不够"达"。②

她还认为，上举第二个译句虽然"较达意，但和原文的说法不贴"③。虽然杨绛并没有对何为"不贴"具体地展开讨论，但究其实，第二个译句的所谓"不贴"，实际上是翻译得过了度的表现——用本章下一个小节所要涉及的内容来界定的话，就是"翻译度"太大或过高。具体而言，原文的意思本来是就到"触及了灵魂"——也就是动了心头肉或第三个译句所译的"命根子"——这个动作为止，这第二个译句却擅自越过这个动作或姿势，直接把主要应该由读者来体会的、该动作所引发的感受——所谓"刺心彻骨似的痛"——呈现了出来。

笔者虽然完全认同杨绛对上举第三个译句所下的"较信也较达"的判断，但同时又认为，它之所以会"较信也较达"，当然与动词由"触及"改为"动了"不无关系，但更为关键的，却是杨绛自己并未提及的句子中两个名词的改进："本钱"改为"老本儿"，"灵魂"改为"命根子"。**恰恰是对这两个名词看似毫不经意的口语化处理，才使这一个译句超越了对原句中规中矩的僵板直译，透出了活泼泼的文学意味——不仅充分地体现了杨绛将书卷气的文雅干净与口语化的亲切朴实近乎完美地融汇于一体的文字风格，也因为意思传达得更为精准而更"达"更"信"。**

---

① 此例句片段化自杨绛译《堂吉诃德》（下），第30章首段："桑丘尤其懊恼，因为动了他钱袋里的老本儿，就动了他的命根子；花掉一文本钱，仿佛是挖掉他的眼珠子。" ［西班牙］塞万提斯：《堂吉诃德》（下），杨绛译，《杨绛文集》第6卷，北京：人民文学出版社，2004年版，第228页。

② 详见杨绛：《失败的经验（试谈翻译）》，《中国翻译》1986年第5期，第28页。

③ 杨绛：《失败的经验（试谈翻译）》，《中国翻译》1986年第5期，第28页。

具体说来，与"命根子"这个更为通俗平易的词比起来，"灵魂"一词在本译句片段所处的具体语境（是用来描写堂吉诃德的跟班桑丘的）中，未免显得过于庞大，过于正式，过于严肃；而"老本儿"所能唤起的生动而亲切的语感，亦远非僵直的"本钱"一词所能比肩。

很明显，"选字"固属慎重之举，但却并不意味着一定得选择那些深奥艰涩的字词；**平易而家常的语汇往往更能达到恰切、自然地忠实于原文的目的**。用杨绛自己的话说，就是："可见很普通的字只要用得恰当，就更能贴合着原样来表达原意。"①

三　"翻译度"与翻译的适度和到位

为了说明译文对原文翻译的程度的大小，杨绛在其《失败的经验（试谈翻译）》一文中，大胆引入了一个自创的名词——"翻译度"："我仿照现在常用的'难度''甜度'等说法，试用个'翻译度'的辞儿来解释问题。同一语系之间'翻译度'不大，移过点儿就到家了，恰是名符其实的'迻译'。中西语言之间的'翻译度'很大。如果'翻译度'不足，文句就仿佛翻跟斗没有翻成而栽倒在地，或是两脚朝天，或是蹩了脚、拐了腿，站不平稳。"②

从杨绛的这些描述可以看出，她这里所说的"翻译度"其实至少包含如下三重意思：其一，是指译语与原（源）语之间，因此也就是译文与原文之间的差异程度——也即杨绛所引证的所谓"胡语尽倒"（杨绛的意思是说，西洋人说话的语序与汉语相比是完全颠倒的）；③　其二，是指翻译的动作大小或腾挪幅度——杨绛所谓的"翻跟头"；其三，是指翻译的难度或完美程度。也即是说，当杨绛指称中西语言之间的"翻译度"大时，她不仅是在说汉语和西方语言（印欧语）之间的差异程度大，也是在说唯因为译语与原（源）语之间的差异大，翻译时的动作和腾挪幅度必然得大，更是在说达到翻译的完美程度或适度的难度也大。

在杨绛看来，就中西对译来说，若是"翻译度"不足或过低的话，译文就

---

① 杨绛：《翻译的技巧》，《杨绛文集》第4卷，北京：人民文学出版社，2004年版，第360页。
② 杨绛：《失败的经验（试谈翻译）》，《中国翻译》1986年第5期，第23页。
③ 杨绛：《失败的经验（试谈翻译）》，《中国翻译》1986年第5期，第23页。

会很蹩脚，就难免会词不"达"意，就成就不了足够"信"的称得上好的翻译：从对原文作者负责的角度来看，"翻译度"过低的译文必定不能充分达意，有损可"信"度；从对译文读者负责的视角来观照，"翻译度"过低的译文必定会让读者阅读起来感觉疙里疙瘩，最终掷书弃读，同样有损可"信"度。

杨绛在评论前一节第一个部分所引证的有关"杜尔西内娅"的译句时，就把第一个译句——也就是那个死扣原文的不成功的初译句——定性为"是'翻译度'最小的"①，而她后来对该译句的两次改良重译在"翻译度"上，显然是逐次递增或加大的。

"翻译度"不足的主要表现是，对"西方语言和中国语言行文顺逆不同"的特点认识不足，未能充分意识到，"要把西方语文翻成通顺的中文，就得翻个大跟头才能颠倒过来"，或是跟头翻得不完整、不到位。② 杨绛所说的"胡语尽倒"或"行文顺逆不同"，主要是指中西语言在句子内部结构包括句子内部的语序上的差异："西语多复句，可以很长；中文多单句，往往很短。"③

因此，杨绛借用"翻译度"一词最想强调的是，译文"不能死挨着原文一字字的次序来翻"，而是"得把原文的句子作为单位，一句挨一句翻"。换言之，从对"翻译度"的关注出发，杨绛并不认同前文曾提及的周作人等人所主张的"逐字译"，而认为翻译的最小单位是句，不是字。

林语堂也曾有过"忠实非字字对译之谓"④、"译文须以句为本位"⑤、"译者须完全根据中文心理"⑥ 的看法。倒是与杨绛这种坚持以句为主体、"一句挨一句翻"的主张暗合。早在1933年即以完成的《论翻译》一文中，林语堂就曾明确地提倡以句为主体的"句译"，反对以字为主体的"字译"："译者对于原文有字字了解而无字字译出之责任。"⑦ "与其求守原文逐字意义，毋宁求达原文语意，这是字译与句译的区别。"⑧ "译者必将原文全句意义详

① 详见杨绛：《失败的经验（试谈翻译）》，《中国翻译》1986年第5期，第26页。
② 详见杨绛：《失败的经验（试谈翻译）》，《中国翻译》1986年第5期，第23页。
③ 杨绛：《失败的经验（试谈翻译）》，《中国翻译》1986年第5期，第23页。
④ 林语堂：《论翻译》，罗新璋编《翻译论集》，北京：商务印书馆，1984年版，第422、425页。
⑤ 林语堂：《论翻译》，罗新璋编《翻译论集》，北京：商务印书馆，1984年版，第428页。
⑥ 林语堂：《论翻译》，罗新璋编《翻译论集》，北京：商务印书馆，1984年版，第429页。
⑦ 林语堂：《论翻译》，罗新璋编《翻译论集》，北京：商务印书馆，1984年版，第425页。
⑧ 林语堂：《论翻译》，罗新璋编《翻译论集》，北京：商务印书馆，1984年版，第422页。

细准确的体会出来，吸收心中，然后将此全句意义依中文语法译出。这就是我们所谓'句译'的方法。"①

在这里，杨绛等于为所谓"直译"或"形似"的局限性，做了比较有说服力的解说："我曾见译者因为把握不稳，怕冒风险，以为离原文意愈近愈安全——也就是说，'翻译度'愈小愈妥；即使译文不通畅，至少是'信'的。可是达不出原意的译文，说不上信。'死译''硬译''直译'大约都是认为'翻译度'愈小愈妥的表现……'翻译度'愈小，就是说，在文字上贴得愈近，那么，在意思的表达上就离得愈远。原意不达，就是不信。**畅达的译文未必信，辞不达意的译文必定不信。**"②

当然，杨绛也等于间接地指出，把主要脱胎于印欧语系的西方翻译理论直接应用到中西翻译的实践中来是有局限性的，一如学者金圣华在评价杨绛的翻译理论时所指出的那样："谈翻译不能漠视现实，凡事一刀切。把不谙中文的外国学者讨论翻译的理论，奉为金科玉律，照单全收，再应用到中外翻译的实况中来，往往就会产生隔靴搔痒之弊，隔雾看花之误，因而难免造成搔不着痒处、看不见真相的后果。"③

四 "一仆二主"④ 与翻译的两难

杨绛曾有过"艺术是克服困难"的感慨。⑤作为一种典型的艺术创作活动，写作当然困难重重，当然意味着作者对困难的不断克服。同理，翻译也是困难的，也需要译者不断地克服各种各样的困难———如杨绛自己所说："谈失败的经验，不免强调翻译的困难……（对原著）彻底了解不易，贴合着原著照模照样地表达更难。"⑥

然而，翻译的困难还不仅仅是体现在如何了解和忠实于原著这一个方面，

---

① 林语堂：《论翻译》，罗新璋编《翻译论集》，北京：商务印书馆，1984 年版，第 428 页。

② 杨绛：《失败的经验（试谈翻译）》，《中国翻译》，1986 年第 5 期，第 25 页。

③ 金圣华：《认识翻译真面目——有关翻译本质的一些反思》，《外国语言文学研究》2001 年第 1 期，第 31 页。

④ "一仆二主"系杨绛的一个比喻："一仆"指译者，"二主"指译本读者和原文著者。详见文中解释。

⑤ 详见杨绛：《艺术是克服困难——读〈红楼梦〉管窥》，《文学评论》1962 年第 6 期，第 110—115 页。

⑥ 杨绛：《失败的经验（试谈翻译）》，《中国翻译》1986 年第 5 期，第 23 页。

也与怎样让读者认可和接受译文有关——按照杨绛本人的比喻，是所谓"一仆二主"式的两难："这是一项苦差，因为一切得听从主人，不能自作主张。而且一仆二主，同时伺候着两个主人：一是原著，二是译文的读者。"① 具体而言，"原文的一句句、一字字都要求依顺，不容违拗，也不得敷衍了事"②；而译本的本国读者则既"要求看到原作的本来面貌，却又得依顺他们的语文习惯"③。

将翻译的两难轻描淡写地比为"一仆二主"，杨绛堪称第一人。这既是有关翻译之难的贴切之至的妙喻，也实际上意味着一种毕恭毕敬、临深履薄的专业态度。小三十年过去了，杨绛这一形象可感的翻译观虽然不敢说已家喻户晓，起码早为一般的知识界所熟知并大体采信。例如，哲学学者倪梁康在其2004年发表的《译者的尴尬》一文中，就曾这样表述过："译者的尴尬完全是由译者的身份认同问题所引发的。当翻译界还主张译者是一个伺候原作者的仆人时，甚至信奉一仆（译者）二主（作者、读者）的观点时，译者的身份是明确的，因此也无尴尬可言。"④

杨绛主张的"一仆二主"论既堪称对朱光潜（1897—1986）**"理想的翻译是文从字顺的直译"**⑤ 理念的最朴实无华的诠释（"文从字顺"当然是为了依顺读者的语文习惯，"直译"为的则是对原著忠实——二者互为表里，缺一不可），又可完全视为鲁迅晚年如下观点的翻版："凡是翻译，必须兼顾着两面，**一当然力求其易解，一则保存着原作的丰姿**，但这保存，却又常常和易懂相矛盾：看不惯了。"⑥（"力求其易解"自是替译文的读者着想，为了他们阅读的方便考虑；"保存着原作的丰姿"当然是为了尊重原作者，为了保持原作的原汁原味；而"但这保存，却又常常和易懂相矛盾"一句，则直指杨绛所描述的"一

---

① 杨绛：《失败的经验（试谈翻译）》，《中国翻译》1986年第5期，第23页。

② 杨绛：《孝顺的厨子》，《杨绛文集》第4卷，北京：人民文学出版社，2004年版，第200页。

③ 杨绛：《孝顺的厨子》，《杨绛文集》第4卷，北京：人民文学出版社，2004年版，第200页。

④ 倪梁康：《译者的尴尬》，郭凤岭编《译者的尴尬》，北京：金城出版社，2013年版，第207页。此文原载于《读书》2004年第11期。

⑤ 朱光潜：《论翻译》，《翻译通讯》编辑部编《翻译研究论文集（1894—1948）》，北京：外语教学与研究出版社，1984年版，第362页。原载《华声》半月刊1944年第1卷，第4期。

⑥ 鲁迅：《且介亭杂文二集·"题未定"草（一至三）》，《鲁迅全集》第6卷，北京：人民文学出版社，2005年版，第364—365页。

仆二主"式两难）。

当然，与朱光潜在"直译"与"文从字顺"间无分先后或轻重、勉力保持平衡不同，鲁迅和杨绛虽然也都强调译本的读者和原作二者的重要，但两个人却明显都不奢望一碗水可以端平，明显都各有侧重且侧重点也明显不同。鲁迅更侧重于对原著的忠实或"信"，因为紧接着上举的那段引文，鲁迅又这样说道："不过它原是洋鬼子，当然谁也看不惯，为比较的顺眼起见，只能改换他的衣裳，却不该削低他的鼻子，剜掉他的眼睛。我是不主张削鼻剜眼的，所以有些地方，仍然宁可译得不顺口。"①

而在《孝顺的厨子》一文中，杨绛则明确地强调，忠实于原文的目的原是效忠于译本的读者："我作为译者，对'洋主子'尽责，只是为了对本国读者尽忠。我对自己译本的读者，恰如俗语所称'孝顺的厨子'，主人越吃得多，或者吃的主人越多，我就越发称心惬意，觉得苦差没有白当，辛苦一场也是值得。"② 以在旧时大户人家服务的家厨自拟，而又将对主人的忠诚提到"孝顺"双亲的高度来定位，足见杨绛作为译作者为译文的读者（所谓"主人"）忘我劳作的不辞艰辛和心甘情愿。

本书前面曾经提及，以朱生豪、傅雷和钱锺书等为代表的翻译的"传神入化"派的一个重要特点是，既强调译者要尊重译本的原作者（如钱锺书认为，译文应"完全保存原有的风味"③），又更为重视译本读者的阅读感受与舒服度（如朱生豪认为，译文文字应该"明白晓畅"④；钱锺书认为，译文应"不因语文习惯的差歧而露出勉强造作的痕迹"⑤）。通过"译本的读者这个主子比原作者这个主子更值得尽忠"这一翻译理念，杨绛再次证明了自己是翻译的"传神入化"派这个队伍里如假包换的一员。

可堪比对的又一个例子是，与杨绛把译者定性为"仆人"（"厨子"）、

① 鲁迅：《且介亭杂文二集·"题未定"草（一至三）》，《鲁迅全集》第6卷，北京：人民文学出版社，2005年版，第365页。

② 杨绛：《孝顺的厨子》，《杨绛文集》第4卷，北京：人民文学出版社，2004年版，第200页。

③ 详见钱锺书：《林纾的翻译》，《文学研究集刊》编辑委员会编《文学研究集刊》第1册，北京：人民文学出版社，1964年版，第1页。

④ 详见朱生豪：《〈莎士比亚戏剧全集〉译者自序》，载于吴洁敏、朱宏达：《朱生豪传》，上海：上海外语教育出版社，1990年版，第264页。

⑤ 详见钱锺书：《林纾的翻译》，《文学研究集刊》编辑委员会编《文学研究集刊》第1册，北京：人民文学出版社，1964年版，第1页。

把原作者和读者都定性为该被好好伺候的"主人"（虽然对前者只要"尽责"便可，对后者则务须"尽忠"）不同，台湾诗人兼翻译家余光中则是把原作者、译者和读者按从高到低的尊卑顺序，分别定性为"神灵""巫师"和"凡人"："如果说，原作者是神灵，则译者就是巫师，任务是把神的话传给人。"① 译者在余光中这里虽然地位不像在杨绛那里那么低下，但也终归难逃左右为难的两难困境："译者介于神人之间，既要通天意，又得说人话，真是'左右为巫难'。"② 因为说到底，无论怎样定位译者的身份，"译者的责任（都）是双重的，既不能对不起原作者，也不能对不起译文，往往也就是译者自己的国文。他的功夫只能在碍手碍脚的有限空间施展，令人想起一位武侠怀里抱着婴孩还要突围而出。"③

同鲁迅一样堪称译界前辈的林语堂则认为，译者所负的责任其实有三条："第一是译者对原著者的责任，第二是译者对中国读者的责任，第三是译者对艺术的责任。三样的责任心备，然后可以谓具有真正译家的资格。"④ 换言之，相比于鲁迅、朱光潜、余光中和杨绛，林语堂在译者对读者和原著（者）的责任之外，还特意提到了译者的艺术责任问题。这是因为，在林语堂的心目当中，文学翻译首先是一门艺术："谈翻译的人首先要觉悟的事件，就是翻译是一种艺术。"⑤ 如果把上举杨绛的比喻变通到这里的话，那么不妨说，林语堂强调的其实是"一仆三主"——译者要同时兼顾译本读者、原著（者）和艺术。

虽然鲁迅、朱光潜、余光中和杨绛并没有强调艺术这个第三者，但绝不意味着他们不重视译者的艺术责任。恰恰相反，他们对原著（者）和译本读者的高度重视，实质上正是对艺术负责任的表现。**说到底，不把翻译当成艺术创作活动来自励与自律，也就用不着如对大宾般地对待译本读者，也就用不着如临大敌般地细抠原著。**当然，能像林语堂这样明确而突出地强调一下

---

① 余光中：《变通的艺术——思果著〈翻译研究〉读后》，《余光中谈翻译》，北京：中国对外翻译出版公司，2002 年版，第 55 页。

② 余光中：《变通的艺术——思果著〈翻译研究〉读后》，《余光中谈翻译》，北京：中国对外翻译出版公司，2002 年版，第 55 页。

③ 余光中：《作者，学者，译者——"外国文学中译国际研讨会"主题演说》，《余光中谈翻译》，北京：中国对外翻译出版公司，2002 年版，第 176 页。

④ 林语堂：《论翻译》，罗新璋编《翻译论集》，北京：商务印书馆，1984 年版，第 418 页。

⑤ 林语堂：《论翻译》，罗新璋《翻译论集》，北京：商务印书馆，1984 年版，第 417 页。

翻译的艺术责任，还是难能可贵、大有必要的，起码能强化译者的艺术自觉性和从译责任感。

五　对转译、意译、死译、硬译和直译等的理解

根据译文与原文距离的远近，人们把翻译分成转译、意译、死译、硬译和直译等各种类型。

杨绛把后面三种归为一类，指出它们的共同病症是离原文过近："我曾见译者因为把握不稳，怕冒风险，以为离原文愈近愈安全——也就是说，'翻译度'愈小愈妥；即使译文不通畅，至少是'信'的……'死译''硬译''直译'大约都是认为'翻译度'愈小愈妥的表现。"[①] 离原文越近，意味着"翻译度"越小。而对于像西文和汉语这两类差异非常明显的语言来说，"翻译度"过小，必定意味着译文的不通畅，所谓不"达"。照杨绛的话来说，就是："在文字上贴得愈近，那么，在意思的表达上就离得愈远。原意不达，就是不信。畅达的译文未必信，辞不达意的译文必定不信。"[②]

对于意译，杨绛这样直抒其言："我不大了解什么叫'意译'。**如果译者把原著的意思用自己的话来说，那不是翻译，是解释，是译意。**我认为翻译者没有这点自由。德国翻译理论家考厄（P. Cauer）所谓'尽可能的忠实，必不可少的自由'，只适用于译者对自己的两个主人不能兼顾的时候。这点不忠实和自由，只好比走钢丝的时候，容许运用技巧不左右倾跌的自由。"[③] 看得出来，杨绛虽不赞同译文过分贴近原文，却又比较警惕于译文离原文过远。实际上，**杨绛追求的是一种以"信"与"达"为尺度的适度———一如人手握飞鸟，过紧则鸟亡，过松则鸟逸。理想的状态是不松不紧。**

至于转译，也即原文被翻译成另一种文字后，以之为蓝本，再译成又一种文字，杨绛虽然并未直接谈论过，但还是可以从她自己的翻译实践以及间接言谈中，感受到她的态度。概而言之，转译对杨绛而言，是一种不得已，只要可能，都会进一步以原文为蓝本重译。杨绛在翻译《小癞子》时，不断变换蓝本，先

---

① 杨绛：《失败的经验（试谈翻译）》，《中国翻译》1986 年第 5 期，第 25 页。
② 杨绛：《失败的经验（试谈翻译）》，《中国翻译》1986 年第 5 期，第 25 页。
③ 杨绛：《失败的经验（试谈翻译）》，《中国翻译》1986 年第 5 期，第 26 页。

是英文本，接下来是法文本，最终依据西班牙文原文本一译再译，就是一个明证。而在这个循环往复的过程中，杨绛自己也逐渐意识到，转译因是在操别种语言的另外一位译者身后亦步亦趋，难免会犯人云亦云的错误："从原文翻译，少绕一个弯，不仅容易，也免了不必要的错误。"[1] 她所说的这类不必要的错误之一，与小癞子偷吃的香肠有关："英、法译本皆译为'黑香肠'，读了西班牙原文，才改正为'倒霉的香肠'。"[2]

而当年在接受了从英文本或法文本转译西班牙小说经典《堂吉诃德》的任务之后，杨绛先是精心地挑选了两种法译本和三种英译本，以便定下供翻译使用的蓝本。然而，她最终还是失望了，毅然决定放弃转译，改从西班牙文直接译：

> 我把五个本子对比着读，惊奇地发现：这许多译者讲同一个故事，说法不同，口气不同，有时对原文还会有相反的解释。谁最可信呢？我要忠于原作，只可以直接从原作翻译。《堂吉诃德》是我一心想翻译的书，我得尽心尽力……
>
> 我下决心偷空自学西班牙语，从原文翻译。[3]

与对转译的态度相关的，是杨绛对翻译时以多语种、多译文为参照物之举的慎重："我曾听到前辈翻译家说：'多通几国外文，对翻译很有帮助。'这话确是不错的。不过帮助有个范围；越出范围，反成障碍。如果对原文理解不足，别种文字的译本可辅助理解。可是在翻译的过程中，要把原文融会于心，加以澄清的阶段，如介入另一种文字的翻译，就加添杂质而搅浑了。从慢镜头下解释，把原文分成短句又重新组合的阶段，加入另一种文字的译文，就打乱了条理，因为西方语言的文字尽管相近，文法究竟各有差异。宁愿把精力集中在原文上，不要用别种译文来打搅。等翻译完毕，可再用别种文字的译文来校订。如发现意义有差别，语气有轻重，就可重加推敲。"[4]

---

[1] 杨绛：《记我的翻译》，《杨绛文集》第3卷，北京：人民文学出版社，2004年版（2009年第3次印刷），第68页。

[2] 杨绛：《记我的翻译》，《杨绛文集》第3卷，北京：人民文学出版社，2004年版，第68页。

[3] 杨绛：《记我的翻译》，《杨绛文集》第3卷，北京：人民文学出版社，2004年版，第71页。

[4] 杨绛：《失败的经验（试谈翻译）》，《中国翻译》1986年第5期，第29页。

六 慎用成语、重视译注与不轻言译诗

前几年，笔者曾受中国国内出版界一家百年老店之托，翻译过两本英文的国际管理学著作。在翻译第一本书的时候，作为敬业唯谨的表现和为了读者阅读的方便，笔者除了对原文的近五十条注释用心地一一照译不误，又花费不少力气，自觉自愿地追加了将近一百四十条译注。不曾想，这却让出版社的编辑们犯了难：首先，他们觉得以畅销为鹄的的准学术读物里每页用上一大堆注释，版面上会不太好看，影响视觉；其次，他们也不觉得时下的读者会对译者这种一厢情愿的劳作领情。

这让向来唯认真是从、以追求品质为己任的笔者不免有些郁闷和沮丧。最后，一位好心的主任级编辑为了不让作为译者的笔者过分难堪做了妥协：容许这些译注存在，但必须将它们全部作为附录放在书末。这件事过去后不久，笔者便读到了杨绛对于译文中使用译注的肯定。虽不敢妄兴英雄所见略同之感，但还是不免稍觉安慰。

对于译注的必要，杨绛是这样表述的："译者少不了为本国读者做注解，原版编者的注释对译者有用，对阅读译本的读者未必同样合用。不同时代、不同地域的风土习惯各有不同，译者需为本国读者着想，为他们做注。"[①] 杨绛也曾特意以亲身经历告诉大家，对译注怎么用心都不为过："我翻译的《吉尔·布拉斯》里，有医家相争一节。我曾因为做这一个注，读了整整一小本古医书。我得明白他们相争的道理，才能用上适当的语言。"[②]

相比于杨绛对译注的郑重其事，《堂吉诃德》中译本译者之一董燕生虽然也不排斥译注，却因虑及翻译不是为了方便做学问，而更强调译注的数量控制与行文节制："由于译文并非供学者研究的专著，注释应力求少而精，旨在扫除阅读中的障碍；注释行文则应言简意赅，点到为止。"[③]

问题的关键在于，文学译文本身当然不是学术专著，但译者却不能也无法限制学者对它产生研究兴趣——说到底，学者无论学术功力有多么高深，无非

[①] 杨绛：《翻译的技巧》，《杨绛文集》第4卷，北京：人民文学出版社，2004年版，第360页。

[②] 杨绛：《翻译的技巧》，《杨绛文集》第4卷，北京：人民文学出版社，2004年版，第360页。

[③] 董燕生：《译后记》，载于［西班牙］米盖尔·德·塞万提斯·萨维德拉：《堂吉诃德》，董燕生译，武汉：长江文艺出版社，2011年版，第853页。

也是读者而已，哪怕是多么特殊的一类读者。译注既然如董燕生所说，"旨在（帮助读者）扫除阅读中的障碍"，那么，便不能贸然地把某类读者置于被帮助的门槛之外。

从另一方面看，学术专著本身当然是学者研究的对象之一，但更是学者赖以互相交流学术心得的底本；而（文学）译文虽然肯定是一般读者阅读的对象，但却不能因此就断定"并非供学者研究"——只要是文本，无论关注度多么低，也有可能引致且无法也不应阻挡研究者（包括译者自己）的研究兴趣与关注。而台湾翻译家余光中对译注的肯定与乐见，则恰恰是，它体现了译者自身的所谓学问意识与学者气象："有些译者在译文之后另加注解，以补不足，而便读者，便有学者气象。年轻时我读傅雷所译《贝多芬传》，遇有译者附注，常也逐条去读。"①

译注之外，在《失败的经验（试谈翻译）》一文里，杨绛给出的最实用的忠告之一与成语的使用有关。她的这一提示包括相关联的两个方面：一是在翻译西方文字的时候，要慎用汉语里的成语；一是在将西方语言里的成语（包括谚语、习语等）翻译成汉语时，同样要慎用汉语里的成语，不能图省事，简单地一"换"了之。对于前一个方面，杨绛举例说，因为从原文直译过来的"理直义正"只有一半与汉语的常用语（其实也就是成语）"理直气壮"相同，就不能轻率地以之置换使用；杨绛最后因感觉"理直义正"亦稍嫌生硬，干脆弃用这个类（或准）四字成语，换上更顺畅自然的"合乎正义公道"。②

对于后一个方面，杨绛举了更多的例子。譬如，西班牙语谚语里有一句直译过来是"事成事败，全看运道好坏"。这句谚语与汉语的成语"谋事在人，成事在天"意义差相仿佛，表达的方式却不尽相同。杨绛认为不能简单移用。这是"因为成语带有本土风味。保持不同的说法，可以保持异国情调"③。就事论事，"事成事败，全看运道好坏"作为从西班牙语直译过来的一句成语或谚语，意蕴饱满、自足不说，尤胜在韵脚自然，上口好记，完全没必要用汉语里虽现成但却可能不够鲜活的成语将其随意置换。

---

① 余光中：《作者，学者，译者——"外国文学中译国际研讨会"主题演说》，《余光中谈翻译》，北京：中国对外翻译出版公司，2002 年版，第 172 页。

② 详见杨绛：《失败的经验（试谈翻译）》，《中国翻译》1986 年第 5 期，第 29 页。

③ 杨绛：《失败的经验（试谈翻译）》，《中国翻译》1986 年第 5 期，第 29 页。

在同一篇文章里，杨绛还特意提到了为什么她会认为译诗"实在难之又难"。这也实际上等于间接地解释了为什么她自己一向对译诗会有所规避："我曾妄图翻译莎士比亚或雪莱的诗。一行里每个形容词、每个隐喻所包含、暗示、并引起的思想感情无穷繁富，要用相应的形容词或隐喻来表达而无所遗漏，实在难之又难。看来愈是好诗，经过翻译损失愈大。"① 不难看出，按照杨绛的理解，诗最难译的地方在于，在以相应的形容词或隐喻对应原文"每个形容词、每个隐喻所包含、暗示、并引起的思想感情"时，如何避免其繁复性的损失或遗漏。

虽然杨绛因此会得出"译诗之难不在押韵"的结论，但她还是直观地认为，单就押韵而言，在同一语系的文字间译诗（如将西班牙小说《堂吉诃德》里的诗译成法文）的难度，要大于在不同语系的文字间译诗（如将《堂吉诃德》里的诗译成汉语）的难度。这主要是因为：一方面，"语系相同的文字，往往只尾部拼法不同，这就押不成韵了"② ；另一方面，汉语"文字和西方语文远不相同，同义字又十分丰富，押韵时可供选择的很多"。③

当然，在这同一篇谈翻译实践与感受的文字里，杨绛也等于直接、间接地承认：除《我和谁都不争》等少量的诗之外，她平生只翻译过《堂吉诃德》里夹杂的诗；而它们大多不过是空洞无物、徒具诗形（如韵脚）的劣诗而已。④

第三节　追求译文的洗练与明净
——杨绛的翻译"点烦"⑤ 论

一　译文的"点烦"与文字的"明净"⑥

在前文缕述的杨绛的小说翻译理念与理论的数种观点当中，最具有杨绛个人色彩的当属所谓"翻译度"。与"翻译度"的个人色彩差不多一样强烈，而

---

① 杨绛：《失败的经验（试谈翻译）》，《中国翻译》1986年第5期，第29页。
② 杨绛：《失败的经验（试谈翻译）》，《中国翻译》1986年第5期，第29页。
③ 杨绛：《失败的经验（试谈翻译）》，《中国翻译》1986年第5期，第29页。
④ 详见杨绛：《失败的经验（试谈翻译）》，《中国翻译》1986年第5期，第29页。
⑤ "点烦"系杨绛借自唐代刘知几的一个概念，用以对译文进行"芟芜去杂"式处理。详见本节内解释与演绎。
⑥ "明净"系杨绛对流畅、通顺和简练的译文文字的一种自我界定。详见本节的讨论。

又更具争议性的则莫过于她的翻译"点烦"论。前者系杨绛自创，后者则是她借用自其他领域。鉴于"点烦"论的较大争议性，有必要在此辟专节详加讨论和分析。

很多人最初听说"点烦"这两个字，并把它们与译文文字的"明净"与否联系在一起，大概都始于 2005 年前后出现的、有关《堂吉诃德》中译本孰优孰劣的争论，[①] 都与翻译出版人兼编辑李景端谈论杨绛和《堂吉诃德》译本的文字及访谈有关。[②] 其实，如前所述，为了梳理自己长年翻译《堂吉诃德》的心得体会，杨绛早在 1986 年，就已发表过《失败的经验（试谈翻译）》一文，就已提到了"点烦"这一用语："简掉可简的字，就是唐代刘知几《史通》《外篇》所谓'点烦'。芟芜去杂，可减掉大批'废字'，把译文洗练得明快流畅。"[③] 有心人当会发现，**杨绛所在意的译文（字句）的"明快流畅"与朱生豪所追求的（译文）字句的"明白晓畅"（"以明白晓畅之字句，忠实传达原文之意趣"[④]）如出一辙。而所谓"明净"，正是"译文洗练得明快流畅"的结果或效果。**

杨绛这里所提到的刘知几（661—721）的概念"点烦"，见于他的著作《史通》第十五卷，是外篇 13 篇之一的篇名。[⑤] 作为其外篇第六篇的《点烦》的主要内容，正是基于《史通》的《叙事》（第 22 篇）、《烦省》（第 33 篇）等内篇所阐述的"文约事丰"理念，举实例点掉可有可无的所谓烦文——说白了就是点去烦冗琐碎、不够简约的文字，就是去繁就简。因此，把"点烦"说成"点繁"[⑥]也无不可——在现代汉语中，"烦"与"繁"在一定程度上本来就可互换，如"烦琐"和"烦冗"也可说成"繁琐"和"繁冗"，"繁难"和"繁杂"也可说成"烦

---

① 详见许嘉俊：《杨绛译〈堂吉诃德〉被当"反面教材"众译家据理驳斥译坛歪风》，《文汇读书周报》2005 年 8 月 26 日，第 1 版；林逸：《关于杨绛"点烦"〈堂吉诃德〉的争议》，《文艺报》2005 年 8 月 30 日，第 002 版。

② 详见李景端：《不是"必修"但可"选修"》，《文汇读书周报》2005 年 11 月 18 日，第 3 版；李景端：《杨绛"点烦"怎成"反面教材"？》，《翻译编辑谈翻译》，武汉：湖北教育出版社，2009 年版，第 31—35 页。

③ 杨绛：《失败的经验（试谈翻译）》，《中国翻译》1986 年第 5 期，第 27 页。

④ 朱生豪：《〈莎士比亚戏剧全集〉译者自序》，载于吴洁敏、朱宏达：《朱生豪传》，上海：上海外语教育出版社，1990 年版，第 264 页。

⑤ 详见（唐）刘知几：《史通新校注》，赵吕甫校注，重庆：重庆出版社，1990 年版。

⑥ 罗银胜的《杨绛传》一书就将"点烦"说成了"点繁"。详见罗银胜：《杨绛传》，北京：文化艺术出版社，2005 年版，第 311 页。

难"和"烦杂"，① 但从一个更严谨的行文态度上来说，刘知几和杨绛所用的既然都是"点烦"，后来的研究者或媒体人就应该也严格照录这两个字，而不宜在字眼或字形上信笔所之、随意发挥。

在具体操作上，"点烦"最难把握的是适度，往往会留下过犹不及的遗憾。对此，杨绛自己是这样表述的："这是一道很细致、也很艰巨的工序。一方面得设法把一句话提炼得简洁而贴切；一方面得留神不删掉不可省的字。"② 杨绛也因此坦承，她自己往往会把烦文"点"得过度："不能因为追求译文的利索而忽略原文的风格。如果去掉的字过多，读来会觉得促迫，失去原文的从容和缓……我自己就掌握不稳，往往一下子去掉了过多的字，到再版的时候又斟酌添补。"③

由此可见，**杨绛所提倡的"点烦"的要点是，对成形或初步成形的译文以细筛似的方式再加工，删繁就简，洗练文字，消臃解肿，通顺语气，而不是短斤少两地从内容上删削原文，或是漠视原文的风格底色**——照杨绛自己的话，就是："不能因为追求译文的利索而忽略原文的风格……失去原文的从容和缓。"④ 而在后来有关《堂吉诃德》译本孰优孰劣的不无意气之争的讨论中，在对"点烦"的臧否里，有的论者明显在尚未弄清楚杨绛所指涉的"点烦"本意的情况下，贸然地，甚至是缺乏礼貌地予以批驳和排斥，如说什么"原作之'烦'不能'点'"⑤ "点烦"是"扯淡"⑥，等等。在争论开始后的当年（2005年），杨绛为此还专门撰文申辩过："'点烦'云云，是我大胆尝试。这是一道艰巨的工序。一下子'点'掉十来万字，我自己也很吃惊。董先生的误解是完全合理的。不过'点烦'只限译文，不简原文（详见《翻译的技巧》）。"⑦

尽管如此，把杨绛对译文的"点烦"误会为对原文的"点烦"的声音迄今依然不绝如缕："杨绛翻译的《堂吉诃德》，采用'点烦'的方式使八十多万字的译文减到七十多万字，这样文字倒'明净'多了，但这种翻译方式是否值

---

① 参见《现代汉语词典》（第5版），北京：商务印书馆，2005年版（2007年第366刷），第375—376页。

② 杨绛：《失败的经验（试谈翻译）》，《中国翻译》1986年第5期，第27页。

③ 杨绛：《失败的经验（试谈翻译）》，《中国翻译》1986年第5期，第27页。

④ 杨绛：《失败的经验（试谈翻译）》，《中国翻译》1986年第5期，第27页。

⑤ 详见王理行：《原作之"烦"不能"点"》，《文汇读书周报》2005年11月18日，第3版。

⑥ 高为：《扯淡对点烦》。出处见高为博客：http://gaowei6.blshe.com/post/8551/266589，2008-10-06。

⑦ 杨绛：《不要小题大做》，《文汇读书周报》2005年9月2日，第1版。

得提倡？译者是否有权为读者考虑而精炼原文？"① "前两年，《堂吉诃德》的翻译引发了国内出版界和翻译界关于翻译的'点烦'合理与否之争。其实，翻译的'点烦'应该是没有问题的，译者有权力对他/她所认为的冗长原文进行必要的、有时甚至是大刀阔斧的删节，但这需要让译文读者知情。如果译者在《堂吉诃德》译著出版时就向读者说明该译本是节译，不是全译，或在译者前言说明对原文进行了'点烦'，后来的争论也许就不会产生。译界同仁似乎历来对此事不够重视。"②

当然，若细究起来并揆诸李景端所披露的杨绛如下一段话，也还是可以看出，杨绛在翻译《堂吉诃德》的过程中，是不无不小心地"点"了原作之"烦"的嫌疑的："《堂吉诃德》的译文，起初我也译有八十多万字，后经我认真的'点烦'，才减到七十多万字，这样文字'明净'多了，但原义一点没有'点掉'。比如书中许多诗歌，可以去查查，原诗是多少行，我少译了哪一行？搞翻译，既要为原作者服务好，又要为读者服务好，我'点烦'掉十多万字，就是想使读者读得明白省力些……"③ 这是因为，杨绛为替读者阅读时省力考虑而对《堂吉诃德》大胆"点烦"的结果多半是，"原义"或许一如她自己所说的，一丁点儿都没有被"点掉"，但却极有可能因而多多少少伤及了原作者塞万提斯的行文风格或叙事语调——有人就曾指出，"塞万提斯讲故事和用词，常常十分冗长啰嗦"。④

说到底，这个意义上的"点烦"还是涉及了"信、达、雅"的"信"字。1944 年，美学家兼翻译家朱光潜曾说过这样一段话："严又陵以为译事三难：信，达，雅。其实归根到底，'信'字最不容易办到。原文'达'而'雅'，译文不'达'不'雅'，那还是不'信'；如果原文不'达'不'雅'，译文'达'而'雅'，过犹不及，那也还是不'信'。所谓'信'是对原文忠实，恰如其分地把它的意思用中文表达出来。有文学价值的作品必是完整的有机体，情感思想和语文风格必融为一体，声音与意义也必欣合无间。所以对原文忠实，

---

① 黄德先、杜小军：《翻译研究的现实转向》，《上海翻译》2008 年第 3 期，第 17 页。

② 王宏：《对当前翻译研究几个热点问题的再思考》，《上海翻译》2010 年第 2 期，第 55 页。

③ 这是杨绛与李景端的电话对话。引自李景端：《杨绛"点烦"怎成"反面教材"？》，《翻译编辑谈翻译》，武汉：湖北教育出版社，2009 年版，第 32 页。

④ 系李景端引述某位资深的西班牙语学者对他所说的话。摘自李景端：《杨绛"点烦"怎成"反面教材"？》，《翻译编辑谈翻译》，武汉：湖北教育出版社，2009 年版，第 33 页。

不仅是对浮面的字义忠实，对情感，思想，风格，声音节奏等必同时忠实。"①

朱光潜这段话看似老生常谈，了无新意，但却在道出了"信、达、雅"之间的关系并对"信"做了更为准确翔实的界定之余，点出了"达"和"雅"的说法不只是针对译文，也与原文有关——原文既可能"达"而"雅"，也可能不"达"不"雅"；只有在"达"或"雅"的程度上与原文若合符节或随其起伏涨落，译文才有可能比较彻底地做到"信"。由此可见，翻译虽然某种意义上是一种再创作，但首要是得尊重"浮面的字义"所隐含的作为原著精髓的"情感，思想，风格，声音节奏"等要素。而这些其实都与文字的简与繁、句式的长与短，以及气韵的精与粗密切相关。

无独有偶，论年资比朱光潜还要高上一两辈的知名翻译家伍光建（1866—1943）也说过意思与其大体类似的看法："为了译文准确，也不妨把'信、达、雅'搞搞清楚。这个标准，来自西方，并非严复所创……这三字分量并不相等，倒是'信'或者说忠实于原文的内容和风格，似应奉为译事圭臬。至于译文是否达、雅，还须先看原文是否达、雅；译者想达、想雅，而有些原文本身偏偏就不达、不雅，却硬要把它俩译出，岂非缘木求鱼……又如小说中人物有时说话俚俗、粗野，如译到此处也要'雅'一下，未免多事，而且也太不'信'了。"②

具体而言，塞万提斯在《堂吉诃德》里所表现的烦冗啰唆和夸张感作为一种表达，既可能是人物塑造的需要——所谓市井俚俗的口吻、语气或做派，也可能是有意为之的一种语言风格。按朱光潜和伍光建的表达，这在原文来说，就是某种程度的不"达"不"雅"，泰半属于原作者有意为之。译者杨绛要是为了读者阅读的便利，以既"达"又"雅"的译文处理或净化（杨绛自己所谓"洗练"）这种不"达"不"雅"，就可能过犹不及，最终在"信"度上打折扣。

而从另外一个方面来看，杨绛所说的为读者服务或为其阅读时省力着想，听起来尽自温馨受用、周到细致，但尺度或分寸上却并不易把握，难免会有吃力不讨好之虞。读者千面，所需者本就各个不同。**删繁就简的"点烦"当然有可能为某些图省力、有文字洁癖的读者带来阅读上的便利和愉悦，但也有可能**

---

① 朱光潜：《论翻译》，《翻译通讯》编辑部编《翻译研究论文集（1894—1948）》，北京：外语教学与研究出版社，1984年版，第354页。

② 伍蠡甫：《伍光建的翻译》，罗新璋《翻译论集》，北京：商务印书馆，1984年版，第461—462页。引号内所引伍光建的话系其子伍蠡甫依其语气追忆。

为另外一些喜好原汁原味或不惮于阅读挑战的读者带来感知上的缺失和不痛快——因为，这一部分读者可能偏偏宁愿忍受原文的冗长沉闷或不"达"不"雅"，也不愿意领受译者好心好意、辛辛苦苦提供的更为简约易读的译文，为的是有现场感地体味不同时代的审美心理，有真实感地了解原著所呈现的彼时彼地的表达方式或行文习惯。要而言之，译者设若不分青红皂白地一味追求"达"而"雅"，或是单纯地以"明快流畅"或"明净"等为鹄的，那么，并不见得一定会达致起码称得上"信"的最佳翻译效果。

当然，杨绛通过张扬文学翻译的"点烦"论，等于进一步把自己与前文讨论过的翻译的"形似"派区分了开来，等于进一步坐实了自己的"传神入化"派本色。

二 西班牙小说《小癞子》的汉译书名——例说"点烦"

虽然如前所述，有关"点烦"的争议起自并集中于汉译小说《堂吉诃德》，但杨绛所做的"点烦"的一个更早也更为经典、扼要的例子，其实是她第一篇小说译作的书名《小癞子》——当然，相对应地，也包括该小说主人公的名字"小癞子"。

杨绛以《小癞子》来代替小说直译过来的书名《托美思河的小拉撒路（的生活）》（*La Vida de Lazarillo de Tormes*），以"小癞子"来称呼小说主人公"小拉撒路"，是以意译代替直译和音译，同时相应地缩减了某些次要内容（如河名），等于一下子"点"掉了许多"烦"。

杨绛自己，也包括吴学昭、李景端、高莽等人一边倒地赞许和认可这种做法——如高莽就说过：

> 《小癞子》原作书名是《托美思河的小拉撒路》……如按原文翻译书名很难为中国读者所接受，未免过于赘口。于是杨老把复杂的书名改译成《小癞子》，即不失原作书名的本意，又符合中国读者的口味，无疑是成功之笔。①

---

① 高莽：《青松老人——贺文学大师杨绛先生》，《人民政协报》2010 年 12 月 20 日，http://epaper. rmzxb.com.cn/2010/20101220/t20101220_360528.htm; 亦可参见高莽：《青松老人杨绛》，《老年教育（长者家园）》2011 年第 3 期。

然而，也有人如作家张承志曾隐晦地表达过不同的意见，暗示《小癞子》这个中文译名的出笼是被原书过于轻松逗趣的语言风格所误导，是一种被诙谐所蒙蔽、把噱头当有趣的误读，遮蔽或淡化了原书由不拘的流浪行为所展示的内在的叛逆姿态：

> 而不朽名著《托尔美斯河上的拉撒路》的纪念雕塑则是手法含混的，一如罗丹的作品。那本书的语言太诙谐了，这样易招误读；好像只要凑得出噱头谁都可以续作，一个中译本就干脆把它译成《小癞子》。而罗丹笔法抹平了雕塑版的明亮，它暗含忧郁，眼神模糊，老头不刁，小孩不油，人物显得比较"正面"。
>
> 但我们是一些前定主义者。虽然缺乏职业的流浪儿履历，却对小拉撒路他们那一套生来熟悉。我们的血统里，活跃着一种随时准备找他俩入伙的暗示——因为我们宁肯那样，也不愿做体制的顺奴。他俩确是我们的同伙，不同处顶多是，我们的形式是思想的流浪而已。[①]

张承志对汉译书名《小癞子》的这种反感或不以为然隐约闪烁，可谓皮里阳秋。而据笔者所知，市面上曾经流行的、以《小癞子》为名的同一种译著至少不下三种，说明张承志反感的不见得一定就是杨绛。[②] 但问题的微妙却也在于，杨绛确切不移地是《小癞子》译名的首创者，且始于半个多世纪前。

不过，根据杨绛自己如下的解释，她当初将"拉萨罗（拉萨里略）"或"拉撒路"改成"癞子"却既非为了调侃嘲谑，亦不强调轻狂，不刻意于贬，不带恶意，只是就事论事地依照约定俗成的习惯随手拈来，为了读者理解上的便利考虑而已："原作名'托美思河的小拉撒路'（Lazarillo de Tormes）。'新约全书''路加福音'里有个癞皮化子名叫拉撒路，后来这名字指一切癞皮化子，又泛指一切贫儿乞丐。我们所谓癞子，并不仅指皮肤上生癞疮的人，也泛指一切流氓光棍。我国残唐五代时的口语就有'赖子'这个名称，指'无赖'而说；还有古典小

---

① 张承志：《铜像孤单》，《花城》2004 年第 3 期，第 148—149 页。亦可参见张承志：《铜像孤单》，《鲜花的废墟——安达卢斯纪行》，北京：新世界出版社，2005 年版，第 151 页。

② 除了杨绛的译本外，另外两种也叫《小癞子》的译本分别是：（1）刘家海的译本，桂林：漓江出版社，1997 年版；（2）朱景冬的译本，北京：人民日报出版社，2001 年版。

说像'儒林外史'和'红楼梦'里的泼皮无赖，每每叫做'喇子'或'辣子'，跟'癞子'是一音之转，和拉撒路这（名）字意义相同，所以译做'小癞子'。"[①]

其实，这本作者不详的西班牙小说经典的全称是 *La vida de Lazarillo de Tormes y de sus fortunas y adversidades*，英文一般译为 *The Life of Lazarillo de Tormes and of His Fortunes and Adversities*。杨绛曾将该书全名作为《小癞子》中译本的副标题，先后译为"托美思河上的小癞子，他的身世和遭遇"[②] 和"托美思河上的小拉撒路，他的身世和遭遇"[③]。需要特别提请注意的是，该书西班牙语书名全称中的片语 Lazarillo de Tormes 合起来其实是一个完整的人名——小说主人公的名字。换言之，这三个西班牙语单词其实是一个整体：Lazarillo 是名，de Tormes 是姓。正因为如此，该书的众多英文译本才不把这个西班牙语名字中间的 de（表所有关系，相当于中文的"的"字）字拆开来，译成英文的 of（表所有关系，相当于中文的"的"字），而是一仍其旧。也正因为这个名字是一个不该分拆的整体，原则上，就必须依着要意译就尽量全意译，要直译（音译）就尽量全直译（音译）的路数来翻译。

依照意译为主的原则，可以将该书整个书名译成《托尔梅斯河的小癞子的生活及其幸与不幸》，简称《托尔梅斯河的小癞子》。托尔梅斯河（Tormes）流经小说主人公的故乡萨拉曼卡（Salamanca）[④]。在该小说开篇的第一段里，主人公自我介绍说，因为自己生于托尔梅斯河上（的磨房里），故以之为姓（de Tormes）。然而，因该书书名里并没有介词 en（英文 in 或 on），而是所有格的 de（英文 of），寓意主人公本质上属于托尔梅斯河，为托尔梅斯河所出，可谓托尔梅斯河之子，故书名的汉译不应在"河"字之后，再累赘地添加一个"里"或"上"字——上举杨绛译的两个不尽相同的全名就都存在这个问题。

当然，更不可贸然添加"边"或"畔"之类的字，因为磨房是浮在河流的上面，而不是处于河流的边畔或岸上。作为可信手拈来的一个旁证，英国 19 世纪小

---

① 杨绛：《译后记》，载于［西班牙］佚名：《小癞子》，杨绛译，北京：作家出版社，1956 年版，第 69 页。

② 详见杨绛：《译后记》，载于［西班牙］佚名：《小癞子》，杨绛译，北京：作家出版社，1956 年版，扉页。

③ 详见杨绛：《译后记》，载于［西班牙］佚名：《小癞子》，杨绛译，北京：人民文学出版社，1962 年版，扉页。

④ 萨拉曼卡系西班牙西北部城市，杨绛译作"萨拉曼加"。从该小城穿过的托尔梅斯河上有一个古老的磨坊，河上的罗马桥（puente romano）旁边有一个小拉萨罗或称小癞子（Lazarillo）和盲人在一起的雕像。

说家乔治·艾略特（George Eliot, 1819—1880）曾于1860年出版过一部长篇小说，名字就叫《弗洛斯河上的磨坊》（*The Mill on the Floss*）①。《小癞子》中译本的译者杨绛后来在谈论译文的译注技巧时，也曾就此解说过："《小癞子》里的小癞子自称'托美思河上的小癞子'。他说只因为他是在托美思河上的磨房里出生的，所以他名正言顺地是托美思河上的小癞子。'河上'的'上'字，原文是'en'，只能译'河上'或'河中'、'河里'，不能译作'河边'。可是一个人怎能在河上或河里出生呢？除非在船上。这里就需要注解了。从前西班牙的磨房借用水力推磨，磨房浮系在水上的激流中（参看《堂吉诃德》第二部第二十九章），磨房浮在水上。"②

还应稍加解释的是，之所以是"小癞子"，而不只是"癞子"，是因为Lazarillo（拉萨里略）是西班牙人名 Lázaro（拉萨罗）的少儿版，可音译加意译为"小拉萨罗"，也可完全音译为"拉萨里略"。由此可见杨绛作为女性译者的细心——她把主人公或称为小癞子，或称为小拉撒路，都因此故。当然，说归齐，书的主人公本就是一个潦倒的小男孩儿。

依照直译（音译）为主的原则，可以将该书的全名译成《拉萨里略·德·托尔梅斯的生活及其幸与不幸》，简称《拉萨里略·德·托尔梅斯的生活》《拉萨里略·德·托尔梅斯》或乃至《拉萨里略》。这一译法很容易让人想起杨绛也曾翻译过的阿阑·瑞内·勒萨日（Alain René Le Sage，1668—1747）的长篇小说《吉尔·布拉斯》。它的完整书名《吉尔·布拉斯·德·山悌良那传》（*Histoire de Gil Blas de Santillane*）在结构上，就和《拉萨里略·德·托尔梅斯的生活》（*La vida de Lazarillo de Tormes*）很接近。

前文曾提及，在赞扬杨绛的《小癞子》中译本的书名时，翻译家高莽曾给出过"如按原文翻译书名很难为中国读者所接受，未免过于赘口"这样的理由。现在看来，他的这一说法显然是比较牵强的。很明显，如果中国的读者面对《吉尔·布拉斯·德·山悌良那传》或《吉尔·布拉斯》这样的书名并没有什么了不得的不适的话，那么，接受结构上颇为类似的《拉萨里略·德·托尔梅斯的

---

① 参见［英］乔治·艾略特（George Eliot）：《弗洛斯河上的磨坊》，张红颖注，北京：外语教学与研究出版社，2004年版。此书的中译本可参见［英］乔治·爱略特：《佛洛斯河磨坊》，孙法理译，南京：译林出版社，2002年版。

② 杨绛：《翻译的技巧》，《杨绛文集》第4卷，北京：人民文学出版社，2004年版，第360页。

生活》或《拉萨里略》这样的书名也就不该存在什么大不了的困难。毕竟，谁都知道，这是外国小说的中译本，书名和内容带有一定的异域风味在情在理。更何况，高莽所指的原作书名还不是直译过来的《拉萨里略·德·托尔梅斯的生活》，而是以意译为主得来的《托美思河的小拉撒路》，就更不存在什么难于为中国读者接受的问题了。

倘若把以上所说的两个原则合在一处来考虑的话，则至少有如下几种译法可供选择：（1）《小拉萨罗·德·托尔梅斯的生活及其幸与不幸》，简称《小拉萨罗·德·托尔梅斯》或乃至《小拉萨罗》；（2）《小癞子拉萨罗·德·托尔梅斯的生活及其幸与不幸》，简称《小癞子拉萨罗·德·托尔梅斯》或乃至《小癞子拉萨罗》；（3）《小癞子拉萨里略·德·托尔梅斯的生活及其幸与不幸》，简称《小癞子拉萨里略·德·托尔梅斯》或乃至《小癞子拉萨里略》；（4）《托尔梅斯河的拉萨里略的生活及其幸与不幸》，简称《托尔梅斯河的拉萨里略》；（5）《托尔梅斯河的小癞子拉萨里略的生活及其幸与不幸》，简称《托尔梅斯河的小癞子拉萨里略》；（6）《托尔梅斯河的小拉萨罗的生活及其幸与不幸》，简称《托尔梅斯河的小拉萨罗》；（7）《托尔梅斯河的小癞子拉萨罗的生活及其幸与不幸》，简称《托尔梅斯河的小癞子拉萨罗》。

就事论事，杨绛将得自《圣经》的准音译名"小拉撒路"（Lazarus）煞费苦心地改成意译的"小癞子"未可厚非。这是因为，张承志等人所欣赏的早期经文里的译名"拉撒路"陈旧晦暗，没有饱满明确的指向，既不提供醒豁的隐喻意义（中国通晓《圣经》故事的或在教的人毕竟不多），音也远不够精准。严格说来，原著书里和书名里的主人公的名字原本就是拉萨罗（Lázaro）或小拉萨罗（拉萨里略）（Lazarillo），实非"拉撒路"或"小拉撒路"（Lazarus）。若只是根据主人公的小流浪汉身份以及学界考证出来的某种结论，[①] 就把拉萨罗或小拉萨罗（拉萨里略）直接译成"拉撒路"或"小拉撒路"，不仅比较牵强，也不免乏味。根据笔者有限的查考，起码这本书的众多英译本就似乎并没有将该书主人公 Lázaro（拉萨罗）或 Lazarillo（小拉萨罗或拉萨里略）直接译成 Lazarus（"拉撒路"或"小拉撒路"）的。事实上，英文和西班牙文中原本就有 Lazarus 这个名字（西班牙文的写成 Lázarus），目前分别通译为拉扎勒

---

① 例如据称，主人公的名字拉萨罗（Lázaro）或拉萨里略（Lazarillo）化自《新约全书》的《路加福音》或《约翰福音》里提及的人名"拉撒路"（Lazarus）。

斯和拉萨鲁斯。

换言之，杨绛的《小癞子》这个译名容或走得有些远，但总比不痛不痒、毫无张力和弹性且并不精准贴切的陈旧的"拉撒路"或"小拉撒路"要好。同时，也如前所述，一个"小癞子"这样长期约定俗成的称谓并不能简单地理解为贬义，因而也就谈不上丑化或歪曲了这个人物身上所体现的所谓流浪汉精神——张承志所做的暗示不免有点偏或远了。

当然，即便把以上提及的所有因素都考虑进去，杨绛的《小癞子》中文译本的书名可能还是"点烦"得不免有些过度了。

前文抄录过的这本西班牙小说的完整书名所包含的成分或内容本来很多。它的众多英文译本的书名就算把其他的成分都省略了，一般也不会省略其中的 la Vida（生活、生平、人生、一生等）——the Life；即便省略了 la Vida，也绝对会或应该保留 de Tormes（托尔梅斯或托尔梅斯河）的。托尔梅斯（河）（Tormes）作为关键性的地域背景已弥足重要，更何况又早已和小品词 de 一起，固化成了主人公的姓！

因此，笔者以为，一方面，虽然杨绛在"小癞子"和"小拉撒路"的弃取上摇摆不定过，[①] 但她最终选择弃用多多少少有些莫名其妙的"小拉撒路"，代之以"小癞子"，毕竟是深思熟虑的结果，还是站得住脚、经得起类似张承志那样的诘问的。另一方面，像目前这样单用一个纯粹汉化的、外号似的"小癞子"作为中译本的书名，毕竟有将原著完整的书名切削得过薄或"点烦"得过狠之嫌，不免多多少少予人以面目全非之感。要是能赋予《小癞子》这个书名以一定的限定性，或者说，将其换成更为保守也更为综合一些的《小癞子拉萨罗》《托尔梅斯河的小癞子拉萨罗》或哪怕是《托尔梅斯河的小癞子》，则因所传达的信息饱满匀整、简洁适度、富于指向性而明显地要更妥帖、更周详，也更精准、更恰切些。

走笔至此，不妨对市面上出现过的这本西班牙小说经典的其他中译本稍加考察。

前文曾提及张承志在西班牙旅行时阅读过的版本。该版本如果不是江禾（盛

---

① 在作家出版社 1956 年版、人民文学出版社 1962 年版的《小癞子》里，杨绛将该书全名以副标题的方式分别译为《托美思河上的小癞子，他的身世和遭遇》和《托美思河上的小拉撒路，他的身世和遭遇》。1962 年的版本将"小癞子"改成了"小拉撒路"，显然是要避免主标题和副标题用语重复。但还是能看出杨绛自己在两个译名间的那份摇摆不定。

力）翻译、商务印书馆 1984 年出版的西汉对照版《托尔美斯河的拉撒路》，便该是昆仑出版社 2000 年出版的《西班牙流浪汉小说选》——里面有江禾（盛力）的这个译本。① 然而，张承志在行文的时候，却想当然地顾自在"河"字后面添加了一个"上"字，成了并不存在的《托尔美斯河上的拉撒路》② 。

很显然，商务印书馆这个西汉对照版书名的译法是音译和意译相结合的。它没有在"河"字后面加上"上""边"或"畔"之类的字，是其高明之处。然而，它把 Tormes 译成了"托尔美斯河"，与大百科全书出版社 1984 年出版的《世界地名录》和知识出版社 1988 年出版的《世界地名翻译手册》所采用的通用译名"托尔梅斯河"比起来，相差了一个字（商务印书馆 1976 年出版的《世界地名译名手册》③ 和上海辞书出版社 1981 年出版的《世界地名词典》④ 这两本稍早出版的相关工具书均未收入 Tormes 词条）。⑤ 此外，它也将 Lázaro（拉萨罗）或 Lazarillo（小拉萨罗或拉萨里略）理解成了《圣经·新约全书》里提及的 Lazarus（"拉撒路"），但却疏忽了万万不该省略的"小"字（所谓"小拉撒路"）。

也不能不提及上海外语教育出版社晚近（2009 年）出版的西班牙语分级注释读物《托尔梅斯河边的小癞子》⑥ 。这一中文书名醒目地出现在这本西班

---

① 参见［西班牙］佚名：《托尔美斯河的拉撒路（西汉对照）》，江禾译注，北京：商务印书馆，1984 年版。该中译本后来被收入昆仑出版社 2000 年出版的《西班牙流浪汉小说选》，译者名改为盛力。据如下一段话，可知江禾就是北京外国语大学西葡语系教授盛力："对一个墨西哥驻华大使来说，能为贝尔纳尔·迪亚斯·德尔·卡斯蒂略的《征服新西班牙信史》中文版作序，是一件十分愉快的事情。/ 首先要向呕心沥血将贝尔纳尔的《信史》译成中文的盛力（江禾）教授及林光先生所做的艰辛、出色的工作致意。虽然我不懂中文，无从证实，但直觉告诉我，由那位士兵兼史学家描绘的使人惊奇、令人赞叹的世界见诸中文后，一定会激起更大的惊奇、更多的赞叹。"引文引自［西班牙］豪尔赫·爱德华多·纳瓦雷特：《中译本序言》，载于［西班牙］贝尔纳尔·迪亚斯·德尔·卡斯蒂略（Bernal Díaz del Castillo）：《征服新西班牙信史》（*Historia verdadera de la conquista de la Nueva España*），林光、江禾译，北京：商务印书馆，1988 版。

② 应该在此一提的是，前文曾讨论过的张承志的文章《铜像孤单》被改头换面为《拜访三雕像》一文发表后，它所提及的《托尔美斯河上的拉撒路》（即《托尔美斯河的拉撒路》）的书名也被换成了《托尔梅斯河上的拉撒路》。应是该文编辑根据现行的译名标准代为改换。详见张承志：《拜访三雕像》，《世界博览》2004 年第 5 期，第 16—19 页。

③ 辛华编《世界地名译名手册》，北京：商务印书馆，1976 年版。

④ 毛汉英等编《世界地名词典》，上海：上海辞书出版社，1981 年版。

⑤ 详见萧德荣主编《世界地名录》，北京：中国大百科全书出版社，1984 年版，第 2300 页；萧德荣主编《世界地名翻译手册》，北京：知识出版社，1988 年版，第 1167 页。

⑥ ［西班牙］佚名：《托尔梅斯河边的小癞子》（西班牙语分级注释读物），上海：上海外语教育出版社，2009 年版。

牙语注释读物的封面上。

　　要是没有中间那个鸡肋似的看起来合理、其实似是而非的"边"字，则此书名应该是该书截至目前最中规中矩的中文译名，或许也称得上最为完美的中文译名。因为它不仅一定程度上弥补了前文讨论过的杨绛《小癞子》书名的不足，也符合汉译"托尔梅斯河"的现行标准和规范。

　　还有一个 1990 年初版的译本叫《小拉萨路》（亦称《托梅斯河的小拉萨路》），[①] 可以说最让人困惑不解。

　　这个译本虽因插图（金乔楠绘）颇具毕加索风格而为某些人称道，但却将原著书名里的主人公的名字 Lazarillo（小拉萨罗或拉萨里略）译成了"小拉萨路"——既不像"拉撒路"或"小拉撒路"那样可以与《圣经》为代表的叙事传统或旧译风格联系起来，也与通用的译名"小拉萨罗"或"拉萨里略"不尽统一。这个名字细品之下，怎么看都像"小拉萨罗"和"拉撒路"这两个名字的一个稀里糊涂的拼搭或杂糅——取前一个名字的前大半部分，取后一个名字的后一小部分。

　　最麻烦的是，像这样一个四不像的译名反而可能会因用字完全相同，让读者把它和中国西藏自治区的首府拉萨莫名其妙地联想在一起。更何况，在中国各地的街区里，也到处都有以拉萨这个城市命名的"拉萨路"。凡此种种，自然都有可能造成该小说译本潜在读者的不必要的误会，在有适当的机会和足够的兴趣翻开书页之前，就已与之擦肩而过。

---

① ［西班牙］佚名：《小拉萨路》，林林译，重庆：重庆出版社，1990 年版。

第五章　杨绛的小说写作与小说译作

第一节　刻画"软红尘里"^① 的众生之相与根性
——小说《洗澡》及其他

　　若把长短篇一股脑儿地算在一起的话，杨绛迄今所创作小说的总篇数刚好是八篇半，远远说不上多产；而时间的跨度却将近六十年——从 20 世纪 30 年代（1934 年）直到 90 年代初，不可谓不漫长。具体说来，杨绛迄今已发表的短篇小说计有七篇，分别是《璐璐，不用愁！》《ROMANESQUE》《小阳春》《"大笑话"》《"玉人"》《鬼》和《事业》。^② 除了《ROMANESQUE》和《小阳春》这两篇早期作品曾出现在杨绛 1992 年初版的作品集《杂忆与杂写》里之外，其他五篇都曾被收入杨绛 1982 年初版的、曾为编辑兼少儿科普作家叶至善（1918—2006）称道过的小说集《倒影集》。^③ 杨绛的长篇小说迄今则仅得一部半，分别是一部《洗澡》，半部《软红尘里》。

　　从《杨绛文集》所收入的杨绛的全部八篇小说作品来看，似乎只有长篇和短篇小说。不过，若纯就字数多寡或篇幅长短而言，杨绛创作的小说在分类上与通常的概念并不完全合拍，可说长篇其实不长——像长篇小说《洗澡》，若

---

① 和《洗澡》一样，《软红尘里》也是杨绛创作的长篇小说。但后者写了不到一半便被作者自行毁弃。详见文中的讨论与描述。

② 《璐璐，不用愁！》（原题《路路》，署名季康）载于 1935 年（民国二十四年）8 月 25 日《大公报》第 11561 号，第 11 版，《文艺副刊》第 166 期（曾被收入吴福辉编选《京派小说选》，北京：人民文学出版社，1990 年版，第 329—338 页）；《ROMANESQUE》载于《文艺复兴》1946 年第 1 卷第 1 期，第 51—63 页；《小阳春》载于《文艺复兴》1946 年第 2 卷第 1 期，第 38—47 页；《"玉人"》载于《上海文学》1981 年第 4 期，第 39—51 页；《鬼》载于《收获》1981 年第 4 期，第 130—142 页。

③ 详见叶至善：《致〈倒影集〉作者》，《读书》1982 年第 9 期，第 2—5 页。

不看章节的繁复和内在的容量，单论字数和单行本的单薄，其实最多是一部比较长的中篇小说，短篇往往不短——有的（像《"大笑话"》）完全可以看做足份足量、如假包换的中篇小说。这大概也正是杨绛之与众不同或"另类"的某一表征吧。

之所以对长篇小说《软红尘里》以半部相称，是因为该小说仅写出 20 个章节即被作者全部自行毁弃。根据杨绛自己的记载，1991 年"11 月 1 日，动笔写《软红尘里》"；1992 年"3 月 28 日，大彻大悟，毁去《软红尘里》稿 20 章"。[①] 这说明杨绛在《洗澡》之后，很快又开始动手写自己的第二部长篇小说，并用五个月的时间完成了该小说的 20 章。纯就章节数而言，《软红尘里》已完成的部分相当于《洗澡》的一半——《洗澡》共三部 42 章（12 章＋18 章＋12 章），外加一个"尾声"。

那么，究竟是什么原因能令杨绛将已具相当规模的一部长篇小说放弃？是题材过于敏感，不好把握？是作者自己预估该小说艺术上无法超越《洗澡》？是钱锺书投了否决票（很多人都知道，杨绛的文字最后都要由钱锺书把关。但问题在于，并没有成稿呀）？无论如何，杨绛这部长篇小说的遭际已成为好奇的读者和拥趸者心中的一段"悬案"，颇似钱锺书早夭了的长篇小说《百合心》曾经造成的效果。

杨绛的这部长篇小说其实早就露出过存在的端倪：在花城出版社 1992 年版、三联书店 1994 年版的文集《杂忆与杂写》的第二部分"散文"（杂写）里，有一篇文字显得比较别致或突兀——这就是最后一篇《软红尘里·楔子》。而上引杨绛有关长篇小说《软红尘里》写作的记载可以起到释疑的作用：这篇看似没头没尾的文字其实自有来历，其实是一部只完成了部分内容的、最终夭折了的长篇小说的引子。此外，《软红尘里·楔子》这篇多少有些"突兀"的文字的存在和发表至少能够说明，杨绛对长篇小说《软红尘里》的弃写肯定远非听起来或看上去那么干脆利落、斩钉截铁、了无牵挂："'楔子'原是小说的引端，既无下文，便成弃物。我把'楔子'系在末尾，表示此心不死，留着些有余不尽吧。"[②]

---

① 详见杨绛：《杨绛生平与创作大事记》，《杨绛文集》第 8 卷，北京：人民文学出版社，2004 年版，第 398 页。

② 杨绛：《自序》，《杂忆与杂写（增订本）》，北京：生活·读书·新知三联书店，2010 年版，第 1 页。

杨绛的小说不但数量有限，而且大概除了长篇小说《洗澡》之外，其余大多也不为一般的读者所熟知。此外，杨绛的这几篇（部）作品除了《洗澡》之外，无论是写于 1949 年以前的《璐璐，不用愁！》《小阳春》和《ROMANESQUE》，还是写于新社会（改革开放以后）的《"大笑话"》《"玉人"》《鬼》和《事业》，"故事里的人物与情节，都是旧社会的"。故而，被杨绛自己统称为"倒影"。[①] 即便是她的长篇小说《洗澡》，实际上也还是一幅"倒影"——是将近三十年之后，杨绛对解放之初针对知识分子展开的第一次思想改造运动（所谓"割尾巴"或"洗澡"）的艺术性反刍与回顾。概言之，这些作品对于作者杨绛本人而言，均堪称真正的"朝花夕拾"。

杨绛写小说的这种"朝花夕拾"式习惯或称风格看似纯出于时势的摆布或造化的播弄，其实还是大有理路或渊源可寻的。譬如，在评价萨克雷的小说《名利场》时，杨绛就曾对小说中拉开的这种"时间的距离"所造成的"居高临远"效果的意义，有过专门的讨论和阐发："萨克雷把故事放在三十多年前，他写的是过去十几年到三十几年的事。小说不写古代、不写现代，而写过去二十年到六十年的事，在英国十九世纪四十年代左右很普遍。但萨克雷独能利用这一段时间的距离，使他对过去的年代仿佛居高临远似的看到一个全貌。他看事情总看到变迁发展，不停留在一个阶段上。他从一个人的得失成败看到他一生的全貌；从祖孙三代人物、前后二十年的变迁写出一部分社会、一段时代的面貌，给予一个总的评价。"[②]

在同一篇文章中，杨绛在引用完萨克雷把时间比喻为"苍老的、冷静的讽刺家"的一段话后，也曾这样感慨过："萨克雷就象这位时间老人似的对小说里所描写的那个社会、那个时代点头叹息。"[③] 无论如何，**从杨绛这些长于人物心理刻画和人物复杂关系描写的、饱含了"时间老人的深长叹息"的小说作品当中，人们既可以见识过往的社会文化生活的变迁轨迹，也可以了解一代知识分子群体的命运的变迁轨迹，更可以见证一位为人处世不卑不亢、不徐不急的学者型或学院派女作家一针一线、一砖一瓦地从事小说写作**

---

① 详见杨绛：《致读者》，《倒影集》，北京：人民文学出版社，1982 年版，"目次"页前一页，版权页后一页。

② 杨绛：《萨克雷〈名利场〉序》，《文学评论》1959 年第 3 期，第 109—110 页。

③ 杨绛：《萨克雷〈名利场〉序》，《文学评论》1959 年第 3 期，第 110 页。

的漫长成长历程。

所以，笔者接下来会在几个大的框架之下，依据杨绛自己累积下来的经验或抽象出来的逻辑（由于要讲述的小说大多不是"大家熟悉的作品"，尽管可能会"费力多而扼要少"，也免不了要"由撮述一部小说的故事，来讲究这部小说的思想意义、人物类型等等"①），通过适度的穿插和纵横的对比，对杨绛这些小说里的人物、内容与情节予以简要的透视和解析。

一 "纯粹编一个故事，塑造一个人物"② ——杨绛小说的关注重心

杨绛在评析塞万提斯、菲尔丁、萨克雷和奥斯丁等人的小说创作时，看似介入了很多方面，实则最关注的主要也就是两点：一是人物形象特别是典型人物的塑造，二是围绕着人物所展开的故事情节的安排。

而据 2002 年 7 月 18 日刘梅竹对杨绛的电话访谈记录稿，杨绛在提及自己的小说写作实践时就曾这样说过：

> 我想做个试验：现在有的小说不成功，因为都是上面布置下来的任务，多少有些程式化。能不能纯粹编一个故事，塑造一个人物呢？③

几年之后，在与吴学昭对谈往事的时候，杨绛也念兹在兹地念叨过这同样的两件事：

> 我总认为小说应写出活脱脱的人物，而故事必须自然逼真，感情动人，格调勿庸俗。④

就人物形象塑造这第一件事而言，在 1993 年完成的《〈堂吉诃德〉校订本三版前言》一文中，杨绛在提点读者应如何阅读该书时，就是直指书中的主

---

① 详见杨绛：《关于小说·序》，北京：生活·读书·新知三联书店，1986 年版，第 1 页。

② 此为杨绛原话，详见刘梅竹的法文博士论文，第 391 页。

③ 引自刘梅竹的法文博士论文，第 391 页。

④ 吴学昭：《听杨绛谈往事》，北京：生活·读书·新知三联书店，2008 年版，第 327 页。

要人物的："总之，我们只顾牢牢跟定堂吉诃德和桑丘主仆俩：看堂吉诃德的行为，听桑丘的议论，其它枝节，一概可以略过……因为值得我们深切认识的，无非堂吉诃德和桑丘这一对多层次、多方面的有趣人物。他们的一言一行，都表现各自的性格。"①

而故事情节的安排说到底，也其实就是杨绛在其小说研究文字里，一再强调的所谓结构或布局："如果我们没有注意斐尔丁在小说方面的理论，也许会忽略了他刻意取法史诗的地方……我们可在不同的小说里看出一点相同：每部小说的故事都有'诗学'所讲究的布局——所谓'史诗的灵魂'。"② "……斐尔丁的每一部小说都有布局。"③ "萨克雷最称赏斐尔丁《汤姆·琼斯》（Tom Jones）的结构，可是《名利场》里并不讲究结构。他写的不是一桩故事，也不是一个人的事，而是一幅社会的全景，不能要求像《汤姆·琼斯》那样的结构。"④ "……他不愿用自己的布局限制他虚构的人物自由活动，或干扰故事的自然发展。"⑤ "有人说，萨克雷第一个打破小说当有结构的成规。"⑥ "奥斯丁所有的几部小说——包括她生前未发表的早年作品《苏珊夫人》（Lady Susan）——都有布局，布局都不露作者筹划的痕迹。"⑦

自然而然地，杨绛在她自己的小说写作中，也便特别注重这两个方面，一如她自己所一再宣称的：

> ……我既不打算宣传什么主义，也不想表达什么意见。我想出几个人物，把他们放在一个故事背景里。在这个特定的背景里，人物自由行动，就会产生出故事，爱情等等。我写作之前，没有主题；写作中，也不介入。我在那儿玩。⑧

---

① 杨绛：《〈堂吉诃德〉校订本三版前言》，《杨绛文集》第4卷，北京：人民文学出版社，2004年版，第210—211页。

② 杨绛：《斐尔丁在小说方面的理论和实践》，《文学研究》1957年第2期，第124页。

③ 杨绛：《斐尔丁在小说方面的理论和实践》，《文学研究》1957年第2期，第128页。

④ 杨绛：《论萨克雷〈名利场〉》，《春泥集》，上海：上海文艺出版社，1979年版，第61页。

⑤ 杨绛：《论萨克雷〈名利场〉》，《春泥集》，上海：上海文艺出版社，1979年版，第62页。

⑥ 杨绛：《论萨克雷〈名利场〉》，《春泥集》，上海：上海文艺出版社，1979年版，第61页，第2条注释。

⑦ 杨绛：《有什么好？——读奥斯丁的〈傲慢与偏见〉》，《关于小说》，北京：生活·读书·新知三联书店，1986年版，第67页。

⑧ 据2002年7月18日刘梅竹与杨绛的电话访谈记录稿。引文引自刘梅竹的法文博士论文，第392页。

（一）"我塑造人物就像怀孩子一样"[①]

有关小说中人物形象的塑造，杨绛在不同的场合里有过大体类似的表述。例如，她曾经这样形象化地描述过人物形象的孕育过程："我塑造人物就像怀孩子一样，一直等到人物变成一个活生生的人。我所有的人物都是自己造出来的，不抄袭。"[②]

然而，人物虽孕育自小说作者的头脑或心灵，与抄袭无涉，但一定不可能凭空捏造，一定会有所本。杨绛自己给出的答案是："小说里的人物不是真人，而是创造，或者可以说是严格意义上的'捏造'，把不同来源的成分'捏'成一团。"[③] 若是按照这一理路来观照杨绛长篇小说《洗澡》里的人物塑造，学人胡河清曾经给出过的如下这样一个公式便显得不免有些唐突，或过于一厢情愿：姚宓＋姚老太太＝杨绛（本人）。[④]

这一公式的逻辑基础可能在于，如果杨绛所做的"作者所鄙弃不屑的，当然也就是他旨在避免的"[⑤] 这一判断不无道理的话，那么，反过来当然也可以说，一个作家（或任何人）所揄扬的，通常都是他或她自己所看重的，也往往就是他或她自己愿意践行的或足资自拟的。但问题在于，即便姚宓或姚老太太身上的确不可避免地露出杨绛本人的某些影像或特征，那她也至多只是被"'捏'成一团"以塑造这两个人物形象的"不同来源的成分"之一而已，无法完全承载胡河清公式中的那一个等号。

同时，为作者所着力揄扬者不仅本源复杂难辨，往往又都会被涂抹上比较浓重的理想化色彩，与现实就不免会存有较大差距。具体说来，作为作者杨绛所推重的理想化人格的化身，姚家母女无论是在"表"（形貌）上还是在"里"（内涵）上，都已被作者杨绛明显地理想化了——譬如，号称比同一部小说中公认的"标准美人"杜丽琳还要美的姚宓，当然应该比现实生活中往往只具中人之姿的任何一位生活原型远要好看。若借用杨绛自己的话，便是："小说家笔下

---

① 此为杨绛原话，引自刘梅竹的法文博士论文，第 391 页。

② 据 2002 年 7 月 18 日刘梅竹与杨绛的电话访谈记录稿。引文引自刘梅竹的法文博士论文，第 391 页。

③ 杨绛：《事实——故事——真实》，《关于小说》，北京：生活·读书·新知三联书店，1986 年版，第 10 页。

④ 详见胡河清：《杨绛论》，《当代作家评论》1993 年第 2 期，第 45 页。

⑤ 杨绛：《艺术是克服困难——读〈红楼梦〉管窥》，《文学评论》1962 年第 6 期，第 111 页。

的人物，有作者赋予的光彩。假如真身出现，也许会使读者大失所望。"① "克鲁采说，他忘了哪位作家说的，诗里形容的那些天仙化身的美人，事实上都是不怎么的。"②

因此，无论是按照杨绛一向所秉持的严格的人物形象"虚构"说，还是根据她同样信奉的萨克雷的人物形象"拼凑"说——"作家创造人物，是把某甲的头皮、某乙的脚跟皮拼凑而成"③，她都不会认同胡河清的上述判断。当然，若是把刚才论及的所有质疑都考虑进去之后，再以姑妄听之的态度务务虚的话，胡河清所炮制的这一公式其实自有其耐人寻味的地方，不能真的以"信口雌黄"论处：虚拟的某甲（姚宓）和某乙（姚老太太）的成分（无论是"头皮"还是"脚跟皮"）合起来构成了真人杨绛（的某些本质特征）；或者反过来说，真人杨绛（的某些本质特征）分身有术，化身为二，遂成了虚拟的某甲（姚宓）和某乙（姚老太太）。

同样是根据杨绛所依从的"头皮"和"脚跟皮"一说，**若容许以虚证虚地来分析一下杨绛《洗澡》里最耐人寻味的人物角色杜丽琳的话，那么，不妨把她说成是钱锺书《围城》里孙柔嘉与苏文纨两个人物形象的杂糅体：杜丽琳当年将在情事上颇为懵懂的许彦成纳入掌底或囊中时所显露出来的要强、果敢和使用的强悍手段，同苏文纨的小姐做派和颐指气使可有一比；她后来对中年感情出轨的许彦成的又打又拉、冷嘲热讽和巧于心机，又透着孙柔嘉不动声色、阴柔难缠的底里与味道。**

或者不妨说，面对许彦成隐忍在心、若即若离的背叛与离心，杜丽琳内心的矛盾或纠结恰恰有如孙柔嘉与苏文纨二人的轮番上阵与对垒：一忽儿暗地里咬牙切齿，一忽儿又清高自怜；一会儿用尽心机将许彦成看得紧紧的，一会儿又"大度"地挺身而出，在众人面前极力维护之。

如果说小说《洗澡》中的施妮娜、余楠和姜敏是作者杨绛所不齿者，姚宓、姚老太太、许彦成乃至宛英是作者杨绛所偏爱者，那么，杜丽琳便是作者杨绛

① 杨绛：《事实——故事——真实》，《关于小说》，北京：生活·读书·新知三联书店，1986年版，第20页。

② 杨绛：《事实——故事——真实》，《关于小说》，北京：生活·读书·新知三联书店，1986年版，第21页。

③ 杨绛：《事实——故事——真实》，《关于小说》，北京：生活·读书·新知三联书店，1986年版，第20—21页。

有意无意推出来的一个偏于中性的人物。杨绛对这个人物显然谈不上喜爱，却也保持着足够的尊重；对她的造作、寡淡和心理上的脆弱能毫无保留地予以呈现乃至讥刺，却又绝不让她沦于猥琐，不让她在人前过度难堪。

具体而言，作为一个不可多得的中性人物形象，杨绛笔下的杜丽琳既有自己做人的底线，能谨守是非分际，又不免市侩现实；她知识分子的那份清高虽然让她无法与周遭那些政治小人同流合污，却并不影响她比许彦成和姚宓更会"做人"，更会与方方面面虚与委蛇；她能欣赏丈夫许彦成以憨厚善良和特立独行打底的素质，一直不愿意弃守这段姻缘，却又始终无法懂得为什么对方会坚持在家里布置一个只属于他自己的所谓"狗窝"，始终无法真正抵达对方隐秘的灵魂深处。

基于这样的角色分析，杜丽琳虽然不像另外一位女性人物姚宓那样幸运，得到过作者杨绛以浓墨重彩描画的青睐，却无疑是杨绛小说《洗澡》里最丰满、最耐咀嚼的人物之一。对这个安于中游、不左不右的角色在生活里和政治上遭逢的那份尴尬和可悲，有的论者把握得比较到位："杜丽琳是一个可悲的知识女性，施妮娜、余楠那种无耻她学不来，政治上始终被排斥在掌权者的圈子之外；许彦成、姚宓的精神境界她进不了，感情上也一直是无处安身；虽然处处要求进步，小心周全，但实际上除了拴住许彦成身体外一无所获。这是一个性格人，比起《围城》中的苏文纨、孙柔嘉一点也不逊色，甚至可以说更丰满，更有典型性。"[①]

如果说在形象的丰满和性格的多层次方面，杨绛《洗澡》里的杜丽琳与钱锺书《围城》里的苏文纨和孙柔嘉可堪一比的话，杨绛《洗澡》里的姚宓却完全不像钱锺书《围城》里的唐晓芙。众所周知，在小说《围城》里，钱锺书对众女角极尽挖苦讥讽之能事，而独对唐晓芙呵护有加，不愿稍加一指。于是，不知钱锺书和杨绛夫妻二人感情好的读者就会把杨绛当成孙柔嘉来鄙视，而了解钱、杨二人鹣鲽情深的人便不免把杨绛视为唐晓芙来欣赏。前者自然是走了眼，后者却也与实际大有偏差。实事求是地看，青春靓丽、爽快活泼、敢爱敢恨、一秉天然的唐晓芙从性格到修养到教育背景，都实际上与杨绛本人相去甚远；无论从哪个角度看，都无法令人把这两个角色切实地完全联系在一起。

---

① 孔庆茂：《钱锺书与杨绛》，海口：海南国际新闻出版中心，1997年版，第331页。

而杨绛在《洗澡》里郑而重之、关爱备至地将才女加美女姚宓推出来，某种程度上或许正是有意无意地要弥补这一明显的缺憾或不谐调吧？无论如何，把两者之间性格和样貌等方面的一些差异且搁置在一边，**姚宓的典雅可亲、庄重自持与不为世俗功利所惑的清高、低调、果敢乃至于淡淡的书卷气里裹着一丝若有若无的俏皮和犀利，倒的确堪与现实生活中的杨绛本人一比的。**

在评论萨克雷的小说《名利场》时，杨绛说过："一般小说里总有些令人向往的人物，《名利场》里不仅没有英雄，连正面人物也很少，而且都有很大的缺点。"[①] 倘若用这段话来套一下杨绛自己的小说作品的话，那么，即便不能做到百分之百贴切，相去也不会太远。无论是长篇小说《洗澡》，还是《璐璐，不用愁！》《ROMANESQUE》《小阳春》《"大笑话"》《"玉人"》《鬼》和《事业》等七篇中短篇小说，其中肯定是没有什么可供敬仰或供奉的英雄人物的。

如果非要勉强地拿来一个人物正面地表彰或礼敬一下的话，那只可能是《事业》里的默先生。她以学校为家，心中只有那些孩子们，堪称一个模范教育家。但也恰恰是这位中年老太太，性格古怪，脾气乖张，毛病不少，在学生们中间的口碑并不如何好。《ROMANESQUE》里女学生模样的梅虽出身匪窝，却能出污泥而不染，为一见钟情的男青年彭年两肋插刀，帮他找回被骗走的东西，算是一个比较正常的好人。但也正是她，既无法选择自己的出身，又无力掌控自己的现在与未来——从一开始便屡遭胁迫不说，最终也没逃过厄运，无法和所爱的人远走高飞，让人不免扼腕。

而《"大笑话"》里以朱丽、赵守恒和周逸群等为代表的那些高级知识分子男女，则有一个算一个，无非都是家长里短、飞短流长之辈。他们彼此在彼此的眼里，都是一出"笑话"，也不断地上演表面上循规蹈矩、温文尔雅，骨子里尔虞我诈、男盗女娼的"笑话"。唯一的亮点或慰藉发生在稍显清高和良善的林子瑜，同偶然地闯进温家园又很快狼狈地落荒而逃的陈倩之间。他们两个人匆匆上演的暗恋和偷情堪比《洗澡》中姚宓和许彦成之间的爱情故事，后者无非展开得更为充分、更为含蓄也更广为人知一些罢了。

单就杨绛的长篇小说《洗澡》而言，它塑造和烘托的主要是人物群像，并

---

① 杨绛：《论萨克雷〈名利场〉》，《杨绛作品集》第 3 卷，北京：中国社会科学出版社，1993 年版，第 71 页。

没有什么特别突出的主角。若一定从正面人物着眼，则要算姚家母女及与他们关系相对密切、有一定情感纠葛的两个男人许彦成和罗厚了。但姚老太太城府过于深沉，难免会被洞悉世情者视为老奸巨猾；罗厚倒是憨厚率真，却又不免有些没有大脑；许彦成性格懦弱犹疑，于文雅、清高中透着首鼠两端的底里。只有最受作者呵护的图书管理员姚宓，敢爱敢恨、最富人格魅力，也最雅致姣好、清丽可人。若非得说她有什么问题的话，当然也是作为这一干准好人通病的偏偏缺少那临门的一脚，过于裹足不前。

杨绛曾这样评价英国经典小说家奥斯丁："奥斯丁写人物确是精雕细琢，面面玲珑。创造人物大概是她最感兴趣而最拿手的本领。她全部作品（包括未完成的片段）写的都是平常人，而个个特殊，没一个重复……"[1] 一如本节一开始就曾强调过的，杨绛的这段话尤其是前半段自然可以视如杨绛的自况——创造人物形象的确也是她自己作为小说家最感兴趣、最拿手的本领。

然而，这段话的后半段若用来说明杨绛自己的人物刻画功力，则似乎又并不那么完全恰切。因为杨绛还说过："奥斯丁不是临摹真人，而是创造典型性的平常人物。"[2] 杨绛自己精心创造的人物虽然也都是平常人，但却并不能保证真的"个个特殊，没一个重复"，不能保证都那么富于"典型性"。或者说，杨绛笔下的人物个性虽然大都堪称丰满鲜明，但往往前承后继，有程度不等的类型化或雷同痕迹，尚不能说都完全达到了"典型性的平常人物"的高度。

例如，《"大笑话"》里的林子瑜与《洗澡》里的许彦成就明显属于同一类型，均是善良懦弱、迟疑委琐。在情性和行为上，他们都与钱锺书《围城》里的人物方鸿渐有相类似之处，只是不如后者市侩浮滑，也不如后者会弄虚作伪。其实，推而广之，《小阳春》里的人物俞斌和《"玉人"》里的人物郝志杰莫不如是。**他们也都堪称人群中的所谓好人，清高而不孤傲，善良而又有私心；面对男女感情的冲击或诱惑时，心中自然难免冲动，但临阵又往往会望风而逃——起码都是精神上的银样镴枪头。**

在杨绛这些数量并不是很多的小说作品中，乍看起来杨绛是在写女人——

① 杨绛：《有什么好？——读奥斯丁的〈傲慢与偏见〉》，《关于小说》，北京：生活·读书·新知三联书店，1986年版，第69页。

② 杨绛：《有什么好？——读奥斯丁的〈傲慢与偏见〉》，《关于小说》，北京：生活·读书·新知三联书店，1986年版，第73页。

画女人的群像，塑女人的群雕，但那些女人的存在其实大都基于一个隐在的前提，大都是这一个类型化了的男人形象的陪衬。而这个男人形象的根子若往远里追寻，往杨绛所喜爱的人物身上追寻，应该说至少与《红楼梦》里的贾宝玉一脉相承。简或极而言之，**杨绛所倾力塑造的其实是典型的中国知识分子形象：不乏良知却又终是肉眼凡胎，往往抗不住私心杂念的干扰；每思振作却又免不了和常人一样食五谷杂粮、得过且过；一旦有临危受命、挺身而出的机会，往往又会畏葸不前、妥协退缩。**

（二）"小说有布局，就精练圆整，不致散漫芜杂"[①]

说起杨绛的小说创作，无论是《洗澡》，还是《"大笑话"》，乃至《小阳春》，予人印象最为深刻的，恐怕还不是杨绛自己念兹在兹的人物形象的塑造，而是场面的安排和烘托。

1962 年，杨绛曾写有专论《红楼梦》这部经典长篇小说的文章《艺术是克服困难》，总结了中国古代才子佳人小说的恋爱速成（一见钟情）现象或称模式，并给出了令人信服的原因：有鉴于为当时的社会环境和伦理观念所限，男女不容易像现代这样有朝夕相处的场所和机会，作家在处理他们的爱情时，就只好套用最简单直接的一见钟情模式，让他们速成。最典型的，莫过于元稹（779—831）《会真记》或王实甫（1260—1336）《西厢记》里张生与崔莺莺的恋情。

而曹雪芹的《红楼梦》作为很大程度上克服了艺术的困难的一个典范，却成功地突破了这一局限——它创造性地安排了大观园这样一个小环境，既绝无仅有，又相对封闭自足。处身大观园的宝玉、黛玉虽仍然无法堂而皇之地公开谈恋爱，但他们至少可以不避嫌疑地朝夕相处、亲密接触。

相比之下，杨绛在自己的《洗澡》《"大笑话"》和《小阳春》这三部（篇）堪称她最为成功的小说里，也其实有意无意地构筑了一个类似的场景，一个适宜于主人公们走马灯似的登场亮相并集中活动的场所。例如，《"大笑话"》里平旦学社占据的温家园（温贝子坟园）——也就是叶至善所戏称的"与世隔绝的研究所大院"或"与世隔绝的世外桃源"[②]——便是这样的一处所在。当

---

① 杨绛：《有什么好？——读奥斯丁的〈傲慢与偏见〉》，《关于小说》，北京：生活·读书·新知三联书店，1986 年版，第 65 页。

② 详见叶至善：《致〈倒影集〉作者》，田蕙兰、马光裕、陈珂玉选编《钱锺书杨绛研究资料集》，武汉：华中师范大学出版社，1990 年版，第 649—650 页。

然，类似这样的设计其实也属于所谓戏剧规定性的重要内容。这个意义上的温家园便不光是一处一般性的人物活动场所，更相当于茫茫人海中的一个聚光小舞台。显然，杨绛的小说也受到了她自己的戏剧写作训练的影响。

与此相关联的是，这之前在阐述杨绛的菲尔丁小说论时，笔者曾说过："杨绛指出，从形式上来看，菲尔丁的几部长篇小说或是历险记，或是传记，或是寓言……各个有别，讲究布局便成为了它们的共性——或者说，布局这一史诗和悲剧的重要构成因子堪称菲尔丁'滑稽史诗'体小说的灵魂……按杨绛的分析，菲尔丁的小说里所采用的布局，主要是亚里士多德所论的有转折的复杂型布局——例如，他的小说《约瑟夫·安德鲁斯》（《约瑟·安柱斯》）（ *The History of the Adventures of Joseph Andrews, and of His Friend Mr. Abraham Adams* ）的布局的转折便出现在第四卷，约瑟夫苦尽甘来，同芳妮圆满结合。"[1]其实，杨绛自己的小说也很在意布局或结构。

对所谓的复杂的布局，杨绛自己曾这样介绍说："亚理斯多德说到两种布局，故事有起有承有结而没有转折的，那种是简单的布局；复杂的布局多一层转折，主角的命运或由好转坏，或由坏转好，事情的纠结由纷乱渐见头绪，终于真相大白。这种布局分两部分；前一部是纠结，后一部是分解。从开头到转折点，情节的丝缕愈结愈乱，主角或者愈来愈得意，或者愈来愈倒霉；到那转折点，正像我们所谓物极则变，否极泰来，从转折点到结束，主角的运气就转变过来，隐情逐渐揭露，混乱逐渐澄清。揭出真相有种种方法：或由表记，如身上的痣、记、瘢疤、穿带[2] 的东西等；或由作者任意想个办法；或由追忆旧事，流露感情；或由推理。最好是由前面的情节自然演变；其次是由推理。"[3]

若拿这样的逻辑来观照杨绛自己的小说，我们首先会不无惊奇地发现，即便在杨绛尚能看出青嫩之处的短篇小说处女作《璐璐，不用愁！》里，其实也已隐约可见这种复杂的布局。在同小王和汤宓[4] 的三角恋纠葛里，女主人公张璐璐犹豫不决，反复无常，左右为难，让两个起先勉力围着她变幻的裙裾乱转

---

① 此段引文引自本书第 2 章第 3 节。具体出处为该节第二个小节（"'总把实际的人生作为范本'——杨绛论菲尔丁的小说写作"）的第二、三两个自然段。

② 此处的"穿带"似应是"穿戴"之误。

③ 杨绛：《斐尔丁在小说方面的理论和实践》，《文学研究》1957 年第 2 期，第 124—125 页。

④ "汤宓"在初版本《路路》中，本名"T"。从《璐璐，不用愁！》中的"汤宓"（男）到《洗澡》中的"姚宓"（女），足见杨绛对"宓"这个人名用字之偏爱。

的男人无所适从，终至慢慢离心，渐行渐远。她的处境堪称越来越难，越来越没有指望——用前面杨绛分析复杂布局时所说的"纠结"一词来形容，正是恰到好处。

当最终受父母影响拒绝了汤宓，却又雪上加霜地不幸收到了小王与其表妹订婚的帖子时，璐璐看似已是彻底绝望，心情灰暗到了极点。而也恰好在这关键的时刻，她在一堆同期抵达的信件里，无意间竟发现了美国大学准予免费学额的通知。换言之，在所谓的"纠结"得到了"分解"的同时，璐璐的命运也霎时间出现了转折——看似愈来愈倒霉的她由此自感否极泰来，幸运地连呼："不用愁！"

这一句脱口而出的自言自语无疑是郁闷的释放，也是心结的消解，更是尴尬的自我吞咽或解嘲。说到底，既是一开始便以脚踏两只船的姿态摇来摆去、首鼠两端，自取其辱的难堪或尴尬便最终难以避免。而这，绝不是一件毫不相干的难题的破解所能完全抵消和化解得了的。

尚值得指出的是，在评析菲尔丁小说《汤姆·琼斯》的布局时，杨绛曾说过如下几句话，也可以借用来评价其短篇小说《璐璐，不用愁！》："故事从开头到结尾，情节安排得妥帖自然，开头极细微的琐事到结尾都讲出缘由，交代出着落；一个个情节都因果相关，没有杂凑，整个故事是'完整统一的有机体'。"[①] 《璐璐，不用愁！》开头最值得一提的"极细微的琐事"是，"璐璐还想出洋呢"——指她当时正在等待美国的免费学额。而恰恰是这件看似闲闲一笔的毫不起眼的琐事，最终成了璐璐命运突转的一个契机——所谓"柳暗花明又一村"。

然而，最能见出杨绛对于小说结构或布局的热衷和匠心的，却是她的另外一个短篇小说《鬼》。

小说一上来就以戏仿"聊斋"的手法，讲了一个貌似俗套的书生和鬼狐——在小说里，即是家庭教师胡彦和王家买来的二房贞姑娘——偶然相遇、最终成就好事的故事。然而，这个看上去颇为老套的故事其实只是一个幌子。一方面，这一故事造成了以"贞"为名的贞姑娘的失"贞"——在书生遇鬼的恍惚迷离里，给整篇小说营造了一种荒诞诡异的氛围。另一方面，通过受聘家庭教师一职的

---

① 杨绛：《斐尔丁在小说方面的理论和实践》，《文学研究》1957 年第 2 期，第 126 页。

书生胡彦的偶然介入，这一故事为贞姑娘后来的身孕提供了逻辑基础，进而为整篇小说接下来的两重更大转折埋下了伏笔。

对比杨绛所描述的菲尔丁惯用的布局手法，她的小说《鬼》的篇幅虽然并不是很长，所采用的却是带有转折的所谓复杂的布局。不仅如此，这个布局里包含的还是朝着同一方向转化的两层转折。换言之，通过这递进的两层转折，小说主人公贞姑娘的命运一步步否极泰来，向好的方向不断转化。

第一层转折描述的是，贞姑娘因与始终被蒙在鼓里的家庭教师胡彦机缘凑巧——所谓"人狐（鬼）夜会"——之下偷情，怀了身孕，怕被王家发现获罪，惶惶不可终日。正在这欲逃不能、欲死不甘的紧要关头，在少奶奶带来的娘家人沈妈斡旋之下，王家太太因少奶奶和少爷婚后多年不孕，而选择宽宥贞姑娘的出轨，条件是让她暗地里将自己的胎儿转到少奶奶名下。这虽然算不得什么万全之策，但起码不仅能使贞姑娘转危为安、摆脱尴尬，也进而能令所有的当事人都在各有所得的前提下，保全各自的体面。

不过，事情并没有到此戛然而止。

王家少奶奶在伪装坐月子的过程中，竟然弄假成真地得了往往只有真正的产妇才有可能得的"产褥热"，一命呜呼。问题的关键在于，少奶奶的意外辞世等于意外地在王家留下了千载难逢的空缺——贞姑娘于是有了可以替补晋位的机会，从而成了整个故事第二度转折的一个不可多得的契机。

王家太太在王家少爷对真相毫不知情的情况下，做主把贞姑娘晋升为姨娘，以便让她替撒手而去的少奶奶看顾幼子——而实际上，这个孩子原本就是贞姑娘的骨血，倒是与对她愿意看顾孩子的举动心存感激的王家少爷一丁点儿关系都没有。**这桩人伦悲喜剧的确演绎了一个主人公由逆境一步步转入顺境的故事，但整个过程却充满了对自欺欺人的人性的透骨拷问与玩味，反衬出尔虞我诈的世相的荒谬与可悲。**

二 描摹和透析"人性与世态"——杨绛小说的内涵指向

在怀人忆旧散文《回忆我的父亲》中，杨绛特意提到了法国学者拉布吕耶尔（Jean de La Bruyère，1645—1696）的著作《人性与世态》（*Les Caractères*）①。

---

① 详见止庵编《杨绛散文选集》，天津：百花文艺出版社，1995年版，第80页。当然，在杨绛《关于小说》的第121页上，她自己又把这本书的书名翻译成《品性论》。

而在另一篇文论性质的文章《有什么好？——读奥斯丁的〈傲慢与偏见〉》中，杨绛也曾对所谓的"世态人情"，以及奥斯丁如何生动地表现它反复论说过："通常把《傲慢与偏见》称为爱情小说。其实，小说里着重写的是青年男女选择配偶和结婚成家……一门好亲事，不但解决个人的终身问题，还可以携带一家子沾光靠福。为了亲事，家家都挣扎着向上攀附，惟恐下落。这是生存竞争的一个重要关头，男女本人和两家老少都全力以赴，虽然只有三四家大户的乡镇上，矛盾也够复杂，争夺也够激烈，表现的世态人情也煞是好看。《傲慢与偏见》就是从恋爱结婚的角度，描写这种世态人情。"[1] "可以说，奥斯丁所写的小说，都是从恋爱结婚的角度，写世态人情，写表现为世态人情的人物内心。"[2] "她刻画世态人情，从一般人身上发掘他们共有的根性；虽然故事的背景放在小小的乡镇上，它所包含的天地却很广阔。"[3] "评论家往往把奥斯丁的小说比作描绘世态人情的喜剧（comedy of manners），因为都是喜剧性的小说。"[4]

甚至在《记我的翻译》一文中，杨绛也是从描写"世态人情"的角度出发，来正面肯定法国小说《吉尔·布拉斯》的："这部小说写世态人情，能刻画入微；故事曲折惊险，也获得部分读者的喜爱。"[5] 而在散文《隐身衣》中，杨绛更曾经直接地表露过对"世态人情"或"人情世态"的浓厚兴趣和别有会心："世态人情，比明月清风更饶有滋味；可作书读，可当戏看……人情世态，都是天真自然的流露，往往超出情理之外，新奇得令人震惊，令人骇怪，给人以更深刻的效益，更奇妙的娱乐。唯有身处卑微的人，最有机缘看到世态人情的真相……"[6]

事实上或终极而言，杨绛自己的散文与小说所致力于揭示或描画的，也无

---

[1] 杨绛：《有什么好？——读奥斯丁的〈傲慢与偏见〉》，《关于小说》，北京：生活·读书·新知三联书店，1986 年版，第 56—58 页。

[2] 杨绛：《有什么好？——读奥斯丁的〈傲慢与偏见〉》，《关于小说》，北京：生活·读书·新知三联书店，1986 年版，第 58 页。

[3] 杨绛：《有什么好？——读奥斯丁的〈傲慢与偏见〉》，《关于小说》，北京：生活·读书·新知三联书店，1986 年版，第 73 页。

[4] 杨绛：《有什么好？——读奥斯丁的〈傲慢与偏见〉》，《关于小说》，北京：生活·读书·新知三联书店，1986 年版，第 59 页。

[5] 杨绛：《记我的翻译》，《杨绛文集》第 3 卷，北京：人民文学出版社，2004 年版，第 70 页。

[6] 止庵编《杨绛散文选集》，天津：百花文艺出版社，1995 年版，第 218 页。

非是"人性与世态"——杨绛所谓的"世态人情"或"人情世态"——而已。
透过对"世态人情"的揭示与描画，杨绛作为小说家不仅可以窥探人物的内心，
揣摩人物的根性，也可以洞悉久蓄其间的文化底蕴。杨绛在同一篇文章中还认为，
用奥斯丁如下的一段话来赞赏奥斯丁自己的小说，最是恰当不过："小说家在
作品里展现了最高的智慧；他用最恰当的语言，向世人表达他对人类最彻底的
了解。把人性各式各样不同的方面，最巧妙地加以描绘，笔下闪耀着机智与幽
默。"[①] 而实际上，这段话不也正好可以用来概括或把握杨绛自己的小说写作吗？

一如杨绛所说，奥斯丁小说的背景无非是只有三四个大户人家的乡镇。而
杨绛的小说像《小阳春》《"大笑话"》和《洗澡》等，则离不开高校或研究
院所。场景看似大为不同，但却都是这两个女作家自己最熟悉的文化和环境。
她们写的都是平常的小人物，却能让人读了提升智慧，加深对人性与世态的认
识，获得人生的启迪和洗礼。至少，仅从"刻画世态人情，从一般人身上发掘
他们共有的根性"这一点上看，杨绛和奥斯丁就是一脉相承的。

作为一名小说家，杨绛不仅绝对心有悲悯，懂得发掘人性的点点滴滴，懂
得捍卫人性的尊严，更懂得讥刺人性低劣丑陋的一面。若再往深里想一步的话，
那么，**与其说杨绛的小说好在暴露了人的劣根性和阴暗面**（如《洗澡》中对余楠、
施妮娜和姜敏等的憎恶与鞭笞），**毋宁说更好在对人本身的局限性的展示、宽
免与悲悯**（如许彦成与姚宓之间的性格纠纷，以及他们最终对环境压力的屈从）。

若从头说起或顺手拈一个例子，杨绛的小说处女作《璐璐，不用愁！》说
到底，便是以透视人性的多面性为旨归的。

这篇小说与清华大学中文系教授朱自清（1898—1948）开的"散文习作"
一课有关，是交给该教授的一篇课程作业。就这一点而言，作者杨绛和自己的
老师朱自清一样，显然都认同小说与散文的相通性。一如前文所曾述及，该小
说的重心是小说主人公、女大学生张璐璐的情"愁"，也即她在男女关系上的
摇摆不定或首鼠两端——对待小王时，是小王表妹所痛恨的"玩弄"；对待汤宓时，
是汤宓为之痛感自尊受损的所谓**"耍"**。虽然杨绛对璐璐摇来晃去的情愁表现
了鲜明的讽刺和鞭挞，但调子却绝不失温和与宽容。而小说题目显露出来的倾
向性（对璐璐的鼓励性喝彩）以及文末的"柳暗花明又一村"式处理，则又隐

---

① 杨绛：《有什么好？——读奥斯丁的〈傲慢与偏见〉》，《关于小说》，北京：生活·读书·新知三联书店，
　1986年版，第77页。

约地透露出了杨绛本人对当时未知的或尚未来得及亲身体验的留学生活的向往。

长篇小说《洗澡》里对世相的刻画、对人性的揭示与讥讽也是最见杨绛功力的地方。譬如，前文曾提到，《洗澡》里最正派、最为清雅可人的女性是准女主角姚宓。这自然反映了作者杨绛对这一人物的偏爱心理。然而，作者也会通过如下的一类细节让读者感知到，姚宓尽自清高自持，却其实也有着她自己的两面性：

> 姚宓一回家就减掉了十岁年纪。她和姚太太对坐吃饭的时候，鬼头鬼脑地笑着说：
>
> "妈妈，你料事如神，姜敏的妈真是个姨太太呀，而且是赶出门的姨太太。妈妈，你怎么探出来的？"
>
> 姚太太说："你怎么知道的？"
>
> "我也会做福尔摩斯呀！——姜敏的亲妈嫁了一个'毛毛匠'——上海人叫'毛毛匠'，就是洋裁缝。她不跟亲妈，她跟着大太太过。家里还有个二太太，也是太太。她父亲前两年刚死，都七十五岁了！妈妈，你信不信？"
>
> 姚太太说："她告诉你的吗？"
>
> "哪里！她说得自己像是大太太的亲生女儿，其实是伺候大太太眼色的小丫头。"
>
> 姚太太看着女儿的脸说："华生！你这是从陈善保那儿探来的吧？"
>
> "妈妈怎么又知道了？"①

原来，人前低调谦抑、一本正经的大家闺秀姚宓人后也会如此八卦，如此促狭，如此"家长里短"，如此不够厚道！算是人之常情吧？区别仅仅在于，姚宓和她的母亲姚太太只是以福尔摩斯和华生的名义，② 躲在自己的家里上演刺探和议论别人隐私的故事，过过嘴瘾，并没有在人前搬弄什么是非。反过来说，既然"早在当代欧美女权主义者们大张旗鼓地论说'妇女文学'之先，小说就常常被认为是'女人的文学形式'……小说所描绘的东家长西家短的种种

---

① 杨绛：《洗澡》，《杨绛文集》第 1 卷，北京：人民文学出版社，2004 年版，第 249 页。

② 福尔摩斯和华生都是英国（苏格兰）医生兼小说家柯南·道尔（Sir Arthur Ignatius Conan Doyle，1859—1930）小说里的侦探人物。

日常生活细节，历来属于妇道人家嚼舌头、扯闲话的'世袭领地'"①，那么，《洗澡》作为一位女性小说家写的小说，利用这一公认的"女人的文学形式"来表现一下"妇道人家嚼舌头、扯闲话"的"东家长西家短"，原是本色当行，算不上什么大不了的事——更何况还是借准女主人公的嘴。

如果说，小说《洗澡》中姚宓母女私底下的准"家长里短"可以视为对人性的复杂化或多面性的一种委婉提示，那么，对于某一种职业、身份或行当的批判或讥讽便相当于对人性之非的直接界说。譬如，杨绛似乎与账房"有仇"，因为在她的小说《鬼》和《洗澡》里，都有对账房先生的揭露或贬损："少爷是三十岁的人了。王家的田地房产都在他名下。王太太觉得她过世的丈夫虽然无能，还守得住家业；她看透这个儿子是不能守的。所以她把家产抓得死紧，**尽管不放心经管账房从中私肥，**也不敢让少爷插手，连小夫妇的月费她都交给少奶奶管。少奶奶自己有奁田，有房产，有存款，可是她也把拳头攥得一丝不漏。少爷常劝说她卖掉家产，搬到上海去住。他说：'家产死搁着，白养肥了经管的人。变了活钱，我拿点儿来给你开个馄饨铺，也稳给你发财。'"②"有人称姚謇为地道的败家子，偌大一份田地房屋，陆陆续续都卖光了。**有人说他是地道的书呆子，家产全落在账房手里，三钱不值两钱地出卖，都由账房中饱私肥了。**"③

由以上这两段出处不同的描述不难见出，不管是出于直接的经验，还是间接的知识，杨绛对于账房先生这一职业身份的反感是显在的，甚至都到了不避讳成见的地步——作为一种特殊的中间阶层或专业人士群体，账房先生因处身瓜田李下，固然不乏贪婪成性、巧取豪夺之辈，但忠于职守、诚谨敬业的也自然大有人在。

若追本溯源，杨绛的这一"反账房情结"起码部分地种因于菲尔丁。本书的第二章曾经详细展示过杨绛对这位英国经典小说家的评析。其中有一处这样说道："从斐尔丁的小说里可以看见当时的社会。"④"'约瑟·安柱斯'的故事背景大份在乡下，所以书里面残余的封建势力很浓厚，写到新兴资产阶级的地方不多。**笨伯爵夫人的管账彼得·庞斯已经靠剥削东家发了财，**

---

① 黄梅：《女人与小说》，《女人和小说》，杭州：浙江文艺出版社，1991年版，第1页。
② 杨绛：《鬼》，《杨绛文集》第1卷，北京：人民文学出版社，2004年版，第147页。
③ 杨绛：《洗澡》，《杨绛文集》第1卷，北京：人民文学出版社，2004年版，第224页。
④ 杨绛：《斐尔丁在小说方面的理论和实践》，《文学研究》1957年第2期，第135页。

驿车上一位摆架子的小姐也是暴发管账的女儿，新兴阶级在这种地方略为露了脸。"①

无论是杨绛自己小说里所谓的"肥"或"私肥"，还是杨绛评述菲尔丁小说时所说的"暴发"，都指向的是账房或管账先生的中饱私囊，也其实是杨绛所谓对东家的"剥削"。不同的只是，杨绛在其自撰的小说里，是把账房先生这种违背契约精神的变相盘剥和中饱私囊行为归结为人的一己贪婪和自私根性；而在评述菲尔丁及其小说时，则把它上升到新兴的资产阶级对封建地主或财阀的一种反动的高度来把握——这当然与论文写作时的社会氛围或政治气候有关。

倘若拿杨绛和钱锺书做个比较，虽然同样是对人情、人性与世态的关注，杨绛小说所表现出来的总的态度是温情的、积极的、入世的、实践的，是主张克服困难的文学观或艺术论的——所谓克服，即是要迎着阻力向前、向上走；而钱锺书的小说《围城》所表现出来的总的态度则是冷峻的、消极的、出世的、超验的，是学者李洪岩所谓的"消解的认识论"，是《红楼梦》里的"好了歌"。②

或者说，虽然之前已是在红尘里历尽劫难，所谓被"洗澡"或"脱裤子"（《洗澡》），杨绛未完成的长篇小说《软红尘里》的视角仍然是入世的或大隐隐于市的；虽然之前是盼着"城破围解"而又一直不得其门而出（《围城》），钱锺书未完成的长篇小说《百合心》的视角不仅仍然是出世的，而且出世得更为彻底和决绝——除了过程和层次的展开或剥落之外，没有任何终极的实质、结果和意义。

三　从"艺术是克服困难"到"艺术与克服困难"③——杨绛小说的写作限度

作为一家之言，杨绛散文的篇名起得大多比较自然、恰切。当然，像《回

---

① 杨绛：《斐尔丁在小说方面的理论和实践》，《文学研究》1957 年第 2 期，第 135 页。

② 详见李洪岩：《"围城"与"百合心"》，《科学时报》1999 年 4 月 15 日，第 08 版。

③ 套用自杨绛发表于《文学评论》1962 年第 6 期的一篇"红学"论文的标题变化：最初发表时的名字是《艺术是克服困难——读〈红楼梦〉管窥》，后来收入《春泥集》等文集时改称《艺术与克服困难——读〈红楼梦〉偶记》。

忆我的父亲》和《回忆我的姑母》这样两个名篇的篇名虽不失质直和朴素，却仍不免有些浮泛一般，起码难避重名之扰。

据杨绛自己回忆，《回忆我的父亲》这一篇名其实是钱锺书当年的清华同窗胡乔木（1912—1992）代起的；她后来在写回忆姑母杨荫榆（1884—1938）的文章时，便顺理成章地延续了这一篇名风格："一九七九年社科院近代史研究所因我父亲是反清革命运动的'人物之一'，嘱我写文章讲讲我父亲的某些观点。我写了《一份资料》。胡乔木调去审阅后，建议我将题目改为《回忆我的父亲》；我随后又写了另一篇回忆。"[①] 杨绛所说的这"另一篇回忆"应该就是《回忆我的姑母》一文。

《一份资料》的题名虽符合杨绛为文时一贯的素朴风格和低调作为，但无论是在文采还是在信息量上，都的确比不上胡乔木所建议的《回忆我的父亲》。当然，要是兼顾史料的朴直和杨绛自己的行文风格的话，这两篇回忆又以进一步地分别改为更为直观、更为直截了当的《我的父亲杨荫杭》和《我的姑母杨荫榆》为好。不仅会更为精准、爽利，所传递的信息量也要更大些——后者不仅等于直接回答了谁是"我的父亲"，谁是"我的姑母"，也等于不言自明地点出了文章的"回忆"性质。

相比之下，杨绛小说的名字起得却似乎都不是太理想。长篇小说《洗澡》的内容当然与入浴这一行为毫不相干，而是意有特指："这部小说写解放后知识分子第一次经受的思想改造——当时泛称'三反'，又称'脱裤子，割尾巴'。这些知识分子耳朵娇嫩，听不惯'脱裤子'的说法，因此改称'洗澡'，相当于西洋人所谓'洗脑筋'。"[②] 也正因这一缘故，这本小说的英译本才将其翻译成 *Baptism*（《洗礼》）。[③]

然而，以"洗澡"为名毕竟不仅过于遮遮掩掩，缺乏必要的想象空间，也会令一般的读者不假思索地或顾名思义，或望文生义，曲解小说的内涵——为了避免无谓的误会，至低限度也应该像她自己的《"大笑话"》和《"玉人"》这两篇小说那样，为别有所指的"洗澡"一词加上引号。

中篇小说《"大笑话"》的篇名不仅过于讽刺、过于虚悬、过于直白，所

① 杨绛：《作者自序》，《杨绛文集》第 1 卷，北京：人民文学出版社，2004 年版，第 1 页。

② 杨绛：《前言》，《洗澡》，北京：生活·读书·新知三联书店，1988 年版，第 1 页。

③ Jiang Yang, *Baptism*, translated by Judith Amory, Yaohua Shi, Hong Kong University Press, 2007.

用引号也多少有些莫名其妙，与这篇小说丰富的层次感和深邃婉转的寓意不太相称。远不如《温家园》或《有凤来仪》之类来得更稳实，来得更具涵容度和分量感。处女作小说《璐璐，不用愁！》的名字经作者本人和编者林徽因（1904—1955）等一改再改，始终并不如何理想。为了朴素自然计，可能还是以简简单单地就叫《璐璐》或《路路》为好。就小说所表现的内容而言，短篇小说《事业》的篇名更像一顶显得过大的帽子，失之呆板不说，也远不如最初起的《默先生》一名来得更直观、更打眼，也更有可开掘余地。短篇小说《鬼》的篇名过于玄虚不说，也过于老套，不如《有鬼》《借胎》《贞姑娘》《人鬼之间》《否极泰来》或《无心插柳》之类更可感、更有想象余地。《"玉人"》《小阳春》和《ROMANESQUE》倒还罢了，但这些篇名不仅仍然不够醒目、恰切和巧妙，也缺乏较为充分的内涵提示作用。

杨绛本人显然也并不满意自己所起的这些小说名，所以才会反复改弃。譬如，除了上举的小说《事业》有曾用名《默先生》之外，《鬼》也一度改为《见不到阳光的女人》后又弃用，改回原名——[1] 其实，若将《见不到阳光的女人》缩减为《不见光的女人》，反倒可能更耐人寻味。

与篇名相比，杨绛小说中的人名起得尚可，起码用心：譬如，小说《ROMANESQUE》里来无影、去无踪的人物"梅"因与中文的"没"或英文的 may（"五月"或"可能"）谐音而有所寄寓；**小说《鬼》中的女主角"贞姑娘"名字里的"贞"字既可以因谐音而理解成"真"——暗示所谓的"鬼"，实为真的人，更可以依照字面意思理解成贞洁或贞操——借以讽喻和反衬因与家庭教师偷情而怀孕的贞姑娘的非贞；小说《鬼》里的家庭教师"胡彦"的名**字的寓意既可理解成"稀里糊涂的艳遇"——与贞姑娘如真似幻的一夜之欢，亦可理解成装神弄鬼情境下的"胡言乱语"。在对小说中人物名字的这样一种处理上，杨绛可说颇得《红楼梦》遗风——譬如，起穿针引线的关键作用的贾雨村（假语存）、甄士隐（真事隐）之类自不待言，道貌岸然的贾政的门下清客也都是一些想沾光（詹光）的或善骗人（单聘仁）的阿谀奉承之徒。[2]

---

① 详见吴学昭：《听杨绛谈往事》，北京：生活·读书·新知三联书店，2008年版，第321—322、325页。

② 详见如下一段话："（宝玉）偏顶头遇见了门下清客相公詹光、善聘仁二人走来。一见了宝玉，便都赶上来笑着，一个抱腰，一个拉手，道：'我的菩萨哥儿，我说做了好梦呢，好容易遇见你了！'"语出（清）曹雪芹、高鹗：《红楼梦》，北京：北京图书馆出版社，2000年版，"第八回 贾宝玉奇缘识金锁 薛宝钗巧合认通灵"，第68页。

当然，如果能更仔细地留意一下的话，就会发现，杨绛在设计小说人物的名字时，好像比较偏爱"彦"和"宓"两个字：如前所述，"彦"字在小说《鬼》中出现在与贞姑娘偷情的胡彦身上，在小说《洗澡》中又出现在正面人物许彦成身上；"宓"字在小说《璐璐，不用愁！》中出现在男主人公之一的汤宓身上，在小说《洗澡》中又出现在正面人物、准女主角姚宓身上。虽然"彦"和"宓"都算不上冷僻字，也都是常用的人名用字，但它们在杨绛有限的小说作品中的这样一种使用频率，还是多少会让人有不无重复或缺乏变化之感。

篇名、人名之外，似乎还有必要讨论一下杨绛小说的篇幅或章法。

拿杨绛最广为人知的小说《洗澡》来说，作为一次长篇小说成形的艺术尝试，它虽然堪称成功，但也存在着一些明显的硬伤。譬如，虽然"五脏俱全"地由三部四十三章（《尾声》算一章）组成，《洗澡》的篇幅还是有些过于短促和逼仄，和市面上林林总总的绝大多数长篇小说相比，远说不上多么足份足量。对此，杨绛自己也曾坦承："但我年近八十，才写出一部不够长的长篇小说；年过八十，毁去了已写成的二十章长篇小说，决意不写小说。"[1] "不够长"的长篇小说自然是指《洗澡》，"毁去"的那部未完成之作当是本节一开始就曾专门讨论过的长篇小说《软红尘里》。

此外，一如本书第一章的文献综述所曾显示的，不少论者都纠结于该书第三部结束得过于匆忙。或者更形象地说，**与钱锺书《围城》戛然而止式的"头重脚轻"**差相仿佛，《洗澡》也写得不免有些**"虎头蛇尾"**。虽然人们可以找出各种理由为小说《洗澡》的这一"匆忙"辩护，但它还是在一定程度上，或明或暗地预示了杨绛长篇小说梦的破灭或终结，预示了长篇小说《软红尘里》的难产或夭折。

如果以上所描述的《洗澡》的篇幅过短和结尾无力称得上一个问题的话，那么，杨绛的其他小说也不免存在类似的问题。例如，杨绛本人就承认过，她最重要的小说之一《"大笑话"》的"故事写得太紧凑了，结束得也太快了"[2]。这篇小说虽然短，虽然一直被大家包括杨绛自己视为短篇小说，但一如笔者此前所曾提及，无论是就篇幅还是内涵容量而言，它其实相当于一部中篇小说，

---

① 杨绛：《作者自序》，《杨绛文集》第 1 卷，北京：人民文学出版社，2004 年版，第 2 页。

② 据 2002 年 7 月 4 日刘梅竹与杨绛的电话访谈记录稿。引文引自刘梅竹的法文博士论文，第 381 页。

起码可说是类中篇或准中篇。尤其是，该小说应该说是杨绛写（或构思）得最完美、最精致奇妙的一篇小说——这绝不只是笔者的一家之言，根据杨绛本人的回忆，钱锺书也作如是观："我没有满意的作品。较好的是《干校六记》和《洗澡》。好多篇中短篇小说是试图写写各种不同的人物，我都改了又改，始终没有满意。锺书认为《"大笑话"》最好。"①

小说《"大笑话"》之所以连杨绛本人也承认写得不够长（"我应该写得再长一点，可我意识到时间不够了"②），是因为它气象俨然、老到耐嚼、场面可观，大有进一步展开的余地。如若作者杨绛当初不是年事太高，而能再用心经营一下，多磋磨几年，这篇东西就不仅仅是勉勉强强的中篇小说了，而是完全可以孵化成一篇真正意义上的、扎扎实实的长篇小说的，会比业已相当成功的《洗澡》更为起伏有致，更为典雅端严，更为引人入胜，更为鞭辟入里，更为深刻耐看。

荡开来更进一步地说，《"大笑话"》这篇小说完全可以和小说《洗澡》一起，构成一个长篇小说三部曲（英文所谓 trilogy）的其中一部，第一部。当然，若这样布局的话，居中的《洗澡》之后，应该还有一部——可以是那部未完成的《软红尘里》或别的什么。《洗澡》本身在形式上虽然已是三部曲的结构，但却因过于小巧紧凑，其实并无三部曲的气势和容量。自然，这只能是笔者的自说自话，毫无实现的可能性——且不说作者杨绛在小说写作上早已掷笔绝尘，便是从依然健在的她目前如许高龄的角度来考虑，起笔重续的图景也完全不够现实。可惜。

以上这一切自然而然地会让人联想到杨绛唯一一篇红学论文的标题，以及它前后的细微文字更动：《艺术是克服困难——读〈红楼梦〉管窥》是该文1962年初次发表时使用的名字；该文1979年被杨绛编入文论集《春泥集》时，题名变成了《艺术与克服困难——读〈红楼梦〉偶记》。这篇文章1962年的初刊本曾入选刘梦溪1984年编辑的《红学三十年论文选编》（中）③一书，被选为该册《第八编 红学比较研究之部》首篇。有意思的是，杨绛这篇文章显

---

① 吴学昭：《听杨绛谈往事》，北京：生活·读书·新知三联书店，2008年版，第327页。"好多篇中短篇小说……"一句应是吴记录时笔误。杨绛总共只有小说八种。

② 据2002年7月4日刘梅竹与杨绛的电话访谈记录稿。引文引自刘梅竹的法文博士论文，第381页。

③ 详见刘梦溪编《红学三十年论文选编》（中），天津：百花文艺出版社，1984年版。

然给编者刘梦溪留下了极其深刻的印象，以至于多年之后的 2007 年，他还没有忘记借用杨绛"艺术是克服困难"的表述，专门发表了一篇同名演讲——《"艺术是克服困难"——看〈范曾〉，寄遐思》："没有一个成功者的道路是平坦的。钱锺书先生的夫人杨绛先生，在 1962 年的《文学评论》上发表过一篇文章，是谈《红楼梦》的艺术经验的。你绝对想不到，她居然用了一个奇特的题目，叫做《艺术是克服困难》。只有杨绛这样的有中西学问的人才会想到这样一个题目。大家看到了范先生的成就，也看到他所经历的困难，包括环境的困难，人的生理极限的困难，误解的咬噬，病痛的折磨，生之为人的各种苦痛，他都经历过。'艺术是克服困难'，范先生是克服了多少困难才达到今天的成就和今天的境界呢？"[1] 另据吴学昭《听杨绛谈往事》一书记载，杨绛自己也曾经这样追忆过："第一篇论《红楼梦》发表后，何其芳、周扬皆公然欣赏。茅盾看了也认可。何其芳嘱我再充实些。周扬则于讲话中引用我的标题做讲演的结尾句：'艺术就是克服困难嘛！'"[2]

就事论事，相比于周扬（1908—1989）和刘梦溪等人所极力推崇的"艺术是克服困难"，笔者其实更欣赏杨绛后来的"艺术与克服困难"这一表述。**虽然仅只一字之差，但改动之后，"艺术"与"克服困难"之间的关系便立体了、丰富了，寓意也更为含蓄、更为耐人寻味了。**然而，若能再往深处想一想的话，这篇论文的主标题从"艺术是克服困难"向"艺术与克服困难"转换，绝不仅仅只是行文与措辞上的简单弃取。它实际上体现了作者杨绛语气上的极大转折和心理上的微妙变化——从斩钉截铁的张扬与坚决一变而为圆通婉转的谨慎与持重。换言之，杨绛这篇论文标题在语气上的这一微调看似不无偶然性，看似只是无关紧要的语文磋磨或修辞策略，却很可能恰巧有意无意地暗示了杨绛后来"文心"上的一点改变：**从对克服小说写作的困难的一点执着与自信，到回归现实，到直面自己在小说艺术探索上的心余力绌或力不从心。**

当然，从杨绛本人的角度来看，她可能更愿意把自己的这种力不从心更多地理解为环境、年龄乃至身体状态等各种外部因素的不凑手、不配合。譬如，她曾经这样语涉神秘、意味深长地描述自己对长篇小说《软红尘里》的弃写：

---

[1] 刘梦溪：《"艺术是克服困难"——看〈范曾〉，寄遐思》，《文艺研究》2007 年第 10 期，第 127 页。

[2] 吴学昭：《听杨绛谈往事》，北京：生活·读书·新知三联书店，2008 年版，第 286 页。

1992 年"3 月 28 日，大彻大悟，毁去《软红尘里》稿 20 章。"① "大彻大悟"云云语焉不详，似乎可以代入各种猜测，但最有可能的一种解释，或许就在她应答一次访谈的如下一段话里："到了我这个年龄，有很多经历可以编小说，但可惜没有足够的时间，而且身体也不允许了。很遗憾，只有把这些带到坟墓里去，就好像突然停电，什么都没有了。生活就是这样，没有办法。"② **这里当然不乏顺天应时的从容、达观与淡定，但又何尝没有欲振乏力或回天乏术的遗憾、无奈与辛酸？**

第二节　"我翻译的书很少"③——杨绛的翻译生涯

对杨绛漫长的写作历程有一定了解的读者大都知道，文学翻译是她写作生涯中后期的重头戏。然而，对于早年曾随夫留学英法两国、嗣后又以西洋文学研究为终身职业的杨绛来说，与翻译有关的尝试和实践其实早就开始了，④ 远非后来的一时心血来潮、突然介入或偶一为之；而迄至晚年，这位倾其一生尽显柔能克刚风范的女作家也还以翻译《斐多》这样极具文学意味的哲人对话经典，作为调节身边亲人尽逝后心绪不宁的一种手段或一剂良药。

此处所指称的"文学意味"当然关乎杨绛自己在其《译后记》里所说的"《斐多》是一篇绝妙好辞"这句话，⑤ 也与她在同一篇文字里所提及的"戏剧性"

① 杨绛：《杨绛生平与创作大事记》，《杨绛文集》第 8 卷，北京：人民文学出版社，2004 年版，第 398 页。

② 据 2002 年 7 月 4 日刘梅竹与杨绛的电话访谈记录稿。引文引自刘梅竹的法文博士论文，第 381 页。

③ 1986 年，当时已迈入古稀之年的杨绛自己曾这样说过："我翻译的书很少，所涉面又很窄，几部小说之外，偶有些文艺理论，还有小说里附带的诗，仅此而已。"杨绛：《失败的经验（试谈翻译）》，《中国翻译》1986 年第 5 期，第 23 页。亦可参看《杨绛作品集》第 3 卷，北京：中国社会科学出版社，1993 年版，第 228 页。此处所引这段话是该文开篇语。在该文后来被更名为《翻译的技巧》并收入人民文学出版社 2004 年版的《杨绛文集》第 4 卷时，这段开篇语被作者删去。

④ 杨绛曾"就生平第一次翻译"回忆说，早在她还是清华研究生的学生时代，钱锺书的老师、清华教授叶公超就大概出于替自己的弟子考察她这位未婚妻的目的，代《新月》杂志向她约稿；她因此得以翻译了一篇题为《共产主义是不可避免的吗？》的政论文。（杨绛：《记我的翻译》，《杨绛文集》第 3 卷，北京：人民文学出版社，2004 年版，第 67 页）孔庆茂的记述则是："吴宓教授开的翻译术是专门训练学生的翻译能力和技巧的，最注重动手实践。他专取英语诗文名篇杰作以及报刊文章作材料要学生翻译，练习分短篇与长篇两种……在这个课上，杨绛翻译过不少文章。公开发表可以查考的有两篇：一篇是汉译英，贺昌群的《论汉唐之党见》；一篇英译汉，一位英国人的作品《共产主义是不可避免的么？》（按：此处的'么'字应是'吗'字），发表于《新月》1933 年 6 月号上。"（孔庆茂：《杨绛评传》，北京：华夏出版社，1998 年版，第 31 页）

⑤ 杨绛：《译后记》，《杨绛文集》第 8 卷，北京：人民文学出版社，2004 年版，第 375 页。

一词相干："苏格拉底和朋友们的谈论，该是随常的谈话而不是哲学论文或哲学座谈会上的讲稿，所以我尽量避免哲学术语，努力把这篇盛称语言有戏剧性的对话译成如实的对话。"①

可以说，翻译——主要是文学或小说翻译——贯穿了杨绛文学创作生涯的始终。作为一个结果，在很多人眼里，翻译家（译作家）杨绛的名头比散文家杨绛或小说家杨绛的名头远要响亮得多。譬如，在把杨绛和巴金的散文放在一起对照着讨论中国当代的"文革"反思文学时，德国当代汉学家顾彬（Wolfgang Kubin）就是把纪实散文《干校六记》的作者杨绛，径直称为翻译家而不是散文家或小说家的："翻译家杨绛的情况和巴金类似。她在《干校六记》（1980）中记录了自己和丈夫钱锺书在干校接受改造的生活……杨绛的语言波澜不惊，无怨无恨。"②

在堪称怀人忆旧散文名篇的《回忆我的父亲》中，杨绛曾这样追忆道："我曾听到我父亲说：'与其写空洞无物的文章，不如翻译些外国有价值的作品。'还说：'翻译大有可为。'"③ 杨绛的父亲杨荫杭是名副其实的译界先行者：1900 年，他曾与留学日本的同学一道创办过《译书汇编》杂志——据称，鲁迅留日前，曾把《译书汇编》当成"看新书"的书目之一；④ 1902 年，他卒业回国后，又被派往张元济（1867—1959）主持的交通大学译书院专门从事译书工作。⑤ 作为女儿的杨绛所记录的他关于翻译的见地要言不烦、切中肯綮，道出了翻译的真正意义与存在价值，也应该可以视为杨绛后来偏爱文学译作的家学兼精神渊源。

其实，像杨荫杭这样为翻译正名、声援或抱打不平的声音虽然向来微弱，却也从未中断过。

例如，晚杨绛一辈的诗人兼翻译家余光中早在 1985 年，便也曾这样说过："其实踏踏实实的翻译远胜于拼拼凑凑的创作。如果玄奘、鸠摩罗什、圣吉洛姆、

---

① 杨绛：《译后记》，《杨绛文集》第 8 卷，北京：人民文学出版社，2004 年版，第 375 页。

② ［德］顾彬：《二十世纪中国文学史》，范劲等译，上海：华东师范大学出版社，2008 年版，第 314 页。

③ 杨绛：《回忆我的父亲》，《杨绛文集》第 2 卷，北京：人民文学出版社，2004 年版，第 65 页。

④ 详见杨绛：《回忆我的父亲》，《杨绛文集》第 2 卷，北京：人民文学出版社，2004 年版，第 64 页，第 2 条注释。

⑤ 详见杨绛：《回忆我的父亲》，《杨绛文集》第 2 卷，北京：人民文学出版社，2004 年版，第 64—67 页。

马丁·路德等译家来求教授之职，我会毫不考虑地优先录用，而把可疑的二流学者压在后面。"① 同一年，余光中更曾高调宣称"**翻译乃大道**"："两千年来，从高僧到俗民，欧美人习用的《圣经》根本就是一部大译书，有的甚至是转了几手的重译。我们简直可以说：没有翻译就没有基督教。（同理，没有翻译也就没有佛教。）"②

要而言之，从事译作之于杨绛，虽然不能免俗地也被感受为一桩苦差事（"把西方文字译成中文，至少也是一项极繁琐的工作。"③ "谈失败的经验，不免强调翻译的困难。至少，这是一项苦差……"④ ），但同时，更既是她在"软红尘里"避世遁身的方式，又是她活到老、读到老、笔耕到老地坚持学习和写作（钱锺书所戏称的"借尸还魂"⑤——借译作之"尸"还写作之"魂"）的一种姿态或机会（"翻译是我的练习——练习翻译，也练习写作"⑥ ）。

1984 年，杨绛曾著文肯定作家柯灵的信念坚定与诚挚："而他对自己信念的诚挚，使他在艰苦中也不灰心丧志，能变方换法，为他信奉的理想奋斗。"⑦ 如果小说的写作可以称为杨绛人生理想的一项主要内容的话，那么，投身小说的译作对她而言就是一种"变方换法"，就是"在艰苦中也不灰心丧志"的奋斗表现。

一　"孝顺的厨子"⑧ 的劳作——杨绛的数种"流浪汉小说"译本

1986 年，已迈入古稀之年的杨绛自己曾这样总结道："我翻译的书很少，

---

① 余光中：《译者独憔悴》，《余光中谈翻译》，北京：中国对外翻译出版公司，2002 年版，第 150 页。

② 余光中：《翻译乃大道》，《余光中谈翻译》，北京：中国对外翻译出版公司，2002 年版，第 148 页。

③ 杨绛：《〈傅译传记五种〉代序》，《读书》1982 年第 4 期，第 104 页。

④ 杨绛：《翻译的技巧》，《杨绛文集》第 4 卷，北京：人民文学出版社，2004 年版，第 346—347 页。

⑤ 钱锺书"借尸还魂"一语的具体语境是杨绛如下一段表述："……我暗下决心，再也不写文章，从此遁入翻译。锺书笑我'借尸还魂'，我不过想借此'遁身'而已。"引文引自杨绛：《我们仨》，《杨绛文集》第 3 卷，北京：人民文学出版社，2004 年版，第 236 页。

⑥ 杨绛：《"天上一日，人间一年"——在塞万提斯纪念会上的发言》，《杨绛文集》第 4 卷，北京：人民文学出版社，2004 年版，第 203 页。

⑦ 杨绛：《读〈柯灵选集〉》，《杨绛文集》第 2 卷，北京：人民文学出版社，2004 年版，第 352 页。

⑧ 作为一位译者，杨绛除了曾以"仆"自拟之外，也曾自比"厨子"："我对自己译本的读者，恰如俗语所称'孝顺的厨子'，主人越吃得多，或者吃的主人越多，我就越发称心惬意，觉得苦差没有白当，辛苦一场也是值得。"引文引自杨绛：《孝顺的厨子》，《杨绛文集》第 4 卷，北京：人民文学出版社，2004 年版，第 200 页。

所涉面又很窄，几部小说之外，偶有些文艺理论，还有小说里附带的诗，仅此而已。"① 她这里提到的"几部小说"，指的自然是广为人知的《小癞子》《吉尔·布拉斯》和《堂吉诃德》。

对《小癞子》和《吉尔·布拉斯》，杨绛本人的喜好程度其实大有径庭：虽然都出于杨绛自选，但前者是偶读之下，感觉喜欢才下决心汉译——"我（1949年）到清华后，偶阅英译《小癞子》，很喜欢。我就认真地翻译了这册篇幅不大的西班牙经典之作"；② 后者则是因听钱锺书拿着该书法文原著给女儿讲故事，讲得对方"直咽口水"而决定汉译。③ 这一决定的间接原因是，"……译完《小癞子》，怕荒疏了法文"④。

杨绛后来这一译事的失之草率或自悔之处在于，她其实事先并没找到机会将原著《吉尔·布拉斯》通读一遍。直到译完全书，才发现其中并没有什么能让读者喜欢得会流口水的段落。相应地，她对这部小说也就一直感觉比较一般，并曾这样公开坦承："这部小说写世态人情，能刻画入微；故事曲折惊险，也获得部分读者的喜爱。但不是我最欣赏的作品。"⑤

也有研究者留意到了杨绛内心的这一纠结："杨绛先生对《吉尔·布拉斯》一版再版，心里有一种说不出的感受。虽然译本被奉为经典，可是译者当初译介到中国来时，就只当是一本青少年读物。而把一本青少年读物奉为经典，是译者的地位？是出版者的识见？还是读者的喜好？"⑥ 就事论事，杨绛内心的纠结应该与《吉尔·布拉斯》是否为青少年读物无关；她更不会轻率地认为，青少年读物便没资格享有经典的地位。

《吉尔·布拉斯》这部小说译著虽然获得了不少读者的喜爱，但对杨绛自己的最大意义，大概莫过于最后成了她得以翻译《堂吉诃德》的契机："这部翻译曾获得好评，并给我招来了另一项任务。'外国古典文学名著丛书编委会'

---

① 杨绛：《失败的经验（试谈翻译）》，《中国翻译》1986 年第 5 期，第 23 页。

② 杨绛：《记我的翻译》，《杨绛文集》第 3 卷，北京：人民文学出版社，2004 年版，第 68 页。

③ 详见杨绛：《记我的翻译》，《杨绛文集》第 3 卷，北京：人民文学出版社，2004 年版，第 69 页。

④ 杨绛：《记我的翻译》，《杨绛文集》第 3 卷，北京：人民文学出版社，2004 年版，第 69 页。

⑤ 杨绛：《记我的翻译》，《杨绛文集》第 3 卷，北京：人民文学出版社，2004 年版，第 70 页。至于《吉尔·布拉斯》的整个翻译过程，详见该卷第 68—70 页描述。

⑥ 杨绛、李文俊、罗新璋、钱春绮等：《一本书和一个世界——翻译家笔谈世界文学名著"到中国"·后记》，北京：昆仑出版社，2005 年版，第 286 页。

要我重译《堂吉诃德》。这是我很想翻译的书。"① 《堂吉诃德》既然是杨绛自承很想翻译的书，自然也就和《小癞子》一样，同属杨绛本人最喜欢的书之一。然而，由于这部书本身的分量——不仅仅是页数或厚度——远较《小癞子》要重，作为译者，杨绛对这部书的翻译自然也就更为重视，投入也更大。

在《介绍〈小癞子〉》和《小癞子·译本序》这两篇文章中，杨绛自己都这样说过："我翻译的西班牙名著《小癞子》经过修改和重译，先后出过五六版。"② 事实上，原作者不详的《小癞子》或《托美思河的小拉撒路》作为杨绛的第一本小说译著，从 1949—1950 年之交开始至 1985 年结束，三十多年间一共经历过四遍汉译的锤炼：第一遍（1950 年左右），是从英文转译，根据的是罗朗德（Mariano J. Lorente）和大卫·罗兰（David Rouland）的英译本；③ 第二遍（应是 1961 年左右），是从一本法、西对照的法文本转译；④ 第三遍（1977 年左右），是直接从西班牙文翻译，根据的是 1958 年法国奥皮叶（Aubier）书店重印的 1900 年版富尔歇·台尔博司克（R. Foulché–Delbosc）校订本；⑤ 第四遍（1985 年左右），也是直接从西班牙文翻译（实际上是旧译校订），根据的是 1982 年作为布鲁盖拉（Bruguera）经典丛书出版的何塞·米盖尔·加索·贡萨雷斯（José Miguel Caso González）校注本。⑥

1951 年 4 月，杨绛从英文本转译的《小癞子》首次面世，由上海的平明出版社出版（1953 年 10 月该社又出了重排版）；⑦ 1956 年 7 月，改译过一遍

---

① 杨绛：《记我的翻译》，《杨绛文集》第 3 卷，北京：人民文学出版社，2004 年版，第 70 页。

② 参看杨绛：《介绍〈小癞子〉》，《关于小说》，北京：生活·读书·新知三联书店，1986 年版，第 79 页；《小癞子·译本序》，《杨绛文集》第 8 卷，北京：人民文学出版社，2004 年版，第 217 页。

③ 详见杨绛：《译后记》，载于［西班牙］佚名：《小癞子》，北京：作家出版社，1956 年版，第 70 页。

④ 关于《小癞子》，杨绛曾说过："后来我得到了法文和西班牙文对照的法译本，我又从法译本重译一遍。"引文引自杨绛：《记我的翻译》，《杨绛文集》第 3 卷，北京：人民文学出版社，2004 年版，第 68 页。

⑤ 详见杨绛：《译后记》，载于［西班牙］佚名：《小癞子》，上海：上海译文出版社，1978 年版，第 64—65 页。

⑥ 详见杨绛：《小癞子·译本序》，《杨绛文集》第 8 卷，北京：人民文学出版社，2004 年版，第 231 页；另见杨绛：《杨绛生平与创作大事记》，《杨绛文集》第 8 卷，北京：人民文学出版社，2004 年版，第 397 页。

⑦ 这里是与杨绛相关的研究中出现的又一个人云亦云、以讹传讹的例子：在包括杨绛自己亲自撰写的《杨绛生平与创作大事记》（见《杨绛文集》第 8 卷，北京：人民文学出版社，2004 年版，第 388 页）、吴学昭替杨绛代撰的《听杨绛谈往事》（见第 245 页）、罗银胜的《杨绛传》（见第 192 页）、孔庆茂的《杨绛评传》（见第 119 页）等在内的几乎所有可以找得到的谈论《小癞子》出版情况的文字里，都把平明出版社初版杨绛所译此书的时间说成 1950 年。

的《小癞子》（副标题是《托美思河上的小癞子，他的身世和遭遇》）由北京的作家出版社出版；1962 年 12 月，《小癞子》由北京的人民文学出版社出版（副标题是《托美思河上的小拉撒路，他的身世和遭遇》）；1978 年 7 月，据西班牙语原文重译的《小癞子》由上海译文出版社出版（这一版于 1994 年 11 月被收入《杨绛译文集》第 3 卷，由南京的译林出版社出版）；1986 年 7 月，人民文学出版社又推出了《小癞子》第 2 版，系杨绛依据 1982 年最新的西班牙语原文版本重译，并先后被收入该社 1997 年 11 月出版的《西班牙流浪汉小说选》和 2004 年 5 月出版的《杨绛文集》第 8 卷； 1993 年 7 月，杨绛译《小癞子》繁体字本（附有西班牙语原文）由台北的书林出版公司出版。

1952 年底，杨绛开始翻译法国作家勒萨日的长篇小说《吉尔·布拉斯》，即《吉尔·布拉斯·德·山悌良那传》。从 1954 年 1 月起，在周扬的关照下 ①，杨绛译的《吉尔·布拉斯》在当时尚隶属于中国作家协会的《世界文学》杂志上分期刊出。1956 年 1 月，在钱锺书亲任校对协助下，大修大改过的《吉尔·布拉斯》由人民文学出版社出版（1962 年 9 月，该社又出了第 2 版，是杨绛"又重新校对修改一次"的结果）②。据有人统计，"到 1994 年，前后共印了 8 次，共印了 15.7 万套"③。《吉尔·布拉斯》后来被分别收入《杨绛译文集》第 3 卷（南京：译林出版社，1994 年 11 月出版）和《杨绛文集》第 7—8 卷（北京：人民文学出版社，2004 年 5 月出版）。

对这部"现在 ④ 看了还恨不得再加修改"⑤ 的译著，译者杨绛本人更看重的是其中那些辛苦累积和添加的译注："译本里有好多有关哲学和文艺理论的注是锺书帮我做的。很好的注，不知读者是否注意到。"⑥ "我做注释特别认真，记得曾为一个注，将希波克拉底的《古医学》全书（一本小册子）读完。……锺书还帮我做了几条有关文艺理论的注，注得特好，可是读者并未注意此书注

---

① 据吴学昭的《听杨绛谈往事》一书所记载的杨绛回忆，1953 年 2 月 22 日文学研究所在北大成立的当天，当周扬聊天时得知杨绛正在翻译《吉尔·布拉斯》时，当即表示该书可在《世界文学》上登载。

② 详见杨绛：《记我的翻译》，《杨绛文集》第 3 卷，北京：人民文学出版社，2004 年版，第 70 页。

③ 杨绛、李文俊、罗新璋、钱春绮等：《一本书和一个世界——翻译家笔谈世界文学名著"到中国"》，北京：昆仑出版社，2005 年版，第 2 页注 1。

④ 这句引文里的"现在"指 2002 年。

⑤ 杨绛：《记我的翻译》，《杨绛文集》第 3 卷，北京：人民文学出版社，2004 年版，第 70 页。

⑥ 杨绛：《记我的翻译》，《杨绛文集》第 3 卷，北京：人民文学出版社，2004 年版，第 70 页。

释之详尽，只夸译文好。"①

　　据杨绛自己回忆："不记（得）是 1956 年或 1957 年，因《吉尔·布拉斯》受好评，'外国古典文学名著丛书'编委会委我另一项翻译任务：重译《堂吉诃德》。"② 虽然由于记忆力的有限加上年代的久远，杨绛本人对自己何时受托翻译《堂吉诃德》并不是很确定，但她内心还是倾向于 1957 年，因为在《杨绛生平与创作大事记》里，她把这一事项列在了"1957 年"项下。③ 由于据记载，杨绛从 1958 年起，才开始下决心从头自学西班牙文，以便从原文直接翻译《堂吉诃德》（"那时候全国都在'大跃进'，研究工作都停顿了。我下决心偷空自学西班牙语，从原文翻译"④），她是 1957 年受托翻译该小说的可能性应该更大一些。从杨绛自己的零星回忆和叙述来判断，杨绛大概是从 1960 年能看懂西班牙原文小说开始，才逐渐进入翻译《堂吉诃德》的工作状态的。她所依托的是 1952 年马德里出版的弗朗西斯戈·罗德利盖斯·马林编注本（edición y notas de Francisco Rodríguez Marín）第 6 版，属于"西班牙经典丛书"（Clásicos Castellanos）系列。

　　1965 年"1 月中旬，《堂吉诃德》第一部翻译完毕，译第二部"。⑤ 1966 年"8 月 27 日，交出《堂吉诃德》全部翻译稿（第一部已完毕，第二部已译毕四分之三）"。⑥ 杨绛"文革"中被迫上交的译稿直到近四年后的 1970 年年中，才由他人代为索还，失而复得。⑦ 1972 年 8 月，杨绛不得不"又从头翻译《堂吉诃德》，因中断多年，需从头再译"。⑧ 1975 年"4 月 5 日，《堂吉诃德》初稿译完"；1976 年 11 月 20 日，第一、第二部全部定稿；1977 年 5 月 5 日，

①　吴学昭：《听杨绛谈往事》，北京：生活·读书·新知三联书店，2008 年版，第 281 页。

②　杨绛：《杨绛生平与创作大事记》，《杨绛文集》第 8 卷，北京：人民文学出版社，2004 年版，第 389 页。

③　详见杨绛：《杨绛生平与创作大事记》，《杨绛文集》第 8 卷，北京：人民文学出版社，2004 年版，第 389 页。

④　杨绛：《记我的翻译》，《杨绛文集》第 3 卷，北京：人民文学出版社，2004 年版，第 71 页。

⑤　详见杨绛：《杨绛生平与创作大事记》，《杨绛文集》第 8 卷，北京：人民文学出版社，2004 年版，第 390 页。

⑥　详见杨绛：《杨绛生平与创作大事记》，《杨绛文集》第 8 卷，北京：人民文学出版社，2004 年版，第 390 页。

⑦　详见杨绛：《杨绛生平与创作大事记》，《杨绛文集》第 8 卷，北京：人民文学出版社，2004 年版，第 391 页。

⑧　详见杨绛：《杨绛生平与创作大事记》，《杨绛文集》第 8 卷，北京：人民文学出版社，2004 年版，第 392 页。

交由人民文学出版社排印。^① 1978 年 3 月，杨绛的《堂吉诃德》中译本由人民文学出版社出版。1987 年 2 月，人民文学出版社又出版了杨绛译《堂吉诃德》校订本。1989 年，杨绛的《堂吉诃德》中文繁体字译本在台湾出版。杨绛的《堂吉诃德》中译本后来被分别收入《杨绛译文集》第 1—2 卷（南京：译林出版社，1994 年 11 月出版）和《杨绛文集》第 5—6 卷（北京：人民文学出版社，2004 年 5 月出版）。

杨绛翻译的这三种欧洲经典小说尽管有两种是西班牙文名著，一种是法文名著，但却刚好都属于一个系列，均是所谓"流浪汉小说"。在《介绍〈小癞子〉》一文中，杨绛曾详细解说何谓"流浪汉小说"，而她所翻译的这几本相关的小说在文中也都涉及了："各国文学史上一致把《小癞子》称为'流浪汉小说'的鼻祖。……按照一般文评的说法，流浪汉小说都是流浪汉自述的故事……法国勒萨日（Le Sage）的流浪汉小说《吉尔·布拉斯》借西班牙为背景，暴露和讽刺当时的法国社会。充主角的流浪汉是个玩世不恭的奴才，小说也是自述体。……流浪汉到处流浪，遭遇的事情往往不相关联。这种情节杂凑的（episodic）结构是流浪汉小说所共有的。……因为流浪汉小说都由一个主角来贯穿杂凑的情节，所以同样结构的小说渐渐就和流浪汉小说相混了。历险性或奇遇性的小说尽管主角不是流浪汉，体裁也不是自述体，只因为杂凑的情节由主角来统一，这类小说也泛称为流浪汉小说。……班扬的《天路历程》和塞万提斯的《堂吉诃德》都泛称为流浪汉小说。"^②

若是把片断也算上的话，杨绛至少还翻译过 1499 年初版的西班牙对话体小说《塞莱斯蒂娜》（《薛蕾丝蒂娜》）的很多内容。^③ 据杨绛在《旧书新解——读〈薛蕾丝蒂娜〉》一文中介绍，塞莱斯蒂娜（薛蕾丝蒂娜，文中简称"薛婆"）作为以替情人们"拉纤"来操纵男女私情的所谓"积世老虔婆"，和《小癞子》里的癞子是同一类人物，"可算是流浪汉的祖婆婆"。^④ 杨绛还进一步评述说：

---

① 详见杨绛：《杨绛生平与创作大事记》，《杨绛文集》第 8 卷，北京：人民文学出版社，2004 年版，第 393 页。

② 杨绛：《介绍〈小癞子〉》，《关于小说》，北京：生活·读书·新知三联书店，1986 年版，第 82—86 页。

③ 详见杨绛：《旧书新解——读〈薛蕾丝蒂娜〉》，《关于小说》，北京：北京：生活·读书·新知三联书店，1986 年版，第 24—50 页。

④ 详见杨绛：《旧书新解——读〈薛蕾丝蒂娜〉》，《关于小说》，北京：生活·读书·新知三联书店，1986 年版，第 26—27 页。

"假如《堂吉诃德》是反骑士小说的骑士小说，《薛婆》可算是反爱情故事的爱情故事。"①

　　然而，据笔者的揣度，杨绛之所以亲自翻译这部戏剧体小说的相当一部分内容，绝不会只是为了写一篇叫做《旧书新解——读〈薛蕾丝蒂娜〉》（或《旧书新解——读小说漫论之二》）的论文。那样的话，她所付出的成本可就未免太高了。正如杨绛在《李渔论戏剧结构》一文当中引用了许多自己译的亚里士多德《诗学》片断，不是仅仅为了写这篇文章，而是当初确实有推出自己的《诗学》译本的用心或企图一样，② 她应该也曾有过动手翻译《塞莱斯蒂娜》（《薛蕾丝蒂娜》）全书，并将其作为她所翻译的"流浪汉小说"系列的一个自然延伸的打算，且在一定程度上付诸了行动。只是我们作为读者，一时尚无法弄清楚她的这一翻译尝试为什么到头来会有始无终地中辍罢了。

　　不完全是题外话的是，杨绛明显打算翻译却最终没有译成的西班牙小说经典《塞莱斯蒂娜》（《薛蕾丝蒂娜》）目前至少已有四种中译本：除了本书第二章在脚注里已经提及的屠孟超译本（1997年版）之外，其他三种分别是王央乐（1925—1998）译本（1990年版）③、蔡润国译本（1993年版）④ 和丁文林译本（2008年版）⑤。

二　杨绛与新诗的缘或非缘——英诗《我和谁都不争》的汉译及其他

　　虽然与现代文学史上赫赫有名的新诗大家林徽因、冯至、何其芳（1912—1977）、卞之琳等人先后做过同事乃至近邻，但在长达80年的写作生涯里，杨绛看上去尽管戏剧、散文和小说门门皆精，却似乎偏偏与新诗无缘。形成这一状况的个中缘由可能很复杂，但起码可以沿着如下三个方向试着探究一下。

---

① 杨绛：《旧书新解——读〈薛蕾丝蒂娜〉》，《关于小说》，北京：生活·读书·新知三联书店，1986年版，第28页。
② 据吴学昭《听杨绛谈往事》，杨绛曾对她回忆说："此前（按：指1959年以前）我根据《英译勒布经典丛书》（The Loeb Classical Library）版，并参照其他版本，翻译了亚里士多德的《诗学》；《李渔论戏剧结构》中所引亚里士多德的话，都是我自己的译文。"
③ 参见［西班牙］罗哈斯：《赛莱斯蒂娜》，王央乐译，北京：人民文学出版社，1990年版。
④ 参见［西班牙］费尔南多·德·罗哈斯：《塞莱斯蒂娜》，蔡润国译，北京：中国对外翻译出版公司，1993年版。
⑤ 参见［西班牙］费尔南多·德·罗哈斯：《塞莱斯蒂娜》，丁文林译，石家庄：花山文艺出版社，2008年版。

其一是，叙事类体裁与抒情类体裁本就矛盾，所以像巴金和茅盾等小说家就从不写诗，而像艾青（1910—1996）和蔡其矫（1918—2007）等诗人也从不写小说。反倒是随意性比较大的散文介乎其间，让两造的人松弛之余都可以小试深浅：**小说家可以尝试用散文抒一下情，借以向诗歌的意境靠拢一下；诗人可以通过散文向小说的叙事和对话接近一把，尝试一回叙事和散体化。于是，前者的散文以叙事的老练和从容见工，但亦过足了抒情的瘾；后者的散文以诗意、诗情见长，到处是诗化的警句与妙语**——如当代诗人北岛近些年收入《失败之书》和《午夜之门》等集子里的一些散文，便随处可见这类闪着光彩的散碎句子，工巧之至。①

而杨绛本人对亚里士多德留下的经典《诗学》的诠释，则足以见出她对于散文类、叙事类体裁的偏好："其实亚理斯多德在'诗学'里早说，诗人或作家所以称为诗人或作家，因为他们创造了有布局的故事，并不是因为他们写作的体裁是有韵节的诗。"②

其二是，杨绛自己虽然新旧体诗基本都不沾，但她的倾向性其实很明显，即和钱锺书一样（不排除直接或间接地受过钱锺书的影响），只钟情以文言文为载体的旧体诗："锺书很喜欢诗，他最爱诵中国旧诗及西洋诗。他说过外国诗比中国诗滋味深。歌德、但丁他读得最熟，整本整本地读。出国访问时，大约是情不自禁而背诵几句，也许有人以为他是在卖弄呢。"③ 例如，据孔庆茂的《杨绛评传》，杨绛早年曾做过旧诗："杨绛在清华私下里也做了一些旧体诗与钱锺书相唱和。从《槐聚诗存》可以得知，钱锺书毕业后，1934 年又北游至清华，杨绛曾做《玉泉山闻铃》，钱锺书有和作。1935 年春，杨绛春游塞外，做旧体诗《溪水四章寄恩钿塞外》，曾寄给钱锺书和她的同班好友蒋恩钿。"④

此外，1949 年在上海，杨绛曾与新文化运动最早的女作家之一，也是中国有史以来第一位女教授陈衡哲（1890—1976）以忘年交论交，蒙对方以自己的小说集《小雨点》相赠。面对这本小说集，杨绛内心的反应却是，更喜爱对

---

① 参见北岛：《午夜之门》，南京：江苏文艺出版社，2009 年版；《失败之书》，汕头：汕头大学出版社，2004 年版。

② 杨绛：《斐尔丁在小说方面的理论和实践》，《文学研究》1957 年第 2 期，第 113 页。

③ 杨绛 2000 年 7 月 20 日写给传记作者汤晏的信。转引自汤晏：《一代才子钱锺书》，上海：上海人民出版社，2005 年版，第 312 页。

④ 孔庆茂：《杨绛评传》，北京：华夏出版社，1998 年版，第 34 页。

方的旧体诗："她曾赠我一册《小雨点》。我更欣赏她的几首旧诗。我早先读到时，觉得她聪明可爱。"①

而到了晚年，杨绛不仅曾力主钱锺书尽早编定他自己的旧体诗集，也极其用心地替后者手抄过旧体诗稿《槐聚诗存》："钱锺书成天把他的诗改了又改，杨绛敦促他把《诗存》选定。她说：'你我都已似风烛草露，应自定诗集，免得俗本传讹。'锺书以为然。"② 至于钱锺书对新诗的不以为然，则早已借其小说《围城》里的人物方鸿渐和董斜川之口宣之于外了。③

其三是，如上所述，据目前的几本杨绛传记特别是吴学昭的《听杨绛谈往事》记载，杨绛虽与林徽因、冯至、何其芳、卞之琳这些一时无两的新诗大家都做过同事乃至街坊，但却绝不亲近。她对以才女著称的美女诗人林徽因一向敬而远之不说，与冯至、何其芳和卞之琳等人的关系更是远谈不上多好，起码都一度因包括性情不合、政治倾向不一、职称纠纷等在内的各种缘由交过恶。④这自然无法让她对与新诗有关的一切有什么好感，当然也就"恨"屋及乌地绝口不论、不提、不做新诗了。

若一定要让杨绛同诗歌搭上一点关系的话，那就只有从译诗的角度着眼了。如前所述，杨绛曾提到自己译过"小说里附带的诗"，自然主要应该是指其《堂吉诃德》中文译本里夹杂的那些风格各异的诗篇（"我只翻译过《堂吉诃德》里的诗"⑤）。然而，纯就杨绛的译诗而言，不应被遗漏的至少还应该有两处。

首先，当然是应钱锺书之请，替其长篇小说《围城》里人物苏文纨代译的、题在折扇上的那首所谓"歪诗"了：⑥

---

① 杨绛：《怀念陈衡哲》，《杂忆与杂写（增订本）》，北京：生活·读书·新知三联书店，2010年版，第139页。

② 详见吴学昭：《听杨绛谈往事》，北京：生活·读书·新知三联书店，2008年版，第365—367页。引文出自第365页。

③ 在钱锺书《围城》（北京：人民文学出版社，1980年版）的第82页（第3章）上，方鸿渐曾对唐晓芙说："我对新诗不感兴趣。为你表姐的缘故而对新诗发生兴趣，我觉得犯不着。"同样是出自该书第3章（第90页），董斜川也曾提及，陈散原（1853—1937）说过，白话新诗中"还算徐志摩的诗有点意思，可是只相当于明初杨基那些人的境界，太可怜了"。

④ 杨绛同林徽因、冯至、何其芳以及卞之琳等人保持距离、不够和睦的详情，可参阅吴学昭：《听杨绛谈往事》，北京：生活·读书·新知三联书店，2008年版，第251页、第270—271页、第279页、第281页、第284—286页及第302页。

⑤ 杨绛：《翻译的技巧》，《杨绛文集》第4卷，北京：人民文学出版社，2004年版，第362页。

⑥ 详见钱锺书：《围城》，北京：人民文学出版社，1980年版，第77页。

难道我监禁你？

还是你霸占我？

你闯进我的心，

关上门又扭上锁。

丢了锁上的钥匙，

是我，也许你自己。

从此无法开门，

永远，你关在我心里。

按照钱锺书小说《围城》的描述，有关这首诗的出处，苏文纨后来曾被迫向方鸿渐承认，是模仿的法国古跳舞歌。方鸿渐则认定，是抄袭自德国民歌。《围城》一书出版之后许多年过去，杨绛曾亲自撰文，披露了这首诗出笼的内幕："苏小姐做的那首诗是锺书央我翻译的；他嘱我不要翻得好，一般就行。"[①]当然，杨绛这里虽然说得言之凿凿，但根据她后来对钱锺书讲过的如下一段话来判断，这首号称代译的诗又极有可能实为代拟："尊著《围城》需稚劣小诗，大笔不屑亦不能为，曾由我捉刀……"[②] 换言之，《围城》里这首应作者钱锺书之邀而译的诗很有可能实系杨绛代撰；而所谓代译，无非是虚应小说之景的托词而已。

无论如何，这首出自杨绛之手的诗虽然据称是刻意未往好里译，诗的原文也始终是云里雾里，难究真确性和翔实出处，但却的确称得上诗趣盎然、像模像样。它不仅把在两性的拉锯、逗弄或爱恋中摇摆、挣扎的一个刁钻、古怪、敏感的女性迂曲复杂、无可救药的心理衬托得惟妙惟肖、入木三分，也颇得现代汉语新诗的三昧——行文既相当松弛自然，浑然天成，又能暗嵌 uo 和 i 两个韵脚。

其次，则是英国诗人沃尔特·S. 兰多尔（Walter Savage Landor，1775—1864）的《我和谁都不曾相争》或《我与世人一向无争》（I Strove with None）

---

① 杨绛：《记钱锺书与〈围城〉》，《杨绛文集》第 2 卷，北京：人民文学出版社，2004 年版，第 139 页。

② 详见钱锺书：《槐聚诗存》，北京：生活·读书·新知三联书店，2007 年版，第 133—137 页。引文引自第 133 页。

一诗的汉译：[①]

> 我和谁都不争，
>> 和谁争我都不屑；
>
> 我爱大自然，
>> 其次就是艺术；
>
> 我双手烤着
>> 生命之火取暖；
>
> 火萎了，
>> 我也准备走了。[②]

这首诗所对应的原诗是：

> *I strove with none, for none was worth my strife;*
>
> *Nature I loved, and next to Nature, Art;*
>
> *I warm'd both hands before the fire of Life;*
>
> *It sinks, I am ready to depart.* [③]

　　值得一提的是，杨绛这首译诗《我和谁都不争》广为流传，知名度很高。特别是，杨绛之外、李霁野（1904—1997）、王佐良（1916—1995）、绿原（1922—2009）和孙梁（1925—1990）等众多名家皆译过此诗，风格迥异，各有千秋。在这些中译本的争奇斗艳之下，杨绛的译本仍能脱颖而出、一枝独秀地为广大读者所喜爱，着实不容易。**这首诗所显露出来的清高自豭和达观淡定气息除了折射出原诗作者兰多尔的文心与气度，也可视为杨绛为人为文风格的一个写照。**

---

① 沃尔特·兰多尔之名一般被媒体或大众不规范地译为"兰德"，杨绛本人及其拥趸（如吴学昭）则称其为"蓝德"。此诗系 1849 年兰多尔于自己 75 岁生日时所作，本名《一位老哲学家的垂暮之言》（Dying Speech of an Old Philosopher），亦名《作于他的 75 岁生日》（On His Seventy Fifth Birthday）（按：这第二个名字似应是该诗的副标题。换言之，《一位老哲学家的垂暮之言——作于他的 75 岁生日》应是该诗全名）和《我与世人一向无争》（I Strove with None），曾分别被汉译为《终曲》《生与死》《我与人无争》以及《七十五岁生日作》等。杨绛则将其译为《我和谁都不争》。

② 杨绛（手迹）：《译蓝德诗》，罗俞君选编《杨绛散文》，杭州：浙江文艺出版社，1994 年版，卷首。

③ 参看：http://prosody.lib.virginia.edu/materials/poems/dying-speech-of-an-old-philosopher/。

当然，在此不能不提及该诗汉译译者之一王佐良对原诗的如下评语——它道出了事情的另一面，亦颇堪寻味："诗是写得整洁、隽永，值得回味。但据说老先生在实际生活里不仅喜与人争，而且火气颇大。其实，诗里也有透露，'无人值得我争'，口气仍是骄傲的。"①

杨绛本人显然也十分喜欢她自己的这首译诗，如下事实可为佐证：杨绛曾特意同意以杨绛手迹影印的方式，将其用为罗俞君1994年编选的《杨绛散文》一书的卷首语，题目是《译蓝德诗》；② 而该译诗的最后四行，更早已被杨绛用在了她的另一本散文集——1992年初版的《杂忆与杂写》——的《自序》里："我近来常想起十九世纪英国诗人蓝德（W.S.LANDOR）的几行诗：我双手烤着／生命之火取暖；／火萎了／我也准备走了。因此我把抽屉里的稿子整理一下，汇成一集。"③

为便于比对和参照，特将王佐良的译本抄录如下：

七五生辰有感

不与人争，
　　也无人值得我争，
爱的是自然，
　　其次是艺术。
生命之火前
　　我把双手烤烘，
火焰低落了，
　　我准备离去。④　（王佐良）

与刚刚提到的以王佐良为代表的那些名家名译相比，杨绛的译本不仅更为

---

① 王佐良（译）：《七五生辰有感》，《英诗的境界》，北京：生活·读书·新知三联书店，1991年版，第206页。

② 参见罗俞君选编《杨绛散文》，杭州：浙江文艺出版社，1994年版。

③ 杨绛：《〈杂忆与杂写〉自序》，《杨绛文集》第2卷，北京：人民文学出版社，2004年版，第199页。

④ 王佐良（译）：《七五生辰有感》，《英诗的境界》，北京：生活·读书·新知三联书店，1991年版，第205—206页。原译文是和英文原诗体式一致的四句体，为方便比较计，特仿杨绛译文的体式拆成差相仿佛的八行。

松弛、朴素（当然，得先排除"不屑"和"萎了"这类字眼）而又诗意盎然、充满张力，也最为贴合原诗的情绪、命意和境界。更为重要的是，杨绛的译本在通体的节奏和起伏上，甚至在句子的长短上，也与原诗相仿佛，几乎完全按照原诗所呈现的样子铺开，且非常自然。此外，原诗本为四行排列，而杨绛特意按照朗诵或默读时的自然节律，把自己的译诗排列成参差的八行，不仅更有现代汉语新诗的韵味，也更符合现代人的欣赏和诵读习惯。

然而，原诗显然并非杨绛所说的"自由的诗"①，而是有韵脚的诗，依循的是 abab 的韵律模式：一共有两个韵脚（–ife 和 –art），隔行押一个。不知是出于有意还是无意，杨绛的译本却放弃了对于原诗韵脚的坚持（当然，第三行的"然"和第六行的"暖"或勉强可算一韵）。这无论如何，都有伤对原诗的"忠实"或"信"。虽然暂时无从查考杨绛为什么会放弃这首译诗的韵脚，但起码可以肯定，不会是因为把押韵这件事看得太难。因为，她曾经这样宣称："我国文字和西方语文远不相同，同义字又十分丰富，押韵时可供选择的很多。如果用全诗最不能妥协的字作韵脚，要忠实于原意而又押韵，比翻译同语系的文字反而容易……译诗之难不在押韵。"②

此外，笔者以为，杨绛译本的最后四句诗（相当于原诗的最后两行诗）虽然最大限度地贴合了原诗所含蕴的那份于不动声色、随遇而安中暗藏一丝感伤而又绝对不乏达观的、自然松垂的超然意境，但不仅以形容草木荣枯的"萎"字来对应原文形容火势趋弱的 sink 一词有些勉强（此字也过于书卷气），原诗的时态也没能很好地照顾到：原诗前三行是过去时，是对一生行止的回顾和过往生活态度的反刍；原诗最后一行（其实是两句话）是现在时，表示当下的心态和正要发生的状况。

最后，杨绛的译本实际上也并没有彻底地做到紧扣原文。首先，从语气上看，原诗的 for none was worth my strife（"因为没人值得我一争"）一句口角恬淡、姿态超然，语气本是偏于中性的。或者说，其底里虽然不乏淡淡的清高与孤矜，却绝非颇具攻击意味或轻蔑色调的"不屑"——按照《新华字典》第10

---

① 杨绛曾这样说过："我只翻译过《堂吉诃德》里的诗。我所见的法译本都把原诗译成忠实的散文，英译本都译成自由的诗……"引文引自杨绛：《失败的经验（试谈翻译）》，《中国翻译》1986 年第 5 期，第 29 页。

② 杨绛：《失败的经验（试谈翻译）》，《中国翻译》1986 年第 5 期，第 29 页。

版的界定，"不屑"一词的意思是"认为事物轻微而不肯做或不接受"，似乎比较中性，但若是用在人的身上，自然而然就会有"轻视、轻蔑"的成分；而杨绛本人行文时，更是曾将"鄙夷"和"不屑"两个词组合在一起，等同起来："奥斯丁对她所挖苦取笑的人物没有恨，没有怒，也不是鄙夷不屑。"① 其次，原诗不仅将"自然"（Nature）、"艺术"（Art）和"生命"（Life）三个词都处理成了首字母大写，隐含膜拜和敬畏之意，还特意将"自然"一词又重复了一次以示强调。杨绛或是没有留意到这一点，或是干脆熟视无睹。

早在 1923 年，现代作家成仿吾便曾提出过所谓"理想的译诗"的四个要素或四项条件："第一，它应当自己也是诗；第二，它应传原诗的情绪；第三，它应传原诗的内容；第四，它应取原诗的形式。"② **按照笔者的从译经验来判断，第一点看似多余，却最为重要；第四点看似简单，却最难做到。**就事论事，在完满地做到了前三点的情况下，是否还要严格采用原诗的形式也不见得特别关键。当然，若想最大限度地达到严复所说的"信"和鲁迅所说的"保存着原作的丰姿"的理想或要求，③ 则第四点也并非可有可无，能尽量做到当然最好。

若是按照译诗的这样一种理想或标准来衡量杨绛译的这首《我和谁都不争》，那么应该说，杨绛还是比较完美地做到了前三点——**她译出来的这首诗绝对是诗且诗味十足，也比较丰满地传达了原诗的内容、情绪乃至意境。**至于第四点，由于上面指出过的没有紧扣原诗用语和原诗韵脚等问题，则不免稍显逊色。

以上举成仿吾所提出的四项译诗条件为标准，结合前面分析的杨绛这首译诗的长处，并力避其短处，笔者不妨也对兰多尔这首诗试译如下：

---

① 杨绛：《有什么好？——读奥斯丁的〈傲慢与偏见〉》，《关于小说》，北京：生活·读书·新知三联书店，1986 年版，第 60 页。

② 成仿吾：《论译诗》，罗新璋编《翻译论集》，北京：商务印书馆，1984 年版，第 384 页。原载《创造周报》第十八号（1923 年 9 月 9 日出刊）。

③ 鲁迅曾这样说过："凡是翻译，必须兼顾着两面，一当然力求其易解，一则保存着原作的丰姿，但这保存，却又常常和易懂相矛盾：看不惯了。不过它原是洋鬼子，当然谁也看不惯，为比较的顺眼起见，只能改换他的衣裳，却不该削低他的鼻子，剜掉他的眼睛。我是不主张削鼻剜眼的，所以有些地方，仍然宁可译得不顺口。"引自鲁迅：《且介亭杂文二集·题"未定"草（一至三）》，《鲁迅全集》第 6 卷，北京：人民文学出版社，2005 年版，第 364—365 页。

一位老哲学家的垂暮之言
——作于他的 75 岁生日

我和谁都没争，
　　因为没人值得我这么做；
我爱大自然，
　　大自然 ① 之外是艺术；
为了取暖，
　　我用双手烤着生命之火；
火要灭了，
　　我也正准备上路。（于慈江）

笔者提供的第二种试译是：

我与世无争，
　　无人值得一争；
我爱大自然，
　　其次是艺术；
我双手烤着
　　生命之火为生；
火头小了，
　　我也正要上路。（于慈江）

　　平心而论，从以上分析的杨绛的两首译诗来看，杨绛不仅具备以干净、典雅和自然的现代白话翻译外国诗的良好素质和均整水平，若是对现代汉语新诗能不心存偏见、有意趋避，她本应该可以写出比她的大学和文学所同事林徽因、冯至、何其芳和卞之琳等绝不稍逊的新诗来的。不无可惜的是，这究竟只是我们作为读者的一厢情愿——虽然杨绛在本书成稿时（2013 年）依然健在，她的

---

① 在原诗里，Nature（"自然"）、Art（"艺术"）和 Life（"生命"）三个主词都是以首字母大写的形式出现，隐有拟人化和神圣化的意味。不仅如此，Nature 还刻意地出现了两次。

诗歌译作却只有有限的几首，而自己的诗歌（新诗）创作则暂告阙如。

其实，在杨绛的短篇小说《"玉人"》里，还有一首托名小说主人公郝志杰写的情诗《玉人何处》：

> 常记那天清晨，
>
> 朝霞未敛余晕，
>
> 她在篱旁采花，
>
> 花朵般鲜嫩！
>
> 冰雪般皎洁！
>
> 白玉般莹润！
>
> 如初升的满月，
>
> 含苞的青春，
>
> 美好的想望，
>
> 蠢动的欢忻！
>
> 几度星移月转，
>
> 往事皆已成尘。
>
> 伊人今复何在？
>
> 空自怅惘怆神。 ①

这首诗虽有很浓重的旧体诗痕迹（不仅仅是语言方面，就意境而言，亦复如此），但确实可称为新诗——除最后四句外，皆是白话入诗。如此诗确属该小说的作者杨绛自拟，而非像 1991 年的《代拟无题七首》那样，系钱锺书或别的什么人代拟，② 那么，杨绛也其实算是写过新诗。而单就《玉人何处》这首诗而论，除了一唱三叹的气氛的烘托和节奏促迫的排比铺陈之外，在翻译《我和谁都不争》一诗时有意弃原诗韵脚而不用的杨绛似乎又很看重韵脚——在描

---

① 杨绛：《"玉人"》，《杨绛文集》第 1 卷，北京：人民文学出版社，2004 年版，第 113—114 页。

② 杨绛曾为钱锺书的旧体诗《代拟无题七首》代写过《缘起》："'代拟'者，代余所拟也。余言欲撰小说，请默存为小说中人物拟作旧体情诗数首。"详见钱锺书：《槐聚诗存》，北京：生活·读书·新知三联书店，2007 年版，第 133—137 页（引文引自第 133 页）。根据这七首诗写作的年代，杨绛当时想写的小说当是最终被弃写的长篇小说《软红尘里》——杨绛曾这样回忆道："1991 年 11 月 1 日，动笔写《软红尘里》。"详见杨绛：《杨绛生平与创作大事记》，《杨绛文集》第 8 卷，北京：人民文学出版社，2004 年版，第 398 页。

写男主人公郝志杰"写作"此诗的心态时，杨绛曾这样说过："他读了两遍自觉不妥……可是他押了那几句韵，又舍不得扔掉。"①

下文我们还会提到，纯就译诗而言，杨绛确曾有意翻译更多的英诗，例如，莎士比亚或雪莱（Percy Bysshe Shelley，1792—1822）的诗。但据她自己说，又因自觉达不到自己预期的水准而告放弃。其实，杨绛本应把判断翻译质量的权利留给读者的——有时，一个作家过于爱惜羽毛、过于谦抑自敛可能并非读者之福。

三　"我的称赞是不容易的"② ——杨绛翻译生涯的起步与跨度

那么，杨绛所说的"偶"一为之的文艺理论（与批评）译作呢？

总括起来，主要应该是指如下三个方面：一是《一九三九年以来英国散文作品》一书，由商务印书馆于 1948 年出版；③ 二是《外国理论家、作家论形象思维》④ 和《欧美古典作家论现实主义和浪漫主义》⑤ 两书（编纂者为中国社会科学院外国文学研究所外国文学研究资料丛刊编辑委员会）中的不少章节与篇什；三是后来送给过古希腊文学学者罗念生（1904—1990），供他翻译时参考用的亚里士多德《诗学》译本 ⑥。

譬如，在《欧美古典作家论现实主义和浪漫主义》一书中，古希腊诗人品达（Pindarus，约公元前 522—442）的颂诗片段即是杨绛所译：

世人的传说有时和事实不符；虚假的事经过巧妙的想象加以装点，人

---

① 杨绛：《"玉人"》，《杨绛文集》第 1 卷，北京：人民文学出版社，2004 年版，第 114 页。

② 这是翻译家傅雷夸赞杨绛的翻译水平时所说的话。详见杨绛：《〈傅译传记五种〉代序》，《读书》1982 年第 4 期，第 105 页。

③ ［英］约翰·黑瓦德（John Hayward）：《一九三九年以来英国散文作品》（*Prose Literature since 1939*），杨绛译，北京：商务印书馆，1948 年版。

④ 中国社会科学院外国文学研究所外国文学研究资料丛刊编辑委员会编《外国理论家、作家论形象思维》，北京：中国社会科学出版社，1979 年版。

⑤ 中国社会科学院外国文学研究所外国文学研究资料丛刊编辑委员会编《欧美古典作家论现实主义和浪漫主义》，北京：中国社会科学出版社，1980 年版。

⑥ 在《杨绛生平与创作大事记》（《杨绛文集》第 8 卷，北京：人民文学出版社，2004 年版，第 389 页）中，杨绛曾这样记载："（1956 年）《吉尔·布拉斯》经大修大改，由人民文学出版社出第一版。大约这一年或次年，曾翻译亚里士多德《诗学》，根据英译《勒勃经典丛书》本并参照其他版本翻译，锺书与我一同推敲议定重要名称。我将此稿提供罗念生参考。罗念生译亚里士多德《诗学》序文中有'杨季康提出宝贵意见'一语。此稿遗失。"

家就信以为真。

诗人的才能是天赋的；没有天才而强学作诗，喋喋不休，好比乌鸦呱呱地叫，叫不出什么名堂来。①

上举品达的头一段话让笔者印象深刻，不由得想起了本书第二章第一节曾讨论过的杨绛的《事实——故事——真实》一文。这篇论文的论述重心即是以"事实——故事——真实"为脉络的小说叙事模式：先有所谓事实，然后通过想象和虚构加工成吸引读者的故事（品达所谓"传说"或"虚假的事"），进而成就能让人信以为真的艺术真实。品达的话正堪称这一模式的一个扼要解说。至于品达的第二段话，大概恰巧可以起码部分地解释为什么杨绛单单与新诗无缘——她可能认为自己的天赋主要是在散文、小说乃至戏剧方面，与诗基本不搭界，故而从不愿"强学作诗，喋喋不休"。

除以上所述之外，也不能不特别在此提到杨绛于抗战胜利后翻译的散文短章《随铁大少回家》。这篇译文作为一个片段，系杨绛自己摘译自英国作家奥利弗·哥尔德斯密斯（Oliver Goldsmith，1728—1774②）的散文《世界公民》（The Citizen of the World）。③

这是因为，据吴学昭所记载的杨绛的回忆口述称，首先，正是这篇应知名报人储安平（1909—1966？）之邀而译并发表于他所主办的《观察》杂志上的短文，曾博得过翻译名家傅雷金口难开的称赏——应该就是杨绛在《〈傅译传记五种〉代序》中所提到过的"有一次他称赞我的翻译"。当时，傅雷曾郑重其事地对听了他的称赏后客套地谦逊了一句的杨绛说："杨绛，你知道吗？我的称赞是不容易的！"④ 其次，这篇短短的译文也在很大程度上，成了稍后杨绛翻译《一九三九年以来英国散文作品》的一个直接契机："阿季以为不过是

---

① 品达（Pindarus）：《奥林匹克颂》（片段），杨绛译，中国社会科学院外国文学研究所外国文学研究资料丛刊编辑委员会编《欧美古典作家论现实主义和浪漫主义》，北京：中国社会科学出版社，1980年版，第8页。

② 一说是1730—1774年。

③ 经笔者查证，所谓《世界公民》（The Citizen of the World），其实并非一个散文单篇，而是哥尔德斯密斯撰写的一个书信体散文系列的总称。该信札系列从1760年开始陆续创作。整个系列假托一个居住在英国的中国旅行者 Lien Chi 所为。通过这个虚构的旁观者或局外人的视角，来对英国当时的社会和生活方式进行讽喻和说教。据称，该信札系列明显地受到了稍早问世的孟德斯鸠（Montesquieu，1689—1755）的《波斯人信札》（Persian Letters）的影响。

④ 参看杨绛：《〈傅译传记五种〉代序》，《读书》1982年第4期，第105页。

自己对文学翻译的一种尝试，译文却受到傅雷赞赏，锺书大概也是看了这篇译文才想到让阿季也参加翻译《英国文化丛书》的。"① 其实，杨绛本人早在她自己 2002 年写的《记我的翻译》② 一文中，就已对吴学昭记叙的这件事有过比较翔实的解说，如提及钱锺书是《英国文化丛书》的编委之一。③

既然说到了"英国文化丛书"，就有必要在此把它与前面刚刚提及的《一九三九年以来英国散文作品》的杨绛译本之间的关系解说一番，以帮助纠正和澄清某些纪传作者和研究者在提及这两者的文字当中所出现的错谬、误读或想当然。

杨绛译本所称的约翰·黑瓦德一般译为约翰·海沃德（John Hayward，1905—1965）。他的《一九三九年以来英国散文作品》小册子初版于 1947 年。海沃德身兼编辑、文选编纂者、批评家和藏书家于一身，一度和大自己 17 岁的英国大诗人 T.S. 艾略特（T.S. Eliot，1888—1965）走得很近——从 1946 年到 1957 年，他和这位名诗人住在同一所房子里；除了亲自编辑了 T.S. 艾略特《写于青春初期的诗》（*Poems Written in Early Youth*）一书之外，还负责管理该诗人的文字档案。1965 年逝世前（T.S. 艾略特已于数月前辞世），海沃德将自己收藏的 T.S. 艾略特的全部文学手稿，捐给了英国剑桥大学的国王学院（King's College, Cambridge）。④

虽然海沃德以编选作家的作品选集为主业，其《一九三九年以来英国散文作品》却并非一本散文作品选集，而是一部综合介绍"二战"期间英国散文创作的文学批评概论——说到底，文学评论也是海沃德的本色当行。书中评述的知名作家包括 T.S. 艾略特、斯蒂芬·斯彭德（Stephen Spender，1909—1995）、乔治·奥威尔（George Orwell，1903—1950）、艾伦·穆尔黑德（Alan Moorehead，1910—1983）、西里尔·康诺利（Cyril Connolly，1903—1974）、奥斯伯特·西特韦尔（Osbert Sitwell，1892—1969）以及约翰·莱曼（John Lehmann，1907—1987）等人。

---

① 吴学昭：《听杨绛谈往事》，北京：生活·读书·新知三联书店，2008 年版，第 216 页。

② 据杨绛自己的记录，《记我的翻译》一文写于 2002 年 10 月 7 日。详见杨绛：《杨绛生平与创作大事记》，《杨绛文集》第 8 卷，北京：人民文学出版社，2004 年版，第 402 页。

③ 详见杨绛：《记我的翻译》，《杨绛文集》第 3 卷，北京：人民文学出版社，2004 年版，第 67—68 页。

④ 据维基百科（http://en.wikipedia.org/wiki/John_Davy_Hayward）。

由于杨绛的《一九三九年以来英国散文作品》中文译本初版于 1948 年，现已绝版，故得见其真面目者寥寥。也正因如此，人们（如媒体人乃至某些研究者）在复述此书书名时，不免会掉以轻心地望文生义、以讹传讹。譬如，有人（甚至包括译者杨绛自己！）就将其说成《1939 年以来的英国散文选》① 《一九三九年以来的英国散文选》或《1939 年以来英国散文作品》② 《1939 年以来的英国散文作品》《一九三九年以来的英国散文作品》③。在这类错误当中，除了书名记录得不够准确——如把"一九三九"写成"1939"，把"散文作品"写成"散文选"，以及不经意地在书名当中多添加一个助词"的"，等等——之外，主要是想当然地把这部介绍 1939—1945 年间英国散文创作情况的述评性小册子，误会成了一部当时英国散文的汇编或选集——所以，也就难怪为什么书名当中的"散文作品"四个字，有时会被某些人大而化之成"散文选"这三个字了。

例如，孔庆茂 1998 年出版过《杨绛评传》，就既把原译本的书名《一九三九年以来英国散文作品》误写成《1939 年以来的英国散文作品》，又把"某某著"想当然地误会成了"某某编"："杨绛翻译了英国约翰·黑瓦德编的《1939 年以来的英国散文作品》一小册，作为英国文化委员会'英国文化丛书'之一……"④ 该书既然已经被误会成了一国的散文选集，当然就不可能仅仅是某个人著述或撰写的个人作品选集，就只能是"编"了；而述评性小册子只能是"著"，最多是"合著"或"编著"。

当然，这类错误也部分地来自书名本身可能产生的误导作用——因为，即

---

① 如郭小川的《杨绛与翻译》（《黑龙江社会科学》2009 年第 5 期，第 116 页）一文不仅将杨绛译《一九三九年以来英国散文作品》误写成《1939 年以来的英国散文选》，也将其出版年代误写为 1938 年——估计应是西人常说的 typo（排版错误）。而在杨绛《将饮茶（校定本）》一书封底的作者简介里，这一译本也被误写成《1939 年以来的英国散文选》。

② 譬如，杨绛自己就说过："1948 年 翻译《1939 年以来英国散文作品》，约翰·黑瓦德著，《英国文化丛书》十二种之一，朱经农作总序，商务印书馆发行，9 月出版。"详见杨绛：《杨绛生平与创作大事记》，《杨绛文集》第 8 卷，北京：人民文学出版社，2004 年版，第 387 页。据笔者揣度，杨绛的这个错误应为该书的编辑"代犯"——一个不小心，很容易就会按照现在的编译规范，把过去按汉语书写的年份改成按阿拉伯数字来书写，而疏忽了此处出现的年份是专有的书名，不宜擅改。

③ 如止庵就曾说过："杨绛有多方面的成就：她是著名的翻译家，译作有《一九三九年以来的英国散文作品》，法国小说《吉尔·布拉斯》，西班牙小说《小癞子》和《堂吉诃德》等……"（止庵编《杨绛散文选集·序言》，天津：百花文艺出版社，1995 年版，第 1 页）

④ 孔庆茂：《杨绛评传》，北京：华夏出版社，1998 年版，第 110 页。

便"散文作品"没有被错写成"散文选"，作为一本书，这四个字也很容易被人望文生义成散文选集。而之所以会"望文生义"，却又恰恰说明犯错者——哪怕是出于一时的不小心——偷了懒，没有切实地去查考作品的原始出处，或没有亲自查核原书。后者正是此类错误总的根源。

值得顺便一提的是，笔者读到的杨绛《一九三九年以来英国散文作品》中译本是北京大学图书馆所藏，品相非常好。全书共分七个章节，分别是引言、战事、传记与自传、散文与批评、历史与政治、宗教·哲学·科学·考据，以及结论。有些奇怪的是，该书并没有版权页，第七章结论部分还开了一个"天窗"——出现了标着"原书缺页"（四个简体字！）字眼的一张空白页（全书其余的部分可都是繁体字！）。这个版本怎么看怎么像一个后来的复制品——反过来证明了此书的不易得见。当然，此书的不易找到并不能构成上文提到的那类错误的借口。

藏书家韦泱曾经收藏过这一译作的初版本，后来送给原译者杨绛了。据他事后回忆："《一九三九年以来英国散文作品》是'英国文化丛书'之一种，由英国人约翰·黑瓦德著，杨绛译，商务印书馆 1948 年 9 月初版。时过六十多年，此书品相甚好。我藏有全套丛书，另两种是张骏祥译《一九三九年以来英国电影》，全增嘏译《一九三九年以来英国小说》。"[1] 除了对全套丛书究竟有多少本理解得明显不确之外，韦泱所说称得上八九不离十。事实上，这套由英国文化委员会（British Council）编辑、由中国的商务印书馆选译并发行的"英国文化丛书"多达 12 本，而不是只有韦泱所藏的那三种。[2] 在这 12 本书里，书名以"一九三九年以来"（since 1939）打头的除了韦泱所列出的那三种外，还有邵洵美（1906—1968）译的《一九三九年以来英国诗》（*Poetry since 1939*）。

据笔者反复查考目前互联网能够搜寻到的各种英文资料，在英国本土，这四种题名以"一九三九年以来"打头的小册子作为"英国艺术丛书"（The

---

[1] 韦泱：《与杨绛先生的书缘》，《文汇读书周报》2010 年 9 月 10 日，第 8 版。

[2] 按照吴学昭的记录，这 12 本书的其余九本分别是：章元善译的《英国合作运动》，任鸿隽译的《现代科学发明谈》，张芝联译的《英国大学》，傅雷译的《英国绘画》，邵洵美译的《一九三九年以来英国诗》，林超译的《英国土地及其利用》，李国鼎译的《英国工业》，蒋复璁译的《英国图书馆》，以及王承绪译的《英国教育》。详见吴学昭：《听杨绛谈往事》，北京：生活·读书·新知三联书店，2008 年版，第 213—214 页。

arts in Britain）的系列作品，由英国文化委员会委托伦敦的朗文-格林出版公司（Longmans, Green）① ——朗文出版公司（Longman）的前身——分别出版于1946—1947年，评述的是整个"二战"期间（1939—1945）英国的艺术创作活动情况。

其实，在"英国艺术丛书"之中，除了后来被收入汉译"英国文化丛书"的四种小册子（讨论和介绍的是电影、小说、诗歌和散文作品）之外，还有戏剧、芭蕾舞、音乐以及绘画等分册。后来，其中的芭蕾舞、电影、音乐和绘画四种小册子作为其他艺术品类被合并为一本书，由伦敦的凤凰书屋（Phoenix House）出版于1948年，更名为《一九三九年以来的芭蕾舞、电影、音乐、绘画》（*Since 1939 - Ballet, Films, Music, Painting*）；其中的戏剧、小说、诗歌和散文作品四种小册子作为文学艺术类也被合并成一本书，由伦敦的凤凰书屋出版于1949年，更名为《1939年以来的戏剧、小说、诗歌、散文作品》（*Since 1939 - Drama, the Novel, Poetry, Prose Literature*）。

虽然《一九三九年以来英国散文作品》中译本只是一本文学批评（述评）类著作，它却是以英文为第一外国语、以英语文学（特别是英国文学和英国小说）研究为主业的杨绛唯一一本译自英文且与英国文学相关的译作。她的其他译作基本上是译自法文（如《吉尔·布拉斯》，与法国文学相关）和西班牙文（如《堂吉诃德》，与西班牙文学相关）。至于杨绛晚年推出的《斐多》中译本虽然译自英文，但却是转译，与英国或英国文学并无关系。

按照杨绛自己的解释，造成这一缺失的原因其实很简单——所有她想翻译的英国名著都有中译本了："我的遗憾是没有翻译英文小说，而英文是我的第一外国语。可是我不能选择。凡是我所喜爱的英文小说，都已有中文译本……" ② 然而，杨绛2002年给出的这一解释即便不能说是言不由衷，毕竟还是比较牵强的，因为在杨绛接手翻译《堂吉诃德》时，该书也是早就有了中文译本的，且还不止一种（虽然都不是直接译自西班牙文）；而文学名著的重译乃至反复重译其实从来都是约定俗成、顺理成章、毫不稀奇的。

① 据维基百科介绍，1968年，朗文出版公司并入培生集团（Pearson）。而"朗文"一称作为培生教育出版有限公司（Pearson Education）的标记，被一直使用到现在（详见 http://en.wikipedia.org/wiki/Longman）。

② 杨绛：《记我的翻译》，《杂忆与杂写（增订本）》，北京：生活·读书·新知三联书店，2010年版，第343页。

譬如，早在 1935 年，在译界先行者鲁迅那里，这种重译就被称为"复译"且被认为非有不可："……复译还不止是击退乱译而已，即使已有好译本，复译也还是必要的……取旧译的长处，再加上自己的新心得，这才会成功一种近于完全的定本。但因言语跟着时代的变化，将来还可以有新的复译本的，七八次何足为奇，何况中国其实也并没有译过七八次的作品。"① 而到了 1980 年，作家茅盾在为《茅盾译文选集》所作的序言中，也对"重译"特别是名著的"重译"持肯定意见："我认为真正的名著应该提倡重译。要是两个译本都好，我们可以比较研究他们的翻译方法，对于提高翻译质量很有好处……名著不妨多有几个译本，这也是'百花齐放'。"②

此外，根据杨绛自己的回忆，她的先生钱锺书显然也认可文学名著的重译："傅雷曾请杨必教傅聪英文。傅雷鼓励她翻译。阿必就写信请教默存指导她翻一本比较短而容易翻的书，试试笔。默存尽老师之责，为她找了玛丽亚·埃杰窝斯的一本小说。建议她译为《剥削世家》。阿必很快译完，也很快就出版了。傅雷以翻译家的经验，劝杨必不要翻名家小说，该翻译大作家的名著。阿必又求教老师。默存想到了萨克雷名著的旧译本不够理想，建议她重译，题目改为《名利场》。阿必欣然准备翻译这部名作，随即和人民文学出版社订下合同。"③

至于杨绛自己，她又何尝不是文学名著重译的支持者——有她本人的话为证："翻译大概是没有止境的工作。译者尽管千改万改，总觉得没有到家。世界文学杰作尽管历代都有著名译本，至今还不断有人重新翻译，表示前人的译本还有遗憾。所以译者常感叹'翻译吃力不讨好'，确是深知甘苦之谈。"④

排除掉那些可能过于私隐的纯个人化因由不论，最合理实则也最平淡无奇的解释似应是，**杨绛之所以迄今基本没有翻译过英语文学名著特别是小说作品，是因为始终没有适当的机缘，能令她恰好找到值得翻译并能引起翻译冲动的合适的英文原著**。拿杨绛翻译"流浪汉小说"系列这件事来说，她顺手翻译的《小

---

① 鲁迅：《且介亭杂文二集·非有复译不可》，《鲁迅全集》第 6 卷，北京：人民文学出版社，2005 年版，第 284—285 页。

② 茅盾：《〈茅盾译文选集〉序》，《翻译通讯》编辑部编《翻译研究论文集（1949—1983）》，北京：外语教学与研究出版社，1984 年版，第 19 页。

③ 杨绛：《记杨必》，《杂忆与杂写（增订本）》，北京：生活·读书·新知三联书店，2010 年版，第 53 页。

④ 转引自金圣华：《〈齐向译道行〉二十三：翻译中的"点烦"与"添烦"》，《英语世界》2005 年第 11 期，第 122 页。

癫子》作为第一本最为关键——如果杨绛当初不是机缘凑巧，碰到了它的英文转译本且刚好产生了翻译它的冲动，后来的《吉尔·布拉斯》和《堂吉诃德》译本也就很有可能与杨绛无缘了。**很多事情看似偶然，实则在接续下来的环环相扣中蕴含着一定的必然。**

当然，若要深入而全面地考察杨绛从事文学翻译的投入程度、漫长历史和心路历程，还不能忽略她那些中道夭折了的翻译。这很像杨绛在其小说创作的过程中，最终放弃了长篇小说《软红尘里》的写作的情形。

就目前可以搜寻到的资料而言，除了前文刚刚提到过的亚里士多德《诗学》译本和西班牙戏剧体小说《塞莱斯蒂娜》（《薛蕾丝蒂娜》）译本片段之外，杨绛所涉及的这类胎死腹中或中道夭折的有头无尾翻译至少还有两部。

一是狄更斯（Charles Dickens，1812—1870）的《董贝父子》（*Dombey and Son*）。杨绛自己的解释是，因翻译《堂吉诃德》等书时查字典过勤，导致目力受损，此书她只译了个开头，就转给了她社科院外文所的年轻同事薛鸿时。① 然而究其实，杨绛之所以会最终放弃翻译该小说，还是因为它本就不为杨绛所喜："我爱读狄更斯，但对这一部小说并不很喜爱。"②

二是哥尔德斯密斯的喜剧《委曲求全》（《将错就错》）（She Stoops to Conquer）。对此，杨绛这样解释说："我曾翻译过哥尔斯密斯③的喜剧 She Stoops to Conquer（副题《一夜间的错误》）。我把正副二题合一，译作《将错就错》。我没有少费功夫，而且翻了两次。但是要把英国喜剧化作中国喜剧，我做不到。风土人情不同，'笑'消失了；'笑'是最不能勉强的。我横横心把两份稿子都撕了。我原想选译英国皇室复辟时期三个有名的风俗喜剧，就此作罢。"④

其实，若真的细究起来，杨绛"就此作罢"地放弃了翻译的远不只是英国的风俗喜剧，还有英国的诗："我曾妄图翻译莎士比亚或雪莱的诗。一行里每个形容词、每个隐喻所包含、暗示并引起的思想感情无穷繁富，要用相应的形容词或隐喻来表达而无所遗漏，实在难之又难。看来愈是好诗，经过翻译损失

---

① 详见杨绛：《记我的翻译》，《杨绛文集》第 3 卷，北京：人民文学出版社，2004 年版，第 72—73 页。

② 杨绛：《记我的翻译》，《杨绛文集》第 3 卷，北京：人民文学出版社，2004 年版，第 72 页。

③ "哥尔斯密斯"应是"哥尔德斯密斯"之误。

④ 杨绛：《记我的翻译》，《杨绛文集》第 3 卷，北京：人民文学出版社，2004 年版，第 72 页。

愈大。"①

最后，也不能不在此引述一段以新诗和散文名世的翻译家余光中 1985 年时说过的话："我这一生对翻译的态度，是认真追求，而非逢场作戏。迄今我已译过十本书，其中包括诗、小说、戏剧。去年②我就译了王尔德的《不可儿戏》和《土耳其现代诗选》；欧威尔的《一九八四》竟成了我的翻译年。其实，我的'译绩'也不限于那十本书，因为在我的论文里，每逢引用英文的译文，几乎都是自己动手来译。"③这是因为，杨绛其实有与余光中非常相像的地方，那就是她在自己的论文里，"每逢引用英文的译文"，也"几乎都是自己动手来译"。

甚至可以说，杨绛比余光中做得还要彻底——其范围不仅包括了英文的文本，也包括了法文和西班牙文的文本。譬如，在杨绛的《有什么好？——读奥斯丁的〈傲慢与偏见〉》这篇论文里，她曾引用过英国小说《傲慢与偏见》开篇的两段话："家产富裕的单身汉，准想娶个妻子，这是大家公认的必然之理。"④"这点道理深入人心。地方上一旦来了这么个人，邻近人家满不理会他本人的意愿，就把他看作自己某一个女儿应得的夫婿了。"⑤实际上，这两段引文并非摘自哪个现成的《傲慢与偏见》中译本，而是杨绛直接译自该小说的英文原著——有杨绛自己的注释为证："这是我自己的翻译；下面引文同。"⑥

此外，如本书前文所述，杨绛曾发表过《斐尔丁的小说理论》（《斐尔丁在小说方面的理论和实践》）与《李渔论戏剧结构》两篇论文。从《春泥集》一书中某些注释的提示来看，这两篇论文中所引译文也应是出自杨绛之手——如其中的一条注释是这样说的："见《汤姆·琼斯》（以下节称《汤》）第五卷第一章。本文翻译原文，都加引号；没有引号的只是撮述大意。"⑦这类

---

① 杨绛：《失败的经验（试谈翻译）》，《中国翻译》1986 年第 5 期，第 29 页。

② 此句里的"去年"指 1984 年。

③ 余光中：《翻译乃大道》，《余光中谈翻译》，北京：中国对外翻译出版公司，2002 年版，第 147 页。

④ 杨绛：《有什么好？——读奥斯丁的〈傲慢与偏见〉》，《关于小说》，北京：生活·读书·新知三联书店，1986 年版，第 59 页。

⑤ 杨绛：《有什么好？——读奥斯丁的〈傲慢与偏见〉》，《关于小说》，北京：生活·读书·新知三联书店，1986 年版，第 59 页。

⑥ 详见杨绛：《有什么好？——读奥斯丁的〈傲慢与偏见〉》，《关于小说》，北京：生活·读书·新知三联书店，1986 年版，第 59 页，第 1 条脚注。

⑦ 杨绛：《斐尔丁的小说理论》，《春泥集》，上海：上海文艺出版社，1979 年版，第 68 页，第 3 条脚注。

论文里穿插的零星译文片段既然均系杨绛亲力亲为，当然也应当算做杨绛的翻译实绩。而这其中最典型也最集中的，当然莫过于前文已经提到过的《旧书新解——读〈薛蕾丝蒂娜〉》一文，其中录入的西班牙戏剧体小说《塞莱斯蒂娜》（《薛蕾丝蒂娜》）的大段引言皆是杨绛自译。

总括而言，从 1933 年第一篇译文在《新月》杂志上发表，到 2000 年《斐多》译本由辽宁人民出版社出版，杨绛总共走过了将近七十年的翻译之旅。除去几篇单篇的译文，杨绛迄今一共出版过五部译著。1994 年，南京的译林出版社推出了三卷本《杨绛译文集》。2004 年，人民文学出版社推出了八卷本《杨绛文集》，其中的一半——第五至第八卷——系译文卷。

第三节　西班牙小说经典《堂吉诃德》的汉译及其他

一　文学翻译的文学性之争——由汉译小说《堂吉诃德》说起

一如本书前文所曾述及，西班牙小说经典《小癞子》在杨绛的中译本之外，还存在着其他一些或同名或异名的中译本。法国小说《吉尔·布拉斯》也有出自管筱明等人之手的同名译本。[①] 但迄今为止，却都没有发生过像《堂吉诃德》中译本究竟孰优孰劣那样大的争议——由后起的译者董燕生将前辈译者杨绛的译本冲动地、毫不留情面地定性为"反面教材"一事，[②] 足见其激烈程度已达白热化。

一个不那么直接的、比较外部的原因或许是，小说《堂吉诃德》的影响太大，文学史地位太高，以至于与它相关的任何事情都免不了动静很大。譬如，据报道，2002 年 5 月 7 日，诺贝尔文学院和瑞典图书俱乐部曾公布过它们合作的一次民意测验的结果：来自 54 个国家和地区的 100 位作家将《堂吉诃德》推举为人类文学历史上最优秀的虚构作品。中国的西班牙语文学学者尹承东是这样描述得票率等相关细节的："塞万提斯 17 世纪撰写的这部作品，轻而易举地荣登榜首，得票率高达 50% 以上，把《追忆逝水年华》的作者、得票率第二的

---

① ［法］勒萨日：《吉尔·布拉斯》（《吉尔·布拉斯·德·桑蒂亚纳传》），管筱明译，桂林：漓江出版社，1997 年版。

② 详见林逸：《关于杨绛"点烦"〈堂吉诃德〉的争议》，《文艺报》2005 年 8 月 30 日，第 002 版。

普鲁斯特远远甩在后面，同时也使其他文学大师们的鸿篇巨制黯然失色，包括荷马的经典著作和托尔斯泰、陀斯妥耶夫斯基、卡夫卡、福克纳以及加西亚·马尔克斯的作品。"①

这样一部文学巨著尽人皆知、声誉高绝，自然会不断地催生出种类繁多的相关译本和研究专著。1982 年 4 月 23 日，在中国对外文委、西班牙驻华大使馆和北京大学西语系联合举办的"纪念塞万提斯逝世三百六十六周年报告会"上，杨绛就曾亲口预测过未来其他《堂吉诃德》中译本出笼问世的可能性："《堂吉诃德》——正像一切原著一样，是惟一的，它的译本却多得数不清。我的翻译是从西班牙文译出的第一个中文本，可是绝不是末一本。将来西班牙和我国的交流会更多，我国对西班牙文学的研究会更有增进，准会有具备条件的翻译者达到更高的水平，更接近塞万提斯所要求的标准，叫读者分不出哪是原作，哪是译本。"② 果不其然，从杨绛这番演讲发表之后的十年左右开始，新的《堂吉诃德》中文译本陆续面世。

不过，令杨绛或者还有很多读者都远远始料不及的是，伴随着中国出版界的竞争和整合、发展和变化，在 20 世纪的最后 20 年里，《堂吉诃德》的中文译本竟然一本接着一本"井喷"，据称目前已达约十五种之多。令杨绛自己尤其始料不及的是，此期间，有的《堂吉诃德》译者竟公然地拿她的译本当"反面教材"，在其课堂上向学生们演示和告诫："今年 ③ 是世界文学名著《堂吉诃德》问世四百周年。据了解，《堂吉诃德》中译本迄今已多达一二十种。译者之一董燕生先生，今年 4 月 21 日在《新京报》发表口述文章：'不畏前辈权威，敢把杨绛译文当反面教材'。文章说，'认为杨绛译本就是最好的版本完全是个误解'，'她太自信了，该查字典的地方没有去查字典'；文章批评了杨绛关于'胸上长毛'、'法拉欧内'、'阿西利亚'的译法，指责杨绛译本比他的译本少了 11 万字，'可见她翻译时删掉了其中的部分章节'，最后董说：'我现在是拿它当翻译课的反面教材，避免学生再犯这种错误'。"④

---

① 详见尹承东：《〈堂吉诃德〉何以成为世界最佳》，《中华读书报》2002 年 7 月 24 日，第 6 版。

② 杨绛：《"天上一日，人间一年"——在塞万提斯纪念会上的发言》，《杂忆与杂写（增订本）》，北京：生活·读书·新知三联书店，2010 年版，第 294—295 页。

③ 这里的"今年"指 2005 年。

④ 林逸：《关于杨绛"点烦"〈堂吉诃德〉的争议》，《文艺报》2005 年 8 月 30 日，第 002 版。

米盖尔·德·塞万提斯是西班牙文艺复兴时期的重要作家。他写于 17 世纪的小说《堂吉诃德》的全名是 *El Ingenioso Hidalgo Don Quijote de la Mancha*。杨绛将其译为《奇情异想的绅士堂吉诃德·台·拉·曼却》，董燕生将其译为《奇思异想的绅士堂吉诃德·德·拉曼却》。这部小说最早经林纾（1852—1924）、陈家麟（生卒年不详）之手，以文言形式和《魔侠传》之名翻译成中文，于 1922 年交由上海商务印书馆出版。后来，中国又多次出版了傅东华（伍实）（1893—1971）等人的各种形式的译本。杨绛的译本则是 1978 年出版，成为迄今最为权威的中译版本。[①] 实际上，也正是从杨绛开始，中国才开始一改从英文版转译《堂吉诃德》的状况，而真正有了西班牙文版的翻译。杨绛译本之后，陆续又出现了董燕生、唐民权、张广森、屠孟超、刘京胜和孙家孟等的译本。据不完全统计，截至目前，《堂吉诃德》的中文译本已超过二十种。这在一定程度上，反映了近年来中国内地文学翻译界的兴旺景象。在这些众多的译本当中，以杨绛译本（1978）、董燕生译本（1995）和晚近的孙家孟译本（2001）影响最大，屠孟超译本（1995）次之。

然而，对杨绛、董燕生和孙家孟三个汉译版本的评价，近些年来其实颇为微妙。为纪念塞万提斯 450 周年诞辰，人民文学出版社于 1996 年年底编辑出版了《塞万提斯全集》。该八卷本全集收录的小说《堂吉诃德》仍然是杨绛的译本。该社自己的介绍是："改革开放的深入更加促进了对外文化交流，也给外国文学图书的出版带来了新的活力。90 年代，我社先后出版了《塞万提斯全集》（8 卷）、《普希金文集》（7 卷）、《易卜生文集》（8 卷）、《歌德文集》（10 卷），为我社大型文集的出版增添了新品种。其中《塞万提斯全集》译文准确严谨，流畅优美，装帧设计庄重大方、古朴典雅，于 1997 年获第三届国家图书奖。"[②] "准确严谨，流畅优美"云云，实际上也就是等于说，"信""达"和"雅"兼具矣。当然，同时也必须指出的是，负责翻译《塞万提斯全集》第一卷（诗歌、戏剧）的，正是曾向杨绛发难的、另一个《堂吉诃德》中译本的译者董燕生。

另一方面，对董燕生译本和孙家孟译本的赞誉之声也正越来越大。笔者在

---

① 据称，杨绛的《堂吉诃德》中译本已累计发行 70 万册。

② 参见人民文学出版社官方网站"关于人文·九十年代作品"栏。http://www.rw-cn.com/templet/renwen/ShowArticle.jsp?id=123055。

修读文学博士学位之前，曾趁在中国社会科学院财贸经济研究所攻读国际经济学博士学位之机，专门花了几个学期，选修过同院拉丁美洲研究所面向所内青年研究人员和博、硕士研究生开设的西班牙语课。这门课的授课老师包括所内西班牙语专家杨衍永、范蕾和林华等。还记得一次课间休息时，笔者出于好奇，曾特意偷空向杨衍永老师请教：小说《堂吉诃德》的杨绛译本和董燕生译本哪一个更好？这位董燕生的同班老同学在对作为前辈的杨绛表示尊重的同时，十分肯定地更认可董燕生译本。

　　而另一位西班牙语专家、北大教授赵振江在接受媒体采访时，也曾"说起当初出版社找他翻译《堂吉诃德》的事情，因为自认'中文不及杨绛先生，西文不及董燕生'，不仅拒绝了，还让自己的夫人段若川教授带着出版社的人去找董燕生教授。说着，他突然插入一句：'看来，你那个判断很准，我的确是个理性的人，对自己有理智的判断。'赵先生说他曾经逐段对照杨绛和董燕生的译本，他以为杨绛的翻译确实不如董燕生。这大概也是一个理性的判断了"。①

　　这种现象并不孤立。例如，曾任中央编译局副局长、中央编译出版社社长的西班牙语翻译家尹承东也曾多次著文，褒赞有加地推介自己的北外校友董燕生和孙家孟的《堂吉诃德》中译本。② 此外，在网络上出现的一些排名中，《堂吉诃德》的杨绛译本甚至被排除在外。

　　这固然反映了翻译界的本位和越位之争：无论是董燕生译本还是孙家孟译本，都出自国内的西班牙语教授（一个是北京外国语大学老师，一个是南京大学外国语学院老师，均毕业于北京外国语学院西班牙语专业）之手；而主营英法两种外国语的杨绛却是人到中年，才开始专门为了翻译《堂吉诃德》而自学西班牙文——既是半路出家，又无师门可供依托，更难免有跨行越界之嫌。

　　可是，这并非问题的关键。说到底，这三个有代表性的《堂吉诃德》中译本之争，还是"信、达、雅"之争。

　　业界对董燕生译本和孙家孟译本的褒扬，主要强调的是译者的西班牙语造诣和译本的忠实于原著——孙家孟译本更是特意张扬了全译本（含有过去众多译本所一向忽略的包括 11 首赞美诗和国王出版特许及审查官意见等在内的内

---

① 刘晋锋：《赵振江："文学爆炸"已成历史·采访手记》，《新京报》2005 年 1 月 12 日，第 C12 版。
② 参见尹承东：《〈堂吉诃德〉何以成为世界最佳》，《中华读书报》2002 年 7 月 24 日，第 6 版。

容）的分量。与此相关联的是，对杨绛译本的一些指责和批评也大多集中在它的所谓漏译、删译和意译也即不够"信"上。

从本书第四章有关杨绛的翻译理念与理论的讨论中不难看出，杨绛本人将"意译"理解为离原文过远的"译意"，早就明确地表示过毫不认同："我不大了解什么叫'意译'。如果译者把原著的意思用自己的话来说，那不是翻译，是解释，是译意。我认为翻译者没有这点自由。"[①] 面对删译或漏译的指责，杨绛亦曾辩之以刘知几的"点烦"说："《文史通义》中讲到刘知几主张对文章要进行'点烦'，要删繁就简，点掉多余烦琐的文字。翻译涉及两种文字的不同表述，更应该注意'点烦'。《堂吉诃德》的译文，起初我也译有八十多万字，后经我认真的'点烦'，才减到七十多万字，这样文字'明净'多了，但原义一点没有'点掉'。比如书中许多诗歌，可以去查查，原诗是多少行，我少译了哪一行？搞翻译，既要为原作者服务好，又要为读者服务好。"[②] 当然，也正像本书第四章曾讨论过的，在"点烦"是否合理之外，也还存在着如何控制或把握"点烦"的度的问题。

问题的关键还在于，一如本书一开篇即曾约略提及的，杨绛的《堂吉诃德》译本作为体现了译者杨绛作家兼学者的深厚学养与文学功底的一部心血之作，既是译者十多年细致磋磨和反复推敲的结果，又已较为完满地迎受了读者30年的阅读考验，不是随便哪个译本想取代就能完全取代得了的。同时，更为重要的是，翻译作为二度创作，作为创造性的艺术活动，最紧要的还是要看能否达到本书前文所论述过的"出神入化"境界。而经过了足够漫长的时间考验的杨绛译本，显然有其独具的优势。

从另一方面来看，如前所述，曾被施蛰存夸为语文高手的杨绛虽然年长寿高，但她所使用的文学语言（包括翻译语言）却始终是地地道道的现代汉语普通话，且是非常纯粹而有活力的一种——既能与时俱进，又有相对的恒定性，体现的是书卷气的文雅与口语化的自然的一种较为完美的融合，一点都没有落后于时代的过时之感。至少，从本书后面将要展开的抽样分析当可看出，比起

---

① 杨绛：《失败的经验（试谈翻译）》，《中国翻译》1986年第5期，第26页。

② 许嘉俊：《杨绛译〈堂吉诃德〉被当"反面教材" 众译家据理驳斥译坛歪风》，《文汇读书周报》2005年8月26日，第1版。

明确地标榜"译文严格采用现代汉语普通话"①　的另外一种《堂吉诃德》译本的译者董燕生来，杨绛蕴藉简练的译笔的时代感和当下韵味如果不是稍胜一筹的话，至少说得上毫不逊色或不遑多让。因此，起码在可以预见的近几十年里，杨绛的《堂吉诃德》译本不存在施康强所描述的如下一种必须被替代的迫切性或危险："许钧先生曾引用西方某一派的翻译理论，认为译本每隔二十年就需要更换，以迎合新一代读者的阅读习惯。我个人认为，优秀的译本最好符合或接近原文给予母语读者的感觉。同在 19 世纪，巴尔扎克的风格诚然不同于梅里美。另一方面，他们两位使用的法语与当代法语是有差别的，好比风格各不相同的鲁迅、茅盾、巴金、老舍、沈从文他们所使用的汉语与王朔这一代人，与 70 后、80 后作家群是不一样的。傅译巴尔扎克，语言当时在新旧之间，越往后越见其旧，惟其旧，如绍兴酒越旧越醇，我们才感到这是十九世纪的作品，不是新小说，不是当代某一部法语畅销小说。不是说傅雷译过的作品不必复译，不能复译，而是复译不能以符合，乃至迎合目的语的当下形态为惟一取向。"②

　　其实，要说明杨绛的《堂吉诃德》中译本的独特价值，翻译家兼学者罗新璋 2008 年在接受记者访谈时，对傅雷如下的评价不失为一个较为恰切的介入角度："他是 20 世纪的一大'家'，在中国，英文翻译是朱生豪，法文就是他了。在傅雷之前，也有几个翻译家去翻译巴尔扎克，但他的才是真正的'文学翻译'，之前的那几位只是'语言学家'，而不是'文学家'。"③　或者说，罗新璋描述过的傅雷当时的情境，与杨绛当下的情境其实颇为类似：**杨绛的《堂吉诃德》中译本自然是一位资深的西洋文学学者的译本，但更是一位道道地地、足量足份的文学家、作家的译本；董燕生和孙家孟等人作为毕生研习和传授西班牙语的学者和教授，其《堂吉诃德》中译本首先是标标准准、中规中矩的语言学家的译本。不能说他们的译本一定不具备十足的文学性，但比起杨绛的译本来说，要想在文学本身的意味和修为上有所超越，显然远非一般人（可能也包括他们自己）想象得那么轻巧。**而杨绛本人对此其实也有过类似的看法："会

<hr>

① 董燕生：《译后记》，载于［西班牙］米盖尔·德·塞万提斯·萨维德拉：《堂吉诃德》，董燕生译，武汉：长江文艺出版社，2011 年版，第 853 页。

② 施康强：《文学翻译：后傅雷时代》，《文汇报》2006 年 10 月 16 日，第 11 版。

③ 于雪：《百年傅雷 译坛孤鹤——三位国内知名翻译家谈傅雷及其翻译风格》，《深圳商报》2008 年 5 月 8 日，C4 版。

说西班牙语，未必能翻译西班牙文。我不是口译者，我是文学作品的译者。"①

对于小说译本的文学性的重要，一名普通的读者的感受或许会来得更为深切。如果不是出于专业的要求、研究的目的或极为特殊的爱好，不能想象一名普通的读者会拿着小说的原文本和中译本对照着来读。他不仅多半不具备这么做的学养和功底，他也通常不会有这么做的闲暇和耐心。他通常会自然而然地把中文译作当最终作品来欣赏，让自己沉浸在经翻译转化过来的小说的情境之中，全身心地体会那份阅读的闲在和乐趣。这个时候，小说翻译得好不好看、耐不耐读或文学性强不强就很关键。就像一个人读完《高老头》（*Le Père Goriot*）后，会感到很压抑、很震撼，只觉得巴尔扎克写得太好了，却往往既想不到，也体会不出译者傅雷究竟在里面下了怎样呕心沥血的移译功夫——这恰恰验证了傅雷的《高老头》译本文学性十足，让人既能尽得原作的神髓，又能得鱼忘筌。

1923 年，作家成仿吾曾从译诗的角度，对文学翻译的文学性要求——"译诗应当也是诗"② "译诗第一要'是诗'"③——做过明确界说："这是必要的条件，也可以说是十足的条件（sufficient condition）④。有些人把原诗一字一字译了出来，也照样分行写出，便说是翻译的诗；这样的翻译，即很精确地译出来，也只是译字译文，而决不是译诗。"⑤ 的确，译作，译作，如果只是简单地"译字译文"，那么，文学翻译的文学性便无从谈起。与成仿吾以上论述不无相关的是，八十多年之后，罗新璋把"译作"里的这种"译"和"作"的关系，归纳为所谓"七分译三分作"："译，可译？ 非常译！ 诗尤难译……七分译三分作，未始不是一法。"⑥

---

① 杨绛：《记我的翻译》，《杨绛文集》第 3 卷，北京：人民文学出版社，2004 年版，第 71 页。

② 成仿吾：《论译诗》，《翻译通讯》编辑部编《翻译研究论文集（1894—1948）》，北京：外语教学与研究出版社，1984 年版，第 201 页。

③ 成仿吾：《论译诗》，《翻译通讯》编辑部编《翻译研究论文集（1894—1948）》，北京：外语教学与研究出版社，1984 年版，第 207 页。

④ 所谓"十足的条件（sufficient condition）"，现在一般译为"充分条件"，与必要条件一起，合称为充分必要条件或充要条件。

⑤ 成仿吾：《论译诗》，《翻译通讯》编辑部编《翻译研究论文集（1894—1948）》，北京：外语教学与研究出版社，1984 年版，第 201 页。

⑥ 罗新璋：《七分译 三分作》，《文汇报》2007 年 8 月 17 日，第 11 版（《文汇·笔会》）。此文亦可见于笔会编辑部编（吴芝麟主编）《背影是天蓝的：2007 笔会文萃》，上海：文汇出版社，2008 年版。

而一向以治学严谨著称的朱光潜更是曾经断言,能够胜任翻译文学作品的,只有真正的文学家:"提起'改译',人们都会联想到英人 Fitzgerald 所译的波斯诗人奥马康颜的《劝酒行》。据说这诗的译文比原文还好。假如这样,那便不是翻译而是创作。译者只是从原诗得到一种灵感,根据它的大意,而自己创作一首诗……纵非'改译',好的翻译仍是一种创作。因为文学作品以语文表达情感思想,情感思想的佳妙处必从语文见出。作者须费一番苦心,才能使思想情感凝定于语文;语文妥帖了,作品才算成就。译者也必须经过同样的过程。第一步须设身处在作者的地位,透入作者的心窍,和他同样感,同样想,同样地努力使所感所想凝定于语文。所不同者作者是用他的本国语文去凝定他的情感思想,而译者除着了解欣赏这情感思想语文的融贯体以外,还要把它移植于另一国语文,使所用的另一国语文和那情感思想融成一个新的作品。因为这个缘故,**翻译比自著较难**;也因为这个缘故,**只有文学家才能胜任翻译文学作品**。"[1] 朱光潜这段话虽然发表于 20 世纪 40 年代,但完全可以视为对杨绛1978 年问世的《堂吉诃德》中译本的一个有力背书。

而 20 世纪 50 年代时,也恰恰是朱光潜本人,曾经在北京大学燕南园自己的书房里,向当时还是北大西语系大学生的董衡巽等人大力推许过杨绛的翻译文笔:"记得我们在北大上学的时候,很喜欢到朱光潜先生家里去。年轻学生不懂事,晚饭后常常一大群人嗡到燕南园西墙下的小平房,在朱先生书房里一坐一两个小时,毫不珍惜先生的时间。朱光潜先生是一位严师,课堂上不大有笑脸,对谁也不留情面,但课下待学生很宽厚,你提什么样稀奇古怪的问题,他都不嫌弃。我们呢,总爱问一些很傻很傻的问题,譬如说'全中国英文谁最好?''全中国翻译谁最好?'对于这种上帝也没法回答的问题,我相信几乎'全中国'所有的老师都会说你'幼稚'、'无聊'。可是朱先生不。他为了打发我们的好奇心,可以告诉你全中国英文谁最好,翻译谁最好……关于'全中国翻译谁最好',他说这个问题可以分三个方面:散文(即小说)翻译、诗歌翻译和理论翻译。我们接着问:'那么散文翻译谁最好?'他回答:'杨绛最好。'"[2]

按董衡巽的说法("1956 年我分配到北京大学文学研究所工作,与杨绛

---

① 朱光潜:《论翻译》,《翻译通讯》编辑部编《翻译研究论文集(1894—1948)》,北京:外语教学与研究出版社,1984 年版,第 363 页。

② 董衡巽:《记杨绛先生》,《外国文学评论》1991 年第 4 期,第 119 页。

先生同一个单位"①），他听到北大老师朱光潜这段话的时间，应是 1952—1956 年（因为文科的大学本科通常是四年）。而据杨绛自己如下几段回忆，除了解放前的有限几篇翻译外，朱光潜这期间能看到的杨绛公开发表的翻译，应主要是由英文转译的西班牙小说《小癞子》中译本和由法文翻译的法文小说《吉尔·布拉斯》中译本："（1950 年）4 月，我从英译本转译的西班牙名著《小癞子》（Lazarillo de Tormes）出版。"② "（1954 年，）我译毕法国作家勒萨日（Le Sage）《吉尔·布拉斯》（Gil Blas），在《世界文学》分期刊出。"③ "（1956 年，）《吉尔·布拉斯》经大修大改，由人民文学出版社出第一版。"④

很显然，朱光潜是在杨绛的译作代表作《堂吉诃德》还未开始翻译之前，便已深以杨绛的小说翻译才能为然；同样很明显的是，朱光潜相当认同彼时杨绛新出炉的小说译作《小癞子》和《吉尔·布拉斯》。

二 杨绛、董燕生和刘京胜的《堂吉诃德》译本：一个抽样分析

如前所述，在众多的《堂吉诃德》中译本当中，目前要属杨绛和董燕生的两个译本最受媒体和大众关注。

作为中国国内资深的西班牙语语文专家，董燕生不仅曾于 2000 年和 2009 年，分别获西班牙国王和政府颁授"伊莎贝尔女王勋章"⑤ ——1986 年，杨绛也曾获颁过类似的"智慧国王阿方索十世十字勋章"⑥ ——和"艺术文学勋章"，⑦ 而且更于 2001 年，因自己的《堂吉诃德》译本获得过"第二届鲁迅文学奖"中代表中国最高翻译水平的"全国优秀文学翻译彩虹奖"⑧。而也如

---

① 董衡巽：《记杨绛先生》，《外国文学评论》1991 年第 4 期，第 119 页。

② 杨绛：《杨绛生平与创作大事记》，《杨绛文集》第 8 卷，北京：人民文学出版社，2004 版，第 388 页。

③ 杨绛：《杨绛生平与创作大事记》，《杨绛文集》第 8 卷，北京：人民文学出版社，2004 版，第 388 页。

④ 杨绛：《杨绛生平与创作大事记》，《杨绛文集》第 8 卷，北京：人民文学出版社，2004 版，第 389 页。

⑤ 详见刘健：《西班牙国王授予北京外国语大学董燕生教授伊莎贝尔女王勋章》，《外国文学》2000 年第 6 期，第 6 页。

⑥ 详见杨绛：《杨绛生平与创作大事记》，《杨绛文集》第 8 卷，北京：人民文学出版社，2004 年版，第 397 页。

⑦ 详见：《西语专家董燕生获西班牙艺术文学勋章》，《深圳商报》2009 年 09 月 03 日，第 C2 版。

⑧ 详见梅哲：《北京外国语大学董燕生、董纯教授荣获第二届鲁迅文学奖》，《外国文学》2001 年第 6 期，第 87 页。

前文所述，1937 年出生、晚杨绛至少一辈的董燕生也是《堂吉诃德》的众多译者中，通过媒体向杨绛及其《堂吉诃德》中译本直接开炮、正面叫板的唯一一位。

董燕生的这一挑战不管是属于你推我搡、同行相轻的意气之争，属于或受出版社裹挟或受市场意识驱使、勇于自我推销的理性炒作，还是属于不乏学术味道或求真精神的严肃探讨，都掩盖不住如下的事实或基本认定：**虽然纯粹就西班牙语的修习而言，杨绛是半路出家、自学成才，而比她小了整整 26 岁的董燕生是大学科班出身，但他们两个人实际上却几乎是同时（20 世纪 50 年代）开始接触西班牙语，且此后一直都不曾间断过研习；两个人提供的《堂吉诃德》中文译本也堪称各有千秋，都代表了目前中国国内西班牙语小说翻译的最高水准。**

还有必要一提的是，董燕生虽比杨绛年轻 26 岁，但开始翻译《堂吉诃德》的实际年龄比杨绛当初投入翻译同一部小说时的年龄还要大上约 5 岁。同时，董燕生译本出版时，国内已有了包括杨绛译本在内的好几个不同的《堂吉诃德》中译版本，可供对比、参详和借鉴。此外，董燕生译本虽比杨绛译本晚出版 17 年，但也少耗时至少 7 年。倘若仅就《堂吉诃德》中译本平均约 80 万字的篇幅就事论事，根据笔者从事翻译以来的切身体验，董燕生译本计约 3 年的耗时还是未免偏短（至低也应 5 年以上），难免促迫、草率之嫌。①

至于年纪更轻——1956 年出生，又小了董燕生整整一辈——的刘京胜的译本虽然看似不太入媒体的法眼、不在争论的漩涡之内，也被有的读者贬为所谓三流译本，但译者刘京胜不仅毕业于北京第二外国语学院，9 岁便已开始在北京外国语学校习学西班牙文，他也曾参与《博尔赫斯全集》等多种译述的翻译出版工作，堪称"译历"丰富。② 此外，他的《堂吉诃德》译本曾分别被漓江、北京燕山、国际文化和中央编译等多家出版社或公司出版过，发行量或覆盖面其实足够大，影响也不应轻估。

无论如何，以大略地代表了老中青三代译者水平和风貌的杨绛、董燕生和

---

① 1958 年，为了直接从西班牙文翻译《堂吉诃德》，时年 47 岁的杨绛开始自学西班牙文。五十岁左右时开始正式翻译。1965 年 1 月译完第一部，1966 年译毕第二部的四分之三（两部译稿花费了至少 5—6 年）后，被迫将全部译稿上交，直至 1970 年索还。1972 年从头再译，1976 年底一、二部全部定稿，共用时四年多。1978 年正式出版。前后历时 20 年，实际花在翻译该书上的时间至少十年。1956 年，董燕生进北外专业学习西班牙文，时年 19 岁。学习西班牙语的时间早于杨绛两年。1992 年，时年 55 岁的董燕生开始翻译《堂吉诃德》。1995 年，董燕生译本正式出版。整个翻译费时近三年。

② 详见刘京胜译本"译者简介"，［西班牙］塞万提斯：《堂吉诃德》，刘京胜译，北京：中央编译出版社，2011 年版，后勒口。

刘京胜译本为样本，对《堂吉诃德》的中文翻译做一个简略的抽样分析，应该既是妥帖的，也是有益的。

（一）《堂吉诃德》第 2 部第 44 章里的一个片段

在小说《堂吉诃德》第 2 部第 44 章里，有堂吉诃德回答公爵夫人的一段话。在前面讨论杨绛的小说翻译理念与理论时，笔者已经就这段话的主体部分——也就是后半段的"杜尔西内娅如何如何"——的杨绛版本做过介绍和解析。这段话的原文如下：

> *A lo cual dijo don Quijote:*
>
> *-Vuestra altitud ha hablado como quien es, que en la boca de las buenas señoras no ha de haber ninguna que sea mala; y más venturosa y más conocida será en el mundo Dulcinea por haberla alabado vuestra grandeza, que por todas las alabanzas que puedan darle los más elocuentes de la tierra.*

为了讨论上的便利和多提供一个参照系起见，依照本书前文曾分析过的朱光潜的"文从字顺的直译"原则，笔者将这段西班牙语原文大致译成如下模样：

> 堂吉诃德应声说道：
>
> "您的高雅恰好说明了您自己的身份，淑女的谈吐本就不该与恶俗沾一点边儿。因为得您赞美，杜尔西内亚在世上会更舒心，更有名；天底下所有最动听的赞美都赶不上您的赞美。"（于慈江）

这段话的英译之一是：

> *'Madam,' returned Don Quixote, 'your grace has spoken like yourself; so excellent a lady could utter nothing but what denotes the goodness and generosity of her mind: and certainly it will be Dulcinea's peculiar happiness to have been praised by you; for it will raise her character more to have had your grace for her panegyrist, than if the best orators in the world had laboured to*

set it forth.' ① （P.A. Motteux）

　　而排列在下面的，依次是这段话的杨绛、董燕生和刘京胜汉译版本。为了对比的谨严和公平起见，笔者这里所依据和采用的，是这三位译者的最新《堂吉诃德》中译本——杨绛的译本是收入《杨绛文集》的 2004 年版，董燕生和刘京胜的则都是 2011 年版的。

　　　　堂吉诃德答道：
　　　　"您这话正合您高贵的身份；贵夫人嘴里不会提到贱女人。杜尔西内娅有您称赞，就增添了幸福和名望；别人怎么样儿极口赞誉，也抵不过您这几句话的分量。" ② （杨绛）

　　　　堂吉诃德听了便说：
　　　　"高贵的夫人真是金口出玉言，像您这样的名媛贵妇说的话自然无只字恶语。杜尔西内亚必将在世间福星高照、名声大振，因为她有幸得到您的赞誉；普天之下恐怕没有比这更令人信服的赞誉了。" ③ （董燕生）

　　　　堂吉诃德说：
　　　　"高贵的夫人说起话来真是恰如其分，善良的夫人讲起话来从来不会有任何恶意。而世界上最幸运的人当属杜尔西内亚，因为她竟受到了您的赞扬；在她受到的各种赞扬里，唯有您的赞扬最有分量。" ④ （刘京胜）

　　持平而言，在包括笔者的直译在内的上述所有汉译选择里，以杨绛的译文最为简洁自然，仅得 78 个字（含标点）。按字数的由寡到多排序，其次分别是笔者的译文（89 个字）、刘京胜的译文（94 个字）和董燕生的译文（96 个字）。

---

① Miguel de Cervantes Saavedra, *Don Quixote*, Translated by P.A. Motteux, Hertfordshire: Wordsworth Editions Limited 1993, p. 602–603.

② ［西班牙］塞万提斯：《堂吉诃德》（下），杨绛译，《杨绛文集》第 6 卷，北京：人民文学出版社，2004 年版，第 328 页。

③ ［西班牙］米盖尔·德·塞万提斯·萨维德拉：《堂吉诃德》，董燕生译，武汉：长江文艺出版社，2011 年版，第 657 页。

④ ［西班牙］塞万提斯：《堂吉诃德》，刘京胜译，北京：中央编译出版社，2011 年版，第 563 页。

　　杨绛精推细敲的这段译文雅俗得宜、明畅利落，文学性较强，但有的地方不免有失准确："贱女人"当然可能是恶言、恶语或恶意的内容或例子，但并不能完全代表恶言、恶语或恶意。原文 en la boca de las buenas señoras no ha de haber ninguna que sea mala 直译过来，不过是"好女人的嘴里应该吐不出任何坏话"的意思，与杨绛所译的"贵夫人嘴里不会提到贱女人"多少有些风马牛不相及。此外，对原文包含的两处"世界上（天下、地球上）"（el mundo 和 la tierra）的说法，杨绛的译文运用杨绛自己提倡的译文洗练方式——"点烦"——都给处理掉了，有对原文信息传达得不够丰满到位之嫌。

　　而刘京胜的译文虽然保留了一处"世界上"，但却把"更有名（望）、更优秀"（más conocida）这一义项给漏掉了。绝对是败笔。此外，他的译文对于"更幸福（快乐）、更称心如意"（más venturosa）的理解也与原文有较大的偏差。

　　相比之下，除了笔者所提供的直译之外，要数董燕生的译文最"信"，所包含的信息与原文最为对称。譬如，该译文将如上提及的两处"世界上"的说法分别表达为"世间"和"普天之下"（笔者用的则是"世上"和"天底下"）。

　　然而，问题在于，就行文的风格或笔调而言，董燕生的译文过于华丽，过于繁复，过于半文不白（如"无只字恶语"之类），过于堆砌辞藻——像"金口玉言""名媛贵妇""福星高照""名声大振""普天之下""令人信服"之类的四字成语或类成语套餐紧锣密鼓、浓妆重彩地聒噪而来，让人不免很快就审美疲劳、无法下咽。原文中堂吉诃德的语气虽然不免张扬、恣肆乃至有些玩世不恭，但却绝不华丽、繁复。"好女人"（buenas señora）译成"淑女"本来很自然、很到位了，若觉得味道尚不够足的话，像杨绛那样译成"贵夫人"或像刘京胜那样译成"善良的夫人"也就罢了，译成"名媛贵妇"则不免过于讲究、过于酸腐、过于堆砌、过于啰唆了。

　　一言以蔽之，董燕生的译文虽然"形似"上做得似乎最为到位，但远不能说就一定传达出了原文的神韵。

　　另一方面，尤为要紧的是，若以前文刚刚讨论过的文学翻译的文学性为视角来观照的话，董燕生的译文虽用语富丽，乍看上去很打眼、很唬人，却未免缺乏节制，烟火气太盛，不懂得举重若轻的道理。因此，不仅远不像精确度略有不足的杨绛的译文那样静水流深、富于文学意味，较之更为通俗素朴而同样精准度有缺的刘京胜的译文，似也不免稍逊。

　　必须强调的是，**套一句经济学的术语或行话，译文的文笔是否优美通常同准确理解原文后文辞与语气的贴切、适度和自然呈正相关，而与文辞的华丽、无节制往往呈负相关。**在评价林琴南（1852—1924）等翻译的《魔侠传》（《堂吉诃德》）时，钱锺书曾将塞万提斯这部小说经典的行文风格总结为"生气勃勃、浩瀚流走"。[①] 而原文这样一种由内向外回环激荡的丰沛气场，显然绝非某些译文追求的那种外在的浓妆艳抹或繁丽铺张所能传达于万一的。

　　至于上列这段话的英语版译文，则不免有过度翻译之嫌。

　　如果说在如上所列的全部译文选择里数杨绛的译文最为简洁的话，那么，要数那段英语版译文最为啰唆，比汉译里字数最多的董燕生版译文远要拖沓。譬如，如上所述，原文 en la boca de las buenas señoras no ha de haber ninguna que sea mala 直译过来不过是"好女人的嘴里应该吐不出任何坏话来"的意思，这个英文版却非要笨拙地将其进一步译为 so excellent a lady could utter nothing but what denotes the goodness and generosity of her mind（如此出色的一位女人只能说出那些衬托了她内心的善良和慷慨的话），非得把作为"坏话"的反面的"好话"一览无余地界定出来不可。此举吃力不讨好不说，也明显与原文过分游离。此外，我们知道，原文是把杜尔西内亚的更幸福和更有名并列在一起表述的。这个英文版译文却非要把因夸赞得来的更有名，当成杜尔西内亚更有幸福感的逻辑前提。此举更是明显地偏离了原文的语境和语意。

　　窥一斑而知全豹，也就难怪，这段英语译文的母本莫特克斯（P.A. Motteux，1663—1718）译本会被某些人指为比较差的英文译本了："自 1612 年谢尔顿（Shelton）的第一个英译本出版至 1922 年，已经出版过几种较好的译本。不过，莫特克斯（Motteux）本在英译本当中并非佳作。约翰·奥姆斯比（John Ormsby）在自己译本的序言中曾经这样评述它，莫特克斯（Motteux）本是由多人合译的，虽然是从西文直接译过来的，但是西班牙语的味道经过这么多人之后已经消失殆尽。尽管文字优雅得体，但是它把《堂吉诃德》仅仅当成一部滑稽作品。莫特克斯本的译者们试图以伦敦英语的浮躁和油滑加强《堂吉诃德》的幽默，这不仅是多此一举，而且是对原著精神的篡改。"[②]

---

① 详见钱锺书：《林纾的翻译》，薛绥之、张俊才编《林纾研究资料》，福州：福建人民出版社，1983 年版，第 307 页。

② 滕威：《〈堂吉诃德〉这样来到中国——纪念〈堂吉诃德〉初版四百周年》，《中华读书报》2005 年 3 月 23 日，第 18 版。

此外，尚值得一提的是，从杨绛在她的《失败的经验（试谈翻译）》一文中所讨论过的"选字"原则出发，尽管由于汉语表达的丰富性，西班牙语 alabanza 可以被译为"赞誉"（杨绛和董燕生的选择）、"赞颂""赞叹""赞扬"（刘京胜的选择）、"称誉""称赞"（杨绛的选择）、"称赏""称颂""颂扬"等，笔者还是认为，就这段话所提供的具体语境来说，"赞美"一词最为恰当。这主要是因为，这段话里被称赞的对象是杜尔西内亚，一位女子。

（二）《堂吉诃德》第 2 部第 60 章起始一个片段

如下这段西班牙语原文出自《堂吉诃德》第 2 部第 60 章首段：

Era fresca la mañana, y daba muestras de serlo asimesmo el día en que don Quijote salió de la venta, informándose primero cuál era el más derecho camino para ir a Barcelona sin tocar en Zaragoza: tal era el deseo que tenía de sacar mentiroso aquel nuevo historiador que tanto decían que le vituperaba.

Sucedió, pues, que en más de seis días no le sucedió cosa digna de ponerse en escritura, al cabo de los cuales, yendo fuera de camino, le tomó la noche entre unas espesas encinas o alcornoques; que en esto no guarda la puntualidad Cide Hamete que en otras cosas suele.

笔者一如前一节所为，试译如下：

堂吉诃德清早离开客栈时，天气凉爽，看来会持续一整天。他先就打听好了绕开萨拉戈萨直奔巴塞罗那的近道，为的是一心要戳穿那个新史传家的谎言，因为都说自己被诋毁得很不堪。

一走便六天多，他没做过值得大书特书的事。后来天色向晚，他们走下大道，进入一片密林。说别的事时西德·阿梅特通常会很精确，可这回偏没说清是橡树林还是软木橡树林。（于慈江）

莫特克斯的英译版原文连同杨绛、董燕生和刘京胜的汉译版文本也分别照录如下：

The morning was cool, and seemed to promise a temperate day? When Don Quixote left the inn, having first informed himself, which was the readiest way to Barcelona; for he was resolved he would not so much as see Saragossa, that he might prove that new author a liar, who (as he was told) had so misrepresented him in the pretended Second Part of his History. For the space of six days he travelled without meeting any adventure worthy of memory; but the seventh, having lost his way, and being overtaken by the night, he was obliged to stop in a thicket, either of oaks or cork-trees, for in this Cid Hamet does not observe the same punctuality he has kept in other matters. [1] （P.A. Motteux）

堂吉诃德清早出客店很凉快，看来是个凉爽的天。他先打听了哪条路不经过萨拉果萨而直达巴塞罗那。他听说那部新出的故事把他污蔑得不象话，所以一心要揭破作者的谎言。他们走了六天，无话即短。第六天他们刚离开大道，走进浓密的树林，太阳就下山了。熙德·阿默德向来叙事精确，这次却没说明成林的是橡树还是软木树。[2] （杨绛）

堂吉诃德清晨离开客店，气候凉爽，看来整天都错不了。他事先已经打听了去巴塞罗那的捷径，免得绕道萨拉戈萨。他急于要戳穿新近那位传记作者的谎言，因为大家都说此人对他极尽污蔑之能事。一路走去，六天多时间里没有发生一件值得记载的大事。此时眼见天色已晚，他们离开官道，走进一片树林。西德·阿麦特这里没有像往常那样细说，不知道是橡树林还是软木树林。[3] （董燕生）

堂吉诃德离开客店的那个早晨，天气很凉爽，看样子全天也不会热。

---

[1] Miguel de Cervantes Saavedra, *Don Quixote*, Translated by P.A. Motteux, Hertfordshire: Wordsworth Editions Limited 1993, p. 696.

[2] ［西班牙］塞万提斯：《堂吉诃德》（下），杨绛译，《杨绛文集》第 6 卷，北京：人民文学出版社，2004 年版，第 452—453 页。

[3] ［西班牙］米盖尔·德·塞万提斯·萨维德拉：《堂吉诃德》，董燕生译，武汉：长江文艺出版社，2011 年版，第 761 页。

他已打听好哪条路可以直奔巴塞罗那而不必绕道萨拉戈萨，目的是要揭穿那本新书作者的谎言，因为听说作者对他进行了恶毒攻击。他们走了六天路，没遇到什么可以记述的事情。六天后，他们离开了大路，刚走进树林，天就黑了。记事准确的锡德·哈迈德这次没有说明那是橡树林还是栓皮栎树林。[①]（刘京胜）

与上一节是堂吉诃德应答别人的对话不同，这一节所选的是作者塞万提斯的叙事语言。相仿佛的是，比较口语化的杨绛译文（146字）仍然是最简洁自然、最蕴藉内敛的。例如，"他们走了六天（多），无话即短"一句能化腐朽为神奇，爽直干脆，可圈可点。

当然，杨绛的译文也仍然存在着精准度不够的问题：既然是已经走了六天多（Sucedió, pues, que en más de seis días no le sucedió cosa digna de ponerse en escritura），那么，就不能再说"第六天他们刚离开大道，走进浓密的树林，太阳就下山了"。应该将译文中的"第六天"置换为"之后"或乃至更明确的"第七天"之类。此外，用意象鲜明具体的"太阳就下山了"来指代一般性的天色已晚，有过度翻译之嫌。

相比之下，董燕生的这段译文（167字）与原文的贴合度仍然较高。如将 al cabo de los cuales, yendo fuera de camino, le tomó la noche entre unas espesas encinas o alcornoques 一句译成"此时眼见天色已晚，他们离开官道，走进一片（茂密的橡木或软木）树林"，就比杨绛和刘京胜对同一句原文的翻译更为精准。董燕生这种译法强调的是这样的逻辑：是因为天黑了下来，才被迫走进树林歇脚，而不是反之。

当然，董燕生这一段译文整体上翻得还是不免太过用力，有些缺乏节制，用语也比较滞重笨拙。像"捷径""官道"和"极尽污蔑之能事"之类缺乏活力和新鲜度的套话先不去说它，用来说明天气会比较凉爽的"看来整天都错不了"一句就比较绕，比较隔，比较别扭。此外，"他急于要戳穿新近那位传记作者的谎言"一句里的"要"字当删，因为在"急于"这个词里，已经包含了"要"或"想要"的意思了。而"一路走去，六天多时间里没有发生一件值得

---

① ［西班牙］塞万提斯：《堂吉诃德》，刘京胜译，北京：中央编译出版社，2011年版，第647页。

记载的大事"一句听起来也稍嫌别扭。汉语里很少有人会这么说话。如果不想像刘京胜那样说成"……走了六天（多的）路"，又不想改成笔者试译文（159字）中的"一走便（是）六天多……"一类说法，那么，也至少应该把"六天多时间里"这一片语缩减为"六天多"或延展为"六天多的时间里"。听起来会更自然、顺口些。

说到刘京胜的这一段译文（162字），并没有出现什么明显的失误，显然比上一节所摘录和比较的同一位译者的译文片段精准许多。尤其是，由于刘京胜的译笔整体上朴素得体，不装腔作势，不盲目追求华丽铺张的辞藻，若能细加磋磨和推敲，当可更上一层楼。

至于莫特克斯的英译版原文，仍然不敢恭维。不仅文辞依旧啰唆，句子依旧冗长，更有语意上的较大偏离：如它竟然会将堂吉诃德天黑之后被迫避开大路、进入橡树林歇脚的举动，偏执地首先理解成迷了路的结果。

（三）董、杨《堂吉诃德》译本纠纷中的细节与关键性问题

如上两小节是随机摘取两段文字所做的抽样分析。它至少可以大致地达到两个目的：首先，从最一般的意义上来讲，通过对比原著和各译本的具体文字，有助于读者对各《堂吉诃德》译本的优长、短缺与差异，有一个较为清楚的概念或基本的印象；其次，有助于厘清董（燕生）、杨（绛）译本纠纷中一些虽琐碎但又比较关键的问题。

譬如，本书前文曾引某报载，董燕生指责杨绛的《堂吉诃德》译本比他的译本少了 11 万字，并进而认定，杨绛翻译该小说时删了部分章节。① 为分析和判断的公平和精确计，这里有必要进一步引证董燕生的原话："我的译本是1995 年由浙江文艺出版社出版的。我拿到样书以后，特别跟杨绛的译本对照了一下总字数，发现我的是 839000 字，而她的版本只有 720000 字，比我的字数少了将近 20 万字，可见她翻译时删掉了其中的部分章节。"② 而杨绛则就此辩称："《堂吉诃德》的译文，起初我也译有八十多万字，后经我认真的'点烦'，才减到七十多万字，这样文字'明净'多了，但原义一点没有'点掉'。

---

① 详见林逸：《关于杨绛"点烦"〈堂吉诃德〉的争议》，《文艺报》2005 年 8 月 30 日，第 002 版。
② 刘晋锋：《董燕生：挑战杨绛译作的人》，《新京报》2005 年 4 月 21 日，第 C12 版（个人史）。

比如书中许多诗歌，可以去查查，原诗是多少行，我少译了哪一行？"[①]

就事论事，论争中的两造都有过于主观的嫌疑，都有细节上不够严谨的地方。董燕生还因态度上远不如杨绛冷静、委婉而暴露了风度与涵养问题，陷于妄下判断、不好收场的被动。

从细节上看，前引董燕生那段话里，83.9 万和 72 万之差是 11.9 万，将近12 万。要么是董燕生口述时口误，要么是《新京报》记者采访记录时笔误，再加上出报时编辑把关疏忽，以致把"将近 12 万"误写成了"将近 20 万"——明显之至的一个算术或排版错误。严格说来，版权页上标示的译本字数往往仅是书稿编辑粗估，各出版社统计时的具体操作也多有差别，每一版次往往又掺杂了译者借机修订、改动所造成的字数变动因素——如杨绛的《堂吉诃德》译本字数就曾分别被标为 69.4 万、70.9 万（以上为 1978 年第 1 版及各次印刷情况）、72 万、76 万（以上为 1987 年第 2 版及各次印刷情况）乃至 61 万（2013 年版），[②]随便地以版权页上的书稿字数为依据说事或径行比较谈不上多么严谨，至少会给圈内人落下比较外行的话把儿。但如若暂时撇开这些考虑，董燕生毕竟等于借由版权页字数的简单对比，直观化地点出了董、杨《堂吉诃德》译本容量的显著差异。而杨绛本人似乎也认可了对方的这一比较——因为她虽然如前所示，曾就董燕生的发难主动地做了自我辩解，但并未从版权页字数是否可靠这一角度究诘或驳难。

如前所示，杨绛 1978 年人民文学出版社的《堂吉诃德》初译本版权页的字数是 69.4 万，1987 年第 2 版（修订版）版权页的字数是 72 万（董燕生所指杨绛译本的 72 万字当是这一版，杨绛所说的"七十多万字"亦应同此）。而董燕生 1995 年浙江文艺出版社的《堂吉诃德》初译本版权页的字数是 83.9 万（董燕生所指自译本的 83.9 万字自然是这一版，杨绛所说的"八十多万字"亦应同此——杨绛虽然并非直接指董译本，但她原话中用了一个"也"字，说明也包括了董译本），2006、2008 和 2011 年长江文艺出版社版（修订版）版权页的

---

① 许嘉俊：《杨绛译〈堂吉诃德〉被当"反面教材" 众译家据理驳斥译坛歪风》，《文汇读书周报》2005 年 8 月 26 日，第 1 版。

② 分别参见［西班牙］塞万提斯：《堂吉诃德》，杨绛译，北京：人民文学出版社，1978 年版（69.4 万字）、1978 年版（1983 年第 3 刷，"网格本"，70.9 万字）、1987 年版（72 万字）、1987 年版（木刻插图本，76 万字）、2013 年版（"企鹅经典丛书"，61 万字），版权页。

字数是 78.7 万。^① 两人都是初译本出版后 10 年左右再版修订。

说董燕生和杨绛在细节上不够严谨，是因为他们在争论时，既没有拿初译本（杨绛的 69.4 万字）和初译本（董燕生的 83.9 万字）比——杨译本比董译本少 14.5 万字，也没有拿修订本（杨绛的 72 万字）和修订译本（董燕生的 78.7 万字）比——杨译本比董译本少 6.7 万字。董、杨争执中所采用的，毕竟是董燕生译本的初版本和杨绛译本的再版修订本。两者之间当然无妨一比，但并不具备完全的可比性。

为了便于比较，不妨在此引入小学生算术的除法，用杨绛《堂吉诃德》初译本的 69.4 万字除以董燕生《堂吉诃德》初译本的 83.9 万字，则可得出一个 82.7% 的比例。或者说，杨绛初译本的字数比董燕生初译本的字数少 14.5 万字，是董燕生初译本字数的 82.7%。同理，用杨绛《堂吉诃德》修订译本的 72 万字除以董燕生《堂吉诃德》修订译本的 78.7 万字，则可得出一个 91.5% 的比例。或者说，杨绛修订译本的字数比董燕生修订译本的字数少 6.7 万字，是董燕生修订译本字数的 91.5%。若容许就两套平行的数据取一个均值的话，则可以说，综合初译本和再版修订本的情况，杨绛译本的字数比董燕生译本的字数平均少 10.6 万字（14.5+6.7=21.2；21.2/2=10.6），是董燕生译本字数的 87.1%〔（82.7%+91.5%）/2=87.1%〕。

这一对比能够给出的一个直观印象是：通过译者修订，初版于 1978 年的杨绛译本 1987 年再版时，对初译文有所添加（从最初的 69.4 万字过渡到修订后的 72 万字，增补了 2.6 万字）；初版于 1995 年的董燕生译本 2006 年再版时，对初译文有所精炼（从最初的 83.9 万字过渡到修订后的 78.7 万字，删削了 5.2 万字）。根据杨绛自己的叙述，她的 1987 年《堂吉诃德》修订译本的修订工作始于 1985 年："译文印刷三次之后，1985 年，我又将全文校订一过。"^②这次校订之所以会是有所增补而非删削，是因为杨绛自承，初译本"点烦"时不免有缺乏节制的地方，只好于再版时补救："不能因为追求译文的利索而忽略原文的风格。如果去掉的字过多，读来会觉得促迫，失去原文的从容和缓……

① 分别参见［西班牙］塞万提斯：《堂吉诃德》，董燕生译，杭州：浙江文艺出版社，1995 年版（83.9 万字），版权页；武汉：长江文艺出版社，2006、2008、2011 年版（78.7 万字），版权页。

② 杨绛：《堂吉诃德·译者序》，《杨绛文集》第 5 卷，北京：人民文学出版社，2004 年版（2009 年第 3 次印刷），第 16 页（序言页）。

我自己就掌握不稳，往往一下子去掉了过多的字，到再版的时候又斟酌添补。"①

至于董燕生的《堂吉诃德》译本的修订情况，有他 2006 年完成的修订本《译后记》为证："本书译成后 1995 年在浙江文艺出版社出版，1998 年台湾光复书局出版了繁体字版。两个版本都引起了较大反响，得到同行和读者的肯定。现在长江文艺出版社的'100 部世界文学名著丛书'将《堂吉诃德》列为首选，选用我的译本，我趁机重读了一次原译，并作了若干修订。"②

如果说，杨绛对自己的《堂吉诃德》初译文的增补主要是出于对"点烦"手段拿捏得是否适度的自我反省，那么，董燕生对自己的《堂吉诃德》初译文的删削或精炼则可能部分地得益于有关"点烦"的论争。刚刚提到的董译《堂吉诃德》修订本的《译后记》写于 2006 年 5 月，正好是董燕生通过《新京报》挑起董译本和杨译本之间的优劣对比论战一年之后——这一年也应该正好是他应长江文艺出版社之约，修订自己的《堂吉诃德》译文的紧要关头。对于杨绛在自我辩护时提及和强调的译文洗练方式"点烦"，董燕生不可能完全无动于衷，不受触动。说到底，在不影响原文内容和文气上的原汁原味的前提下，追求译文的简练、自然和流畅是所有译者的共识。杨绛既然已被迫把自己洗练译文的"秘方"和盘托出，公之于众，董燕生作为一名与杨绛同样敬业的译者，不可能不有所借鉴。倘若这一推论不无道理，那么，董杨之争就等于再一次证明了如下这一命题：任何不算太过无聊的争执，无论出发点是否纯正，都有可能为论辩双方带来正向的能量或影响。

说杨绛主观，是因为她所谓"（《堂吉诃德》）原义一点没有'点掉'"的说法不免有些过头儿，未留余地——本节第一段抽样分析中的两个"世界上"就是原义，就是被她在自己的译文中，或不小心或有意为之地"点掉"了的。说董燕生主观，是因为他连最基本的查对比照功夫（杨绛所谓"可以去查查"）都舍不得下，就武断地轻易认定杨绛翻译时"删掉了其中的部分章节"——这和他曾指责的杨绛在把"法老"和"亚述"等专有名词分别硬译成"法拉欧内"和"阿西利亚"时所表现出来的不够谨慎或过于莽撞（"我想并不是她不懂，

① 杨绛：《失败的经验（试谈翻译）》，《中国翻译》1986 年第 5 期，第 27 页。
② 董燕生：《堂吉诃德·译后记》，[西班牙]米盖尔·德·塞万提斯·萨维德拉：《堂吉诃德》，董燕生译，武汉：长江文艺出版社，2011 年版，第 853 页。

而是她太自信了，该查字典的地方没有去查字典"①）如出一辙，无非半斤八两，五十步笑百步。本节的抽样分析随机选取的虽仅只小说《堂吉诃德》的两段文字，但已足以支持杨绛的如下辩称：杨绛译本比董燕生译本之所以少了10万多字，主要是因为下了洗练文字的"点烦"功夫，而不是像董燕生所贸然指控的那样，是随意删译原著内容的结果。

若以本节第一小节的第一段抽样分析为例，杨绛的译文是78字，加上因过度"点烦"点掉的两个"世界上"，计约84字；除以董燕生译文的96字，可以得出87.5%的比例（当然，若是不补点掉的6个字，径以杨的78字除以董的96字，可以得出81.3%的比例——这一比例与前文得出的杨绛《堂吉诃德》初译文总字数与董燕生《堂吉诃德》初译文总字数之比82.7%差相仿佛）。再以本节第二小节的第二段抽样分析为例，用杨绛译文的146字除以董燕生译文的167字，可以得出87.4%的比例。读者不难发现，这两个比例数大体一样，都是87%多一点儿。更进一步地看，它们与前面刚刚得出的那个87.1%的比例数（杨译《堂吉诃德》总字数与董译《堂吉诃德》总字数之比）也大致相等。

这说明杨绛的《堂吉诃德》译本之所以会比董燕生的《堂吉诃德》译本少上10万字左右，主要是因为杨绛译笔分外简洁，是她语文功力极端老到的结果——当然，很大程度上，也是她善用"点烦"洗练方式的结果。或者说，杨绛的《堂吉诃德》译文的确要比以董燕生译本为代表的其他《堂吉诃德》译文来得"苗条"或"瘦削"（抽样分析中也曾提及的刘京胜的《堂吉诃德》译文是81.8万字，② 也比杨绛的字数多出不少），但它很大程度上是瘦在骨肉停匀，没有赘肉，而不是瘦在畸形，或瘦在某些地方短斤少两、不够齐全。另一方面，就像杨绛自己也曾坦承过的那样，她在翻译的过程中难免偶尔会"点烦"过度，但绝不像董燕生所控那么严重，那么伤筋动骨。

三　杨绛译笔的特点——以英国小说《傲慢与偏见》一个汉译片段为例

前文给出的《堂吉诃德》抽样分析虽然不无匆促之处，但还是足以令人大

---

① 刘晋锋：《董燕生：挑战杨绛译作的人》，《新京报》2005年4月21日，第C12版（个人史）。

② 参见［西班牙］塞万提斯：《堂吉诃德》，刘京胜译，北京：中央编译出版社，2011年版，版权页。

致看出，**杨绛小说译笔的主要特点在于，书卷气与口语化配搭得水乳交融，既雅俗得宜又简洁自然，既蕴藉内敛又明畅利落**。能拿来展示杨绛体现在其译文中的这一行文风格的，还有一个看似不起眼儿的小例子。

本书前文曾提及，在《有什么好？——读奥斯丁的〈傲慢与偏见〉》这篇论文里，杨绛引用过自己亲自翻译的简·奥斯丁小说《傲慢与偏见》中的某些句段。其中之一是：

> 家产富裕的单身汉，准想娶个妻子，这是大家公认的必然之理。[①]（杨绛）

这句话的英文原文系 It is a truth universally acknowledged that a single man in possession of a good fortune must be in want of a wife，是小说《傲慢与偏见》的起首文字，曾被某些人推崇为所有英语小说里最具知名度的开篇语。

在目前市面上存在的众多《傲慢与偏见》中文译本里，有四种将这句开篇语分别译为：

> （1）凡是有钱的单身汉，必定需要娶位太太，这已经成了一条举世公认的真理；[②]（王科一）
>
> （2）有钱的单身汉总要娶位太太，这是一条举世公认的真理；[③]（孙致礼）
>
> （3）饶有家资的单身男子必定想要娶妻室，这是举世公认的真情实理；[④]（张玲、张扬）
>
> （4）有钱的单身汉必定想娶亲，这是人所皆知的真理。[⑤]（于城江）

平心而论，以上这四种译文虽各极其妙，但似乎都不像杨绛论文里给出的

---

① 杨绛：《有什么好？——读奥斯丁的〈傲慢与偏见〉》，《关于小说》，北京：生活·读书·新知三联书店，1986 年版，第 59 页。

② ［英］简·奥斯丁：《傲慢与偏见》，王科一译，上海：上海译文出版社，1993 年版，第 1 页。

③ ［英］简·奥斯丁：《傲慢与偏见》，孙致礼译，南京：译林出版社，1991 年版，第 1 页。

④ ［英］简·奥斯丁：《傲慢与偏见》，张玲、张扬译，北京：人民文学出版社，1992 年版，第 1 页。

⑤ ［英］简·奥斯丁：《傲慢与偏见》，于城江译，张朝晖主编《世界名著大系》第 1 卷，呼和浩特：内蒙古人民出版社，2006 年版，第 1 页。

杨氏译文那样，如对友朋、如叙家常般朴素蕴藉、明畅自然。

首先，将这一语境中的 wife 无论是译成"太太"还是"妻室"都过于正式，也都稍嫌浓郁了点儿，不如径直译为朴素、直白且俗雅两相宜的"妻子"来得更亲切、更自然和更干脆。至于由动宾关系结构而成的"娶亲"一词，作为致密的整体，它本身早已成为一个相对固定的动词。正因为它所隐含的动宾意味已变得非常微弱，其中的"亲"字无法承担英文 wife 一词在原文里所能掂量出来的全部分量。

其次，将本身比较缭绕也比较正式的片语 in possession of a good fortune 仅仅译成"有钱"未免太过简单，不如"饶有家资"或"家产富裕"来得饱满和到位。当然，若是干脆选用一个全新的"家底殷实"，似乎要更贴切、更自然。

第三，将 a truth universally acknowledged 译成"举世公认的真（情）（实）理"口气稍嫌过大，不免有些僵硬、呆板，不如杨绛的"大家公认的必然之理"来得家常。当然，细究起来，杨绛给出的这个片语中的"之"字不免过于文气，"必然之理"的说法亦稍嫌拗口。至于"人所皆知"这个片语，不仅其中的"知"字与英文的 acknowledge（承认，认可）一词在意思上有相当的出入，也不如"尽人皆知"这个固定表达来得自然、妥帖。

第四，无论是将 must be in want of 译成"（凡是）……必定需要娶""总要娶"，还是"必定想要娶""必定想娶"，都不如杨绛的"准想娶"来得更口语化，更有亲切感。

当然，就事论事，如上列举的第四种译文（于城江译）虽然看似最不起眼，也缺乏精准度，但不能不承认，它在语气上很自然不说，也最为简洁。

根据以上讨论的情况并综合各家所长，笔者以为可以将此句进一步译为：

> 大凡家底殷实的单身汉，都一准儿想娶个妻子——这成了人人认同的真理。（于慈江）

这则译文既不高高在上、曲高和寡，又不流于平庸低俗。尤为要紧的是，它做到了在亲切、自然之余，饱含娓娓道来的家常感。

或许还值得一提的，是其中破折号的运用。英文原句是一个以 it 起首以 that 连接的复合句，译成中文的话，必然要拆成较短的几个句子，才比较符合中国人的阅读习惯。而破折号之前的句子本身的意思已很完整，原则上应该用句号，否则就有违标点符号的基本用法了。然而，有鉴于原文由一个完整的复合句所造成的紧凑致密感，这里若贸然地使用句号，就会显得有些散，也会冲淡原句所隐含的那么一丝反讽意味。而若是换用和句号具有同样语气长度的破折号，就解决了这个散的问题——这个破折号实际上相当于英文原文里的那个that，起到了贯通整个文气的桥梁作用。

第六章　百年杨绛：一个"写作困难的人"① 对"困难的克服"②

第一节　"走到人生边上"③ 的"业余作者"④

2002 年 7 月 18 日，刚刚过完 91 岁生日的杨绛心情显然不错。一向谨言慎行的她不仅对一个越洋电话有问必答，也似乎并不以如下的敏感提问为忤：

刘（梅竹）：您有没有感到孤独的时候？

杨（绛）：不孤独，因为我有很多书，有书就不孤独。当然，我现在是一个人，在热闹的场合会感到孤独，越热闹越孤独，因为我不能和他们打成一片。可是我并不感到孤独，我的亲戚朋友对我都很好，我和阿姨相

---

① 据称，德国诺奖作家托马斯·曼（Thomas Mann，1875—1955）曾经给以写作为生的作家下过一个颇为古怪的定义："作家就是那种写作困难的人。"详见倪梁康：《"作家就是写作困难的人"》，《读书》2001 年第 6 期，第 81 页。

② 在论文《艺术与克服困难——读〈红楼梦〉偶记》的末尾，杨绛曾引用过 16 世纪意大利批评家卡斯特尔维特罗（Ludovico Castelvetro，1505—1571）的一句名言："欣赏艺术，就是欣赏困难的克服。"（见《杨绛文集》第 4 卷，北京：人民文学出版社，2004 年版，第 275 页）

③ 杨绛晚近曾写过《走到人生边上——自问自答》（北京：商务印书馆，2007 年版）一书。杨绛的这一书名其来有自：早在 20 世纪 40 年代初，当时沦陷在上海的杨绛就曾替远在内地的钱锺书编定过他的散文集《写在人生边上》[上海：开明书店，民国三十年（1941）初版]；而钱锺书去世后，杨绛在协助三联书店编选 13 卷本《钱锺书集》时，又将他的包括序跋和译文等在内的其他一些散文辑成《人生边上的边上》，并与《写在人生边上》《石语》合编成一卷。这一辑在 2001 年《钱锺书集》繁体字版初版时本名《写在人生边上的边上》，2002 年简体字版初版时即已改成现名，与 2007 年再版的 10 卷本《钱锺书集》一样。据说，杨绛替钱锺书这些辑外散文所取的名字本就是《人生边上的边上》："《写在人生边上的边上》收罗了钱先生的散逸旧作。至于书名，杨绛先生曾口述为《人生边上的边上》，或误传，或排讹，故留下小小的遗憾。"（解波：《献给新世纪一份厚礼——〈钱锺书集〉首次出版》，人民日报海外版 2001 年 1 月 5 日，第 002 版）。当然，学者范旭仑（《评〈钱锺书集〉·〈写在人生边上的边上〉》，http://blog.sina.com.cn/s/blog_4e45c122010091e5.html，2008-06-29）和陈福康（《代取的书名外一篇》，《博览群书》2009 年第 6 期，第 114—116 页）曾不约而同地对《人生边上的边上》和《写在人生边上的边上》这两个辑名表达过不满和质疑，认为钱锺书本人若是泉下有知，一定不会喜欢这两个别人代取的莫名其妙的名字。

④ 杨绛给自己下的定义是："我只是一个业余作者。"详见杨绛：《作者自序》，《杨绛文集》第 1 卷，北京：人民文学出版社，2004 年版，第 1 页。

处得也很好。而且我看很多书，就像到处旅行一样。①

作为一位一辈子手不释卷、以书为伴的退龄作家，杨绛容或已不再以写作为重心，但起码仍然终日以读书、写字以及整理她自己尤其是钱锺书的文字来醒脑、自娱，"……作其鲲鹏式的逍遥游，自感乐趣无穷"②，本质上自是不会感到孤独。特别是，曾发出过"获得人间智慧必须身经目击吗？"③质疑的她把读很多书当成"像到处旅行一样"，让人由不得想起同样不以实地旅游出行为乐、为必要的台湾学人李敖——后者曾将明朝书画家董其昌（1555—1636）的名言"读万卷书，行万里路"戏改为"读两万卷书，行零里路"。④ 当然，对于这位自感已"走到人生边上"的文学老人来说，不管孤独与否，无法适应"热闹的场合""不能和他们打成一片"终究会是一个问题，会是一种困扰。

无论如何，杨绛毕生散淡、一辈子在野——按剧作家夏衍（1900—1995）生前对她的善意调侃，是所谓"无官无位，活得自在"⑤，却能时刻不忘以笔把脉人情世态、倾注人文关怀，可谓难能可贵。或者说，杨绛一向处身边缘、以业余为立场，却能始终恪守专业精神，殊为不易。

一　在野状态与边缘视野

虽然杨绛对写作特别是小说的写作一往情深、始终不渝，虽然她其实早在1953年，即已加入官方的中国作家协会，⑥ 但她却仍是一以贯之、斩钉截铁地屡屡宣称，自己绝不是什么作家：

---

① 据 2002 年 7 月 18 日刘梅竹与杨绛的电话访谈记录稿。引文引自刘梅竹的法文博士论文，第 394 页。

② 这一句话乃是出自华裔美国学者夏志清之口，形容钱锺书在书斋里以读书为乐，自得其乐。详见夏志清：《重会钱锺书纪实》，《新文学的传统》，北京：新星出版社，2005 年版，第 266 页。

③ 杨绛：《隐身衣》，《将饮茶（校定本）》，北京：中国社会科学出版社，1992 年版，第 211 页。

④ 2005 年 9 月 24 日，李敖做客凤凰网。有网友问他，今后是否会到世界各地华人聚集的地方走走。他表示并不认同所谓临其境的游历："董其昌讲了一句话，说行万里路，读万卷书。我认为这是不对的，应该是读两万卷书，行零里路。"引文转引自王一波、田乾峰：《李敖称母亲像慈禧》，《京华时报》2005 年 9 月 25 日，第 03 版。在像李敖这样把"读万卷书，行万里路"理解成并行的或相继进行的两件事之外，本来就还有"读万卷书，（有如）行万里路"的理解。

⑤ 据吴学昭介绍："1991 年 7 月，杨绛八十岁生日，没有做寿，夏公（按：指剧作家夏衍）让女儿沈宁送来他亲笔题写的一首诗祝寿：无官无位，活得自在；/ 有胆有识，独铸伟词。"引自吴学昭：《听杨绛谈往事》，北京：生活·读书·新知三联书店，2008 年版，第 382 页。

⑥ 据中国作家网的《中国作协会员辞典》（http://www.chinawriter.com.cn/zxhy/member/5924.shtml）。

刘（梅竹）：您和当代作家的最大区别是什么？

杨（绛）：他们是作家，我不是。①

尽管杨绛称得上一个货真价实的文学多面手——不惟在散文、戏剧和小说诸方面都能有所成就，连文学翻译也能做到独树一帜、蔚成一家，尽管她的创作成果虽并不如何丰硕却早已为世人所瞩目，尽管连中国作家协会现任主席铁凝也以将她引为忘年交为荣，② 但她却还是依然故我地一直认定，自己只不过是在从事毫无功利性的业余写作而已，最多只是一名普通的业余作者，根本谈不上是什么家：

刘（梅竹）：您是什么？学者，作家？

杨（绛）：什么家都不是，一个无名小卒！我也不求名不求利，所以不求加入他们的行列。③

在本书的第一章和第三章里，笔者曾约略地分别提及，同样曾是百龄寿星的已故作家巴金在这方面也有过与杨绛颇相类似的倾向。有人曾针对他的这一倾向评价说："与同时代许多小说家相比，巴金缺少对文学自觉的准备，在他一生写下的大量谈论自己创作的文章中，一再否认自己是一个文学家。这绝不是一种自谦。事实上，他一直把社会问题与人道的问题，看成自己创作的核心，因而，除了情感的魅力外，在小说的本体上，他给后人留下的启示、探寻十分有限。倘若和鲁迅这样严谨的、博大精深的作家对照一下，就会发现，他的非文学化与非学术气的自白，更主要还是对文学青年和社会大众具有一种感召力，而对于书斋中的学人而言，他的存在价值，更主要被看成是道德的与良知的范围。而他自己也说：'我把心交给读者，并不是一句空话。我不是以文学成家

---

① 据2002年7月18日刘梅竹与杨绛的电话访谈记录稿。引文引自刘梅竹的法文博士论文，第395—396页。

② 铁凝与杨绛的关系之密切可证诸如下这段话："与百岁老人杨绛的交往让铁凝印象深刻……铁凝问老人应该称呼她什么——杨绛老师、杨绛妈妈、杨绛姥姥？杨绛说：'何不就叫杨绛姐姐！'……比起老一辈作家，她觉得'很惭愧'，她看望他们其实也是从他们那里为自己的灵魂充电。"引文引自朱又可：《"文学发出的可能是别扭的、保守的声音"——专访中国作家协会主席铁凝》，《南方周末》2010年12月30日，第C14版（文化版）。

③ 据2002年7月18日刘梅竹与杨绛的电话访谈记录稿。引文引自刘梅竹的法文博士论文，第394页。

的人，因此我不妨狂妄地说，我不追求技巧。如果说我在生活中的探索之外，在写作中也有所探索的话，那么几十年我所追求的也就是：更明白地、更朴实地表达自己的思想。'（《探索之三》）描述巴金的小说世界，除了情感上的那种独有张力外，在小说的结构上，在内在的文化品味、乃至于在语言的运用上，其意义均不如他的价值态度那样富有魅力。"①

该论者对巴金文心的这一剖析虽不免有些极端和偏激，但显然自有其道理。而杨绛尽管也有过同巴金类似的一再表白——连表白的不断性、持续性乃至坚决性都极其相像，但与巴金对文学本身的不以为然恰恰相反的是，杨绛的出发点却是以我笔写我心——也即是为作家余华所敬佩的"永远用心写作"②，是对文学本身的极端在乎乃至敬畏："写文章，对我来说，既不为名，也不为利。这些都是副产品。我写是因为我有心上的话要说，写到纸上，印出来就可以传下去。以后有可能找到知音。"③

对杨绛的这样一种为文态度，有的论者也曾有过比较翔实、到位的归纳与总结："……她坚持写作是心灵的自由表达，既不诉诸个人功利，也没有文学启蒙的救世主情结，而是抒发自我、关注个体，坚持知识分子的独立姿态，与文学的时代潮流始终保持距离。这种创作态度代表着一类知识分子的价值取向：清高孤傲和明哲保身。他们往往鄙视功利创作行为，写作只为吐一己之快，以灵魂独立和心灵高洁为创作根本，有一种以文自娱或以文养身的贵族气。这类知识分子往往容易为主流话语所遮蔽。"④

在《将饮茶·隐身衣（废话，代后记）》一文里，杨绛这样写道：

> 一个人不想攀高就不怕下跌，也不用倾轧排挤，可以保其天真，成其自然，潜心一志完成自己能做的事。⑤

---

① 黄育聪：《巴金的小说观》，《宜春学院学报》2005 年 S1 期，第 137 页。

② 据称，小说家余华曾这样提及拒绝参加杨绛作品研讨会的杨绛："就像杨绛先生讲的，'我把稿子交出去了，剩下怎么卖书的事情，就不是我该管的了。而且我只是一滴清水，不是肥皂水，不能吹泡泡'，永远用心写作的作家是令人敬佩的。"引自陈熙涵：《余华在沪谈欧美作家写作态度 用写五本书精力写一本书》，《文汇报》2004 年 6 月 17 日。

③ 据 2002 年 7 月 18 日刘梅竹与杨绛的电话访谈记录稿。引文引自刘梅竹的法文博士论文，第 395 页。

④ 王燕：《杨绛的寂寞与高贵》，《当代作家评论》2010 年第 6 期，第 172—173 页。

⑤ 杨绛：《将饮茶》（校定本），北京：中国社会科学出版社，1992 年版，第 209 页。

唯有身处卑微的人，最有机缘看到世态人情的真相，而不是面对观众的艺术表演。①

杨绛这两段话朴拙实在，远远谈不上什么微言大义，却清楚地表达了**甘居犄角边缘（所谓"身处卑微"）、与主流保持距离、在乎天真自然、注重鲜活的个体体验的人生与写作态度，**同巴勒斯坦裔美国学者爱德华·萨义德（Edward W. Said，1935—2003）在其《知识分子论》（*Representations of the Intellectual: The 1993 Reith Lectures*）一书中写下的如下一些话语颇有暗合之处：

对于受到迁就适应、唯唯诺诺、安然定居的奖赏所诱惑甚至围困、压制的知识分子而言，流亡是一种模式。即使不是真正的移民或放逐，仍可能具有移民或放逐者的思维方式，面对阻碍却依然去想像、探索，总是能离开中央集权的权威，走向边缘——在边缘你可以看到一些事物，而这些是足迹从未越过传统与舒适范围的心灵通常所失去的。②

边缘的状态也许看起来不负责或轻率，却能使人解放出来，不再总是小心翼翼行事，害怕搅乱计划，担心使同一集团的成员不悦。③

知识分子基本上关切的是知识和自由。但是，知识和自由之所以具有意义，并不是以抽象的方式（如"必须有良好教育才能享受美好人生"这种很陈腐的说法），而是以真正的生活体验。知识分子有如遭遇海难的人，学着如何与土地（一起）生活，而不是靠土地生活；不像鲁滨逊（Robinson Crusoe）那样把殖民自己所在的小岛当成目标，而像马可·波罗（Marco Polo，1254—1324）那样一直怀有惊奇感，一直是个旅行者、过客，而不是寄生者、征服者或掠夺者。④

---

① 杨绛：《将饮茶》（校定本），北京：中国社会科学出版社，1992年版，第209—210页。
② ［美］爱德华·W. 萨义德：《知识分子论》，单德兴译、陆建德校，北京：生活·读书·新知三联书店，2002年版，第56—57页。
③ ［美］爱德华·W. 萨义德：《知识分子论》，单德兴译、陆建德校，北京：生活·读书·新知三联书店，2002年版，第57页。
④ ［美］爱德华·W. 萨义德：《知识分子论》，单德兴译、陆建德校，北京：生活·读书·新知三联书店，2002年版，第53—54页。

究其实，货真价实的作家杨绛一再强调自己只是业余作者，固然不无自谦的成分，但更是对历世阅人的一种沉潜的边缘视角的执着与坚守，对文学写作作为自沉自浸而又充满人文关怀的一种生存或体验状态的执着与坚守。一个并不如何引人注目的例证是，杨绛 76 岁时，适逢所在的工作单位中国社会科学院外国文学研究所劝所里的老人离、退休。结果，在同等资历或规格的老研究员当中，欣然从命、毫不恋栈的只有她一个。① 这当然是守礼谦让，为所里的年轻人、后来者挪窝儿腾地儿，但担着失去一个在职者的可观福利与津贴的损失退下来，甘居寂寞，也还主要是为了写作，为了能专心写作——除散文的创作外，杨绛当时正在潜心写作长篇小说《洗澡》且已整整写了一年。②

不难看出的是，杨绛的低调固然有其自身性格的原因，也体现了她长期涵养的脱俗素质和清高格调，但同时也正与 1970 年度诺贝尔文学奖得主、曾在国外流亡多年的前苏联大作家索尔仁尼琴（Александр Солженицын，1918—2008）当年谪居美国时的低调相仿佛——据称，索尔仁尼琴当时之所以在大部分的时间里都深居简出、沉默低调，固然是对他心中认定的美国的所谓庸俗唯物主义心存抵触，但主要还是为了争分夺秒，赶写自己的史诗性巨著《红轮》（Красное Колесо）。③

本书在第一章里就曾提及，除以上所描述的对作家身份的矢口否认之外，杨绛也曾一再强调自己不是学者，而丈夫和女儿才是——曾认为假以时日，女

① 据杨绛自己回忆："1987 年 4 月，所内号召高级研究员及年满退休期者退休。我所高级研究员退休者仅我一人。"引自杨绛：《杨绛生平与创作大事记》，《杨绛文集》第 8 卷，北京：人民文学出版社，2004 年版，第 397—398 页。应该指出的是，虽然据称在中华人民共和国成立初期便有了男 60 岁、女 55 岁退（离）休的制度规定，但当时起码在中国社会科学院这样的研究机构里，以及对那些高级研究员而言，应该还没有硬性的、一刀切的离退休年龄规定或限制。否则，杨绛（时年 76 岁）所描述的这一现象便不可解。

② 据杨绛自己回忆："1984 年 试图写《洗澡》。""1986 年 4 月 5 日，动笔写《洗澡》。"引文引自杨绛：《杨绛生平与创作大事记》，《杨绛文集》第 8 卷，北京：人民文学出版社，2004 年版，第 396、397 页。

③ 康慨在《索尔仁尼琴 盖棺难定论》（《中国新闻周刊》2008 年第 29 期，第 70—71 页）一文中，曾这样描述道："在欧洲盘桓两年，索尔仁尼琴 1976 年抵达美国佛蒙特的卡文迪许镇，一住就是 18 年。然而，对整个西方世界，他很快就失望了。1978 年，他接受了哈佛大学的荣誉学位，随即在 6 月 8 日的毕业典礼上，发表了谴责西方文化的著名的哈佛演讲。/ 在这篇轰动一时的讲话中，他将美国称为精神上的矮子，沉于庸俗唯物主义，只知享受，目光短浅，缺乏毅力，没有追求。他通过翻译，用俄语大声宣布，美国人是一群懦夫，几乎没人愿意为了理想去死。他既抨击福特政府的越南政策软弱，也批评美国的乡村歌曲俗不可耐，而美国新闻界无法无天，肆意践踏个人隐私。""索尔仁尼琴此后在佛蒙特小镇深居简出，过着隐士般的生活，直到 1994 年回国。"而陈祥则在《索尔仁尼琴，偏执的圣徒》（《东莞时报》2010 年 6 月 21 日，B02 版）一文中介绍说："《红轮》是索尔仁尼琴在美国定居期间写成的纪实小说，也是他生平最大的一部鸿篇巨制，出国后的大部分时间都耗费在此书之上。"

儿钱瑗会出落成爸爸钱锺书那样的大学者。施武的采访是对这一点的再次印证："在读者印象里，杨绛是个学者，可她坚决不承认：'他们两个 ① 是学者，我不是学者。我的生平杰作就是一个钱瑗。'她向我们介绍钱瑗的工作，说她建立了一个学科，叫'实用英语文体学'，得了 3 个奖，有北师大给的奖，还有国家教委的优秀教材奖。" ② 这同样固然是典型的杨绛式的谦虚，固然是某种程度上的实事求是——钱锺书和钱瑗的确比杨绛要更为学者化一些，但绝不意味着杨绛果真在自己专擅的学术研究上妄自菲薄和不够自信，而更是因为她最倾心也更乐意强调的始终是写作，是无时或忘的文学写作。

即便不考虑《管锥编》和《谈艺录》这两部著作中涉及翻译的点点滴滴，仅从钱锺书以如饥似渴的书蠹自拟，用谐音的方式将英国牛津大学（University of Oxford）的博德利安图书馆（Bodleian Library）顺嘴戏译成"饱蠹楼"，③ 以及将中国家喻户晓的成语"吃一堑，长一智"信口妙译成韵脚醒豁自然、堪称绝妙好辞的 a fall into the pit, a gain in your wit 这两件小事来看，说他是文学翻译方面不可多得的长才实在一点也不过分。哲学家金岳霖（1895—1984）是钱锺书巧译、妙译"吃一堑，长一智"的见证者：

> 提起《实践论》，我又想起钱锺书先生。英译处要我多负一点英译责任。我碰到'吃一堑长一智'，不知道如何办才好。我向钱先生请教。他马上翻译成：
>
> A fall in the pit ④　and a gain in your wit ⑤
>
> 这真是再好也没有了。⑥

---

① 这里的"他们两个"指杨绛的丈夫钱锺书和女儿钱瑗。

② 施武：《杨绛讲〈我们仨〉》，《科技文萃》2003 年第 11 期，第 81 页。原载《三联生活周刊》2003 年第 24 期。

③ 杨绛曾介绍说，钱锺书"做笔记的习惯是在牛津大学图书馆（Bodleian——他译为饱蠹楼）读书时养成的。因为饱蠹楼的图书向例不外借。到那里去读书，只准携带笔记本和铅笔，书上不准留下任何痕迹，只能边读边记"。引自杨绛：《〈钱锺书手稿集〉序》，《杂忆与杂写（增订本）》，北京：生活·读书·新知三联书店，2010 年版，第 332 页。

④ 原文因印刷错误而将 pit 写成 pir。

⑤ 原文因印刷错误而将 your wit 写成 yous wir。

⑥ 金岳霖：《我追随毛主席接受了革命的哲学》，刘培育编《哲意的沉思》，天津：百花文艺出版社，2000 年版，第 33 页。

虽然金岳霖所讲的这段掌故曾被广泛征引——本书第四章第一节就曾摘录过吴学昭对这个故事的讲述，[①] 但这句声名远播的"钱译"终究因并没有来自钱锺书本人的记录或背书，最多只能算是道听途说。这里有两个问题值得一提。其一，在《实践论》英译本中，这句成语实际上被译成了 a fall into the pit, a gain in your wit，与金岳霖的回忆略有出入。虽然金岳霖本人的回忆弥足采信，但回忆终究只是回忆，难免会存在某些细微的差异或讹误；而在大体上接受了"钱译"的同时又对其略事改动或修饰（包括出自金岳霖本人的以及编辑或审稿人的），也是情理之中的事。其二，据笔者愚见，以特指 the pit（陷阱）来指称中文的"一堑"这一泛称，不如换用泛指 a pit（坑）来得更贴切、自然。

然而，问题的关键却在于，不论钱锺书多么长于翻译，他却明显志不在此，终其一生也没有像杨绛那样，留下什么专门的和系统的文学译述。不仅如此，他对翻译之道还辄有烦言，动不动就来一番冷嘲热讽。例如，他就曾这样不屑一顾地说过："翻译只像开水煮过的杨梅，不够味道。"[②]

与钱锺书的情形堪称鲜明对照的是，杨绛自始至终都热衷于文学翻译特别是小说的译作：刚开始的时候，是因为政治原因写不了纯粹的小说，而以小说译作变相过瘾，犹如以茶代酒、遣兴解馋；后来，则因年高力衰、沉湎于怀人忆旧而选择与小说血脉相近的记叙散文的写作。对于杨绛而言，小说包括小说译作才是真正的创作，所以才会有对于小说写作的念兹在兹以及文论集《关于小说》和《春泥集》的出笼。散文和戏剧之类则明显是替代品，等而下之。但饶有意味的是，正如钱锺书夸杨绛"文笔之佳，不待言也"，夸的是她的散文而非小说一样，[③] 杨绛写得最充分也最成功的其实是散文而非小说。或许并非完全出于偶然，杨绛1933年发表的处女作《收脚印》正是一篇散文作品。

至于戏剧方面的创作，虽然杨绛早在20世纪40年代的上海孤岛时期，便以三两部悲、喜剧创作的出手不凡或偶露峥嵘，让人见识了她长于对话与心理

---

① 详见吴学昭：《听杨绛谈往事》，北京：生活·读书·新知三联书店，2008年版，第252—253页。

② 钱锺书：《谈中国诗》，《钱锺书散文》，杭州：浙江文艺出版社，1997年版，第530页。该文节译自1945年12月6日钱锺书在上海美军俱乐部的讲稿。

③ 具体而言，钱锺书夸的是杨绛写的《记钱锺书与〈围城〉》一文的文笔："这篇文章的内容，不但是实情，而且是'秘闻'。要不是作者一点一滴地向我询问，而且勤奋地写下来，有好些事迹我自己也快忘记了。文笔之佳，不待言也！"详见杨绛：《收藏了十五年的附识》，《杨绛文集》第2卷，北京：人民文学出版社，2004年版，第160—162页（引文引自第161页）。

刻画、专擅讽刺与幽默的写作特点，但她在戏剧方面的尝试毕竟有如惊鸿一瞥，太过短暂，且迄无延续。换言之，杨绛在戏剧特别是喜剧方面的特长实际上并未得到充分的发挥与施展。而根据钱锺书1947年写下的如下一段话所透露的信息来揣摩，杨绛原本是打算将剧本继续写下去的："正计划跟杨绛合写喜剧一种，不知成否。"①

杨绛之所以在戏剧写作方面"迄无下文"，依照被杨绛封为"御用"传记作者的吴学昭在不同场合的某些说法，很大程度上，是因为她一直嫌剧本这种文学体裁不能独立于导演、演员和舞台："杨先生自己对抗战期间在上海创作戏剧，有极为谦虚和理性的思考。她说自己本对戏剧这个文体不感兴趣，觉得戏本身不能独立，需靠演员和舞台。"② "杨绛先生说，剧本上演成功，一靠导演，二靠演员，第三才轮到剧本；并不出色的剧本，也可以演得很热闹，很卖座。"③ 而杨绛更是将自己早年的喜剧创作仅仅视为一种学徒作为："我对话剧毫无研究。这两个剧本，④ 不过是一个学徒的习作而已——虽然是认真的习作。"⑤

当然，若信实某些人对曾收入杨绛散文集《将饮茶》的《孟婆茶（胡思乱想，代序）》一文中如下一段文字的考据式诠释，那么，杨绛对自己的边缘处境或"在野状态"的描述或定性，也无非是纯粹的纪实之举，甚而至于暗含着一丝隐约的无可奈何、心有不甘或悻悻然：

> 我随着队伍上去的时候，随手领到一个对号入座的牌子……我按着模糊的号码前后找去，一处是教师座，都满了，没我的位子；一处是作家座，也满了，没我的位子；一处是翻译者的座，标着英、法、德、日、西等国名，我找了几处，都没有我的位子……一个管事员就来问我是不是"尾巴"上的，"尾巴"上没有定座。可是我手里却拿着个座牌呢。他要去查对簿

---

① 钱锺书：《答编者问》，《钱锺书散文》，杭州：浙江文艺出版社，1997年版，第546页。这是1947年在回答《大公报·出版界》栏目的书面问题"我的下一本书将是什么"时，钱锺书给出的回答。

② 吴学昭：《听杨绛谈往事》，北京：生活·读书·新知三联书店，2008年版，第202页。

③ 吴学昭：《杨绛的喜剧双璧》，《文汇报》2007年10月15日，第11版。

④ 指杨绛的《称心如意》和《弄真成假》这两个剧本。

⑤ 杨绛：《〈喜剧两种〉一九八二年版后记》，《杨绛文集》第4卷，北京：人民文学出版社，2004年版，第192页。

子。另一个管事员说，算了，一会儿就到了。他们在传送带的横侧放下一只凳子，请我坐下。①

"老太太创作此文（《孟婆茶》）非常新潮，用的是梦幻现实主义。托言梦境，实为纪实文学。查一查《中国大百科全书·中国文学》卷，'现代文学'总项下，的的确确，这家那家中都没有'杨绛'的位子。"② "这一段正是地道'纪实文学'。《大百科·外国文学》卷'塞万提斯·萨维德拉'条下，当然不能不谈《堂吉诃德》。最后一句：'一九七八年，又出版了杨绛翻译的全译本。'（891页）论其'位子'，应为'尾巴尖'。更有趣的是'中国文学'卷'钱锺书'条下，大书特书：'一九三五年和作家、翻译家杨绛结婚。'（620页）此种笔法，虽非特例，也不多见。论其'位子'所在，正是'横侧下放一只凳子'③。"④

二　业余立场与专业精神

在 2009 年的一次媒体访谈中，诗人兼影视编剧邹静之曾说过，就像现代文学家鲁迅与郭沫若原本是学医出身一样，"失败和不专业是你通往理想殿堂的一个非常有效的途径，是助你成功的两把梯子"⑤。他还对访谈者解释说，"不专业"也就是所谓"非专业"，也就是老北京话所谓"不迷不成家"⑥。事实上，写诗出身但也扎扎实实、红红火火地写了十余年各式剧本的邹静之自己就曾被人刻意地、不无贬损地称为"非专业"剧作家："进入市场经济时代，许多话剧院团无力维系编剧力量，北京人艺则不断吸引剧院外的写作力量。近年来著名编剧邹静之、万方，小说家刘恒、徐坤等纷纷为人艺写戏如《莲花》、《有一种毒药》。/有人说，虽然这些'非专业'剧作家写出的剧本引起争议，

---

① 杨绛：《将饮茶》（校定本），北京：中国社会科学出版社，1992 年版，第 3 页。
② 朱健：《"捧杨"记偏》，《读书》1995 年第 7 期，第 35 页。
③ 经核对杨绛的原文，这里的"下放"应是"放下"。
④ 朱健：《"捧杨"记偏》，《读书》1995 年第 7 期，第 35 页。
⑤ 大卫：《邹静之：不冤不乐》，《中关村》2009 年第 7 期，第 22 页。
⑥ 详见大卫：《邹静之：不冤不乐》，《中关村》2009 年第 7 期，第 22 页。

但是对编剧的重视，是推出精品不可或缺的基石。"[①]

而在本身就主要是靠自学成才、别辟蹊径的学者谢泳那里，"非专业"则变成了颇有些悖论意味的所谓"业余的专业"：

> 我比较羡慕业余的专业，不用靠那个东西吃饭，但又有专业品质，这种感觉很不错。学术，如果不是发自内心的兴趣，其实是一件很苦的事。我自己感觉比较幸福的就是从来不在专业内，以业余为荣，所以不苦，因为没有人以专业来要求你，但自己其实是按专业标准来做的，所以一切都发自内心。四十岁以后，我绝对不做自己不感兴趣的事。[②]

若纯粹从语义和字面的逻辑上着眼或细抠，"专业"和"业余"其实是一对货真价实的反义词：既称专业，便与业余无涉，反之亦然。换言之，以"业余"修饰"专业"或让它们彼此互释，堪称出奇兵、走偏锋之举。

但要是换一个角度来看，谢泳有感而发的这段话至低限度，倒着实像极了杨绛自况，至少可以替杨绛为人为文的态度提供一个较为合理的解释角度。当然，向来低调的杨绛本人是绝对不会这么张扬地自我宣说或放言发挥的。她一向只斩截地直陈自己的状态，并不枝蔓开来随便评判："我不是专业作家；文集里的全部作品都是随遇而作。我只是一个业余作者。"[③]

概而言之，无论是"不专业""非专业"还是"业余的专业"，指称或强调的都是专业之外的非专业身份或所谓"业余性"。对此，前文提及过的美国学者萨义德曾从知识分子独立性的高度着眼，做过非常简洁明晰的概括和阐发：

> 今天的知识分子应该是个业余者……身为业余者的知识分子精神可以进入并转换我们大多数人所经历的仅仅为专业的例行作法，使其活泼、激进得多。[④]

---

① 徐馨：《解读"北京人艺"》，《人民日报》2009 年 12 月 10 日，第 020 版。

② 谢泳：《我有一本〈华英字典集成〉》，《靠不住的历史》，桂林：广西师范大学出版社，2009 年版，第 23 页。

③ 杨绛：《作者自序》，《杨绛文集》第 1 卷，北京：人民文学出版社，2004 年版，第 1 页。引文中的"文集"指《杨绛文集》。

④ [美]爱德华·W.萨义德：《知识分子论》，单德兴译、陆建德校，北京：生活·读书·新知三联书店，2002 年版，第 71 页。

要维持知识分子相对的独立，就态度而言业余者比专业人士更好。^①

而替非专业身份或业余性张目或背书，也就是选择坚守专业或主流之外的业余或公共立场，就是选择坚守真正意义上的知识分子或公共知识分子本分，就是选择像萨义德在《知识分子论》的第 4 章 "专业人士与业余者" （Professionals and Amateurs）里所主张的那样，以不惮于做一个 "圈外人" （outsider）的方式，消解所谓 "专业态度" 或 "专业性"。

对萨义德的这一论说，学者桑农在评述谢泳的言论时，曾有过较为详尽细致的归纳、解说和引申："他^②认为，真正的知识分子不是所谓专业人士，而是业余者。他赞同雅各比《最后的知识分子》一书的观点：在美国，非学院的知识分子业已消失，取而代之的是一群怯懦的、满口术语的大学教授。这些人文笔深奥而又野蛮，主要是为了学术的晋升，而不是促成社会的改变。在萨义德看来，今天对于知识分子致命的威胁，无论在西方还是在东方，都不是来自市场或传媒，而是来自'专业态度'。陷入专门化，就会变得怠惰、温驯，只知道照别人的吩咐行事。因为要成为专家，就得有适当的权威证明其合格。这些权威指导你说正确的语言，按照正确的格式，局限于正确的领域。专业的态度，使追随者无可避免地倾向权威，倾向权力的要求，倾向被权力直接雇用，从而得到资助、奖励以及职务的晋升，最终丧失独立分析和判断的精神。为此，萨义德主张，以'业余性'来抵抗知识分子的堕落。"^③ "萨义德说的业余性，就是不为利益或奖赏所动，只是为了喜爱和兴趣。这种喜爱和兴趣，跨越专业的界限，拒绝被专长和行业所束缚，甚至针对最具技术性、专门化的行为提出道德的议题。身为业余者的知识分子，不再做被认为该做的事，而是要问为什么做这件事。业余性还意味着选择公共空间，而不是由专业人士控制的内行人的空间。萨义德明知故问道：知识分子是作为专业性的恳求者，还是作为不受奖赏的、业余的良心？"^④ "对专业化弊端的认识、对业余性内涵的理解，谢

---

① ［美］爱德华·W.萨义德：《知识分子论》，单德兴译、陆建德校，北京：生活·读书·新知三联书店，2002 年版，第 75 页。

② 这里的 "他" 指萨义德。

③ 桑农：《"以业余为荣" 的知识分子》，《羊城晚报》2009 年 4 月 25 日，第 B06 版。

④ 桑农：《"以业余为荣" 的知识分子》，《羊城晚报》2009 年 4 月 25 日，第 B06 版。

泳与萨义德不尽相同；但对专业化的警觉、对业余性的诉求，两人是一致的。"①

究其实，无论是邹静之、谢泳、萨义德还是本书的研究对象杨绛，他们强调非专业性或业余性的出发点或用意主要在于，以良心为底线，从知识分子的良知、独立性和公共意识出发，排斥专业或体制内的僵化、保守、漠然以及对权威的低眉顺眼态度，揄扬对所关注对象或事物的发自内心的着迷、喜爱和兴趣导向。自然而然地，这也就构成了一种对抗以循规蹈矩、按部就班为底色的专业惰性的业余立场或旁观视角。

另一方面，一如谢泳前面所明确指出的，强调非专业性或业余性绝不意味着排斥专业品质、专业标准或严谨敬业的专业精神。恰恰相反，**在为萨义德所极力诟病的诸权媚势、懈怠因循的知识分子的"专业态度"肆虐于一时的当下，以一个处身草根的业余者特有的松适心态、蓬勃活力和未被扭曲变形的道德良知来从业行事，往往反而可以涵蕴或造就出真正的专业操守和专业质量。**至低限度，热爱文学写作的杨绛对待文学写作的态度称得上谢泳所说的真正意义上的"业余的专业"——所谓"不用靠那个东西吃饭，但又有专业品质"。

当然，就事论事，杨绛之所以一再声称自己只是一名业余作者，部分地是因为，她毕竟是在从事欧美文学研究、撰写学术论文以及埋首文学译作（均属于她与工作职位相关的"正业"或"主业"）的同时或间隙，兼写小说和散文的——按照她自己的表述，是一连串的"随"字："随遇而作""随意写文章""随事即兴"以及"随笔写了好多篇文体各别的散文"。② 而"随"字的本义原是"任凭""捎带"或"顺便"，与业余所为暗合。

第二节　小说写译的困难与"因难见巧"③

一　"从难处着手"④——杨绛小说写译的宿命或个人选择

如本书一再指出过的，杨绛和巴金一样，都曾反复强调过自己不是所谓

---

① 桑农：《"以业余为荣"的知识分子》，《羊城晚报》2009 年 4 月 25 日，第 B06 版。

② 详见杨绛：《作者自序》，《杨绛文集》第 1 卷，北京：人民文学出版社，2004 年版，第 1—2 页。

③ 语出北宋欧阳修。详见本节相关的讨论和注释。

④ 钱锺书评价写作人的心理时用语："他们一般不满足于容易上手的东西，而是喜欢从难处着手。"详见本节中所引用的钱锺书答某记者问。

的文学家或作家。这固然可以一般性地理解为某种谦虚的或敬畏的姿态——所谓谦冲退隐，敬业惟谨，也可以理解为临深履薄的心态下，不愿招惹"盛名之下，其实难副"一类讥刺或恶评的某种预拟的自我防卫。但实际上，若按照本章标题所摘录的 1929 年诺贝尔文学奖得主、德国作家托马斯·曼（Thomas Mann，1875—1955）的那句不免有些怪异的定义——**"作家就是那种写作困难的人"**——来另类地解譬作家这一角色的话，则巴金和杨绛等大可不必视区区一个"文学家"或"作家"的称谓为可怕的洪水猛兽或至高无上的桂冠，而摇首摆手不迭、敬谢不敏。

说到底，如前所述，至少就杨绛而言，对作家这一称谓的敬谢不敏实际上更多是对写作作为高级的艺术创作活动的一种敬畏态度。而如果作家这一称谓指向的或意味的更多是写作的困惑或难度，而非写作的神圣或光环，那么，无论是因了谦虚还是敬畏或者其他的什么，都似乎没有必要一定避之唯恐不及了。另一方面，杨绛之所以反复强调自己的小说创作只是习作、一直是习作并反复增删修改，其实也不外是在强调小说的创作是一件极端困难的事情，是一个不断遭遇困难、不断努力克服困难的过程。

香港的两位专事翻译研究的学者金圣华、黄国彬曾主编过《因难见巧：名家翻译经验谈》一书。据他们的研究和介绍，该书"名称的第一部分源出钱锺书先生'因难见巧'一语。钱先生在《谈艺录》里说过'艺由人为'、'因难见巧'，并在《管锥编》里引述西方的说法：'巧艺不亚于造化。'罗新璋先生认为钱先生的论点精辟；'因难见巧'一语，更能概况本文集的特点。编者闻言，深有同感；于是借重钱先生的巧思"[①]。"出版合约签署后不久，罗新璋先生来港，提到钱锺书先生'因难见巧'这句隽语时，编者见美思迁，于是决定以'因难见巧'为书名，代替原来的'孤寂的路'"[②]。究其实，金、黄两位香港学者如上所引证的钱锺书的相关论断正是从另一个侧面，触及了为杨绛所特别关注的艺术与克服困难的关系问题——**艺术既是人为且高端的，便必定难为，必定无时不与困难相伴随；与艺术的难为较劲或角力说到底是试图消**

[①] 金圣华、黄国彬主编《因难见巧：名家翻译经验谈》"主编序言"，北京：中国对外翻译出版公司，1998 年版，第 XV 页。

[②] 金圣华、黄国彬主编《因难见巧：名家翻译经验谈》"主编序言"，北京：中国对外翻译出版公司，1998 年版，第 XVI 页。

解或克服困难；而唯有永不止歇地努力克服困难，也才有可能诞生"不亚于造化"的"巧艺"。这一过程显然具有绵延不断的恒常性。

而有的论者也曾从小说美学的角度着眼，发表过与此相类似的看法："我们对于小说的纯文本的、纯美学的理论研究深度还远远不够。譬如对小说的美学层次，我们便缺少全面的把握，似乎除了小说所反映的生活内容美，就是小说的人物形象、情节和小说语言美等等……从小说的文化美角度而言，**小说创作的难度系数，以及作者克服难度的娴熟技巧是构成小说文化美核心的因素。我概括此美学规律就是'难能为美'。**"① 按照如上这段论说，小说写作的难度连同小说家对于这一难度的克服是构成小说"文化美"的必要前提或题中应有之义，所谓"难能为美"。而"难能为美"作为一种判断，其实是对本书这里讨论的"因难见巧"逻辑的一个印证——二者不仅可以彼此互训、互释，也恰巧可以构成一副对子。

当然，单就所谓"因难见巧"这一说法而言，钱锺书其实远非首创者。该说法实际上出自北宋文学家欧阳修（1007—1072）："得韵窄，则不复傍出，而因难见巧，愈险愈奇……"② 欧阳修所总结的这"因难见巧、愈险愈奇"八字诀其实并不含有任何高深的或费解的意味，完全可以纯字面意义地去理解：一门技艺或一项操作唯其来得艰难，才更能显出自身的机巧或奇妙来。而这其实也等于为如上所曾提及的托马斯·曼的"作家就是那种写作困难的人"的说法，提供了一把索解的钥匙：这句话绝不会仅仅是为了把作家当成写作的低能儿来加以矮化或戏弄这样简单，也不能单纯地理解为对写作的甘苦深有会心的一位世界一流作家的小小自嘲；在强调了写作的难度之高的同时，它其实也是在进一步暗示，写作说到底正是欧阳修所谓"因难见巧、愈险愈奇"的事业。

写作既是困难的，也是"因难见巧、愈险愈奇"的这样一种体悟无疑地构

---

① 杨曾宪：《试论小说理论的分类》，《文学报》2000 年 6 月 15 日，第 003 版。

② 欧阳修这段话的具体语境是："退之笔力，无施不可，而尝以诗为文章末事，故其诗曰：'多情怀酒伴，馀事作诗人'也。然其资（一作发）谈笑，助谐谑，叙人情，状物态，一寓于诗，而曲尽其妙。此在雄文大手，固不足论，而余独爱其工于用韵也。盖其得韵宽，则波澜横溢，泛入傍韵，乍还乍离（一作乍去乍还），出入回合，殆不可拘以常格，如《此日足可惜》之类是也。得韵窄，则不复傍出，而因难见巧，愈险愈奇，如《病中赠张十八》之类是也。"详见《四部丛刊》初编，集部，《欧阳文忠公文集·杂著述·卷第十四 诗话》，上海涵芬楼景印元刊本。北京大学图书馆馆藏上海涵芬楼景印《四部丛刊》电子版。

成了一种有着清晰的内在逻辑性的观照视角。而这一视角也等于为杨绛对写作特别是小说写作和小说译作的执着或固守——**她一方面承认写作之难，承认始终只是在尝试练笔阶段，一方面又百折不挠地一直倾情于写作特别是小说写作和小说译作，**提供了一个较为合理的解释。杨绛的这一执着或固守本质上正是对于写作的困难的克服——至低限度，是克服这一困难的一种努力或企图。以小说译作《堂吉诃德》为例，杨绛当初接受的任务本是从这一西班牙小说经典的法文译本或英文译本当中任选一种将其转译为汉语，[①] 可她最后却宁愿弃通晓英法两种语言的所长不用，反而以接近半百的年龄从头自学西班牙语，再从西班牙语原文直接汉译《堂吉诃德》。这正是典型的弃易就难，"从难处着手"。

无论如何，一个专事写作的作家却偏偏将写作视为畏途并不自相矛盾，将**写作视为畏途却又每每鼓勇而写更不自相矛盾。这无非是意识到了写作和写作者自身的局限性并力图对这种局限性有所突破罢了，这也无非是生命的搏击或挣扎的一种比较极端的常态反映罢了，**一如美国学者萨义德的如下表述所印证的："十三年前，我在《最后的天空之后》（*After the Last Sky*）中写道，我每次出门，都随身携带太多，即便只去趟市区，包里塞满的物项之多之大，也和实际路程不成比例。分析之后，我的结论是，我心底暗藏着一股挥之不去的恐惧，担心我会再也回不去了。我还发现，尽管有此恐惧，我还是制造离去的场合，自愿给这恐惧提供滋生的机会。这两者似乎成为我生命节奏的绝对必要条件……"[②]

而在《害怕写作》这本文集的自序《害怕写作（代序）》中，旅港学者黄子平在引用完萨义德如上这段话（他所引用的版本因系台湾的繁体字本，与大陆出的同一译者的简体字本略有出入）后，进一步发挥道："我想到，人必须面对他自己的害怕，甚至自愿滋养这种害怕，并从中获取生存的希望。"[③] "不要害怕你的害怕。害怕，让你体会写作时的软弱与坚强，孤独与武断，空虚与充实，同时带来清醒和谦逊。写作，就是克服害怕。"[④] **黄子平的"写作就是**

① 杨绛自己是这样表述的："我接受的任务是重译《堂吉诃德》，不论从英译本或法译本转译都可以。"（杨绛：《记我的翻译》，《杨绛文集》第3卷，北京：人民文学出版社，2004年版，第70页）
② ［美］爱德华·W.萨义德：《格格不入：萨义德回忆录》（*Out of Place: A Memoir*），彭淮栋译，北京：生活·读书·新知三联书店，2004年版，第268页。
③ 黄子平：《害怕写作》，南京：江苏教育出版社，2006年版，第4页。
④ 黄子平：《害怕写作》，南京：江苏教育出版社，2006年版，第7页。

克服害怕”这一表述与杨绛的“艺术是克服困难”的说法如出一辙，完全可以彼此互为参照和印证，不同的只是用语的选择或范围的界定而已。

1981 年 4 月 6 日，钱锺书与某记者曾有过如下一段旁征博引、诙谐笑谑的对话，可以视为对杨绛和黄子平二人所代表的这一迎难而上写作理念的一种直观化诠释或呼应：

> （某记者）问：您的作品是高质品、文采风扬，而且十分耐看。这几乎是公认的了——
>
> （钱锺书）答：有一位叫莱翁·法格（Leon Fargue）的法国作家。他曾讲过一句话，写文章好比追女孩子。他说，假如你追一个女孩子，究竟喜欢容易上手的，还是难上手的？这是一个诙谐的比喻。（笑）
>
> （某记者）问：这个比喻很妙。我看一般人也只能追容易上手的，因为难上手的他们追不上！
>
> （钱锺书）答：他说，就算你只能追到容易上手的女孩子，还是瞧不起她的。这是常人的心理，也是写作人的心理。他们一般不满足于容易上手的东西，而是喜欢从难处着手。①

宏观地或抽象地来看，在钱锺书所描述的“不满足于容易上手的东西，而是喜欢从难处着手”这样一种“写作人”的微妙心理映衬下，无论要克服的是“害怕”这种内心感受，还是由“困难”一词所涵盖的包括“害怕”这一内心感受在内的诸般挫折和繁难，都实际上首先意味着把它们作为一种难得的磨炼的机会，意味着直面挑战、战胜自己。对此，杨绛自己从如何做人的角度出发，有过很好的界说：

> 刘（梅竹）：我觉得，您不热衷英雄主义，反对狂热的理想主义，但同时却坚信人的力量。不过，这种力量不在于战胜别人、战胜环境，而在于面对各种人、各种环境均能调整自己，使自己适应环境而更好的② 生活

---

① 钱锺书：《附：答某记者问》，《钱锺书散文》，杭州：浙江文艺出版社，1997 年版，第 585—586 页。
② 按现代汉语语法，这里的“的”字应为“地”字。

下去，并力所能及为社会服务。对此，您同意吗？

　　杨（绛）：对。但主要不是适应社会要求，是战胜自己，做最应该做的事。逆境是对人的锻炼。①

　　若沿着杨绛所点化的"逆境是对人的锻炼"这样一条路径继续下探，所谓艺术是"克服困难"（或"困难的克服"）则意味着艺术是"征服苦难"的企望或不断实践。

　　1956年，文学译作家傅雷在剖析音乐家莫扎特（Wolfgang Amadeus Mozart，1756—1791）时，对此曾有过精彩的表述："……他的作品从来不透露他的痛苦的消息，非但没有愤怒与反抗的呼号，连挣扎的气息都找不到。后世的人单听他的音乐，万万想不出他的遭遇而只能认识他的心灵——多么明智、多么高贵、多么纯洁的心灵！……他从来不把艺术作为反抗的工具，作为受难的证人，而只借来表现他的忍耐与天性般的温柔。他自己得不到抚慰，却永远在抚慰别人。但最可欣幸的是他在现实生活中得不到的幸福，他能在精神上创造出来，甚至可以说他先天就获得了幸福，所以他反复不已地传达给我们。精神的健康，理智与感情的平衡，不是幸福的先决条件吗？不是每个时代的人所渴望的吗？以不断的创造征服不断的苦难，以永远乐观的心情应付残酷的现实，不就是以光明消灭黑暗的具体实践吗？有了视患难为无物，超临于一切考验之上的积极的人生观，就有希望把艺术中的美好的天地变为美好的现实。"②

　　傅雷无疑很欣赏莫扎特的这样一种人生理念。这一人生理念其实可以用笔者在本书第一章第一节里诠释过的一个概念"宁弯不折"来表示。然而，傅雷自己却最终选择了它的反面——"宁折不弯"，以更为悲壮的一死的决绝对"不断的苦难"和"残酷的现实"做了最后的、一次性的抗争，而没有选择"以不断的创造征服不断的苦难，以永远乐观的心情应付残酷的现实"这种莫扎特式的"以光明消灭黑暗的具体实践"方式。**在傅雷于"文革"投缳自裁的决绝举动同他对莫扎特人生理念的推崇之间存在的这一背反自然颇为吊诡，但对于本书所试图描画或阐释的主角杨绛来说，她一生的选择很大程度上，则正好可以**

---

① 刘梅竹：《杨绛先生与刘梅竹的通信两封》，《中国文学研究》2006年第1期，第91页。

② 傅雷：《独一无二的莫扎特》，《文艺报》1956年第13期；转引自洪子诚：《后记：续"简短的前言"》，《1956：百花时代》，济南：山东教育出版社，1998年版（2006年第3刷），第289页。

视如对傅雷推许的莫扎特式人生与创作理念的践行。而也恰恰是杨绛，在好友傅雷逝世多年之后的 1980 年，对傅雷所传达的这种"艺术是征（克）服苦难"的信念予以了积极呼应和肯定："傅雷翻译这几部传记①的时候，是在'阴霾遮蔽整个天空的时期'。他要借伟人克服苦难的壮烈悲剧，帮我们担受残酷的命运。"②

具体到写作这件事上，对于写作的害怕无非是写作这门艺术的众多困难当中的一种，尽管是比较特殊的、更趋于心理层面的一种。无论是把写作看做是困难的还是有害怕之感，说到底都是对于写作这一艺术行为的持重、如临大敌或敬畏，都是对于写作之为写作的全部复杂性的清醒和正视。就杨绛而言，这当然体现了她自己的文学理念的一个重要侧面。

能有助于解譬这一点的一个例子仍然与小说的译作有关。据称，在 20 世纪 80—90 年代之交，当有人想约请钱锺书将爱尔兰作家詹姆斯·乔伊斯（James Joyce，1882—1941）的《尤利西斯》（*Ulysses*）这部英语文学巨著翻译成中文时，他当即不假思索地回绝说，以自己如许高龄，要翻译这部书就是自寻烦恼，无异于自杀："乔伊斯 1922 年出版的小说《尤利西斯》，曾因'有伤风化'在英美被认为禁书，两次上了美国法庭。后经许多知名作家的声援，直到1933年，美国法院终于认定《尤利西斯》'是一部出于真诚的动机，采用新的文学方法写出的作者对人类的观察'，判决该书'并不淫秽'。从此之后，《尤利西斯》在世界文坛上的影响越来越大，以至被西方评论家誉为'20 世纪最伟大的英语文学'。/ 对这样一部世界文学名著，在问世七十多年之后还没有中文全译本，这无疑是中国文学翻译史上一项重要的空白。从 1987 年起，我找过英语界王佐良、周珏良、杨岂深、冯亦代等一大批专家，他们都谢绝翻译。叶君健还风趣地对我说：'中国只有钱锺书能译《尤利西斯》，因为汉字不够用，钱先生能边译边造词。'我也约请过钱锺书，他谦虚地表示：'八十衰翁，再来自寻烦恼讨苦吃，那就仿佛别开生面的自杀了。'"③

这一反应既是钱氏之幽默，也是钱氏之清醒，更是钱氏对困难——这里当

① 指《夏洛外传》《贝多芬传》《弥盖朗琪罗传》《托尔斯泰传》和《服尔德传》等"傅译传记五种"。
② 杨绛：《〈傅译传记五种〉代序》，《读书》1982 年第 4 期，第 106 页。
③ 李景端：《我与萧乾的一次多虑的"造势"》，《文汇报》2008 年 8 月 31 日，第 7 版。亦可参见李景端博客："闲不住李景端的 BLOG"，http://blog.sina.com.cn/s/blog_4a1b3b70100aakr.html。

然是翻译这部天书似的小说名著的困难——的敬畏。相类似地，钱锺书与杨绛婉言谢绝西方一些名牌大学的讲学邀请表面上是低调与"默存"，是杨绛所谓老红木家具一动就散架的清醒和持重（"杨绛说：'我无名无位活到老，活得很自在。'这几年他们谢绝了众多的国外邀请。她说，她和锺书已打定主意，今后哪儿也不去，就在家里看书写字，很惬意的日子么！她风趣地补充了一句：'我们好像老红木家具，搬一搬就要散架了。'"①），但又何尝不是对圆满达成他人预期的某种畏难心理——所谓视为畏途。

而杨绛对自己写作生涯里第二部长篇小说《软红尘里》的弃写也其来有自——自毁《游戏人间》一剧的稿本，拒绝将《风絮》一剧收入各种选集和文集，把五万字长篇论文《斐尔丁在小说方面的理论和实践》的将近三分之二篇幅一刀腰斩，等等，莫不露出这方面的倾向的端倪。甚至还可以说，杨绛的这种不惮于弃取的壮士断腕之举也堪称家学渊源——她的父亲杨荫杭对待他自己的书稿就是苛刻之至，毫不苟且的："我父亲生前对自己出版的书，都不屑一提……《译书汇编》里他有什么翻译，《东方杂志》上他有什么文章，我都没听他说过。他精心钻研、计划而撰写的《诗骚体韵》一书，只为未能达到他要求的完善，去世前把稿子毁了。"② 这一切当然都是因为清醒，但若往更深处想，又何尝不是持重，不是对困难的戒惧与凛畏——所谓视为畏途。

二 是"有志无成"还是"因难见巧"③？——杨绛的"试笔学写"④状态

对困难的敬畏固然带来了敬业——战战兢兢或兢兢业业，带来了每发必中的的质量，但另一方面又何尝不是双面刃，何尝不是杨绛没有在小说写译两个方面留下更多好作品的一大原因。**在这个意义上，笔者宁可切实体味杨绛有着**

---

① 徐泓：《超尘脱俗的钱锺书伉俪》，《家庭》1991 年第 7 期，http://shang.cnfamily.com/199107/ca21828.htm。

② 杨绛：《〈老圃遗文辑〉前言》，《杂忆与杂写（增订本）》，北京：生活·读书·新知三联书店，2010 年版，第 326—327 页。

③ 宋人欧阳修语。大意是：一门技艺或一项操作惟其艰难险阻，更能显出自身的机巧或奥妙来。详见本章前一节的讨论。

④ "试笔学写"和"有志无成"云云，都是杨绛的自谦之语。她在评价自己的小说写作时曾这样说过："锺书曾推许我写小说能无中生有……但我的全部小说，还在试笔学写阶段。自分此生休矣，只好自愧有志无成了。"引自杨绛：《作者自序》，《杨绛文集》第 1 卷，北京：人民文学出版社，2004 年版，第 2 页。

稳定读者群的长篇小说《洗澡》的实在乃至缺陷，也不愿意凭空想象她"大彻大悟"地放弃了的长篇小说《软红尘里》的虚妄或者光环——如宁可欣赏钱锺书轰动一时的长篇小说《围城》的一切实与虚或长与短，也不愿意像夏志清等人那样，起劲儿地"意淫"他早夭了的长篇小说《百合心》的无限可能性。[①]

　　因此，杨绛尽管的确拥有不以业余为耻的谦退意识和活到老、学到老、写到老的坚持精神，却也的确有些可惜了自己长达80年的写作生涯，"隐"或"遁"得不免有些过度了："自解放到改革开放三十年间，除了文论，杨绛没有创作一篇文学作品，尽管上世纪四十年代是她创作力十分旺盛、佳作迭出的时期。《小阳春》《ROMANESQUE》等小说和许多篇清新隽永的散文，大都写于这段时候。"[②] "钱先生也一样，在解放后的十七年中，两人都没有再进行文学创作……这对文坛和读者来说，自然令人惋惜，但回顾一下十七年的历次政治运动，尤其文艺界的思想批判，声势之大，批判之狠，处分之严，冤假错案之多，却不能不叹服钱杨的封笔是多么聪明的选择！"[③] 的确，钱锺书和杨绛都曾像吴学昭这里所叹服的那样，在政治的高压下"聪明"地选择封笔，放弃小说写作，可钱锺书却能存着藏诸名山、留待他日的信念，以诸如笔记和古文等形式为掩护，暗暗地坚持笔耕学术巨著《管锥编》而不辍。

　　设若杨绛也能以钱锺书这样的精神暗暗地坚持小说的写作，那么，笔者在本书第五章里拟想过的由《"大笑话"》《洗澡》和《软红尘里》（或另外一部其他名字的小说）等构成的、具有足够纵深度的长篇小说"三部曲"，便极有可能成为现实。而呈现在读者面前的，便也不再是目前的这样一些厚薄不均的半成品式的小说"习作"了。当然，也必须承认，在吴学昭所回顾的那整个30年间，杨绛其实也并没有闲着，一直都在从事与"流浪汉小说"密切相关的小说译作并有可观斩获。

　　美国学者金介甫（Jeffrey C. Kinkley）在评价中国现代作家沈从文时曾说过：

　　　　沈从文把三十年代作为树立他的生命和作品意义的时代，毫不考虑当

---

① 夏志清不仅于1979年写成《重会钱锺书纪实》（曾收入《新文学的传统》，北京：新星出版社，2005年版，第270页）一文，谈及钱锺书的《百合心》，也曾于20年后专文再论：《钱氏未完稿〈百合心〉遗落何方？——钱锺书先生的著作及遗稿》，载香港《明报月刊》1999年2月号，"《我看钱锺书》特辑"。

② 吴学昭：《听杨绛谈往事》，北京：生活·读书·新知三联书店，2008年版，第246页。

③ 吴学昭：《听杨绛谈往事》，北京：生活·读书·新知三联书店，2008年版，第249页。

时的战争环境。当时他读各种文学作品，写出多种文学风格，增进对人、意识和宇宙的理解。但他认为，他没有能力把这些理解加以综合，把他过去的习作提高到真正文学作品的水平。他这种自我评估既是谦虚，又说明他对进步满怀希望。①

按照金介甫的看法，沈从文把自己 20 世纪 30 年代的小说创作看成"习作"固然出于自谦，但也说明沈从文对自己未来可能取得的进步——即"把他过去的习作提高到真正文学作品的水平"——很有信心，或至少有很高的预期。对比杨绛多次把自己的作品称为"习作""随遇而作"以及"试笔学写"之作的情形，② 虽也不无谦虚的成分，但杨绛显然远没有盛年时的沈从文那么强的自信心。从《杨绛文集·作者自序》一文来看，杨绛对自己在小说写作方面的能为虽不无自豪之感（如称"锺书曾推许我写小说能无中生有"③），但也认定自己的小说写作尝试终归只是尝试而已，此生已无望大成（如自认"但我的全部小说还在试笔学写阶段。自分此生休矣，只好自愧有志无成了"④）。

这两个作家在心态上的区别可能存在着极其复杂的成因，但沈从文当年的作品不仅远为丰富，也正当小说写作的青壮年时期，而杨绛毕竟因受后来客观环境的影响和耽误以及自身写作的速度和健旺度方面的限制，已临小说写作的暮年，且作品寥寥。无论如何，一个非常明显的观察是，**杨绛对自己小说创作的成绩不仅并不满意且也自承欲振乏力**。

在这个意义上，我们必须承认，杨绛一再念叨的"习作"或"练习"⑤——戏剧、小说以及小说译作莫不如是——的确不只是谦虚。她的作品除了散文之外（**值得提请注意的是，杨绛似乎从来都没有为自己的散文成绩特意或刻意自谦过**），实在大有进一步开掘和提升的余地或空间。这既是个现实，也是个遗憾。沿着这一思路来体味，最能体现杨绛的文学成就的首先是其散文写作和小

---

① ［美］金介甫（Jeffrey C. Kinkley）：《凤凰之子·沈从文传》（*The Odyssey of Shen Congwen*），符家钦译，北京：光明日报出版社，2004 年版，第 312 页。

② 杨绛：《作者自序》，《杨绛文集》第 1 卷，北京：人民文学出版社，2004 年版，第 2 页。

③ 杨绛：《作者自序》，《杨绛文集》第 1 卷，北京：人民文学出版社，2004 年版，第 2 页。

④ 杨绛：《作者自序》，《杨绛文集》第 1 卷，北京：人民文学出版社，2004 年版，第 2 页。

⑤ 杨绛曾说过："翻译是我的练习——练习翻译，也练习写作。"引自杨绛：《"天上一日，人间一年"——在塞万提斯纪念会上的发言》，《杨绛文集》第 4 卷，北京：人民文学出版社，2004 年版，第 203 页。

说译作，而后才是戏剧和小说作品。正如学者郭宏安所总结的，杨绛的散文（包括论学文字）在行文上的最大特色是"平实"——这其实也同时是她的译作特别是小说译作的行文特点："不靠空话撑腰，全赖经验打底，一种翻译的理论贯穿其中。看来杨先生的秘密，就在'平实'二字。平实，即谓心态平和，作风老实，说起来容易，做起来难，因为翻译是一门实践的学问。"① 郭宏安的这段话虽然处处不离"翻译"二字，但其实首在评述《杨绛文集》第 4 卷中《翻译的技巧》一文的行文风格。

说杨绛的散文在其所有体裁的创作中独擅胜场，绝不只是说它单单"胜"在了数量上——虽然其散文就数量也就是字数而言，比其小说要多出一倍不止，而更是说它主要"胜"在了质量上。**年过古稀、迈入耄耋之年的杨绛在不知不觉中，在对小说写作的全副刻意和全情投入所余下的若有若无的一丝缝隙和漫不经心的一份慵懒与自然里，不经意地找到了最适合展露自己包罗万千诗书和丰富阅历之腹笥的行文格调和载体——具有鲜明杨氏风格的忆旧怀人散文。**也正因为这样，杨绛才会被誉为"不世出的散文大家"② 。另据某传记作者称，"钱锺书自己承认'杨绛的散文比我好'，还说'杨绛的散文是天生的好，没人能学'"③ 。

杨绛在散文写作和小说译作上的成就明显地大过了她自己最为看重的小说写作或许正应了那句古话：有心栽花花不开，无心插柳柳成荫。

当然，若往更深处开掘，笔者以为，无论是上举郭宏安所总结的"平实"，还是其他很多人所感受到了的"恬淡"，都是杨绛行文的独特味道的或一体现，既源于她阅历的丰富与学养的老到，更有赖于她深厚扎实的文字功底。杨绛为文的这一独特味道不独氤氲在她最为成功的散文特别是怀人忆旧散文的字里行间，也弥漫在她的小说和小说译作里，但以在她的散文里最显得水乳交融或合拍。**杨绛的散文特别是忆旧怀人散文不仅因适时地顺应和参与了对泛滥一时的滥情散文的反动，也因最能体现杨绛结合了书卷气的文雅与口语化的朴直的文笔风格而最为可观。**

---

① 郭宏安：《"一句挨一句翻"——读〈杨绛文集·翻译的技巧〉》，《中华读书报》2004 年 11 月 3 日，第 11 版。

② 此语出自止庵：《"听"与"谈"之外》，《出版广角》2009 年第 2 期，第 47 页。

③ 吴学昭：《听杨绛谈往事》，北京：生活·读书·新知三联书店，2008 年版，第 348 页。

那么，与杨绛自己写的小说相比，为什么她的小说译作往往读起来会更有味道呢？其实也主要是因为，像她翻译的《堂吉诃德》等世界一流名著本身已是千锤百炼的经典的经典，对她作为译者和二度创作者所灌注的独特味道的接纳、融汇和挥发就比较能够做到顺理成章或水到渠成，往往会产生锦上添花之效。这就有点像杨绛自己的论学文章同其晚年的忆旧怀人散文的情形——**杨绛晚年的怀人忆旧散文恬淡款转、冲谦达观，依托的是她人生体验的练达和老到，是她个人修为的沉凝和积淀；她的论学文字寓深刻、细致于不动声色之中，依托的则是她学术素养的年深日久，是她学术训练的厚积薄发。**

总之，在怀人忆旧散文、论学文字（可视为散文的一种）和外国经典小说译作这三个方向上，杨绛为文的独特味道和行文的蕴藉适度达成了与三类文体相互辉映的一种良性互动。而在杨绛始终自谦为"试笔学写"的所谓小说习作上，虽然她一直都在大量阅读小说经典，但不仅自己操笔创作小说的历练和积累远不够深长、丰厚，偏又喜欢像把男女的情爱关系——如长篇小说《洗澡》中许（彦成）姚（宓）之恋——过于干净地仅仅处理成精神恋爱那样，在她的小说里把社会、历史、文化、心态、情感等等元素单纯化，过度裁剪（**当然，是伴随着具有文体意义的行文的收敛和控制一道进行的**）。这就使得她的小说习作无法像她别的文字那样丰满而耐咀嚼，而她为文的独特味道和风采也便在小说写作这一块儿上体现得最为不够充分——小说的写作本该是最能体现一个作者的综合能力或素质的。

另一方面，从讲故事的角度着眼，也能对在杨绛全部体裁的写作里，为什么单单小说写作力度相对最弱给出某种解释。由于忆旧怀人的记叙是最能显示她沉实老练、质朴淡雅的行文长处或风格的，她为文的蕴藉味道和别致笔调也就最适合记人叙事。而小说虽然本质上也讲究记人叙事，可说到底是以创造或虚构为主轴。虽然如本书多次提及过的，杨绛曾被夸也颇为自得于能"无中生有"——即能够在没有生活原型可供参详的情形下，创造出生动逼真的人物形象来，但那最多说明杨绛和其他很多小说作者一样能比较完满地虚构人物和情节，却不一定意味着"务虚"是她的最长处。而实际上，这样纯粹的"无中生有"毕竟也是少有的、难为的。大多数情况下存在的，其实是杨绛如下一段与钱锺书《围城》相关的文字所呈现或描述的"有中生无"：

也许我正像堂吉诃德那样，挥剑捣毁了木偶戏台，把《围城》里的人物研得七零八落，满地都是硬纸做成的断肢残骸。可是，我逐段阅读这部小说的时候，使我放下稿子大笑的，并不是发现了真人实事，却是看到真人实事的一鳞半爪，经过拼凑点化，创出了从未相识的人，捏造了从未想到的事。我大笑，是惊喜之余，不自禁地表示"我能拆穿你的西洋镜"。锺书陪我大笑，是了解我的笑，承认我笑得不错，也带着几分得意。①

若以杨绛自己的作品为例，那么，譬如，她的长篇小说《洗澡》中的风派人物余楠有两个偷偷地做了共产党的大学生儿子这一情节，便是有所本的："我在中学的时候，听父亲讲到同乡一位姓陆的朋友有两个在交通大学读书的儿子，'那两个孩子倒是有志气的，逃出去做了共产党'。"②

再譬如，《洗澡》对姚老太太和姚宓母女每每在家里以英国（苏格兰）医生兼小说家柯南·道尔（Sir Arthur Ignatius Conan Doyle，1859—1930）小说里的侦探人物福尔摩斯和华生自拟，揣摩人事和政治的底里的细节，有过很细致的描摹。③ 而这原是向英国小说家奥斯丁有意无意学习的结果——有杨绛自己的话为证："其实奥斯丁的小说里，侦探或推理的成分都很重。例如《傲慢与偏见》里达西碰见了他家帐房的儿子韦翰，达西涨得满面通红，韦翰却面如死灰。为什么呢？……伊丽莎白和吉英经常象福尔摩斯和华生那样，一起捉摸这人那人的用心，这事那事的底里。因为社交活动里，谁也不肯'轻抛一片心'，都只说'三分话'；三分话保不定是吹牛或故弄玄虚，要知道真情和真心，就靠摸索推测——摸索推测的是人心，追寻的不是杀人的凶犯而是可以终身相爱的伴侣。故事虽然平淡，每个细节都令人关切。"④

同奥斯丁的《傲慢与偏见》相比，杨绛的《洗澡》虽然不见得也有那么浓

---

① 杨绛：《记钱锺书与〈围城〉》，《杨绛文集》第 2 卷，北京：人民文学出版社，2004 年版，第 144 页。

② 杨绛：《回忆我的父亲》，《杨绛文集》第 2 卷，北京：人民文学出版社，2004 年版，第 82—83 页。杨绛在第 83 页的注释 1 里说："指陆定一同志兄弟。"陆定一（1906—1996）系共产党元勋，1927 年即任共青团中央宣传部部长。后历任中国工农红军总政治部宣传部部长、八路军总政治部宣传部部长、中共中央宣传部部长、文化部部长、国务院副总理、政协副主席、中顾委常委。

③ 详见杨绛：《洗澡》，北京：生活·读书·新知三联书店，1988 年版（1992 年第 5 刷），第 48—49 页、第 79 页、第 292 页。

④ 杨绛：《有什么好？——读奥斯丁的〈傲慢与偏见〉》，《关于小说》，北京：生活·读书·新知三联书店，1986 年版，第 67—68 页。

重的"侦探或推理的成分"，但在小说所依托的由政治运动主导的大背景之下，在左、中、右各式人物的内部以及相互之间，还是比较严重地存在着由提防与戒备心理所导致的逢人只说"三分话"的迟疑与试探。而要透过戒备与玄虚的迷雾感知"真情和真心"，自然也就需要"靠摸索推测"。

虽然无论是所谓"无中生有"，还是所谓"有中生无"，指向的都是文学或小说的虚构性，但杨绛的特长说归齐不在"务虚"，而在"务实"：**回忆性纪实文字最关键也最难得的所在是取舍材料、安排轻重与处理缓急时的张弛有度、详略得宜与客观自然，以及行文时的质朴平实、不动声色与从容不迫。这些正是杨绛的长处，充分地体现在了《记钱锺书与〈围城〉》与《回忆我的姑母》等文章中。**或换言之，杨绛在记人叙事或怀人忆旧方面的能力非凡很自然地显示出，她很会叙掌故、讲故事，但她写作的小说不够繁复迁曲、过于清淡冷静又似乎表明，她不太擅长像通俗小说家金庸或琼瑶等人那样生动地、引人入胜地编情节、讲故事。即便与小她九岁的已故小说家张爱玲相比——拿她晚年创作的最成功的小说《"大笑话"》（1977 年写成，1981 年随《倒影集》发表）和《洗澡》（1988 年）同张爱玲早年创作的代表作《倾城之恋》（1943 年）和《红玫瑰与白玫瑰》（1944 年）相比，**杨绛对笔下的世态人情虽然有着同样透彻入骨的观照，但行文风格还是有如蜻蜓点水，太清冽、太寡淡，观照的角度也太过旁观和自持，缺乏张爱玲笔调里的那种入骨的泼辣、俏皮和丰盈，也缺乏后者行文时的投入、果敢和张力。**

倘若姑且撇开杨绛自己的谦虚，那么要而言之和持平而论，**作为一名小说家和小说译作家，杨绛虽然取得了相当可观的成绩，但她的小说写作始终处于尝试和探索阶段，创作的活力和弹性一直并未得到足够充分的积累与释放，远不如她在散文创作和小说译作上那样收放自如，那样蕴藉厚实，那样充满张力和纵深感。另一方面，杨绛的小说译作的水准虽然比她的小说写作的水准要更高、更齐整，但还是无法与她的散文创作的水准比肩。**这是因为，正如本书第五章的抽样分析和文本细读所显示的，杨绛的小说译文的文笔虽比同时期的绝大多数译者都来得更为简洁、自然和明畅——所谓更"达"更"雅"，但却难免有过度"点烦"、过度在意译文的流畅之嫌。作为一个结果，她的译文尽管在整体的文学修为上要略强于其他同类译文——如在《堂吉诃德》的汉译上同董燕生等译者相比，但在翻译的"信"度上，与后者相比则有一定的欠缺。

当然，总体而言，**杨绛的小说写译理念与理论虽然说不上如何经典深邃或新潮时尚，也比较零散，但却因为不乏丰富的阅读经验的支撑和小说写译的经验与教训的互动，具有相当大的实用性和启示意义，值得后来者深入开掘和整理。**

在讨论中国当代诗歌的发展状况时，有学者曾这样总结道："'个人写作'、'知识分子写作'、'民间写作'，是当今诗坛三个十分显赫的观念。它们实际上都是关于诗人写作立场的不同表述。"① 而若暂时撇开与中国新诗相关的特定内涵不论，仅就字面意思而言，这三种写作立场却刚好能切合杨绛的写作的实际状况，缺一不可。这实在可说是一个颇为有趣的同时也意味深长的观察。前文曾提及，杨绛堪称散文家、小说家、小说译作家乃至戏剧家，却唯独与诗人的身份无缘。然而，曾引起过较大论争的上述这三种诗人的写作立场却正好能构成杨绛毕生写作姿态的圆雕式呈现：**作为一名高级知识分子出身的作家，杨绛的文学创作主要是以高级知识分子为描述和刻画对象，当然是典型的、如假包换的"知识分子写作"；她与宏大叙事或重大题材的刻意疏离，她对主流写作势力的敬而远之，又使得其创作染上了鲜明的"个人写作"色彩；而前述她对业余写作立场的坚守，更其实是对"民间写作"立场的坚守。杨绛以这三种写作立场为主体呈现出来的写作姿态本质上，就是一种择善固执的有意味的生存姿态，就是对有价值的人之为人的生存意义的竭诚守护。**

因而，在一定程度上或许可以说，**杨绛其人其作渐成显学有其偶然性，也有其必然性。其存在价值在于通过对小说、小说翻译特别是散文等写作活动的低调而顽韧的坚持，另树了一道奇崛而别致的文学与生存景观，在于对生命力特别是艺术生命力的柔韧而强悍的印证，在于与钱锺书在为文和为人两方面的互补、互训和互释……而不主要在于其文学特别是小说写译成就的高或低。**当然，这一判断必须基于这样一个前提，即杨绛虽然作品总量并不是很大，但在身历的各个文学时期里都不乏有相当影响的、扎扎实实的成果，且在自己的文学生涯里不惮于涉足多个领域——戏剧、散文、文学批评、传记、小说和小说翻译——并均能有所建树。

① 曹文轩：《二十世纪末中国文学现象研究》，北京：作家出版社，2003年版，第355页。

三 附论："困难的克服"？——对传记《听杨绛谈往事》的另类解读

虽然本书讨论的主要是杨绛的小说写译理念与理论并兼及她的小说写译实践，但却不能不在这里稍稍提及一部与杨绛大有干系的、十分特别的非小说类作品，那就是 2008 年面世的人物传记《听杨绛谈往事》。

虽然这部初版即发行 15,000 册的书稿的作者显非杨绛本人，而是钱锺书的老师吴宓（1894—1978）之女吴学昭，但它却是目前唯一一本由杨绛本人以"作保"同意或授权的方式公开认可的杨绛传记："有她为我写传，胡说乱道之辈就有所避忌了，所以我一口答应……我乐于和一个知心好友一起重温往事，体味旧情，所以有问必答。"① "为我写的传并没有几篇，我去世后也许会增加几篇，但征得我同意而写的传记，只此一篇。"② 而更为重要的是，这部传记很大程度上，其实也可以视为杨绛本人的一部"虚构"性作品——起码是借力打力的叙事方式和视角的虚构，所谓借吴氏之笔书自家细事、吐自个儿的衷曲。由于英文的"小说"（fiction）一词本义就是"虚构"，从这个角度着眼，在此特意谈一下这部传记，应该也不算多么突兀或出格。另一方面，这本传记某种程度上，也可视为杨绛对"困难的克服"——起码是对写作的局限性的力求突破——的一次努力或尝试，值得稍作留意。

对传记作品的最大考验是"客观公正"四个字。唯有以客观公正为底色，才能谈得上传记文字的诚信和可靠。然而，在实际的现实生活中，无论是代人立传还是自传，通常都很难完全做到客观公正，也都很难逃过"不可靠的叙述者"这一恶评。为人立传者，十之八九是先有传主乃好人（完人）的预设或假定，与传主有干系的所谓坏事（不甚光彩之事）在笔下自然就暂付阙如了，或最多虚应一下故事，轻描淡写地略事一下"蜻蜓点水"；而另外的十之一二则反之，往往先将传主定性为坏人（坏得"体无完肤"者），而后起笔，传主必是坏事做绝，偏偏与好事无缘。

那么，自传（或日记之类）呢？往往会自觉不自觉地受到如何维护自己身后形象的内在冲动的驱使、左右或制约。正像爱美之心人皆有之一样，爱粉饰

---

① 吴学昭：《听杨绛谈往事》，北京：生活·读书·新知三联书店，2008 年版，第 1 页。

② 吴学昭：《听杨绛谈往事》，北京：生活·读书·新知三联书店，2008 年版，第 2 页。

或美化自己之心也是人皆有之，所谓人之常情。于是乎，所谓自传的十之八九也就自然雍雍熙熙、半遮半掩地为自己或自家称颂有加、歌舞升平——对此，晚年的钱锺书曾有过切中肯綮的剖析和一针见血的讥刺：“去年 ① 有人叫我写《自传》，亦代 ② 是居间者。我敬谢不敏。回忆，是最靠不住的。一个人在创作时的想象往往贫薄可怜，到回忆时，他的想象力常常丰富离奇得惊人。这是心理功能和我们恶作剧，只有尽量不给它捉弄人的机会。” ③ 撇开这段话所包含的钱氏特有的诙谐、调侃意味不论，钱锺书的意思无非是强调，创作时固然每每需要务虚，立传纪实时则一定必须务实，来不得半点儿虚假和做作。

对传记可能存在的如上这类缺点或不尽如人意，杨绛本人自然和钱锺书一样了然于心，所以才会在吴学昭《听杨绛谈往事》一书的序言里，对那些迄今或未来为她立的传若明若暗地表示了颇不以为然之意——为她立传之人皆为“不相识、不相知的人”，尽管对她的生平“一无所知”却往往不惮于“胡说乱道”。但问题的关键却也恰恰在于，一方面，正如有的论者拍案而起所指出的，与传主相识、相知或得到传主认可并不应该成为撰写传记的前提条件：“最近《听杨绛谈往事》一书的出版宣传中，流行一个说法，杨绛先生称‘征得我同意而写的传记，只此一篇’。作为一种宣传，这可以理解。但可以理解，不等于背后没有问题。在此之前，关于杨绛先生的传记至少已有三四种，虽然没有得到传主的认可，但并不意味那些传记没有价值。得到传主认同的传记，未必就好；没有得到传主认同的传记，也未必坏。在传记的历史上，得到传主认同的传记是特例，得不到传主认同的传记是常态。如果要求传记一定要得到传主的认同，对传记写作的发展不是好事。” ④ “……传记写作，应当是一种独立的学术研究工作。除了口述历史这样特殊的传记形式外，一般的传记写作，在事实上没有必要非得到传主的认同。” ⑤ “传记写作中，如果过分强调传主认同，在事

---

① 这里的“去年”指 1980 年。

② 这里的人名“亦代”想必是冯亦代（1913—2005）。

③ 钱锺书：《附：答某记者问》，《钱锺书散文》，杭州：浙江文艺出版社，1997 年版，第 586 页。

④ 梁子民、毕文昌：《传记没必要都得到传主认可》，《中国青年报》2008 年 10 月 22 日，第 10 版（冰点·观察）。

⑤ 梁子民、毕文昌：《传记没必要都得到传主认可》，《中国青年报》2008 年 10 月 22 日，第 10 版（冰点·观察）。

实上会影响传记的深度。"①

另一方面，也正因了传记难免有杨绛所提及的那些缺点，最保险也最公正的做法可能还是应当对所有这些传记作品一视同仁，而不是轻易表态只认可（所谓"同意"）吴学昭的这一本。当然，为了顾及和吴学昭的世交和友谊，也为了体谅和感谢对方作为朋友认真写作这本传记所付出的辛劳，杨绛不妨在应约为这部传记代撰的序言里这样表达一下善意：吴学昭是可以信赖的朋友，自己很感激她代为立传的好意，并积极配合了她的采访和写作；至于吴学昭在传记里记、写和评价得是否公正客观、符合实际情况，除了自己作为传主会有基本的判断外，读者和历史也会自行评定和判断。总之，像这样一种不偏不倚的超然态度，似乎才符合杨绛一贯低调、谨严和把细的为人行事作风。

事实上，对吴学昭这本《听杨绛谈往事》颇不以为然的大有人在。譬如，学人止庵就在充分肯定其贡献（"这本书的好处，就在于拾遗补阙"）的同时，对作者吴学昭用间接引语的方式随意"改写"或袭用杨绛本人既往已成之文的弊端大为诟病，认为是"点金成铁"。② 而湖南的《潇湘晨报》，更是将吴学昭撰写的这本杨绛传记毫不客气地打入了所谓的"2008烂书榜"（在包括了八种书目的**终评名单**里名列第五，在包括了24种书目的提名名单里名列首位）：

"提名理由：炒得挺厉害，但是内容其实都是以前的文章里面说过的。而且，把杨绛写成了一朵花，好像我们的软文。这书越到后面越写越差，完全是资料堆砌了。"③ ——除了认为吴学昭《听杨绛谈往事》这本传记有新意不够、提炼不足、材料堆砌以及出版发行时过度炒作等毛病而外，该"烂书榜"榜单的评选者无非是想说，即便吴氏这本传记完全是出于敬重传主杨绛的一片至诚，但因为在下笔记录、解析与评骘时分寸拿捏得不够得体，渲染得多少有些过火，反而产生了"捧杀"传主杨绛的反效果（**"软文"作为软性广告文字的简称，是相对于标准的普通硬性广告而言。"……好像我们的软文"云云无非是在暗示，**

---

① 梁子民、毕文昌：《传记没必要都得到传主认可》，《中国青年报》2008年10月22日，第10版（冰点·观察）。

② 详见止庵：《"听"与"谈"之外》，《出版广角》2009年第2期，第47—48页。

③ 袁复生：《年度特别策划：2008烂书榜》，《潇湘晨报》2009年1月6日，http://book.sina.com.cn/news/c/2009-01-06/1244250406.shtml。亦可参见：《2008年度"烂书榜"出炉——〈听杨绛谈往事〉等8种图书"最烂" 南海网友贴出全部提名名单》，《海南日报》2009年1月8日，第008版；袁毅：《2008烂书榜》，《武汉晚报》2009年1月6日，第20版。

吴氏这本杨绛传记有广而告之、美化传主、欺诱读者的嫌疑）。所谓过犹不及，好心办了坏事。

当然，从另一个角度来看，在若干本以杨绛为主角或主角之一的传记里，杨绛特意强调仅只"同意"吴学昭的《听杨绛谈往事》这一本尽管不免有些异乎寻常，却绝不是因为一时糊涂或欠考虑。很可能恰恰相反，她是用心良苦、不得不为的。首先，一生端严方正、极其爱惜羽毛和身段且深谙做人谦抑、为文蕴藉之道的杨绛自己虽然下笔往往避实就虚、含而不露，极有分寸，绝不轻易表露自己的倾向性（**如连为自己的亲姑姑杨荫榆"翻案"这样的大事，都能于不动声色中写得既客观诚朴而又有理有利有节，丝毫不带一丁点儿烟火气，**[①] **让人不免叹为观止**），但对于过往发生的某些易为人误解的历史细事，如与学者费孝通（1910—2005）之间的所谓"初恋"，[②] 以及钱锺书的《管锥编》得能于 1979 年出版面世背后真正的或主要的推手究竟是谁——是胡乔木还是周振甫（1911—2000），[③] 等等，又往往必须毫不含糊地说清道白，所以就有必要借助外力。而作为良可信赖的故友知交的吴学昭的耳、嘴和笔，便自然地成为了杨绛可以依赖的"隐身衣"和"传声筒"的组成成分。

其次，更进一步地细品之下可以窥知，杨绛其实是把吴学昭的《听杨绛谈往事》一书下意识地（或自觉不自觉地）视如"己出"的。这当然可从吴学昭所描述的杨绛对这部书的关爱和呵护有加——所谓"倾注了心血"[④]——里细细品味："两年里，我挖空心思、刨根究底地问，杨先生认认真真、仔仔细细地答，有时口头，有时笔答，不厌其烦。书稿完成后，杨先生给审阅修改；出

---

① 详见杨绛：《回忆我的姑母》，《杨绛文集》第 2 卷，北京：人民文学出版社，2004 年版，第 116—133 页。

② 详见吴学昭：《听杨绛谈往事》，北京：生活·读书·新知三联书店，2008 年版，第 73—74 页。

③ 据吴学昭：《听杨绛谈往事》，北京：生活·读书·新知三联书店，2008 年版，第 313—314 页，《管锥编》的出版其实主要是胡乔木所推动，而不是像一般人印象中的是由中华书局资深编辑周振甫所为——其实，后者作为《管锥编》的责编，对胡的作用亦曾略事提及。周的作用大多是由周自己同事撰文披露的：如钱锺书特意把他请到家里吃饭，要他为此书的原稿提提意见；如他向上级写信为该书申请出版许可，等等（详见周振甫：《〈管锥编〉选题建议及审读报告》，徐名翚编《周振甫学术文化随笔》，北京：中国青年出版社，2000 年版，第 142—146 页；钱宁：《曲高自有知音——访周振甫先生》，沉冰主编《不一样的记忆——与钱锺书在一起》，北京：当代世界出版社，1999 年版，第 127—129 页）。吴学昭的这本传记完全没有涉及周振甫的作用，似有意在纠正外界的这一印象。但据上举那些资料信息，周的确是起了作用的（尤其在具体联系和操作方面，在该书的编辑把关方面），且作用不仅重要，也是显在的，是从下面着手；胡的作用则是从上面着手，是隐的——由于众所周知的与政治相关的原因，胡起的作用不仅重要，无疑也最为关键。

④ 吴学昭：《听杨绛谈往事·后记》，北京：生活·读书·新知三联书店，2008 年版，第 413 页。

版前，又亲为作序、题签。"① 这更可从藏书家韦泱所记录的、杨绛 2010 年亲笔写下的一段话里，获得更为直截了当的佐证：

> 您要签名的那包书里，有一本《一九三九年以来英国散文作品》，我手边也没有。此书已绝版，所以我想再要一本。我想和您来个交换，可在下列书中，任择几本：《我们仨》《走到人生边上》《斐多》《听杨绛谈往事》，或由您点名要什么。您如不愿，决不勉强，我还是会为您签名的。等着您的回音。杨绛敬上。②

可随便或顺手以自己的名义拿来送人或与人交换者，通常都一定是自己的或被认为是自己的东西；而在杨绛所罗列的可供交换的一方（韦泱）任意挑选的书单上，作者不是杨绛本人的书就只有《听杨绛谈往事》一本——**这反过来，正好说明了杨绛起码在下意识里，是把吴学昭执笔或记录的这本准口述传记视为自己的自传或准自传的。**

而据笔者以杨绛如下一段文字为基本材料所做的引申性揣度，杨绛除了像吴学昭上面详细列举的那样，曾通过口头或书面的方式，对吴学昭有问必答，乃至帮助审改初稿，为成稿作序、题写书名外，也实际上替吴学昭的这本传记起了书名："我又曾记过钱锺书的往事，但不是我的回忆，而是他本人的回忆。"③ 很显然，从杨绛这句话里，可以很自然地化生出"记（或听）钱锺书回忆（或谈）往事"这样一类书名或篇名。而杨绛以前也的确曾写过类似的"记（或听）钱锺书回忆（或谈）往事"（虽然最后用的是《记钱锺书与〈围城〉》一类篇名），根据的恰是钱锺书本人的而非她自己的回忆。这和吴学昭写《听杨绛谈往事》时根据的是杨绛本人的回忆的情形类似，书名——由"记（或听）钱锺书回忆（或谈）往事"顺理成章地派生出"记杨绛回忆往事"或"听杨绛谈往事"——自然也就被杨绛一呼即出、顺手拈来了。更何况，在杨绛既有的数量最多、写得也最为出色的怀人忆旧散文里，早就有过在句法结构上和《听杨绛谈往事》

---

① 吴学昭：《听杨绛谈往事·后记》，北京：生活·读书·新知三联书店，2008 年版，第 413 页。

② 韦泱：《与杨绛先生的书缘》，《文汇读书周报》2010 年 9 月 10 日，第 8 版。据韦氏在该篇文章中回忆，杨绛写给他的这封短柬作于 2010 年。

③ 杨绛：《作者自序》，《杨绛文集》第 1 卷，北京：人民文学出版社，2004 年版，第 1 页。

这一书名相类似的篇名，如《记章太炎先生谈掌故》①。显然，这一颇具合理性的推测也有助于理解为什么笔者会认为，杨绛很大程度上把《听杨绛谈往事》当成了自己的自传或准自传。

在这个意义上，杨绛等于借助于吴学昭，以对方的笔作为自己的"虚拟"之笔，成就了一部借体自为的自传或准自传体"小说"———如这部传记的作者吴学昭所说："杨绛先生本身就是一部书，一部历尽沧桑的人生大书。"② 无论坊间有多少不利于吴学昭所撰写的这部杨绛传记的负面议论，它毕竟是截至目前有关杨绛身前之事的最可信赖也最为翔实之作——在材料的丰富细致如许多细节的首度曝光（一如止庵所曾指出："诸如对'您和钱锺书先生从认识到相爱，时间那么短，可算是一见倾心或一见钟情吧'的回答，对'我请杨先生讲讲她和钱先生结婚的故事'的回答，以及关于阅读英法文学作品的感想，关于《干校六记》的创作经过，等等，都还是第一次读到。"③）方面，其他有关钱、杨二人的数本传记不仅着实难以望其项背，相比之下，也都难逃隔靴搔痒之讥。

杨绛以吴学昭为代言者说到底一点都不奇怪，这其实与钱锺书虽如前所述对写自传一事摇首不迭、敬谢不敏，却还是由杨绛代写了一生的很多内容（包括《围城》的写作背景）的情形差相仿佛。而前面曾指出过的吴学昭这本杨绛传记的所谓弊端——用间接引语的方式随意"改写"或袭用杨绛本人既往已成之文——也便能够得到较为合理的解释：吴学昭本来就是杨绛选定或经其"同意"替其代言的代言人，自觉不自觉地以杨绛本人的口吻叙事或直接、间接地采用杨绛本人的既有文本就毫不足奇、顺理成章了。至于这么做的效果好不好，又另当别论。

当然，客观而言，这部取材宏富、下笔着力、描摹细致、颇具拾遗补阙之功的准口述历史类型的杨绛传记《听杨绛谈往事》毕竟是假他人之笔，终究还是欠缺杨绛为文时所独具的质朴大气和冷静厚重，终究还是有违杨绛在写《记钱锺书与〈围城〉》这篇"不论对钱锺书或《围城》都具有文献意义"④ 的传

---

① 详见杨绛：《记章太炎先生谈掌故》，《杂忆与杂写（增订本）》，北京：生活·读书·新知三联书店，2010 年版，第 67—70 页。

② 吴学昭：《听杨绛谈往事》，北京：生活·读书·新知三联书店，2008 年版，第 411 页。

③ 止庵：《"听"与"谈"之外》，《出版广角》2009 年第 2 期，第 47 页。

④ 吴学昭：《听杨绛谈往事》，北京：生活·读书·新知三联书店，2008 年版，第 339 页。

记文章时，所严格秉持的"既不称赞，也不批评，只据事纪实"[①]的超然立场和史传家风范，过于渲染、过于铺张、过于热闹、过于不避倾向性——或一言以蔽之，过于"小说"——了。因而，**在识力、定力、笔力、格调乃至耐读性与严肃性等方面，吴学昭的《听杨绛谈往事》一书与杨绛亲力亲为的《记钱锺书与〈围城〉》《回忆我的父亲》一类文章相差甚远——所谓"不可以道里计"。或者说，在代人立传这件事上，吴学昭之于杨绛的意义远远无法同杨绛之于钱锺书的意义相提并论。**

在整体的气势上无法与杨绛自己的从容大气、谨严朴实笔调相比之外，吴学昭的这部杨绛传记在细节上，也存在着不少不够严谨和审慎之处：譬如，把杨绛本人1957年发表的长篇论文《斐尔丁在小说方面的理论和实践》的篇名大而化之成《菲尔丁关于小说的理论和实践》和《菲尔丁关于小说的理论与实践》——同一个篇名居然在这本传记里能错成两个样子、两个版本，可见错得多么漫不经心；[②] 又譬如，把与杨绛有同学之谊和感情纠葛传闻的费孝通当年从清华大学转学燕京大学一事，贸然地说成是对方的胆小怕事之举，明显有下笔轻佻、不够严肃、妄加猜测乃至人身攻击之嫌：

> 1930年，阿季读二年级第二学期时，校方偶查得塞在某处的一份名单，开除了一批不知什么政治倾向的人，据说与共产党无关。费孝通胆小，怕受牵连，自己忙转到北平燕京大学去了。[③]

---

① 杨绛：《记钱锺书与〈围城〉》，《杨绛文集》第2卷，北京：人民文学出版社，2004年版，第134页。

② 吴学昭：《听杨绛谈往事》，北京：生活·读书·新知三联书店，2008年版，第282—283页。

③ 吴学昭：《听杨绛谈往事》，北京：生活·读书·新知三联书店，2008年版，第73—74页。

参考文献举要 ①

1. （唐）刘知几.史通新校注 [M].赵吕甫校注.重庆：重庆出版社，1990.

2. （北宋）欧阳修.欧阳文忠公文集（四部丛刊·初编集部）[CP/DK].北京大学图书馆馆藏上海涵芬楼景印《四部丛刊》电子版.

3. （清）曹雪芹，高鹗.红楼梦 [M].北京：北京图书馆出版社，2000.

4. ［德］顾彬.二十世纪中国文学史 [M].范劲等译.上海：华东师范大学出版社，2008.

5. ［德］莫芝宜佳.钱锺书与杨绛二三事 [J].读书，2006（10）.

6. ［法］勒萨日.吉尔·布拉斯（吉尔·布拉斯·德·山悌良那传）[M].杨绛译.北京：人民文学出版社，1956.

7. ［法］勒萨日.吉尔·布拉斯（吉尔·布拉斯·德·桑蒂亚纳传）[M].管筱明译.桂林：漓江出版社，1997.

8. ［法］罗曼·罗兰.约翰·克利斯朵夫 [M].傅雷译.海拉尔：内蒙古文化出版社，1996.

9. ［法］罗曼·罗兰.约翰·克里斯托夫 [M].许渊冲译.北京：北京燕山出版社，2005.

10. ［古希腊］亚理斯多德.诗学（修订本）[M].罗念生译.北京：中国戏剧出版社，1986.

11. ［古希腊］柏拉图.斐多 [M].杨绛译.沈阳：辽宁人民出版社，2000.

12. ［荷兰］佛克马，易布思.二十世纪文学理论 [M].林书武，陈圣生，施燕，王

---

① 本参考文献排序方法如下：中国古代的文献按朝代先后排序，每一朝代项下按作者名字的汉语拼音音序排序；外文文献的中文译本（包括外国人的中文著述）按国别简称的汉语拼音音序排序，每一国别项下按作者名字的汉语拼音音序排序；国外原文文献按作者名字的英语字母顺序排序；上列文献之外的其他文献按作者名字的汉语拼音音序排序；同一作者的多篇（部）著述则按发表年份由远及近排序。

筱芸译．北京：生活·读书·新知三联书店，1988.

13. ［美］W.C. 布斯．小说修辞学 [M]．华明，胡苏晓，周宪译．北京：北京大学出版社，1987.

14. ［美］爱德华·W. 萨义德．知识分子论 [M]，单德兴译．陆建德校．北京：生活·读书·新知三联书店，2002.

15. ［美］爱德华·W. 萨义德．格格不入：萨义德回忆录（*Out of Place: A Memoir*）[M]．彭淮栋译．北京：生活·读书·新知三联书店，2004.

16. ［美］耿德华．被冷落的缪斯：中国沦陷区文学史（1937—1945）[M]．张泉译．北京：新星出版社，2006.

17. ［美］金介甫．凤凰之子·沈从文传 [M]．符家钦译．北京：光明日报出版社，2004.

18. ［美］雷内·韦勒克．批评的概念（*Concepts of Criticism*）[M]．张金言译．杭州：中国美术学院出版社，1999.

19. ［美］韦恩·布斯．小说修辞学 [M]．付礼军译．南宁：广西人民出版社，1987.

20. ［美］伊恩·瓦特．小说的兴起：笛福、理查逊、菲尔丁研究 [M]．高原，董红钧译．北京：生活·读书·新知三联书店，1992.

21. ［西班牙］贝尔纳尔·迪亚斯·德尔·卡斯蒂略．征服新西班牙信史 [M]．林光，江禾译．北京：商务印书馆，1988.

22. ［西班牙］罗哈斯．《赛莱斯蒂娜》[M]．王央乐译．北京：人民文学出版社，1990.

23. ［西班牙］费尔南多·德·罗哈斯．《塞莱斯蒂娜》[M]．蔡润国译．北京：中国对外翻译出版公司，1993.

24. ［西班牙］费尔南多·德·罗哈斯．《塞莱斯蒂娜》[M]．屠孟超译．南京：译林出版社，1997.

25. ［西班牙］费尔南多·德·罗哈斯．《塞莱斯蒂娜》[M]．丁文林译．石家庄：花山文艺出版社，2008.

26. ［西班牙］塞万提斯．堂吉诃德 [M]．杨绛译．北京：人民文学出版社，1978.

27. ［西班牙］塞万提斯．堂吉诃德 [M]．刘京胜译．北京：中央编译出版社，2011.

28. ［西班牙］米盖尔·德·塞万提斯·萨维德拉．堂吉诃德 [M]．董燕生译．武汉：长江文艺出版社，2011.

29. ［西班牙］佚名．小癞子 [M]．杨绛译．上海：平明出版社，1951.

30. ［西班牙］佚名 . 小癞子 [M]. 杨绛译 . 北京：作家出版社，1956.

31. ［西班牙］佚名 . 小癞子 [M]. 杨绛译 . 北京：人民文学出版社，1962.

32. ［西班牙］佚名 . 小癞子 [M]. 杨绛译 . 上海：上海译文出版社，1978.

33. ［西班牙］佚名 . 托尔美斯河的拉撒路（西汉对照）[M]. 江禾译注 . 北京：商务印书馆，1984.

34. ［西班牙］佚名 . 小拉萨路 [M]. 林林译 . 重庆：重庆出版社，1990.

35. ［西班牙］佚名 . 小癞子 [M]. 刘家海译 . 桂林：漓江出版社，1997.

36. ［西班牙］佚名 . 小癞子 [M]. 朱景冬译 . 北京：人民日报出版社，2001.

37. ［西班牙］佚名 . 托尔梅斯河边的小癞子（西班牙语分级注释读物）[M]. 上海：上海外语教育出版社，2009.

38. ［英］E.M. 福斯特 . 小说面面观 [M]. 冯涛译 . 北京：人民文学出版社，2009.

39. ［英］弗兰克·克默德 . 结尾的意义：虚构理论研究 [M]. 刘建华译 . 沈阳：辽宁教育出版社，2000.

40. ［英］亨利·菲尔丁 . 约瑟夫·安德鲁斯的经历 [M]. 王仲年译 . 上海：新文艺出版社，1957.

41. ［英］亨利·菲尔丁 . 弃儿汤姆·琼斯的历史 [M]. 萧乾，李从弼译 . 北京：人民文学出版社，1984.

42. ［英］亨利·菲尔丁 . 大伟人江奈生·魏尔德传 [M]. 萧乾译 . 南京：译林出版社，1997.

43. ［英］亨利·菲尔丁 . 阿米莉亚 [M]. 吴辉译 . 南京：译林出版社，2004.

44. ［英］亨利·菲尔丁 . 汤姆·琼斯 [M]. 刘苏周译 . 武汉：长江文艺出版社，2009.

45. ［英］简·奥斯丁 . 傲慢与偏见 [M]. 孙致礼译 . 南京：译林出版社，1991.

46. ［英］简·奥斯丁 . 傲慢与偏见 [M]. 张玲，张扬译 . 北京：人民文学出版社，1992.

47. ［英］简·奥斯丁 . 傲慢与偏见 [M]. 王科一译 . 上海：上海译文出版社，1993.

48. ［英］简·奥斯丁 . 傲慢与偏见 [M]. 于城江译 . 张朝晖 . 世界名著大系（第 1 卷）[Z]. 呼和浩特：内蒙古人民出版社，2006.

49. ［英］乔治·爱略特 . 佛洛斯河磨坊 [M]. 孙法理译 . 南京：译林出版社，2002.

50. ［英］乔治·艾略特 . 弗洛斯河上的磨坊 [M]. 张红颖注 . 北京：外语教学与研究出版社，2004.

51. ［英］特雷·伊格尔顿.二十世纪西方文学理论 [M]. 伍晓明译.北京：北京大学出版社，2007.

52. ［英］约翰·黑瓦德.一九三九年以来英国散文作品 [M]. 杨绛译.北京：商务印书馆，1948.

53. 2008 年度"烂书榜"出炉——《听杨绛谈往事》等 8 种图书"最烂" 南海网友贴出全部提名名单 [N]. 海南日报，2009-01-08（008）.

54. Bourdain, G. S., "Robbe-Grillet on Novels and Films," The New York Times, 04-17-1989. http://www.nytimes.com/1989/04/17/movies/robbe-grillet-on-novels-and-films.html?scp=2&sq=Alain+ROBBE-GRILLET&st=nyt.

55. Liu, Meizhu, (2005) *La Figure de l'intellectuel chez Yang Jiang*, Paris: Inalco.

56. Miguel de Cervantes Saavedra, (1993) *Don Quixote*, translated by P.A. Motteux, Hertfordshire: Wordsworth Editions Limited.

57. Yang, Jiang, (2007) *Baptism*, translated by Judith Amory, Yaohua Shi, Hong Kong University Press.

58. 安迪."红旗开处……"[J]. 读书，1992（2）.

59. 敖慧仙.谈杨绛的喜剧《称心如意》的高潮设计 [J]. 戏剧文学，2006（12）.

60. 敖慧仙."生命的烤火者"——杨绛散文研究 [D]. 桂林：广西师范大学，2008.

61. 巴金.创作回忆录 [M]. 北京：人民文学出版社，1982.

62. 巴金.文学生活五十年——一九八〇年四月四日在日本东京朝日讲堂讲演会上的讲话 [A]. 巴金.写作生活的回顾 [Z]. 王毅钢选编.长沙：湖南人民出版社，1984.

63. 巴金.十年一梦 [M]. 北京：人民日报出版社，1988.

64. 白草.杨绛的小说理论 [J]. 朔方，2001（Z1）.

65. 白草.杨绛笔下的回族底层人物 [J]. 银川：西北第二民族学院学报（哲学社会科学版），2008（6）.

66. 白克明.评《钱锺书与杨绛》[J]. 博览群书，1997（11）.

67. 白芷.豪华落尽见真淳——访杨绛先生 [N]. 中国文化报，1987-03-08.

68. 包丽敏.沈从文：作家"死"了 [J]. 文化博览，2006（3）.

69. 北岛.失败之书 [M]. 汕头：汕头大学出版社，2004.

70. 北岛.午夜之门 [M]. 南京：江苏文艺出版社，2009.

71. 北岛.缺席与在场——中坤诗歌奖获奖感言（第二届中坤国际诗歌奖 A 奖受奖

词）[EB/OL]．"今天论坛"，http://www.jintian.net/bb/thread-18222-1-1.html，2009-11-12.

72. 笔会编辑部. 背影是天蓝的：2007 笔会文萃 [Z]. 上海：文汇出版社，2008.

73. 碧红. 暗香疏影无穷意——记杨绛先生 [J]. 海内与海外，2001（2）.

74. 冰文. 二〇〇三中华文学人物评选揭晓 [N]. 人民日报海外版，2004-01-09（5）.

75. 曹万生. 中国现代汉语文学史 [M]. 北京：中国人民大学出版社，2007.

76. 曹文轩. 二十世纪末中国文学现象研究 [M]. 北京：作家出版社，2003.

77. 曹亚瑟. 读《石语》[J]. 新闻爱好者，1997（7）.

78. 车芳芳. 智性魅力的充分张扬——浅析杨绛作品的艺术特质 [J]. 宁波教育学院学报，2009（4）.

79. 陈冬梅. 论杨绛的喜剧风格及其喜剧观念 [D]. 北京：北京师范大学，2005.

80. 陈福康. 代取的书名（外一篇）[J]. 博览群书，2009（6）.

81. 陈福康. 郑振铎论 [M]. 北京：商务印书馆，1991.

82. 陈汉书. 钱锺书夫妇名字臆测 [J]. 读书，1996（1）.

83. 陈会清. 宠辱不惊 婉而多讽——论杨绛的散文创作 [D]. 济南：山东大学，2004.

84. 陈会清. 宠辱不惊的"隐身人"[J]. 广州：中华优质教育，2005（2）.

85. 陈会清. 超然物外 宠辱不惊——杨绛的"平常心"[J]. 山东省农业管理干部学院学报，2006（3）.

86. 陈会清. 杨绛散文客观冷静的叙述立场 [J]. 现代语文，2006（4）.

87. 陈家萍. 杨绛：蓝印花布的婚姻 [J]. 学习博览，2009（10）.

88. 陈家生. 杨绛《洗澡》中的巧比妙喻 [J]. 南平师专学报，1995（3）.

89. 陈家盈. 《堂吉诃德》桑丘谚语的翻译研究——以杨绛译本为例 [D]. 台中：台湾静宜大学，2008.

90. 陈莉. 刹那的定格 永恒的美丽——略论杨绛《我们仨》的美学特征 [J]. 新疆教育学院学报，2006（1）.

91. 陈平原. 中国文学现代化进程二编 [C]. 北京：北京大学出版社，2002.

92. 陈青生. 抗战时期的上海文学 [M]. 上海：上海人民出版社，1995.

93. 陈熙涵. 余华在沪谈欧美作家写作态度 用写五本书精力写一本书 [N]. 文汇报，2004-06-17.

94. 陈祥则. 索尔仁尼琴，偏执的圣徒 [N]. 东莞时报，2010-06-21（B02）.

95. 陈旭麓. 近代中国八十年 [Z]. 上海：上海人民出版社，1983.

96. 陈学勇. 杨绛的悲剧《风絮》[J]. 博览群书,1996(2).

97. 陈学勇. 杨绛的第三部喜剧与麦耶的评论 [J]. 博览群书,1997(7).

98. 陈学勇. 出版说明要准确——评《杨绛作品集·出版说明》[J]. 中国图书评论,1997(12).

99. 陈亚丽. 蒙娜丽莎的微笑——杨绛散文的智性思维 [J]. 广播电视大学学报(哲学社会科学版),2002(4).

100. 陈有升. 两位性情中的平易老人——重温钱锺书、杨绛惠函并忆念薛进官 [J]. 出版史料,2003(2).

101. 陈宇. 近十年杨绛研究综述 [J]. 山西师大学报(社会科学版),2005(6).

102. 陈玉. 清而真淳,婉而多讽——试论杨绛作品的语言特色 [J]. 陕西广播电视大学学报,2002(4).

103. 陈诏. 钱锺书谈《围城》的人物索隐 [J]. 书城,1996(4).

104. 陈子谦. 钱学论 [M]. 成都:四川文艺出版社,1992.

105. 陈子谦. 论钱锺书 [M]. 桂林:广西师范大学出版社,2005.

106. 陈子谦. 我与“我们仨”——读杨绛《我们仨》[J]. 中共四川省委省级机关党校学报,2005(3).

107. 陈子善,张铁荣. 周作人集外文(上)[Z]. 海口:海南国际新闻出版中心,1995.

108. 陈子善,徐如麒. 施蛰存七十年文选 [Z]. 上海:上海文艺出版社,1996.

109. 成仿吾. 论译诗 [A].《翻译通讯》编辑部. 翻译研究论文集(1894—1948)[C]. 北京:外语教学与研究出版社,1984.

110. 褚庆东. 小议《老王》的平常人之心 [J]. 文学教育,2008(5).

111. 大卫. 邹静之:不冤不乐 [J]. 中关村,2009(7).

112. 邓娟. 译者主体性的对比研究——以杨绛《干校六记》之“学圃记闲”的两个英译本为例 [J]. 长沙大学学报,2011(1).

113. 邓伟. 钱锺书与杨绛 [J]. 中国文化报,1987-10-14.

114. 刁克利. 西方作家理论研究 [M]. 北京:外语教学与研究出版社,2005.

115. 丁杨.《杨绛文集》五月面世 新作品、老照片首次发表 [N]. 中华读书报,2004-04-28.

116. 董保纲. 在人生边上平心静气读杨绛 [J]. 全国新书目,2007(19).

117. 董衡巽. 记杨绛先生 [J]. 外国文学评论,1991(4).

118. 董衡巽. 《杨绛文集》——从容文字散淡人 [J]. 共产党员，2005（2）.

119. 董驹翔. "仰视"与"愧怍" [J]. 书屋，2008（12）.

120. 董乐山. 译名改革刍议（译余废墨）[J]. 读书，1984（7）.

121. 董桥. 珍惜家书 [J]. 书城，2009（8）.

122. 董文静. 从人生角色看杨绛的散文创作 [D]，石家庄：河北师范大学，2010.

123. 杜胜韩. 杨绛散文的人格美 [J]. 安徽广播电视大学学报，2000（1）.

124. 杜胜韩. 论杨绛小说的喜剧风格 [J]. 大理师专学报，2000（3）.

125. 杜胜韩. 杨绛小说中的贤妻良母形象 [J]. 南京广播电视大学学报，2000（4）./ 湛江师范学院学报，2000（4）./ 中华女子学院山东分院学报，2001（2）.

126. 杜胜韩. 从杨绛的散文看杨绛的人格 [J]. 信阳师范学院学报（哲学社会科学版），2001（3）.

127. 范培松，张颖. 钱锺书、杨绛散文比较论 [J]. 文学评论，2010（5）.

128. 范旭仑. 评《钱锺书集》·《写在人生边上的边上》[EB/OL]. http://blog.sina. com.cn/s/blog_4e45c12201009le5.html，2008-06-29.

129. 范宇娟. 回黄转绿十年间——杨绛新时期研究述评 [J]. 学术论丛，1999（2）.

130. 范宇娟. 隐身衣：一种南方的智慧——杨绛小说的智性特征 [J]. 济南大学学报，2000（1）.

131. 方伟. "去"与"来" [J]. 读书，1992（7）.

132. 方中. 读《称心如意》[Z]. 《称心如意》演出特刊，1943-05.

133. 房向东. "素心人"记——钱锺书、杨绛印象 [J]. 出版广角，2004（5）.

134. 冯现冬. 依然一寸结千思——读杨绛《走到人生边上——自问自答》[J]. 《出版广角》，2008（1）.

135. 冯植康. 苦难中的自我超越——解读《"小趋"记情》[J]. 名作欣赏，2008（23）.

136. 傅举晋. 说起杨绛和钱锺书 [J]. 钟山风雨，2010（5）.

137. 傅雷. 《高老头》重译本序 [A]. 《翻译通讯》编辑部. 翻译研究论文集（1949—1983）[C]. 北京：外语教学与研究出版社，1984.

138. 傅敏. 傅雷谈翻译 [M]. 北京：当代世界出版社，2006.

139. 高奋. 18 世纪英国小说理论探微 [J]. 外语与外语教学，1998（10）.

140. 高洪波. 直揎静笔写士林——关于《洗澡》一书的思考 [J]. 黄淮学刊（社会科学版），1993（2）.

141. 高莽. 钱锺书与杨绛 [N]. 解放日报，1999-04-12.

142. 高莽 . 回忆中不能或缺的人——怀念钱锺书老先生 [N]. 中国艺术报，2010-11-12（003）.

143. 高莽 . 青松老人杨绛 [J]. 老年教育（长者家园），2011（3）.

144. 高挺之 . 访杨绛先生 [N]. 大连日报，1991-01-19.

145. 高为 . 扯淡对点烦 [EB/OL]. http://gaowei6.blshe.com/post/8551/266589，2008-10-06.

146. 谷林 . 近代史上小资料 [J]. 读书，1987（1）.

147. 谷林 . 《关于小说》的闲话 [J]. 读书，1988（2）.

148. 谷林 . 书边杂写 [M]. 沈阳：辽宁教育出版社，1995.

149. 谷玉俊 . 文本解读中的过度阐释倾向例谈 [J]. 文学教育，2009（24）.

150. 光明 . 钱锺书与杨绛：牵手走过 63 年风雨路 [J]. 老年人，2009（2）.

151. 郭宏安 . "一句挨一句翻"——读《杨绛文集·翻译的技巧》[N]. 中华读书报，2004-11-03.

152. 郭峻 . 论钱锺书杨绛小说的知识分子抒写 [D]. 福州：福建师范大学，2007.

153. 郭沫若 . 斥反动文艺 [J].（香港）大众文艺丛刊（1·文艺的新方向），1948.

154. 郭小川 . 杨绛与翻译 [J]. 黑龙江社会科学，2009（5）.

155. 郭新洁 . 略论杨绛散文中的"杨绛"形象 [J]. 山东省工会管理干部学院学报，2006（5）.

156. 郭耀庭 . 论杨绛的文学精神世界 [D]. 兰州：兰州大学，1994.

157. 韩加明 . 菲尔丁叙事艺术理论初探 [A]. 刘意青，罗梵 . 欧美文学论丛（第一辑）[C]. 北京：人民文学出版社，2002.

158. 韩加明 . 菲尔丁在中国 [J]. 四川外语学院学报，2006（4）.

159. 韩加明 . 菲尔丁研究 [M]. 北京：北京大学出版社，2010.

160. 韩冷 . 钱锺书与杨绛情侣创作的互涉性 [J]. 广东社会科学，2011（5）.

161. 韩松 . 记录钱锺书先生的最后瞬间 [J]. 中国记者，1999（2）.

162. 韩雪 . "暗香疏影无穷意"——论杨绛小说、戏剧文本的女性叙事 [D]. 长春：吉林大学，2006.

163. 何百华 . 应该如此 [J]. 读书，1984（9）.

164. 何晖，方天星 . 一寸千思：忆钱锺书先生 [M]. 沈阳：辽海出版社，1999.

165. 何慧娟 . 论小说翻译中的语言风格再现——以小说《洗澡》的英译本为例 [J]. 唐山师范学院学报，2010（3）.

166. 何雪梅，王国枫．"愧怍"与"仰视"——读鲁迅的《一件小事》与杨绛的《老王》[J]. 齐齐哈尔师范学院学报（哲学社会科学版），1997（3）．

167. 贺仲明．智者的写作——杨绛文化心态论 [J]. 首都师范大学学报（社会科学版），2001（6）．

168. 黑马．杨绛：撤消问题 [J]. 文学教育（下），2009（3）．

169. 黑马．文学第一线：45 位译界耆宿和文学名家的访谈印象 [M]. 北京：中央编译出版社，2010．

170. 宏图．"小说是真的" [J]. 瞭望，1989（38）．

171. 宏图．"很不"与"不很" [J]. 读书，1992（12）．

172. 宏图．"出乎意外的高兴" [J]. 瞭望，1993（35）．

173. 宏图．"老娘沽" [J]. 读书，1995（1）．

174. 宏图．"雪耻" [J]. 瞭望，1995（1）．

175. 洪静渊，张厚余．阴阳变化景多姿 妙笔绘"阴"见神思——读杨季康的散文"阴" [J]. 名作欣赏，1983（6）．

176. 洪子诚．二十世纪中国小说理论资料（第五卷）[G]. 北京：北京大学出版社，1997．

177. 洪子诚．1956：百花时代 [M]. 济南：山东教育出版社，1998．

178. 洪子诚．中国当代文学史 [M]. 北京：北京大学出版社，1999．

179. 胡丹．《洗澡》中的信息焦点翻译 [D]. 长沙：湖南大学，2009．

180. 胡德才．"替沉闷的人生透一口气"——论杨绛和她的喜剧创作 [J]. 湖北三峡学院学报（社会科学版），1996（4）．

181. 胡德才．智者的哲学——杨绛的《隐身衣》读后 [J]. 湖北三峡学院学报，1997(4)．

182. 胡德才．中国现代喜剧文学史 [M]. 武汉：武汉大学出版社，2000．

183. 胡河清．杨绛论 [J]. 当代作家评论，1993（2）．

184. 胡河清．灵地的缅想 [M]. 上海：学林出版社，1994．

185. 胡河清．真精神与旧途径——钱锺书的人文思想 [M]. 石家庄: 河北教育出版社，1995．

186. 胡彦．小说"视角"技巧的运用——以杨绛《洗澡》为例 [J]. 社会科学战线，2009（2）．

187. 胡真才．我仍然觉得杨绛译本好 [N]. 中华读书报，2002-08-14．

188. 胡真才．杨绛先生谈《堂吉诃德》[J]. 科技文萃，2004（6）．

189. 胡真才 . 杨绛先生谈《堂吉诃德》[N]. 环球时报，2004-04-16（28）

190. 怀宁 . 是人物的颂歌，更是灵魂的拷问——对《老王》主旨的探索与思考 [J]. 语文建设，2006（9）.

191. 黄宝生 . 知难而进——读杨绛的《春泥集》[J]. 新华文摘，1981（2）.

192. 黄德先，杜小军 . 翻译研究的现实转向 [J]. 上海翻译，2008（3）.

193. 黄集伟 . 一语天然万古新 [J]. 读书，1986（12）.

194. 黄键 . 京派文学批评研究 [M]. 上海：生活・读书・新知三联书店，2002.

195. 黄科安 . 喜剧精神与杨绛的散文 [J]. 文艺争鸣，1999（2）.

196. 黄梅 . 女人和小说 [M]. 杭州：浙江文艺出版社，1991.

197. 黄梅 . "听"杨绛先生话文学 [J]. 外国文学评论，1991（4）.

198. 黄梅 . 新中国六十年奥斯丁小说研究之考察与分析 [J]. 浙江大学学报（人文社会科学版），2012（1）.

199. 黄裳 . 珠还记幸（修订本）[M]. 北京：生活・读书・新知三联书店，2006.

200. 黄树红，翟大炳 . 杨绛世态人情喜剧与意义的重新发现——谈《称心如意》《弄真成假》的文学史价值 [J]. 广东教育学院学报，2001（1）.

201. 黄万华 . 杨绛喜剧：学者的"粗俗"创作 [J]. 新文学研究，1994（3）.

202. 黄小红 . 论杨绛散文《我们仨》的古典意味 [J]. 湛江海洋大学学报，2005（2）.

203. 黄育聪 . 巴金的小说观 [J]. 宜春学院学报，2005（S1）.

204. 黄志军 . 灵魂与归途的智性探索——解读《斐多》的翻译和《我们仨》的写作 [J]. 哈尔滨学院学报，2006（4）.

205. 黄志军 . 红妍与淡雅 女性的揭秘与消解——杨绛小说 ROMANESQUE 解读 [J]. 名作欣赏，2009（14）.

206. 黄志军 . 论钱锺书杨绛小说的婚恋模式与互文性 [J]. 泉州师范学院学报，2009（5）.

207. 黄志军 . 杨绛小说：对自由的理性思辨与形象解说 [J]. 泉州师范学院学报（社会科学），2010（5）.

208. 黄子平，陈平原，钱理群 . 论"二十世纪中国文学"[J]. 文学评论，1985（5）.

209. 黄子平，陈平原，钱理群 . 二十世纪中国文学三人谈 [M]. 北京：人民文学出版社，1988.

210. 黄子平 . 害怕写作 [M]. 南京：江苏教育出版社，2006.

211. 火源 . 论杨绛的反讽——以《洗澡》为例 [J]. 长春大学学报，2004（5）.

212. 火源. 家的梦——对杨绛《我们仨》评论 [J]. 中国图书评论，2004（5）.

213. 火源. 看啊, 好个新奇的世界——论杨绛创作的传奇性 [J]. 名作欣赏，2007(17).

214. 吉素芬. 残缺意识与喜剧性超越——杨绛创作的总体风格 [D]. 开封: 河南大学，2004.

215. 吉素芬. 论杨绛剧作中的残缺意识及其形成原因 [J]. 戏剧文学，2008（3）.

216. 季季. 九五杨绛 [N]. 中国时报，2005-02-23.

217. 江枫. 译诗, 应该力求形神皆似——《雪莱诗选》译后追记 [J]. 外国文学研究，1982（2）.

218. 江枫. 江枫论文学翻译及汉语汉字 [M]. 北京: 华文出版社，2009.

219. 江枫. 江枫论文学翻译自选集 [M]. 武汉: 武汉大学出版社，2009.

220. 姜春孟. 爱德华·冈恩谈当代中国戏剧 [J]. 戏剧文学，1988（11）.

221. 姜义婷. 钱锺书: 大师的超然洒脱 [J]. 传承，2009（11）.

222. 蒋婷玉. 落花无言 人淡如菊——论杨绛散文的人生意蕴 [J]. 名作欣赏，2010(2).

223. 金凤. 杨绛谈她和钱锺书 [J]. 炎黄春秋，2001（12）.

224. 金凤. 钱锺书和杨绛的清华之恋 [J]. 青年探索，2002（1）.

225. 金慧萍. 杨绛比喻特点分析 [J]. 宁波大学学报（人文科学版），1997（4）.

226. 金慧萍. 适时切境 灵活多变——杨绛用喻艺术谈 [J]. 修辞学习，1997（5）.

227. 金慧萍. 适时切境 灵活多变——杨绛异语艺术谈 [J]. 宁波大学学报（人文科学版），1999（3）.

228. 金琼. 从《围城》《洗澡》观照钱氏夫妇的文化心理 [J]. 怀化师专学报，1992(4).

229. 金圣华. 认识翻译真面目——有关翻译本质的一些反思 [J]. 外国语言文学研究，2001（1）.

230. 金圣华.《齐向译道行》二十三: 翻译中的"点烦"与"添烦"[J]. 英语世界，2005（11）.

231. 金圣华, 黄国彬. 因难见巧: 名家翻译经验谈 [M]. 北京: 中国对外翻译出版公司，1998.

232. 金永平. 精巧的"织衣术"与它的情感密码——论杨绛《洗澡》的叙事 [D]. 金华: 浙江师范大学，2006.

233. 金永平, 陈青. 微而不露 谑而不虐——论杨绛小说《洗澡》人物描写中的比喻艺术 [J]. 辽宁行政学院学报，2008（6）.

234. 金永平, 陈青. 论杨绛小说《洗澡》的情节结构 [J]. 电影文学，2008（8）.

235. 金岳霖 . 我追随毛主席接受了革命的哲学 [A]. 刘培育 . 哲意的沉思 [Z]. 天津：
百花文艺出版社，2000.

236. 瞿淑霞 . 杨绛《老王》语言特色赏析 [J]. 阅读与鉴赏·教研，2009（9）.

237. 康慨 . 索尔仁尼琴 盖棺难定论 [J]. 中国新闻周刊，2008（29）.

238. 康慨 . 小说死掉了？还是小说在革命？——美国新锐评论家"小说死亡论"
引发英美文坛震荡 [N]. 东方早报，2010-07-07（B01）.

239. 柯灵 . 上海沦陷期间戏剧文学管窥 [J]. 上海师范学院学报，1982（2）.

240. 柯灵 . 柯灵文集 [M]. 上海：文汇出版社，2001.

241. 孔见 . 向钱锺书先生组稿 [J]. 瞭望，1999（5）.

242. 孔庆茂 . 钱锺书与杨绛 [M]. 海口：海南国际新闻出版中心，1997.

243. 孔庆茂 . 杨绛评传 [M]. 北京：华夏出版社，1998.

244. 孔庆茂 . 钱锺书二题 [J]. 民族艺术，2000（3）.

245. 赖骞宇 . 个性化与类型化——试析 18 世纪英国小说中的人物及其塑造手法 [J].
南昌大学学报（人文社会科学版），2005（04）.

246. 郎损（茅盾）. 新文学研究者的责任与努力 [A]. 开封师范学院语文系现代文学
教研室 . 中国现代文学论文选集 [C]. 郑州：河南人民出版社，1957.

247. 李炳青 . 就这样被《我们仨》感动 [J]. 课外阅读，2007（2）.

248. 李城外 . 杨绛："我祝愿你们成功" [J]. 湖北档案，2007（9）.

249. 李赋宁 . 菲尔丁和英国小说 [J]. 国外文学，1989（3）.

250. 李桂山 . 风格·词语·句子 [J]. 中国翻译，2008（6）.

251. 李何林 . 近二十年中国文艺思潮论 [M]. 西安：陕西人民出版社，1984.

252. 李红霞 . 杨绛文学语言风格谈 [J]. 绥化学院学报，2005（4）.

253. 李红霞 . 杨绛小说婚姻形式解析 [J]. 襄樊职业技术学院学报，2006（3）.

254. 李洪岩 . "围城"与"百合心" [N]. 科学时报，1999-04-15（08）.

255. 李洪岩 . 质邵燕祥同志 [J]. 书屋，2000（1）.

256. 李洪岩，范旭仑 . 杨绛宗璞笔墨官司的来龙去脉 [J]. 畅销书摘，2000，

257. 李辉 . 董乐山文集（第 1 卷）[Z]. 石家庄：河北教育出版社，2001.

258. 李辉 . 黄苗子：题跋如珠，人似水 [J]. 书城，2008（5）.

259. 李健吾 . 李健吾戏剧评论选 [M]. 北京：中国戏剧出版社，1982.

260. 李江峰，吉侠 . 再说"钱濮"公案 [J]. 书屋，2000（12）.

261. 李江峰 . 余杰的疏误 [J]. 书屋，2000（9）.

262. 李景端 . 杨绛：我不想沾光，更不喜欢张扬 [J]. 文化交流，2002（6）.

263. 李景端 . 杨绛与《堂吉诃德》[N]. 光明日报，2004-09-09.

264. 李景端 . 话说我国首部从西班牙文翻译的《堂吉诃德》[J]. 出版史料，2004（2）.

265. 李景端 . 随事即兴耐人品味 [N]. 光明日报，2004-10-14.

266. 李景端 . 不是"必修"但可"选修"[N]. 文汇读书周报，2005-11-18（3）.

267. 李景端 . 我与萧乾的一次多虑的"造势"[N]. 文汇报，2008-08-31（7）.

268. 李景端 . 杨绛"点烦"怎成"反面教材"？[A]. 翻译编辑谈翻译 [M]. 武汉：湖北教育出版社，2009.

269. 李克燕 . 民族的才是世界的——袁昌英、杨绛喜剧作品比较 [D]. 北京：北京师范大学，2004.

270. 李琨 . 五四时期女作家写作中的性别意识和叙事话语 [D]. 长春：东北师范大学，2009.

271. 李凌俊 . 上海重排杨绛 40 年代喜剧《弄真成假》[N]. 文学报，2007-11-01.

272. 李明生 . 文化昆仑：钱锺书其人其文 [M]. 北京：人民文学出版社，2000.

273. 李欧梵 . 美国对中国现代文学的研究 [J]. 编译参考，1980（8）.

274. 李平生 . 跟着杨绛读老王 [J]. 中学语文教学，2009（10）.

275. 李钦业 . 丁玲的《"牛棚"小品》与杨绛的《干校六记》[J]. 汉中师院学报（哲学社会科学版），1989（4）.

276. 李锐 . 读《将饮茶》[J]. 瞭望，1988（1）.

277. 李慎之 . 通才博识 铁骨冰心 [J]. 读书，1994（10）.

278. 李书磊，张欣 .《洗澡》的"冷"与"雅"[J]. 文学自由谈，1990（1）.

279. 李彤 . 杨绛散文创作的边缘性特征 [D]. 沈阳：辽宁大学，2004.

280. 李维屏 . 英国小说艺术史 [M]. 上海：上海外语教育出版社，2003.

281. 李蔚松 . 论杨绛近作的艺术新质 [J]. 辽宁师范大学学报，2000（6）.

282. 李文 . 漫谈学人的"群分"[N]. 光明日报，2011-05-10（013）.

283. 李险峰 . 论杨绛散文的写人艺术 [J]. 理论导刊，2005（10）.

284. 李相 . 从杨绛与肖凤的笔战谈有关传记文学的创作问题 [J]. 徐州师范大学学报，2000（2）.

285. 李相 . 应该怎样对待传主的叙述——从杨绛与肖凤的笔战探讨有关传记文学的创作问题 [J]. 河北学刊，2000（3）.

286. 李晓丽 . 杨绛创作论 [D]. 开封：河南大学，1999.

287. 李咏吟．存在的勇气：杨绛与宗璞的散文精神 [J]．当代作家评论，1993（6）．

288. 李泽厚．中国思想史论（上中下）[M]．合肥：安徽文艺出版社，1999．

289. 李兆忠．疏通了中断多年的中国传统文脉——重读《干校六记》．当代文坛，2009（5）．

290. 梁子民，毕文昌．传记没必要都得到传主认可 [N]．中国青年报，2008-10-22（10）．

291. 林沧海．为了不忘记那段历史 [J]．黄河，2000（2）．

292. 林丹．试论《干校六记》的表现手法 [J]．新余高专学报，2008（6）．

293. 林非．必要的澄清和说明 [J]．黄河，2000（3）．

294. 林非．致《书屋》编辑部的一封信 [J]．书屋，2000（12）．

295. 林晶鸿．杨绛《"玉人"》中对神圣爱情的颠覆 [J]．文学教育，2009（20）．

296. 林少雄．论杨绛《我们仨》中的知识分子人文情怀 [J]．重庆教育学院学报，2011（2）．

297. 林为进．小说任是由人写——《洗澡》启示录 [J]．当代文坛，1992（1）．

298. 林筱芳．人在边缘——杨绛创作论 [J]．文学评论，1995（5）．

299. 林逸．关于杨绛"点烦"《堂吉诃德》的争议 [N]．文艺报，2005-08-30（002）．

300. 林莹．中国现当代女性文学鉴赏 [M]．上海：东华大学出版社，2008．

301. 凌晓蕾．涓涓细流终归海 平凡当中见真情——读杨绛《我们仨》[J]．青海师范大学学报（哲学社会科学版），2004（1）．

302. 凌晓蕾．"古驿道"上离别情——杨绛新作《我们仨》的象征意蕴 [J]．阅读与写作，2004（3）．

303. 凌晓蕾．论杨绛新著《我们仨》[J]．语文教学与研究，2004（4）．

304. 陵久．钱锺书浅识 [J]．书屋，1997（4）．

305. 刘安海，孙文宪．文学理论 [M]．武汉：华中师范大学出版社，1999．

306. 刘传霞．智者的微笑——杨绛散文漫谈 [J]．济宁师专学报，1996（2）．

307. 刘东青．作家的另一种写作姿态——谈杨绛的文学作品对知识分子题材的再探索 [D]．北京：中国人民大学，2003．

308. 刘戈．理查逊与菲尔丁之争——《帕梅拉》和《约瑟夫·安德鲁斯》的对比分析 [J]．外国文学评论，2004（03）．

309. 刘健．西班牙国王授予北京外国语大学董燕生教授伊莎贝尔女王勋章 [J]．外国文学，2000（6）．

310. 刘江 . "好读书"和杨绛 [N]. 人民日报，2001-09-27.

311. 刘晋锋 . 赵振江："文学爆炸"已成历史·采访手记 [N]. 新京报，2005-01-12（C12）.

312. 刘晋锋 . 施康强：请把我当作散文作者 [N]. 新京报，2005-03-31（C12）.

313. 刘梅竹 . 杨绛先生与刘梅竹的通信两封 [J]. 中国文学研究，2006（1）.

314. 刘梦溪 . 红学三十年论文选编（中）[C]. 天津：百花文艺出版社，1984.

315. 刘梦溪 . "艺术是克服困难"——看《范曾》，寄遐思 [J]. 文艺研究，2007，（10）.

316. 刘念兹 .《唐吉诃德》简说 [J]. 山东师院学报（哲学社会科学版），1980（4）.

317. 刘琴 . 喜剧语境中的"味外之旨"——杨绛《弄真成假》美学品格新探 [J]. 西南交通大学学报（社会科学版），2005（3）.

318. 刘思谦 . 人生边上的问号 [J]. 读书，1993（6）.

319. 刘思谦 . 反命名和戏谑式命名——杨绛散文的反讽修辞 [J]. 郑州大学学报（哲学社会科学版），2002（2）.

320. 刘薇 . 杨绛风俗喜剧的风格 [J]. 大舞台，2006（4）.

321. 刘心力 . 生命的感悟：杨绛的散文精神 [J]. 辽宁商务职业学院学报，2001（4）.

322. 刘心力 . 杨绛研究述评 [J]. 辽宁师专学报（社会科学版），2005（4）.

323. 刘颖思 . 影响、接受与融通——跨文化语境下杨绛小说《洗澡》研究 [D]. 长沙：中南大学，2010.

324. 刘瑜 . 细读杨绛的《老王》[J]. 文学教育（上），2009（1）.

325. 刘玉梅 . 真僧只说家常话——读杨绛的散文集《杂忆与杂写》[J]. 新闻爱好者，1995（8）.

326. 刘云云 . 四十年代市民话剧的一种流变 [D]. 上海：华东师范大学，2010.

327. 刘增荣 . "沧浪之水……"[J]. 读书，1992（5）.

328. 刘中国 . 钱锺书：20 世纪的人文悲歌 [M]. 广州：花城出版社，1999.

329. 卢升淑 . 现代女作家文本里孤独、无力的母性——试论张爱玲、杨绛、苏青、林徽因的母性书写 [J]. 海南师范学院学报（人文社会科学版），2000（3）.

330. 鲁迅 . 鲁迅全集（第 4 卷）[M]. 北京：人民文学出版社，2005.

331. 鲁迅 . 鲁迅全集（第 6 卷）[M]. 北京：人民文学出版社，2005.

332. 鲁迅 . 鲁迅全集（第十二卷·书信）[M]. 北京：人民文学出版社，1981.

333. 陆明，崔海燕 . 杨绛纪事散文题材之比较 [J]. 辽宁广播电视大学学报，1999（1）.

334. 陆仁 . 反思"文革"岁月的胸怀与境界 [J]. 书屋，2000（8）.

335. 路筠. 近十年（1997—2006）杨绛散文研究综述 [J]. 柳州师专学报，2007（4）.

336. 路远南. 由拜访两位先生想到的 [J]. 文学自由谈，1999（4）.

337. 罗守让. 关于当代散文的审视、评估和反思 [J]. 琼州大学学报，1994（1）.

338. 罗淑萍，洪蔚. 有感于"诗译英法唯一人"许渊冲 [J]. 科技英语学习，2004（4）.

339. 罗思. 写在钱锺书边上 [Z]. 上海：文汇出版社，1996.

340. 罗维扬. 纯净精致的美文——杨绛早期散文四篇赏析 [J]. 名作欣赏，2000（4）.

341. 罗新璋. 翻译论集 [C]. 北京：商务印书馆，1984.

342. 罗新璋. 七分译三分作 [N]. 文汇报，2007-08-17.

343. 罗银胜. 杨绛传 [M]. 北京：文化艺术出版社，2005.

344. 罗银胜. "泪和笑只隔了一张纸"——试说杨绛的戏剧创作 [J]. 上海青年管理干部学院学报，2005（2）.

345. 罗银胜. 杨绛的读书生活 [J]. 民主与科学，2005（3）.

346. 罗银胜. 杨绛妙说"读书" [J]. 教育现代化，2005（11）.

347. 罗银胜. 人性的美感——读杨绛先生的《走到人生边上》[J]. 书屋，2007（12）.

348. 落华生（许地山）. 读芝兰与茉莉因而想及我底祖母 [J]. 小说月报，1924，15（5）.

349. 马风. 杨绛的机智和哲学心理——《洗澡》泛论 [J]. 当代作家评论，1990（1）.

350. 马俊山. 重返市民社会建设市民戏剧——论 40 年代的话剧创作 [J]. 中国现代文学研究丛刊，2003（2）.

351. 马士芳.《老王》所蕴含的人文精神 [J]. 文学教育（下），2009（10）.

352. 马文蔚. 杨绛：走到人生边上 [N]. 中华读书报，2007-10-10.

353. 麦耶. 十月影剧综评·《弄真成假》与喜剧的前途 [J]. 杂志，1943，12（2）.

354. 麦耶. 七夕谈剧·《游戏人间》——人生的小讽刺 [J]. 杂志，1944，13（6）.

355. 毛汉英等. 世界地名词典 [S]. 上海：上海辞书出版社，1981.

356. 茅盾.《茅盾译文选集》序 [A].《翻译通讯》编辑部. 翻译研究论文集（1949—1983）[C]. 北京：外语教学与研究出版社，1984.

357. 梅哲. 北京外国语大学董燕生、董纯教授荣获第二届鲁迅文学奖 [J]. 外国文学，2001（6）.

358. 孟度. 关于杨绛的话 [J]. 杂志，1945 年，15（2）.

359. 孟飞. 从《洗澡》说开去——略论建国后的知识分子思想改造 [EB/OL]. 孟飞文集 http://www.wyzxsx.com/Article/Class14/200902/69424.html，2009-02-11.

360. 孟昕. 温和恬淡却又卓尔不群——论杨绛创作的独特魅力 [J]. 河北北方学院学

报，2006（4）.

361. 绵绵 . 玫瑰飘香：2003 年中国女性代表人物点评 [J]. 民族论坛，2004（3）.

362. 苗祎 . 杨绛对散文的独特贡献 [J]. 河南社会科学，2002（4）.

363. 敏泽 .《干校六记》读后 [J]. 读书，1981（9）.

364. 莫云 . 杨绛小说《洗澡》的反讽艺术 [J]. 武警学院学报，2003（6）.

365. 倪岗 . 与《〈老王〉中的一处细节》商榷 [J]. 语文教学通讯·初中刊，2007（9）.

366. 倪梁康 ."作家就是写作困难的人" [J]. 读书，2001（6）.

367. 倪文尖 . 文人旧话 [Z]. 上海：文汇出版社，1995.

368. 宁子 .《围城》书名探源 [J]. 文史杂志，1993（6）.

369. 牛运清 . 杨绛的散文艺术 [J]. 文史哲，2004（4）.

370. 潘凌飞 . 从《"小趋"记情》浅析杨绛的干校文学 [J]. 文学界（理论版），2011（3）.

371. 潘廷祥 . 灵魂不灭——读杨绛先生《走到人生边上》随想 [J]. 当代贵州，
     2009（19）.

372. 彭雪英 . 精神家园的重建 艺术之美的延续——解读杨绛散文集《走到人生边
     上——自问自答》[J]. 创作评谭，2008（5）.

373. 祁文斌 . 杨绛的体面 [J]. 躬耕，2009（4）.

374. 钱碧湘 . 杨绛借钱 [J]. 视野，2000（5）.

375. 钱碧湘 . 杨绛：走到人生边上 [N]. 中国图书商报，2007-09-25.

376. 钱基博 . 现代中国文学史 [M]. 长沙：岳麓书社，1986.

377. 钱理群，温儒敏，吴福辉 . 中国现代文学三十年（修订本）[M]. 北京：北京大
     学出版社，1998.

378. 钱林森 . 与法国外交家、汉学家郁白的诗学对话 [N]. 中华读书报，2008-
     06-04.

379. 钱宁 . 曲高自有知音——访周振甫先生 [A]. 沉冰 . 不一样的记忆——与钱锺书
     在一起 [Z]. 北京：当代世界出版社，1999.

380. 钱之俊 . 杨著两种"传记"有差异 [J]. 文史杂志，2004（6）.

381. 钱之俊 . 钱锺书先生的日记——读《听杨绛谈往事》札记 [J]. 名作欣赏，2011（1）.

382. 钱锺书 . 林纾的翻译 [A].《文学研究集刊》编辑委员会 . 文学研究集刊（第 1 册）
     [C]. 北京：人民文学出版社，1964.

383. 钱锺书 . 围城 [M]. 北京：人民文学出版社，1980.

384. 钱锺书 .《干校六记》小引 [J]. 读书，1981（9）.

385. 钱锺书. 林纾的翻译 [A]. 薛绥之、张俊才. 林纾研究资料 [G]. 福州：福建人民出版社，1983.

386. 钱锺书. 谈艺录 [M]. 北京：中华书局，1984.

387. 钱锺书. 管锥编 [M]. 北京：中华书局，1986.

388. 钱锺书. 七缀集（修订本）[M]. 上海：上海古籍出版社，1994.

389. 钱锺书. 钱锺书散文 [M]. 杭州：浙江文艺出版社，1997.

390. 钱锺书. 槐聚诗存 [M]. 北京：生活·读书·新知三联书店，2007.

391. 钱锺书. 钱锺书集 [M]. 北京：生活·读书·新知三联书店，2007.

392. 钱锺书. 窗 [J]. 新读写，2009（7）.

393. 乔澄澈. 翻译与创作并举——女翻译家杨绛 [J]. 外语学刊，2010（5）.

394. 秦国林. 亨利·菲尔丁的文学理论及其对我们的启示 [J]. 西安外国语学院学报，2006（2）.

395. 秦凌. 杨绛：我们仨又失散了 [J]. 出版参考，2003（26）.

396. 冉东平. 李渔与亚理斯多德戏剧结构理论的比较——评杨绛的《李渔论戏剧结构》[J]. 戏剧文学，2008（4）.

397. 任明耀. 钱锺书二三事 [J]. 民主，1999（2）.

398. 任明耀. 感受大师的胸怀——读钱锺书书信五封 [J]. 南京师范大学文学院学报，2008（1）.

399. 任明耀. 感受大师的胸怀——读钱锺书给我的信 [J]. 新文学史料，2008（2）.

400. 任明耀. 钱锺书给我的新年贺卡 [J]. 世纪，2008（6）.

401. 阮晓蕾. 四位老人，一首诗和一种人生哲学——对《我不与人争》一诗的文体分析以及不同版本翻译的比较 [J]. 科教文汇（上旬刊），2009（9）.

402. 散木. 读书献疑 [J]. 中国图书评论，2009（6）.

403. 桑农. "以业余为荣"的知识分子 [N]. 羊城晚报，2009-04-25（B06）.

404. 申景梅. 杨绛作品中的喜剧精神探析 [J]. 天中学刊，2009（4）.

405. 沈冰. 不一样的记忆：与钱锺书在一起 [Z]. 北京：当代世界出版社，1999.

406. 沈坤林. 智者的一种讲述——杨绛《老王》细读 [J]. 语文学习，2009（4）.

407. 沈伟东. 费孝通夫人"问罪"杨绛 [J]. 钟山风雨，2009（6）.

408. 盛英. 她们更向往现代文明——试论新时期女作家对社会人生的思考 [J]. 天津社会科学，1989（3）.

409. 盛英. 知识分子的众生相——杨绛《洗澡》读后 [N]. 文艺报，1989-04-15.

410. 施康强. 文学翻译: 后傅雷时代 [N]. 文汇报, 2006-10-16 (11).

411. 施武. 杨绛讲《我们仁》[J]. 科技文萃, 2003 (11)./ 三联生活周刊, 2003 (24).

412. 施永秀. 论杨绛小说《洗澡》中的女性形象 [J]. 江西社会科学, 2003 (2).

413. 施永秀. 隽笔绘世相——读杨绛小说《洗澡》[J]. 石家庄职业技术学院学报, 2003 (3).

414. 施永秀. 言外之致——杨绛《洗澡》中的人物对话赏评 [J]. 名作欣赏: 鉴赏版, 2005 (5).

415. 施战军, 王伟瀛. 角色自省与形象尴尬——文化转型期知识分子文学研究之一 [J]. 松辽学刊 (社会科学版), 1993 (3).

416. 施蛰存. 施蛰存说杨绛小说《洗澡》[J]. 名作欣赏, 2004 (6).

417. 石剑峰. 北岛谈当代汉语诗歌的困境 [N]. 东方早报, 2010-01-17 (T02).

418. 石静.《洗澡》:《围城》的另一种写作姿态——杨绛的人生思索与忧患 [D]. 苏州: 苏州大学, 2006.

419. 石静. 驿动与笃定: 人生的两种姿态——《洗澡》与《围城》的比较赏析 [J]. 山东省农业管理干部学院学报, 2011 (3).

420. 时统宇. 电视知识分子的前世今生 (之三) ——钱锺书杨绛夫妇, 为我们提供了知识分子与电视对话的中国范本 [J]. 青年记者, 2011 (7).

421. 舒坦. 钱锺书杨绛互为捉刀写 "情诗" [J]. 文学教育, 2008 (11).

422. 舒展. 读《阴》[J]. 民主, 1998 (6).

423. 舒展. 天鹅之歌——杨绛新译《斐多》的对话 [J]. 民主与科学, 2000 (5).

424. 舒展. 古驿道上悟道者——读杨绛新作《我们仁》[N]/[J]. 检察日报, 2003-07-25./ 社会科学报, 2003-08-14./ 民主与科学, 2003 (4)./ 科技文萃, 2003 (11).

425. 舒展. 杨绛的人格魅力 [J]. 北京观察, 2010 (6).

426. 司马长风. 中国新文学史 (上中下) [M]. 香港: 昭明出版社, 1975—1978./ 台北: 传记文学出版社, 1991.

427. 宋成艳. "隐身衣" 下的智性写作——杨绛戏剧整体观 [D]. 贵阳: 贵州师范大学, 2009.

428. 宋迎秋. 梦魂长逐漫漫絮——探访杨绛 [N]. 中国时报, 2004-06-16.

429. 孙歌. 读《洗澡》[J]. 文学评论, 1990 (3).

430. 孙红.《杨绛文集》二次出版 杨绛拒绝参加个人作品研讨会 [N]. 北京晨报,

2004–04–13.

431. 孙红 . 个人作品研讨会拒绝"出山"[N]. 中国妇女报，2004–04–14.

432. 孙绍振 . 读《老王》，教《老王》——贴近发现"愧怍"的自我 [J]. 语文学习，2007（4）.

433. 孙宪武 . 智者的"不安"与"愧怍"——读《老王》[J]. 初中数语外辅导，2004（7）.

434. 孙玉祥 . 钱锺书的傲骨和智慧 [J]. 现代阅读，2009（8）.

435. 孙郁 . 钱锺书识略 [J]. 当代作家评论，1997（6）.

436. 孙致礼 . 也谈神似与形似 [J]. 外国语（上海外国语学院学报），1992（1）.

437. 谭芳 . 二十世纪中国女性翻译家研究 [D]. 长沙：湖南师范大学，2006.

438. 谭解文 . 绘人物真像 写人间真情——读杨绛的散文集《将饮茶》[J]. 当代文坛，1988（5）.

439. 汤晏 . 一代才子钱锺书 [M]. 上海：上海人民出版社，2005.

440. 唐韧 . 耕耘知识分子的"方寸地"——杨绛《洗澡》的人文精神蕴涵 [J]. 广西大学学报（哲学社会科学版），1998（4）.

441. 唐韧 . 学界：给西部什么——读杨绛先生一封信有感 [J]. 科技文萃，2003（6）.

442. 唐湜 . 回忆：抗日战争时期的东南文坛 [J]. 新文学史料，1990（4）.

443. 唐弢，严家炎 . 中国现代文学史 [M]. 北京：人民文学出版社，1979—1980.

444. 陶然 . 盛夏探望杨绛先生 [N]. 联合报，2004–09–21.

445. 滕威 .《堂吉诃德》这样来到中国 [N]. 中华读书报，2005–03–23（18）.

446. 田蕙兰 . 旧中国都市一角的素描——杨绛《倒影集》漫评 [J]. 华中师范大学学报（哲学社会科学版），1989（4）.

447. 田蕙兰，马光裕，陈珂玉 . 钱锺书杨绛研究资料集 [G]. 武汉：华中师范大学出版社，1990/1997.

448. 童庆炳 . 文学理论教程 [M]. 北京：高等教育出版社，1998.

449. 万莲子 . 生命的大策略：消解双性的冲突——杨绛小说侧论 [J]. 中国文学研究，1996（1）.

450. 万莲子 . 乱世情怀的文化发现——论张爱玲与杨绛在沦陷区上海的创作 [J]. 云梦学刊，1996（3）.

451. 汪家明 . 范先生 [J]. 编辑学刊，2010（1）.

452. 汪维藩 . 自牧（十六）[J]. 天风，2009（10）.

453. 汪曾祺 . 代序：沈从文转业之谜 [A]. 沈从文 . 花花朵朵 坛坛罐罐——沈从文

谈艺术与文物 [M]. 南京：江苏美术出版社，2002.

454. 汪曾祺. 晚翠文谈新编 [M]. 北京：生活·读书·新知三联书店，2002.

455. 王彬彬. 钱锺书旧事：谁是被侮辱被损害者 [J]. 粤海风，2000（2）.

456. 王彩萍. 谈杨绛"文革"记忆的情感处理 [J]. 当代文坛，2005（2）.

457. 王彩萍. 杨绛：情感含蓄与大家气象——儒家美学对当代作家影响的个案研究 [J]. 学术探索，2008（1）.

458. 王澄霞. 清幽独放的艺术奇葩——杨绛散文创作论 [J]. 扬州大学学报（人文社会科学版），1997（6）.

459. 王德威. 小说中国——晚清到当代的中文小说 [M]. 台北：麦田出版有限公司，1993.

460. 王德威. 现代中国小说十讲 [M]. 上海：复旦大学出版社，2003.

461. 王地山. 见微知著的反思——试谈杨绛的长篇小说《洗澡》[J]. 四川省干部函授学院学报，2004（2）.

462. 王富仁. 鲁迅前期小说与俄罗斯文学 [M]. 西安：陕西人民出版社，1983.

463. 王富仁. 中国反封建思想革命的一面镜子——《呐喊》《彷徨》综论 [M]. 北京：北京师范大学出版社，1986.

464. 王富仁. 王富仁自选集 [M]. 桂林：广西师范大学出版社，1999.

465. 王富仁. 呓语集 [M]. 北京：中国文联出版社，2000.

466. 王宏. 对当前翻译研究几个热点问题的再思考 [J]. 上海翻译，2010（2）.

467. 王华超. "士不厌学方能成圣" [J]. 群众，1999（7）.

468. 王嘉良. 鲁迅小说艺术发展初探 [J]. 中国现代文学研究丛刊，1982（3）.

469. 王理行. 原作之"烦"不能"点" [N]. 文汇读书周报，2005-11-18（3）.

470. 王蒙. 令人思绪萦回不已的书 [J]. 读书，2003（8）.

471. 王鹏. 杨绛：从剧作家到翻译家 [N]. 大公报，2009-11-30.

472. 王萍. 丁玲与杨绛比较论 [D]. 西安：西北大学，2008.

473. 王萍. 丁玲与杨绛创作比较论 [J]. 渭南师范学院学报，2011（3）.

474. 王若. 为杨绛声辩 [N]. 中华读书报，2003-06-18.

475. 王为生. 雪野的跋涉与观望——杨绛散文论 [J]. 唐山师专学报，1999（4）.

476. 王维燕. 论杨绛的散文特色 [J]. 武汉科技学院学报，2006（5）.

477. 王伟瀛. 钱锺书译《毛选》[J]. 科技文萃，2001（7）.

478. 王武子. 读"老圃遗文辑"札记 [J]. 中国图书评论，1995（2）.

479. 王潇潇. 大象无形 大音希声——杨绛《我们仨》对知识分子人格精神的揭示 [J]. 淮海文汇，2006（3）.

480. 王小波. 文明与反讽 [M]. 呼和浩特：内蒙古人民出版社，1998.

481. 王小巧. 一诗两译 各有千秋——杨绛、绿原对 "Dying speech of an old philosopher" 的翻译比较 [J]. 陕西广播电视大学学报，2008（2）.

482. 王学莉，丁邦勇. 《干校六记》文本细读——浅谈杨绛的边缘人风格 [J]. 科学咨询，2006（10）.

483. 王学亮. "浴客" 的故事——读杨绛长篇小说《洗澡》[J]. 固原师专学报，1991（4）.

484. 王雪. 论杨绛喜剧精神的人生与艺术资源 [J]. 南京林业大学学报（人文社会科学版），2001（1）.

485. 王燕. 知识分子写作——杨绛创作论 [D]. 苏州：苏州大学，2005.

486. 王燕. 论杨绛的自由写作立场 [J]. 常熟理工学院学报（哲学社会科学版），2007（11）.

487. 王燕. 智者慧心——论杨绛创作的艺术魅力 [J]. 盐城工学院学报（社会科学版），2010（4）.

488. 王燕. 杨绛的寂寞与高贵 [J]. 当代作家评论，2010（6）.

489. 王瑶. 中国文学研究现代化进程 [Z]. 北京：北京大学出版社，1996.

490. 王一波，田乾峰. 李敖称母亲像慈禧 [N]. 京华时报，2005-09-25（03）.

491. 王毅. 心灵的档案 [J]. 北京观察，2000（2）.

492. 韦器闳. 略论杨绛的散文 [J]. 柳州师专学报，2001（2）.

493. 韦泱. 与杨绛先生的书缘 [N]. 文汇读书周报，2010-09-10（8）.

494. 文波，贺绍俊. 文坛评述 [J]. 南方文坛，1999（3）.

495. 文红霞. 落在胸口的玫瑰——20世纪中国女性写作 [M]. 南京：南京大学出版社，2009.

496. 吴方. 小窗一夜听秋雨——重读杨绛《干校六记》[J]. 当代作家评论，1991（2）.

497. 吴福辉. 京派小说选 [Z]. 北京：人民文学出版社，1990.

498. 吴嘉慧. 淡泊明志 宁静致远——由杨绛笔下的青年女性透视其人生姿态 [D]. 长春：吉林大学，2007.

499. 吴洁敏，朱宏达. 朱生豪传 [M]. 上海：上海外语教育出版社，1990.

500. 吴士余. 戏谑性的形象勾勒——《堂吉诃德》艺术谈之四 [J]. 名作欣赏，1988（6）.

501. 吴泰昌. 我认识的钱锺书 [M]. 上海：上海文艺出版社，2005.

502. 吴相．"自家怀里"的风景 [J]. 读书，1995（10）．

503. 吴学峰．《老王》中一个问题的思考 [J]. 语文教学之友，2008（8）．

504. 吴学峰．百年修为伏仙气——论杨绛对神秘主义文化的认识与表现 [J]. 无锡商业职业技术学院学报，2010（6）．

505. 吴学峰．在情在理 真实自然——换个角度看《老王》[J]. 语文教学之友，2010（12）．

506. 吴学昭．死者如生 生者无愧 [N]. 中华读书报，2003-06-04．

507. 吴学昭．听杨绛谈往事 [M]. 北京：生活·读书·新知三联书店，2008．

508. 吴学昭．杨绛借读清华之后 [J]. 全国新书目，2008（21）．

509. 吴学昭．听杨绛谈往事（五题）[J]. 读书文摘（文史版），2009（1）．

510. 吴学昭．我是一个零——听杨绛讲故事 [J]. 新文学史料，2009（1）．

511. 吴瀛．《槐聚诗存》一误 [J]. 咬文嚼字，1998（10）．

512. 伍立杨．碧海掣鲸窥浩博 [J]. 阅读与写作，2002（2）．

513. 伍立杨．"姚宓沉静的眼睛里忽放异彩" [J]. 阅读与写作，2002（3）．

514. 武月明．试论菲尔丁的现实主义小说创作理论 [J]. 南京师大学报（社会科学版），1996（4）．

515. 西语专家董燕生获西班牙艺术文学勋章 [N]. 深圳商报，2009-09-03（C2）．

516. 夏慧兰．杨绛喜剧作品小析 [J]. 戏剧艺术，1998（1）．

517. 夏晓虹．觉世与传世——梁启超的文学道路 [M]. 上海：上海人民出版社，1991．

518. 夏一雪．理性与智慧 选择与得失——杨绛简论 [D]. 济南：山东大学，2007．

519. 夏一雪．于人生边上随遇而作——评杨绛的文学创作 [J]. 辽东学院学报（社会科学版），2009（5）．

520. 夏志清．钱氏未完稿《百合心》遗落何方？——钱锺书先生的著作及遗稿 [J].（香港）明报月刊，1999（2）．

521. 夏志清．中国现代小说史 [M]. 刘绍铭等译．香港：中文大学出版社，2001．

522. 夏志清．文学的前途 [M]. 北京：生活·读书·新知三联书店，2002．

523. 夏志清．新文学的传统 [M]. 北京：新星出版社，2005．

524. 现代汉语词典（第5版）[S]. 北京：商务印书馆，2005．

525. 萧德荣．世界地名录 [S]. 北京：中国大百科全书出版社，1984．

526. 萧德荣．世界地名翻译手册 [S]. 北京：知识出版社，1988．

527. 萧路．无名无位活到老 活得很自在——杨绛近况 [N]. 文学报，1989-01-26．

528. 萧乾．一部散文的喜剧史诗——读《弃儿汤姆·琼斯的历史》[J]．外国文学研究，1982（04）．

529. 萧乾．菲尔丁——英国现实主义小说奠基人 [M]．上海：上海译文出版社，1984.

530. 小桂．此情只应天上有——记钱锺书、杨绛夫妇[J]．中文自修·中学，2003（10）．

531. 小柯．杨绛先生新作《我们仨》销售火爆 [N]．中国图书商报，2003-07-11.

532. 肖凤．林非被打真相 [J]．作品与争鸣，2000（4）．

533. 谢冕，陈素琰．她给我们带来了什么？——评张洁的创作 [A]．孟繁华等．新时期文学创作评论选 [C]．北京：中央广播电视大学出版社，1986.

534. 谢泳．靠不住的历史 [M]．桂林：广西师范大学出版社，2009.

535. 辛华．世界地名译名手册 [S]．北京：商务印书馆，1976.

536. 徐斌．翻译——沟通世界的桥梁 [J]．世界文化，1996（1）．

537. 徐春萍．渊博睿智 风范长存 [J]．文学自由谈，1999（1）．

538. 徐岱．大智慧与小文本：论杨绛的小说艺术 [J]．文艺理论研究，2002（1）．

539. 徐红萍．不留人间半点尘 [J]．观察与思考，2000（7）．

540. 徐泓．超尘脱俗的钱锺书伉俪 [A]．徐泓．大人物 小人物 [M]．北京：人民出版社，1995.

541. 徐泓．杨绛：逃名如逃役 [J]．科技文萃，1995（2）．

542. 徐晶．杨绛小说中的知识分子书写 [D]．长春：吉林大学，2009.

543. 徐静娴．隐身的对话——杨绛创作论 [D]．济南：山东大学，2008.

544. 徐名羣．周振甫学术文化随笔 [Z]．北京：中国青年出版社，2000.

545. 徐明．绘真像 抒真情 发为至文——杨绛与宗璞的散文创作比较 [J]．大同职业技术学院学报，2003（2）．

546. 徐念一．中国现代幽默喜剧的三座丰碑——评丁西林、王文显和杨绛的幽默喜剧 [D]．苏州：苏州大学，2007.

547. 徐新民．鲁迅笔下的几位历史人物 [J]．徐州教育学院学报，1998（3）．

548. 徐馨．解读"北京人艺" [N]．人民日报，2009-12-10（020）．

549. 徐雪芹．试论杨绛散文和谐的美学特征 [J]．沈阳农业大学学报（社会科学版），2009（1）．

550. 徐艳玲．生活纪实中的温暖表达——杨绛散文《我们仨》的艺术表现 [J]．名作欣赏，2009（30）．

551. 徐玉玲．论杨绛小说的喜剧风格 [J]．安徽师范大学学报（人文社会科学版），

2001（2）.

552. 许道明 . 京派文学的世界 [M]. 上海：复旦大学出版社，1994.

553. 许桂亭 . 菲尔丁的小说创作与理论 [J]. 天津师大学报，1984（2）.

554. 许嘉俊 . 杨绛译《堂吉诃德》被当"反面教材" 众译家据理驳斥译坛歪风 [N].
    文汇读书周报，2005-08-26（1）.

555. 许建忠 . 杨绛散文语言艺术探讨 [D]. 广州：暨南大学，2000.

556. 薛克谬 .《干校六记》词语拾零 [J]. 河北大学成人教育学院学报，2000（1）.

557. 学正 . 新世纪文学的新主角 [J]. 文学自由谈，1995（2）.

558. 严复 . 天演论·译例言 [A].《翻译通讯》编辑部 . 翻译研究论文集（1949—
    1983）[C]. 北京：外语教学与研究出版社，1984.

559. 严欣久 . 院子里的杨绛 [N]. 人民日报海外版，2005-02-03.

560. 阎豫昌 . 散文名家论 [M]. 开封：河南大学出版社，1992.

561. 颜敏 . 梦魂长逐漫漫絮，身骨终拼寸寸灰——探秘杨绛散文《老王》的几条
    阅读路径 [J]. 名作欣赏，2009（28）.

562. 彦强 . 不因同根而护短 [J]. 读书，1989（11）.

563. 杨陈晨 . 别让杨绛哭笑不由己 [J]. 声屏世界，2007（5）.

564. 杨华轲 . 杨绛散文的独特价值 [J]. 南都学坛（人文社会科学学刊），2002（4）.

565. 杨建民 . 温润的杨绛 [N]. 人民日报海外版，2003-01-10.

566. 杨江源 . 钱锺书之谜 [J]. 当代文坛，1989（5）.

567. 杨绛 . 风絮 [M]. 上海：上海出版公司，1947.

568. 杨绛 . 斐尔丁在小说方面的理论和实践 [J]. 文学研究，1957（2）.

569. 杨绛 . 萨克雷《名利场》序 [J]. 文学评论，1959（3）.

570. 杨绛 . 艺术是克服困难——读〈红楼梦〉管窥 [J]. 文学评论，1962（6）.

571. 杨绛 . 堂吉诃德和《堂吉诃德》[J]. 文学评论，1964（3）.

572. 杨绛 . 李渔论戏剧结构 [J]. 文学研究集刊（第一册），1964（6）.

573. 杨绛 . 春泥集 [M]. 上海：上海文艺出版社，1979.

574. 杨绛 . 事实——故事——真实——读小说漫论之一 [J]. 文学评论，1980（3）.

575. 杨绛 . 干校六记 [J]. 读书，1981（8）.

576. 杨绛 . 干校六记 [M]. 北京：生活·读书·新知三联书店，1981.

577. 杨绛 . 旧书新解——读小说漫论之二 [J]. 文学评论，1981（4）.

578. 杨绛 . 倒影集 [M]. 北京：人民文学出版社，1982.

579. 杨绛. 喜剧两种 [M]. 福州：福建人民出版社，1982.

580. 杨绛. 有什么好？——读小说漫论之三 [J]. 文学评论，1982（3）.

581. 杨绛.《傅译传记五种》代序 [J]. 读书，1982（4）.

582. 杨绛. 介绍《小癞子》[J]. 读书，1984（6）.

583. 杨绛.《堂吉诃德》译余琐掇 [J]. 读书，1984（9）.

584. 杨绛. 读《柯灵选集》[J]. 读书，1985（1）.

585. 杨绛. 书信 [J]. 读书，1985（7）.

586. 杨绛. 记钱锺书与《围城》[M]. 长沙：湖南人民出版社，1986.

587. 杨绛. 关于小说 [M]. 北京：生活·读书·新知三联书店，1986.

588. 杨绛. 失败的经验（试谈翻译）[J]. 中国翻译，1986（5）.

589. 杨绛. 杨绛的答辞 [J]. 中国翻译，1986（6）.

590. 杨绛. 记钱锺书与《围城》[M]. 香港：生活·读书·新知三联书店，1987.

591. 杨绛. 将饮茶 [M]. 北京：生活·读书·新知三联书店，1987./ 台北：晓园出版社，1990.

592. 杨绛.《将饮茶》序与后记 [J]. 读书，1987（2）.

593. 杨绛.《洗澡》前言 [J]. 读书，1988（11）.

594. 杨绛. 洗澡 [M]. 北京：生活·读书·新知三联书店，1988.

595. 杨绛. 钱锺书手不释卷 [J]. 瞭望，1989（Z1）.

596. 杨绛. 记杨必 [J]. 读书，1991（2）.

597. 杨绛. 将饮茶（校定本）[M]. 北京：中国社会科学出版社，1992.

598. 杨绛. 杂忆与杂写 [M]. 广州：花城出版社，1992.

599. 杨绛. 记钱锺书与《围城》[J]. 名作欣赏，1992（2）.

600. 杨绛. 杨绛作品集（全3卷）[M]. 北京：中国社会科学出版社，1993.

601. 杨绛. 杨绛散文 [M]. 杭州：浙江文艺出版社，1994.

602. 杨绛. 杨绛译文集（全3卷）[M]. 南京：译林出版社，1994.

603. 杨绛. 第一次观礼 [J]. 新闻出版交流，1995（5）.

604. 杨绛. 答宗璞——《不得不说的话》[J]. 文学自由谈，1998（5）.

605. 杨绛. 吴宓先生与钱锺书 [J]. 读书，1998（6）.

606. 杨绛. 从"掺沙子"到"流亡"[J]. 鲁迅研究月刊，1999（12）.

607. 杨绛.《斐多》译后记 [A]. 杨绛米寿译古籍 希腊名著传中华 [N]. 人民日报海外版，2000–09–25.

608. 杨绛 . 为有志读书求知者存——记《钱锺书手稿集》[J]. 读书，2001（9）.

609. 杨绛 . 杨绛散文戏剧集 [M]. 海口：南海出版公司，2001.

610. 杨绛 . 杨绛小说集 [M]. 海口：南海出版公司，2001.

611. 杨绛 . 记《宋诗纪事》补正 [J]. 读书，2001（12）.

612. 杨绛 . 我们仨 [M]. 北京：生活·读书·新知三联书店，2003.

613. 杨绛 . 写在《围城》汉英对照本之前 [N]. 中华读书报，2003-10-15.

614. 杨绛 . 从丙午到流亡 [M]. 香港：生活·读书·新知三联书店，2004.

615. 杨绛 . 记尖兵钱瑗 [J]. 香港文学，2004（10）.

616. 杨绛 . 我和钱锺书在牛津过小日子 [J]. 文史博览，2004（7）.

617. 杨绛 . 我们仨在"文革"中的岁月 [J]. 湖南文史，2004（1）.

618. 杨绛 . 杨绛文集（全 8 卷）[M]. 北京：人民文学出版社，2004.

619. 杨绛 . 杨绛致李景端的信（摘录）[J]. 出版史料，2004（2）.

620. 杨绛 . 杨绛作品精选（全 3 卷）[M]. 北京：人民文学出版社，2004.

621. 杨绛 . 不要小题大做 [N]. 文汇读书周报，2005-09-02（1）.

622. 杨绛 . 钱锺书是怎样做读书笔记的 [J]. 出版参考，2005（26）.

623. 杨绛 . 走到人生边上——自问自答 [M]. 北京：商务印书馆，2007.

624. 杨绛 . 走到人生边上自说自话——答《读书》杂志编者 [J]. 读书，2007（11）.

625. 杨绛 . 命与天命 [J]. 发现，2008（2）.

626. 杨绛 . 人不炼，不成器 [J]. 读者，2008（15）.

627. 杨绛 . 杂忆与杂写（增订本）[M]. 北京：生活·读书·新知三联书店，2010.

628. 杨绛等 . 我们的钱瑗 [Z]. 北京：生活·读书·新知三联书店，2005.

629. 杨绛，李文俊，罗新璋，钱春绮等 . 一本书和一个世界——翻译家笔谈世界文学名著"到中国" [Z]. 北京：昆仑出版社，2005.

630. 杨靖 . 站在人生边上的智性抒写——论杨绛小说《洗澡》[D]. 合肥：安徽大学，2003.

631. 杨柳 . 捕捉传统到现代的交汇点——《称心如意》解析 [J]. 重庆科技学院学报（社会科学版），2008（11）.

632. 杨全红 . 他们仨：翻译连着你我他——傅雷、钱锺书、杨绛之间的翻译轶事 [J]. 外国语文，2010（5）.

633. 杨日红 . 浓浓爱意让人热泪横流——《尖兵的钱瑗》赏读 [J]. 阅读与鉴赏·高中，2006（1）.

634. 杨思民. 一位老作家的心声——读杨绛的散文 [J]. 贵州师范大学学报（社会科学版），1993（1）.

635. 杨现钦. 疏影暗香溢人间至情——读杨绛的《我们仨》[J]. 电影评介，2008（9）.

636. 杨小洲. 听杨绛谈往事？[N]. 中国图书商报，2008-10-28.

637. 杨旭. 行走在《大王庙》中 [J]. 社会科学论坛（学术评论卷），2008（14）.

638. 杨扬. 杨绛喜剧艺术论 [D]. 合肥：安徽大学，2004.

639. 杨耀民. 批判杨绛先生的《斐尔丁在小说方面的理论和实践》[J]. 文学研究，1958（4）.

640. 杨义. 中国现代小说史（第3卷）[M]. 北京：人民文学出版社，1993. / 2000.

641. 杨荫杭. 老圃遗文辑 [M]. 杨绛整理. 武汉：长江文艺出版社，1993.

642. 杨颖. 上海城市文化与杨绛的喜剧创作 [J]. 南京农业大学学报（社会科学版），2004（2）.

643. 杨云嵋. 汉西谚语对比研究——以《堂吉诃德》为例 [D]. 山东大学，2008.

644. 杨曾宪. 试论小说理论的分类 [N]. 文学报，2000-06-15（003）.

645. 杨周翰. 菲尔丁论小说和小说家——介绍《汤姆·琼斯》各卷首章 [J]. 国外文学，1981（2）.

646. 姚金维. 吉厚德爷翻译技巧研究 [D]. 台北：台湾辅仁大学，1989.

647. 叶诚生. 杨绛散文：智者的人间情怀 [J]. 中华女子学院山东分院学报，2000（2）.

648. 叶芳. 《我们仨》对我们说——美好的家庭是人生最安全的庇护所 [J]. 出版广角，2003（9）.

649. 叶含氤. 杨绛文学创作研究 [D]. 台北：台湾东吴大学，2005.

650. 叶廷芳. 钱锺书："任凭风浪起，稳坐钓鱼船" [N]. 社会科学报，2010-11-11（6）.

651. 叶元章，徐通翰. 中国当代诗词选 [Z]. 南京：江苏文艺出版社，1986.

652. 叶至善. 致《倒影集》作者 [J]. 读书，1982（9）.

653. 叶子铭. 茅盾论创作 [M]. 上海：上海文艺出版社，1980.

654. 殷企平，高奋，童燕萍. 英国小说批评史 [M]. 上海：上海外语教育出版社，2001.

655. 尹承东. 《堂吉诃德》何以成为世界最佳 [N]. 中华读书报，2002-07-24（6）.

656. 尹莹. 论杨绛创作中的人文精神 [D]. 武汉：华中师范大学，2006.

657. 尹莹. 论杨绛散文创作中的人文精神底蕴 [J]. 重庆工学院学报，2006（4）.

658. 尹莹. 举重若轻 超凡宁静——杨绛散文《干校六记》与《丙午丁未年纪事》

的境界 [J]. 理论界，2006（5）.

659. 尤岩. 阅读杨绛 [J]. 江苏地方志，2005（1）.

660. 游友基. 女性文学的嬗变与发展 [J]. 中国现代文学研究丛刊，1994（4）.

661. 有容. 老而困学 [J]. 书城，2007（11）.

662. 于慈江. 杨绛研究述略 [J]. 东岳论丛，2011（5）.

663. 于慈江. 小说杨绛——从小说写译的理念与理论到小说写译 [D]. 北京：北京师范大学，2012.

664. 于慈江. 取法经典 阅世启智——杨绛的小说写作观念 [J]. 中国现代文学研究丛刊，2013（1）.

665. 于慈江. 杨绛和新诗的缘与非缘——译诗《我和谁都不争》及其他 [J]. 粤海风，2013（2）.

666. 于继增. 艰难的抉择——沈从文退出文坛的前前后后 [J]. 书屋，2005（8）.

667. 于雪. 百年傅雷 译坛孤鹤——三位国内知名翻译家谈傅雷及其翻译风格 [N]. 深圳商报，2008-05-08（C4）.

668. 余光中. 余光中谈翻译 [M]. 北京：中国对外翻译出版公司，2002.

669. 余杰. 知、行、游的智性显示——重读杨绛 [J]. 当代文坛，1995（5）.

670. 余萌. 论杨绛创作的喜剧精神 [D]. 南昌：南昌大学，2008.

671. 余艳. 知识分子的诗性写作——浅论杨绛作品 [D]. 南昌：江西师范大学，2006.

672. 余艳. 知识分子的另一种抗争方式——论杨绛的知识分子写作特征 [J]. 番禺职业技术学院学报，2007（2）.

673. 余英时. 士与中国文化 [M]. 上海：上海人民出版社，2003.

674. 俞菁. 钱锺书、杨绛与苏州 [J]. 中国档案，2007（2）.

675. 俞菁. 杨绛与苏州 [J]. 江苏地方志，2008（2）.

676. 袁复生. 年度特别策划：2008 烂书榜 [EB/OL]. 潇湘晨报 http://book.sina.com.cn/news/c/2009-01-06/1244250406.shtml，2009-01-06.

677. 袁毅. 2008 烂书榜 [N]. 武汉晚报，2009-01-06（20）.

678. 曾镇南. 世态和人情就是这样——读《洗澡》[N]. 文论报，1989-05-15.

679. 查志华. 杨绛的《记钱锺书与〈围城〉》[N]. 解放日报，1987-02-12.

680. 张瑷. 温暖而美丽的生命之火——《我们仨》的思情价值 [J]. 荆门职业技术学院学报，2006（4）.

681. 张秉真，章安祺，杨慧林 . 西方文艺理论史 [M]. 北京：中国人民大学出版社，2003.

682. 张承志 . 铜像孤单 [J]. 花城，2004（3）.

683. 张承志 . 拜访三雕像 [J]. 世界博览，2004（5）.

684. 张承志 . 鲜花的废墟——安达卢斯纪行 [M]. 北京：新世界出版社，2005.

685. 张承志 . 雕像孤单 [J]. 出版参考：请阅读，2005（3）.

686. 张丹峰 . 落花无言，人如淡菊——从《走在①人生边上》看杨绛的晚年创作 [J]. 安徽文学，2008（7）.

687. 张海鹏，张仕哲 . 旷达超然 含蓄蕴藉——浅谈新时期杨绛创作风格 [J]. 承德民族师专学报，2006（1）.

688. 张寒 . "闲笔"之处蕴深意——再读杨绛先生的《老王》[J]. 阅读与鉴赏·教研，2008（3）.

689. 张洪 . 天鹅之歌 读杨绛先生译《斐多》想到的 [J]. 博览群书，2001（2）.

690. 张惠 . 杨绛的宗教情怀及其文学阐释 [D]. 兰州：西北师范大学，2010.

691. 张霁 . 论杨绛文学创作中的"隐身化"艺术风格 [D]. 长春：吉林大学，2005.

692. 张嘉文 .《堂吉诃德》谚语中译评析 [D]. 台北：台湾淡江大学，2009.

693. 张健 . 幽默行旅与讽刺之门——中国现代喜剧研究 [M]. 北京：中国人民大学出版社，1997 年 .

694. 张健 . 论中国现代幽默喜剧的世态化 [J]. 戏剧艺术，1998（6）.

695. 张健 . 论杨绛的喜剧——兼谈中国现代幽默喜剧的世态化 [J]. 华中师范大学学报（人文社会科学版），1999（3）.

696. 张健 . 钱锺书与杨绛：智慧树下的幽默之果 [J]. 新疆石油教育学院学报，2000（1）.

697. 张静河 . 并峙于黑暗王国中的喜剧双峰——论抗战时期李健吾、杨绛的喜剧创作 [J].《戏剧》，1988，秋季号（49）.

698. 张静宜 . 流浪汉小说的发展与高尔基流浪汉小说的新突破 [D]. 呼和浩特：内蒙古师范大学，2010.

699. 张俊才，李扬 . 二十世纪中国文学主潮 [M]. 石家庄：河北教育出版社，2002.

700. 张立新 . 流落民间的"贵族"——论杨绛新时期创作的民间立场 [J]. 当代作家评论，2007（6）.

---

① "在"字系"到"字之误。

701. 张联 . 信得贴切 达得恰当——杨绛新作柏拉图《斐多》篇的翻译艺术 [J]. 社会科学辑刊，2000（4）.

702. 张明亮 . 未甘术取任缘差——杨绛《记钱锺书与〈围城〉》读后 [J]. 读书，1987(1).

703. 张明亮 . 智者的记忆——读《将饮茶》[J]. 读书，1988（3）.

704. 张明亮 . 读杨绛散文断想 [J]. 名作欣赏，1992（2）.

705. 张明亮 . 梦中说梦梦几层——试释《上帝的梦》[J]. 名作欣赏，1992（4）.

706. 张庆芳 . 《老王》教学设计 [J]. 语文教学与研究，2006（8）.

707. 张微 . 桑榆未晚，更谱学术新篇 [N]. 中国社会科学院报，2009-01-22.

708. 张微 . 深情的关怀 美好的祝福 [N]. 中国社会科学院报，2009-02-05.

709. 张鞾 . 论杨绛的幽默 [D]. 福州：福建师范大学，2006.

710. 张鞾 . 论杨绛幽默的表现形态 [J]. 福建论坛（社科教育版），2009（12）.

711. 张鞾 . 论杨绛的幽默观 [J]. 电影文学，2009（16）.

712. 张希敏 . 悲乐圆融——论杨绛散文的美学精神 [D]. 南京：南京师范大学，2008.

713. 张小莉 . 看散文 读杨绛 [J]. 中国集体经济，2008（13）.

714. 张晓东 . "缘情"与"反讽"：重评《干校六记》[J]. 青岛海洋大学学报（社会科学版），1994（Z1）.

715. 张晓东 . 《洗澡》、《干校六记》：杨绛印象 [J]. 阜阳师范学院学报（社会科学版），1998（1）.

716. 张晓东 . 面对历史的不同书写——巴金、杨绛历史叙事比较论 [J]. 江西社会科学，2010（10）.

717. 张晓军 . 老树发新枝 晚晴更绚烂 [N]. 中国教育报，2008-07-09.

718. 张耀杰 . 当下文学与国际大奖：发现杨绛 [N]. 中华读书报，2000-05-26.

719. 张亦斌 . 大师的胸怀 [J]. 思维与智慧，2009（7）.

720. 张者 . 杨绛：万人如海一身藏 [J]. 红岩，2001（4）.

721. 张者 . 杨绛：我们为什么不出国 [J]. 青年教师，2003（9）.

722. 张者 . 文化自白书 [M]. 北京：北京广播学院出版社，2004.

723. 张者，赵亮 . 杨绛：打扫现场 [J]. 英才，2001（1）.

724. 张志平 . 《围城》与《洗澡》：人生困境的展示和超越 [J]. 名作欣赏，2002（4）.

725. 赵白生 . "心灵的证据"——传记事实的本质 [J]. 中国比较文学，2002（3）.

726. 赵昌春 . 钱锺书与杨绛访问记 [N]. 新晚报，1979-07-19.

727. 赵惠芬 . 读书与读人 [J]. 大舞台，1996（3）.

728. 赵平. 智者的思考——杨绛《走到人生边上——自问自答》[J]. 青年教师，2008（6）.

729. 赵武平. 杨绛译笔下的苏格拉底 [N]. 中华读书报，2000-09-13.

730. 赵毅衡. 《管锥编》中的比较文学平行研究 [J]. 读书，1981（2）.

731. 赵毅衡. 苦恼的叙述者——中国小说的叙述形式与中国文化 [M]. 北京：十月文艺出版社，1994.

732. 赵玉山. 校书而书亡 [J]. 书城，1997（3）.

733. 赵仲春. 《风》阅读 [J]. 读写月报·高中版，2004（1）.

734. 郑土生. 众多学者的心血结晶——钱锺书先生、杨绛先生和《莎士比亚辞典》及其他 [J]. 出版广角，1996（4）.

735. 郑艳. 杨绛到底为何"愧怍"？[J]. 中学语文教学，2008（9）.

736. 止庵. 杨绛散文选集 [Z]. 天津：百花文艺出版社，1995.

737. 止庵. 我的签名本 [N]. 南方周末，2008-06-12.

738. 止庵. "听"与"谈"之外 [J]. 出版广角，2009（2）.

739. 智效民. 一点猜测 [J]. 读书，1996（4）.

740. 智效民. 老圃遗文辑 [J]. 博览群书，1996（5）.

741. 中国社会科学院外国文学研究所 外国文学研究资料丛刊编辑委员会. 外国理论家、作家论形象思维 [G]. 北京：中国社会科学出版社，1979.

742. 中国社会科学院外国文学研究所 外国文学研究资料丛刊编辑委员会. 欧美古典作家论现实主义和浪漫主义（一）[G]. 北京：中国社会科学出版社，1980.

743. 中国作协会员辞典 [EB/OL]. 中国作家网 http://www.chinawriter.com.cn/zxhy/member/5924.shtml.

744. 仲利民. 潇洒钱锺书 [J]. 文苑，2008（3）.

745. 周长青. 对《老王》中杨绛反思的反思 [J]. 语文教学之友，2007（8）.

746. 周国平. 古驿道上的失散 [J]. 读书，2003（11）.

747. 周国平. 人生边上的智慧——读杨绛《走到人生边上》[J]. 读书，2007（11）.

748. 周虹. 俯仰之间的世俗人生——杨绛小说创作中的矛盾与统一 [D]. 重庆：西南大学，2008.

749. 周辉芬. 幽韵如云 酒不胜茶——喜读《将饮茶》[J]. 中国图书评论，1993（5）.

750. 周情情，黄德志. 围城内外的困顿——《围城》、《洗澡》中的女性形象比较分析 [J]. 宜宾学院学报，2010（9）.

751. 周同宾 . 闲读偶记 [J]. 新闻爱好者，1993（4）.

752. 周文妮 . 菲尔丁的散文体喜剧史诗理论及在《弃儿汤姆·琼斯的历史》中的实践 [D]. 武汉：华中师范大学，2008.

753. 周文萍 . 学者机智 女性心情——谈《洗澡》对情节高潮的淡化 [J]. 名作欣赏，1996（1）.

754. 周阳 . 论杨绛《洗澡》中的知识分子形象及人生感悟 [J]. 绥化学院学报，2009（3）.

755. 周政保 . "怀人忆旧"的意义——读杨绛、黄宗江、楼适夷的散文 [J]. 文艺评论，1997（3）.

756. 周政保 . 散文家的"乡土"（三则）[J]. 南方文坛，1997（3）.

757. 周志华，刘长琨 . 人生边上的忠告——读《走到人生边上——自问自答》[J]. 时代文学，2008（6）.

758. 朱丹 . 优雅自然，意味深长——浅谈杨绛的喜剧 [J]. 科技信息，2007（36）.

759. 朱光潜 . 论翻译 [A].《翻译通讯》编辑部 . 翻译研究论文集（1894—1948）[C]. 北京：外语教学与研究出版社，1984.

760. 朱虹 . 读《春泥集》有感 [J]. 读书，1980（3）.

761. 朱健 . "捧杨"记偏 [J]. 读书，1995（7）.

762. 朱江 . 杨绛的译学见解——从《失败的经验》谈起 [J]. 常州工学院学报（社科版），2009（5）.

763. 朱凌 . 爱情从张扬到落寂——论杨绛对"五四"知识女性"爱情神话"的颠覆 [J]. 哈尔滨学院学报，2008（2）.

764. 朱凌 . 走出"五四"启蒙的"神话"——40 年代上海作家对"五四"精英化写作的世俗化解构现象 [D]. 桂林：广西师范大学，2006.

765. 朱铨 . 杨绛获"文学女士"称号 [Z]. 中国图书年鉴，2004.

766. 朱瑞芬 . 试论杨绛作品的语言特色 [J]. 铁道师院学报，1994（3）.

767. 朱瑞芬 . 钱锺书杨绛眷属语象论 [J]. 铁道师院学报，1996（3）.

768. 朱文洁 . 民国才女书影知见录 [M]. 上海：上海世纪出版股份有限公司远东出版社，2010.

769. 朱小燕 . 杨绛喜剧创作的文化意蕴 [J]. 语文学刊，2006（5）.

770. 朱又可 . "文学发出的可能是别扭的、保守的声音"——专访中国作家协会主席铁凝 [N]. 南方周末，2010–12–30（C14）.

771. 庄浩然 . 论杨绛喜剧的外来影响和民族风格 [J]. 福建师范大学学报（哲学社会

科学版），1986（1）.

772. 子静 . 杨绛长篇小说《洗澡》相继在大陆、香港、台湾出版 [N]. 文艺报，
    1988-12-17.

773. 宗璞 . 再说几句话 [J]. 文学自由谈，1998（6）.

774. 邹黎 . 试论中国现代女小说家的讽刺风格 [J]. 山东社会科学，2005（3）.

775. 左芳 . 散文的抒情艺术 [J]. 新疆师范大学学报（哲学社会科学版），1993（4）.

附录一 《干校六记》签名本
——杨绛赠本书作者于慈江

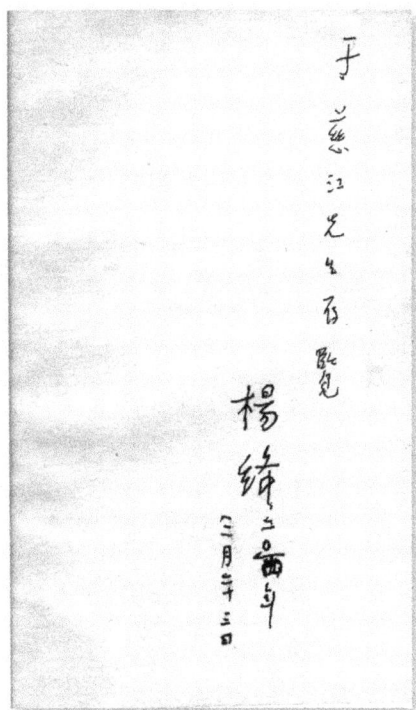

附录二　《洗澡》签名本
——杨绛赠本书作者于慈江

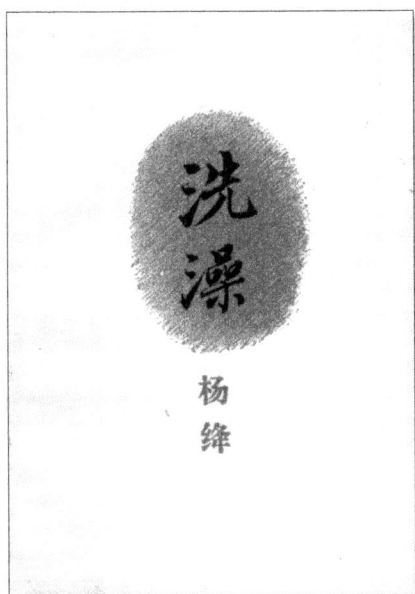

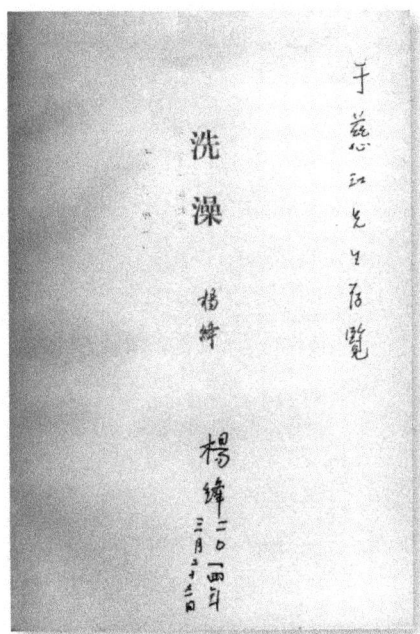

附录三 《杨绛文集》（卷一）签名本
——杨绛赠本书作者于慈江

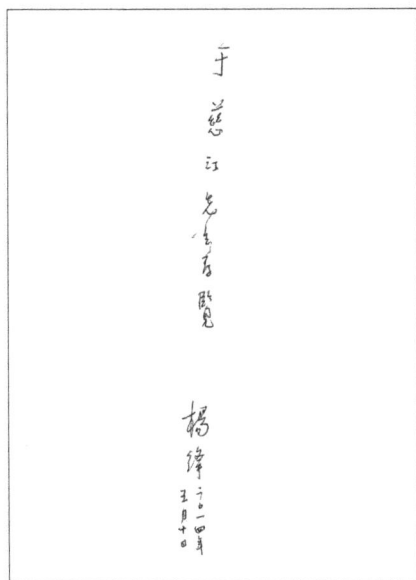

附录四　本书作者于慈江草拟的问卷《请杨绛先生答疑》①

1）您的红学论文《艺术与克服困难——读〈红楼梦〉偶记》原名为《艺术是克服困难——读〈红楼梦〉管窥》，原载于《文学评论》，1962年第6期；曾入选刘梦溪编：《红学三十年论文选编》（中）（天津：百花文艺出版社，1984年版），并被选为该册《第八编 红学比较研究之部》首篇；后收入《杨绛作品集》（第3卷第113—122页，北京：中国社会科学出版社，1993年版）和《杨绛文集》（第4卷第267—275页，北京：人民文学出版社，2004年版），更改为现名。相比于刘梦溪等人所极力推崇的"艺术是克服困难"，我更欣赏后来的"艺术与克服困难"——虽然仅只一个字的差别，但改动之后，"艺术"与"克服困难"之间的关系更立体了、丰富了，更为含蓄也更为耐人寻味了。那么，您当初做这样的修改时，究竟是怎么想的？我的分析是否有些道理？

2）人民文学出版社出版的《杨绛文集》经您亲自编定和把关，书的设计和编排当然相当精致、大方。不过，我觉得为了后人研究和习学的方便，似乎应该在每篇文章后面，注明最初的出处——发表的时间、期刊的刊期乃至页数。我注意到您标注了大致的时间，如40年代，1989年之类。似还不够细致。您认为呢？

3）《游戏人间》一剧不仅剧本的下落成谜——未发表，不知所踪，所记

---

① 此问卷2010年9月20日初成，并随即挂号寄往北京西城区南沙沟杨（钱）府。邮局的记录显示，杨家在当月23号（中秋后一天）签收。迄未收到杨绛回复。之所以附录于此（为保留原始资料计，文字一仍其旧，未作任何改动），是因为这些问题虽然遗憾地并未得到作家的答复（原因不得而知，如可能是杨先生年事已高，无暇应对，也可能是她不愿意与没有熟人引荐的陌生人打交道，也可能是问卷被身边人如保姆签收后随手丢弃，杨先生本人并不知情，等等），但大都与本书的写作密切相关，可与本书的具体行文相互印证。

忆的演出时间似乎也存在出入。一般人多认为是1944年上演。如有人说："杨绛的第三出戏剧《游戏人间》于1944年夏季由苦干剧团上演，导演是姚克。"（耿德华《被冷落的缪斯》中译本，第272页）。又有人说："不仅有此一剧，而且确也搬上舞台，时间大概是1944年8月间，由姚克导演，若（**慈江按：系'苦'字笔讹**）干剧团公演于沪上。"（引自陈学勇：《杨绛的第三部喜剧与麦耶的评论》，《博览群书》，1997年第7期）。然而，您自己则在《杨绛文集（8）·杨绛生平与创作大事记》中说："（1945年）4月1日回上海。《游戏人间》上演，姚克导演，'苦干剧团'演出。"证诸麦耶的《七夕谈剧·〈游戏人间——人生的小讽刺〉》[《杂志》，（1944年9月）第13卷第6期]，应是您自己记忆有误。请问，我的如上分析和判断是否准确？

4）据《杨绛先生与刘梅竹的通信两封》（《中国文学研究》，2006年第1期）记载，对于《风絮》，您自己这样解释说："此剧是名导演姚克导演，但剧本无足取。所以我自己毁了，不要了，没有了。"——那么，就您记忆所及，您是否还有什么其他的已发表的和未正式发表的作品的底稿，被您因为同样的原因自行毁去？长篇小说《软红尘里》20章的命运是出于同样的原因吗，还是有别的特殊原因？

5）说到《软红尘里》，我对《软红尘里·楔子》这篇"杂写"有些疑问，想向您请教：

a）既然《软红尘里》已成形的20章已被您"大彻大悟"之下系数毁去，那么，为什么还要在文集里保留这篇多少有些"没头没脑"或"没头没尾"的开篇语或引子呢？"大彻大悟"究竟指的是什么？能否提示一二——是题材过于敏感，不好把握？是您自己预估艺术上无法超越《洗澡》？是钱锺书先生投了反对或否定票——众所周知，您的文字最后都要经过钱先生把关（但问题在于，并没有成稿呀）？

b）在《杨绛文集（8）·杨绛生平与创作大事记》中，您说1991年11月1日开始动笔写这部长篇，次年3月28日将已成文的20章销毁，但在《杨绛文集》第2卷第333页里，您注明这篇楔子的写作时间是1990年（可惜没有注明月份和日期），就算是当年年底才开始动笔，那么这篇楔子的成文也至少比正文的动笔早了一年左右。通常的情况下，无论是楔子，还是尾声，都往往是在整部小说全部成文的情况下才会成文，那么，为什么您的这篇楔子会是提前写成，且是提前整整一年或更长时间？这是否意味着您这部胎死腹中的长篇酝酿的时间很长，且您也早就成竹在胸——五个月就写就 20 章，相当于《洗澡》的一半［《洗澡》共三部 42 章（12 章＋18 章＋12 章）外加一个"尾声"］，速度不可谓不快？

6）20 世纪 40 年代时，董乐山才只是一个 20 岁上下的文艺青年，就以麦耶为笔名写了许多剧评与影评文章。特别是，当年在看了您的三部喜剧《称心如意》《弄真成假》和《游戏人间》后，他一反当时的权威观点，认为您的喜剧中的主人公无一不是悲剧人物，并得出"始终认为杨绛是一位悲剧作者"的结论。而在 1945 年发表的《关于杨绛的话》中，孟度也认为："隐藏在这幽默与嘲讽的后面，我们看到的是作者的严肃与悲哀。"按我的话来说，就是"喜剧其表，悲剧其核"。也难怪当有人问您一生中最高兴的事是什么时，您答称没有，而问及什么最悲哀时，您说失去了丈夫和女儿。您的做人和行文风格堪称悲而不哀，喜而不浮——当刘梅竹问及您最满意的作品时，您也说没有。那么，您有最不满意的作品吗（当然是指已经公开发表的——未发表的通常会有自己不满意的，因为否则就都拿去发表了）——被您自己毁去的《游戏人间》是吗？

7）戏剧、小说和文学翻译之外，您以散文见长，但您和钱先生虽然曾经留学、出访欧美，却似乎很少发表记游或游记文字。例如，有人就注意到："杨绛与钱锺书的书中就几乎看不到他们在欧洲曾经出游过的风景。"（江川澜：《消失的风景》，载于《书城》2000 年第 12 期）。对此，您有什么反响或解释？

8）有人认为，《老王》中有一个细节和鲁迅的《祝福》很相似，您怎么看？是英雄所见略同呢，还是有某种影响的痕迹？同时，有研究者指出，钱锺书先生（当然也包括您）一生当中很少谈及鲁迅。您觉得这种说法准确吗？您自己对鲁迅怎么看？作为对小说这种文学体式情有独钟的作家，您对鲁迅的小说及其《中国小说史略》怎么看？尤其是，您对鲁迅的小说翻译怎么看？我个人认为他翻译的果戈里的《死魂灵》佶屈聱牙，是信达雅中的雅的反例，而非范例，但据黄裳回忆，巴金的看法正相反，认为最好的翻译就是鲁迅的《死魂灵》。那么，您怎么看？

9）藏书家止庵认为，当今就您和已故的谷林先生的散文的文字最好。他也特意编选了一本《杨绛散文选集》并写了一篇长序。您看到过这本集子和序言吗？是征得了您的同意的行为吗？您对他的看法有什么看法？社科院外文所的董衡巽先生——刘梅竹在自己的博士论文里，把他名字里的"巽"（xùn）字误译为"撰"（zhuàn）字——曾回忆说，朱光潜先生认为，您的散文翻译举世最好。对此，您又怎么看？无论是止庵先生，还是朱光潜先生，他们对你的散文（包括散文翻译）的推崇，侧重的只是文字吗？是否也包涵这些文字所折射的人品的谦抑和低调？

10）据谢其章先生的收藏和考证，1932 年的《艺文杂志》曾经刊载过署名"螺君"的《日记摘抄》，其中有提及钱锺书先生处："晚间钱锺书君来访，议论风生，多真知灼见。论文学史，分'重要'与'美'两种看法，二者往往为文学史作者所缠夹不清，其说极是……"（1932. 12. 6）；"钱君送来'秋怀'诗十首，清丽可诵。"（1932. 12. 6）对钱先生的这种文学史观，您怎么看？您觉得您的作品（包括钱先生的）是属于"重要"的一类呢，还是属于"美"的一类？或者，是否是两者兼而有之？

11）据我阅读的印象，您多次强调过自己同钱先生和钱瑗老师不同，不是学者，是作者，但又只是业余作者。这种强调和巴金、徐志摩等在一些场合里的强调有某种相似之处。就您所拥有的货真价实的作家（包括译作家）和学者的双重身份而言，抑其一端，必定意味着扬其另一端；那么，在您的内心深处，究竟是如何认定或选择的呢？在您看来，作家（者）和写作同业余作家（者）和业余写作之间，究竟有什么瓜葛、联系乃至区别？除了有明显的谦逊的成分之外，您是不是也在有意无意地暗示一种写作态度——一种"好写作"（与"好读书"相仿佛）的生活态度？这种写作态度或情结和中国传统文化里文人的"立言"传统或情结是否有某种相通之处？您 70 年来始终没有放弃写作（当然包括译作）的心理基础是什么？

12）我注意到，在您和钱锺书先生早年的文字生涯里，李健吾（刘西渭）先生扮演了某种重要的角色：您早年的戏剧创作自不待言，就是钱先生的《围城》的出版，也与他有某种程度的关联——这部小说是先在他和郑振铎（西谛）先生 1946 年 1 月主办的大型文学杂志《文艺复兴》上连载发表，尔后才由赵家璧先生拿去出版的。那么，您和钱先生对他的推动之功怎么评价？对他的文学批评（包括戏剧批评）怎么看？对他在新中国成立后的无所作为又怎么看？与此不无相关的是，李健吾和傅雷在戏剧和文学翻译两个方面分别对您产生过什么影响？您对他二人有过什么不同意见吗？

13）我注意到了您作品（尤其是散文）里所呈现的虚幻性——像《我们仨》的梦境，像《软红尘里·楔子》的幻境，等等。后者显然有《红楼梦》的痕迹。我的粗浅看法是，这既跟对上帝的体认有关系，也跟对灵魂、生死等永恒性问题的考问有关系。那么，你自己是如何看待这种虚幻性的？

14）从当代中国长篇小说的现状来说，虽然产量巨大，但读者的反应却日趋淡漠。有人因此说，中国文学当下最缺的，是像法国的福楼拜那样的大文体家——他的《包法利夫人》虽然才不过二十多万字，但却以其按特定比例配置的精雕细琢的布局、安排以及对语言的分寸和叙事的节奏的恰到好处的控制，成为一部具有文体学意义和成就的模范小说。不仅开了所谓"客观化写作"的先河，也成为欧洲近代小说的一个转捩点。就我的阅读体验来说，您对语言和文体也十分敏感，创作态度同样堪称一丝不苟、临深履薄；像《洗澡》《干校六记》以及《我们仨》等作品都有明显的文体学意义的尝试。您认为我的这种感觉准确吗？您对于文体的尝试有多大的自觉程度？您对钱瑗老师的文体学教学努力怎么看？

15）说到文体，语言的精确和干净当然是题中应有之义。施蛰存先生在《读杨绛〈洗澡〉》一文中曾经这样说道："……作者毕竟是钱锺书夫人，自是语文高手……在一群三十岁左右的青年作家的作品中，要找一本像《洗澡》那样语文流利纯洁的作品恐怕很不容易了。"您对这句话怎么回应？您在写作过程中，对语文的这种所谓"流利纯洁"是刻意为之呢，还是顺其自然？

16）依照我的粗浅理解，语言的文体学意义其实主要与语体有关。无论是朱光潜先生、施蛰存先生还是止庵先生，他们对您的作品（文字）的推许所看重的，可能主要还是您对现代汉语书面语体的贡献。而您在给刘梅竹的回复里，曾屡次承认自己古文不好，基础很差，或许也正有助于从另一个侧面来说明这一点：其一，正是因为自觉古文的根底不够好，才会在下笔行文的时候特别在意，才会在炼字方面特别用心，才会特别致力于磨炼和涵养自己的独特语体风格；其二，古文修养的欠缺使您因祸得福地得能避免古文特有的艰涩和窒碍，避免泥古不化。对我的这种理解，您怎么评价？您如何看待现代汉语（书面）语体发展的现状？您觉得您自己的作品对现代汉语语体的丰富和提升有什么提示意义或贡献？

17）我知道，对海外学者把钱先生和您与备受争议的女作家张爱玲相提并论，您二人都不太喜欢。我如下这个问题如有什么不妥之处，请您多多原谅：您和张都以散文和小说名世，也都对《红楼梦》情有独钟——她晚年放弃小说创作，专攻"红学"，并倾 10 年之功完成了《红楼梦魇》，而您本人不仅有严肃的学术论文《艺术与克服困难——读〈红楼梦〉偶记》，晚近又发表了漫笔《漫谈〈红楼梦〉》[①]。那么，您怎么看待你们二人对《红楼梦》的这份专注？您的侧重点和张的有什么不同吗？您怎么看待《红楼梦》的经典意义和价值？

18）和您一样，我本人对翻译特别是文学翻译也十分喜爱。我把后者特意称为"译作"，就是为了以示它与写作的内在联系（强调与写作在重要性上的不相上下）。那么，您是怎么看待译作的呢？您的译作是您的写作才能的一种自恰的主动展示方式呢，还是只是对您的写作生涯的一种补充，或无奈之下的一种"曲线救国"呢？此外，除了著作里零星点缀的一些句子之外，钱锺书先生从不涉足译作（文学翻译）——对此，您怎么看待？

19）我的博士论文开题报告名为《"艺术与克服困难"：杨绛的写作情结》，我想请问的是，您觉得我这个界定准确吗，靠谱吗，有开掘的余地吗？您觉得您是否有写作情结？

20）在上面提到的博士论文开题报告里，我还曾这样总结道："杨绛作为现代汉语文学作家的经典意义也在于，她不惮于文学体裁或体式的尝试，是少数允文允武、各种文学样式（除了诗歌）都能均匀上手且水平也都达到了被普遍认可的高度的现代汉语文学作家之一。"我这里想请您解答的是，您对诗歌特别是现代汉语诗歌（所谓新诗）怎么看？您为什么独独没有涉足诗歌的创作？比您年长若干岁的清华同事林徽因就以新诗写作见长，您的第一篇小说《璐璐（，不用愁！）》也是她替您收入《〈大公报〉丛刊小说选》的——您对她的诗歌创作怎么看？您曾与她讨论过与诗歌相关的话题吗？您的很多作品的语言很有诗意、诗味，对此您自己怎么评价？我还知道，您曾手录过钱锺书先生的旧体诗诗集《槐聚诗存》。那么，您怎么评价钱先生的诗歌创作？

---

① 详见杨绛：《漫谈〈红楼梦〉》，《当代》2010 年第 4 期，第 220—221 页。

后　记

　　杨绛研究作为相对单纯的作家作品论，虽然貌似并不如何起眼儿，写作的难度却远比预想的要大，也有一定的"敏感性"——虽然仁者乐山、智者乐水，萝卜青菜各有所爱或各有所厌是人之常情，但人群中并不如何待见这位得享百龄嵩寿和盛名、至今依然健在的文学老人的人还是比笔者想象得要多。多很多。是出于"羡慕嫉妒恨"还是别的什么，不得而知。

　　很不幸，不够敏感的笔者是在接触了这个研究论题之后很久，才逐渐意识到这一点的，也因此在写作过程中懵懂地、颇为无辜地碰了不少软硬不一的钉子。好在笔者主要是对杨绛与众不同的文笔才情、行文风格、语文水准和文体意识比较有兴趣，或别有那么一点点会心，同其他与杨绛（包括钱锺书）相关的林林总总的热闹乃至纠葛素无瓜葛，亦不关心，写起来倒也并没有多么大的心理负担——所谓不关心，则不乱。

　　记得王富仁博士在其2000年发表的《呓语集》这部随笔作品的第302—303页里，曾说过如下一段让笔者迄今依然印象深刻的话：

　　　　人若问我什么是文艺批评，我便回答——

　　　　将人生与艺术，将自我与非我，将痛苦与欢乐，将传统的与现实的，民族的与世界的，理智的与情感的，总之，将自己的一切的一切与你要批评的对象，一齐放到嘴里，嚼啊嚼啊，嚼碎嚼烂，嚼匀嚼细，一直嚼到没有，剩下来的那似有若无、似甜还苦、非此非彼、亦此亦彼的味道，我便称之为文艺批评；把这种味道用文字表达出来，于是便有了我所认为的文艺论文。

　　本书对杨绛其人其作的探究与解析，就是以王富仁对待文艺批评的这一基本态度为本的。"嚼"得细不细或匀不匀不敢说，嚼"剩下来"多少可堪一品的"味道"更不敢说，但笔者扪心自问，还是的的确确很下了一番咀嚼的功夫的。王富仁所给出的这一文艺批评尺度看似平常，但若以之去要求市面上当红的文学评论家们，想来其中的绝大多数是不免会相向赧颜、退避三舍的——"将自己的一切的一切与你要批评的对象，一齐放到嘴里，嚼啊嚼啊……"说来好不轻松自在，迹近玩笑，却无疑地意味着以高绝一时的个人造化、艺术修为以及分析与感受能力垫底所营造出来的较为理想与纯粹的文艺批评、分析与赏鉴境界，远非以左右逢源、上蹿下跳、蜻蜓点水为能事的流行批评家所能企及。

　　在本书写作的过程中，王富仁、王保生、王得后、张中良、高远东、邹红、李怡、刘勇、钱振刚、沈庆利等学者和先进给予了热情的鼓励和肯定、指教和提点，特此恳挚鸣谢。

　　特别是，洪子诚、王富仁两位师长资深望重，与高才低调的高远东学兄一道顾念旧情新谊，慨然拨冗作序，自是为本书背书，也令本人大感荣宠。

　　而我的大学同窗、书法家兼译作家陆元昶兄的封面题签大方典雅，亦为本书增色不少。

　　本书得能第一时间顺利面世，有赖世界图书出版公司北京公司郭力学长的慧眼与担当，也离不开陈俞蓓、齐昱和杨林蔚三位责编的辛勤劳作与积极配合。蔡彬先生和刘敬利女士的封面与版式设计亦令我相当满意。而最令我满意的则是，张跃明总经理和郭力总编辑麾下的这个团队不惟不乏专业实力，尤强在能与作者为善，有敬业精神，有磋商素质。

于慈江

2014 年 8 月 29 日